LA CIUDAD DE LOS ESPEJOS

Justin Cronin

La ciudad
de los espejos

Traducción de Victoria Simó

Umbriel Editores

Argentina • Chile • Colombia • España
Estados Unidos • México • Perú • Uruguay • Venezuela

Título original: *The City of Mirrors*
Editor original: Ballantine Books, an imprint of Random House, a division of Penguin Random House LLC., New York
Traducción: Victoria Simó

La ciudad de los espejos es una obra de ficción. Nombres, personajes, lugares y acontecimientos son producto de la imaginación del autor o tienen carácter ficticio. Cualquier semejanza con acontecimientos reales o con personas vivas o muertas es mera coincidencia.

1ª edición Septiembre 2017

ISBN: 978-84-92915-94-1
E-ISBN: 978-84-16990-37-5
Depósito legal: B-6.783-2017

Fotocomposición: Ediciones Urano, S.A.U.
Impreso por Romanyà Valls, S.A. – Verdaguer, 1 – 08786 Capellades (Barcelona)

Impreso en España – *Printed in Spain*

Para mi familia

¿Y cómo voy a afrontar el sinsentido
de los tormentos humanos y divinos?
Yo, extraño y asustado
en un mundo que jamás creé.

A. E. HOUSMAN, *ÚLTIMOS POEMAS*

Índice

Prólogo

De los Escritos del Primer Archivero («El Libro de los Doce»)
Presentados en la III Conferencia Global sobre el Período de Cuarentena
  en Norteamérica
Centro para el Estudio de las Culturas y Conflictos Humanos
Universidad de Nueva Gales del Sur, República Indoaustraliana
16-21 de abril de 1003 d. V.

[Empieza el segundo extracto]

CAPÍTULO CINCO

1. Y aconteció que Amy y sus compañeros regresaron a Kerrville, en un lugar llamado Texas.
2. Y allí descubrieron que habían perdido a tres de los suyos. Y estos tres eran Theo y Mausami, su esposa, y Sara, a la que conocían como Sara la Sanadora, esposa de Hollis.
3. Pues un lugar llamado Roswell, donde se habían refugiado, sufrió el asedio de un gran ejército de virales, que segó numerosas vidas. Y sólo dos de los compañeros sobrevivieron. Y éstos fueron Hollis el Fuerte, marido de Sara, y Caleb, hijo de Theo y Mausami.
4. Y una gran tristeza se apoderó de ellos, por los amigos que habían perdido.
5. Y en el lugar llamado Kerrville, Amy se quedó a vivir entre las Hermanas, que eran mujeres de DIOS. Y Caleb hizo lo propio, para que Amy lo cuidara.
6. Y en aquella misma época, Alicia, a quien llamaban Alicia Cuchillos, y Peter, el Hombre de los Días, tomaron las armas junto con los Expedicionarios, que eran soldados de Texas, en busca de los Doce. Pues habían descubierto que matar a uno de los Doce signi-

ficaba matar también a sus Muchos y enviar sus almas al seno del SEÑOR.

7. Y se libraron numerosas batallas; y se perdieron muchas vidas. Pero no pudieron acabar con los Doce ni encontrar el lugar en el que moraban. Pues no era ésta la voluntad de DIOS en aquel momento.

8. Y así pasó el tiempo; cinco años en total.

9. Y finalizado aquel período, Amy recibió una señal; y la señal adoptó la forma de un sueño. Y en el sueño Wolgast acudía a ella bajo su aspecto humano. Y Wolgast le dijo:

10. «Mi amo aguarda, y el lugar de la espera es el gran barco en el que habita. Pues la Tierra está experimentando un cambio. Pronto acudiré a buscarte, para mostrarte el camino».

11. Y aquel hombre era Carter, el Duodécimo de los Doce, conocido como Carter el Afligido, un hombre virtuoso de su generación, amado por DIOS.

12. Y así Amy aguardó el regreso de Wolgast.

CAPÍTULO SEIS

1. Pero existía en aquel tiempo otra ciudad habitada por seres humanos, en un lugar llamado Iowa. Y era conocida como la Patria.

2. Y en esa ciudad moraba una raza de hombres que había bebido la sangre de un viral para seguir viviendo y gobernando durante muchas generaciones. Y los llamaban los ojosrojos. Y el más importante de esos hombres era Guilder el Director, un hombre del Tiempo de Antes.

3. Y el viral del que habían tomado el sustento era Grey, conocido como la Fuente. Pues llevaba en la sangre la semilla de Cero, el padre de los Doce. Y Grey vivía encadenado, por lo que padecía grandes sufrimientos.

4. Y en esa ciudad moraban las personas como cautivos al servicio de los ojosrojos, acatando todas sus órdenes. Y uno de esos cautivos era Sara la Sanadora, que fue apresada en el lugar llamado Roswell, cuyos amigos desconocían su paradero.

5. Y Sara tuvo una hija, Kate, pero la niña le fue arrebatada. Y los ojosrojos le dijeron a Sara que su hija no había sobrevivido, lo que le provocó un inmenso pesar.

6.　Y aconteció que la niña fue entregada a una mujer de los ojosrojos. Y se trataba de Lila, esposa de Wolgast.

7.　Pues la hija de Lila había muerto en el Tiempo de Antes, y a pesar de los años transcurridos, la herida seguía viva en su mente. Y halló consuelo en Kate, imaginando que se trataba de la hija que había perdido.

8.　Y aconteció que un grupo de moradores de la Patria se rebelaron contra sus opresores, y fueron bautizados como los Insurgentes. Y Sara se unió a ellos. Y la enviaron con Lila para que la sirviera en la Cúpula, donde habitaban los ojosrojos, y averiguara cuanto pudiera acerca de ellos. Y de ese modo descubrió que su hija seguía viva.

9.　Y en aquella misma época, Alicia y Peter descubrieron la guarida de Martínez, el Décimo de los Doce, en un lugar llamado Carlsbad; y lucharon contra sus Muchos. Pero no encontraron a Martínez, que había huido.

10.　Pues Cero había ordenado a Guilder el Director que construyera una gran fortaleza en la que vivirían los Doce alimentándose de la sangre de las bestias y también de la sangre de los habitantes de la Patria. Pues sus Muchos habían devorado a casi todos los seres vivos que quedaban en la faz de la Tierra, que había mudado en un yermo, inhabitable para hombres, virales y animales por igual.

11.　Y a tenor de este designio, los Doce ordenaron a sus Muchos que abandonaran sus hogares de oscuridad, y éstos murieron. Y eso se conoció como el Descarte.

12.　Y los Doce dieron comienzo a sus viajes hacia la Patria, un trayecto de largos kilómetros, para poder gobernar la Tierra.

CAPÍTULO SIETE

1.　Pero hubo uno que desoyó las palabras de Cero; y fue Carter el Afligido, el Duodécimo de los Doce. Y éste indicó a Wolgast que guiara a Amy al lugar en el que moraba, donde se unirían contra los propios compañeros de Carter.

2.　Y Amy acató la orden y abandonó el lugar llamado Kerrville para dirigirse a otro conocido como Houston. Y la acompañó Lucius el Leal, que era su aliado y un hombre virtuoso a los ojos de DIOS.

3. Y en el lugar llamado Houston, Amy encontró el barco, el *Chevron Mariner*, en cuyas entrañas vivía Carter. Y sucedieron muchas cosas entre los dos. Y cuando Amy regresó a la tierra, su cuerpo ya no era el de una niña sino el de una mujer, y en compañía de Lucius puso rumbo a la Patria para enfrentarse a los Doce.

4. Y en aquella misma época, Peter, el Hombre de los Días, y Michael, conocido como Michael el Listo, y Hollis, marido de Sara, viajaron igualmente a la Patria para averiguar qué albergaba. Pues estaban convencidos de que Sara se hallaba presa en aquel lugar, al igual que muchos otros.

5. Y los acompañaban otros dos. Y el primero de éstos era Lore, conocida como Lore la Piloto. Y el segundo era un criminal llamado Tifty el Gánster.

6. Y en esa misma época, Alicia se dirigió también a un lugar llamado Iowa en pos de Martínez, el Décimo de los Doce, al que había jurado matar. Pues Martínez era el más malvado de aquellos demonios, asesino de muchas mujeres, y una plaga en la tierra.

7. Pero Alicia fue capturada en la Patria y tuvo que soportar numerosas vicisitudes a manos de los ojosrojos y sus ayudantes, conocidos como los Cols. Y el peor de los Cols era Sod. Pero Alicia era fuerte y no se rindió.

8. Y cuando una noche Sod acudió a su celda para dar rienda suelta a sus oscuros deseos como tantas otras veces, ella le dijo: «Quítame las cadenas. Así disfrutarás más». Y Alicia le rodeó el cuello con las cadenas y lo mató. Y consiguió escapar, poniendo fin a la vida de muchos más en su huida.

9. Y en las tierras salvajes que se extendían más allá de los muros de la Patria, Amy la visitó, y Alicia descubrió que se había convertido en una mujer en cuerpo y mente. Y Amy la consoló, pues eran hermanas de sangre.

10. Pero Alicia albergaba un secreto, el ansia de sangre. Pues la semilla de los Doce crecía en sus entrañas y la había transformado en viral. Y el secreto pesaba en su corazón, pues amaba profundamente a sus compañeros y no deseaba que la apartaran de ellos.

11. Y en esa misma época, los ojosrojos descubrieron a Sara y la capturaron, y sufrió numerosas violaciones. Porque Guilder el Director deseaba que todos aquellos que se habían alzado contra él conocieran la máxima expresión de su ira.

12. Pero la venganza estaba cerca, pues Amy y Alicia se habían unido a los Insurgentes para tomar las armas contra los ojosrojos. Y los Insurgentes habían urdido un plan para liberar a las gentes de la Patria, destruir a los Doce y rescatar a Sara.

CAPÍTULO OCHO

1. Y aconteció que Peter y sus compañeros llegaron al lugar llamado Iowa, así que todos estaban presentes y formaban un ejército poderoso. Y la más poderosa de todos era Amy.

2. Pues ella se entregó a los ojosrojos diciendo: «Soy la capitana de los Insurgentes; haced conmigo lo que queráis». Porque esperaba que Guilder, cegado por la furia, ordenara a los Doce que la mataran.

3. Y sucedió tal como Amy había previsto; y se fijó la hora de su ejecución. Y ésta tendría lugar en el Estadio, un gran anfiteatro del Tiempo de Antes, para que las gentes de la Patria presenciaran su muerte.

4. Y Alicia y los demás se escondieron en aquel lugar, con el fin de usar las armas contra los Doce cuando éstos hicieran aparición, y también contra los ojosrojos.

5. Y Amy fue conducida ante la multitud, y encadenada; y fue colgada de un armazón de metal. Y Guilder se regodeó en su sufrimiento y animó a la multitud a hacer lo mismo.

6. Pero Amy no le dio esa satisfacción. Y Guilder ordenó a los Doce que la devoraran, para que los asistentes fueran conscientes de su poder y se postraran ante él.

7. Pero Amy descubrió que no estaba sola; pues entre los Doce se hallaba Wolgast, que había ocupado el lugar de Carter para poder protegerla. Y Amy les dijo a los Doce:

8. «Hola, hermanos míos. Soy yo, Amy, vuestra hermana.» Y ninguna otra palabra salió de sus labios.

9. Pues empezó a temblar, y su cuerpo mudó en una brillante luz que quebró las tinieblas; y con un furioso rugido Amy se transformó en una de ellos y adoptó la forma de un viral, imponente a los ojos. Y aquello fue la Sumisión. Y apareció Peter, y también Alicia, y en tercer lugar Lucius, y todos los demás también.

10. Y se rompieron las cadenas, y se libró una gran batalla; y la victoria fue grande. Y se perdieron muchas vidas. Y una de ellas fue la de Wolgast, que se sacrificó para salvar a Amy, pues su amor por ella era igual al que un padre siente por su hija.

11. Y de ese modo los Doce desaparecieron de la faz de la Tierra y liberaron a todas sus gentes.

12. Pero del destino de Amy nada supieron sus amigos, pues no volvieron a verla.

I

LA HIJA

98-101 d. V.

Hay otros mundos, pero están en éste.

Paul Éluard

I

PENSILVANIA CENTRAL
Agosto, 98 d. V.
Ocho meses después de la liberación de la Patria

El suelo cedía con facilidad bajo su cuchillo dejando escapar el olor negro de la tierra. El aire era húmedo y caliente. Los pájaros cantaban en los árboles. Arrodillada sobre las manos, acuchillaba la tierra para desmenuzarla. Puñado a puñado, la iba retirando. La extrema debilidad había remitido en parte, pero no del todo. Notaba el cuerpo flojo, desmadejado, vacío. Experimentaba dolor y el recuerdo del dolor. Habían pasado tres días, ¿o serían cuatro? El sudor le perlaba la frente; se humedeció los labios y notó un sabor salado. Cavó y cavó. Riachuelos de transpiración le surcaban el cuerpo antes de estrellarse en la tierra. Ahí acaba todo, al cabo, pensó Alicia. Todo va a parar a la tierra.

El montón de greda crecía a su lado. ¿A qué profundidad debía cavar? Cuando llevaba excavados unos noventa centímetros, el suelo empezó a cambiar. Se tornó más frío, y ahora desprendía el inconfundible olor de la arcilla. Lo consideró una señal. Se echó hacia atrás sobre las botas y tomó un buen trago de agua de la cantimplora. Le dolían las manos y se había desollado la base del pulgar. Se llevó el tejido de la mano a la boca, usó los dientes para cortar el pellejo y lo escupió a la tierra.

Soldado la esperaba al borde del claro, mascando ruidosamente entre unas matas de hierba de una altura por la cintura. La elegancia de sus patas, su abundante crin, el pelaje ruano azul, la magnificencia de los cascos y la dentadura, los cristales negros de sus ojos: emanaba un aura de esplendor. Hacía gala, cuando quería, de una calma absoluta y luego, un instante después, era capaz de llevar a cabo increíbles hazañas. Su inteligente rostro se alzó cuando la oyó acercarse. *Entiendo. Estamos listos.* El animal dio media vuelta trazando un suave arco, inclinó el cuello y la siguió hacia los árboles, hasta el lugar en el que había plantado la tienda. En el suelo, jun-

to al ensangrentado saco de dormir de Alicia, yacía el pequeño bulto envuelto en una manta manchada. Su hija había vivido menos de una hora,
pero ese rato, por fugaz que hubiera sido, había bastado para hacer de ella
una madre.

Soldado la observó cuando salió de la tienda. La niña tenía la cara tapada; Alicia retiró la tela. Soldado inclinó la cabeza hacia el cuerpecito, con los
ollares abiertos para aspirar su aroma. Ojos y nariz minúsculos, un capullo
de rosa por labios, toda ella de una humanidad impactante; un casquete de
cabello rojo le cubría la cabeza. Pero carecía de vida, de aliento. Alicia se
había preguntado si sería capaz de amarla, a esa niña concebida con terror
y dolor, hija de un monstruo. Un hombre que la había golpeado, la había
violado, la había maldecido. Qué tonta había sido.

Regresó al claro. El sol caía a plomo; los insectos zumbaban entre los
tallos con el ritmo de un latido. Soldado aguardó a su lado mientras ella
depositaba a su hija en la tumba. Al ponerse de parto, Alicia había comenzado a rezar. *Que esté bien, por favor.* Conforme las horas de agonía
se fundían unas con otras, había notado la presencia fría de la muerte en
su interior. El dolor la traspasaba, un viento de acero retumbaba en sus
células como el trueno. Algo iba mal. *Por favor, Dios, protégela, protége-
nos.* Pero sus plegarias fueron en vano.

El primer puñado de tierra fue el más difícil. ¿Cómo llevas a cabo
algo así? Alicia había enterrado a muchos hombres. A algunos los conocía, a otros no; tan sólo a uno había amado. El chico era Hightop. Tan
alegre, tan lleno de vida, y se había marchado en un instante. Ella dejó
que la tierra le resbalara entre los dedos. Los granos se estrellaron en el
fondo del foso con un ruido sordo, como las primeras gotas de lluvia sobre las hojas. Poco a poco, la hija de Alicia desapareció. *Adiós,* pensó, *adiós,
cariño mío, mi amor.*

Regresó a la tienda. Tenía el alma destrozada, igual que si millones de
cristalillos se desplazaran sueltos por el interior de su cuerpo. Sus huesos
eran tubos de plomo. Necesitaba agua, comida; se le habían agotado las
provisiones. Pero cazar era impensable y el arroyo, a cinco minutos andando colina abajo, se le antojaba a kilómetros de distancia. Las necesidades de su cuerpo, ¿qué importancia tenían? Nada importaba. Se tumbó en
el saco y cerró los ojos. Al cabo de un momento, se durmió.

Soñó con un río. Un ancho río oscuro, y la luna brillando en lo alto.
Proyectaba su luz en el agua como un camino dorado. Alicia no sabía qué

le esperaba allá en el otro lado, tan sólo que debía cruzar el río. Dio un primer paso sobre la reluciente superficie, con tiento. Su mente estaba dividida: en parte la fascinaba esa extraña forma de viajar; en parte, no. Cuando la luna alcanzó la otra orilla, comprendió que la habían engañado. El camino de luz se estaba esfumando. Echó a correr, desesperada por llegar al otro lado antes de que el río la engullera. Pero había demasiada distancia y, con cada paso que daba, el horizonte se alejaba más y más. El agua corría por sus tobillos, por sus rodillas, por su cintura. Alicia no tenía fuerzas para oponer resistencia. *Ven conmigo, Alicia. Ven conmigo, ven conmigo, ven conmigo.* Se estaba hundiendo, el río se la estaba tragando, se estaba hundiendo en la oscuridad…

Despertó envuelta en una luz anaranjada; el día prácticamente había llegado a su fin. Se quedó tendida, inmóvil, ordenando sus pensamientos. Ya estaba acostumbrada a esas pesadillas. Los motivos cambiaban pero nunca las sensaciones: la futilidad, el miedo. Y, sin embargo, esta vez notó algo distinto. Una faceta del sueño había cobrado vida; tenía la camisa empapada. Bajó la vista hacia las manchas que se le extendían por la zona del pecho. Le había subido la leche.

Permanecer allí no fue una decisión consciente; sencillamente, carecía de la voluntad necesaria para seguir avanzando. Recuperó las fuerzas. Regresaron muy despacio al principio y luego de golpe, como un invitado muy esperado. Construyó un refugio de hojas muertas y ramas, usando la tienda como tejado. Los bosques bullían de vida: ardillas y conejos, codornices y torcazas, ciervos. Algunos eran demasiado raudos para ella, pero no todos. Tendía trampas y esperaba a que los animales cayeran en ellas o cazaba con la ballesta: un disparo, una muerte limpia y ya tenía la cena, cruda y calentita. Cuando el día llegaba a su fin, con la puesta de sol, se bañaba en el arroyo. El agua era clara y tan fría que le quitaba el aliento. Fue en una de esas excursiones cuando vio a los osos. Un rumor a unos diez metros, corriente arriba, algo pesado que se movía entre la maleza. Y entonces aparecieron a orillas del río una madre y un par de oseznos. Alicia nunca había visto animales como aquéllos al natural, únicamente en los libros. Merodearon por la orilla juntos, hundiendo los hocicos en el barro. Había algo desgarbado y como a medio formar en su anatomía, como si los músculos no estuvieran prendidos a la piel bajo los gruesos y desmadejados abrigos.

Una nube de insectos chispeaba a su alrededor, atrapando los últimos restos de luz. Pero los osos no repararon en ella o, si lo hicieron, no la consideraron digna de interés.

El verano llegó a su fin. Un día la rodeaba un mundo de frondosas hojas verdes, poblado de sombras, y al siguiente el bosque había estallado en mil colores. Por la mañana, notó el crujido de la escarcha bajo los pies. El frío del invierno descendió, portando consigo una sensación de pureza. Un manto de nieve cubrió la tierra. Las oscuras siluetas de los árboles, las diminutas huellas de los pájaros, el cielo blanco, privado de cualquier color: el mundo reducido a su esencia. ¿En qué mes estaban? ¿Qué día era? Con el paso del tiempo, la comida empezó a suponer un problema. Alicia pasaba horas, días enteros sin moverse apenas para conservar las fuerzas; llevaba casi un año sin hablar con nadie. Poco a poco, se dio cuenta de que ya no pensaba con palabras, igual que si se hubiera transformado en una criatura del bosque. Se preguntó si estaría enloqueciendo. Empezó a hablar con Soldado, como si fuera una persona. *Soldado*, le decía, *¿qué cenaremos hoy? Soldado, ¿qué te parece si recogemos leña para el fuego? Soldado, ¿crees que hoy nevará?*

Una noche despertó en el refugio y comprendió que llevaba un rato oyendo truenos. Un viento húmedo de primavera soplaba en rachas desordenadas, sacudiendo las copas de los árboles. Alicia escuchó la proximidad de la borrasca con desapego; de repente, tenían la tormenta encima. Un rayo rasgó el cielo y congeló la escena que se abría ante ella. Le siguió un chasquido ensordecedor. Dejó entrar a Soldado cuando los cielos se abrieron para proyectar gotas de lluvia pesadas como balas. El caballo temblaba de miedo. Alicia tenía que tranquilizarlo; un único movimiento fruto del pánico en aquel minúsculo espacio, y el enorme cuerpo del animal haría trizas el refugio. *Buen chico*, murmuró a la vez que le acariciaba el flanco. Con la mano libre le pasó una cuerda por el cuello. *Así me gusta, buen chico. ¿Qué te parece? Haciendo compañía a una chica en una noche de tormenta, ¿eh?* El caballo tenía el cuerpo crispado de puro terror y, sin embargo, cuando ella lo empujó hacia abajo para que se sentara, el animal cedió. Al otro lado de las paredes del refugio, los rayos destellaban y el cielo se encrespaba. Soldado se arrodilló con un fuerte suspiro, se tendió junto al saco de Alicia, y así durmieron los dos mientras el chaparrón, que duró toda la noche, se llevaba lo que quedaba de invierno.

Habitó ese paraje durante dos años. Marcharse le costó un gran esfuerzo; los bosques, al cabo, le proporcionaban solaz. Había adoptado los ritmos de la naturaleza. Sin embargo, con la llegada del tercer verano, un nuevo sentimiento se agitó en su interior: había llegado el momento de ponerse en marcha. De terminar lo que había empezado.

Dedicó el resto del estío a prepararse. Si iba a marcharse, tenía que fabricar un arma. Se llegó a pie a los pueblos ribereños y regresó tres días después cargada con un tintineante saco. Conocía los rudimentos de lo que se proponía emprender, por cuanto había presenciado el proceso en numerosas ocasiones: los pormenores los iría descubriendo sobre la marcha, mediante el método de prueba y error. Un peñasco de superficie plana que había junto al río le serviría de yunque. A orillas de la corriente, encendió una hoguera y observó cómo ardía hasta que sólo restaron las ascuas. El secreto estaba en mantener la temperatura adecuada. Cuando pensó que lo había conseguido, sacó la primera pieza del saco: una barra de acero O1 de casi seis centímetros de ancho, noventa centímetros de largo y prácticamente un centímetro de grosor. Del saco extrajo también un martillo, unas tenazas y unos gruesos guantes de cuero. Colocó el extremo de la barra de acero en el fuego y observó cómo cambiaba de color al calentarse el metal. A continuación empezó a trabajar.

Tuvo que viajar tres veces más a los pueblos del río para conseguir suministros, y el resultado fue tosco, pero al fin se dio por satisfecha. Empleó tallos fuertes y nudosos para envolver la zona de la empuñadura, con el objetivo de conseguir un agarre firme en un metal de otro modo liso. Cuando empuñó el arma, el peso se le antojó cómodo. La punta pulida destelló al sol. Pero la prueba de fuego sería el primer corte. En su última excursión río abajo se había topado con un campo de sandías del tamaño de cabezas humanas. Crecían en un frondoso parterre, entre enredaderas de hojas con forma de mano. Había arrancado una y se la había llevado a casa en el saco. Entonces la colocó en equilibrio sobre un tronco caído, centró la espada y la descargó haciendo un arco vertical. Las dos mitades se columpiaron perezosamente en direcciones opuestas, como aturdidas, y cayeron al suelo.

Allí no quedaba nada que la retuviera. La víspera de la partida, Alicia visitó la tumba de su hija. No quería hacerlo en el último instante, prefería marcharse sin mirar atrás. En los dos años que llevaba allí, no había añadido ningún tipo de marca a la tumba. No creyó que valiera la pena. Sin

embargo, ahora le parecía mal dejarla desarropada. Con los restos del acero, creó una cruz. Usó el martillo para clavarla en la tierra y se arrodilló.
Ya no debía de quedar ni rastro del cuerpo. Tal vez unos cuantos huesos,
o algo parecido a huesos. Su hija se había fundido con el suelo, con los
árboles y las rocas, incluso con el cielo y los animales. Había viajado a un
lugar incognoscible. Esa voz que jamás llegó a usar se dejaba oír ahora en
el canto de los pájaros, la pelusa roja de su cabeza pertenecía a las ardientes hojas otoñales. Alicia pensó en aquello con una mano apoyada en la
blanda tierra. Pero ya no albergaba oraciones. El corazón que un día se le
partiera permaneció roto.

—Lo siento —dijo.

El amanecer llegó discreto; falto de viento, gris, el aire impregnado de
niebla. La espada, enfundada en una vaina de piel de ciervo, colgaba de su
espalda; los cuchillos, envainados en un par de bandoleras de cuero, se entrecruzaban sobre su pecho. Las gafas oscuras, con protecciones de cuero
en la zona de las sienes, le ocultaban los ojos. Aseguró la alforja y se encaramó de un salto a lomos de Soldado. El animal llevaba varios días deambu-
lando de acá para allá sin objeto, como si presintiera la inminente partida.
*¿De verdad vamos a hacer lo que estoy pensando? Me gustaba este sitio, ¿sa-
bes?* Alicia tenía previsto cabalgar en dirección este sin separarse del río,
siguiendo el curso del agua entre las montañas. Con algo de suerte, llegaría
a Nueva York antes de la caída de las primeras hojas.

Cerró los ojos e intentó no pensar en nada. Sólo cuando hubiera despejado su mente surgiría la voz. Procedía del mismo lugar que los sueños,
como viento en una cueva que le susurrara al oído.

*Alicia, no estás sola. Conozco tu pesar porque es el mío. Te estoy espe-
rando, Lish. Ven. Ven a casa.*

Espoleó a Soldado con los talones.

2

El día llegaba a su fin cuando Peter regresaba a la casa. Allá en lo alto, largas
cintas de color se entremezclaban con el oscurecido azul del inmenso cielo
de Utah. Un atardecer de principios de otoño: las noches eran frías, los días

todavía agradables. Puso rumbo a su hogar junto al murmullo del río, con la caña al hombro, el perro caminando a su lado con indolencia. Llevaba dos gruesas truchas en la bolsa, envueltas en hojas doradas.

Según se acercaba a la granja oyó música procedente del interior. Se despojó de las embarradas botas en el porche, dejó la bolsa en el suelo y entró. Amy estaba sentada al viejo piano vertical, de espaldas a la puerta. Él se acercó sin hacer ruido. Estaba tan concentrada que ni siquiera advirtió su llegada. Peter se quedó escuchando, sin moverse, casi sin respirar. El cuerpo de Amy se mecía levemente al compás de la música. Sus dedos recorrían el teclado con agilidad, arriba y abajo, evocando las notas más que tocándolas. La canción era pura emoción encarnada en sonido. Cada frase albergaba un profundo pesar, pero el sentimiento se expresaba con una ternura tal que no resultaba triste. Le provocaba la misma sensación que el tiempo, siempre mudando en pasado, convertido en recuerdo.

—Ya estás en casa.

La canción había llegado a su fin sin que él se percatara. Cuando Peter posó las manos sobre los hombros de la mujer, Amy se giró en el banco y levantó el rostro hacia él.

—Ven aquí —dijo.

Él se inclinó para besarla. Su belleza era sobrecogedora, una revelación cada vez que la miraba. Señaló las teclas con la barbilla.

—Todavía no sé cómo lo haces —observó.

—¿Te ha gustado? —Amy sonreía—. Llevo todo el día practicando.

Él le dijo que sí; le había encantado. La música le evocaba tantos pensamientos… explicó. Le costaba expresarlo con palabras.

—¿Qué tal te ha ido en el río? Llevas mucho rato fuera.

—¿Sí? —El día, como tantos otros, había transcurrido entre una bruma de dicha—. Está tan bonito en esta época del año que se me ha ido el santo al cielo, supongo. —Peter le plantó un beso en la coronilla. Amy acababa de lavarse el pelo y desprendía el aroma de las hierbas que usaba para suavizarlo—. Sigue tocando. Yo prepararé la cena.

Cruzó la cocina hasta la puerta trasera y salió al patio. El jardín se estaba apagando; pronto dormiría bajo la nieve. Ya habían guardado los últimos frutos para el invierno. El perro había salido por su cuenta. Sus merodeos lo llevaban lejos, pero Peter nunca se preocupaba; siempre encontraba el camino de vuelta antes del anochecer. Al llegar a la bomba de agua, Peter llenó la jofaina, se despojó de la camisa, se salpicó cara y pecho y se lavó. Los últimos rayos de sol, proyectados en la ladera de las montañas, dibujaban largas sombras en el suelo. Era el momento del día que más le gustaba, la sensación de que las cosas se fundían entre sí, como si todo quedara en suspenso. Conforme la oscuridad se fue tornando más profunda, observó la aparición de las estrellas, primero una y luego otra y otra más. El instante le provocaba la misma sensación que la canción de Amy: recuerdo y deseo, felicidad y tristeza, principio y final en un mismo gesto.

Encendió el fuego, limpió el pescado y depositó la delicada carne blanca en la sartén con una gota de manteca. Amy salió y se sentó a su lado a mirar cómo se hacía la cena. Comieron en la cocina a la luz de las velas: las truchas, rodajas de tomate, una patata asada en las brasas. De postre compartieron una manzana. En la sala, encendieron la chimenea y se acomodaron en el sofá, tapados con una manta. El perro ocupó el lugar de costumbre a sus pies. Observaron el fuego sin hablar; no hacían falta palabras, pues todo estaba dicho ya entre los dos; lo sabían todo, lo compartían todo. Al cabo de un rato, Amy se levantó y le tendió la mano.

—Ven a la cama conmigo.

Alumbrándose con velas, subieron las escaleras. En el minúsculo dormitorio de la buhardilla, se desvistieron y se acurrucaron bajo el edredón, muy juntos para entrar en calor. Al pie de la cama, el perro exhaló un largo suspiro y se tendió en el suelo. Era un buen perro, leal como un león; se quedaría allí hasta la mañana siguiente, cuidando de sus amos. La cercanía y el calor de los cuerpos, el ritmo compartido de sus respiraciones: lo que Peter sentía no era felicidad sino algo más profundo, más rico. Toda la vida había deseado el reconocimiento de alguien, una sola persona. En eso consiste el amor, concluyó. El amor es sentirse reconocido.

—Peter, ¿qué te pasa?

Llevaban un rato acostados. La mente de Peter, a la deriva en ese espacio adimensional que discurre entre la vigilia y el sueño, había vagado hacia viejos recuerdos.

—Estaba pensando en Theo y en Maus. En aquella noche en el granero, cuando el viral los atacó. —Un pensamiento fugaz cruzó su mente, pero no pudo aprehenderlo—. Mi hermano nunca supo qué lo había matado.

Amy guardó silencio unos instantes.

—Pero si fuiste tú, Peter. Tú los salvaste. Ya te lo he dicho. ¿No te acuerdas?

¿Ah, sí? ¿Y qué pretendía decir con eso? En el momento del ataque, Peter estaba en Colorado, a muchos kilómetros y días de distancia. ¿Cómo pudo matarlo él?

—Ya te he explicado cómo funciona esto. La granja es especial. Pasado, presente y futuro se funden en un mismo tiempo. Estabas en el granero porque debías estar.

—Pero no recuerdo haberlo hecho.

—Porque aún no ha sucedido. No para ti. Pero ya llegará el momento. Estarás allí para salvarlos. Para salvar a Caleb.

Caleb, su hijo. Experimentó una tristeza súbita y abrumadora, un amor doloroso e intenso. Las lágrimas se agolparon en su garganta. Tantos años... Habían pasado tantos años.

—Pero estamos aquí ahora —alegó él—. Tú y yo, en esta cama. Esto es real.

—No hay nada más real en el mundo. —Amy se acurrucó contra él—. No pensemos en eso ahora. Estás cansado, lo noto.

Lo estaba. Agotado. Sentía los años en los huesos. Un recuerdo cruzó su mente, el de haber mirado su propio rostro en el río. ¿Cuándo había sucedido? ¿Ese día? ¿El anterior? ¿Hacía una semana, un mes, un año? El sol brillaba en el cielo, tornando la superficie del agua en un chispeante espejo. Su reflejo temblaba con la corriente. Los profundos pliegues de sus carrillos caídos, las bolsas hinchadas bajo los ojos apagados por el tiempo, y el pelo, el poco que le quedaba, blanco como un casquete de nieve. Era el rostro de un anciano.

—¿He estado... muerto?

Amy no respondió. Peter comprendió entonces lo que ella intentaba decirle. No que moriría algún día, como todo el mundo, sino que la muerte no era el final. Permanecería en la granja, como un espíritu centinela, detrás de los muros del tiempo. He ahí la clave de todo, la llave que abría la puerta tras la cual se encontraban las respuestas a los misterios de la vida. Recordó el día de su llegada a la granja, hacía tanto tiempo. Todo inexplicablemente intacto, la despensa llena, las cortinas en las ventanas y los platos en la mesa, como si lo estuvieran esperando. En ese lugar se encontraba ahora. Ése era su verdadero hogar en el mundo.

Tendido en la oscuridad, notó cómo la dicha inundaba su corazón. Había perdido cosas, personas. Todo termina. Incluso la misma Tierra, y el cielo, el río y las estrellas que amaba desaparecerían algún día. Pero no debía temer ese momento, por cuanto en esa fugacidad radicaba la agridulce belleza de la vida. Imaginó el instante de su muerte. La visión fue tan vívida que tuvo la sensación de recordarla más que imaginarla. Yacería en ese mismo lecho. Sucedería una tarde de verano, y Amy lo estaría abrazando. Tendría el mismo aspecto que ahora, fuerte y hermosa, llena de vida. La cama miraría a la ventana y una luz difusa se filtraría por las cortinas. No habría dolor, tan sólo una sensación de disolución. *Todo va bien, Peter*, le diría Amy. *Todo va bien. Pronto me reuniré contigo.* La luz aumentaría más y más hasta abarcar todo su campo de visión primero y luego su consciencia al completo, y así sería su partida. Se marcharía entre ondas de luz.

—Te quiero tanto… —dijo.

—Y yo te quiero a ti.

—Ha sido un día maravilloso, ¿verdad?

Ella asintió contra su cuerpo.

—Y habrá muchos más. Montones de días.

Peter la atrajo hacia sí. En el exterior hacía una noche fría y callada.

—La canción que has tocado era preciosa. Me alegro de que encontráramos el piano.

Y con esas palabras, apretujados en el lecho grande y mullido de la buhardilla, se hundieron en el sueño.

Me alegro de que encontráramos el piano.

El piano.

El piano.

El piano.

Peter recuperó la consciencia y se encontró desnudo, envuelto en sábanas sudorosas. Por un instante, permaneció inmóvil. ¿No había estado…? ¿Y acaso no estaba…? Tenía la boca tan seca como si hubiera comido arena y notaba la vejiga sólida como una piedra. Detrás de sus ojos, la primera punzada de la resaca declaraba su presencia.

—Feliz cumpleaños, teniente.

Lore estaba tendida a su lado. Más que a su lado, enroscada a él, con el cuerpo atado al suyo, las pieles pegajosas de sudor allí donde entraban en contacto. La cabaña, únicamente dos salas con una letrina, era la misma que habían usado otras veces, aunque no tenía claro a quién pertenecía.

A los pies de la cama, un poco apartada, la pequeña ventana mostraba un recuadro gris, la luz que precede al alba estival.

—Debes de haberme confundido con otra persona.

—Oh, créeme —respondió ella a la vez que le clavaba un dedo en mitad del pecho—, no te he confundido con nadie. ¿Qué se siente al tener treinta años?

—Lo mismo que a los veintinueve, pero con jaqueca.

Lore le dedicó una sonrisa seductora.

—Bueno, espero que te haya gustado tu regalo. Siento haber olvidado la tarjeta.

Se despegó de su cuerpo, se desplazó al borde de la cama y agarró una camisa del suelo. Llevaba la melena tan larga que tenía que recogerse el pelo; tenía los hombros anchos y fuertes. Se enfundó unos vaqueros sucios, introdujo los pies en las botas y giró la parte superior del cuerpo para mirarlo de nuevo.

—Perdona por las prisas, amigo, pero mis camiones me esperan. Te prepararía el desayuno, pero dudo mucho que haya nada por aquí. —Se inclinó para plantarle un beso rápido en los labios—. Dile a Caleb que lo quiero, ¿vale?

El chico estaba pasando la noche con Sara y Hollis. Ninguno de los dos le había preguntado a Peter adónde iba, aunque sin duda lo habían adivinado.

—Lo haré.

—¿Nos vemos la próxima vez que pase por la ciudad? —Como Peter no respondía, lo miró ladeando la cabeza—. O... puede que no.

Él no sabía qué responder, la verdad. Lo que había entre los dos no era amor —el tema nunca había salido a relucir—, pero sin duda se trataba de algo más que una mera atracción física. Se enmarcaba en ese espacio gris que separa una cosa de la otra, y ahí radicaba el problema. Estar con Lore le recordaba lo que no tenía.

Lore perdió la sonrisa.

—Vaya, porras. Y pensar que yo ya me había encariñado contigo, teniente.

—No sé qué decir.

Ella suspiró y desvió la vista.

—Bueno, lo nuestro no podía durar, supongo. Pero me gustaría haber sido yo la que te diera la patada.

—Perdona. No debería haber dejado que las cosas llegaran tan lejos.

—Se me pasará, créeme. —Miró al techo y exhaló un largo suspiro con el fin de serenarse. A continuación se enjugó una lágrima—. Maldita sea, Peter. Mira las cosas que hago por tu culpa.

Él se sintió fatal. No lo tenía planeado; hacía tan sólo un minuto, pensaba que los dos se dejarían llevar por la inercia de lo que fuera que compartían hasta que perdieran el interés o aparecieran nuevas personas.

Lore le preguntó:

—Esto no será por Michael, ¿verdad? Porque ya te lo he dicho, lo mío con Michael ha pasado a la historia.

—No lo sé. —Peter hizo una pausa, se encogió de hombros—. Vale, puede que en parte sí. Si seguimos juntos, acabará por enterarse.

—Muy bien, se enterará. ¿Y qué?

—Es amigo mío.

Lore se secó los ojos y lanzó una risotada queda, amarga.

—Tu lealtad es digna de admiración, pero, te lo aseguro, no creo que Michael esté muy pendiente de mí ahora mismo. Seguramente, te daría las gracias por haberlo librado de mí.

—Eso no es verdad.

Ella se encogió de hombros.

—Lo dices para que me sienta mejor. Debe de ser por eso por lo que me gustas tanto. Pero no hace falta que mientas. Ni tú ni yo nos chupamos el dedo. No dejo de decirme que me lo tengo que quitar de la cabeza, pero nunca lo hago, claro que no. ¿Sabes lo que me saca de quicio? Que ni siquiera haya sido capaz de decirme la verdad. Esa maldita pelirroja. ¿Qué verá en ella?

Por un instante Peter no supo a quién se refería.

—¿Estás hablando de… Lish?

Lore le lanzó una mirada torva.

—Peter, no seas obtuso. ¿Qué crees que está haciendo en ese estúpido barco suyo? Hace tres años que se marchó, y Michael aún sigue pensando en ella. A lo mejor, si Alicia siguiera por aquí, yo tendría alguna posibilidad. Pero no se puede competir con un fantasma.

Peter tardó unos instantes en procesar la información. Hacía apenas un minuto habría jurado que a Michael ni siquiera le gustaba Alicia; se peleaban como un par de gatos en un terrado. Pero en el fondo, Peter lo sabía, no eran tan distintos. Poseían la misma fuerza interior, idéntica obcecación, la misma incapacidad de aceptar una negativa cuando se les metía una idea entre ceja y ceja. Y, desde luego, el asunto traía cola. ¿Sería por eso por lo que Michael nunca abandonaba su barco? ¿Era su manera de llorar la pérdida? Todos lo habían hecho, cada cual a su manera. Al principio, Peter se enfadó con ella. Los había abandonado sin dar ninguna explicación, sin despedirse siquiera. Pero muchas cosas habían cambiado; el mundo había cambiado. Ahora su principal sentimiento era de soledad, pura y dolorosa, un espacio frío y vacío en el corazón, el mismo que antes ocupara Alicia.

—En cuanto a ti —prosiguió Lore, y se frotó los ojos con el dorso de la muñeca—, no sé quién es ella, pero tiene suerte.

No tenía sentido negarlo.

—Lo siento mucho.

—Ya me lo has dicho. —Con una sonrisa triste, Lore se propinó unas palmaditas en las rodillas—. Bueno, me queda el petróleo. Es más de lo que tienen muchas. Hazme un favor y siéntete fatal, ¿vale? No durante mucho tiempo. Un par de semanas bastará.

—Me siento fatal ahora mismo.

—Bien. —Lore inclinó el cuerpo hacia él para arrancarle un largo beso que supo a lágrimas. Luego se apartó bruscamente—. Para el camino. Nos vemos, teniente.

Empezaba a amanecer cuando Peter subía los primeros peldaños de las escaleras que llevaban a lo alto de la presa. La resaca era de órdago y pasarse el día aporreando un tejado recalentado por el sol no iba a mejorarla. Le habría venido bien una hora más de sueño, pero, después de la conversación con Lore, quería despejarse antes de acudir a su puesto de trabajo.

El sol ya había salido cuando llegó a lo más alto, enturbiado por una capa de nubes bajas que se evaporarían antes de una hora. Desde que Peter renunciara a seguir formando parte de los Expedicionarios, la presa se había tornado un enclave de trascendental importancia para él. En los días previos a su funesta partida hacia la Patria, había llevado allí a su sobrino. Nada digno de mención había sucedido. Contemplaron las vistas; charlaron de los viajes de Peter con los Expedicionarios, y de los padres de Caleb, Theo y Maus; y bajaron a nadar al pantano, algo que Caleb nunca había hecho con anterioridad. Una excursión normal y corriente, pero al final del día algo había cambiado. Una puerta se abrió en el corazón de Peter. En aquel momento no lo entendió, pero al otro lado de esa puerta aguardaba una nueva manera de vivir, que implicaba asumir la responsabilidad de adoptar al chico.

Caleb constituía el centro de su primera vida, la que conocía la gente. Peter Jaxon, oficial retirado de los Expedicionarios, ahora carpintero y padre, ciudadano de Kerrville, Texas. Era una existencia como cualquier otra, con sus penas y sus alegrías, y estaba satisfecho con ella. Caleb acababa de cumplir diez años. A diferencia de Peter, que a esa edad ya servía como Merodeador de la Guardia, el chico estaba disfrutando de una infancia. Iba al colegio, jugaba con sus amigos, hacía sus tareas sin que hubiera que azuzarlo demasiado y protestando lo justo, y cada noche, después de que Peter lo arropara, se hundía en el sueño con la apacible seguridad de que el día siguiente sería idéntico al anterior. Era alto para su edad, como todos los Jaxon; la suavidad de la niñez apenas empezaba a abandonar sus rasgos. Cada día se parecía un poco más a su padre, Theo, aunque el tema de sus padres ya no salía a relucir. No porque Peter lo evitara; el chico no preguntaba. Una noche —Caleb llevaba cosa de seis meses viviendo con él— estaban jugando al ajedrez cuando el chico, mientras meditaba la siguiente jugada, le preguntó tranquilamente, con la misma naturalidad con que le hablaría del tiempo: *¿Te parece bien que te llame «papá»?*. Peter se sobresaltó; no se lo esperaba. *¿A ti te gustaría?,* respondió Peter, y el chico asintió. *Ajá*, dijo. *Estaría bien*.

En cuanto a la otra vida: Peter no sabía cómo definirla, tan sólo era consciente de que existía y de que transcurría durante la noche. Los sueños que versaban sobre la granja abarcaban una larga serie de días y acontecimientos, pero la sensación siempre era la misma: un sentimiento de pertenencia, de hogar. Tan vívidos eran que se despertaba convencido de haber viajado a otro espacio y a otro tiempo, como si las horas de sueño y las de vigilia fueran dos caras de la misma moneda, dos realidades equivalentes.

¿Qué sueños eran ésos? ¿De dónde salían? ¿Los creaba su propia mente o acaso procedían de una fuente externa, tal vez la propia Amy? Peter no le había contado a nadie que la primera noche de la evacuación, en Iowa, Amy lo había visitado. Se lo calló por varias razones, pero sobre todo porque no estaba seguro de que hubiera sucedido realmente. Acababa de despertar de un sueño profundo. Sara y la hija de Hollis estaban fritas en su regazo, las dos acurrucadas contra el frío de Iowa bajo un cielo tan cuajado de estrellas que Peter tuvo la sensación de hallarse flotando entre ellas, y allí estaba Amy. No intercambiaron palabra, pero no hizo falta. Bastó con el contacto de sus manos. El instante duró una eternidad y fue fugaz como el rayo. Cuando Peter se quiso dar cuenta, Amy se había marchado.

¿También había soñado eso? Todo apuntaba a que sí. Los demás pensaban que Amy había muerto en el estadio, que sucumbió a la explosión que mató a los Doce. No la encontraron por ninguna parte y nada indicaba que hubiera sobrevivido. Y, sin embargo, el encuentro le pareció tan real... En ocasiones albergaba el convencimiento de que Amy seguía ahí fuera, en alguna parte; y luego las dudas volvían a asaltarlo. Al final, siempre se guardaba las preguntas para sí.

Se quedó un ratito allí, contemplando cómo el sol desplegaba su luz sobre las colinas de Texas. Más abajo, la superficie del embalse se mostraba inmóvil y reflectante como un espejo. A Peter le habría gustado hacer unos largos para quitarse la resaca de encima, pero tenía que ir a buscar a Caleb y llevarlo al colegio antes de acudir al trabajo. Como carpintero no era gran cosa —en realidad sólo valía para ser soldado, el único oficio que había aprendido—, pero se trataba de un trabajo estable que le permitía pasar tiempo en casa y, dado lo mucho que se estaba edificando últimamente, la Autoridad de Vivienda necesitaba tantos contingentes humanos como pudiera reunir.

Kerrville estaba atestado; cincuenta mil almas habían llevado a cabo el viaje desde Iowa. La población se había más que duplicado en tan sólo un par de años. Acoger a tanta gente fue complicado y todavía lo era. Kerrville había sido erigida bajo el principio de un crecimiento cero de población; a las parejas no se les permitía tener más de dos hijos so pena de una multa considerable. Si uno de los dos no alcanzaba la edad adulta, podían tener un tercero, pero únicamente si el niño moría antes de los diez años.

Con la llegada de las gentes de Iowa, el programa se fue al garete. La comida estaba racionada, la gasolina y las medicinas escaseaban, había problemas sanitarios; todos los males, en fin, que acarrea alojar a demasiada gente en un espacio reducido, incluido resentimiento para dar y tomar por ambas partes. Levantaron deprisa y corriendo un campo de refugiados para alojar a las primeras oleadas, pero a medida que fueron llegando más el campamento temporal se degradó rápidamente. Y si bien es cierto que buena parte de los naturales de Iowa, tras toda una vida de trabajos forzados, había tenido problemas para adaptarse a una vida en la que nadie les decía lo que debían hacer —en esa época se acuñó la expresión «más vago que un patriota»—, otros se fueron al extremo opuesto: se saltaban el toque de queda, llenaban los prostíbulos de Dunk y las casas de juego, bebían, robaban, se peleaban. En resumidas cuentas, se desmadraron. El único sector de la población que parecía encantado con aquel estado de cosas era el tráfico, que ganaba dinero a espuertas con un mercado negro en el que se podía encontrar de todo, desde comida hasta vendas o martillos.

La gente empezó a hablar sin tapujos de mudarse al otro lado de la muralla. Peter suponía que sólo era cuestión de tiempo; después de tres años sin que nadie hubiera avistado a un solo viral, dragón o lelo, la presión sobre el Gobierno Civil para que abriera las puertas aumentaba por momentos. Entre la población, los hechos acaecidos en el estadio habían mudado en mil leyendas distintas, ninguna idéntica a la otra, pero hasta los más escépticos empezaban a aceptar la idea de que la amenaza había terminado. Peter, él más que nadie, debería haber sido el primero en darles la razón.

Se volvió para mirar la ciudad. Casi cien mil almas. En otra época, la cifra lo habría apabullado. Había crecido en un pueblo —en un mundo— de menos de un centenar de habitantes. En las puertas de la muralla, entre los penachos de humo que los motores diésel proyectaban al aire matutino, los autobuses recogían trabajadores para trasladarlos al complejo agrícola. La vida bullía por doquier a medida que la ciudad despertaba y se desperezaba. Los problemas eran reales, pero carecían de importancia comparados con aquella prometedora escena. La época de los virales había quedado atrás. La humanidad se estaba recuperando. Un continente entero los estaba esperando a que tomaran posesión de él, y en Kerrville latía el comienzo de esa nueva era. Y entonces, ¿por qué a Peter se le antojaba un lugar tan insignificante, tan frágil? ¿Por qué estando allí, en lo alto del embalse, contemplando una mañana en apariencia tan prometedora, lo embargaba la desazón interna de la duda?

Bueno, pensó Peter, qué se le va a hacer. Si algo te enseña la paternidad es que te puedes preocupar cuanto quieras, pero eso no va a cambiar nada. Tenía un almuerzo que preparar, un «pórtate bien» que recalcar, una jornada de trabajo sencillo y honesto a la que plantar cara, y en veinticuatro horas todo volvería a empezar. *Treinta*, musitó para sí. *Hoy he cumplido treinta años.* Si alguien le hubiera preguntado hacía una década si viviría para verlo, y no digamos ya para criar a un hijo, lo habría tomado por loco. Así pues, a lo mejor no valía la pena darle más vueltas a la cabeza. Puede que el mero hecho de estar vivo, de tener a alguien a quien amar y que le amaba a su vez, fuera suficiente.

Le había dicho a Sara que no le apetecía celebrar una fiesta, pero ella organizaría algo de todos modos, claro que sí. *Después de todo lo que hemos vivido, los treinta merecen una celebración. Pásate después del trabajo. Sólo estaremos nosotros cinco.* Recogió a Caleb en el colegio y pasó por casa para asearse. Poco después de las 18:00 llegaron al apartamento de Sara y Hollis, cruzaron la puerta y se encontraron con la misma fiesta que Peter había rechazado. Había acudido muchísima gente, que ahora atestaba las minúsculas y opresivas habitaciones: vecinos y colegas del trabajo, padres de amigos de Caleb, compañeros del Ejército e incluso la hermana Peg, que reía y charlaba como una más enfundada en su severo hábito gris. En la puerta, Sara lo abrazó y le deseó feliz cumpleaños a la vez que Hollis le plantaba una copa en la mano y le propinaba unas palmaditas en la espalda. Caleb y Kate apenas si podían contener la risa.

—¿Tú estabas en el ajo? —le preguntó Peter a Caleb—. ¿Y tú también, Kate?

—¡Pues claro! —exclamó el chico—. ¡Deberías ver tu cara ahora mismo, papá!

—Ya veo. Eres un sinvergüenza —replicó Peter, adoptando un tono de padre enfadado, aunque también se reía.

Había comida, bebida, pastel e incluso algunos regalos, cosas que la gente había fabricado o encontrado por ahí, entre ellas unas cuantas bromas: calcetines, jabón, una navaja, un mazo de cartas, un enorme sombrero de paja que Peter se puso enseguida para hacer reír a los invitados. Sara y Hollis le regalaron una brújula de bolsillo, recuerdo del viaje que habían compartido, aunque Hollis también le pasó disimuladamente una pequeña petaca de acero.

—La última cosecha de Dunk, algo especial —le dijo con un guiño—, y no me preguntes cómo lo he conseguido. Aún tengo amigos en los bajos fondos.

Cuando hubo abierto los últimos regalos, la hermana Peg le ofreció una gran hoja de papel enrollada. *Feliz cumpleaños a nuestro héroe*, rezaba, e incluía las firmas —algunas legibles, otras no— de todos los niños del orfanato. Con un nudo en la garganta, Peter rodeó con los brazos a la anciana, un gesto que los sorprendió a los dos.

—Muchas gracias a todos —dijo—. Os lo agradezco de corazón.

Era cerca de medianoche cuando la fiesta se dio por concluida. Caleb y Kate se habían dormido en la cama de Sara y Hollis, amontonados como un par de cachorros. Peter y Sara se sentaron a la mesa mientras Hollis recogía.

—¿Sabemos algo de Michael? —le preguntó Peter.

—Nada de nada.

—¿Estás preocupada?

Ella frunció el ceño con acritud y luego se encogió de hombros.

—Michael es Michael. No entiendo esa obsesión que tiene con el barco, pero hará lo que le venga en gana en cualquier caso. Pensaba que Lore lo ayudaría a sentar la cabeza, pero supongo que no ha sido así.

Peter se sintió una pizca culpable; hacía doce horas, había compartido cama con esa misma mujer.

—¿Qué tal va todo por el hospital? —preguntó para cambiar de tema.

—Aquello es un manicomio. Ahora me toca hacer de comadrona. Bebés y más bebés. Jenny me está ayudando.

Sara se refería a la hermana de Gunnar Apgar, a la que habían encontrado en la Patria. Embarazada, Jenny había regresado a Kerrville con la primera remesa de evacuados y había llegado justo a tiempo de dar a luz. Un año atrás había contraído matrimonio con otro habitante de Iowa, aunque Peter ignoraba si se trataba del padre biológico. Buena parte de las veces se improvisaban ese tipo de arreglos.

—Lamenta no haber podido venir —prosiguió Sara—. Significas mucho para ella.

—¿Yo?

—Para mucha gente, en realidad. No sabría ni decirte la cantidad de personas que me preguntan a diario si te conozco.

—¿Me tomas el pelo?

—Perdona, ¿no has leído el cartel?

Peter se encogió de hombros, turbado, aunque en el fondo le complacía saberlo.

—Tan sólo soy un carpintero. Y no muy bueno, a decir verdad.

Sara soltó una carcajada.

—Lo que tú digas.

El toque de queda había sonado hacía rato, pero Peter sabía cómo burlar a las patrullas. Caleb apenas si abrió los ojos cuando lo tomó en brazos y se encaminó de vuelta a casa. Acababa de meter al niño en cama cuando llamaron a la puerta.

—¿Peter Jaxon?

El hombre que aguardaba en el umbral era un oficial militar que lucía las charreteras de los Expedicionarios.

—Es muy tarde. Mi hijo está durmiendo. ¿En qué le puedo ayudar, capitán?

El militar le tendió a Peter una hoja de papel lacrada.

—Que pase buena noche, señor Jaxon.

Peter cerró la puerta sin hacer ruido, rompió el sello con la navaja y leyó el mensaje.

Señor Jaxon:
Le ruego que me llame a mi despacho el miércoles a las 08:00 en punto. Ya hemos informado a su supervisor de que llegará tarde al trabajo.

Atentamente,
Victoria Sánchez
Presidenta de la República de Texas

—Papá, ¿el hombre que ha llamado a la puerta era un soldado?

Caleb había entrado en la sala frotándose los ojos con los puños. Peter volvió a leer el mensaje. ¿Qué querría Sánchez de él?

—No es nada —Tranquilizó al chico.

—¿Perteneces al Ejército otra vez?

Peter miró a su hijo. Diez años. Qué deprisa estaba creciendo.

—Pues claro que no —le aseguró, y dejó la nota en la mesa—. Ven, te llevaré a la cama.

3

ZONA ROJA
Dieciséis kilómetros al oeste de Kerrville, Texas
Julio, 101 d. V.

Lucius Greer, el Creyente, se apostó en la torre de vigilancia en la hora previa al alba. Su arma: un fusil de cerrojo 308 meticulosamente restaurado, con la culata de madera y mira óptica, el cristal algo empañado por el tiempo pero aún aprovechable. Iba por el cuarto cartucho; pronto tendría que volver a Kerrville en busca de más. Pero esa mañana del quincuagésimo octavo día, eso no le preocupaba. Le bastaría con un solo disparo.

Una tenue neblina se había instalado en el claro durante la noche. Su trampa —un cubo de puré de manzana— se encontraba a cien metros a favor del viento, alojada entre las altas hierbas. Inmóvil, sentado sobre las piernas dobladas y con el fusil apoyado en el regazo, Lucius aguardaba. No albergaba la menor duda de que su presa mordería el anzuelo; el aroma de las manzanas frescas es irresistible.

Para entretenerse, elevó una plegaria: *Dios mío, Señor del universo, sé mi guía y mi consuelo, otórgame las fuerzas y la sabiduría que necesito para cumplir tu voluntad durante el tiempo que me quede, para saber lo que se espera de mí, para ser merecedor de la misión que me has encomendado. Amén.*

Porque algo se avecinaba; Lucius lo notaba. Lo intuía igual que sentía los latidos de su corazón, el aliento en el pecho, el peso de sus huesos. La larga trayectoria de la historia humana apuntaba hacia la hora de la prueba final. Imposible saber cuándo llegaría el momento, pero lo haría antes o después y harían falta guerreros. Hombres como Lucius Greer.

Tres años habían transcurrido desde la liberación de la Patria. Los acontecimientos de aquella noche todavía lo acompañaban, recuerdos imborrables que se iluminaban de vez en cuando en su conciencia. El alboroto del estadio y la entrada de los virales; la insurgencia descargando el fuego sobre los ojosrojos y Alicia y Peter avanzando con las pistolas en ristre, efectuando un disparo tras otro; Amy encadenada, una figura frágil, y luego el rugido que surgió de su garganta cuando liberó el poder que albergaba; la transformación de su cuerpo, que abandonó su forma humana, y a continuación el estallido de las cadenas cuando las arrancó, y su imponente salto, raudo como el rayo, sobre los monstruosos enemigos; el caos y la confusión de la batalla, y Amy atrapada debajo de Martínez, el Décimo de los Doce; el resplandor de la destrucción y el silencio absoluto que reinó a continuación, como si el mundo se hubiera detenido.

Para cuando Lucius regresó a Kerrville, la primavera siguiente, ya sabía que no podría seguir viviendo entre personas. El sentido de aquella noche estaba claro; debía llevar una existencia solitaria. A solas, construyó su humilde choza junto al río, pero pronto sintió la llamada de algo más profundo que lo atraía hacia el corazón de la naturaleza. *Lucius, despréndete de todo. Deshazte de tus pertenencias. Renuncia a cualquier comodidad mundana y te será dado conocerme.* Libre de cualquier posesión excepto un cuchillo y la ropa que llevaba puesta, se internó en las resecas colinas y más allá, caminando sin otro destino que la soledad más absoluta que fuera capaz de hallar con el fin de reducir la vida a su esencia. Largos días sin comer, los pies desollados y ensangrentados, la lengua acartonada de pura sed. A medida que fueron pasando las semanas, con la sola compañía de las serpientes de cascabel, los cactus y el sol abrasador, empezó a sufrir alucinaciones. Un grupo de saguaros mudó en una fila de soldados en formación; aparecían lagos donde no los había; el perfil de unas montañas se transformó en una distante ciudad amurallada. Experimentaba aquellas visiones sin cuestionarlas, sin ser consciente de su falsedad; eran reales porque él así lo creía. De igual modo, pasado y presente se fundieron en su pensamiento. A veces era Lucius Greer, comandante de los Expedicionarios; otras, un prisionero en una cárcel militar; y aun otras se transformaba en un joven recluta o incluso en el niño que fuera un día.

Durante semanas deambuló en ese estado, a caballo entre múltiples realidades. Y entonces, cierto día, despertó tirado en un barranco bajo el sol abrasador del mediodía. Tenía el cuerpo grotescamente demacrado, sembrado de arañazos y llagas, los dedos ensangrentados, algunas uñas perdidas. ¿Qué había pasado? ¿Cómo había acabado así? No guardaba ningún recuerdo, únicamente la súbita, abrumadora consciencia de la imagen que lo había asaltado durante la noche.

Lucius había tenido una visión.

No sabía dónde estaba, tan sólo que debía encaminarse al norte. Seis horas más tarde, fue a parar a la carretera de Kerrville. Muerto de hambre y de sed, siguió caminando hasta poco antes del anochecer, momento en que divisó el cartel con la X roja. El refugio subterráneo albergaba abundantes provisiones: comida, agua, ropa, gas, armas y munición, incluso un generador. Lo que más le alegró la vista fue el Humee. Se lavó, se limpió las heridas y pasó la noche en un mullido catre, y por la mañana llenó el depósito del vehículo, cargó la batería, hinchó los neumáticos y puso rumbo al este. Llegó a Kerrville la mañana del segundo día.

En los límites de la Zona Naranja abandonó el Humvee y entró en la ciudad a pie. Allí, en una oscura habitación de Ciudad-H, entre hombres que no conocía y que nunca se presentaron, vendió tres de las carabinas que había hallado en el refugio para comprar un caballo y otros suministros. Para cuando llegó a su choza, caía la noche. La cabaña se erguía modestamente entre los álamos y los robles bicolor, a orillas del río, un único cuarto con el suelo de tierra, pero su sola visión bastó para inundar su corazón con la alegría del regreso. ¿Cuánto tiempo llevaba fuera? Se le antojaban años, décadas enteras de su vida y, sin embargo tan sólo habían transcurrido unos meses. El tiempo había corrido en sentido circular; Lucius estaba de vuelta en casa.

Desmontó, ató el caballo y entró en la cabaña. Un nido de pelusas y ramillas en la cama le informó de que alguien se la había apropiado durante su ausencia, pero, por lo demás, la desierta estancia seguía tal y como la había dejado. Encendió la linterna y se sentó a la mesa. Había depositado el petate con las provisiones a sus pies: el Remington, una caja de cartuchos, calcetines limpios, jabón, una navaja de afeitar, cerillas, un espejo de mano, media docena de plumas para escribir, tres frascos de tinta de moras y varias hojas de un papel grueso y fibroso. Llenó la palangana en el río y regresó a la casa. La imagen que le devolvió el espejo no era ni más ni menos impactante de lo que esperaba: las mejillas chupadas, los ojos hundidos en las cuencas, la piel requemada y llagada, y una maraña de pelo digna de un loco. La mitad inferior de su rostro había desaparecido bajo una barba capaz de albergar a una familia de ratones. Acababa de cumplir cincuenta y dos; el hombre del espejo aparentaba sesenta y cinco.

Bueno, se dijo, si quería volver a ser un soldado, aunque fuera uno viejo y machacado, tendría que dar el pego. Se cortó las greñas y la barba, y luego usó la navaja y el jabón para apurar el resto. Tiró el agua enjabonada a la tierra del exterior y regresó a la mesa, donde sacó el papel y las plumas.

Lucius cerró los ojos. La imagen que inundara su mente aquella noche en el barranco no se parecía a las alucinaciones que lo habían perseguido durante su travesía por el desierto. Se parecía más al recuerdo de algo vivido en primera persona. Se concentró en los detalles, mientras dejaba vagar su mente por la imagen. ¿Qué posibilidades tenía un aficionado como él de plasmar algo tan imponente? Pero tendría que intentarlo.

Lucius empezó a dibujar.

Un susurro entre la maleza: Lucius se llevó la mira al ojo. Había cuatro, hozando la tierra entre gruñidos y resoplidos, tres hembras y un macho de un marrón rojizo, dotados de colmillos largos y afilados. Setenta kilos de jabalí para quien los quisiera.

Disparó.

Conforme las hembras se dispersaban, el macho se tambaleó hacia delante, sufrió una fuerte convulsión y se desplomó sobre las patas delanteras. Lucius mantuvo al animal en la mira. Otra convulsión, más intensa que la primera, y el jabalí cayó de lado.

Lucius bajó la escalera a toda prisa y se acercó al animal que yacía sobre la hierba. Tras volcarlo en la lona, lo arrastró al linde de los árboles, le ató las patas traseras, colocó el gancho y procedió a izarlo. Cuando la cabeza del jabalí alcanzó la altura de su pecho, aseguró la cuerda, colocó la palangana debajo del animal, sacó el cuchillo y le cortó la garganta.

Un chorro de sangre caliente cayó en el recipiente. El cerdo le proporcionaría casi cuatro litros. Cuando el jabalí dejó de sangrar, Lucius vertió la sangre en un bidón de plástico con ayuda de un embudo. De haber tenido más tiempo, lo habría destripado y troceado y habría ahumado la carne para vendérsela al tráfico. Pero era el quincuagésimo octavo día y debía ponerse en marcha.

Dejó el cadáver en el suelo —como mínimo los coyotes se darían un festín— y regresó a la cabaña. Debía reconocerlo: viéndola, cualquiera pensaría que estaba habitada por un loco. Apenas habían transcurrido dos años de la primera vez que Lucius llevara la pluma al papel y ahora los frutos de su trabajo atestaban las paredes. Usaba cuanto tenía a su alcance, desde tinta hasta carbón, lápiz de grafito e incluso pintura, que costaba un riñón. Algunos dibujos estaban mejor acabados que otros; vistos en orden cronológico, advertías su lenta, en ocasiones frustrantemente inepta, autoeducación como artista. Pese a todo, los mejores captaban con bastante exactitud la imagen que poblaba la mente de Lucius a diario como las notas de una canción que no te puedes quitar de la cabeza.

Michael era el único que había visto los dibujos. Lucius apenas si se relacionaba con nadie, pero Michael había dado con él a través de un tipo del tráfico, un amigo de Lore. Una noche, hacía más de un año, al llegar a casa tras tender las trampas, había encontrado una vieja ranchera aparcada en su terreno y a Michael sentado en la contrapuerta trasera. En el tiempo que hacía que Greer lo conocía, había pasado de ser un chaval más bien tímido a convertirse en un ejemplo de masculinidad en toda regla: duro y parsimonioso, de rasgos fuertes y cierta aspereza en la zona de los ojos. El tipo de compañero que te gustaría tener al lado en la típica pelea de bar que empieza con un puñetazo en la nariz y termina con una huida en toda regla.

—Maldita sea, Greer —le dijo Michael—, tienes una pinta horrible. ¿Qué hay que hacer para conseguir una copa por aquí?

Lucius sacó la botella. Al principio no tenía muy claro a qué se debía la visita de Michael. Lo encontraba cambiado, un poco apático, una pizca ensimismado. Si de algo no se podía acusar a Michael era de introvertido. Disparaba ideas, teorías y proyectos como balas, por absurdos y mal concebidos que fueran. La intensidad seguía ahí —prácticamente te podías calentar las manos en la cabeza de aquel tipo—, pero teñida de un matiz más sombrío, como si no las tuviera todas consigo, como si Michael cavilara algo que no sabía cómo expresar.

Lucius había oído que Michael había dejado la refinería. Por lo visto, había roto con Lore y construido algún tipo de barco en el que pasaba buena parte del tiempo, navegando a solas por el Golfo. Michael no llegó a revelarle nunca qué buscaba en la vasta extensión del océano y Lucius no lo presionó. ¿Cómo habría explicado él su propia existencia de ermitaño si le hubieran preguntado? Sin embargo, a medida que avanzaba la noche que pasaban juntos, cada vez más borrachos, compartiendo una botella de la receta especial n.º 3 de Dunk —Lucius no bebía mucho en aquel entonces, pero el brebaje le venía bien como disolvente—, acabó pensando que la visita de Michael no ocultaba ningún motivo ulterior como no fuera la necesidad primordial de relacionarse con otros seres humanos. Ambos vivían a solas en la naturaleza, al fin y al cabo, y puede que Michael, al margen de todas sus chorradas, únicamente pretendiese pasar un rato en compañía de alguien que comprendiese sus sentimientos: la irresistible necesidad de estar solo en un momento en que, teóricamente, todos deberían estar bailando de alegría, concibiendo hijos y celebrando, en general, la vida en un mundo en el que la muerte no saltaba de los árboles y te dejaba seco a la primera de cambio.

Pasaron un rato comentando las noticias de los demás: el trabajo de Sara en el hospital y su tan ansiado traslado, junto con Hollis, del campo de refugiados a una vivienda permanente; el ascenso de Lore a jefa de división en la refinería; la renuncia de Peter, que había dejado a los Expedicionarios para quedarse en casa con Caleb; la decisión de Eustace, que no sorprendió a nadie, de abandonar los Expedicionarios y volver a Iowa con Nina. Un tono de alegre optimismo teñía la conversación, pero sólo en apariencia, y Lucius no se dejó engañar; bajo la superficie subyacían los nombres que no se atrevían a pronunciar.

Lucius no le había contado a nadie lo de Amy; únicamente él conocía la verdad. En lo concerniente al paradero de Alicia, no tenía nada que aportar. Ni él ni nadie, por lo que parecía; la mujer se había desvanecido en el gran vacío de Iowa. Al principio, Lucius no se había preocupado (Alicia era igual a un cometa, tan propensa a largas y repentinas ausencias como a repentinos y gloriosos retornos), pero a medida que pasaron los días sin que tuvieran noticias suyas en tanto que Michael languidecía en la cama con la pierna en cabestrillo, Lucius se percató de que la desaparición de Alicia ardía en los ojos de su amigo como una larga mecha que busca de su bomba. *No lo entiendes*, le había dicho, prácticamente levitando en la cama de pura frustración. *Esta vez se ha marchado para no volver*. Lucius no se molestó en contradecirlo —Alicia era la persona más independiente del mundo— ni tampoco trató de detener a Michael cuando, doce horas después de que le retiraran la escayola, ensilló un caballo y partió en su busca en mitad de una tormenta, un gesto nada inteligente por su parte, habida cuenta del tiempo transcurrido desde la partida y del hecho de que apenas si podía caminar.

Pero así era Michael. No aceptaba órdenes ni consejos. Además, el asunto transpiraba algo personal, como si Alicia hubiera dejado un mensaje que sólo él conocía. Michael regresó medio muerto de frío cinco días después, tras haber recorrido un perímetro de ciento sesenta kilómetros, y ya no mencionó más el tema, ni aquel día ni los siguientes; ni siquiera volvió a pronunciar su nombre.

Todos la querían, pero existe un tipo de personas, Lucius lo sabía, en posesión de un corazón inescrutable, que han nacido para mantenerse al margen. Alicia se había perdido en la nada y, después de tres años de ausencia, Lucius ya no se preguntaba qué habría sido de ella sino si realmente estuvo allí alguna vez.

Pasada la medianoche, ya servidas y apuradas las últimas copas, Michael sacó por fin el tema que, visto en retrospectiva, llevaba toda la noche atormentándolo.

—¿De verdad crees que no volverán? Los dragones, quiero decir.

—¿Por qué me preguntas eso?

Michael enarcó una ceja.

—¿Qué? ¿Lo crees?

Lucius formuló la respuesta con cautela.

—Tú estabas allí… Viste lo que pasó. Muertos los Doce, todos desaparecen. Si no recuerdo mal, fuiste tú el que lo dijiste. Es un poco tarde para cambiar de idea.

Michael desvió la vista y guardó silencio. ¿Se daría por satisfecho con la respuesta?

—Deberías venir a navegar conmigo alguna vez —propuso por fin, más animado—. Te gustaría. Hay un vasto mundo ahí fuera. Distinto a todo cuanto has visto hasta ahora.

Lucius sonrió. Fuera cual fuese la idea que lo reconcomía, aún no estaba listo para compartirla.

—Lo pensaré.

—Considéralo una invitación permanente. —Michael se levantó, apoyado en el borde de la mesa para no perder el equilibrio—. Bueno, la verdad es que voy como una cuba. Si te parece bien, creo que ha llegado la hora de que eche la pota y pierda el conocimiento en la camioneta.

Lucius señaló el pequeño catre.

—La cama es tuya si la quieres.

—Muy amable por tu parte. Quizá cuando nos conozcamos mejor.

Se encaminó a la puerta trastabillando. Una vez allí, dio media vuelta y pasó la empañada vista por la habitación.

—Eres todo un artista, comandante. Son unos dibujos interesantes. Algún día tienes que hablarme de ellos.

Y eso fue todo. Cuando Lucius despertó al día siguiente, Michael se había marchado. Pensó que volvería a verlo, pero no recibió más visitas; Michael debía de haber conseguido lo que buscaba o tal vez había concluido que Lucius no se lo podía proporcionar. *¿De verdad crees que no volverán…?* ¿Qué habría pensado su amigo si Lucius hubiera respondido a la pregunta con sinceridad?

Aparcó aquellas desconcertantes ideas en el fondo de su mente. Tras dejar el bidón de sangre a la sombra de la cabaña, descendió por la colina en dirección al río. El agua del Guadalupe siempre estaba muy fría, pero el tramo que pasaba cerca de su casa era gélido. En la zona del remanso había una profunda poza —de seis metros de profundidad— alimentada por un manantial natural. Altas piedras de caliza blanca la bordeaban. Lucius se despojó de las botas y los pantalones, agarró la cuerda que siempre dejaba allí atada, inspiró hondo y se columpió hasta el agua. La temperatura descendía con cada centímetro que buceaba. El petate, fabricado de gruesa lona, estaba asegurado bajo un saliente de roca, al resguardo de la corriente. Lucius ató la cuerda al asa del petate y lo extrajo. Acto seguido, sopló para expulsar el aire de los pulmones y ascendió.

Trepó por la orilla opuesta, caminó corriente abajo hasta una zona poco profunda, volvió a cruzar el río y tomó una senda que llevaba a lo alto de la pared de caliza. Sentado al borde del agua, echó mano de la cuerda e izó el petate.

Volvió a vestirse y llevó el petate a la cabaña. Allí, sobre la mesa, extrajo el contenido: ocho bidones más con una capacidad de unos treinta y cinco litros en total; la misma cantidad, más o menos, que alberga el sistema circulatorio de seis personas adultas.

Fuera del río, su premio se estropearía a marchas forzadas. Ató los bidones entre sí, recogió sus provisiones —agua y comida para tres días, el arma y la munición, un cuchillo, una linterna, un cabo de cuerda gruesa— y las sacó de la choza. Ni siquiera habían dado las siete pero el sol ya era abrasador. Ensilló el caballo, enfundó el fusil en su estuche y colgó el resto sobre la cruz del animal. No se molestó en llevarse un saco de dormir; cabalgaría durante la noche y llegaría a Houston por la mañana. el sexagésimo día.

Espoleando al caballo con los talones, partió.

4

GOLFO DE MÉXICO
Veintidós millas náuticas al sur-sudeste de la isla Galveston

04:30: El repiqueteo de la lluvia en la cara despertó a Michael Fisher.

Apoyó la espalda contra las costillas del barco. No brillaban estrellas en el cielo, pero al este una franja de mortecina luz despuntaba entre el horizonte y las nubes. Reinaba una calma chicha, aunque no duraría: Michael reconocía una tormenta cuando la olía.

Se desató los pantalones cortos, proyectó la pelvis hacia la popa y envió un chorro de orina de volumen y duración gratificantes a las aguas del golfo. No tenía mucha hambre, por cuanto su cuerpo se había acostumbrado a ignorarla, pero se tomó la molestia de bajar, preparar una dosis de proteínas en polvo y bebérsela en seis largos tragos. A menos que estuviera equivocado, y casi nunca lo estaba, le esperaba una mañana cargada de emoción; mejor afrontarla con el estómago lleno.

Había regresado a la cubierta cuando el primer relámpago surcó el horizonte. Cincuenta segundos después, el trueno retumbó largo y tendido, como si un dios gruñón hubiera carraspeado. El viento se había levantado también, con esas rachas desordenadas que preceden a la borrasca. Michael desenganchó la autodirección y estrechó la caña del timón bajo el puño cuando la lluvia arreciaba en serio. Un chaparrón tropical de gotas finas que lo empapó en un segundo. Michael no tenía nada contra los elementos. Eran lo que eran, como todo lo demás, y si esa tormenta iba a ser la que lo empujase finalmente al fondo del mar, bueno, nadie podría decir que no se lo había buscado.

¿En serio? ¿Tú solo? ¿Estás loco? En ocasiones le dirigían esas preguntas con buena intención, con una expresión de preocupación genuina; incluso personas a las que no conocía de nada trataban de disuadirlo. Pero

la mayor parte de las veces la persona ya lo daba por muerto. Si el mar no acababa con él, la barrera lo haría, esa barricada de explosivos flotantes que, según se decía, rodeaba el continente. ¿Quién en su sano juicio tentaría al destino de ese modo? Y sobre todo ahora, cuando no se había visto ni un solo viral en… ¿cuánto tiempo? ¿Cerca de treinta y seis meses? ¿Acaso no sobraba espacio en todo un continente para que un alma inquieta vagase de acá para allá?

Era verdad, pero no todas las decisiones se toman con la cabeza; algunas se toman con las entrañas. Y las entrañas de Michael le decían que esa barrera no existía y nunca había existido. Le estaba haciendo la peineta a la historia, a cien años de humanidad, a la vez que decía: *Yo no, ni hablar, seguid sin mí*. O eso o jugar a la ruleta rusa. Algo que, dada la tradición familiar, no quedaba del todo descartado.

No le gustaba pensar en el suicidio de sus padres, pero lo hacía, claro que sí. En algún rincón de su cerebro se proyectaba constantemente la película de aquella mañana. Sus rostros vacíos y grises y la tensión de las cuerdas alrededor de los cuellos. El leve chirrido que emitían. Las formas alargadas de los cuerpos, su absoluta y deshabitada laxitud. La oscuridad de los dedos de sus pies, abotargados de sangre acumulada. La primera reacción de Michael fue de total perplejidad. Se quedó mirando los cadáveres durante treinta segundos, tratando de analizar los datos, que acudían a su pensamiento en series de palabras inconexas que no lograba articular (*mamá, papá, colgando, cuerda, granero, muertos*) antes de que una explosión de terror inenarrable en su cerebro de once años lo impeliese a salir disparado hacia ellos para rodearles las piernas con los brazos y empujar sus cuerpos hacia arriba al mismo tiempo que gritaba el nombre de Sara para que acudiese en su ayuda. Llevaban muertos varias horas; sus esfuerzos fueron en vano. Y, sin embargo, había que intentarlo. Michael había aprendido que gran parte de la vida se reducía a tratar de reparar cosas irreparables.

Así pues, el mar, y sus paseos en solitario por la azul inmensidad. Se había convertido en una especie de hogar. Su barco era el *Nautilus*. Michael había sacado el nombre de un libro que había leído hacía muchos años, cuando sólo era un Pequeño en el Santuario: *Veinte mil leguas de viaje submarino*, un libro de bolsillo, viejo y amarilleado por el tiempo, con las hojas medio despegadas y, en la portada, la imagen de un extraño vehículo acorazado que parecía una mezcla de barco y tanque submarino, envuelto en los absorbentes tentáculos de un monstruo marino de un solo ojo. Mucho después de que los detalles de la trama se hubieran borrado de su mente, la imagen seguía allí, grabada en su retina. Y cuando llegó la hora de bautizar su navío, tras dos años de preparación, ejecución y conjetura pura y dura, *Nautilus* se le antojó el nombre más apropiado. Igual que si lo hubiera guardado a buen recaudo para cuando tuviera que usarlo.

Once metros de eslora y metro ochenta de calado, una vela mayor y un foque, equipado hasta los topes, y un pequeño camarote (aunque Michael casi siempre dormía en la cubierta). Lo había encontrado en un varadero cerca del Paso de San Luis, guardado en un hangar, todavía plantado sobre su cama de construcción. El casco, de resina de poliéster, estaba en buenas condiciones, pero lo demás era un desastre; la cubierta podrida, las velas desintegradas, las partes de metal prácticamente inservibles. Era, en otras palabras, perfecto para Michael Fisher, ingeniero primero de Electricidad y Energía y engrasador de primera clase, y un mes después había dejado la refinería y había canjeado los pagarés de cinco años para comprar las herramientas que precisaba, contratar obreros y llevarlos a San Luis. *¿En serio? ¿Tú solo? ¿En eso?* Sí, les dijo Michael al tiempo que desplegaba los planos sobre la mesa. En serio.

Qué ironía que tras todos esos años soplando las ascuas del viejo mundo, tratando de reavivar la civilización con las pocas máquinas que les quedaban, al final fuera la forma de propulsión más antigua de la humanidad la que lo impulsaba. El viento sopla, se arremolina en la cara de la vela y crea un vacío que el barco intenta compensar. Con cada viaje que emprendía, avanzaba un poco más, salía un poco más hacia alta mar, llevaba la locura más lejos. Al principio se había limitado a seguir la costa, para familiarizarse con el asunto. Al norte y al este hasta la aceitosa Nueva Orleans y el deprimente penacho de porquería química que marcaba la desembocadura del río. Al sur, a la isla Padre, con sus inacabables extensiones de arena blanca como talco. A medida que fue adquiriendo más confianza, sus trayectos se ampliaron. De vez en cuando se topaba con algún anacrónico resto de civilización —trozos de hierro oxidado amontonados a lo largo de los bancos de arena, falsos atolones de plástico que oscilaban con las olas, plataformas petrolíferas en ruinas que se erguían sobre montañas de posos—, pero pronto dejó todo eso atrás, conforme guiaba el velero más y más hacia el corazón de la inmensidad. El color del agua se oscureció; albergaba profundidades insondables. Calculaba la posición del sol con el sextante y trazaba el rumbo con el cabo de un lápiz. Un día se dio cuenta de que tenía debajo casi un kilómetro y medio de agua.

La mañana de la tormenta, Michael llevaba cuarenta y dos días en el mar. Tenía pensado llegar a Freeport a mediodía, comprar provisiones, descansar cosa de una semana —tenía que engordar un poco— y zarpar nuevamente. Tendría que lidiar con Lore, cómo no, siempre un asunto engorroso. ¿Le hablaría siquiera? ¿O se limitaría a fulminarlo con la mirada desde lejos? ¿Lo agarraría del cinturón y lo arrastraría a los barracones para arrancarle una hora de ávido sexo que, aun sabiendo que no era buena idea, no se avenía a rechazar? Michael nunca sabía qué se iba a encontrar o qué le haría sentir peor, si ser el cerdo que le había roto el corazón o el hipócrita que se metía en su cama. Porque no sabía cómo explicarle que ella no guardaba relación con nada de aquello: ni con el *Nautilus* ni con su necesidad de estar solo ni con el hecho de que, si bien ella lo merecía en todos los aspectos, no podía corresponder a su amor.

Su pensamiento viajó, como hacía a menudo, a su último encuentro con Alicia; la última vez que la vio nadie, por lo que él sabía. ¿Por qué lo había escogido a él? Había acudido a verlo al hospital, el día antes de que Sara y los demás se marcharan de la Patria para regresar a Kerrville. Michael no sabía qué hora era; dormía y, cuando despertó, ella estaba allí sentada, junto a su cama. Mostraba una... expresión peculiar. Michael notó que llevaba un rato a su lado, observándolo mientras dormía.

—¿Lish?

Alicia sonrió.

—Eh, Michael.

Eso fue todo durante otros treinta segundos como mínimo. Nada de *¿cómo te encuentras?* o *estás muy gracioso con la pata en alto, Circuitos*, ni ninguna de las mil pequeñas pullas que solían dedicarse desde que eran niños.

—¿Harías algo por mí? Un favor.

—Vale.

Sin embargo, Alicia no se explicó. Desvió la vista y luego volvió a mirarlo.

—Hace mucho que somos amigos, ¿verdad?

—Desde luego —respondió él—. Ya lo creo que sí.

—¿Sabes? Siempre has sido la mar de listo. ¿Te acuerdas de…? Ay, ¿cuándo fue? No lo sé, sólo éramos un par de críos. Creo que Peter también estaba allí, y Sara. Nos escapamos a la Muralla una noche, y tú nos diste un discurso, un discurso de verdad, lo juro por Dios, acerca de cómo funcionaban las luces, las turbinas, las baterías y demás. ¿Sabes que, hasta ese momento, yo pensaba que se encendían solas? En serio. Dios, qué tonta me sentí.

Él se encogió de hombros, turbado.

—Era un listillo, supongo.

—Eh, no te disculpes. Aquel día lo tuve claro. Este chico es especial. Algún día, cuando haga falta, nos salvará el culo a todos.

Michael no supo qué decir. Jamás había visto a nadie que pareciese tan perdido, tan abrumado por la vida.

—¿Qué me querías pedir, Lish?

—¿Pedirte?

—Has dicho que necesitabas que te hiciera un favor.

Ella frunció el ceño, como si no supiera de qué le hablaba.

—Supongo que sí. ¿Lo he dicho?

—Lish, ¿estás bien?

Alicia se puso de pie. Michael estaba a punto de decir algo más, aún no sabía qué, cuando ella se inclinó hacia él, le apartó el flequillo del rostro y, para su infinita sorpresa, le plantó un beso en la frente.

—Cuídate, Michael. ¿Harás eso por mí? Te van a necesitar por aquí.

—¿Por qué? ¿Te marchas a alguna parte?

—Tú prométemelo.

Y sucedió en ese instante; fue entonces cuando le falló a su amiga. Habían pasado tres años y aún seguía reviviendo el momento una y otra vez, como un hipido en el tiempo. El instante en que Alicia le dijo que se marchaba para siempre y él se calló lo único que habría podido retenerla. *Alguien te quiere, Lish. Yo te quiero. Yo. Michael. Te quiero y jamás he dejado de quererte y nunca lo haré.* Pero las palabras se le enredaron en alguna parte del trayecto que va de la mente a los labios, y el momento se esfumó.

—Vale.

—Vale —repitió ella. Y se marchó.

Pero ante la tormenta, la mañana de su cuadragésimo segundo día en el mar, sumido en esos pensamientos, Michael había perdido la concentración. Percibió, sin llegar a asimilar, la creciente hostilidad del mar, la profunda negrura del cielo, la progresiva furia del viento. Llegó de buenas a primeras, con un trueno ensordecedor y un ventarrón brutal, cargado de lluvia, que abofeteó el barco como la mano de un gigante y lo hizo escorar peligrosamente. *Hala*, pensó Michael, subiendo como pudo al mamparo de popa. *La madre que la parió.* Ya no estaba a tiempo de arrizar; lo único que podía hacer era encarar la borrasca de frente. Tensó la vela mayor y navegó pegado al viento. Entraba agua; espuma por la proa, chorros de lluvia del cielo. El aire estaba cargado de electricidad. Agarró la mayor con los dientes, la estiró tanto como pudo y la prendió a la polea.

Muy bien, pensó. *Como mínimo has esperado a que meara. A ver hasta dónde puedes llegar, zorra.*

Y se internó en la tormenta.

Seis horas después emergió con el corazón exultante por la victoria. La borrasca había quedado atrás, dejando a su paso una burbuja de aire azul. Michael no tenía ni idea de dónde estaba; se había desviado un buen trecho del rumbo. Lo único que podía hacer era dirigirse al este y ver adónde iba a parar.

Dos horas más tarde, avistó una larga línea de arena gris. Se acercó con la marea. La isla Galveston: lo sabía por los restos del viejo rompeolas. El sol brillaba, soplaba una risa suave. ¿Debía virar al sur rumbo a Freeport —casa, cena, una cama de verdad y todo lo demás— o qué? Sin embargo, los acontecimientos del día tornaban esa perspectiva deprimentemente sosa, un final demasiado aburrido para un día épico.

Decidió explorar el Canal de Houston. Podía echar el ancla allí para pasar la noche y zarpar hacia Freeport por la mañana. Examinó la carta náutica. Un estrecho paso de agua separaba el extremo norte de la isla de la península de Bolívar; al otro lado se encontraba la bahía de Galveston, una laguna costera más o menos circular de unas veinte millas de amplitud que conectaba al nordeste con un profundo estuario bordeado de embarcaderos y plantas químicas en ruinas.

Navegando a favor del viento, puso rumbo a la bahía. A diferencia de la espuma oscura de la costa, el agua estaba clara mar adentro, casi translúcida, y mostraba un matiz verdoso. Michael vio peces, incluso, formas oscuras que se deslizaban por debajo de la superficie. En algunos puntos de la orilla se acumulaban enormes masas de escombros, pero el resto aparecía limpio y reluciente.

Empezaba a anochecer cuando se aproximó a la boca del estuario. Una silueta grande y oscura se erguía en mitad del canal. Según se aproximaba, la imagen se definió: un enorme buque, de cientos de metros de eslora. Había quedado encajado entre dos soportes de suspensión del puente que cruzaba el canal. Navegó hacia él. El buque se encontraba ligeramente escorado hacia babor, la proa hundida, la parte alta de sus enormes hélices asomando un pizca por encima de la superficie. ¿Estaba varado? ¿Cómo había llegado allí? Seguramente igual que él, arrastrado por las mareas del paso de Bolívar. A lo largo de la popa, emborronado de óxido, estaba escrito el nombre del barco y su registro:

BERGENSFJORD
OSLO, NORUEGA

Guio al *Nautilus* junto a la torre más cercana. Sí, una escalera. Sujetó el barco, arrió las velas y bajó a buscar una palanca, una linterna, un estuche de herramientas y dos gruesas cuerdas de cien metros cada una. Introdujo los enseres en una mochila, regresó a cubierta, inspiró hondo para reunir fuerzas y empezó a trepar.

A Michael no le gustaban las alturas. Pocas cosas le afectaban ya, excepto eso. En la refinería, las circunstancias lo colocaban a menudo por encima del nivel del suelo —en lo alto de las torres, colgado de un arnés, para rascar el óxido— y con el paso del tiempo se había ido acostumbrando, o eso percibía su equipo. Lo cierto es que los efectos curativos del tratamiento de choque no pasaron de ahí. La escalerilla, peldaños de acero empotrados en el hormigón de la torre, no era ni de lejos tan sólida como parecía desde abajo. Algunos de los travesaños apenas si seguían prendidos al soporte. Para cuando llegó al final, el corazón se le salía por la garganta. Se tendió de espaldas en la calzada del puente colgante, para recuperar el aliento, y luego se asomó por el borde. Calculó que debía de haber unos cuarenta y cinco metros hasta la cubierta del barco, quizá más. Dios.

Ató la cuerda a la barandilla y la observó caer. El truco consistía en usar los pies para controlar el descenso. Rodeando la cuerda con las manos, se inclinó hacia atrás por encima del borde, tragó saliva con dificultad y saltó.

Durante medio segundo temió haber cometido el mayor error de su vida. ¡Qué idea más estúpida! Se iba a estrellar contra la cubierta. Pero entonces sus pies encontraron la cuerda y se ataron a ella con todas sus fuerzas. Mano sobre mano, descendió.

Michael suponía que el barco debió de ser algún tipo de buque de carga. Se encaminó a la popa, donde una escalerilla de metal a cielo abierto conducía al puente de mando. En lo alto de las escaleras encontró una pesada puerta cuya manija no cedía. La arrancó con la palanca e insertó la punta de un destornillador en el mecanismo. Unas cuantas sacudidas, chasquidos de mecanismos, y, con una segunda maniobra de la palanca, la puerta se abrió.

Un insoportable tufo a amoníaco invadió el aire; un aire que nadie había respirado desde hacía un siglo. Bajo el amplio parabrisas con vistas al canal se encontraba el panel de control del barco: filas y filas de interruptores y esferas, monitores de pantalla plana, teclados de ordenador. En una de las tres butacas que miraban al panel había un cadáver. El tiempo lo había tornado poco más que una rugosa mancha marrón cubierta de mohosos jirones de ropa. Unas charreteras de estilo militar con tres barras decoraban los hombros de su camisa. Un oficial, pensó Michael, puede que el mismísimo capitán. La causa de la muerte saltaba a la vista: un orificio en el cráneo, no mayor que el pulgar de Michael, indicaba por dónde había entrado la bala. En el suelo, bajo la mano tendida del hombre, yacía un revólver.

Michael encontró más cuerpos bajo cubierta. Casi todos estaban en la cama. No se demoró, tan sólo los añadió a la lista, cuarenta y dos cadáveres en total. ¿Se habían suicidado? La posición de los cuerpos lo sugería, aunque el método no resultaba evidente. Michael había visto anteriormente ese tipo de cosas, pero nunca tantos, y en un mismo espacio.

Descendiendo por el buque llegó a una sala que parecía distinta a las demás. No albergaba una o dos camas sino muchas, unas literas estrechas encastadas a ambos lados del mamparo, el espacio estaba separado por un exiguo pasillo. ¿El camarote de la tripulación? Varias camas se encontraban vacías; contó ocho cuerpos nada más, incluidos dos que se encontraban desnudos, con los miembros enlazados en el exiguo espacio de una litera inferior.

La zona parecía más abarrotada que el resto. Prendas de ropa podridas y objetos diversos cubrían buena parte del suelo. Muchas de las paredes que daban a las literas estaban decoradas: fotografías desvaídas, imágenes religiosas, postales. Despegó una de las fotos y la sostuvo a la luz de la linterna. Una mujer morena, sonriendo a la cámara, con un recién nacido en brazos.

Algo le llamó la atención.

Una gran hoja de papel, delgada como un pañuelo, pegada al mamparo: en la parte superior, con unas elegantes letras, aparecían las palabras HERALD TRIBUNE INTERNACIONAL. Michael soltó la cinta adhesiva y tendió el papel sobre la cama.

LA HUMANIDAD EN PELIGRO

La crisis empeora a medida que el número de muertos
se dispara en todo el mundo
El virus se extiende por los cinco continentes
Puertos y fronteras están desbordados ante los millones
de personas que huyen del contagio indiscriminado
Las grandes capitales sumidas en el caos ante los apagones masivos
que sumen Europa en tinieblas

ROMA (AP), 13 de mayo. El martes por la noche, el mundo quedó al borde del caos a medida que la enfermedad conocida como «el virus de Pascua» proseguía su mortal avance por todo el planeta.

Si bien la rápida propagación de la enfermedad dificulta el balance de víctimas, las autoridades sanitarias de la ONU afirman que el número de muertos supera los cientos de millones.

El virus, una variante aérea del que diezmó Norteamérica hace dos años, apareció en el Cáucaso asiático hace tan sólo cincuenta y nueve días. Las autoridades de la salud no escatiman esfuerzos tanto para identificar el origen del virus como para encontrar un tratamiento eficaz.

«Lo único que podemos decir ahora mismo es que se trata de un patógeno inusualmente potente y altamente letal», ha dicho Madeline Duplessis, jefa del comité ejecutivo de la Organización Mundial de la Salud, desde su sede en Ginebra. «Las tasas de morbilidad se aproximan al cien por ciento.»

A diferencia de la cepa norteamericana, el virus de Pascua no requiere contacto físico para producir el contagio y puede viajar largas distancias en partículas de polvo o microgotas respiratorias, lo que ha llevado a numerosos profesionales de la salud a compararla con la epidemia de gripe española de 1918, que acabó con cincuenta millones de vidas en todo el mundo. La prohibición de viajar apenas ha logrado frenar su propagación, como tampoco los intentos por parte de numerosas ciudades de evitar que los ciudadanos se congreguen en lugares públicos.

«Lamentamos decir que estamos a punto de perder el control de la situación», ha dicho el ministro de Salud italiano, Vincenzo Monti, en una prolongada rueda de prensa, durante la cual no dejaban de oírse toses. «No me cansaré de insistir en la importancia de que la gente se quede en casa. Niños, adultos, ancianos; nadie está a salvo de los efectos de esta cruel epidemia. El único modo de sobrevivir a la enfermedad es no contraerla.»

El virus de Pascua entra por los pulmones y derrota rápidamente las defensas del organismo para atacar primero el sistema respiratorio y luego el digestivo. Los síntomas tempranos incluyen desorientación, fiebre, dolor de cabeza, tos y vómitos repentinos o prácticamente sin previo aviso. A medida que el patógeno se instala, las víctimas experimentan hemorragias internas masivas, que suelen llevar a la muerte en un plazo de treinta y seis horas, aunque se conocen casos de adultos que han sucumbido en el breve plazo de dos horas. En contadas ocasiones, las víctimas de la enfermedad han sufrido las transformaciones características de la cepa norteamericana, incluida una marcada tendencia a la agresividad, pero se desconoce si alguno de estos individuos ha sobrevivido pasado el umbral de las treinta y seis horas.

«Por lo que sabemos, está sucediendo en un pequeño porcentaje de los casos», informó Duplessis a los periodistas. «En cuanto a por qué a esos individuos les afecta de manera distinta, aún no lo sabemos.»

Las autoridades de la OMS han especulado acerca de si la enfermedad podría haber viajado desde Norteamérica en barco o en avión, a pesar de la cuarentena internacional impuesta por las Naciones Unidas en el mes de junio de hace dos años. Otras teorías en relación con los orígenes del patógeno incluyen una fuente aviar, relacionada con la muerte masiva de varias especies de aves migratorias en los Urales del sur justo antes de la aparición de la enfermedad.

«Contemplamos todas las posibilidades», ha asegurado Duplessis. «Estamos buscando hasta debajo de las piedras.»

Una tercera teoría sostiene que la epidemia es obra de terroristas. En respuesta a las constantes especulaciones de la prensa, el secretario general de la Interpol, Javier Cabrera, antiguo secretario de Seguridad Interna de los Estados Unidos y actual miembro del gobierno de los Estados Unidos en el exilio, con sede en Londres, ha informado a la prensa: «Hasta el momento, ningún grupo ni individuo se ha atribuido la responsabilidad, que nosotros sepamos, aunque lo estamos investigando». Cabrera prosiguió afirmando que la Organización Internacional de Policía Criminal, de la que forman parte más de 190 estados, no posee prueba alguna de que ningún grupo terrorista o país bajo el patrocinio de éste posea la capacidad de crear un virus semejante.

«A pesar de las numerosas dificultades, seguimos coordinando nuestros esfuerzos con los servicios de inteligencia y la policía criminal de todo el mundo», ha asegurado Cabrera. «Ésta es una crisis global y requiere una reacción global. Si llegáramos a encontrar alguna prueba fehaciente de que la epidemia ha sido provocada por el hombre, tengan la seguridad de que los perpetradores deberán responder ante la justicia.»

Estando buena parte del planeta sometido a uno u otro tipo de ley marcial, los disturbios se han apoderado de cientos de ciudades, y se habla de guerra urbana en Río de Janeiro, Estambul, Atenas, Copenhague, Praga, Johannesburgo y Bangkok, entre muchas otras. Como respuesta a la creciente ola de violencia, la Organización de las Naciones Unidas, convocadas a una sesión de emergencia en la sede de La Haya, ha suplicado a las naciones del mundo que limiten el uso de la fuerza bruta.

«La humanidad no debería enfrentarse ahora los unos a los otros», ha dicho el secretario general de la ONU, Ahn Yoon-dae en una declaración por escrito. «La civilización debe ser la luz que nos guíe en estos tiempos oscuros.»

Prosiguen los apagones en toda Europa, que no hacen sino dificultar los intentos de apaciguar los ánimos y que se suman al caos. El martes por la noche, la oscuridad se extendió desde el norte de Dinamarca hasta el sur de Francia y norte de Italia. Se ha tenido noticia de cortes similares en la India, Japón y Australia oriental.

Las redes de comunicación terrestres y aéreas también se encuentran gravemente afectadas. Numerosas ciudades y pueblos han quedado aislados del mundo exterior. En Moscú, los cortes de agua y los fuertes vientos han impedido apagar los fuegos que han reducido a cenizas buena parte de la ciudad y han acabado con la vida de miles de personas. «Ha desaparecido todo», ha dicho un testigo. «Moscú ya no existe.»

Además, aumentan las informaciones relativas a suicidios en masa y a los denominados «cultos a la muerte». El lunes a primera hora, en Zúrich, unos agentes de policía que respondieron al aviso de un olor sospechoso descubrieron un almacén que albergaba más de 2.500 cadáveres, incluidos niños y recién nacidos. Según la policía, el grupo había empleado secobarbital, un poderoso barbitúrico, mezclado con una bebida de polvos con sabor a frutas para crear un cóctel mortal. Aunque la mayoría de las víctimas parecían haber ingerido la droga voluntariamente, algunos de los cuerpos tenían las muñecas y los tobillos atados.

En declaraciones a la prensa, el jefe de policía de Zúrich, Franz Schatz, describió la escena como «un horror inenarrable».

«No puedo ni imaginar la desesperación que llevaría a esas gentes a poner fin no sólo a sus propias vidas sino también a las de sus hijos», declaró Schatz.

En todo el planeta, grandes multitudes están migrando a los templos y a importantes enclaves religiosos en busca de consuelo espiritual ante esta crisis sin precedentes. En La Meca, la más importante de las ciudades santas del Islam, millones de personas siguen congregándose a pesar de la escasez de agua y alimentos que se suma al sufrimiento. En Roma, el papa Cornelius II, que en opinión de numerosos testigos parecía enfermo, se dirigió el martes a los fieles desde el balcón de la residencia papal para exhortarlos a «poner vuestras vidas en manos de un Dios todopoderoso y misericordioso».

Mientras las campanas repicaban por toda la ciudad, el pontífice dijo: «Si es la voluntad de Dios que los días de la humanidad lleguen a su fin, vayamos al encuentro de nuestro padre celestial con un sentimiento de paz y aceptación en los corazones. No os abandonéis a la desesperación, pues el nuestro es un Dios de vida y amor, que acoge en su seno a sus hijos desde el principio de los tiempos y los acogerá hasta el final».

A medida que el número de víctimas aumenta, las autoridades sanitarias temen que los restos mortales aceleren la propagación de la infección. Ante la avalancha de fallecimientos, los gobiernos de numerosas comunidades europeas han optado por emplear fosas abiertas. Otros han recurrido a los enterramientos en masa en el mar, trasladando los cuerpos de los difuntos en camiones a las ciudades costeras.

A pesar de los riesgos, numerosos familiares de fallecidos están actuando por su cuenta y recurren al trozo de tierra que tienen más a mano para enterrar a sus seres queridos. En una escena que se repite ya en las capitales de todo el mundo, el famoso Bosque de Bolonia de París, uno de los parques urbanos con más solera de Europa, alberga ahora miles de tumbas.

«Es lo último que puedo hacer por mi familia», ha dicho Gerard Bonnaire, de treinta y seis años, plantado ante las tumbas recién excavadas de su esposa y de su hijo pequeño, que sucumbieron con seis horas de diferencia. Tras sus infructuosos intentos de notificar las muertes a las autoridades, Bonnaire, que se ha identificado como un ejecutivo del Banco Mundial, pidió a sus vecinos que lo ayudaran a trasladar los cuerpos y a cavar una tumba, que ha señalado con fotografías familiares y el loro de peluche de su hijo, su juguete favorito.

«Tan sólo espero reunirme con ellos lo antes posible», ha dicho Bonnaire. «¿Qué nos queda? ¿Qué podemos hacer salvo morir?».

Michael tardó unos instantes en darse cuenta de que el artículo había llegado a su fin. Notaba el cuerpo entumecido, casi ingrávido. Despegó los ojos del periódico y paseó la vista por el camarote, como buscando a alguien que le dijera que lo había entendido mal, que todo eso era mentira. Pero no había nadie, sólo cadáveres, y el peso enorme y crujiente del *Bergensfjord*.

Que Dios nos ampare, pensó.

Estamos solos.

5

La mujer de la cama 16 armaba un jaleo de mil demonios. Con cada contracción, le soltaba a su marido una retahíla de maldiciones que sonrojarían a un engrasador. Lo que es peor: su cérvix apenas si había dilatado, dos centímetros nada más.

—Intenta tomártelo con calma, Marie —le aconsejó Sara—. Chillar y maldecir no hará que te duela menos.

—Maldita sea —le reprochó la mujer a su marido apretando los dientes—. ¡Esto es culpa tuya, hijo de perra!

—¿No puede hacer nada? —preguntó el marido a Sara.

Ésta no supo adivinar si se refería a hacer algo para aliviar el dolor de su esposa o para hacerla callar. A juzgar por su expresión apocada, estaba acostumbrado al maltrato verbal, supuso.

—Dile que respire.

—¿Y cómo llamas a esto?

La mujer hinchó los carrillos y sopló dos veces con sarcasmo.

Podría golpearla con un martillo, pensó Sara. *Eso ayudaría.*

—¡Por el amor de Dios, díganle a esa mujer que se calle!

La voz procedía de la cama contigua, ocupada por un anciano enfermo de neumonía. Concluyó la súplica con un ataque de tos cargada de flema.

—Marie, necesito que colabores conmigo, en serio —pidió Sara—. Estás molestando a los demás pacientes. Y no hay nada que yo pueda hacer ahora mismo. Hay que dejar que la naturaleza siga su curso.

—¿Sara?

Jenny se había acercado por detrás. Llevaba el cabello revuelto, pegado a la frente a causa del sudor.

—Acaba de llegar una mujer. Está a punto de salir de cuentas.

—Un momento. —Le lanzó a Marie una mirada severa: *Ya está bien de tonterías*—. ¿Te ha quedado claro?

—Ya lo creo —resopló la mujer—. Tú verás.

Sara siguió a Jenny a la zona de admisiones, donde había una mujer tendida en una camilla acompañada de su marido, que le sostenía la mano. Parecía mayor que las pacientes a las que Sara solía atender, de unos cuarenta años quizá. Tenía un rostro duro, demacrado, los dientes apiñados. Vetas grises surcaban su cabello largo y apagado. Sara leyó su informe a toda prisa.

—Señora Jiménez, soy la doctora Wilson. Está usted de treinta y seis semanas, ¿es correcto?

—No estoy segura de eso.

—¿Cuánto tiempo lleva sangrando?

—Unos cuantos días. Al principio sólo manchaba. Pero esta mañana el sangrado ha empeorado y ha comenzado el dolor.

—Le he dicho que debería haber venido antes —explicó el marido. Era un tipo grandullón, vestido con un mono azul; tenía unas manazas grandes como zarpas—. Yo estaba trabajando.

Sara tomó el pulso y la presión sanguínea de la mujer. A continuación le levantó la bata y le posó las manos en el vientre, presionando ligeramente. La mujer se encogió de dolor. Sara desplazó las manos hacia abajo y palpó aquí y allá, buscando la zona del desprendimiento. Fue entonces cuando reparó en los dos niños, dos muchachos recién entrados en la adolescencia, que esperaban sentados, algo retirados. Intercambió una mirada con el hombre pero no dijo nada.

—Tenemos el certificado en regla —alegó él, nervioso.

—No pensemos en eso ahora. —Sara extrajo un fetoscopio del bolsillo de su bata y presionó el disco plateado contra el abdomen de la mujer al tiempo que levantaba una mano para pedir silencio. Un siseo, fuerte y rítmico, resonó en sus oídos. Anotó el ritmo cardíaco del bebé en el informe, 118 latidos por minuto; un poco lento, pero nada demasiado preocupante todavía.

—Vale, Jenny, vamos a llevarla al quirófano. —Se volvió hacia el marido—. Señor Jiménez…

—Carlos. Llámeme Carlos.

—Carlos, todo va a salir bien. Pero quiero que usted y sus hijos esperen aquí.

La placenta se había desprendido de la pared uterina; de ahí procedía la sangre. Podía ser que el desgarro coagulase por sí solo, pero el hecho de que el bebé viniera de nalgas dificultaría el parto vaginal y, estando la mujer de treinta y seis semanas, Sara no veía motivos para esperar. En la antesala del quirófano, explicó lo que se proponía hacer.

—Podríamos alargar el embarazo un poco más —informó al marido—, pero no creo que sea buena idea. Es posible que el bebé no esté recibiendo suficiente oxígeno.

—¿Puedo entrar con ella?

—En este caso, no. —Tomó al hombre del brazo y lo miró a los ojos—. Yo cuidaré de su esposa. Confíe en mí. Más tarde tendrá tiempo de sobra para ayudarla.

Sara pidió anestesia y un calentador mientras Jenny y ella se lavaban y se enfundaban las batas. Jenny limpió el vientre y la zona púbica de la mujer con tintura de yodo y la llevó a la mesa de operaciones. Sara ajustó las lámparas, se puso los guantes y vertió la anestesia en una batea. Usando unos fórceps, hundió una esponja en el líquido marrón y la colocó en el compartimento de la mascarilla.

—Muy bien, señora Jiménez —empezó—. Ahora le voy a poner esto sobre la cara. Notará un olor raro.

La mujer la miró con aterrorizada impotencia.

—¿Me va a doler?

Sara esbozó una sonrisa tranquilizadora.

—No se va ni a enterar, créame. Y cuando despierte, su hijo ya estará con usted. —Colocó el respirador sobre la cara de la mujer—. Respire despacio, con normalidad.

La mujer perdió la consciencia al instante. Sara colocó la bandeja de instrumentos, aún calientes del esterilizador, en el lugar adecuado y se tapó la boca con la mascarilla. Con el bisturí, realizó una incisión transversal por encima del hueso púbico de la mujer y a continuación una segunda para abrir el útero. Apareció el bebé, enroscado cabeza abajo en el saco amniótico, cuyo fluido había adquirido un tono rosado a causa de la sangre. Sara pinchó el saco con sumo cuidado e introdujo los fórceps.

—Vale, prepárate.

Jenny se plantó a su lado con una toalla y una palangana. Deslizando la mano por debajo de la cabeza según salía y sujetándole los hombros con el pulgar y el meñique, Sara extrajo al niño por la incisión; a la niña: el bebé era una niña. Un cuidadoso tirón más y acabó de salir. Sosteniéndola con la toalla, Jenny le aspiró la nariz y la boca, la colocó boca abajo y le frotó la espalda; con un carrasposo hipido, la niña empezó a respirar. Sara pinzó el cordón umbilical, lo cortó, extrajo la placenta y la depositó en la palangana. En tanto que Jenny tendía a la recién nacida debajo del calentador y comprobaba sus constantes vitales, Sara suturó los cortes de la madre. Sangrado mínimo, sin complicaciones, una niña sana. No estaba mal para diez minutos de trabajo.

Sara retiró la mascarilla del rostro de la paciente.

—Ya está aquí —le susurró al oído—. Todo va bien. Es una niña totalmente sana.

El marido y los hijos aguardaban junto al quirófano. Sara les concedió un momento de intimidad. Carlos besó a su esposa, que empezaba a recuperar la consciencia, y luego tomó en brazos a su hija para abrazarla. Por turnos, los dos niños la sostuvieron también.

—¿Ya saben cómo la van a llamar? —preguntó Sara.

El hombre asintió con lágrimas en los ojos. El gesto conquistó a Sara; no todos los padres eran tan sentimentales. Algunos se mostraban casi indiferentes.

—Grace —dijo.

Madre e hija desaparecieron por el pasillo. Tras pedir a los chicos que esperaran en la recepción, el hombre rebuscó en el bolsillo de su chaqueta y, con aire nervioso, le tendió a Sara el documento que ella estaba esperando. Las parejas que deseaban engendrar un tercer hijo podían comprar el derecho a otra pareja que no hubiera alcanzado el máximo legal establecido. A Sara le desagradaba esa práctica; le parecía mal comprar y vender la posibilidad de crear una vida, y la mitad de los certificados que veía eran falsificaciones, comprados en el tráfico.

Examinó el documento de Carlos. El certificado estaba expedido en un impreso gubernamental, pero el color de la tinta no se parecía ni por asomo al oficial y habían estampado el sello en el lado equivocado.

—Quienquiera que le vendió esto debería devolverle el dinero.

El semblante de Carlos se descompuso.

—Por favor, sólo soy un hidro. No me llega para pagar el impuesto. Yo tuve la culpa. Ella me dijo que no era buen momento.

—Me alegro de que lo admita, pero me temo que ésa no es la cuestión.

—Se lo suplico, doctora Wilson. No me obligue a entregársela a las hermanas. Mis hijos son buenos chicos, ya lo ha visto.

Sara no tenía la menor intención de enviar a la pequeña Grace al orfanato. Por otro lado, el certificado del hombre era tan ostentosamente falso que algún empleado de la agencia censal podía sentirse obligado a dar la alarma.

—Háganos un favor a los dos y deshágase de esto. Registraré el nacimiento, y si me preguntan por el documento inventaré una excusa; les diré que lo he perdido o algo así. Con un poco de suerte, el asunto pasará desapercibido entre todo el papeleo.

Carlos no hizo ademán de recuperar el certificado; no parecía entender lo que Sara le estaba diciendo. Sin duda había ensayado mentalmente el momento en mil ocasiones. Y ni una sola vez había imaginado que alguien se limitaría a borrar el problema sin más.

—Venga, quédeselo.

—¿Lo dice en serio? ¿No se meterá en un lío?

Ella le devolvió el papel.

—Rómpalo, quémelo, métalo en el primer cubo de basura que encuentre. Olvide que hemos mantenido esta conversación y en paz.

El hombre se guardó el certificado en el bolsillo. Durante un segundo, Sara pensó que la iba a abrazar, pero al final se contuvo.

—La tendré presente en mis oraciones, doctora Wilson. Nos aseguraremos de que nuestra hija tenga una buena vida, se lo juro.

—Cuento con ello. Pero hágame un favor.

—Lo que sea.

—Cuando su mujer le diga que no es buen momento, créala, ¿vale?

En el puesto de control, Sara mostró su pase. Pronto estaba recorriendo las oscuras calles de camino a casa. Salvo en el hospital y otros edificios de interés público, la electricidad se cortaba a las 22:00. Pero eso no significaba que la ciudad se fuera a dormir en cuanto se apagaban las luces. Cuando reinaba la oscuridad, la urbe cobraba otro tipo de vida. Bares, burdeles, locales de juego; Hollis le había contado un montón de historias y, tras dos años viviendo en el campo de refugiados, Sara había visto prácticamente de todo.

Abrió la puerta de la vivienda. Kate llevaba un buen rato durmiendo, pero Hollis estaba levantado, leyendo un libro a la luz de las velas en la mesa de la cocina.

—¿Es bueno? —le preguntó.

Desde que Sara trabajaba hasta las tantas en el hospital, Hollis se había convertido en un lector voraz. Sacaba montones de libros de la biblioteca y los iba eligiendo de la pila que tenía junto a la cama.

—Demasiadas palabrejas para mi gusto. Michael me lo recomendó hace un tiempo. Trata de un submarino.

Ella colgó el abrigo en la percha que había junto a la puerta.

—¿Qué es un submarino?

Hollis cerró el libro y se quitó las gafas de leer; otra novedad. Unas pequeñas lentes en forma de media luna, empañadas y rayadas, sujetas por una montura negra, de plástico. Sara pensaba que le daban un aspecto distinguido, pero Hollis decía que le hacían sentir viejo.

—Por lo visto, es un barco que navega por debajo del agua. A mí me parece una tontería, pero la historia no está mal. ¿Tienes hambre? Te puedo preparar algo, si quieres.

Sara estaba hambrienta, pero comer se le antojaba un esfuerzo excesivo.

—Sólo quiero irme a la cama.

Echó un vistazo a Kate, que dormía como un tronco, y se lavó la cara. Dedicó un instante para mirarse al espejo. No podía negarlo, la edad empezaba a pasarle factura. Tenía patas de gallo alrededor de los ojos, y su cabellera rubia, que ahora llevaba más corta y peinada hacia atrás, ya no era tan abundante. Su tez estaba perdiendo la tersura. Siempre se había considerado guapa y, bien mirado, todavía lo era. Pero en algún momento, entre el discurrir de los días, la cúspide de su vida había quedado atrás. En el pasado, cuando miraba su reflejo, veía a la niña que fuera un día; la mujer del espejo seguía siendo una extensión de su yo de infancia. Ahora veía el futuro. Las arrugas se tornarían más profundas, la piel se le descolgaría, la luz de sus ojos se apagaría. Su juventud se estaba esfumando, se fundía poco a poco con el pasado.

Y, sin embargo, la idea no la perturbaba, o no demasiado. Con la edad había adquirido autoridad, y con la autoridad la capacidad de ser útil; de curar, consolar y traer nuevos seres al mundo. *La tendré presente en mis oraciones, doctora Wilson.* Sara oía palabras parecidas prácticamente a diario, pero todavía no se había acostumbrado a ellas. El nombre, sin ir más lejos, doctora Wilson. Todavía le chocaba oírlo en labios de alguien sabiendo que se refería a ella. A su llegada a Kerrville, tres años atrás, se personó en el hospital para preguntar si sus conocimientos de enfermería podían resultar de utilidad. En una pequeña sala sin ventanas, un doctor llamado Elacqua la estuvo interrogando largo y tendido: sistemas del cuerpo humano, diagnóstico, tratamientos para enfermedades y heridas. El rostro del hombre no mostraba la menor emoción cuando reaccionaba a sus respuestas trazando moscas en un sujetapapeles. El examen duró más de dos horas. Hacia el final, Sara tenía la sensación de estar avanzando a ciegas en plena tormenta. ¿Qué podía ofrecer ella, con su escasa preparación, a un centro médico cuyos tratamientos se encontraban a años luz de los remedios caseros de la Colonia? ¿Cómo había podido ser tan ingenua?

—Bueno, supongo que eso es todo —dijo el doctor Elacqua—. Felicidades.

Sara se quedó de piedra. ¿Le estaba tomando el pelo?

—¿Eso significa que voy a ser enfermera? —preguntó.

—¿Enfermera? No. Tenemos enfermeras para dar y tomar. Vuelva mañana, señora Wilson. Las prácticas empezarán a las siete en punto. Calculo que en unos doce meses estará lista.

—¿Lista para qué? —quiso saber Sara, y Elacqua, cuyo interminable interrogatorio no había sido sino un preámbulo de lo que estaba por venir, aclaró, con indisimulada impaciencia:

—Puede que no me haya explicado con claridad. No sé dónde ha aprendido todo eso, pero sabe usted el doble de lo que sería de esperar. Va a ser médica.

Y luego, claro, llegó Kate. Su hermosa, sorprendente, milagrosa Kate. A Sara y a Hollis les habría gustado tener un segundo hijo, pero la violencia del nacimiento de Kate le provocó daños irreparables. Una decepción, y no exenta de ironía, por cuanto sus manos traían niños al mundo día tras día, pero Sara no tenía derecho a quejarse. Haber encontrado a su hija, y el hecho de que las dos hubieran podido reunirse con Hollis y escapar de la Patria para regresar a Kerrville y formar una familia... hablar de milagro no bastaba para definirlo. Sara no era religiosa en un sentido confesional —consideraba a las hermanas buenas personas, aunque algo fanáticas en sus creencias—, pero solamente un idiota obviaría la mano de la providencia en su historia. No podías despertarte cada día en un mundo como ése y no dedicar por lo menos una hora a pensar en cómo dar las gracias por lo que tenías.

Rara vez pensaba en la Patria, o tan raramente como podía. Todavía soñaba con ella y, sin embargo, por extraño que fuera, los sueños no se centraban en los peores momentos que había vivido allí. Casi siempre soñaba que tenía hambre y frío, y experimentaba una sensación de impotencia, o que hacía girar y girar las ruedas de la trituradora en la planta de biodiésel. En ocasiones, sencillamente se miraba las manos con perplejidad, como intentando recordar qué se suponía que deberían albergar; de vez en cuando soñaba con Jackie, la anciana que le había brindado amistad, o con Lila, que antaño le inspirara sentimientos un tanto ambiguos, ahora destilados en una especie de piedad triste. De tanto en tanto, sus sueños eran pesadillas puras y duras —corría con Kate en brazos entre una cegadora ventisca, escapando de algo terrible—, pero éstas habían disminuido. Así pues, tenía un motivo más por el que sentirse agradecida: antes o después, tal vez no muy pronto pero algún día, la Patria se convertiría en un recuerdo más de una vida llena de remembranzas, una desagradable reminiscencia que no haría sino aumentar la belleza de las demás.

Hollis ya se había quedado frito. El hombre dormía como un gigante abatido; apoyaba la cabeza en la almohada y al poco empezaba a roncar. Sara apagó la vela y se deslizó entre las sábanas. Se preguntó si Marie ya habría dado a luz a su hijo, y si seguiría gritándole a su marido. Pensó en la familia Jiménez y en la expresión de Carlos cuando tomó a la pequeña Grace en brazos. Puede que *gracia* fuera la palabra que estaba buscando. Aún era posible que la agencia censal diera la voz de alarma, pero Sara no lo creía. No entre tantos nacimientos. Y ésa era la cuestión. Ese detalle daba sentido a todo lo demás. Un nuevo mundo estaba al llegar, un nuevo mundo había llegado ya. Puede que fuera eso lo que uno aprende al hacerse mayor, cuando se mira al espejo y ve el paso del tiempo en su rostro, cuando mira a su hija dormida y ve a la niña que fue un día y nunca volverá a ser. El mundo es real y tú formas parte de él, una parte fugaz, pero una parte al fin y al cabo, y si tienes suerte, y tal vez incluso si no la tienes, los actos que realizas por amor serán recordados.

6

El cielo sobre Houston liberó la noche despacio, oscuridad fundida en gris. Greer entró en la ciudad. Allí donde la autopista Katy se cruza con la

610, en una maraña de rampas y pasos elevados desplomados, giró hacia el norte, dejando atrás marismas y pantanos de arenas movedizas e impenetrables follajes. Evitando los inundados barrios del centro, buscó un terreno elevado y luego enfiló por una ancha avenida repleta de ruinosos coches en dirección sur, hacia la laguna del centro.

El bote estaba donde lo había dejado dos meses atrás. Greer ató su caballo, vació el agua de lluvia infestada de mosquitos y arrastró la embarcación al borde de la laguna. Al fondo, el *Chevron Mariner* asomaba en un ángulo extraño, un gran templo de óxido y podredumbre alojado entre las inclinadas torres del corazón de la ciudad. Dejó las provisiones en el suelo de la embarcación, la puso a flote y se alejó remando de la orilla.

En el vestíbulo de One Allen Center, amarró la barca al pie de las escaleras mecánicas y, echándose al hombro el petate con su empapado contenido, empezó a subir. El ascenso de diez pisos por un aire sucio de moho lo dejó mareado y sin aliento. En la desierta oficina, sacó la cuerda que llevaba consigo y dejó caer la bolsa hasta la cubierta del *Mariner*; a continuación, descendió a pulso.

Siempre alimentaba a Carter en primer lugar.

En el lado de babor, más o menos en la sección media, había una escotilla nivelada con la cubierta. Greer se arrodilló junto a ésta y extrajo los bidones de sangre del petate. Ató tres por las asas con una de las cuerdas. El sol, a su espalda, arañaba la cubierta con sus rayos. Con una gran llave inglesa aflojó los pernos de seguridad, giró la manija y abrió la compuerta.

Un rayo de sol iluminó el fondo. Carter yacía en postura fetal junto al mamparo delantero, con el cuerpo en sombras, lejos de la luz. Viejos bidones y rollos de cuerda se amontonaban en el suelo. Soltando la cuerda despacio, Greer dejó caer los bidones. Únicamente cuando llegaron al fondo se movió Carter. Al corretear a gatas hacia la sangre, Greer soltó la cuerda, cerró la trampilla y aseguró los pernos.

Ahora, Amy.

Greer avanzó hacia la segunda escotilla. El secreto radicaba en moverse deprisa pero sin dejarse llevar por el pánico. El olor de la sangre: en el caso de Amy, algo tan fino como una membrana de plástico no lo mantenía a buen recaudo; su ansia era demasiado fuerte. Greer dejó los bidones al alcance de la mano, desatornilló los pernos y los dejó a un lado. Inspiró profundamente para serenarse. Sólo entonces abrió la escotilla.

Sangre.

Amy saltó. Lucius tiró los bidones, cerró la compuerta a toda prisa e introdujo el primer perno al mismo tiempo que Amy empujaba la compuerta. El metal resonó como golpeado con un martillo gigante. Lucius aseguró la compuerta con su propio peso. Un segundo golpe lo dejó sin aliento. Las bisagras estaban cediendo. Si no conseguía asegurar los pernos restantes a tiempo, la escotilla no aguantaría. Se las arregló para introducir dos más en los orificios cuando Amy volvió a golpear. Greer observó con impotencia cómo una de las piezas se alejaba rodando por la cubierta. Alargó la mano y la recuperó por los pelos.

—Amy —gritó—, ¡soy yo! ¡Soy Lucius! —Colocó el perno en su lugar y lo golpeó con la cabeza de la llave inglesa para encajarlo—. ¡La sangre está ahí! ¡Sigue el rastro de la sangre!

Tres giros y el perno quedó asegurado, alineando el cuarto en el proceso. Lo embutió rápidamente. Un último empujón desde dentro, menos intenso ahora; y los golpes cesaron.

Lucius, no quería…

—No pasa nada —dijo él.

Lo siento…

Greer recogió las herramientas para guardarlas en el petate vacío. Abajo, en las bodegas del *Chevron Mariner*, Amy y Carter saciaban su sed. Siempre sucedía lo mismo; Greer ya debería estar acostumbrado a esas alturas. Y, sin embargo, el corazón le latía desbocado, la adrenalina inundaba su mente y su cuerpo.

—Soy tuyo, Amy —le aseguró—. Siempre lo seré. Pase lo que pase. Lo sabes.

Y, tras pronunciar esas palabras, Lucius echó a andar por la cubierta del *Mariner* antes de saltar nuevamente por la ventana.

7

Cuando Amy recuperó la consciencia, se descubrió a gatas sobre la tierra. Llevaba las manos cubiertas por unos guantes. Un plantel de miramelindos descansaba en el suelo, a su lado y, junto a éste, una paleta de jardinería oxidada.

—¿Se encuentra bien, señorita Amy?

Carter estaba sentado en el patio, repantingado a la mesa de hierro forjado, abanicándose con su gran sombrero de paja. Sobre la mesa había dos vasos de té helado.

—Ese hombre nos cuida bien —observó Carter a la vez que lanzaba un suspiro de satisfacción—. Ni me acuerdo de cuándo fue la última vez que comí tanto.

Amy se incorporó con movimientos inseguros. La embargaba una profunda debilidad, como si acabara de despertar de una larga siesta.

—Venga a sentarse un momento —sugirió Carter—. Deje que su cuerpo haga la digestión. El día de la comida es como un día de fiesta por aquí. Las flores pueden esperar.

Tenía razón; siempre había más flores. Tan pronto como Amy acababa de trasplantar un plantel, otro aparecía junto a la puerta. Lo mismo sucedía con el té: la mesa estaba vacía y, al minuto siguiente, dos vasos empañados los estaban esperando. A través de qué agente invisible se materializaban esas cosas, Amy lo desconocía. Todo formaba parte de ese lugar y de su peculiar lógica. Cada día una estación, cada estación un año.

Se despojó de los guantes y cruzó el césped para sentarse enfrente de Carter. El sabor empalagoso de la sangre perduraba en su boca. Tomó un sorbo de té para librarse de él.

—Hay que conservar las fuerzas, señorita Amy —aconsejó Carter—. Nadie le va a dar un premio por morirse de hambre.

—Es que… me siento fatal. —Miró a Carter, que seguía abanicándose con el sombrero—. He intentado matarlo otra vez.

—Lucius es muy consciente de la situación. Dudo que se lo tome como algo personal.

—Ésa no es la cuestión, Anthony. Tengo que aprender a controlarlo igual que haces tú.

Carter frunció el ceño. Era un hombre de pocas expresiones, de pequeños gestos, de pausas meditabundas.

—No sea tan dura consigo misma. Sólo ha tenido tres años para acostumbrarse. Es usted una niña en lo concerniente a su estado actual.

—No me siento una niña.

—¿Y cómo se siente?

—Me siento un monstruo.

Había hablado con excesiva brusquedad. Amy desvió la vista, avergonzada. Después de comer, siempre la invadían las dudas. Qué extraño era saberse un cuerpo en un barco mientras que su mente habitaba ese otro lugar, entre plantas y flores. Únicamente cuando Lucius traía la sangre colisionaban ambos mundos, y el contraste la desorientaba. Carter le había explicado que el lugar no había sido creado especialmente para ellos dos; la única diferencia era que ellos podían verlo y los demás, no. Había un mundo de carne, sangre y hueso, pero también otro… una realidad más profunda que las personas normales únicamente podían atisbar de manera fugaz, si acaso llegaban a hacerlo. Un mundo habitado por almas, tanto de los vivos como de los muertos, en el cual el tiempo y el espacio, la memoria y el deseo existían en un estado de pura fluidez, igual que en los sueños.

Amy sabía que era verdad. Tenía la sensación de que siempre lo había sabido, de que, aun siendo una niña, una niña puramente humana, había presentido la existencia de aquel otro reino, de aquel mundo detrás del mundo, como solía llamarlo. Suponía que muchos niños lo conocían también. ¿Qué era la infancia, sino un pasaje de la luz a la oscuridad, un viaje del alma que se hundía despacio en un océano de materia? Durante su estancia en el *Chevron Mariner*, entendió muchas cosas del pasado. Vívidos recuerdos se abrieron paso centímetro a centímetro hasta su consciencia, la abordaron con los delicados pies de la memoria, hasta que sucesos de un pasado muy lejano se le antojaron acontecimientos recientes. Recordaba una época, hacía mucho tiempo, en el período al que mentalmente se refería como *antes* —antes de Lacey y Wolgast, antes del Proyecto NOÉ, antes de la montaña de Oregón en la que se instalaron y de sus largos paseos en solitario por un mundo desierto, con la única compañía de los virales— en que los animales le hablaban. Animales grandes, como los perros, pero también pequeños a los que nadie prestaba atención, pájaros e incluso insectos. En aquel entonces no le daba importancia a su habilidad; le parecía lo más natural. Ni tampoco le extrañaba el hecho de que nadie más oyera esas voces; había nacido en un mundo en el que los animales únicamente le hablaban a ella, la llamaban siempre por su nombre, como viejos amigos, le explicaban detalles acerca de sus vidas, y a Amy la hacía feliz saberse poseedora del don cuando tantos otros aspectos de su existencia se le antojaban absurdos: los vaivenes emocionales de su madre y sus largas ausencias; los constantes desplazamientos, los extraños que iban y venían sin motivo aparente.

Todo eso sucedió sin pena ni gloria hasta el día que Lacey la llevó al zoo. En aquel entonces, Amy aún no comprendía que su madre la había abandonado —que nunca volvería a verla— y agradeció la invitación. Había oído hablar de los zoológicos pero nunca había visto ninguno. En las instalaciones la recibió un zumbido de voces animales que le daban la bienvenida. Tras los confusos acontecimientos del día anterior —la súbita partida de su madre y la presencia de las monjas, que eran simpáticas pero de un modo un tanto forzado, como si hubieran aprendido a ser amables en un manual—, allí se sentía a gusto. Presa de un súbito impulso, se separó de Lacey y corrió al tanque de los osos polares. Había tres osos retozando al sol; un cuarto nadaba bajo el agua. Qué imponentes eran, qué fantásticos. Aun ahora, tantos años después, le encantaba recordarlos, su maravilloso pelaje blanco, sus enormes y musculosos cuerpos, sus expresivos semblantes, que parecían albergar toda la sabiduría del universo. Según Amy se acercó al cristal, el oso que estaba en el agua nadó hacia ella. Aunque Amy sabía que la comunicación con los habitantes del mundo natural discurría mejor en privado, no pudo contener la emoción. Súbitamente le entristeció que un animal tan majestuoso se viera obligado a vivir como un prisionero, tomando el sol sobre rocas falsas y exhibiéndose ante personas que no apreciaban su belleza. «¿Cómo te llamas? —le preguntó al oso—. Yo soy Amy.»

La respuesta del animal fue un choque de consonantes incompatibles, al igual que los nombres de los otros osos, que el primero le comunicó con amabilidad. ¿Había sucedido realmente? ¿O acaso Amy, una niña pequeña en aquel entonces, lo había imaginado? Pero no; estaba convencida de que sucedió tal como lo recordaba. Mientras estaba allí plantada, delante del cristal, Lacey se acercó. Exhibía una expresión de profunda preocupación. «Cuidado, Amy —le advirtió—. No te pongas tan cerca.» Para tranquilizarla, y porque Amy había detectado en aquella amable mujer de melodioso acento una gran receptividad a los fenómenos extraordinarios —la visita al zoo, al fin y al cabo, había sido idea suya—, le explicó la situación con toda la sencillez de la que fue capaz.

—Tiene nombre de oso —le dijo a Lacey—. Yo no sé pronunciarlo.

Lacey frunció el ceño.

—¿El oso tiene nombre?

—Pues claro —respondió Amy.

Devolvió la atención a su nuevo amigo, que ahora golpeaba el cristal con el hocico. Amy estaba a punto de preguntarle por su vida, si echaba de menos su hogar en el Ártico, cuando una ola tremenda agitó el agua. Un segundo oso había saltado al tanque. Nadó hacia ella agitando sus enormes patazas y se colocó junto al primero, que lamía el cristal con su inmensa lengua rosa. Un coro de exclamaciones se elevó de la multitud; la gente empezó a hacer fotos. Amy apoyó la mano contra el cristal para saludar a los animales, pero percibió que algo no iba bien. Los grandes ojos negros de los osos no parecían mirarla a ella sino a través de ella, con tanta atención que Amy no pudo apartar la vista. Tuvo la sensación de que la mirada la deshacía, como si se estuviera derritiendo, y luego la impresión de estar cayendo, igual que si hubiera apoyado el pie en un peldaño ausente.

Amy, decían los osos. *Eres Amy, Amy, Amy, Amy, Amy...*

Estaba pasando algo raro. La envolvía una especie de conmoción. A medida que su consciencia se expandía, percibió otros sonidos, otras voces, que procedían de todas partes; no voces humanas sino animales. Los chillidos de los monos. Los graznidos de los pájaros. Los rugidos de los felinos y los estrepitosos cascos de los elefantes y rinocerontes que pisoteaban el suelo asustados. Cuando el tercer y luego el cuarto oso saltaron al tanque, desplazando el líquido con su blanco tonelaje, un muro de agua helada sobrepasó el borde. En el instante en que la ola cayó sobre la multitud, estalló el caos.

Es ella, es ella, es ella, es ella...

Amy estaba arrodillada junto al cristal, empapada hasta los huesos, con la cabeza apoyada en la mojada superficie. La cabeza le daba vueltas al mismo ritmo que las voces, un coro de pánico negro. Tuvo la sensación de que el universo cedía a sus pies y la envolvía con su manto oscuro. Iban a morir, todos esos animales. Eso era lo que les transmitía su presencia. Los osos y los monos, los pájaros y los elefantes: todos. Algunos morirían de hambre en sus jaulas, otros perecerían por causas más violentas. La muerte se los llevaría a todos y no sólo a los animales. También a las personas. El mundo iba a sucumbir a su alrededor y ella se quedaría plantada en el centro, sola.

Se acerca, la muerte se acerca, eres Amy, Amy, Amy...

—Te estás acordando, ¿verdad?

La mente de Amy regresó al patio. Carter la observaba con atención.

—Perdona —dijo—. No quería contestarte mal.

—No pasa nada. Yo me sentía como tú, al principio. Tardé un tiempo en acostumbrarme.

El ambiente estival se había esfumado; pronto llegaría el otoño. En el agua turquesa de la piscina, el cuerpo de Rachel Wood emergería. En ocasiones, cuando Amy regaba las flores junto a la puerta, veía el Denali negro de la mujer pasando despacio por delante. Distinguía a Rachel a través de las ventanillas oscuras, vestida para jugar al tenis, mirando la casa. Pero el coche jamás se detenía y, cuando Amy la saludaba con la mano, la mujer nunca respondía.

—¿Cuánto tiempo crees que tendremos que esperar?

—Eso depende del Sujeto Cero. Tendrá que enseñar sus cartas antes o después. Por lo que él sabe, yo me he esfumado junto con los demás.

El agua los protegía, le había explicado Carter. La mente de Fanning no podía cruzar su frío abrazo. Mientras se quedaran allí donde estaban, Fanning no los encontraría.

—Pero vendrá —observó Amy.

Carter asintió.

—Se toma su tiempo, pero no parará hasta conseguir lo que quiere. Lo mismo que ha querido desde el principio. Acabar con todo.

Se había levantado viento, un aire otoñal, húmedo y cortante. Las nubes cubrían ahora el cielo y la luz se había tornado más tenue. Estaban en ese momento del día en el que un sosegado silencio se apodera de todo.

—Menuda pareja hacemos, ¿verdad?

—Ya lo creo que sí, señorita Amy.

—Me estaba preguntando si no podrías tutearme. Debería habértelo dicho hace tiempo.

—Sólo pretendía mostrarte respeto. Pero ya que me lo pides, lo haré encantado.

Las hojas caían con parsimonia. Revoloteaban por el césped, por el patio, por la piscina, arrastradas por el viento como esqueléticas manos. Amy pensó en Peter, en lo mucho que lo añoraba. Esperaba que la vida le hubiera traído felicidad, dondequiera que estuviese. Ése era el precio que Amy había pagado: renunciar a él.

Tomó un último sorbo de té para quitarse el sabor a sangre de la boca y se enfundó los guantes.

—¿Listo?

—Tienes toda la razón. —Carter se caló el sombrero—. Será mejor que empecemos a retirar las hojas.

8

—¡Michael!

Su hermana recorrió los últimos pasos a la carrera y lo envolvió en un abrazo que le crujió las costillas.

—¡Uf! Yo también me alegro de verte.

La enfermera del mostrador los miraba con atención, pero Sara no podía contenerse.

—No me lo puedo creer —exclamó—. ¿Qué haces aquí? —Retrocedió un paso para escrutarlo con expresión maternal. Una parte de Michael se sintió avergonzada, pero la otra se habría sentido decepcionada si su hermana no hubiera reaccionado así—. Dios mío, qué delgado estás. ¿Cuándo has llegado? Kate se va a poner contentísima. —Lanzó una mirada fugaz a la enfermera, una mujer mayor envuelta en una bata quirúrgica—. Wendy, éste es mi hermano, Michael.

—¿El del velero?

Michael lanzó una carcajada.

—Ése soy yo.

—Por favor, dime que vas a quedarte —suplicó Sara.

—Sólo un par de días.

Ella sacudió la cabeza y suspiró.

—Bueno, habrá que conformarse. —Aferraba el brazo de su hermano como si quisiera impedir que saliera flotando—. Salgo dentro de una hora. No vayas a ninguna parte, ¿vale? Te conozco, Michael. Lo digo en serio.

Michael la esperó, y juntos se encaminaron al apartamento. Qué raro se sentía en tierra firme, caminando por un suelo desconcertantemente inmóvil. Después de tres años viviendo en una casi completa soledad, el murmullo de tanta humanidad concentrada le provocaba una especie de comezón. Hizo cuanto pudo por disimular su turbación, diciéndose que se le pasaría, aunque también se preguntaba si el tiempo que llevaba a solas en el mar habría provocado un cambio crucial en su temperamento que le impidiera volver a vivir rodeado de personas a partir de ahora.

Con una punzada de culpa, reparó en lo mucho que había cambiado Kate. El bebé que fuera una vez se había esfumado, incluso los rizos se le habían alisado. Jugaron al Go con Hollis mientras Sara preparaba la cena. Cuando terminaron de cenar, Michael se tumbó en la cama con ella para contarle un cuento. No un cuento sacado de un libro: Kate quería escuchar una historia de la vida real, un cuento de sus aventuras en el mar.

Él escogió la historia de la ballena. Se trataba de una aventura que había protagonizado seis meses atrás, en mitad del golfo. La noche estaba avanzada, el agua en calma y brillante bajo la luna llena, cuando su barco empezó a levantarse, como si el mar se estuviera hinchando. Un bulto oscuro emergió por la zona de babor. Al principio, Michael no supo identificarlo. Había leído acerca de las ballenas pero nunca había visto ninguna y sus nociones sobre las dimensiones de estos animales eran vagas; ni siquiera estaba seguro de que existieran. ¿Cómo era posible que algo tan grande viviera siquiera? A medida que la ballena quebraba despacio la superficie, un chorro de agua salió disparado de su cabeza; el animal se recostó de lado, perezosamente, y una enorme aleta emergió. Los costados, negros y brillantes, estaban sembrados de percebes. Michael se encontraba demasiado sorprendido como para sentir miedo; únicamente más tarde comprendió que un solo golpe de su cola habría bastado para hacer añicos el barco.

Kate lo miraba con los ojos abiertos como platos.

—¿Y qué pasó?

Bueno, prosiguió Michael, eso fue lo más raro. Creía que la ballena se alejaría, pero no lo hizo. Durante casi una hora, nadó junto al *Nautilus*. De vez en cuando hundía la enorme cabeza bajo la superficie, pero al cabo de un momento volvía a sacarla expulsando agua por el espiráculo, como si escupiese saliva al estornudar. Más tarde, cuando la luna se estaba poniendo, la ballena se hundió y ya no volvió. Michael esperó. ¿Se había marchado? Transcurrieron varios minutos; empezó a relajarse. Y entonces, con una explosión de agua marina, el animal se empinó junto a la proa del barco, por estribor, sacando su enorme cuerpo del agua. Fue, explicó Michael, como ver una ciudad elevarse en el aire. *¿Ves de lo que soy capaz? No te metas conmigo, hermano.* La ballena volvió a zambullirse con una segunda explosión que lo empujó a un lado y lo dejó empapado. Jamás volvió a verla.

Kate estaba sonriendo.

—Yo sé por qué lo hizo. Te gastó una broma.

Michael se rio.

—Supongo que sí.

Le dio un beso de buenas noches y regresó a la habitación principal, donde Hollis y Sara estaban guardando los últimos platos. El suministro eléctrico ya había sido interrumpido; un par de velas parpadeaban en la mesa a la vez que proyectaban sucios penachos de humo hacia el techo.

—Es una niña estupenda.

—Gracias a Hollis —apostilló Sara—. Trabajo tantas horas en el hospital que a veces tengo la sensación de que apenas la veo.

Hollis sonrió.

—Es verdad.

—Espero que te parezca bien una esterilla en el suelo —se disculpó ella—. Si hubiera sabido que venías, habría pedido un colchón en el hospital.

—¿Me tomas el pelo? Casi siempre duermo sentado. Ya ni sé lo que es dormir.

Sara estaba secando la cocina con un trapo. Con demasiada agresividad. Michael notaba la frustración de su hermana. Habían mantenido muchas veces la misma conversación.

—Mira —dijo Michael—, no te preocupes por mí. Estoy bien.

Sara suspiró con fuerza.

—Hollis, habla tú con él. A mí no me va a hacer caso.

El hombre se encogió de hombros con ademán de impotencia.

—¿Qué quieres que le diga?

—¿Qué te parece: «aquí hay personas que te quieren, deja de jugarte la vida»?

—No me juego la vida.

—Lo que Sara quiere decir —intervino Hollis— es que a todos nos gustaría que llevaras cuidado.

—No, no es eso lo que quiero decir, para nada. —Sara miró a Michael—. ¿Es por Lore? ¿Es ella la razón?

—Lore no tiene nada que ver con eso.

—Pues dime qué es, porque me gustaría entenderlo, Michael.

¿Cómo explicarlo? Los motivos eran tan confusos que se sentía incapaz de dar una explicación coherente.

—Me sienta bien. Es cuanto puedo decir.

Ella reanudó su vehemente fregoteo.

—Así que te sienta bien que me muera de miedo.

Michael alargó la mano hacia ella, pero ella rechazó la caricia.

—Sara…

—No. —Sara rehusaba mirarlo—. No me digas que todo va bien. No me digas que nada de esto va bien. Maldita sea, me prometí a mí misma que no discutiría contigo. Tengo que levantarme temprano.

Hollis se acercó a su esposa por detrás. Le posó una mano en el hombro, la otra en el trapo para detenerla y arrebatarle el paño con suavidad.

—Ya hemos hablado de esto. Tienes que dejarlo en paz.

—Vaya, ¿tú te estás oyendo? Seguro que te parece genial.

Sara estalló en sollozos. Hollis la obligó a dar media vuelta y la atrajo hacia así. Alzó la vista por encima de su hombro para mirar a Michael, que los observaba con cara de circunstancias, plantado junto a la mesa.

—Está agotada, nada más. ¿Te importa dejarnos un momento a solas?

—Sí, claro.

—Gracias, Michael. La llave está junto a la puerta.

Michael abandonó el apartamento y salió del complejo. Sin un lugar adonde ir, se sentó en el suelo cerca de la entrada, donde nadie lo molestaría. Hacía mucho tiempo que no se sentía tan mal. Sara tendía a preocuparse por todo, pero no quería disgustarla; ésa era una de las razones por las que rara vez pasaba por la ciudad. Le habría gustado hacerla feliz: encontrar una chica con la que casarse, buscar un trabajo como hacía todo el mundo, tener hijos. Su hermana merecía un poco de paz mental después de todo lo que había hecho por él; empeñarse en hacerse cargo de su hermano cuando sus padres murieron, aunque ella misma era poco más que una cría también. Todo cuanto hacían y se decían albergaba esa realidad tácita. En otras circunstancias, tal vez les hubiera sucedido lo mismo que a tantos otros hermanos, cuyo vínculo se debilita a medida que otras relaciones adquieren prioridad. Pero no fue así en su caso. Nuevas personas aparecían en escena, pero siempre habría un lugar en sus corazones que únicamente ellos dos podían ocupar.

Cuando calculó que llevaba fuera un tiempo prudencial, regresó al apartamento. Las velas estaban apagadas; Sara le había dejado una esterilla y una almohada. Se desvistió en la oscuridad y se acostó. Sólo entonces reparó en la nota que Sara había apoyado en su mochila. Encendió una vela y la leyó.

Perdona. Te quiero. Ojo avizor. S.

Únicamente tres frases, pero no necesitaba más. Las mismas tres frases que los dos llevaban repitiéndose mutuamente cada día de sus vidas.

Despertó con la carita de Kate a pocos centímetros de la suya.

—Tío Michael, despierta...

Se incorporó sobre los codos. Hollis estaba de pie junto a la puerta.

—Perdona, le he dicho que te dejara dormir.

Michael tardó unos instantes en recordar dónde estaba. No solía dormir hasta tan tarde. No solía dormir.

—¿Está Sara en casa?

—Hace horas que se ha marchado. —Hollis llamó a su hija por señas—. Venga; vamos a llegar tarde.

Kate puso los ojos en blanco.

—A papá le dan miedo las hermanas.

—Tu papá es un hombre listo. Esas mujeres me ponen los pelos de punta.

—Michael —lo regañó Hollis—, no me estás ayudando.

—Vale. —Miró a la niña—. Obedece a tu papá, cariño.

Kate lo sorprendió con un impulsivo abrazo.

—¿Estarás aquí cuando vuelva?

—Pues claro que sí.

Los pasos se perdieron escaleras abajo. Era una cría muy lista, eso había que reconocerlo. Chantaje emocional puro y duro, pero ¿qué podía hacer? Se vistió y se lavó en la pila de la cocina. Sara le había dejado panecillos para desayunar, pero no tenía hambre en realidad. Ya encontraría algo más tarde, de necesitarlo, suponiendo que le entrara apetito.

Echó mano de la mochila y salió.

Sara estaba terminando las rondas matutinas cuando una de las monjas acudió a buscarla. Se dirigió a la recepción, donde encontró a la hermana Peg plantada junto al mostrador.

—Hola, hermana.

La hermana Peg era una de esas personas a las que les basta entrar en una habitación para tensar el ambiente. Nadie sabía calcularle la edad; sesenta como mínimo, aunque se decía que no había cambiado ni un ápice en los últimos veinte años. Un personaje famoso por sus malas pulgas, aunque a Sara no la engañaba; bajo el severo semblante se escondía una mujer dedicada en cuerpo y alma a los niños que tenía a su cuidado.

—¿Puedo hablar un momento contigo, Sara?

Instantes después, se encaminaban al orfanato. Según se acercaban, Sara empezó a oír los gritos y las exclamaciones de los pequeños. El recreo estaba en pleno apogeo. Entraron por la verja del jardín.

—¡Doctora Sara, doctora Sara!

Sara no había dado ni cinco pasos por el patio antes de que un corro de niños la rodeara. La conocían bien, pero parte de su emoción, comprendió Sara, se debía a la presencia de un visitante. Se libró de ellos prometiendo que se quedaría más tiempo la próxima vez y siguió a la hermana Peg al interior del edificio.

La niña estaba sentada a la mesa del cuartito que Sara utilizaba como consulta. Levantó la vista un momento cuando la doctora entró. Debía de tener unos doce o trece años; costaba distinguir su edad a través de todas las capas de porquería. Se cubría con una mugrienta bata de arpillera, atada a un hombro, y llevaba los pies, negros de suciedad y repletos de costras, descalzos.

—Seguridad Doméstica la trajo ayer por la noche —informó la hermana Peg—. No ha dicho ni una palabra.

Habían encontrado a la chica tratando de entrar en un almacén agrícola. Saltaba a la vista por qué: parecía muerta de hambre.

—Hola, soy la doctora Sara. ¿Me dices cómo te llamas?

La chica, que observaba a Sara con atención bajo una mata de pelo enmarañado, no respondió. Sus ojos —la única parte de su cuerpo que se había movido desde que la doctora entrara en la habitación— echaron un vistazo fugaz a la hermana Peg y luego regresaron a Sara.

—Hemos intentado averiguar quiénes son sus padres —explicó la monja—, pero no consta en ninguna parte que alguien la esté buscando.

No encontrarían nada, supuso Sara. Extrajo el estetoscopio del maletín y se lo enseñó a la chica.

—Ahora voy a escuchar tu corazón. ¿Te parece bien?

Sin pronunciar palabra, la niña le dio permiso con la mirada. Sara le apartó del hombro el nudo del vestido. Estaba delgada como un junco, pero sus pechos comenzaban a despuntar. Al notar el contacto del frío metal contra la piel, la niña dio un pequeño respingo, pero nada más.

—Sara, deberías ver esto.

La hermana Peg estaba mirando la espalda de la niña. La tenía cubierta de quemaduras y verdugones. Algunos antiguos, otros todavía sangrantes. Sara había visto cosas parecidas, pero nunca así.

Miró a la jovencita.

—Cielo, ¿me puedes decir quién te ha hecho eso?

—No creo que sepa hablar —dijo la hermana Peg.

Sara empezaba a entender la situación. Sujetando la barbilla de la niña, desplazó la otra mano hacia su oreja derecha. Hizo chasquear los dedos tres veces; la muchacha no reaccionó. Intercambió las manos para probar con el otro oído. Nada. Mirándola a los ojos, Sara se señaló su propia oreja y sacudió la cabeza despacio con un gesto de negación. La joven asintió.

—Porque está sorda.

Y entonces sucedió algo sorprendente. La niña tomó la mano de Sara. Con el índice, empezó a dibujar una serie de líneas en la palma extendida de la doctora. Líneas no, comprendió Sara. Eran letras. P. I. M.

—Pim —dijo Sara. Lanzó una fugaz mirada a la hermana Peg antes de devolver los ojos a la muchacha.

—Pim… ¿Te llamas así?

Ella asintió. Sara tomó la mano de la niña. SARA, escribió, y se señaló el pecho.

—Sara. —Alzó la vista—. Hermana, ¿me trae algo para escribir?

El hermana Peg abandonó la habitación y regresó al cabo de un momento con uno de esos pizarrines que los niños usaban para escribir en clase.

¿DÓNDE ESTÁN TUS PADRES?, escribió Sara.

Pim tomó el pizarrín. Borró las palabras con la palma y agarró la tiza con el puño.

—MUERTOS.

—¿CUÁNDO?

—MAMÁ, Y LUEGO PAPÁ. HACE MUCHO.

—¿QUIÉN TE HA HECHO DAÑO?

—HOMBRE.

—¿QUÉ HOMBRE?

—NO SÉ. SE FUE.

La pregunta siguiente la llenaba de dolor, pero tenía que formularla.

—¿TE HIZO DAÑO EN ALGÚN OTRA PARTE DEL CUERPO?

La jovencita titubeó y después asintió. A Sara se le encogió el corazón.

—¿DÓNDE?

Pim tomó el pizarrín.

—SITIO DE LAS CHICAS.

Sin despegar los ojos de la niña, Sara pidió:

—Hermana, ¿nos puede dejar un momento a solas, por favor?

Cuando la monja hubo salido, Sara escribió:

—¿MÁS DE UNA VEZ?

La muchacha asintió.

—TENGO QUE EXAMINARTE. NO TE HARÉ DAÑO.

Pim encogió todo el cuerpo. Sacudió la cabeza con fuerza de un lado a otro.

—POR FAVOR —escribió Sara—. TENGO QUE ASEGURARME DE QUE ESTÁS BIEN.

Pim agarró el pizarrín y escribió a toda prisa.

—CULPA MÍA. PROMETÍ NO CONTARLO.

—NO, NO ES CULPA TUYA.

—PIM ES MALA.

Sara no sabía si tenía ganas de echarse a llorar o de vomitar. Había visto muchas cosas a lo largo de su vida —cosas terribles— y no sólo en la Patria. Era imposible cruzar las puertas de un hospital sin conocer lo peor de la naturaleza humana. Una mujer con la muñeca rota y la excusa de que se había caído por las escaleras, explicando cómo había sucedido bajo la atenta mirada de su marido, que la coaccionaba sin quitarle ojo. Un anciano en profundo estado de desnutrición abandonado en la puerta por sus parientes. Una de las prostitutas de Dunk con el cuerpo destrozado por la enfermedad y el abuso con un puñado de Austins en la mano para deshacerse del niño que llevaba dentro y poder regresar al taburete. Acababas por endurecerte porque no había otra manera de resistir hasta el final del día, pero los niños eran lo peor. De los niños no podías desviar la vista. En el caso de Pim, no resultaba difícil reconstruir la historia. Tras la muerte de sus padres, alguien se había ofrecido a cuidar de ella, un miembro de la familia o un vecino, y todo el mundo había elogiado la amabilidad y generosidad de esa persona por hacerse cargo de una pobre huérfana que no podía oír ni hablar, y tras eso nadie se había molestado en comprobar si todo iba bien.

—No, cielo, no.

Sara tomó las manos de Pim y la miró a los ojos. Había un alma allí dentro, minúscula, aterrorizada, dejada de la mano de Dios. Nadie se sentía más solo que esa niña en toda faz de la Tierra, y Sara comprendió lo que se requería de ella, por pura humanidad.

Ni siquiera Hollis conocía la historia. No porque Sara no se atreviese a contársela; sabía la clase de hombre que era. Sin embargo, mucho tiempo atrás había tomado la decisión de guardar silencio. En la Patria corría la voz de que todo el mundo pasaba por el aro, y Sara lo había hecho cuando le tocó el turno. Lo soportó lo mejor que pudo y, cuando terminó, imaginó una caja de acero con un fuerte cerrojo. Guardó el recuerdo en esa caja.

Tomó la pizarra y escribió.

—A MÍ TAMBIÉN ME HICIERON DAÑO AHÍ HACE TIEMPO.

La niña escudriñó el pizarrín sin abandonar su expresión precavida. Transcurrieron unos diez segundos. Tomó la tiza otra vez.

—¿SECRETO?

—NUNCA SE LO HABÍA CONTADO A NADIE.

La expresión de la niña estaba cambiando. Algo se estaba liberando.

Sara escribió:

—SOMOS IGUALES. SARA ES BUENA. PIM ES BUENA. NO ES CULPA NUESTRA.

Una película de lágrimas humedeció la superficie de los ojos infantiles. Una sola gota rebasó el borde y resbaló por su mejilla, abriendo un surco en la mugre. Apretaba los labios; los músculos del cuello y la mandíbula se le tensaron y, acto seguido, empezó a temblar. Un sonido nuevo, extraño, se adueñó de la habitación. Una especie de gruñido, como el de un animal. Se diría que algo luchaba por escapar.

Y por fin surgió. La niña abrió la boca y lanzó un aullido que parecía desafiar el concepto mismo de lenguaje humano, destilándolo en una única vocal sostenida de dolor. Sara la abrazó con fuerza. Pim lloraba, temblaba, forcejeaba para soltarse, pero Sara no la dejó.

—No pasa nada —le dijo—. No te soltaré, no te soltaré.

Y la retuvo entre sus brazos hasta que la niña se calmó, y mucho rato después.

9

El edificio del Capitolio, alojado en lo que antes fuera la sede del First Trust Bank de Texas (el nombre seguía grabado en la fachada de caliza), se encontraba a poca distancia del colegio. En el vestíbulo, un directorio anunciaba los distintos departamentos: Autoridad de Vivienda, Salud Pública, Agricultura y Comercio, Impresión y Grabado. El despacho de Sánchez estaba en el segundo piso. Peter subió las escaleras, que daban a un segundo vestíbulo con un mostrador, atendido por un funcionario de Seguridad Doméstica enfundado en un uniforme antinaturalmente inmaculado. Peter se avergonzó de repente de haber acudido con su raído uniforme de trabajo, cargado con una bolsa rebosante de tintineantes herramientas y clavos.

—¿En qué puedo ayudarle?

—He venido a ver a la presidenta Sánchez. Me ha citado.

—¿Su nombre?

Los ojos del funcionario habían regresado al mostrador; estaba rellenando algún tipo de formulario.

—Peter Jaxon.

Peter creyó ver cómo se hacía la luz en la expresión del hombre.

—¿Usted es Jaxon?

Peter asintió con un movimiento de cabeza.

—Por todos los diablos.

El hombre se quedó allí sentado, mirándolo con atención. Hacía ya tiempo que Peter no provocaba en nadie ese tipo de reacción. Por otro lado, rara vez conocía a gente nueva últimamente. Ya nunca, de hecho.

—¿Podría avisar a alguien? —sugirió Peter por fin.

—Claro. —El funcionario se levantó—. Les diré que está aquí.

Peter reparó en el plural. ¿Quién más iba a asistir a la reunión? Y, ya puestos, ¿por qué lo habían convocado? En las horas que había dedicado a rumiar la nota de la presidenta, no había llegado a ninguna conclusión.

Puede que Caleb tuviera razón y quisieran convencerlo de que volviera a enrolarse en el Ejército. De ser así, la conversación sería muy corta.

—Acompáñeme, señor Jaxon.

El funcionario tomó la bolsa de Peter y lo guio por un largo pasillo. La puerta de Sánchez estaba abierta. La presidenta se levantó para recibirlo: una mujer menuda de cabello casi blanco, rasgos duros y mirada penetrante. Había una segunda persona allí, un hombre que lucía una barba poblada y crespa, sentado delante de ella. Le sonaba de algo, pero Peter no conseguía ubicarlo.

—Señor Jaxon, me alegro de verlo.

—Señora presidenta. Es un honor.

—Por favor —dijo ella—. Llámeme Vicky. Le presento a Ford Chase, el secretario de Estado.

—Creo que ya nos conocemos, señor Jaxon.

Peter se acordó de él. Chase estuvo presente durante la indagatoria que suscitó la destrucción del puente de la ruta del petróleo. El recuerdo era desagradable; el hombre le había despertado antipatía al instante. Para aumentar su desconfianza, Chase llevaba corbata, la prenda de ropa más absurda de toda la historia del mundo.

—Y, por supuesto, ya conoce al general Apgar —prosiguió Sánchez.

Peter se dio media vuelta al tiempo que su antiguo comandante se levantaba del sofá. Gunnar había envejecido una pizca; su cortísimo cabello se había tornado gris, las arrugas de su frente se habían acentuado. Una panza incipiente tensaba los botones de su uniforme. Peter sintió un fuerte impulso de hacer un saludo militar, pero se contuvo, y los dos hombres se estrecharon la mano.

—Felicidades por el ascenso, señor.

Ninguno de los hombres que habían servido a sus órdenes se sorprendió cuando lo nombraron general del Ejército después de que Fleet renunciara al cargo.

—Me arrepiento a diario. Dime, ¿qué tal está tu chico?

—Muy bien, señor. Gracias por preguntar.

—Si quisiera que me llamaras «señor», no habría aceptado tu dimisión. La cual es, por cierto, mi segundo mayor motivo de contrición. Debería haber puesto más objeciones.

A Peter le caía bien Gunnar; la presencia del hombre lo tranquilizaba.

—No le habría servido de nada.

Sánchez los condujo a una pequeña zona de estar que contaba con un sofá y dos sillones de cuero alrededor de una mesa baja con la superficie de piedra, sobre la cual descansaba un gran rollo de papel. Por primera vez, Peter tuvo ocasión de observar el entorno: una pared forrada de libros, una ventana sin cortina, una desgastada mesa de trabajo llena de papeles. Detrás del escritorio se erguía un asta con la bandera de Texas, el único objeto ceremonial del despacho. Peter se acomodó en uno de los sillones, delante de Sánchez. Apgar y Chase se sentaron a su lado.

—Antes de nada, señor Jaxon —dijo la presidenta—, imagino que se estará preguntando por qué le he solicitado que viniera. Quería pedirle un favor. Para ponerlo en contexto, deje que le enseñe algo. ¿Ford?

Chase desplegó el rollo sobre la mesa y colocó pesos sobre las esquinas. Un mapa de agrimensor: Kerrville aparecía en el centro, con sus muros y su perímetro delimitados con claridad. Al oeste, siguiendo el curso del Guadalupe, tres grandes zonas aparecían sombreadas, cada cual con una anotación: PA1, PA2 y PA3.

—A riesgo de sonar grandilocuente, lo que está viendo es el futuro de la República de Texas —informó Sánchez.

Chase explicó:

—PA significa «parcela de asentamiento».

—Son, por lógica, las zonas más apropiadas para trasladar a la población, al menos para empezar. Hay agua, suelo fértil en los humedales y buenas tierras para el pastoreo. Procederemos por etapas, mediante un sistema de sorteo entre las personas que estén dispuestas a marcharse.

—Que serán muchas —apostilló Chase.

Peter alzó la vista. Todos esperaban su reacción.

—No parece contento —observó Sánchez.

Él buscó las palabras.

—Supongo que… en el fondo nunca creí que llegaría este día.

—La guerra ha terminado —declaró Apgar—. Llevamos tres años sin avistar un solo viral. Ésta ha sido la razón de nuestra lucha, durante todos estos años.

Sánchez se había echado hacia delante. La mujer emanaba un tremendo atractivo, una fuerza incuestionable. Peter había oído hablar de ello; se decía que en su juventud había sido una belleza, que su lista de pretendientes medía más de un kilómetro, pero experimentar ese poder en persona era bien distinto.

—La historia le recordará, Peter, por todo lo que ha hecho.

—No estaba solo.

—También lo sé. No hemos escatimado felicitaciones. Y lamento lo de sus amigos. La capitana Donadio fue una gran pérdida. Y en cuanto a Amy, bueno… —Se interrumpió—. Le diré la verdad. Lo que se contaba de ella…, nunca supe qué creer y qué no. Y ni siquiera ahora entiendo del todo esas historias. Lo que sí sé es que ninguno de nosotros estaría manteniendo esta conversación de no haber sido por Amy, y por usted. Fue usted quien la trajo. La gente lo sabe. Y eso le convierte en una persona muy importante. Podría decirse que no hay dos como usted. —Tenía los ojos clavados en el rostro de Peter; su mirada creaba la sensación de que estabas a solas con ella en la habitación—. Dígame, ¿qué le parece trabajar para la Autoridad de Vivienda?

—Está bien.

—Y le permite criar a su hijo. Estar ahí cuando el chico lo necesita.

Peter presintió que una estrategia se estaba desplegando a su alrededor. Asintió.

—Nunca he tenido hijos —prosiguió Sánchez con cierto pesar—. Son gajes del oficio. Pero comprendo sus sentimientos. Así que quiero dejarle muy claro que tengo presentes sus prioridades y que nada de lo que estoy a punto de proponerle interferiría en ellas. Su hijo podrá contar con usted, igual que ahora.

Peter identificaba una verdad a medias cuando la oía. Por otro lado, el enfoque de Sánchez estaba urdido con tanto esmero que no pudo sino admirarlo.

—La escucho.

—¿Qué te parecería, Peter, unirte a mi equipo?

La idea era tan absurda que Peter estuvo a punto de echarse a reír.

—Discúlpeme, señora presidenta…

—Por favor —lo interrumpió ella con una sonrisa—, llámame Vicky.

Peter debía admitirlo, la mujer era un as.

—La propuesta me parece tan estrambótica que no sé ni por dónde empezar. En primer lugar, no soy político.

—Y no te pido que lo seas. Pero eres un líder y la gente lo sabe. Eres un recurso demasiado valioso como para permanecer en la sombra. Abrir las puertas no sólo implica contar con más espacio, aunque éste sea una absoluta prioridad. También representa un cambio fundamental en nues-

tro estilo de vida. Todavía hay muchos detalles que ultimar, pero tengo
previsto suspender la ley marcial en los próximos noventa días. Los Expedicionarios abandonarán los territorios para ayudar con la reubicación y
pasaremos por un período de transición hasta convertirnos en un gobierno plenamente civil. Requerirá mucha habilidad darle a todo el mundo un
lugar en la mesa y será complicado. Pero hay que hacerlo, sin la menor
duda, y éste es el momento adecuado.

—Con el debido respeto, no entiendo qué tiene que ver todo eso conmigo.

—Tiene muchísimo que ver contigo, en realidad. O, cuando menos,
eso espero. Tú te encuentras en una posición privilegiada. El ejército te
respeta. La gente te quiere, sobre todo los refugiados de Iowa. Pero
hay algo más. El tercer eje del triángulo es el tráfico. Se van a poner las
botas con esto. Puede que Tiffy Lamont haya muerto, pero tu antigua
relación con él te proporciona acceso a su cadena de mando. Ni nos plan-
teamos hacerlo desaparecer, no podríamos aunque quisiéramos. El vicio forma parte de la vida, fea, pero una parte al fin y al cabo. Conoces
a Dunk Withers, ¿verdad?

Peter asintió.

—Hemos coincidido alguna que otra vez.

—Más que eso, si mis informaciones son ciertas. Me han hablado de
la jaula. Menuda idiotez.

Se refería al primer encuentro de Peter con Tiffy en sus instalaciones
subterráneas al norte de San Antonio. Como entretenimiento catártico,
los líderes del tráfico se enfrentaban con virales en un combate cuerpo a
cuerpo mientras los otros hacían apuestas sobre quién saldría vencedor.
Dunk había entrado el primero en la jaula y había despachado a un lelo
con relativa facilidad, seguido de Peter, que se había llevado por delante a
todo un dragón para asegurarse de que Tiffy cumpliera su palabra de es-
coltarlos a Iowa.

—En aquel momento, pensé que era lo adecuado.

Sánchez sonrió.

—A eso me refiero. No te tiembla el pulso. En cuanto a Dunk, no es
ni la mitad de listo de lo que era Lamont, y lo lamento. El acuerdo que
hicimos con Lamont fue sumamente sencillo. El tipo poseía uno de los
arsenales militares mejor surtidos que he visto en mi vida. No podríamos
haber equipado a nuestro ejército sin él. Guárdate la artillería pesada, le

dijimos, asegúrate de que tengamos fusiles y munición y sigue con lo tuyo. Entendió que era lo más conveniente para todos, pero dudo que Dunk piense lo mismo. Ese hombre es un oportunista de tomo y lomo, y tiene una vena cruel.

—¿Y por qué no encerrarlo en la cárcel y en paz?

Sánchez se encogió de hombros.

—Podríamos, y puede que acabemos por hacerlo. El general Apgar piensa que deberíamos rodearlos a todos, tomar el búnker y las salas de juego y acabar con esto. Pero alguien ocuparía su lugar en menos que canta un gallo y volveríamos a estar como al principio. Es una cuestión de oferta y demanda. La demanda está ahí. ¿Quién ofrece la mercancía? ¿Las mesas de cartas, los licores, las prostitutas? A mí no me gusta, pero prefiero malo conocido, y de momento ése es Dunk.

—Entonces, quieres que hable con él.

—Sí, en su momento. Controlar el tráfico es importante. Al igual que vigilar a la población militar y a la civil durante la transición. Tú eres el hombre que tiene influencia en los tres sectores. Diablos, seguramente ocuparías mi puesto si quisieras, aunque no se lo deseo ni a mi peor enemigo.

Peter tenía la inquietante sensación de que ya había accedido a algo. Miró a Apgar, cuya expresión decía: *Créeme, ya he pasado por esto.*

—¿Y qué me pides exactamente?

—De momento, te nombraría asesor especial. Un intermediario, si quieres, entre los distintos agentes. Más tarde ya se nos ocurrirá algún cargo más específico. Pero te quiero en primera línea, donde todo el mundo pueda verte. Tu voz debería ser la primera que oyera la gente. Y te prometo que cada noche llegarás a casa a tiempo para cenar con tu hijo.

La tentación era fuerte: se acabaron los días de achicharrarse empuñando un martillo. Pero también estaba cansado. Había perdido parte de la energía vital. Ya había hecho suficiente y ahora únicamente le apetecía llevar una vida sencilla y tranquila. Acompañar a su hijo al colegio, trabajar duro durante el día, meter al chico en la cama por la noche y pasar ocho horas de dulce sueño en un lugar totalmente distinto; el único en el que había sido realmente feliz.

—No.

Sánchez se quedó de piedra. No estaba acostumbrada a que la despacharan de manera tan expeditiva.

—¿No?

—Eso es. Ésa es mi respuesta.

—Seguro que hay algo que pueda ofrecerte que te haga cambiar de idea.

—Me siento halagado, pero algún otro tendrá que encargarse del problema. Lo siento.

Sánchez no parecía enfadada, únicamente desconcertada.

—Ya veo. —La encantadora sonrisa volvió a su semblante—. Bueno, tenía que intentarlo.

Se levantó, y todo el mundo se apresuró a hacer lo propio. Ahora le tocaba a Peter sorprenderse; se dio cuenta de que esperaba más insistencia por parte de la presidenta. En la puerta, Sánchez le estrechó la mano a modo de despedida.

—Gracias por tomarte la molestia de reunirte conmigo, Peter. La oferta sigue en pie, y espero que la reconsideres. Podrías hacer mucho bien. ¿Me prometes que lo pensarás?

No perdía nada por aceptar.

—Lo haré.

El general Apgar te acompañará a la salida.

Y eso fue todo. Peter estaba desconcertado y se preguntó, como hace todo el mundo cuando se cierra una puerta, si había tomado la decisión correcta.

—Peter, una última cosa.

Él volvió a mirarla desde el umbral. La mujer había regresado a su mesa.

—Se me ha olvidado preguntártelo. ¿Cuántos años tiene tu hijo?

La pregunta parecía inofensiva.

—Diez.

—Y se llama Caleb, ¿verdad?

Peter asintió.

—Es una edad maravillosa. Tiene toda la vida por delante. Bien pensado, todo esto lo hacemos por los niños, ¿verdad? Nosotros no viviremos para siempre, pero de nuestras decisiones dependerá el tipo de mundo en el que vivan ellos. —Sonrió—. Bueno. Ya tiene algo que rumiar, señor Jaxon. Gracias otra vez por haber venido.

Peter siguió a Gunnar al exterior. Cuando llevaban recorrida la mitad de pasillo, oyó al hombre reír entre dientes.

—La presidenta es un genio, ¿verdad?

—Sí —dijo Peter—. Ya lo creo que es un genio.

10

Michael llevaba tres cosas en la mochila. La primera era el periódico. La segunda, una carta.

La había encontrado en el bolsillo del pecho del capitán. El sobre no llevaba destinatario; el hombre jamás tuvo intención de enviarla. La carta, de menos de una página, estaba escrita en inglés.

> *Mi querido hijo:*
> *Ahora sé que tú y yo jamás nos conoceremos en esta vida. Apenas si nos queda combustible; nuestra última esperanza de alcanzar el refugio se ha esfumado. Ayer por la noche, la tripulación y los pasajeros votaron. El resultado fue unánime. A nadie le apetece morir por deshidratación. Esta noche será la última que compartamos en la Tierra. Sepultados en acero, viajaremos a la deriva hasta el instante en que Dios todopoderoso decida arrastrarnos al fondo.*
>
> *Como es lógico, no albergo esperanzas de que llegues a leer estas últimas palabras. Sólo me queda rezar para que tu madre y tú hayáis escapado de la devastación y de algún modo hayáis sobrevivido. ¿Qué me espera ahora? El santo Corán dice: «A Alá pertenece el misterio de los Cielos y de la Tierra. Y la llegada de la hora del juicio tardará lo que un parpadeo, o menos aún, porque Dios es omnipotente». Somos Sus criaturas y a él hemos de retornar. A pesar de todo lo sucedido, tengo fe en que mi alma inmortal reposará en su seno, y sé que cuando tú y yo nos reencontremos lo haremos en el paraíso.*
>
> *Mis últimos pensamientos en esta vida son para ti. Baraka Allahu fika.*
>
> *Tu padre, que te quiere,*
> *Nabil*

Michael musitó esas palabras mientras recorría las calles de Ciudad-H. Estaba acostumbrado a las escenas de abandono y devastación; había cruzado ciudades en ruinas que albergaban esqueletos a millares. Sin embargo, nunca antes los muertos lo habían conmovido tanto. En el camarote del capitán había encontrado su pasaporte. Su nombre completo era Nabil Haddad. Nacido en Holanda, en una ciudad llamada Utrecht, en 1971. Michael no encontró más pruebas de la existencia del niño en la cabina —ni fotografías ni otras cartas—, pero en el pasaporte aparecía el nombre de una mujer como contacto de emergencia, una tal Astrid Keeble, con residencia en Londres. Quizá fuera la madre del chico. Michael se preguntó qué habría pasado para que el capitán jamás hubiera coincidido con su hijo. Puede que la madre no le dejara verlo; o tal vez, por alguna razón, el hombre pensase que no merecía ser su padre. Y pese a todo había experimentado la necesidad de escribirle, consciente de que en pocas horas habría muerto y de que la carta no viajaría más allá del bolsillo de su uniforme.

No obstante, la misiva decía algo más. El *Bergensfjord* se dirigía a alguna parte; tenía un destino. No hablaba de «un refugio» sino de «el refugio». Un enclave seguro donde el virus no podría alcanzarlos.

De ahí el tercer objeto que Michael llevaba en la bolsa y su necesidad de acudir en busca del hombre conocido como «el Maestro».

Si éste tenía otro nombre, Michael lo desconocía. El Maestro hacía gala del desconcertante hábito de reducir las frases al mínimo al tiempo que siempre se refería a sí mismo en tercera persona; tardabas un tiempo en acostumbrarte. Era bastante viejo y mostraba unos movimientos rápidos y nerviosos que le daban la apariencia de un enorme roedor más que de un hombre. En sus tiempos había sido ingeniero eléctrico del Gobierno Civil. Tras largo tiempo retirado, el Maestro se había convertido en el hombre para todo de Kerrville en lo referente a antigüedades eléctricas. Estaba como un cencerro y era un tanto paranoico, pero sabía cómo hacer que un viejo artilugio confesase sus secretos.

La choza del Maestro resultaba inconfundible; era el único edificio en toda Ciudad-H que poseía paneles solares en el tejado. Michael llamó a la puerta con fuerza y se retiró para que la cámara lo captara; antes de abrir, el Maestro quería ver qué aspecto tenías. Transcurrió un instante y, a continuación, varios cerrojos se descorrieron.

—Michael.

El Maestro lo miraba desde el otro lado de la puerta entornada. Llevaba un delantal de trabajo y un visor de plástico con lupas binoculares abatibles.

—Hola, Maestro.

El hombre echó un vistazo a ambos lados de la calle.

—Deprisa —dijo a la vez que le invitaba a entrar por gestos.

El interior de la cabaña parecía un museo. Viejos ordenadores, equipamiento de oficina, osciloscopios, pantallas planas, enormes cubos llenos de móviles a rebosar; la visión de tantos circuitos siempre le provocaba a Michael un estremecimiento.

—¿En qué te puede ayudar el Maestro?

—Tengo una antigüedad para ti.

Michael extrajo el tercer objeto de la mochila. El hombre lo tomó y lo examinó a toda prisa.

—Gensys 87HJS. Cuarta generación, tres terabytes. Preguerra tardía. —Alzó la vista—. ¿Dónde?

—Lo encontré en un barco abandonado. Necesito recuperar los archivos.

—Habrá que examinarlo mejor, pues.

Michael lo siguió a uno de los numerosos bancos de trabajo. El Maestro depositó la unidad sobre una alfombrilla de tela y se echó sobre los ojos las lentes del visor. Con un destornillador minúsculo, retiró la carcasa y observó largo y tendido el interior.

—Daños de humedad. Mala pinta.

—¿Puedes arreglarlo?

—Difícil. Caro.

Michael extrajo un fajo de Austins de su bolsillo. El hombre los contó en el banco.

—No basta.

—Es todo lo que tengo.

—El Maestro lo duda. ¿Un engrasador como tú?

—Ya no.

Escrutó el rostro de Michael.

—Ah, el Maestro recuerda. Ha oído historias absurdas. ¿Son ciertas?

—Depende de lo que te hayan contado.

—Que buscabas la barrera. Navegabas solo.

—Más o menos.

El anciano frunció sus correosos labios y se guardó el dinero en el bolsillo del delantal.

—El Maestro verá qué puede hacer. Vuelve mañana.

Michael regresó al apartamento. En el transcurso, había pasado por la biblioteca, donde había añadido un pesado volumen a su petate: *El gran atlas mundial del Reader's Digest*. No te permitían sacarlo. Michael había esperado a que el bibliotecario estuviera distraído, se lo había guardado en la bolsa y había salido.

Una vez más, su sobrina le pidió un cuento de buenas noches. En esta ocasión le narró la tormenta. Kate escuchaba presa de una emoción tensa, como si la historia fuera a concluir con su tío ahogado en el mar, aunque estaba allí mismo, sentado a los pies de la cama. Sara no volvió a sacar el tema de la noche anterior. Así eran ellos; decían mucho sin decir nada. Además, parecía distraída. Michael supuso que habría tenido algún problema en el hospital y no preguntó.

Al día siguiente, abandonó el apartamento antes de que nadie se levantara. El anciano lo estaba esperando.

—El Maestro lo ha conseguido —declaró.

Condujo a Michael a una pantalla de rayos catódicos. Sus manos volaron sobre el teclado. Un mapa brillante apareció en la pantalla.

—El barco. ¿Dónde?

—Lo encontré en la bahía de Galveston, a la entrada del canal.

—Muy lejos de aquí.

El Maestro mostró los datos a Michael. Tras zarpar de Hong Kong a mediados de marzo, el *Bergensfjord* había navegado a Hawái y luego, tras un largo periplo, había cruzado el canal de Panamá para salir al Atlántico. Según el eje cronológico que Michael había trazado a partir de la información del periódico, eso debió de suceder antes del brote del virus de Pascua. Habían atracado en las islas Canarias, quizá para repostar, y luego habían proseguido el viaje hacia el norte.

A partir de ahí, los datos se transformaban. El buque había viajado en círculos por la costa del norte de Europa. Un breve desvío hacia el estrecho de Gibraltar y, a continuación, había virado sin entrar en el Mediterráneo para regresar a Tenerife. Un lapso de varias semanas y habían zarpado otra vez. A esas alturas, la epidemia ya debía de haberse propagado. Pasaron por el estrecho de Magallanes y pusieron rumbo al norte, hacia el Ecuador.

Por lo visto, el barco se había detenido en mitad del océano. Tras dos semanas de inmovilidad, los datos concluían.

—¿Podemos averiguar adónde se dirigían? —preguntó Michael.

El Maestro le mostró otra pantalla: ésta contenía las rutas previstas, le explicó. Se desplazó hacia abajo y le pidió a Michael que se fijara en la última.

—¿Me puede hacer una copia? —pidió Michael.

—Ya está hecha. —El anciano extrajo un lápiz de memoria de su delantal. Michael se lo guardó en el bolsillo—. El Maestro siente curiosidad. ¿Por qué es tan importante?

—Estaba pensando en tomarme unas vacaciones.

—El Maestro ya lo ha comprobado. Mar abierto. Allí no hay nada. —Enarcó sus pálidas cejas—. ¿O algo, quizá?

El hombre no era ningún tonto.

—Es posible —respondió Michael.

Le dejó una nota a Sara. *Perdona por marcharme tan pronto. Voy a visitar a un amigo. Volveré dentro de unos días.*

El segundo autobús a la Zona Naranja salía a las 09:00. Michael lo tomó hasta la última parada, se apeó y esperó a que el vehículo se alejara. El cartel señalizador decía:

ESTÁ ENTRANDO EN LA ZONA ROJA

PELIGRO MORTAL

EN CASO DE DUDA, HUYA

Si vosotros supierais, pensó Michael. Y echó a andar.

11

Sara pasó por el orfanato antes de entrar a trabajar. La hermana Peg la recibió en la puerta.

—¿Qué tal está? —preguntó Sara.

La mujer parecía más agobiada que de costumbre; la noche había sido larga.

—No muy bien, me temo.

Pim se había despertado gritando. Sus aullidos eran tan intensos que había asustado a todo el dormitorio. De momento, la habían instalado en la habitación de la hermana Peg.

—Hemos tenido niños maltratados en otras ocasiones, pero nada tan extremo. Otra noche como ésta...

La hermana Peg acompañó a Sara a su habitación, un cuartito monástico dotado de las necesidades justas. Un gran crucifijo en la pared constituía la única decoración. Pim estaba despierta, sentada en la cama con las rodillas pegadas al pecho. Al ver a Sara, una parte de la tensión abandonó su rostro. *He aquí una aliada, alguien que me comprende.*

—Estaré fuera, si acaso me necesita —dijo la hermana Peg.

Sara se sentó en la cama. La mugre había desaparecido; los enredos, alisados o cortados. Las hermanas la habían vestido con un sencillo hábito de lana.

—¿CÓMO TE ENCUENTRAS HOY? —escribió Sara en la pizarra.

—BIEN.

—LA HERMANA DICE QUE NO PODÍAS DORMIR.

Pim negó con la cabeza.

Sara le explicó a Pim que debía curarla. La niña se encogió asustada cuando Sara le retiró los apósitos, pero no emitió sonido alguno. Sara le aplicó pomada antibiótica y una crema refrescante de aloe. A continuación la volvió a vendar.

—LO SIENTO SI TE DUELE.

Pim se encogió de hombros.

La doctora la miró a los ojos. TE PONDRÁS BIEN, escribió. A continuación, al ver que la niña no respondía, añadió: MEJORARÁ.

—¿NO MÁS PESADILLAS?

Sara sacudió la cabeza. No.

—¿QUÉ HAGO?

Podía ofrecerle, desde luego, la respuesta fácil: *dale tiempo al tiempo.* Pero no era verdad, o al menos no toda la verdad. Lo que cura el pesar, Sara lo sabía, son los demás: Hollis, Kate y tener una familia.

—DESAPARECERÁN POR SÍ SOLAS —escribió.

Eran casi las 08:00; tenía que marcharse, aunque no quería hacerlo. Recogió los artículos del botiquín y escribió:

—AHORA ME TENGO QUE MARCHAR. INTENTA DESCANSAR. LAS HERMANAS CUIDARÁN DE TI.

—¿VOLVERÁS? —escribió Pim.

Sara asintió.

—¿LO JURAS?

Pim la miraba con atención. La gente llevaba toda su vida quitándosela de encima, ¿por qué iba Sara a ser distinta?

—Sí —dijo, y se dibujó una cruz sobre el corazón—. Lo juro.

La hermana Peg esperaba a Sara en el pasillo.

—¿Cómo está?

La jornada acababa de empezar, pero Sara ya estaba agotada.

—Las heridas de la espalda no son el verdadero problema. No me sorprendería que pasara más noches como ésta.

—¿Existe alguna posibilidad de dar con sus parientes? ¿Alguien que se pueda ocupar de ella?

—Creo que sería peor el remedio que la enfermedad.

La hermana Peg asintió.

—Sí, claro. Qué tonta soy.

Sara le entregó a la monja un rollo de gasa, apósitos estériles y un frasco de pomada.

—Hágale la cura cada doce horas. No hay señales de infección, pero si el aspecto de alguna herida empeora, envíe a alguien a buscarme de inmediato.

La hermana Peg miró los objetos con expresión enfurruñada. A continuación, animándose un poco, alzó la vista.

—Quería darle las gracias por lo de la otra noche. Fue agradable salir un ratito. Debería hacerlo más a menudo.

—Peter se alegró mucho de la visita.

—Caleb ha crecido tanto… Y Kate también. A veces nos olvidamos de la suerte que tenemos. Entonces ves algo así… —dejó la frase en suspenso—. Será mejor que vuelva con los niños. ¿Qué sería de ellos sin la cascarrabias de la hermana Peg?

—Es una buena interpretación, si me permite que se lo diga.

—¿Tanto se nota? En el fondo soy un trozo de pan.

La hermana acompañó a Sara a la salida. En el umbral, la doctora se detuvo.

—Quería hacerle una pregunta. En el transcurso de un año, pongamos, ¿cuántos niños son adoptados?

—¿En un año? —La pregunta había pillado a Peg por sorpresa—. Cero.

—¿Ninguno en absoluto?

—Sucede, pero muy raramente. Y nunca escogen a los niños mayores, si tu pregunta va por ahí. De vez en cuando abandonan algún recién nacido a las puertas del orfanato y algún familiar lo reclama al cabo de unos días. Pero si los niños pasan un tiempo aquí, hay muchas probabilidades de que se queden.

—No lo sabía.

Los ojos de la mujer escudriñaron el rostro de Sara.

—Usted y yo no somos tan distintas, ¿sabe? Diez veces al día el trabajo nos da motivos para llorar. Y, sin embargo, no nos lo podemos permitir. No ayudaríamos a nadie si nos dejáramos llevar por nuestros sentimientos.

Era verdad, pero saberlo no aligeraba el peso de su corazón.

—Gracias, hermana.

Salió del hospital. Se sentía deprimida. Cuando entró en el edificio, Wendy la llamó con urgencia desde el mostrador.

—Una persona te está esperando.

—¿Un paciente?

La mujer miró a un lado y a otro para asegurarse de que nadie la oía. Bajó la voz y susurró:

—Dice que es de la agencia censal.

Ay, ay, ay, pensó Sara. *Qué rápidos.*

—¿Dónde está?

—Le he pedido que esperase, pero ha entrado en la sala a buscarte. Jenny está con él.

—¿Cómo has dejado que Jenny hablara con él? ¿Te has vuelto loca?

—¡No he podido hacer nada! ¡Estaba aquí mismo cuando ese hombre ha preguntado por ti! —Wendy volvió a bajar la voz—. Es por esa mujer del desprendimiento de placenta, ¿verdad?

—Esperemos que no.

A la puerta de la sala, Sara echó mano de una bata limpia del estante. Tenía dos cosas a su favor. En primer lugar, su rango. Sara era médico y, si bien no le gustaba recurrir a eso, podía hacer ostentación de su cargo de ser necesario. Un tono autoritario; insinuaciones o alusiones directas a personas influyentes sin nombrarlas; la excusa de que el deber la reclamaba, un día muy ajetreado, vidas que salvar. Sara conocía los trucos. En segundo lugar, no había hecho nada ilegal. Olvidarte de rellenar el papeleo no es un crimen; más bien un error. Estaba a salvo, más o menos, pero eso no ayudaría a Carlos ni a su familia. En cuanto descubrieran el fraude, se llevarían a Grace.

Sara entró en la sala. Jenny estaba allí, acompañada de un hombre que poseía el inconfundible aire de un burócrata: fofo, tirando a calvo y patoso, con una piel blancuzca que rara vez veía la luz del sol. La mirada de Jenny buscó la suya con una expresión de terror apenas disimulada: *¡Socorro!*

—Sara —empezó—, éste es…

La doctora no le dejó terminar la frase.

—Jenny, ¿podrías echar un vistazo a la ropa limpia, a ver si hay mantas? Creo que se nos están acabando.

—Ah, ¿sí?

—Ahora, por favor.

Jenny se marchó a toda prisa.

—Soy la doctora Wilson —se presentó Sara—. ¿Qué quería?

El funcionario carraspeó. Parecía un tanto nervioso. Bien.

—Una mujer dio a luz en este hospital unas noches atrás. —Hojeó los papeles que sostenía—. ¿Sally Jiménez? Creo que la atendió usted.

—¿Y usted es…?

—Joe English. De la agencia censal.

—Tengo muchos pacientes, señor English. —Fingió hacer memoria—. Ah, sí, ya me acuerdo. Una niña sana. ¿Hay algún problema?

—No se adjuntó el certificado de derecho de nacimiento a los formularios del censo. La mujer tiene dos hijos.

—Seguro que lo adjunté. Tendrá que buscarlo de nuevo.

—Me pasé todo el día de ayer revisando la documentación. Tengo la certeza de que no llegó a mi oficina.

—¿Su oficina no comete ningún error? ¿No pierde ningún papel?

—Somos muy concienzudos, doctora Wilson. Según la enfermera de la recepción, la señora Jiménez recibió el alta hace tres días. Siempre hablamos con la familia en primer lugar, pero, por lo que parece, no están en casa. El padre no ha acudido al trabajo desde el nacimiento de la niña.

Un paso en falso, Carlos, pensó Sara.

—No puedo responsabilizarme de mis pacientes una vez que abandonan el hospital.

—Pero es responsable de aportar su documentación. Sin un certificado en regla, tendré que investigar el caso.

—Bueno, seguro que lo envié. Se habrá confundido. ¿Eso es todo? Tengo mucho trabajo.

El hombre la observó durante un instante incómodamente largo.

—Por ahora, doctora Wilson.

Dondequiera que la familia Jiménez se hubiera metido, Sara sabía que el departamento censal no tardaría en encontrarlos. No abundaban los escondrijos.

Intentó quitárselos de la cabeza. Había hecho lo posible por ayudarlos, y ahora la situación escapaba a su control. La hermana Peg estaba en lo cierto; tenía trabajo que hacer. Era importante, y se le daba bien. Eso era lo principal.

En mitad de la noche, despertó con la sensación de que un poderoso sueño la había desvelado. Se levantó y echó un vistazo a Kate. Estaba segura de que su hija aparecía en el sueño, aunque fuera de manera periférica; no tenía el papel principal, más bien era un testigo, o un juez. Sara se sentó al borde de la cama de su hija y observó cómo la noche pasaba por ella. La niña dormía como un tronco, con los labios entreabiertos. Su pecho subía y bajaba con cada larga y rítmica respiración, emanando su inconfundible aroma en torno a ella. En la Patria, antes de que Sara la recuperara, el aroma de Kate le otorgaba las fuerzas que necesitaba para seguir adelante. Guardaba uno de sus rizos en un sobre, escondido en la litera, y cada noche lo sacaba y hundía la cara en él. El gesto, Sara lo sabía, era una plegaria; no pedía que Kate estuviera viva, porque Sara albergaba el convencimiento de que su hija había muerto, sino que, dondequiera que estuviera, adondequiera que su espíritu hubiera ido, se sintiera como en casa.

—¿Va todo bien?

Hollis se había aproximado por detrás. Kate se agitó, dio media vuelta y volvió a sumirse en el silencio.

—Vuelve a la cama —susurró él.

—Hoy no tengo que madrugar. Me toca el segundo turno.

Hollis no respondió.

—Vale —accedió Sara.

Y cuando amaneció, seguía despierta. Hollis le dijo que no se levantara, pero ella lo hizo de todos modos; no tenía que regresar al hospital hasta después de comer y quería llevar a Kate al colegio. Estaba medio borracha de cansancio, aunque aquella circunstancia no parecía nublarle el entendimiento; más bien le proporcionaba claridad mental. A las puertas del colegio, abrazó a su hija con fuerza. No hacía demasiado tiempo Sara tenía que arrodillarse para hacerlo. Ahora la coronilla de Kate le llegaba al pecho.

—¿Mamá?

El abrazo duraba demasiado.

—Perdona.

Sara la soltó. Los otros niños pasaban por su lado en tropel. Ella comprendió lo que estaba sintiendo. Era feliz; se había quitado un peso de encima.

—Ve, nena —dijo—. Luego nos vemos.

El registro civil abría a las nueve en punto. Sara aguardó en la escalera de entrada, bajo la moteada sombra de una encina. Hacía una preciosa mañana de verano; la gente iba y venía. La vida cambia de un momento a otro, se dijo.

Cuando la funcionaria abrió la puerta, Sara se puso de pie y la siguió al interior. Era una mujer mayor con un agradable rostro que reflejaba el paso del tiempo y una brillante fila de dientes falsos. Tardó un rato en instalarse detrás del mostrador antes de levantar la vista y mirar a Sara como si la viera por primera vez.

—¿En qué puedo ayudarla?

—Necesito transferir un derecho de nacimiento.

La mujer se humedeció los dedos y sacó un formulario de un estante empotrado. A continuación lo dejó en el mostrador y hundió la pluma en un frasco de tinta.

—¿De quién?

—Mío.

La pluma de la mujer se detuvo sobre el papel. Alzó la cara con expresión preocupada.

—Pareces joven, cariño. ¿Estás segura?

—Por favor, ¿podemos hacerlo y en paz?

Sara envió el formulario a la agencia censal con una nota adjunta —¡Perdón! ¡Al final lo he encontrado! — y acudió al hospital. El día pasó volando. Hollis seguía levantado cuando llegó a casa. Esperó a estar en la cama con él para darle la noticia.

—Quiero tener otro hijo.

Él se incorporó sobre los codos y se volvió a mirarla.

—Sara, ya hemos hablado de eso. Sabes que no podemos.

Ella lo besó, un beso largo y tierno. A continuación se apartó para mirarlo a los ojos.

—En realidad —respondió—, eso no es del todo verdad.

12

Diez movimientos, y Caleb tenía a Peter completamente acorralado. Una maniobra con la torre, el cruel sacrificio de un caballo y las fuerzas enemigas se aglutinaron en torno a él.

A Peter no le importaba, aunque habría sido agradable ganar de vez en cuando. La última vez que había vencido a Caleb, el chico sufría un fuerte resfriado y se había dormido en mitad de la partida. Aun entonces, estuvo Peter a punto de perder.

—Es fácil. Crees que me estoy defendiendo, pero no es así.

—Me tiendes una trampa.

El chico se encogió de hombros.

—Es una especie de trampa mental. Me las ingenio para que veas la partida como yo quiero que la veas. —Estaba colocando las piezas otra vez; una victoria no bastaba para una noche—. ¿Qué quería el soldado?

Caleb tenía la costumbre de cambiar de tema tan súbitamente que en ocasiones a Peter le costaba seguirlo.

—Querían ofrecerme un trabajo.

—¿Qué trabajo?

—Si quieres que te diga la verdad, no estoy del todo seguro. —Se encogió de hombros y miró el tablero—. Nada importante. No te preocupes. No me voy a ninguna parte.

Estaban moviendo peones de manera mecánica.

—Todavía quiero ser soldado, ¿sabes? —le soltó el chico—. Igual que tú eras antes.

De vez en cuando, Caleb sacaba el tema a relucir. Peter experimentaba sentimientos encontrados al respecto. Por un lado, albergaba un fuerte deseo paterno de mantener a Caleb lejos de cualquier peligro. Pero también se sentía halagado. Al fin y al cabo, el chico mostraba interés por la misma vida que él había escogido.

—Pues se te daría bien.

—¿Lo echas de menos?

—A veces. Me caían bien mis compañeros, tenía buenos amigos. Pero prefiero estar aquí contigo. Además, por lo que parece, esos días han quedado atrás. No nos hace falta un ejército si no hay nadie contra quien luchar.

—Todo lo demás me parece aburrido.

—El aburrimiento está infravalorado, créeme.

Siguieron jugando en silencio.

—Alguien me ha preguntado por ti —continuó Caleb al cabo de un rato—. Un niño del cole.

—¿Y qué te ha preguntado?

Caleb observó el tablero con expresión concentrada, alargó la mano hacia el alfil, se detuvo y movió la reina una casilla hacia delante.

—Sólo que qué se sentía al ser hijo tuyo. Sabía mucho acerca de ti.

—¿Y qué niño es ése?

—Se llama Julio.

Peter no había oído a Caleb hablar de él.

—¿Qué le has dicho?

—Le he dicho que trabajas todo el día en los tejados.

Por una vez, quedaron en tablas. Acompañó al chico a la cama y se sirvió una copa de la petaca de Hollis. Las palabras de Caleb le habían dolido una pizca. La oferta de Sánchez no lo tentaba, en realidad, pero el asunto le provocaba mal sabor de boca. Las artimañas de la mujer eran más que evidentes, porque ella así lo pretendía; en eso radicaba la genialidad de la maniobra. Se las había arreglado para apelar a su sentido innato del deber al tiempo que le dejaba claro que le convenía tenerla de su parte. *Al final será mío, señor Jaxon.*

Inténtalo, pensó Peter. Voy a estar aquí, recordándole a mi hijo que se cepille los dientes.

Estaban reconstruyendo el tejado de una vieja misión en el centro de la ciudad. Llevaba décadas vacía y ahora iban a transformarla en un edificio de apartamentos. El equipo de Peter había dedicado dos semanas a desmantelar el podrido campanario y ahora estaban retirando las tejas viejas. El tejado era muy empinado; trabajaban en tablas horizontales de treinta centímetros de ancho ancladas mediante escuadras de metal que habían clavado a la cubierta, separadas a intervalos de ciento ochenta centímetros. Un par de escaleras de mano, alineadas con el tejado en los extremos de los travesaños, hacían las veces de escalinatas que los conectaban.

Por la mañana trabajaron con el torso desnudo para soportar mejor el calor. Peter se encontraba en el travesaño superior con otros dos trabajadores, Jock Alvado y Sam Foutopolis, al que llamaban Foto. Este último llevaba años trabajando en la construcción, pero Jock había comenzado un par de meses atrás. Era joven, de unos diecisiete años, con el rostro chupado y salpicado de acné y unas greñas largas y grasientas que se recogía en una coleta. A nadie le caía bien; era algo atolondrado y hablaba por los codos. Existía la regla tácita entre los equipos que trabajaban en los tejados de no referirse al peligro. Era un gesto de respeto. Al mirar abajo, Jock solía decir tonterías del tipo: «¡Hala, menuda caída!» o «Si te la pegas, estás perdido».

A mediodía pararon para comer. Bajar era complicado, así que comían arriba. Jock hablaba de una chica que había conocido en el tráfico, pero Peter apenas si lo escuchaba. Los sonidos de la ciudad creaban una neblina auditiva y de tanto en tanto pasaba un pájaro planeando con las corrientes.

—Volvamos al trabajo —propuso Foto.

Estaban usando palancas y mazos para retirar las viejas tejas. Peter y Foto se trasladaron al tercer travesaño; Jock trabajaba debajo de ellos, a la derecha. Seguía hablando de la mujer; de su pelo, de su manera de andar, de la mirada que habían intercambiado.

—¿Se callará algún día? —se quejó Foto. Era un hombre grandote y musculoso, con una barba negra surcada de gris.

—Creo que le gusta el sonido de su propia voz.

—Voy a tirar abajo a ese idiota, lo juro. —Foto alzó la vista y entornó los ojos para protegerlos del sol—. Me parece que nos hemos dejado unas cuantas.

Quedaban varias tejas en la cumbrera. Peter se guardó la palanca y el mazo en el cinturón de las herramientas.

—Ya voy yo.

—Déjalo, que lo haga el enamorado. —Gritó—: Jock, sube aquí.

—No las he olvidado yo. Ésa es la sección de Jaxon.

—Pues ahora es la tuya.

—Vale —gruñó el chico—. Lo que tú digas.

Jock desenganchó su arnés, trepó por la escala hasta el travesaño superior y encajó la palanca bajo una de las tejas. Al alzar el mazo para golpearla, Peter se percató de que estaba justo encima de ellos.

—Espera un mom…

La teja saltó. Pasó rozando la cabeza de Foto.

—¡Idiota!

—Perdón, no os he visto.

—¿Dónde te crees que estamos? —le reprochó Foto—. Lo has hecho a propósito. Y fija el arnés, por el amor de Dios.

—Ha sido un accidente —insistió Jock—. Tranquilízate. Tendréis que apartaros.

Se desplazaron a un lado. Jock había terminado y estaba bajando cuando Peter oyó un chasquido. Jock soltó un grito. Un segundo chasquido y, entre un fuerte repiqueteo, la escala se precipitó tejado abajo con Jock todavía agarrado. En el último momento, se soltó y empezó a resbalar sobre su barriga. Después de su primer grito, no había vuelto a emitir sonido alguno. Sus manos buscaban como locas algún asidero, sus pies se clavaban en las tejas para ralentizar el descenso. Nadie se había caído nunca, que Peter supiera. De pronto, no sólo parecía posible sino inevitable; Jock era el escogido.

A tres metros del borde el cuerpo del chico se detuvo. Su mano había encontrado algo a lo que agarrarse; un clavo oxidado.

—¡Socorro!

Peter soltó su arnés y descendió al listón inferior. Agarrado a una escuadra, se inclinó.

—Dame la mano.

El chico estaba petrificado de terror. Con la mano derecha aferraba el clavo, con la izquierda asía el borde de una teja. Cada centímetro de su cuerpo estaba pegado a la cubierta.

—Si me muevo, caeré.

—No, no caerás.

Allá abajo, la gente se había parado en mitad de la calle para mirar.

—Foto, lánzame el cable de seguridad.

—No alcanzará. Tendré que reajustar el anclaje.

El clavo se estaba doblando.

—Ay, Dios mío, ¡estoy resbalando!

—Deja de moverte. Foto, date prisa con esa cuerda.

El cable llegó. Peter no tuvo tiempo de asegurarlo; el chico estaba a punto de caer. Mientras Foto hacía girar la polea, Peter se rodeó el antebrazo con él y se abalanzó hacia Jock. El clavo se soltó; Jock empezó a resbalar.

—¡Te tengo! —gritó Peter—. ¡Aguanta!

Peter lo había aferrado por la muñeca. Los pies de Jock estaban a pocos centímetros del borde.

—Busca algo a lo que agarrarte —le dijo Peter.

—¡No hay nada!

Peter no sabía cuánto rato podría sostenerlo.

—Foto, ¿nos puedes subir?

—¡Pesáis demasiado!

—Ata el cable y baja con unas escuadras.

Un pequeño gentío se había reunido en la calle. Muchos señalaban hacia arriba. La distancia al suelo se había prolongado hasta convertirse en un espacio infinito que se los tragaría enteros. Pasaron unos segundos; apareció Foto desplazándose por el travesaño hacia ellos.

—¿Qué quieres que haga?

Peter explicó:

—Jock, hay un pequeño saliente en el borde, justo debajo de ti. Intenta encontrarlo con los pies.

—¡No hay nada!

—Sí, está ahí; ahora mismo lo estoy viendo.

Al cabo de un momento, Jock dijo:

—Vale, lo tengo.

—Respira hondo, ¿vale? Voy a tener que soltarte un segundo.

Jock se aferró con más fuerza a la muñeca de Peter.

—¿Me tomas el pelo?

—No puedo ayudarte a subir a menos que lo haga. Tú quédate quieto. El saliente aguantará si no te mueves, te lo garantizo.

El chico no tenía elección. Despacio, se soltó.

—Foto, pásame la escuadra.

Peter la tomó con la mano libre, la encajó en una juntura entre tejas, extrajo un clavo del cinturón de herramientas y lo empujó en el orificio hasta que se hundió. Tres golpes de mazo lo alojaron en su sitio. Hundió el segundo clavo y descendió unos centímetros.

—Pásame otra.

—Por favor —gimió Jock—, date prisa.

—Respira hondo. No tardaré ni un minuto.

Peter colocó tres escuadras más en su lugar.

—Vale, alarga la mano con cuidado, a tu izquierda. ¿Lo tienes?

La mano de Jock aferró la escuadra.

—Sí. Dios mío.

—Ahora impúlsate a la siguiente. Tómate el tiempo que quieras; no hay prisa.

Escuadra a escuadra, Jock ascendió. Peter lo siguió. Jock estaba sentado en el travesaño, bebiendo agua de una cantimplora. Peter se acuclilló a su lado.

—¿Bien?

Jock asintió con desmayo. Estaba pálido y le temblaban las manos.

—Descansa un momento —le sugirió Peter.

—Diablos, descansa todo el día —apostilló Foto—. Descansa el resto de tu vida.

Jock miraba al infinito. Aunque en realidad no miraba nada, supuso Peter.

—Procura tranquilizarte —le aconsejó al chico.

Jock echó un vistazo al arnés de Peter.

—¡No lo llevabas abrochado!

—No había tiempo.

—Entonces tú… has hecho todo eso… agarrado a la cuerda.

—Ha funcionado, ¿no?

Jock desvió la vista.

—Estaba convencido de que iba a morir.

—¿Sabes lo que me saca de quicio? —se exasperó Foto—. Ese cretino ni siquiera te ha dado las gracias.

Habían terminado temprano. Los dos compañeros estaban sentados en los peldaños de la entrada, pasándose una petaca. No volverían a ver a Jock; había entregado su cinturón de herramientas y se había largado.

—Ha sido muy inteligente por tu parte eso de las escuadras. A mí no se me habría ocurrido.

—Seguro que sí. Sencillamente, he sido más rápido.

—Ese chaval ha tenido una suerte del carajo, te lo digo yo. Y mírate, estás como si nada.

Era verdad. Peter se había sentido invencible: la mente concentrada, el pensamiento claro como el hielo. De hecho, no había un saliente en el borde del tejado; la superficie era totalmente lisa. *Me las ingenio para que veas la partida como yo quiero que la veas.*

Foto enroscó el tapón a la petaca y se puso de pie.

—Bueno, supongo que nos veremos mañana.

—En realidad, lo voy a dejar —le soltó Peter.

Foto lo miró con atención y luego rio por lo bajo.

—Si fueras otro, pensaría que te ha entrado miedo. Pero siendo tú, seguramente te gustaría que alguien resbalara cada día para poder rescatarlo. ¿Qué vas a hacer?

—Me han ofrecido un empleo. Pensaba que no me interesaba, pero puede que sí.

El hombre asintió como si se hiciera cargo.

—Sea lo que sea, sin duda será más interesante que esto. Es verdad lo que la gente dice de ti. —Se estrecharon la mano—. Buena suerte, Jaxon.

Peter lo vio partir y luego se encaminó al Capitolio. Cuando entró en el despacho de Sánchez, ella despegó la vista de sus papeles.

—Señor Jaxon. Qué rapidez. Pensaba que tendría que esforzarme un poco más.

—Con dos condiciones. En realidad, tres.

—La primera es tu hijo, por supuesto. Te he dado mi palabra. ¿Qué más?

—Quiero comunicarme directamente contigo. Sin intermediarios.

—¿Y qué me dices de Chase? Es el jefe del gabinete.

—Sólo contigo.

Ella lo consideró durante un momento.

—Si no hay más remedio… ¿Cuál es la tercera?

—No me obligues a llevar corbata.

El sol acababa de esconderse cuando Michael llamó a la puerta de la cabaña de Greer. Reinaba la oscuridad en el interior y ningún sonido llegaba a sus oídos. *Bueno, he caminado demasiado como para esperar aquí fuera,* pensó. *No creo que a Lucius le importe.*

Dejó la bolsa en el suelo y encendió la lámpara. Miró a su alrededor. Los dibujos de Greer. ¿Cuántos había? ¿Cien? Se acercó. Sí, la memoria no le fallaba. Algunos eran esbozos rápidos; otros habían requerido horas de trabajo concentrado, saltaba a la vista. Michael escogió una de las pinturas más elaboradas, la despegó de la pared y la extendió sobre la mesa; una isla montañosa, cubierta de vegetación, vista desde la proa de un barco, que asomaba apenas por la parte inferior. El cielo que rodeaba la isla mostraba el azul oscuro del ocaso. En el centro, a cuarenta y cinco grados del horizonte, había una constelación de cinco estrellas.

La puerta se abrió. Greer se quedó en el umbral, apuntando a la cabeza de Michael con un fusil.

—Voladores, baja eso —pidió Michael.

Greer dejó de apuntarlo.

—De todos modos, no está cargado.

—Me alegro de saberlo. —Michael golpeteó el papel con el dedo índice—. ¿Te acuerdas de cuando te dije que deberías hablarme de esto?

Greer asintió.

—Ha llegado el momento.

La constelación era la Cruz del Sur, el rasgo más característico del cielo nocturno al sur del Ecuador.

Michael le mostró a Greer el periódico, que el hombre leyó sin mostrar ninguna reacción, como si la información no lo pillara por sorpresa. Le describió el *Bergensfjord* y los cadáveres que había encontrado en el interior del barco. Le leyó en voz alta la carta del capitán; era la primera vez que lo hacía. Pronunciar las palabras le producía una sensación muy distinta, como si, en lugar de estar oyendo una conversación, participara en ella. Por primera vez, creyó entender lo que pretendía el hombre al escribir una carta que no podía enviar: otorgaba una especie de permanencia a las palabras y a las emociones que transmitían. No era una carta sino un epitafio.

Michael dejó los datos del ordenador de a bordo para el final. El destino del buque era una región del Pacífico Sur, más o menos a medio camino entre el norte de Nueva Zelanda y las islas Cook. Michael se lo enseñó a Greer en el atlas. Cuando los motores del barco fallaron, estaban a quinientas millas al nornordeste de su destino, navegando entre las corrientes ecuatoriales.

—¿Y cómo acabaron en Galveston? —preguntó Greer.

—No es lógico. Deberían haberse hundido, como dijo el capitán.

—Pero no lo hicieron.

Michael frunció el ceño.

—Puede que las corrientes los empujaran hasta aquí. No sé gran cosa al respecto, la verdad. Pero te diré lo que significa. No hay barrera y nunca la hubo.

Lucius devolvió la vista al periódico. Señaló un párrafo situado hacia la mitad de la página.

—Eso de que el virus procedía de una fuente aviar…

—Pájaros.

—Conozco el significado del término, Michael. ¿Significa que el virus podría estar aún ahí fuera?

—Si los pájaros lo transportan, es posible. Aunque yo diría que las personas a cargo de la investigación no llegaron a averiguarlo.

—En contadas ocasiones —leyó Greer en voz alta— las víctimas de la enfermedad han sufrido las transformaciones características de la cepa norteamericana, incluida una marcada tendencia a la agresividad, pero se desconoce si alguno de estos individuos ha sobrevivido pasado el umbral de las treinta y seis horas.

—A mí también me llamó la atención.

—¿Se refieren a virales?

—De ser así, proceden de una cepa distinta.

—O sea que podrían seguir vivos. La muerte de los Doce no les habría afectado.

Michael no dijo nada.

—Dios mío.

—¿Sabes qué es lo más curioso? —observó Michael—. Puede que *curioso* no sea la palabra adecuada. El mundo nos puso en cuarentena y nos abandonó a nuestra suerte. Al final, gracias a eso hemos sobrevivido.

Greer se levantó y fue a buscar una botella de whisky del estante. Sirvió dos vasos, le tendió uno a Michael y tomó un sorbo. Michael hizo lo propio.

—Piénsalo, Lucius. El barco viajó por medio mundo sin chocar con nada, sin varar en una playa, sin que una tormenta lo hundiera. De algún modo, se las arregló para navegar totalmente intacto hasta la bahía de Galveston, justo en nuestras narices. ¿Qué probabilidades había?

—Muy pocas, diría yo.

—Pues dime qué hace aquí. Fuiste tú el que hizo esos dibujos.

Greer se sirvió más whisky pero no se lo bebió. Guardó silencio unos instantes y, por fin, dijo:

—Es lo que vi.

—¿Cómo que lo viste?

—Es difícil de explicar.

—Nada de esto es fácil, Lucius.

Greer miraba su vaso con atención al tiempo que le daba vueltas sobre la mesa.

—Estaba en el desierto. No me preguntes qué hacía allí; es una larga historia. Llevaba varios días sin comer ni beber. Una noche, tuve una experiencia. No sé muy bien cómo llamarlo. Supongo que fue un sueño, pero más vívido, más real.

—Te refieres a esta imagen. A la isla, a las cinco estrellas.

Lucius asintió.

—Estaba en un barco. Notaba el movimiento bajo mis pies. Oía las olas, olía la sal.

—¿Era el *Bergensfjord*?

Negó con la cabeza.

—Sólo sé que era grande.

—¿Estabas solo?

—Puede que hubiera más gente, pero no los veía. No podía darme la vuelta. —Greer le clavó la mirada—. Michael, ¿estás pensando lo que creo que estás pensando?

—Depende.

—Que ese barco ha llegado hasta aquí para nosotros. Que deberíamos acudir a esa isla.

—¿Y cómo lo explicas si no?

—No puedo explicarlo. —Frunció el ceño con escepticismo—. Esto no es nada propio de ti. Poner tanta fe en el dibujo de un loco.

Durante un rato, ambos guardaron silencio. Michael tomó un sorbo de su bebida.

—Ese barco —dijo Greer—. ¿Flotará?

—No sé en qué estado se encuentra por debajo de la línea de flotación. Las cubiertas inferiores están inundadas, pero el compartimento del motor sigue seco.

—¿Sabrás arreglarlo?

—Puede, pero necesitaría un batallón de hombres. Y mucho dinero, que no tenemos.

Greer hizo tamborilear los dedos sobre la mesa.

—Todo eso se puede solucionar. Suponiendo que contáramos con los hombres necesarios, ¿cuánto tiempo tardaríamos?

—Años. Diablos, puede que décadas. Habrá que vaciarlo, construir un dique seco, botarlo. Y eso sólo será el principio. El maldito trasto mide ciento ochenta metros de eslora.

—Pero se podría hacer.

—En teoría.

Michael escrutó el semblante de su amigo. Aún debían abordar la pieza que faltaba, la única pregunta de la que dependía todo lo demás.

—¿Y cuánto tiempo crees que tenemos?

—¿Hasta?

—Hasta que vuelvan los virales.

Greer no respondió de inmediato.

—No estoy seguro.

—Pero volverán.

Greer alzó la vista. Michael vio alivio en sus ojos; llevaba demasiado tiempo cargando a solas con el peso.

—Dime, ¿cómo lo has deducido?

—Por lógica. La cuestión es cómo lo sabes tú.

Greer apuró su whisky, se sirvió otro y se lo bebió también. Michael esperó.

—Te voy a decir una cosa, Michael, pero no se lo puedes contar a nadie. Ni a Sara ni a Hollis ni a Peter. Sobre todo, no a Peter.

—¿Por qué no a él especialmente?

—Yo no dicto las reglas, lo siento. Necesito que me des tu palabra.

—La tienes.

Greer inspiró con fuerza y soltó el aire despacio.

—Sé que los virales van a volver —confesó—, porque Amy me lo ha dicho.

13

Estaba lloviendo cuando Alicia se aproximó a la ciudad. Contemplado desde lo alto de la pálida luz de la mañana, el río era tal como lo imaginaba: ancho, oscuro, en constante movimiento. Tras él se erguían los capiteles de la ciudad, densa como un bosque. Muelles en ruinas descollaban de las orillas; el agua empujaba los restos de los barcos contra los pedruscos. En un siglo, el nivel del río había aumentado. Zonas del extremo sur de la isla estaban sumergidas y el agua lamía las paredes de los edificios.

Puso rumbo al norte, saltando por los detritos, abriéndose paso. La lluvia cesó, volvió a empezar y paró nuevamente. La tarde estaba llegando a su fin cuando alcanzó el puente: dos torres inmensas, como gigantes gemelos, sostenían el tablero por debajo de los cables que les colgaban de los hombros. La idea de cruzarlo provocó en Alicia una profunda ansiedad que trató de disimular, pero Soldado la notó de todos modos. Un mínimo amago de reticencia en su paso: *¿Otra vez?*

Sí, respondió para sus adentros. Otra vez.

Se internó en la tierra y buscó la rampa. Barricadas, baterías, vehículos militares reducidos a armazones por un siglo de exposición a los elementos, algunos boca abajo o volcados de lado... Allí se había librado una batalla. El tramo superior estaba atestado de carcasas de automóviles, pintadas de blanco por los excrementos de los pájaros. Alicia desmontó y guio a Soldado entre el destrozo. Su desasosiego aumentaba a cada paso. El malestar era un reflejo, como una alergia, un estornudo apenas postergado. Mantenía la vista fija al frente mientras se limitaba a poner un pie delante del otro.

Hacia la mitad del puente, llegaron a una zona en que la calzada se había desplomado. Los coches yacían amontonados en el embarcadero de abajo. Una estrecha cornisa al otro lado del quitamiedos, de un metro veinte como mucho, ofrecía la única ruta viable.

—Tú tranquilo —le dijo Alicia a Soldado—. No pasa nada.

La altura era irrelevante; lo que le daba miedo era el agua. Más allá del borde aguardaba un pozo insondable de muerte. Paso a paso, muerta de miedo, condujo a Soldado al otro lado. Qué raro no temer nada salvo eso.

El sol estaba tras ellos cuando alcanzaron el otro extremo. Una segunda rampa los llevó al nivel de la calle, a una zona de almacenes y fábricas. Montó de nuevo y se encaminó al sur, a lo largo de la espina dorsal de la isla. Los números de las calles descendían conforme iban avanzando. Por fin, las fábricas dieron paso a bloques de pisos y casas de arenisca, intercalados con solares vacíos, algunos yermos, otros parecidos a selvas en miniatura. En algunas zonas las vías estaban inundadas, ríos sucios de agua que burbujeaba a su paso por las alcantarillas. Alicia jamás había visto nada semejante; la inconcebible densidad de la isla la asombraba. Era consciente hasta del último sonido y movimiento: el arrullo de las palomas, el correteo de las ratas, el goteo del agua en el interior de los edificios. El tufo acre del moho. El hedor de la podredumbre. La peste de la propia ciudad, un templo de muerte.

Anocheció. Los murciélagos aleteaban en el cielo. Estaba en el 110 de la avenida Lenox cuando un muro de vegetación le impidió el paso. En el corazón de la ciudad desierta, un bosque había enraizado y se había desarrollado hasta alcanzar dimensiones descomunales. Detuvo a Soldado en el linde y se concentró en los árboles; cuando los virales aparecían, venían de arriba. A ella no la querían, claro que no; Alicia era una de ellos. Pero tenía que pensar en Soldado. Dejó pasar unos pocos minutos y, cuando se convenció de que podían entrar sin correr peligro, clavó los talones en los flancos del animal.

—Vamos.

Y así, sin más, la ciudad desapareció. A juzgar por el paisaje, igual podrían haber llegado a un bosque primigenio. La noche ya los envolvía, iluminada por una rodaja de luna menguante. Alcanzaron un vasto prado de gramíneas tan altas que le rozaban los muslos. Poco después los árboles reclamaron la tierra otra vez.

Subieron un tramo de escaleras de piedra que daba a la calle Cincuenta y nueve. Ahora los edificios tenían nombre. Helmsley Park Lane. Essex House. El Ritz-Carlton. El Plaza. Trotó en dirección este hasta la avenida Madison y se encaminó al sur nuevamente. Los edificios, cada vez más altos, despuntaban sobre la calzada; los números de las calles proseguían su incansable declive. Cincuenta y seis. Cincuenta y uno. Cuarenta y ocho. Cuarenta y tres.

Cuarenta y dos.

Desmontó. El edificio parecía una fortaleza, menor que las grandes torres que lo rodeaban pero de aspecto majestuoso. Un castillo digno de un rey. Altos ventanales arqueados vigilaban la calle como ojos negros. En mitad del tejado se erguía una figura de piedra con los brazos extendidos en un gesto de bienvenida. Debajo de ésta, grabadas en la fachada y esculpidas por la luz de la luna, se leían las palabras GRAND CENTRAL TERMINAL.

Alicia, estoy aquí. Lish, cuánto me alegro de que hayas venido.

Ahora notaba la presencia de sus hermanos con absoluta claridad. Estaban debajo de ella, por todas partes, una vasta reserva que dormitaba acurrucada en las entrañas de la ciudad. ¿Notaban ellos su presencia también? Todos los días de tu vida, comprendió Alicia entonces, apuntaban a una sola hora. Lo que parecía un laberinto de elecciones, todas las posibilidades que te ofrecía la vida, no era en realidad sino la serie de pasos que dabas a lo largo del camino y, cuando llegabas a tu destino y mirabas atrás, una única senda restaba marcada: la que habías escogido.

Ató una cuerda a las riendas de Soldado. Dos noches atrás, acampada a las afueras de Newark, había fabricado una antorcha de nudo de pino. Ahora, acuclillada en la acera, rascó un montoncito de yesca, lo prendió con el iniciador de fuego y hundió el extremo de la antorcha en las llamas hasta que la resina empezó a arder. Se levantó y la sostuvo en alto. La antorcha, que ardería durante horas, desprendía una luz ahumada de color anaranjado. Se ajustó las bandoleras al pecho y se llevó la mano derecha al hombro opuesto para desenvainar la espada. Con su filo brillante, su punta templada y las cuerdas de la empuñadura gastadas por horas de práctica, el objeto no simbolizaba nada para ella. No era más que una herramienta. Alicia la blandió despacio de un lado a otro para notar cómo la fuerza de la espada se fundía con la suya. Soldado la observaba. Cuando se sintió preparada, envainó la espada de nuevo y abrió la puerta de la estación.

—Ha llegado la hora.

Guio al caballo al interior. Los cristales rotos crujían a sus pies. Oía los chillidos de las ratas. A tres metros de la puerta, dos opciones: avanzar en línea recta, por un vestíbulo en pendiente que conducía al nivel inferior de la estación, o hacia la izquierda, a través de un portal arqueado.

Dobló a la izquierda.

El espacio se expandía a su alrededor. Ahora se encontraba en la sala de espera, pero no parecía una estación sino más bien una iglesia. Un lugar en el que se reunían grandes multitudes para celebrar su vida en común en presencia de un poder superior. Rayos de luna se proyectaban de los ventanales al suelo, donde se derramaban como líquido amarillo pálido. El silencio era intenso; Alicia oía el latido de su sangre. Alzando la vista, vio una extensión que tomó por el cielo hasta comprender que estaba contemplando una pintura. Las estrellas se dispersaban por el techo y, en el centro, había figuras: un toro, un carnero, un hombre vertiendo agua de una jarra.

—Alicia. Hola.

Se sobresaltó. Era su voz. Una voz audible, inconfundiblemente humana.

—Estoy aquí.

El sonido procedía del otro extremo de la estancia. Alicia avanzó hacia allí, guiando a Soldado a su lado. Avistó una estructura allá delante. Parecía una caseta. En lo más alto, como una corona, advirtió un reloj de cuatro esferas. Al aproximarse, el reloj fue lo primero que atrapó el brillo de su antorcha. Más que reflejar la luz, la absorbía, de tal modo que sus esferas brillaban con un fulgor anaranjado.

—Aquí arriba, Lish.

Un amplio tramo de escaleras conducía a un balcón. Alicia soltó la cuerda y posó la mano contra el cuello de Soldado. El animal tenía el pelaje húmedo de sudor. Lo acarició con un gesto tranquilizador. *Espera aquí.*

—No te preocupes, a tu amigo no le pasará nada. Es un excelente compañero, Lish. Más de lo que jamás imaginé. Un soldado de los pies a la cabeza, igual que tú. Igual que mi Lish.

Subió las escaleras sin hacer el menor intento de esconderse; no tenía sentido. ¿Qué clase de criatura la esperaba? La voz era humana, algo apagada, pero el cuerpo no lo sería. Iba a encontrar a un gigante, a un monstruo de proporciones colosales, un titán de su raza.

Llegó al final. A su derecha había un bar con taburetes y justo delante una zona con mesas, algunas volcadas, otras todavía con los platos y los cubiertos puestos.

Vio a un hombre sentado a una de esas mesas.

¿Sería un truco? ¿Estaba él engañando a su mente de algún modo? Estaba sentado en postura relajada, con las manos unidas sobre el regazo, vestido con un traje oscuro, camisa blanca con el botón del cuello desabrochado. Cabello rubio oscuro, casi rojo, con un marcado pico de viuda. Los carrillos algo caídos, una indefinible intensidad en los ojos. De sopetón, nada de lo que Alicia tenía alrededor le parecía real. Estaba siendo víctima de un engaño. Él era idéntico a cualquier otro hombre, uno más entre la multitud, un tipo del montón.

—¿Mi aspecto te sorprende? —le preguntó el hombre a Alicia—. Tal vez debería haberte advertido.

La voz la hizo reaccionar. Tiró la antorcha y sacó la espada al mismo tiempo que avanzaba deprisa hacia él. Con el arma por delante, ladeó la cadera, desplazó la energía a los grandes grupos de músculos —hombros, pelvis, piernas— y empujó la espada hacia él para detenerla a un par de centímetros de su cuello.

—¿Qué diablos eres?

Él ni siquiera pestañeó.

—¿Qué te parece que soy?

—No eres humano. No es posible.

—Podría decirse lo mismo de ti. ¿Qué significa «ser humano»? —Señaló el arma con la cabeza—. Si la vas a usar, te sugiero que procedas cuanto antes.

—¿Es eso lo que quieres?

Él alzó la cara hacia el techo. En las comisuras de sus labios aparecieron unos incisivos en forma de dagas. Eran los dientes de un depredador y, sin embargo, el rostro que Alicia tenía delante parecía del todo inofensivo.

—Llevo bastante tiempo esperando, ¿sabes? En cien años, acabas por darle vueltas a casi todo. Piensas en las cosas que hiciste, en las personas que conociste, en los errores que cometiste. En los libros que leíste, la música que oíste, la sensación del sol en la piel, de la lluvia. Todo sigue ahí, dentro de ti. Pero no basta, ¿verdad? Eso es lo malo. El pasado nunca es suficiente.

La espada seguía pegada a su cuello. Qué sencillo sería hacerlo, qué fácil. La miraba con una expresión de absoluta calma. Un golpe rápido y Alicia sería libre.

—Somos tal para cual, ¿verdad? —Hablaba en tono plácido, casi didáctico—. Tantas cosas que lamentar. Tantas pérdidas.

¿Por qué no se decidía? ¿Por qué no acababa con él? Una extraña inmovilidad se había apoderado de ella. No era una parálisis física; más bien una pérdida de voluntad.

—No me cabe duda de que eres más que capaz. —El hombre se tocó un punto del cuello—. Justo aquí, creo. Un corte bastaría.

Algo iba mal. Algo iba muy mal. Le bastaría con despegar la espada para luego descargarla sobre él y, sin embargo, no podía obligarse a hacerlo.

—No puedes, ¿verdad? —El tipo frunció el ceño; hablaba en un tono casi contrito—. El parricidio es un acto contra natura, al fin y al cabo.

—Maté a Martínez. Le vi morir.

—Sí, pero no le pertenecías, Lish. Me perteneces a mí. El viral que te mordió era uno de los míos. Amy no es sino una parte de ti; yo soy la otra. No podrías usar esa espada contra mí igual que no podrías usarla contra ella. Me sorprende que no lo hayas deducido.

Alicia comprendió que el hombre decía la verdad. La espada, la espada; no podía mover la espada.

—Pero no creo que hayas venido a matarme. No creo que sea eso lo que te ha traído aquí, en absoluto. Tienes preguntas. Dudas.

Ella respondió con rabia:

—No quiero nada de ti.

—¿No? En ese caso seré yo el que te pregunte algo. Dime, Alicia, ¿qué te ha aportado tu vida humana?

Alicia se sintió desconcertada. Nada de todo aquello tenía ningún sentido.

—Es una pregunta muy sencilla. Casi todo lo es, al fin y al cabo.

—Tenía amigos —respondió ella, que oía el temblor de su propia voz—. Personas que me querían.

—¿Ah, sí? ¿Y por eso los abandonaste?

—No sabes de qué estás hablando.

—Yo creo que sí. Para mí, tu mente es un libro abierto. Peter, Michael, Sara, Hollis, Greer. Y Amy. La magnífica y poderosa Amy. Lo sé todo de ellos. Incluso del chico, Hightop, que murió en tus brazos. Le prometiste que no le pasaría nada. Pero al final no pudiste salvarlo.

Su ser se estaba disolviendo; la espada le pesaba como un yunque en la mano, inconmensurablemente densa.

—¿Qué dirían tus amigos si te vieran ahora? Contestaré en tu lugar. Te considerarían un monstruo. Te expulsarían de su lado, si acaso no te matan primero.

—Cállate, maldita sea.

—No eres una de ellos. Nunca lo has sido, no desde el día que el coronel te llevó al otro lado de la muralla y te dejó allí. Te quedaste sentada bajo los árboles y lloraste toda la noche. ¿Es así?

¿Cómo era posible que supiera esas cosas?

—¿Te consoló, Alicia? ¿Te pidió perdón? Eras solamente una niña y te dejó allí a tu suerte. Siempre has estado… sola.

La poca determinación que Alicia conservaba la estaba abandonando. Seguir allí con la espada en alto; no podía hacer nada más.

—Lo sé porque te conozco, Alicia Donadio. Conozco los secretos de tu corazón. ¿No lo ves? Por eso has venido a mí. Soy el único que te conoce.

—Por favor —suplicó ella—. Por favor, cállate.

—Dime. ¿Qué nombre le pusiste?

Estaba deshecha; acabada. Quienquiera que hubiera sido o aspirase a ser apenas si seguía allí.

—Dímelo, Lish. Dime el nombre de tu hija.

—Rose. —La palabra surgió en mitad de un sollozo—. La llamé Rose.

Alicia había estallado en llanto. A una distancia indeterminada, la espada cayó tintineando al suelo. El hombre se puso de pie para rodearla con los brazos. La envolvió en un afectuoso abrazo. Ella no opuso resistencia, pues no albergaba ya ninguna. Lloró a lágrima viva. Su hijita. Su Rose.

—Por eso has venido, ¿verdad? —Él hablaba con voz queda, muy cerca de su oído—. Para eso existe este lugar. Has venido para pronunciar el nombre de tu hija.

Ella asintió contra el cuerpo del hombre. Se oyó decir:

—Sí.

—Ay, mi Alicia. Mi Lish. ¿Sabes dónde estás? Tus viajes han concluido. ¿Qué es un hogar sino ese sitio donde de verdad te conocen? Dilo conmigo: «He llegado a casa».

Una última traza de resistencia que pronto la abandonó.

—He llegado a casa.

—«Y nunca me marcharé de aquí».

Qué fácil era, una vez aceptado.

—Y nunca me marcharé de aquí.

Transcurrió un instante. Él se apartó. A través de las lágrimas, Alicia miró su rostro amable, tan comprensivo. El hombre retiró una silla de la mesa.

—Ahora, siéntate conmigo —le sugirió—. Tenemos todo el tiempo del mundo. Siéntate conmigo y te lo explicaré todo.

II

EL ENAMORADO

28-3 a. V.

(1989-2014)

*Desde la mañana
hasta el mediodía, cayó, desde el mediodía hasta
la vigilia llena de rocío,
un día de verano; y con el sol poniente
descendió desde el zenit como una estrella fugaz.*

MILTON, *PARAÍSO PERDIDO*

14

Detrás de cualquier odio hay siempre una historia de amor.

Pues soy un hombre que ha conocido el amor, y lo ha saboreado. Digo «un hombre» porque tal me considero. Miradme, ¿qué veis? ¿Acaso no tengo aspecto de hombre? ¿No siento lo mismo que sentís vosotros, sufro igual que vosotros, amo como vosotros, lloro igual que lo hacéis vosotros? ¿Qué es un hombre, al cabo, sino la suma de todas esas cosas? En vida fui un científico llamado Fanning. Timothy J. Fanning, titular de la cátedra distinguida Eloise Armstrong en Ciencias Bioquímicas de la Universidad de Columbia. Era un profesor conocido y respetado, una celebridad de mi época. Me pedían opinión en materias diversas. Recorría los entresijos de mi profesión con la cabeza bien alta. Estaba bien relacionado. Estrechaba manos, besaba mejillas, hacía amigos, tenía amantes. Los vientos de la gloria y la fortuna soplaban a mi favor. Bebí el néctar del mundo moderno. Pisos en la ciudad, casas en el campo, coches de lujo, buen vino: tenía cuanto deseaba. Cenaba en buenos restaurantes, dormía en hoteles de cinco estrellas, los visados se multiplicaban en mi pasaporte. Tres veces me enamoré y tres veces me casé, y si bien aquellos enlaces no llegaron a buen puerto, ninguno de ellos fue, considerado en conjunto, un fracaso. Trabajé y descansé, bailé y me lamenté, me ilusioné y recordé; incluso, de vez en cuando, recé. Tuve, en suma, una vida.

Y entonces, en la selva de Bolivia, morí.

Me conocéis como el «Sujeto Cero». Tal es el nombre que la historia me ha otorgado. Cero el Destructor, Gran Devorador del Mundo. El hecho de que este relato jamás vaya a plasmarse por escrito merecería un debate ontológico. ¿En qué se convierte el pasado cuando no hay nadie para documentarlo? Morí y fui devuelto a la vida, cuentan las historias. Me levanté de entre los muertos y ¿qué contemplé? Me hallaba en una sala bañada por la luz más azul que se pueda imaginar; un azul prístino, un azul cerúleo, el azul que mostraría el cielo si se fundiera con el mar. Tenía los brazos, las piernas e incluso la cabeza atados. Era un prisionero. Imágenes dispersas cruzaban mi mente, fogonazos de luz y color que rehusaban articularse en algo coherente. Mi cuerpo zumbaba. Es la única palabra que se me ocurre para describirlo. Pronto descubriría que acababa de superar las últimas fases de mi transformación. Aún no había visto mi cuerpo, ni sabía qué implicaba habitarlo.

Tim, ¿me oyes?

Una voz, procedente de todas partes y de ninguna. ¿Estaba muerto? ¿Acaso estaba oyendo la voz de Dios, que se dirigía a mí? Puede que la vida que había llevado no hubiera sido tan digna como yo creía y que las cosas se hubieran torcido.

Tim, si me oyes, levanta una mano.

No me parecía una petición propia de Dios, de ningún dios.

Eso es. Ahora la otra. Excelente. Bien hecho, Tim.

Conoces esa voz, me dije. No estás muerto, es la voz de un ser humano, semejante a ti. Un hombre que te llama por tu nombre, que te dice: «Bien hecho».

Eso es. Tú respira. Lo estás haciendo muy bien.

Empezaba a comprender la realidad de la situación. Acababa de pasar algún tipo de enfermedad. Puede que hubiera sufrido convulsiones; eso explicaría los amarres. Seguía sin recordar los detalles, cómo había llegado a ese lugar. La voz era la clave. Si pudiera identificar a su poseedor, lo entendería todo.

Voy a quitarte los amarres, ¿vale?

Noté que la presión cedía. Accionadas por algún mecanismo remoto, las sujeciones habían desaparecido.

¿Te puedes sentar, Tim? ¿Me harías ese favor?

También me daba cuenta de que, fuera cual fuese mi enfermedad, lo peor había pasado. El zumbido, que nacía en mi pecho, había mudado en un vibrato orquestal que se propagaba a todo mi cuerpo, como si las moléculas de mi anatomía tocasen una única nota. La sensación se me antojaba profunda, casi sexualmente placentera. Mis órganos, la punta de mis dedos, incluso las raíces del pelo… jamás había experimentado nada tan exquisito.

Una segunda voz, más profunda que la primera: *Doctor Fanning, soy el coronel Sykes.*

Sykes. ¿Conocía yo a un hombre llamado Sykes?

¿Nos oye? ¿Sabe dónde está?

Un hueco se había abierto en mi interior. Un hueco, no; una boca. Tenía hambre. Un hambre intensa, desesperada. No era el apetito de un ser humano sino el de un animal. Un hambre con uñas y dientes, un hambre feroz de carne blanda en las mandíbulas y cálidos jugos que estallan en el paladar.

Tim, estamos muy preocupados por ti. Dime algo, colega.

Y así, sin más, las compuertas de mi memoria se abrieron y mi mente se inundó de recuerdos. El bosque pluvial, con su húmeda atmósfera y su frondosa bóveda verde repleta de animales que ululaban; la viscosidad de mi piel y la omnipresente nube de insectos alrededor de mi rostro; los soldados con las caras untadas de pintura de camuflaje, apuntando a los árboles con los fusiles conforme avanzábamos; las estatuas, figuras humanoides de formas monstruosas, que nos disuadían de seguir avanzando al mismo tiempo que nos animaban a continuar cada vez más adentro, al corazón de aquel enclave maldito; los murciélagos.

Aparecían de noche, una plaga que inundaba nuestro campamento. Centenares, miles, decenas de miles; una bulliciosa aglomeración. Tapaban el firmamento. Tomaban el cielo al asalto. Las puertas del infierno se habían abierto y aquélla era su descarga, su vómito negro. No parecían volar sino nadar, desplazarse con movimientos ondulantes y organizados, como un banco de peces aéreos. Cayeron sobre nosotros, una lluvia de alas y dientes y maliciosos chillidos de alegría. Recordé los gritos de terror, los alaridos. Estaba en una sala bañada de luz azul, oía una voz que conocía mi nombre, pero mentalmente corría hacia el río. Vi a una mujer retorciéndose en la orilla. Se llamaba Claudia; era una de los nuestros. Los murciélagos la envolvían como una capa. Imaginad el horror. Apenas si se la veía bajo aquel manto negro. Ejecutaba una demoniaca danza de agonía. A decir verdad, mi primer impulso fue no hacer nada. No poseía el valor de un héroe. Sin embargo, a veces descubrimos aspectos de nosotros mismos que desconocíamos. En dos largos saltos, me abalancé contra ella y ambos nos sumergimos en las fétidas aguas de la selva. Noté el mordisco ardiente de los murciélagos en la carne de los brazos y el cuello. La burbujeante agua se tiñó de sangre. La furia de los animales era tal que ni siquiera el agua los detuvo; nos devorarían hasta ahogarse de ser necesario. Rodeé el cuello de Claudia con el brazo flexionado y me sumergí, aunque sabía que no serviría de nada; la mujer ya estaba muerta.

Recordé todo eso, y luego algo más. Recordé el rostro de un hombre. Se cernía sobre mí, enmarcado por el firmamento de la selva. Yo estaba aletargado, ardiendo de fiebre. A mi alrededor, el aire latía con el fragor que causaban las paletas del helicóptero. El hombre gritaba algo. Traté de concentrarme en su boca. *Estaba vivo*, decía —mi amigo, Jonas Lear, decía—, *estaba vivo, estaba vivo, estaba vivo*...

Alcé la cabeza para mirar. La sala estaba desierta, como una celda. En la pared de enfrente, una ventana grande y oscura mostraba mi reflejo.

Y supe en qué me había convertido.

No me levanté. Salí disparado. Surqué la habitación y me estampé contra la ventana. Detrás del espejo, los dos hombres retrocedieron de un salto. Jonas y el segundo, Sykes. Me miraban con los ojos desorbitados de miedo. Golpeé. Rugí. Abrí la boca y les mostré los dientes con el fin de que conocieran el alcance de mi rabia. Quería matarlos. No, matarlos no. *Matar* es una palabra demasiado suave para describir el deseo que me embargaba. Quería aniquilarlos. Arrancarles los brazos y las piernas. Trocear sus huesos y enterrar mi cara en sus húmedos restos. Hundir la mano en el interior de sus pechos, arrancarles el corazón, devorar la sangrienta carne mientras los últimos impulsos eléctricos contraían sus músculos y ver sus rostros mientras morían. Chillaban, aullaban. Yo no era lo que ellos esperaban. El cristal se combaba, temblaba bajo mis golpes.

Una explosión de luz cegadora inundó la sala. Sentí lo mismo que si me hubieran disparado cien flechas. Me tambaleé hacia atrás y me desplomé enroscado en el suelo. Sonó un mecanismo en lo alto y, con un fuerte trompazo, cayeron los barrotes para impedirme el paso.

Tim, lo siento. Yo nunca imaginé que pasaría esto. Perdóname...

Puede que fuera verdad. Eso no cambiaba nada. Aun entonces, presa de la agonía, supe que su ventaja tan sólo era temporal; no representaban gran cosa. Los muros de mi prisión acabarían por ceder bajo mi poder. Yo era la flor negra de la especie humana, consagrada desde el principio de los tiempos a destruir un mundo que carecía de un dios que lo amase.

De uno, pasamos a ser Doce. Eso también es del dominio público. La antigua semilla fue extraída de mi sangre para ser transferida a los demás. Llegué a conocer a esos hombres. Al principio me asustaron. Habían llevado vidas humanas completamente distintas de la mía. No poseían conciencia, ni conocían la ética ni la compasión. Eran igual que atroces animales; albergaban actos brutales en el corazón. Ya sabía que existían hombres como ésos, pero para comprender plenamente la naturaleza del mal hay que sentirlo, experimentarlo. Tienes que entrar en él, como en una cueva sin luz. Uno a uno se alojaron en mi mente, y yo en la suya. Babcock fue el primero. Qué sueños tan terribles escondía, aunque, a decir verdad, no eran peores que los míos. Los otros fueron llegando, cada cual un elemento más del conjunto. Morrison y Chávez. Baffes y Turrell. Winston y Sosa, Echols y Lambright, Reinhardt y Martínez, el más malvado de todos. Incluso Carter, cuyos recuerdos de un atroz sufrimiento avivaron las ascuas de la compasión en mi corazón. Con el paso del tiempo, en compañía de esas almas atribuladas, la sensación de que tenía una misión que cumplir en este mundo se afianzó. Eran mis herederos, mis acólitos. Únicamente yo, de todo el grupo, poseía la capacidad de liderar a los demás. Ellos no despreciaban el mundo, como yo. Para esos hombres, el mundo no significaba nada, pues todo era un sinsentido. Su ansia no conocía límites; sin una guía adecuada, nos empujarían a una destrucción rápida y total. Tenía que dominarlos, pero ¿cómo conseguir que me obedecieran?

Lo que necesitaban era un dios.

Nueve y uno, les ordené adoptando la voz de un dios. *Nueve son vuestros pero uno es mío. En el décimo plantaremos la semilla con el fin de llegar a ser Muchos, de multiplicarnos por millones.*

Una persona sensata preguntaría tal vez: *¿por qué lo hiciste?* Si yo poseía la capacidad de dominarlos, sin duda podría haber puesto fin al horror. En parte fue por rabia, sí. Me habían arrebatado cuanto amaba, y también aquello que no amaba. Me habían privado de mi vida humana. También tuvieron la culpa los imperativos de mi naturaleza modificada. ¿Le pedirías a un león hambriento que hiciera caso omiso de los majares de la sabana? No hago estas observaciones con el fin de obtener perdón, por cuanto mis actos son imperdonables, ni tampoco para ofrecer disculpas, aunque lo lamento. (¿Os extraña? ¿Que Timothy Fanning, conocido como Cero, lo lamente? Pues es la verdad: me arrepiento.) Sencillamente, deseo hacer constar las circunstancias, aportar un contexto a mi situación mental. ¿Qué deseaba? Convertir el mundo en un yermo, hacer de éste un reflejo de mi destrozado ser. Castigar a Lear, mi amigo, mi enemigo, que se creía capaz de salvar un mundo que no tenía salvación, un mundo que nunca mereció ser salvado, para empezar.

Tal era la magnitud de mi ira en aquellos primeros tiempos. Pese a todo, no podía obviar indefinidamente los aspectos metafísicos de mi condición. De niño, a menudo hablaba con el Todopoderoso. Mis oraciones eran infantiles y superficiales, como si hablara con Papá Noel: espaguetis para cenar, una nueva bicicleta para mi cumpleaños, un día de nieve o poder saltarme el colegio. «Señor, si no te importara, en tu infinita bondad…» ¡Qué ironía! Nacemos creyentes y temerosos de Dios, cuando debería ser a la inversa; es la vida la que nos enseña lo mucho que podemos perder. Al crecer perdí el impulso, como tantos otros. No diría que dejé de creer; más bien, dedicaba poco o ningún espacio mental a los asuntos celestiales. Me parecía a mí que el Señor, quienquiera que fuese, no sería uno de esos dioses que pierden el sueño por las naderías humanas ni pensaba en la posibilidad de que un ser supremo nos liberase del deber de pasar por la vida guiados por un principio de decencia hacia los demás. Es cierto que las circunstancias de mi existencia me empujaron a un estado de desesperación nihilista, pero ni siquiera en las horas más oscuras de mi vida humana —las horas en las que habito hasta el día de hoy— culpé a nadie salvo a mí mismo.

Sin embargo, igual que el amor muda en rencor y el rencor en ira, así debe la ira someterse al pensamiento para ser reconocida. Mis propiedades simbólicas eran incuestionables. Creado por la ciencia, era un producto absolutamente industrial, la encarnación misma de la infatigable fe de la especie humana en sí misma. Desde que el melenudo aquel, nuestro primer antepasado, frotó pedernal contra piedra y borró la noche con fuego, hemos trepado en dirección al cielo por una escalera construida a base de nuestra propia arrogancia. Ahora bien, ¿eso era todo? ¿Constituía yo la prueba definitiva de que la humanidad habitaba un cosmos sin objeto, o era algo más?

De modo que medité sobre mi propia existencia. En su momento, aquellas reflexiones me llevaron a una única conclusión. Yo había sido creado con algún propósito. No era el autor de la destrucción, sino su instrumento, forjado en el taller de los cielos por un dios nefasto.

¿Qué podía hacer salvo representar mi papel?

En cuanto a mi encarnación actual, de apariencia más humana, únicamente puedo decir que Jonas tenía razón acerca de una cosa, al fin y al
cabo, aunque el pobre diablo nunca lo supiera. Los acontecimientos que
estoy a punto de relatar tuvieron lugar pocos días después de mi emanci-
pación, en cierta aldea ignorante conocida como (tal y como descubriría
muy pronto) Sewanee, Kansas. Aun en la actualidad, mis recuerdos de
aquella etapa temprana aparecen inundados de dicha. ¡Qué embriagado-
ra libertad! ¡Qué pródiga saciedad de mis apetitos! El mundo de la noche se me antojaba un glorioso festival para los sentidos, un bufé infinito.
Sin embargo, procedía con cierto cuidado. Nada de matanzas en bares de
carretera. Nada de familias enteras degolladas en sus camas. Ningún em-
porio de la comida rápida sembrado de los ensangrentados restos de
clientes descuartizados. Todo eso ya llegaría, pero de momento prefería
dejar una huella menos profunda. Cada noche, en mi avance hacia el este,
me conformaba con unos pocos y sólo en situaciones en las que pudiera
hacerlo con comodidad y despachar los restos a toda prisa.

De ahí que mi corazón entonara un aria de felicidad al ver la camioneta.

El vehículo, una ranchera ridículamente barroca y equipada al detalle
—chimeneas, faros dobles, luces en las barras antivuelco, pegatina de la
bandera confederada en el parachoques—, estaba aparcado en paralelo a
orillas de una presa inundada. La soledad del paraje resultaba ideal, así
como el ofuscado estado de sus ocupantes, un hombre y una mujer en
plena pasión amorosa, gozando mutuamente tanto como yo estaba a punto de gozar con ellos. Me limité a observar. No lo hice con una mirada
carnal; más bien los contemplaba con curiosidad científica. ¿A santo de
qué un espacio tan exiguo para llevar a cabo el acto sexual? ¿Por qué los
incómodos confines de una ranchera (el hombre prácticamente aplastaba
a su amada contra el salpicadero) para dar rienda suelta a su esplendor
animal? Sin duda, había en el mundo camas para dar y tomar. No eran jóvenes, ni mucho menos. Él era calvo y tirando a grueso, ella delgada y
flácida, ambos la viva imagen de la carne en decadencia. ¿Qué los había
llevado a ese paraje? ¿La nostalgia? ¿Acaso solían frecuentarlo en su juventud? ¿Estaba presenciando una recreación de su gloria juvenil? Súbitamente, lo comprendí. Estaban casados. Pero no entre sí.

Ataqué a la mujer en primer lugar. Sentada a horcajadas sobre su compañero en el espacioso banco del asiento, empujaba el cuerpo masculino con

tanto desenfreno —los puños aferrados al reposacabezas, la falda enrollada en la cintura, las bragas colgando de un tobillo escuálido y el rostro mirando al techo como en ademán de súplica— que cuando abrí la portezuela parecía más molesta que asustada, como si hubiera interrumpido un hilo de pensamiento particularmente importante. El gesto, como es natural, no duró demasiado, apenas un par de segundos. Es curioso constatar que el cuerpo humano, separado de la cabeza, viene a ser poco más que un saco de sangre con su pajita incorporada. Asiendo su torso decapitado, planté la boca sobre el chorreante orificio y aspiré con todas mis fuerzas. No me esperaba gran cosa. Daba por supuesto que su dieta de pueblerina, rica en conservantes, otorgaría a su sangre un regusto químico. Pero no fue el caso. De hecho, la mujer estaba deliciosa. Su sangre emanaba un buqué de sabores complejos, como un vino que ha envejecido bien.

Dos opíparos sorbos para terminar y la deseché. A esas alturas, su compañero, con los pantalones en los tobillos y el reluciente pene en raudo decaimiento, se las había ingeniado para desplazarse al lado del conductor, donde, presa de la desesperación, intentaba localizar el llavín de la ranchera en una anilla de llaves. La anilla era enorme. Sin duda la de un conserje. Con dedos temblorosos, clavaba una llave tras otra en la ranura, sin resultado, murmurando una retahíla de «ay, Señor» y «la madre que me parió», que no era sino una versión ligeramente retocada de los sonidos extáticos y asquerosos susurros que musitara al oído de su compañera pocos segundos antes.

La comedia se me antojaba exquisita. Hablando con franqueza, me lo estaba pasando en grande.

Y ése fue mi gran error. De haberlo matado más deprisa en lugar de tomarme unos instantes para saborear la ridícula exhibición, el mundo que conocemos sería distinto. En cambio, mi demora le proporcionó tiempo para encontrar la llave correcta, introducirla en el arranque, poner el motor en marcha y alcanzar la palanca de cambios antes de que yo irrumpiera en el coche, le agarrara la cabeza, se la torciera a un lado y le aplastara la tráquea con las mandíbulas entre crujidos de cartílago. Tan absorto estaba en el sangriento festín que me brindaba mi desventurada víctima que no me di cuenta de lo que estaba pasando: había puesto la camioneta en marcha.

Es de sobras conocida la aversión de nuestra especie al agua; el líquido elemento pone fin a nuestra vida. A falta de la flotabilidad que proporciona el tejido adiposo, nos hundimos como piedras. De mi inmersión en la presa, tan sólo guardo recuerdos inconexos. El lento avance de la ranchera hacia el borde del abismo; el tirón de la gravedad y la inevitable zambullida; el agua a mi alrededor, un abrazo de fría muerte que invadía mis ojos, mi nariz y mis pulmones. De pequeños errores nacen grandes catástrofes. Invencible en muchos otros aspectos, había encontrado el modo más rápido de morir. Cuando la camioneta se posaba con suavidad en el fangoso fondo de la presa, salí como pude de la cabina y empecé a reptar por él. Aun entre el terror que me embargaba, no se me escapó la ironía de la situación. El Sujeto Cero, Destructor del Mundo, correteando como un cangrejo. Mi única esperanza radicaba en hallar a tientas el borde del foso y escalar hacia la libertad. El tiempo era mi enemigo; tan sólo me quedaba un soplo de aliento retenido con el que salvarme. Mis desesperadas manos chocaron con una pared de piedra; empecé a trepar. Colocando una mano encima de la otra, ascendí. La oscuridad se arremolinaba ante mis ojos, el fin estaba cerca…

El misterio de cómo acabé en su momento plantado a cuatro patas, sobre manos y rodillas rosadas de apariencia incuestionablemente humana, expulsando grandes cantidades de cenagoso vómito, lo dejo para los teólogos. Porque sin duda morí; el cuerpo recuerda esas cosas. Una vez liberado de las aguas de la presa, había sucumbido y, durante un rato, yací cadáver, ahogado sobre las rocas, hasta que poco a poco retorné a la existencia.

El portal de la muerte no es únicamente de salida, al fin y al cabo.

Una vez expulsados los últimos restos de agua, me las arreglé, en un estado de desorientada perplejidad, para levantarme. ¿Dónde estaba? ¿Cuándo? ¿Qué era? Estaba tan aturdido que creí por un momento haberlo soñado todo. Y luego, por el contrario, creí estar en un sueño. Levanté una mano hacia la luz de la luna. Se trataba, a todos los efectos visibles, de la mano de un ser humano; la mano de Timothy Fanning, titular de la cátedra distinguida Eloise Armstrong, etcétera. Bajé la vista hacia el resto de mi anatomía. Con dedos trémulos me palpé la cara, el pecho y la barriga, las pálidas piernas. Desnudo a la luz de la luna, investigué cada rasgo de mi entidad física como un ciego que lee braille.

Que me aspen, pensé.

Había ido a parar a una cornisa de piedra que sobresalía de la pared de la presa. Una angosta rampa me llevó arriba, donde me recibió una zona de hierbajos con oxidada maquinaria medio enterrada. No sabía qué hora era. A excepción de la luna, no brillaba luz alguna. Me rodeaba un paisaje tan desolado como si el fin del mundo ya hubiera acontecido.

Las aguas de la presa se habían tragado a mi segunda víctima, pero debía ocuparme de la primera. Lo último que necesitaba ahora mismo para complicar las cosas era que unos cuantos policías emprendieran mi persecución. Rodeé la presa hasta llegar a la zona de aparcamiento. La visión del cuerpo no me provocó el menor remordimiento, únicamente el tipo de piedad superficial y fugaz que uno siente al leer en el diario la catástrofe acontecida en algún lugar lejano al mismo tiempo que da cuenta de la segunda tostada de la mañana. Dos chapoteos distantes —cuerpo, cabeza— y la mujer se hundió en las líquidas profundidades.

Nada de todo esto me ayudaba a resolver el problema que me planteaba ser un hombre adulto y desnudo de pies a cabeza en una remota zona rural. Necesitaba ropa, un refugio, una excusa. Además, cierta agitación mental, cual sirena inaudible que ululase en mi cerebro, me advirtió de que, si el alba me sorprendía a cielo abierto, no me esperaba nada bueno.

Tomar la carretera principal se me antojaba un riesgo excesivo. Me encaminé al bosque con la esperanza de dar con una vía menos transitada. Llegué por fin a una zona de campos recién sembrados separados por un camino de tierra. Vi una luz a lo lejos y me dirigí hacia ella. Una pequeña casa de dos pisos, un tanto deteriorada, de anodina arquitectura, poco más que una caja en la que albergar vida humana: la luz que había visto procedía de la lámpara encendida detrás de una de las dos ventanas frontales. No había coche en el camino de entrada, de lo que cabía colegir que no estaba ocupada. El propietario había dejado una luz encendida para cuando regresara a casa.

Sin oponer resistencia, la puerta me cedió el paso a una sala decorada con muebles de conglomerado, baratijas de temática country y un televisor con una pantalla gigante. Un vistazo rápido al interior —cuatro habitaciones y una cocina— confirmó mi sensación inicial de que no había nadie en la casa. Una inspección más a fondo me reveló que la casa estaba habitada por una mujer que había asistido a la escuela de enfermería del estado de Wichita, andaba por los cuarenta y tantos, tenía cara de bollo y una cabellera gris un tanto descuidada, usaba una talla cuarenta y seis, se dejaba fotografiar a menudo en estado de sonrosada embriaguez en restaurantes de temática étnica (con una guirnalda hawaiana al cuello, coqueteando descaradamente con los mariachis, sosteniendo un pinchito de fondue) y que vivía sola. Tomé del armario las prendas más neutras que encontré (unos pantalones de chándal, enormes para mi complexión mediana; una sudadera con capucha, igual de gigantesca; unas chanclas) y entré en el baño.

La imagen que me recibió al otro lado del espejo no me pilló por sorpresa. A esas alturas ya me había dado cuenta de que el ahogamiento no me había devuelto del todo al estado humano pero sí me había proporcionado una especie de disfraz. El virus seguía ahí; mi muerte sencillamente había provocado una reacción distinta en su huésped. Muchos de los atributos del virus habían perdurado. La vista, el oído, el olfato: mis sentidos conservaban su agudeza extrema. Y si bien aún no las había puesto a prueba, mis extremidades, de hecho toda mi carrocería, de los huesos a la sangre, vibraban con una fuerza bestial.

No obstante, nada de lo antedicho me había preparado para lo que vi. Mi tez mostraba una palidez antinatural, casi cadavérica. Mi cabello, que milagrosamente había vuelto a crecer, despuntaba en la zona de la frente hasta formar un pico de viuda de una perfección cómica. Mis ojos habían adquirido la extraña rojez de un albino. Pero fue el detalle final el que me dejó de piedra. Al principio lo tomé por una broma. Detrás de las comisuras de mi labio superior, entre una dentadura por lo demás ordinaria, dos piezas blancas sobresalían como carámbanos; o, más bien, como colmillos.

Drácula. Nosferatu. Vampiro. Apenas puedo pronunciar los nombres sin poner los ojos en blanco. Y, sin embargo, lo era, la fantasía de Jonas Lear encarnada, una leyenda hecha realidad.

El crujido de los neumáticos en la gravilla me alertó. Al salir del baño, unos faros barrieron el salón. Me escondí detrás de un perchero justo cuando la puerta se abría en medio de una corriente de aire primaveral. La mujer, que se llamaba Janet Duff (lo leí en el diploma que colgaba tras el escritorio sembrado de facturas de su dormitorio), entró torpemente, vestida con una camisola floreada, unos pantalones de poliéster y el calzado cómodo de una enfermera recién salida del turno de noche. Sin perder un instante, dejó el llavero junto a la mesa del recibidor, se quitó los zapatos de dos patadas, tiró su abultado bolso a una silla y se encaminó a la cocina, de la que surgió el ruido de una nevera al abrirse y el borboteo de un líquido al verterse en un vaso. Un instante para trincarse

un reconfortante trago de vino (aspiré el aroma: Chablis barato, seguramente de un cartón), y la enfermera Duff regresó a la sala cargada con un
vaso del tamaño aproximado de una lata de pintura, encendió el gigantesco televisor y se desplomó en el sofá como quien se deja caer en un castillo hinchable que se ha pinchado.

No podía imaginar cómo se las había arreglado para soslayar mi presencia detrás del perchero, de no ser porque mi nuevo estado me proporcionaba la capacidad de permanecer quieto como una estatua, una inmovilidad
que actuaba como una especie de camuflaje y que me hacía casi invisible
a una mirada superficial y fatigada. La vi saltar de programa en programa
—una serie policiaca, el canal del tiempo, un documental de cárceles— hasta decantarse por un concurso de, cómo no, magdalenas decoradas. Estaba
sentada de espaldas a mí. Sorbo a sorbo, el vino desapareció. Supuse que
dentro de nada la enfermera Duff, narcotizada por el alcohol, empezaría a
roncar. Sin embargo, dado que el cuchillo del alba se deslizaba hacia mí y
que mis diversas necesidades me acuciaban —dinero, un coche, un refugio
donde pasar las horas diurnas— no vi razón para esperar. Salí de mi escondrijo y me planté delante de ella.

—Ejem.

No la maté de inmediato. Una vez más, no busco perdón sino paciencia
con mi relato. Necesitaba información y, para hacerme con ella, necesitaba
a la enfermera Duff viva.

Un único sorbo y el acto fue consumado. La mujer se desvaneció al
instante; los ojos en blanco, el aliento ausente, cada centímetro de su cuerpo transformado en flácida carne. Igual que un novio ansioso, la tomé en
brazos y la llevé al dormitorio, donde la tendí sobre la colcha. A continuación regresé al cuarto de baño y llené la bañera. Para cuando volví a
buscarla, el cambio había comenzado. Una espuma blanca brotaba de su
boca. Sus dedos empezaron a agitarse, sus manos. Comenzó a gemir, luego a gruñir y por fin guardó silencio mientras una serie de violentas convulsiones agitaban su cuerpo con tanta violencia que temí que la enfermera
Duff se partiera como una galleta.

Y entonces sucedió. La mejor imagen que se me ocurre para describirlo es la de una flor que se abre a cámara rápida. Con un crujido cartilagi-
noso, sus dedos se alargaron. La cabellera se le desprendió del cráneo y

cayó desplegada sobre la almohada como un abanico. Los rasgos faciales, como empapados de ácido, se le desfiguraron hasta llevarse consigo la última traza de su antigua personalidad. Las convulsiones habían cesado; tenía los ojos cerrados, un gesto casi apacible. Me senté en la cama, a su lado, murmurando quedas palabras de consuelo. Había empezado a irradiar una luz verdosa que inundaba el dormitorio de un fulgor suave, como de cuarto infantil. Su mandíbula se desencajó. Con una especie de estornudo perruno, los dientes le saltaron de la boca igual que un puñado de palomitas de maíz para ceder el paso a la barricada de lanzas que surgía de sus ensangrentadas encías.

Era horrible. Era hermoso.

Abrió los ojos. Durante un buen rato, se limitó a mirarme. ¡Cuánto sufrimiento albergaba aquella mirada! Somos, cada uno de nosotros, personajes de nuestra propia historia; así damos sentido a nuestra existencia. Pero la mujer que fuera la enfermera Duff —camarera de enfermos y afligidos, recolectora de mantas y jarritas de leche, bebedora de mai tais, margaritas y Bahama Mamas; hija, hermana, soñadora, sanadora, solterona— había mudado en una desconocida para sí misma. Ahora formaba parte de mí, era una extensión de mi voluntad; de haberlo deseado yo, habría saltado a la pata coja a la par que tañía un ukelele invisible.

—No tengas miedo —le dije a la vez que le tomaba la mano—. Es para bien, ya lo verás.

Una vez más, la tomé en brazos. Mi fuerza era tal que su fornida anatomía se me antojaba insustancial. Me asaltó un recuerdo; el de haber llevado en brazos a otra mujer, hacía tiempo. Si bien las circunstancias eran distintas, el peso de aquélla tampoco significó nada. El recuerdo me provocó un sentimiento de ternura tan abrumador que, por un instante, me asaltaron las dudas. Pero tenía cosas que aprender y el deber que estaba a punto de cumplir era, a su modo ambiguo, un acto de bondad.

Llevé a la enfermera Duff al baño y sostuve su cuerpo sobre el agua. Algún retazo de coquetería femenina la llevó a rodearme el cuello con los brazos. Aún no había reparado en el agua, como yo esperaba. La miraba a los ojos con atención a la par que esbozaba una sonrisa tranquilizadora. Su confianza en mí era absoluta. ¿Qué era yo para ella? ¿Un padre? ¿Un amante? ¿Un salvador? ¿Un dios?

El hechizo se rompió en el instante en que su cuerpo tocó el agua. Empezó a forcejear para liberarse. Pero su fuerza no tenía parangón con la mía. Aferrándola por los hombros, hundí su cara de gárgola. Me transmitió su pánico y su confusión. ¡Qué traición! ¡Qué inconcebible engaño! Otros habrían cedido a la compasión, pero en mi caso esos sentimientos sólo sirvieron para aumentar mi determinación. Noté cómo tomaba su primer aliento de agua. Rebotó en su interior como un hipido. Tomó un segundo y un tercero hasta que sus pulmones se inundaron. Una larga convulsión agónica y murió.

Retrocedí. La primera prueba había concluido; ahora comenzaba la segunda. Conté los segundos, esperando que recuperase su forma humana. Viendo que nada sucedía, la saqué del agua y la tendí boca abajo en el suelo, pensando que de ese modo favorecería el proceso. Pero los minutos pasaban, y acabé aceptando que no se produciría ningún cambio. La enfermera Duff había abandonado este mundo para siempre.

Abandoné el cuarto de baño y me senté en la cama de la mujer para rumiar la situación. Tuve que concluir que el efecto transformador del agua sobre la muerte tan sólo actuaba en mi caso; que mis descendientes no poseían el don de la resurrección. Pero el porqué —por qué yo estaba allí sentado, con la misma apariencia que exhibiera en vida, mientras que ella yacía en el suelo del baño como un monstruo marino embarrancado— escapaba a mi comprensión. ¿Acaso por ser el alfa, el original, el Sujeto Cero, constituía yo una versión más resistente de nuestra especie? ¿Y si la diferencia no era de índole física, sino mental? ¿Radicaría en el hecho de que yo deseaba vivir mientras que ella no? Observé mis emociones. No albergaba ninguna, en realidad. Acababa de ahogar a una mujer inocente y me había quedado tan ancho. Al instante de clavar los incisivos en la blanda carne del cuello y tomar el primer sorbo de sangre, dulce como caramelo, ella había dejado de existir como entidad autónoma. Más bien, había mudado en una especie de apéndice mío. La trascendencia moral de su asesinato no se me antojaba mayor que la de cortar una uña. Así pues, tal vez ahí radicase la diferencia. En el único aspecto que en verdad importaba. La enfermera Duff ya estaba muerta cuando la hundí en el agua.

Al mismo tiempo, una sirena de alarma se había disparado en mi interior. La luz del cuarto estaba cambiando. El amanecer, mi gran enemigo, estaba al caer. Me desplacé a toda prisa por la casa, echando cortinas y persianas, cerrando puertas delanteras y traseras. Durante las siguientes doce horas, no iría a ninguna parte.

Desperté en una oscuridad deliciosa, tras disfrutar del sueño más reparador de toda mi vida. Nadie había llamado a la puerta, por cuanto la ausencia de la enfermera Duff aún no había sido descubierta, aunque lo sería antes o después. Hice mis preparativos a toda prisa. En la América profunda, hasta los vampiros necesitan dinero, sobre todo si desean pasar desapercibidos. Encontré dos mil trescientos dólares en billetes dentro de un bote de galletas en forma de gato, más que suficiente, y un revólver del treinta y ocho que nadie en toda la historia del mundo necesitaba menos que yo.

Tenía pensado avanzar en zigzag hacia el este, evitando las carreteras principales. Tardaría unas cinco noches, puede que seis. De momento me las arreglaría con el destartalado Corolla de la enfermera Duff, con sus envolturas de caramelos, sus latas vacías y sus boletos de rasca y gana sin premio, pero pronto tendría que abandonarlo. Alguien encontraría el demonio muerto en el baño y se daría cuenta de que el coche había desaparecido. También me sentía —y estaba— ridículo enfundado en el enorme chándal de la mujer y calzado con sus chanclas de ducha. Debía encontrar un atuendo más adecuado.

Ocho horas más tarde me encontraba en Misuri del sur, donde adopté la pauta que gobernaría mi vida mientras durase. El alba me sorprendía siempre escondido en un motel barato, tras unas cortinas echadas, persianas de cartón fijadas con cinta adhesiva y el cartel de NO MOLESTAR. Cuando caía la noche, reemprendía la marcha y circulaba sin detenerme hasta un par de horas antes del alba. En Carbondale, Illinois, decidí dejar el Corolla. Además, me moría de hambre. Me quedé en el hotel hasta bien entrado el anochecer, sentado en el aparcamiento con el fin de observar las idas y venidas de los demás viajeros e identificar la fuente de sustento, la ropa y el transporte más adecuados. Escogí a un hombre más o menos de mi talla y mi peso. También parecía bebido, lo que me venía bien. Cuando el hombre entraba en su habitación, me colé detrás de él, lo maté limpiamente antes de que pudiera soltar algo más que un ebrio gemido —sabía al regusto rancio de la nicotina y el whisky de garrafón—, envolví su cuerpo en la cortina de la ducha para ocultar el hedor de la putrefacción, lo escondí en el armario, me agencié el contenido de la cartera y la maleta (típicos pantalones caqui, horribles camisas a cuadros de las que no precisan planchado, seis calzoncillos tipo slip y un par de calzoncillos tipo bóxer con las palabras BÉSAME, SOY IRLANDÉS estampadas en la entrepierna) y puse pies en polvorosa en su sedán tan previsiblemente untuoso como concienzudamente americano. Las tarjetas de visita de su cartera lo identificaban como el jefe de ventas regional de un fabricante de equipos de ventilación industriales. Podía hacerme pasar por él sin problemas.

De esa guisa, recorrí a salto de mata la gran explanada del Medio Oeste americano. Conforme iba dejando atrás las noches y los kilómetros, la hipnosis de la carretera me trasladó al pasado. Pensé en mis padres, fallecidos muchos años atrás, y en el pueblo en el que me crie; idéntico en todo a las incontables aldeas anónimas que yo, Rey de la Destrucción, cruzaba sin pena ni gloria, tan sólo un par de faros que surcaban la carretera en la oscuridad. Recordé a personas que había conocido, amigos que hice en su día, mujeres con las que me acosté. Recordé una mesa con flores y cristal y vistas al mar, y una noche —una noche triste y hermosa— en que llevé a mi amada a casa bajo la nieve. Pensé en todas esas cosas y en muchas más, pero sobre todo pensé en Liz.

Las luces de Nueva York asomaron tras la infame Nueva Jersey la noche del sexto día. Ocho millones de almas: mis sentidos cantaban como una soprano. Entré en Manhattan por el túnel de Lincoln, abandoné el coche en la Octava Avenida y seguí a pie. Me detuve en el primer bar que encontré, el típico pub irlandés con la barra profusamente barnizada y serrín en el suelo. La clientela se comportaba con normalidad; los neoyorquinos viven tan aislados que todavía no tenían la sensación de que la crisis que atravesaba el centro del país les concerniera. Sentado a solas en la barra, pedí un whisky escocés, no con la intención de tomarlo, aunque descubrí que me apetecía y, lo que es más interesante, que no me hacía ningún mal. Estaba delicioso; sus sabores más sutiles bailaban en mi paladar. Iba por el tercero cuando reparé en dos detalles más: estaba un tanto borracho y experimentaba la urgente necesidad de orinar. En el servicio de caballeros, mi cuerpo liberó un chorro tan potente que el retrete retumbó. Eso también me resultó profundamente satisfactorio: por lo visto, no había ni un solo placer carnal que no experimentara multiplicado por cien.

Sin embargo, lo que más captó mi atención fue el televisor que había sobre la barra. Estaban dando un partido de los Yankees. Aguardé al último lanzamiento y le pedí al camarero si podía cambiar a la CNN.

No tuve que esperar mucho rato: «ola de asesinatos en Colorado», rezaba el rótulo en la parte inferior de la pantalla. El pánico se extendía.

Las noticias llegaban de todo el estado: familias enteras aniquiladas en sus camas, pueblos arrasados, matanzas en restaurantes de carretera. Pero también había supervivientes; atacados, pero vivos. *Me miró a los ojos. No era humano. Emitía una especie de fulgor.* ¿Delirios provocados por el trauma o algo más? Nadie había sumado todavía dos más dos, pero yo sí. Siguiendo mis instrucciones, por cada nueve muertos, uno debía unirse a la familia. Los heridos y los enfermos atestaban los hospitales. Náuseas, fiebre, convulsiones y luego…

—Es para echarse a temblar.

Me volví a mirar al hombre que estaba sentado a mi lado. ¿En qué momento había ocupado el taburete contiguo? Era de ese tipo de urbanitas de los que hay a montones: tirando a calvo y vestido como un abogado, de rostro inteligente aunque una pizca pendenciero, una barba incipiente y una ligera panza que un día de éstos se quitaría de encima. Zapatos de cordones, traje azul y camisa blanca almidonada. Corbata aflojada alrededor del cuello. Alguien le esperaba en casa, pero aún no se decidía a afrontarlo, no después del día que había pasado.

—No sabía nada.

Tenía delante una copa de vino. Nuestras miradas se encontraron durante un instante que se me antojó excesivo. Noté el fuerte tufo de una transpiración nerviosa que trataba de disimular a base de colonia. Sus ojos recorrieron mi cuerpo y se detuvieron en mi boca en el camino de vuelta.

—¿No nos hemos visto antes por aquí?

Ah, pensé. Eché un vistazo rápido al local. No había ninguna mujer allí.

—No creo. Soy nuevo.

—¿Esperas a alguien?

—No, hasta ahora.

Sonrió y me tendió la mano; la que no llevaba alianza.

—Soy Scott. Deja que te invite a una copa.

Treinta minutos más tarde, los dejé a él y a su traje en el callejón, sacudiéndose y echando espumarajos por la boca.

Pensé en pasar por mi viejo apartamento pero deseché la idea; no era y nunca había sido un hogar. ¿Qué es un hogar para un monstruo? ¿Para nadie? Sin embargo, sí existe para cada uno de nosotros una piedra angu-

lar geográfica, un espacio tan plagado de recuerdos que en su interior el
pasado siempre está presente. Era tarde, más de las dos de la madrugada,
cuando entré en el vestíbulo principal de la Grand Central Terminal. Los
restaurantes y las tiendas llevaban varias horas cerrados, las persianas
echadas. El plafón de llegadas y salidas únicamente mostraba trenes matu-
tinos. Apenas si quedaba nadie por allí: los clásicos guardias urbanos con
sus chalecos Kevlar y sus crujientes accesorios de cuero, una pareja vestida
de noche apresurándose hacia un tren que había partido hacía rato, un
anciano negro que pasaba la mopa con unos auriculares encasquetados.
En el centro del vestíbulo de mármol se erguía la garita de información
con su legendario reloj. *Quedamos en el quiosco, el del reloj de cuatro esferas...* Era el punto de encuentro más concurrido de Nueva York, quizás el
más famoso del mundo. ¿Cuántas reuniones trascendentales habían acontecido allí? ¿Cuántas citas secretas habían comenzado en ese lugar, cuántas noches de amor? ¿Cuántas generaciones recorrían esta Tierra porque
un hombre y una mujer habían acordado encontrarse bajo aquel célebre
reloj de reluciente latón y cristal opalescente? Levanté el rostro hacia la
bóveda del techo. Cuarenta metros de altura. En mi juventud, su belleza
quedaba oculta bajo capas y capas de hollín y nicotina, pero aquélla era la
vieja Nueva York; una concienzuda limpieza a finales de la década de
1990 había devuelto a las astrológicas figuras de pan de oro su esplendor
original. Tauro, el toro; Géminis, los gemelos; Acuario, el aguador; el lechoso brazo de la Vía Láctea tal como se vislumbra en la más clara de las
noches. Poca gente sabe un hecho que no escapa a los científicos, y es que
el techo de la Grand Central muestra las constelaciones a la inversa. Es la
imagen de un cielo nocturno reflejada en un espejo. Cuenta la tradición
que el artista trabajó a partir de un manuscrito medieval que mostraba los
cielos no desde abajo sino desde arriba; no desde el punto de vista de la
humanidad sino desde la perspectiva de Dios.

Me senté en lo alto de las escaleras que llevan al balcón oriental.
Uno de los guardias me lanzó una mirada fugaz, pero como yo iba vestido de punta en blanco y no estaba durmiendo ni visiblemente borracho, me dejó en paz. Estudié el entorno desde un punto de vista logístico.
Gran Central era más que una estación de ferrocarril, era el nexo principal de los subsuelos de la ciudad, de su vasto mundo subterráneo de
túneles y pasos. Cientos de miles de personas la transitaban a diario,
todos y cada uno de los días del año, la mayoría sin mirar más allá de la

punta de sus zapatos. En otras palabras, el lugar era perfecto para mi propósito.

Aguardé. Pasaron las horas y luego los días. Nadie reparó en mi presencia y, si lo hicieron, les dio igual. Estaban pasando demasiadas cosas.

Y entonces, tras un lapso de tiempo indefinido, escuché algo enteramente nuevo. Era el sonido del silencio cuando no hay nadie para escucharlo. La noche había caído. Abandoné mi puesto en lo alto de las escaleras y salí. Ya no había luces encendidas; la oscuridad era tan absoluta que bien podría haberme encontrado en alta mar, a muchas millas de la costa. Alcé la vista y contemplé la más curiosa de las escenas. Cientos, miles, millones de estrellas girando con parsimonia sobre un mundo vacío, igual que hicieran desde el principio de los tiempos. Sus haces de luz cayeron sobre mi rostro como gotas de lluvia, directamente del pasado. No sabía lo que sentía, únicamente que estaba ahí. Y rompí, por fin, en llanto.

15

Y vayamos al relato de mi triste historia.

Míralo, un joven capaz de aspecto aceptable, esbelto y desgreñado, bronceado tras todo un verano de trabajo duro al sol, con aptitudes para las matemáticas y la mecánica, no exento de ambiciones y grandes esperanzas, en posesión de una personalidad solitaria e introvertida en apariencia, a solas en su habitación de la buhardilla, guardando camisas plegadas, calcetines, ropa interior y poco más en la maleta. Estamos en 1989, en una población de provincias llamada Mercy, de Ohio, famosa, si bien fugazmente, por su planta de latón, que producía, cuentan, los mejores casquillos de la industria bélica moderna, aunque eso, como tantos otros aspectos del pequeño poblado, pasó hace mucho tiempo al olvido. La habitación, que quedará desocupada al cabo de una hora, es un templo a la juventud del hombre. Una colección de trofeos por aquí, una lamparilla de soldado y unas cortinas de temática bélica a juego por allá. En un estante, una serie de novelas protagonizadas por un intrépido trío de subestimados adolescentes cuyo joven intelecto les permite resolver crímenes que a los adultos se les resisten. Aquí, clavados con chinchetas a las aburridas paredes de yeso, banderines de equipos deportivos y el enigmático esbozo de M. C. Escher en el que aparecen dos manos dibujándose la una a la otra y, enfrente de la combada cama individual, el clásico póster de una modelo de *Sports Illustrated* en bañador con los pezones erectos, bajo cuyas lascivas extremidades, provocativa mirada y apenas disimulados genitales, el chico se ha masturbado con furia noche tras noche durante toda su adolescencia.

Volviendo al muchacho: hace la maleta con la perpleja solemnidad de un doliente en el funeral de un niño, que ofrece la analogía perfecta para esta escena. El problema no es que no le quepan las cosas —le caben— sino todo lo contrario: la exigüidad del contenido de la maleta no está a la altura de la grandiosidad del destino. Prendida sobre su pequeño escritorio, una carta ofrece la pista. *Querido Timothy Fanning,* se lee en el ceremonioso papel membretado con un escudo granate y la ominosa palabra VERITAS, indicio de una sabiduría que se remonta a la antigüedad. *Felicidades y bienvenido a la clase de Harvard de 1993.*

Estamos a principios de septiembre. En el exterior, una brumosa llovizna teñida del verdor del verano abraza el pequeño grupo de casas, jardines y escaparates comerciales, uno de los cuales pertenece al padre del chico, el único optometrista del pueblo. El detalle coloca a la familia del muchacho en las capas más altas de la modesta economía local; están, para los parámetros de ese tiempo y lugar, bien situados. La gente conoce a su padre, y lo aprecia. El hombre recorre las calles de Mercy entre amistosos saludos, porque ¿quién hay más digno de admiración y gratitud que el hombre que te planta en la nariz las gafas con las que ver las cosas y a las personas que forman parte de tu vida? Cuando era niño, al chico le encantaba visitar la tienda de su padre y probarse las gafas que decoraban estantes y expositores, al mismo tiempo que soñaba con llevar las suyas propias algún día, aunque nunca lo consiguió: tenía una vista perfecta.

—Es hora de irse, hijo.

Su padre se asoma por la puerta, un hombre de complexión robusta que, por imperativo gravitacional, se sujeta los pantalones de franela gris con unos tirantes. Lleva el poco pelo que le queda mojado de la ducha, los carrillos recién rasurados con una anticuada maquinilla de afeitar pese a los últimos avances en tecnología del afeitado. Canta a Old Spice por los cuatro costados.

—Si te olvidas algo, te lo podemos enviar.

—¿Como qué?

Su padre se encoge de hombros con aire afable; sólo pretende ayudarlo.

—No sé. ¿Ropa? ¿Zapatos? ¿Has cogido el certificado? Seguro que te lo quieres llevar.

Habla del segundo premio que el chico ganó en el Concurso de Ciencias del Distrito Cinco de la Reserva Occidental. «La chispa de la vida: el equilibrio de Gibbs-Donnan y el potencial de Nernst en el origen crítico de la viabilidad celular.» El certificado, en un sencillo marco negro, cuelga de la pared encima de su escritorio. Lo cierto es que más bien se avergüenza de él. Está seguro de que los alumnos de Harvard se llevan siempre los primeros premios. De todos modos, da las gracias por el aviso y coloca el diploma sobre la ropa que se amontona en la maleta abierta. Una vez en Cambridge, jamás lo sacará del cajón de la cómoda. Tres años más tarde lo encontrará debajo de unos papelotes, lo mirará con un fugaz sentimiento de amargura y lo tirará a la basura.

—Así me gusta —le dice el padre—. Que esos listillos de Harvard se enteren de lo que vale un peine.

La voz de su madre viaja escaleras arriba con una cantinela insistente:

—¡Tim-o-thy! ¿Estás listo?

Ella nunca lo llama «Tim», siempre «Timothy». El nombre lo sonroja; se le antoja refinado e infantil al mismo tiempo. Le hace sentir como un joven lord inglés criado entre algodones; en el fondo le gusta, también. No es ningún secreto que su madre lo prefiere mil veces a su marido; a la inversa es verdad igualmente. Al muchacho le resulta más fácil querer a su madre que a su padre, cuyo vocabulario emocional se limita a palmaditas en la espalda y alguna que otra acampada sólo para hombres. Como tantos hijos únicos, el chico es consciente de su valor en el capital doméstico, un valor cuyas cotas se disparan a los ojos de su madre. *Mi Timothy*, le gusta decir, como si hubiera otros que no fueran suyos; él es único para ella. *Tú eres mi Timothy especial.*

—¡Haaa-rold! ¿Qué estáis haciendo ahí arriba? ¡Va a perder el autobús!

—¡Por el amor de Dios, espera un momento! —El padre devuelve la mirada al chico—. Sinceramente, no sé qué hará cuando ya no te tenga para preocuparse. Esta mujer me va a volver loco.

Es una broma, el muchacho ya lo sabe, pero en la voz de su padre detecta un amago de verdad. Por primera vez contempla las dimensiones emocionales de ese día en su totalidad. Su vida está cambiando, pero la de sus padres también. Como un hábitat súbitamente privado de su especie principal, el entorno doméstico tendrá que reorganizarse tras su partida. Igual que tantos jóvenes, no tiene la menor idea de quiénes son sus padres en realidad. Durante dieciocho años, sólo ha pensado en sus padres en tanto en cuanto atendían a sus propias necesidades. De sopetón, las preguntas se amontonan en su mente. ¿De qué hablan cuando él no está presente? ¿Qué secretos se ocultan el uno al otro, a qué sueños han renunciado? ¿Qué reproches mutuos, sofocados por el proyecto compartido de criar a su hijo, saldrán ahora a la luz, en su ausencia,? Lo quieren, pero ¿se aman entre sí? No como padre y madre, ni siquiera como marido y esposa, ¿sino como personas normales y corrientes, como sin duda se amaron un día? El chico no tiene la menor idea; es tan incapaz de concluir nada al respecto como de imaginar el mundo antes de que él naciera.

Para acabar de complicar las cosas, él mismo carece de experiencia en cuestiones amorosas. Si bien las costumbres sociales de Mercy, Ohio, permiten que incluso personas de encantos discretos tengan oportunidades en el mercado sexual, y el chico, aunque sea virgen, se haya beneficiado de éstas de tanto en tanto, no ha llegado a experimentar más que un indoloro simulacro de amor, la expresión sin el alma. Se pregunta si acaso sufre algún tipo de tara. ¿Tendrá averiada la parte del cerebro responsable del amor? El mundo está inundado de amor; aparece en la radio, en las películas, en las páginas de las novelas. El amor romántico es un tópico de su cultura y, sin embargo, el chico se siente inmune a él. De ahí que, si bien todavía desconoce el dolor del enamoramiento, ha experimentado otro tipo de tormento: el miedo a no enamorarse nunca.

Se reúnen con la madre en la cocina. Él espera encontrarla vestida y lista para salir, pero todavía lleva la bata de flores y las zapatillas de toalla. Por lo visto han decidido, mediante algún acuerdo tácito, que sólo su padre lo acompañará a la estación.

—Te he preparado la comida —anuncia ella.

Le planta una bolsa de papel en las manos. El chico despliega el arrugado papel del borde: un sándwich de mantequilla de cacahuete envuelto en papel encerado, zanahorias cortadas en una bolsita con autocierre, un cartón de leche, una caja de Barnum's Animal Crackers, las galletitas de animales. El muchacho tiene dieciocho años; podría zamparse el contenido de diez bolsas como ésa y seguiría hambriento. Es la comida de un niño y, sin embargo, se siente absurdamente agradecido por el pequeño obsequio. A saber cuándo volverá a comer algo preparado por su madre.

—¿Tienes bastante dinero? Harold, ¿le has dado algo?

—No te preocupes, mamá. Tengo de sobras del verano.

A su madre se le saltan las lágrimas.

—Ay, me prometí a mí misma que no lo haría. —Agita las manos delante de la cara—. Lorraine, me dije, ni se te ocurra llorar.

Él se abandona a su cálido abrazo. Es una mujer voluminosa, de las que da gusto abrazar. El chico aspira su aroma; una fragancia dulzona, frutal, impregnada del olor químico de la laca y de la persistente nicotina de su cigarrillo del desayuno.

—Suéltalo ya, Lori. Vamos a llegar tarde.

—Harvard. Mi Timothy se marcha a Harvard. No me lo puedo creer.

El viaje a la estación de autocares, en un pueblo vecino, dura treinta minutos por carreteras rurales. El coche, un modelo reciente de Buick LeSabre, de suspensión suave y asientos de gamuza, parece borrar la carretera por la que circulan, como si estuvieran levitando. Es el único capricho que se concede su padre. Cada dos años, un nuevo LeSabre aparece en el camino de entrada, igual en todo al anterior. Dejan atrás las últimas casas y se internan en la campiña. Los campos están rebosantes de maíz, los pájaros revolotean sobre los cortavientos. De vez en cuando asoma una granja, algunas impecables, otras deterioradas: la pintura desconchada, los cimientos hundidos, muebles tapizados en el porche y juguetes abandonados en el jardín. Cada cosa que ve el chico le llega al corazón.

—Oye —le dice el padre cuando se aproximan a la estación—, quería decirte una cosa.

Ya estamos, piensa el muchacho. El anuncio que se dispone a oír, sea cual sea, es la razón de que su madre se haya quedado en casa. ¿Qué va a decirle su padre? Nada relacionado con chicas o con sexo; aparte de una incómoda conversación cuando el muchacho tenía trece años, el tema nunca ha salido a colación. ¿Estudia mucho? ¿Haz codos? Pero todo eso ya se lo ha dicho, también.

Su padre carraspea.

—No quería decirte nada hasta ahora. Bueno, puede que sí. Seguramente ya debería habértelo dicho. Lo que intento decir es que estás destinado a hacer algo grande, hijo. Algo extraordinario. Siempre lo he sabido.

—Me esforzaré todo lo que pueda, papá.

—Sé que lo harás. Pero no me refiero a eso, en realidad. —Su padre no lo había mirado ni una sola vez—. Lo que intento decirte es que este lugar ya no es para ti.

El comentario se le antoja al muchacho profundamente inquietante. ¿Qué está tramando su padre?

—Eso no significa que no te queramos —prosigue el hombre—. Ni mucho menos. Lo hacemos por tu bien.

—No te entiendo.

—En vacaciones, vale. Sería absurdo que no pasaras las Navidades en casa. Ya conoces a tu madre. Pero, por lo demás…

—¿Me estás diciendo que no quieres que vuelva a casa?

El padre habla deprisa; más que pronunciar las palabras, las libera.

—Puedes llamar, claro que sí. O podemos llamarte nosotros. Cada quince días, pongamos. O incluso una vez al mes.

El chico no tiene ni idea de cómo tomarse todo eso. También detecta un deje de falsedad en las palabras de su padre, una rigidez impostada. Como si se las hubiera aprendido de memoria.

—No me creo lo que estoy oyendo.

—Ya sé que es duro. Pero no hay más remedio.

—¿Qué significa que no hay más remedio? ¿Por qué?

El padre suspira.

—Mira, más adelante me lo agradecerás. Confía en mí, ¿vale? Puede que ahora no lo veas así, pero tienes toda la vida por delante. Ésa es la cuestión.

—¡Ésa no es la maldita cuestión!

—Eh, vigila esa boca. No hay razón para hablar así.

Súbitamente, el chico está al borde de las lágrimas. Su partida ha mudado en un destierro. El padre calla y el muchacho comprende que han llegado a un punto sin retorno; no le sacará nada más. *Lo hacemos por tu bien. Tienes toda la vida por delante.* Lo que sea que siente su padre en realidad permanece oculto tras un montón de clichés.

—Sécate las lágrimas, hijo. No hay razón para hacer una montaña de un grano de arena.

—¿Y qué pasa con mamá? ¿Está de acuerdo?

El padre titubea; el chico detecta un ramalazo de dolor en su semblante. Una traza de algo auténtico, una verdad más profunda, pero desaparece al instante.

—No te preocupes por ella. Lo entiende.

El automóvil se ha detenido. El muchacho alza la vista, sorprendido al descubrir que han llegado a la estación. Tres andenes; en uno de los tres hay un autocar aparcado, esperando. Los pasajeros ya están subiendo a bordo.

—¿Llevas el billete?

Incapaz de pronunciar palabra, el chico asiente. Su padre le tiende la mano. El muchacho tiene la sensación de que lo están despidiendo de un trabajo. Cuando se la estrecha, el padre es el primero en apretar y le aprisiona los dedos. El choque de manos es incómodo y embarazoso; ambos se alegran cuando termina.

—Ve —lo anima el padre con falsa alegría—. No vayas a perder el autocar.

Nada le quitará hierro a ese instante. El chico baja del coche, todavía aferrado a su bolsa de papel con la comida. Está en plena epifanía. El último vestigio de infancia no tanto superado como arrasado. Saca la maleta del portaequipajes y aguarda un momento por si su padre sale del Buick. Tal vez, en un gesto de reconciliación de última hora, le lleve la maleta al autocar o lo despida con un abrazo. Pero se queda con las ganas. El chico se encamina al autobús, introduce la maleta en uno de los compartimentos y se pone a la cola.

—¡Cleveland! —grita el chófer—. ¡Pasajeros a Cleveland, suban a bordo!

Se crea cierta confusión al principio de la fila. Un hombre ha perdido el billete e intenta explicarlo. Mientras todo el mundo espera a que se resuelva el problema, la mujer que hace cola delante del chico se vuelve a mirarlo. Debe de andar por los sesenta años y lleva el cabello recogido con esmero. Tiene unos brillantes ojos azules y un porte imponente, casi aristocrático. Debería estar embarcando en un crucero, no en un mugriento autocar.

—Vaya, seguro que un jovencito como tú se dirige a algún sitio interesante —dice en un tono de voz alegre.

Al chico no le apetece hablar; ni mucho menos.

—A la universidad —explica. Las palabras se le atragantan. Al ver que la mujer no reacciona, añade—: Voy a Harvard.

Ella esboza una sonrisa que revela unos dientes falsos a más no poder.

—Qué maravilla. Un hombre de Harvard. Tus padres deben de estar muy orgullosos.

Le llega el turno. Tiende el billete al conductor, avanza por el pasillo y elige un asiento de la última fila para estar lo más lejos posible de la mujer. En Cleveland cambiará de autocar para dirigirse a Nueva York. Tras pasar la noche durmiendo en un banco de la estación de Port Authority, con la maleta encajada debajo de las piernas, tomará el primer autobús a Boston, que sale a las cinco de la madrugada. Cuando el enorme motor diésel cobra vida, se gira por fin hacia la ventanilla. Está lloviendo otra vez, y las gotas salpican el cristal. La plaza que ocupaba su padre en el aparcamiento está vacía.

En cuanto el autobús se aleja, abre la bolsa. Es sorprendente que tenga tanta hambre. Devora el sándwich en seis bocados. Se bebe la leche sin separarse el cartón de los labios. Luego les toca a las zanahorias, que engulle en un instante. Apenas nota el sabor; se trata de comer, de llenar un vacío. Cuando ha dado cuenta de todo lo demás, abre la cajita de galletas. Se toma un momento para contemplar las alegres ilustraciones de animales circenses enjaulados: el oso polar, el león, el elefante, el gorila. Las galletas Barnum's Animal lo acompañaron durante toda la infancia, pero sólo ahora repara en que los animales no están solos en sus jaulas; son madres con sus crías.

Se coloca una galletita sobre la lengua y espera a que se deshaga, mientras la dulzura de la vainilla le inunda la boca, luego otra y otra más, hasta que vacía la caja. Entonces cierra los ojos y aguarda el sueño.

¿Por qué narro esta escena en tercera persona? Supongo que así me resulta más fácil. Sé que a mi padre lo movían buenas intenciones, pero tardé muchos años en superar el dolor de su decreto. Le he perdonado, desde luego, pero absolver a alguien no es lo mismo que comprenderlo. Su expresión inescrutable, su tono desenfadadamente enunciativo. Después de tantos años, todavía me sorprende la aparente facilidad con que me expulsó de su vida. Yo pienso que una de las grandes recompensas de criar a un hijo debe de ser disfrutar de su compañía a medida que avanza hacia la realidad de la edad adulta. Sin embargo, como no tengo hijos, no puedo ni confirmar ni rebatir esta teoría.

Así que llegué a la Universidad de Harvard en septiembre de 1980 —la Unión Soviética al borde del colapso, la economía inmersa en una crisis generalizada, la nación sumida en el hastío tras una década a la deriva—, sin amigos, huérfano en todos los aspectos salvo en el nombre, con pocas posesiones y sin la menor idea de lo que iba a ser de mí. Jamás había estado en un campus universitario ni, a decir verdad, más allá de Pittsburg y, tras haber pasado las últimas veinticuatro horas viajando, mi mente se hallaba tan fatigada que todo había adquirido un tinte alucinatorio. En la Estación Sur tomé la línea T en dirección a Cambridge (mi primer viaje en metro) y dejé atrás el andén plagado de colillas para ascender al bullicio de Harvard Square. Por lo que parecía, la estación había mudado en el transcurso del viaje; el húmedo verano había dado paso al seco otoño de Nueva Inglaterra, donde el cielo era de un azul tan chillón que prácticamente podías oírlo. Enfundado en los vaqueros y en la arrugada camiseta que había llevado durante el viaje, me estremecí cuando me azotó una brisa cortante. Era casi mediodía y la plaza estaba atestada de gente, todos jóvenes y, en apariencia, totalmente integrados en el entorno. Iban de acá para allá en parejas o en grupo e intercambiaban charlas y risas con tanta seguridad como quien se pasa un testigo en una carrera de relevos. Yo acababa de entrar en un reino desconocido, pero ellos se sentían en casa. Me dirigía a un colegio mayor llamado Wigglesworth Hall aunque, como no quería pedir indicaciones a nadie —dudaba que se pararan siquiera a hablar conmigo— y además me moría de hambre, fui en busca de algún sitio barato donde comer.

Descubriría más tarde que el restaurante que escogí, Mr. and Mrs. Bartley's Burger Cottage, era el centro de reunión favorito de la población de Cambridge. Cuando crucé la puerta, me recibió una humareda de cebolla que me hizo saltar las lágrimas y el rugido de una multitud. Por lo visto, la mitad de la ciudad había decidido apretujarse en el exiguo espacio, donde todos hablaban a gritos por encima de los demás, incluidos los cocineros, que chillaban los pedidos como quarterbacks gritándose instrucciones en el campo de juego. Detrás de la parrilla, una enorme pizarra ofrecía elaboradas descripciones en tizas de colores de las hamburguesas más asquerosamente aderezadas que me he encontrado en la vida: piña, queso azul, huevo frito.

—¿Estás solo?

El hombre que me estaba hablando parecía más un luchador que un camarero: un inmenso barbudo enfundado en un delantal más sucio que el de un carnicero. Asentí en silencio.

—Si vas solo, al mostrador —ordenó—. Pilla un taburete.

Acababa de quedar un sitio libre. Mientras la camarera retiraba al vuelo el plato sucio del ocupante anterior, coloqué la maleta contra la base de la barra y me senté. No estaba muy cómodo, pero como mínimo había puesto mi equipaje a buen recaudo. Extraje el mapa del bolsillo y procedí a mirarlo.

—¿Qué vas a tomar, cariño?

La camarera, una mujer mayor sumamente agobiada que exhibía cercos de sudor bajo las axilas de su camiseta Burger Cottage, se había plantado delante de mí con la libreta y el bolígrafo en ristre.

—¿Una hamburguesa con queso?

—¿Lechuga, tomate, cebolla, pepinillo, kétchup, mayonesa, mostaza, suizo, cheddar, provolone, americano, qué tipo de bollo, tostado o normal?

Tuve la sensación de estar tratando de cazar las balas de una metralleta.

—Pues... de todo.

—¿Quieres cuatro tipos de queso distintos? —La mujer aún no había despegado los ojos de la libreta—. Tendré que cobrarte más.

—No, no. Perdón. Sólo cheddar. El cheddar me va bien.

—¿Tostado o normal?

—¿Perdón?

Sus ojos, fatigados de puro aburrimiento, se alzaron por fin.

—¿Quieres... el... bollo... tostado... o... normal?

—Por Dios, Margo, dale un poco de cancha al chico, ¿quieres?

La voz pertenecía al hombre sentado a mi derecha. Yo me había cuidado de mantener la vista fija al frente, pero ahora me volví a mirarlo. Era alto, con las espaldas anchas aunque no demasiado musculosas, dotado de esa clase de rostros proporcionados que parecen más acabados que los demás. Llevaba una camisa arrugada embutida en unos Levi's desteñidos y unas gafas de sol retiradas hacia la cabeza, encajadas entre las ondas de su pelo castaño. Tenía un tobillo, el derecho, apoyado sobre la rodilla opuesta, un gesto que dejaba a la vista su desgastado mocasín sin calcetines. Viéndolo de refilón lo había tomado por un adulto hecho y derecho, pero ahora me daba cuenta de que no me llevaría más de dos años, a lo sumo. Lo que nos distinguía no era la edad sino el talante. Todo él irradiaba aplomo, proclamaba que era un anciano de la tribu y que dominaba sus costumbres.

Cerró el libro, lo plantó en el mostrador junto a mi taza de café vacía y me dedicó una encantadora sonrisa que venía a decir: *No te preocupes. Yo me encargo de todo.*

—Quiere una hamburguesa con queso de la casa. Bollo tostado. Queso cheddar. Con patatas fritas, creo. ¿Te apetece beber algo? —me preguntó.

—Hum… ¿Leche?

—Y un vaso de leche. No —se corrigió—, una leche con cacao, sin batir. Confía en mí.

La camarera me miró con expresión dubitativa.

—¿Te parece bien?

La intervención me había dejado perplejo. Por otro lado, la idea de la leche con cacao sonaba bien, y no estaba de humor para rechazar un gesto amable.

—Claro.

—Genial. —Mi vecino se bajó del taburete y se colocó el libro debajo del brazo con el gesto de quien proclama que todos los libros deberían ser llevados de esa guisa. Leí el título pero no lo entendí: *Principios de la fenomenología existencial.*

—Margo cuidará de ti. Ella y yo nos conocemos desde hace tiempo. Lleva dándome de comer desde que yo era un chavalín con pantalones cortos.

—Me caías mejor entonces —intervino Margo.

—Y no eres la primera que lo dice. Venga, ponte las pilas. Nuestro amigo parece hambriento.

La camarera se alejó sin replicar. Súbitamente entendí el contexto de su toma y daca. No era el parloteo de un par de amigos sino de algo así como un sobrino precoz y su tía.

—Gracias —le dije a mi vecino de barra.

—De nada. A veces este sitio parece un concurso de mala educación, pero merece la pena. ¿Y qué, dónde te han puesto?

—¿Perdona?

—En qué colegio mayor. Eres nuevo, ¿no?

Me quedé perplejo.

—¿Cómo lo sabes?

—Tengo poderes mentales. —Se propinó unos toques en la sien y luego se echó a reír—. Por eso y por la maleta. ¿Y qué, en cuál? Espero que no te hayan puesto en uno del centro estudiantil. Los mejores son los de la parte antigua.

Yo no sabía de qué me hablaba.

—En un sitio llamado Wigglesworth.

Mi respuesta le complació.

—Has tenido suerte, amigo. Estarás en en centro del meollo. Por otro lado, lo que aquí llamamos «meollo» tiende a ser demasiado formal. Por lo general alguien que se tira de los pelos a las cuatro de la mañana resolviendo una hoja de ejercicios. —Me propinó unas palmaditas en la espalda—. No te preocupes. Todo el mundo se siente un poco perdido al principio.

—Tengo la sensación de que no fue tu caso.

—Soy lo que llamarías una excepción. Me crie en Harvard. Mi padre es profesor de filosofía. Te diría quién es, pero entonces te sentirías obligado a apuntarte a una de sus clases por cortesía, lo que sería, perdona por la expresión, un error que te cagas. Las clases de mi padre son para pegarse un tiro. —Por segunda vez en mucho tiempo, le estreché la mano a un tipo que parecía saber mucho más acerca de mi vida que yo mismo—. En fin, buena suerte. Al salir, gira a la izquierda y sigue bajando hasta llegar a la verja. Wigglesworth queda a tu derecha.

Dicho eso, se marchó. Sólo entonces me percaté de que había olvidado preguntarle cómo se llamaba. Esperaba volver a verlo, aunque no demasiado pronto, y poder decirle cuando volviera a cruzarme con él que me había adaptado de maravilla a mi nueva vida. También tomé nota mental de que, a la primera ocasión, debía comprarme una camisa blanca y mocasines; como mínimo, daría el pego. Llegaron la hamburguesa y las patatas fritas, rezumantes de deliciosa grasa, acompañadas del prometido vaso de leche con cacao en un elegante vaso alto al estilo de los años cincuenta. Era más que una comida; era una profecía. Estaba tan agradecido que podría haber bendecido la mesa, y casi lo hice.

Los años de universidad, la época de Harvard: el mismísimo transcurso del tiempo cambió en aquellos primeros meses en los que todo sucedía a un ritmo frenético. Mi compañero de cuarto se llamaba Lucessi. Su nombre era Frank, aunque ni yo ni nadie que conociera lo empleamos nunca. Éramos amigos, más o menos, empujados por las circunstancias. Yo pensaba que todos los estudiantes de Harvard vendrían a ser una versión del chico que conocí en el Burger Cottage, socialmente inteligentes, con facilidad de palabra y una vasta cultura en lo concerniente a costumbres autóctonas, pero, de hecho, Lucessi era más corriente que el otro: inteligentísimo, graduado en el Instituto de Ciencias del Bronx, con pocas probabilidades de ganar un premio en atractivo físico o higiene personal y cargado de manías. Tenía un cuerpo grandote y fofo, como un animal de peluche que hubiera perdido parte del relleno, unas manazas sudorosas con las que nunca sabía qué hacer y la mirada inconstante y asustadiza de un paranoico; seguramente lo era. Su vestuario constituía una mezcla de lo que se pondría un aprendiz de contable y el atuendo de un alumno de instituto: solía usar pantalones de pinzas de cintura alta, zapatos marrones de vestir y camisetas con el emblema de los New York Yankees. Al cabo de cinco minutos de conocerme ya me había explicado que había sacado la nota máxima en el examen de la selectividad, que pretendía especializarse en física y matemáticas, que sabía hablar latín y griego antiguo (no sólo escribir, los hablaba de verdad) y que en cierta ocasión atrapó un cuadrangular lanzado con el bate del gran Reggie Jackson. Podría haber considerado su compañía una carga, pero pronto me percaté de las ventajas; al lado de Lucessi, yo parecía un tío bien adaptado, más seguro de mí mismo y atractivo de lo que era en realidad, y subí unos cuantos puntos entre mis compañeros de colegio mayor por compartir cuarto con él, igual que simpatizarías con alguien por cuidar de un perro que no se aguanta los pedos. La primera noche que nos emborrachamos juntos —apenas una semana después de nuestra llegada, en una de las incontables fiestas de cerveza para novatos que el rectorado ignoraba alegremente—, vomitó tanto y tantas veces que pasé la noche asegurándome de que no muriera.

Tenía pensado convertirme en bioquímico y no perdí el tiempo. Soportaba una carga académica inmensa, aliviada tan sólo por una asignatura optativa de historia del arte que requería poco más que sentarse en la oscuridad viendo diapositivas de la Virgen María y el Niño Jesús en diversas poses beatíficas. (La asignatura —un refugio legendario para los estudiantes de ciencias, que estaban obligados a completar unos créditos mínimos en humanidades— recibía el apodo de «Oscuridad a Mediodía». Yo disfrutaba de una beca generosa, pero estaba acostumbrado a trabajar y quería tener dinero en el bolsillo; durante diez horas a la semana, por un salario apenas por encima del mínimo, clasificaba libros en la Biblioteca Widener empujando un destartalado carrito por un laberinto de estanterías tan aislado y decadente que se desaconsejaba a las mujeres acudir solas. Pensaba que el trabajo me mataría de aburrimiento, y durante un tiempo por poco lo hizo, pero con el tiempo acabó por gustarme: el olor a papel viejo y el regusto del polvo; la profunda quietud de la sala, un santuario de silencio quebrado únicamente por las chirriantes ruedas de mi carro; el agradable sobresalto que me producía extraer un libro de un estante, retirar la tarjeta y descubrir que nadie lo había pedido desde 1936. Una prosopopéyica compasión por aquellos volúmenes olvidados me llevaba a menudo a leer un par de páginas para que se sintieran mejor.

¿Era feliz? ¿Y quién no lo sería? Tenía amigos, los estudios me mantenían ocupado. La tranquilidad de la biblioteca me proporcionaba unas horas para ensoñar tranquilamente, solaz de mi corazón. Perdí la virginidad con una chica que conocí en una fiesta. Los dos estábamos borrachos hasta las cejas, nunca antes nos habíamos visto y, si bien ella no lo dijo (apenas hablamos, aparte de los preliminares de costumbre y de una breve charla sobre los desconcertantes mecanismos de su sujetador), sospecho que ella también era virgen y que únicamente quería quitarse el asunto de encima lo antes posible para poder pasar página y emprender otras relaciones más satisfactorias. Supongo que yo pensaba lo mismo. Cuando terminamos, me marché de su cuarto a toda prisa, como quien abandona la escena de un crimen, y a lo largo de los cuatro años siguientes tan sólo posé los ojos en ella en dos ocasiones, las dos desde lejos.

Sí, era feliz. Mi padre estaba en lo cierto: tenía mi propia vida. Tal como habíamos acordado, llamaba a casa cada dos semanas, a cobro revertido, pero mis padres —de hecho, toda mi infancia en aquel pueblito de Ohio— empezó a borrarse de mi mente igual que se borran los sueños con la luz del día. Las llamadas discurrían siempre de manera parecida. Empezaba hablando con mi madre, que era quien solía responder (de lo que cabe inferir que se pasaba dos semanas esperando junto al teléfono), luego charlaba con mi padre, cuyo tono jovial parecía calculado para recordarme su decreto de despedida y, por fin, con los dos a la vez. No me costaba imaginar la escena: sus rostros unidos a ambos lados del auricular mientras pronunciaban los consabidos «te quiero», «estoy orgulloso de ti» y «sé bueno» de despedida, los ojos de mi padre clavados en el reloj de encima del fregadero, contando cómo su dinero se esfumaba a razón de treinta céntimos el minuto. Sus voces me provocaban un gran sentimiento de ternura, casi de compasión, como si yo fuera el desertor y ellos los abandonados. Pese a todo, siempre me sentía aliviado cuando esas llamadas llegaban a su fin y el chasquido del auricular me concedía la libertad de volver a mi verdadera existencia.

Antes de que me diera cuenta, las hojas se mustiaron, luego cayeron y pronto sus secas carcasas estaban por todas partes, impregnando el aire con el tufo dulzón de la podredumbre. La semana previa a Acción de Gracias cayeron las primeras nieves, mi invierno inaugural en Nueva Inglaterra, crudo y húmedo. Fue un bautismo más en un año repleto de ellos. Nadie había mencionado la posibilidad de que volviera a casa por vacaciones de Acción de Gracias, y Ohio estaba demasiado lejos en cualquier caso —me habría pasado la mitad del tiempo en el autocar—, así que acepté la invitación de Lucessi de acompañarlo al Bronx. Como un bobo, me esperaba la clásica escena familiar italiana sacada de una película de Hollywood: el atestado apartamento encima de una pizzería; una gran familia hablando a gritos; el padre con camiseta interior, emanando tufo a ajo por las axilas; la bigotuda madre, en bata y zapatillas, alzando las manos y exclamando *Mamma mia* cada dos por tres.

Lo que allí me esperaba no pudo ser más distinto. Vivían en Riverdale, una zona que, si bien se considera el Bronx, era el barrio más pijo que he visto en mi vida, en un caserón de estilo Tudor que parecía arrancado de la campiña inglesa. No había espaguetis ni albóndigas en esa casa, ningún altar casero a la Madonna ni exagerados ademanes de ningún tipo; aquella mansión era más agobiante que un sepulcro. Nos sirvió la cena de Acción de Gracias una criada guatemalteca vestida de uniforme, con delantal y todo, y después de comer todo el mundo se encaminó a una sala a la que llamaban «el estudio», como en los libros, a escuchar una emisión de radio del interminable ciclo del *Anillo* de Wagner. Lucessi me había comentado que su familia se dedicaba al «negocio de la restauración» (de ahí la pizzería que yo había imaginado), pero el padre en realidad era director financiero de la división de restaurantes de Goldman Sachs, a cuyas oficinas de Wall Street viajaba cada día en un Lincoln Continental del tamaño de un tanque. Ya sabía que Lucessi tenía una hermana; mi amigo había olvidado mencionar que se trataba de una auténtica diosa italiana, sin duda la chica más guapa que habían visto mis ojos jamás: de una altura regia, con una brillante melena negra, una tez para bebértela de tan cremosa y la costumbre de deambular por casa en bragas. Se llamaba Arianna. Había regresado a casa por vacaciones. Estaba interna en un colegio de algún lugar de Virginia, donde se pasaban todo el día montando a caballo, y cuando no andaba paseándose por ahí en ropa interior, leyendo revistas, comiendo tostadas con mantequilla o hablando por teléfono a viva voz, recorría la mansión a paso vivo enfundada en botas de montar, tintineantes espuelas y pantalón ajustado, un atuendo tan poderoso como las braguitas en relación con su capacidad de concentrarme la sangre en la entrepierna. En otras palabras: no tenía la más mínima posibilidad con ella, una realidad tan palpable como la lluvia y que, sin embargo, ella aprovechaba la menor ocasión para recordarme, llamándome «Tom» por más veces que su hermano la corrigiera y lanzándome miradas tan gélidas como un jarro de agua fría.

La última noche que pasé en Riverdale desperté muerto de hambre pasada la medianoche. Me habían pedido una y otra vez que me sintiera «como en mi propia casa» —algo imposible lo mires como lo mires—, pero sabía que no me podría dormir a menos que comiera algo. Me enfundé unos pantalones de chándal y bajé de puntillas a la cocina, donde encontré a Arianna sentada a la mesa envuelta en una bata de felpa, hojeando un *Cosmopolitan* con sus elegantes manos y llevándose cucharadas de cereales a una boca impecablemente dibujada de generosos labios. Una caja de Cheerios y una botella grande de leche descansaban sobre la barra de la cocina. Estuve a punto de marcharme, pero ella ya me había visto, plantado como un idiota en el umbral.

—¿Te importa? —le pregunté—. Me apetecía comer algo.

Ella ya había devuelto la atención a la revista. Tomó una cucharada de cereales y sacudió la mano con indiferencia.

—Haz lo que quieras.

Me serví un tazón. No había otro sitio donde sentarse, así que me uní a ella a la mesa. Aun enfundada en la bata de felpa, sin maquillar y despeinada, estaba guapísima. No tenía ni idea de qué decirle a una criatura semejante.

—Me estás mirando —dijo ella a la vez que pasaba una página.

Noté el cosquilleo de la sangre en las mejillas.

—No, no te estoy mirando.

No añadió nada más. Yo no sabía dónde posar los ojos, así que miré mis cereales. Estaba haciendo un ruido horrible al masticar.

—¿Qué lees? —le pregunté por fin.

Ella suspiró con aire irritado, cerró la revista y alzó los ojos.

—Vale, muy bien. Aquí estoy.

—Sólo intentaba entablar conversación.

—¿Podemos saltarnos eso? ¿Por favor? Te he visto mirarme, Tim.

—Así que sabes cómo me llamo.

—Tim, Tom, qué más da. —Puso los ojos en blanco—. Bueno, vale. Acabemos con esto de una vez.

Se separó la parte superior de la bata. Debajo sólo llevaba un sujetador de reluciente seda rosa. La imagen me excitó lo indecible.

—Adelante —me animó.

—¿Adelante con qué?

Me miraba con una expresión de burla hastiada.

—No seas obtuso, chico de Harvard. Ven, deja que te ayude.

Tomó mi mano y la colocó, con un gesto más bien mecánico, contra su pecho izquierdo. ¡Menudo pecho! Jamás había tocado antes a una diosa. Su esférica suavidad, enfundada en carísima seda con un festón de delicado encaje en los bordes, llenó mi palma como un melocotón. Me percaté de que se estaba burlando de mí, pero apenas me importó. ¿Qué pasaría a continuación? ¿Me dejaría besarla?

Por lo visto, no. Mientras yo construía un detallado relato sexual en mi cabeza, las maravillosas cosas que haríamos juntos y que culminarían en un jadeante acto en el suelo de la cocina, ella retiró mi mano de golpe y la dejó caer sobre la mesa con el mismo gesto despectivo que uno adoptaría para tirar la basura.

—Y bien —empezó a la vez que volvía a abrir la revista—. ¿Ya tienes lo que querías? ¿Estás contento?

Yo me había quedado a cuadros. Ella pasó una página, luego otra. ¿Qué diablos acababa de ocurrir?

—No te entiendo —le dije.

—Pues claro que no. —Alzó la vista otra vez y frunció la nariz con disgusto—. Dime una cosa. ¿Por qué eres su amigo siquiera? O sea, a fin de cuentas, tú pareces más o menos normal.

El comentario se podía considerar un cumplido, supuse. También despertó en mí un feroz instinto de protección hacia mi amigo. ¿Quién se había creído que era para hablar así de él? ¿Quién se creía que era para burlarse de mí?

—Eres horrible —le solté.

Lanzó una desagradable carcajada.

—A palabras necias, oídos sordos, chico de Harvard. Ahora, si me disculpas, estoy intentando leer.

Y ahí acabó todo. Volví a la cama, tan sobreexcitado que apenas si pude dormir, y por la mañana, antes de que nadie más se levantara, el padre de Lucessi nos llevó a la estación de tren en su monstruoso Lincoln. Mientras nos apeábamos del coche, en una incómoda inversión de papeles en el agradecimiento de rigor, me dio las gracias como dando a entender que él tampoco comprendía qué había visto en su hijo. Una imagen empezó a perfilarse: Lucessi era el cachorro débil de la camada, objeto de vergüenza y compasión familiar. Sentí una inmensa pena por él, aunque también comprendía que su situación no era tan distinta de la mía. Éramos un par de marginados, los dos.

Subimos al tren. Yo estaba agotado y no me apetecía charlar. Durante un rato, soportamos los baches en silencio. Lucessi fue el primero en hablar.

—No sabes cuánto lo siento. —Trazaba dibujos abstractos en la ventanilla con el dedo índice—. Estoy seguro de que te esperabas algo más emocionante.

Yo no le había explicado lo sucedido, claro que no, nunca lo haría. También es verdad que mi rabia se había aplacado, reemplazada por una curiosidad en ciernes. Acababa de vislumbrar algo totalmente inesperado con relación al mundo. La vida que llevaba esa familia; sabía que existían personas tan ricas como ellos, pero dormir bajo su techo es distinto. Me sentía como un explorador que acaba de toparse con una ciudad dorada en la selva.

—No te preocupes —le dije—. Lo he pasado muy bien.

Lucessi suspiró, se recostó contra el asiento y cerró los ojos.

—A veces son idiotas a más no poder —sentenció.

Lo que me fascinaba, desde luego, era el dinero. No tan sólo por las cosas que podías comprar con él, aunque eso me atrajera (siendo la hermana de Lucessi la prueba A). La verdadera atracción radicaba en algo más intangible. Nunca me había relacionado con personas ricas, pero no lo vivía como una carencia; tampoco me había relacionado nunca con marcianos. Había muchos niños bien en Harvard, desde luego, los mismos que procedían de exclusivos colegios privados y usaban motes absurdos para dirigirse los unos a los otros, motes como «Flipe», «Faros» o «Pato». Pero, en el día a día, su riqueza pasaba desapercibida con facilidad. Vivíamos en los mismos cuartuchos, empollábamos para los mismos exámenes, dábamos cuenta de la misma bazofia en la cantina, igual que habitantes de un kibutz. O eso parecía. La visita a casa de Lucessi acababa de revelarme el mundo secreto que yacía bajo la superficie igualitaria de nuestras vidas, como una red de cuevas subterráneas. Salvo de Lucessi, sabía muy poco acerca de mis amigos y compañeros de clase. Parece imposible, pero nunca se me había ocurrido que pudieran ser tan radicalmente distintos a mí.

A lo largo de las semanas posteriores a Acción de Gracias, me fijé más en mi entorno. Un chico de mi pasillo era hijo del alcalde de San Francisco; se rumoreaba que una chica a la que conocía de vista, que hablaba con un fuerte acento español, era la hija de un dictador sudamericano; uno de mis compañeros de laboratorio me había confesado, sin venir a cuento, que su familia poseía una casa de veraneo en Francia. Toda esa información cristalizó en una consciencia súbita de dónde me encontraba, y la idea me cohibió enormemente, aunque al mismo tiempo anhelaba saber más, descifrar sus códigos sociales para ver dónde podía encajar yo.

Todo ello me fascinaba tanto como el hecho de que al propio Lucessi el asunto le diera cien patadas. A lo largo del fin de semana, no se molestó en ocultar el desprecio que le inspiraban su hermana, sus padres, incluso la casa, a la que denominaba, con una expresión típicamente *lucessiana*: «un estúpido montón de piedras». Intenté sonsacarlo al respecto pero no conseguí nada; en realidad, mis indirectas lo ponían de un humor huraño y cortante. Lo que había empezado a vislumbrar en mi compañero de habitación era el precio de ser demasiado listo. Poseía un intelecto capaz de llevar a cabo los cálculos más complicados sin encontrar en ello la menor satisfacción. Para Lucessi, el mundo era una colección de sistemas interconectados divorciados de todo significado, una realidad externa gobernada por sí misma. Podía, por ejemplo, recitar los promedios de bateo de todos los jugadores de los New York Yankees, pero cuando le pregunté cuál era su favorito, no supo qué responder. La única emoción que manifestaba era el desdén por los demás, pero aun ésta surgía teñida de cierta perplejidad infantil, como si fuera un niño pequeño, muy aburrido, en el cuerpo de un hombre, un niño obligado a sentarse a la mesa con los mayores y escuchar sus incomprensibles conversaciones sobre el precio de una casa o quién se había divorciado de quién. Creo que eso lo atormentaba —el pobre no entendía qué hacía mal, únicamente que el problema existía— y acabó por sumirlo en una especie de soledad nihilista: envidiaba y despreciaba a los demás a partes iguales, excepto a mí, al que atribuía una visión del mundo parecida a la suya sencillamente porque yo siempre andaba cerca y no me burlaba de él.

En cuanto a su desdichado destino: puede que no valorara lo bastante su amistad. A veces pienso que debí de ser el único amigo que tuvo nunca. Y es raro que, después de tantos años, de vez en cuando todavía piense en él, a pesar de que fue, al fin y al cabo, un actor secundario en mi vida. Tal vez sea la falta de actividad la que me lleva a recordarlo. Cuando tienes tantos años que llenar, encuentras tiempo para todo, abres hasta el último cajón de la mente para hurgar en el interior. No conocí bien a Lucessi; ni yo ni nadie. Sin embargo, la incapacidad para descifrar a una persona no borra su importancia en nuestra vida. Me pregunto: ¿qué pensaría Lucessi de mí ahora mismo? Si pudiera entrar, milagrosamente vivo, en esta prisión que yo me he construido, en este sosegado monumento a lo perdido, ascender las escaleras de mármol con sus desgarbados andares y plantarse ante mí con sus zapatones, sus ridículos pantalones y su camiseta de los Yankees apestando a *lucessiano* sudor rancio, ¿qué me diría? *¿Lo ves?*, observaría tal vez. *Ahora lo entiendes, Fanning. Ahora sí que lo entiendes, por fin.*

Regresé a Ohio por Navidad. Me alegraba estar de vuelta en casa, pero la mía era la alegría del exilado; nada me pertenecía ya, como si llevara años fuera y no meses. Harvard no era mi hogar, aún no al menos, pero tampoco Mercy, Ohio. El concepto mismo de hogar, de pertenecer a un lugar, se me antojaba extraño.

Mi madre no tenía buen aspecto. Había perdido mucho peso y su tos de fumadora había empeorado. Una película de sudor le cubría la frente al menor esfuerzo. No presté mucha atención a este hecho; creí al pie de la letra la explicación que me dio mi padre de que se había fatigado preparándolo todo para las vacaciones. Participé obediente en todos los rituales: adornar el árbol, preparar pasteles, la misa del gallo (aunque no íbamos a la iglesia, si no era entonces), abrir los regalos bajo la atenta mirada de mis padres —una ceremonia incómoda donde las haya que es la maldición de todos los hijos únicos—, pero no lo hacía de corazón y me marché dos días antes de lo previsto alegando que aún tenía exámenes por hacer y debía ponerme a estudiar cuanto antes. (Lo hice, pero ésa no fue la razón.) Igual que en septiembre, mi padre me llevó a la estación. La nieve y un frío feroz habían reemplazado las lluvias estivales; un chorro de aire reseco procedente de las rejillas del salpicadero sustituía ahora la cálida brisa que meses antes entrara por las ventanillas. Habría sido el momento perfecto para decir algo trascendente, si acaso alguno de los dos hubiera sido capaz de discurrir siquiera un comentario profundo. Cuando el autobús se alejó, no miré atrás.

Acerca de los recuerdos de aquel primer año, no hay mucho más que contar. Saqué buenas notas; más que buenas. Aunque sabía que los exámenes me habían ido bien, me quedé estupefacto al ver una A tras otra en el boletín del primer semestre, todas enfáticamente impresas en el papel con una anticuada impresora de matriz de puntos. No usé mis notas como excusa para dormirme en los laureles sino que redoblé mis esfuerzos. También, por primera vez, me eché novia, la hija del dictador sudamericano. (En realidad era el ministro argentino de Finanzas.) No tengo ni idea de lo que vio en mí, pero no pensaba hacer preguntas al respecto. Carmen poseía mucha más experiencia sexual que yo; muchísima. Era el tipo de mujer que usa la palabra «amante» en el sentido de «a partir de ahora vas a ser mi...» y se entregaba al placer con ávido abandono. Tenía la suerte de contar con una habitación individual, algo infrecuente entre los alumnos de primero, y en aquel refugio sagrado de sedosos pañuelos y aromas femeninos me introdujo en lo que bien podría considerarse erotismo duro, recorriendo de principio a fin todo el menú de placeres carnales, de los aperitivos al postre. No estábamos enamorados —ese sacro sentimiento todavía me eludía— y Carmen tampoco estaba por la labor. Ni siquiera poseía lo que yo llamaría un atractivo convencional (me atrevo a decirlo porque yo tampoco). Era algo entrada en carnes y tenía una mandíbula prominente, una pizca masculina, como la de un boxeador. Sin embargo, desnuda y en el calor de la pasión, soltando obscenidades con su español de cadencia argentina, era la criatura más sensual que ha pisado jamás la faz de la Tierra, una realidad multiplicada por cien por el hecho de que era muy consciente de ello.

Entre esos episodios carnales —Carmen y yo a menudo escapábamos a su dormitorio entre clase y clase para disfrutar de una hora de furibunda copulación—, la enorme cantidad de trabajo que tenía y, cómo no, las horas que pasaba en la biblioteca —tiempo que dedicaba a recuperarme para el siguiente encuentro—, cada vez veía menos a Lucessi. Él tendía a hacer horarios raros; estudiaba de noche y sobrevivía a base de siestas pero, conforme avanzaba el semestre, sus idas y venidas se tornaron más erráticas. Cuando dormía con Carmen, podía pasar sin verlo varios días seguidos. A esas alturas, mi radio social alcanzaba más allá de los muros de Wigglesworth e incluía a varios amigos de Carmen, todos ellos infinitamente más cosmopolitas que yo. Lucessi, como era de esperar, se molestó, pero mis intentos por arrastrarlo al círculo fueron rechazados con obstinación. Su higiene empeoró aún más si cabe; nuestra habitación apestaba a calcetines y a las bandejas de mohosa comida que traía de la cafetería y nunca devolvía. A menudo entraba en el cuarto y lo encontraba sentado en la cama, medio desnudo, musitando para sí y haciendo gestos raros, convulsivos, como enfrascado en una conversación importante con un interlocutor invisible. Antes de meterse en la cama —cuando fuera que decidiera hacerlo, incluso en mitad del día— se embadurnaba la cara con una capa de crema para el acné tan gruesa como el maquillaje de un mimo. Empezó a dormir con un cuchillo de buceo atado a la pierna en su funda de goma. (Eso debería haberme inquietado, pero apenas si lo hizo.)

Me preocupaba por él, pero no mucho. Sencillamente, estaba demasiado ocupado. Y si bien tenía un nuevo círculo de amigos, más interesante, daba por supuesto que seguiríamos compartiendo habitación. Al final de curso, todos los alumnos de primero participaban en un sorteo en el que se les asignaban las casas de Harvard que ocuparían a lo largo de los siguientes tres años. Eso se consideraba un rito de paso de tanta trascendencia social como el matrimonio y te obligaba a tener en cuenta dos aspectos. El primero, en qué casa querías vivir. Había doce, cada cual con su propia reputación: la casa pija, la casa bohemia, la de los deportistas y así sucesivamente. Las más codiciadas eran las ubicadas a lo largo del río Charles, unas fincas señoriales de las que podías disfrutar sin que se incrementara el coste de la matrícula. Las menos populares eran las del viejo patio Radcliffe, en el extremo más alejado de Garden Street. Ir a parar al «patio» equivalía al exilio, a vivir eternamente atado a los horarios de las lanzaderas que, por desgracia, dejaban de circular mucho antes de que acabara la fiesta.

El segundo aspecto, como es natural, era quién compartía habitación con quién. Eso daba lugar a varias semanas de tensión, durante las cuales la gente numeraba sus lealtades y clasificaba a sus amistades por orden de relevancia. Cambiar a un compañero de primero por algún otro estaba a la orden del día, pero no resultaba menos desagradable que un divorcio. Me planteé si mantener esa conversación con Lucessi, pero luego me supo mal. ¿Quién más estaría dispuesto a compartir habitación con él? ¿Quién más aguantaría sus rarezas, su apesadumbrada personalidad, sus insalubres aromas? Por si fuera poco y pensándolo bien, nadie más se había ofrecido a compartir habitación conmigo. Lucessi, por lo que parecía, era mío.

A medida que el día del sorteo se acercaba, fui a buscarlo para preguntarle qué quería hacer. Le dije que había pensado pedir cuarto en Winthrop House o, si no, en Lowell. Quincy, quizá, como última opción. Había casas en el río, pero carecían del rancio abolengo social de algunas de las otras. La conversación tuvo lugar a media tarde de un cálido día de primavera que Lucessi, al parecer, había dedicado a dormir. Estaba sentado a su escritorio, vestido tan sólo con unos calzoncillos y una camiseta interior, toqueteando una calculadora mientras yo hablaba, tecleando dígitos sin sentido con la goma de un lápiz. Una costra blanca de reseca pasta de dientes le rodeaba la boca.

—Entonces, ¿qué? ¿Qué te parece?

Lucessi se encogió de hombros.

—Yo ya me he apuntado.

No entendí la respuesta.

—¿De qué estás hablando?

—He pedido un cuarto individual en el patio.

Los *psicocuartos*, los llamaban. Alojamiento para los inadaptados; habitaciones para personas que no soportaban vivir en compañía.

—Aquello es muy bonito, en realidad —prosiguió Lucessi—. Más tranquilo. Ya sabes. Da igual. Ya está hecho.

Yo estaba estupefacto.

—Lucessi, ¿de qué vas? El sorteo se celebra la semana que viene. Pensaba que nos íbamos a apuntar juntos.

—Supuse que no querrías. Tienes montones de amigos. Creí que te alegrarías.

—Se supone que *tú* eres mi amigo. —Recorría con furia la habitación, de lado a lado—. ¿Lo has hecho por eso? No me lo puedo creer. Mira este sitio. Mírate. No tienes a nadie más. ¿Y me haces esto a mí?

Aquellas horribles, irrevocables palabras. La cara de Lucessi se arrugó como una bola de papel.

—Por Dios, perdona —dije—. No pretendía…

No me dejó terminar.

—No, si tienes razón. Soy patético. Ya me lo han dicho otras veces, créeme.

—No hables así de ti mismo. —El sentimiento de culpa me estaba matando. Me senté en su cama e intenté que me mirara—. No debería haberte dicho eso. Estaba enfadado.

—No te preocupes. Olvídalo. —Transcurrió un momento, durante el cual Lucessi miró su calculadora con el ceño fruncido—. ¿Alguna vez te he dicho que soy adoptado? Ni siquiera somos hermanos. No estrictamente hablando.

El comentario estaba tan fuera de lugar que tardé un momento en comprender que hablaba de Arianna.

—Todo el mundo piensa que es a la inversa —prosiguió—. O sea, por Dios, mírala. Pero no. Mis padres me sacaron de un orfanato. Pensaban que no podían tener hijos. Once meses después, sorpresa, llegó la señorita perfecta.

Jamás había oído una confesión tan triste. ¿Qué podía decir? ¿Y por qué me lo contaba ahora?

—Ella me odia, ¿sabes? O sea, me odia. No querrías oír las barbaridades que dice de mí.

—Estoy seguro de que no es verdad.

Lucessi se encogió de hombros con impotencia.

—Todos lo hacen. Piensan que no lo sé, pero sí. Vale. Soy el rey de los pringados. Ya me había dado cuenta. Pero Arianna. Ya la has visto. Sabes de qué estoy hablando. Por Dios, esto me está matando.

—Tu hermana es una zorra de marca mayor. Seguro que trata igual a todo el mundo. Olvídala.

—Sí, claro. Pero ésa no es la cuestión. —Despegó la mirada de la calculadora y me miró a los ojos—. Has sido muy amable conmigo, Tim, y te lo agradezco. Lo digo en serio. Prométeme que seguiremos siendo amigos, ¿vale?

Comprendí lo que Lucessi estaba haciendo. Eso que había tomado por celos o autocompasión constituía en realidad una especie de generosidad a la inversa. Igual que había hecho mi padre, Lucessi cortaba los lazos conmigo porque pensaba que estaría mejor sin él. Lo peor era que tenía razón y yo lo sabía.

—Claro —respondí—. Claro que seremos amigos.

Tendió la mano.

—¿Lo sellamos con un apretón de manos? Para que sepa que no estás muy enfadado.

Nos estrechamos la mano, aunque ambos sabíamos que no significaba nada.

—Entonces, ¿se acabó? —pregunté.

—Sí, supongo que sí.

Estaba enamorado de ella, claro. Aunque más o menos me lo había dicho, ésa fue la parte de la historia que tardé mucho tiempo —demasiado— en dilucidar. Amaba aquello que más odiaba y eso estaba acabando con él. La segunda cosa que Lucessi me dijo, sin expresarlo con palabras, fue que estaba a punto de suspender todas las asignaturas. La cuestión del alojamiento era irrelevante, porque no volvería.

Mientras tanto, yo me enfrentaba al problema de dónde iba a vivir. Me sentía traicionado y estaba defraudado conmigo mismo por haber malinterpretado hasta tal punto la situación, pero también resignado a mi destino, que creía merecer. Lo que me estaba pasando era igual que perder el juego de las sillas en plan cósmico; la canción había cesado, yo me había quedado de pie y no podía hacer nada por remediarlo. Di voces por ahí por si alguno de mis conocidos buscaba un tercer o cuarto compañero para completar una suite, pero no tuve suerte, y en vez de escarbar más hondo en mi lista de relaciones y aumentar aún más mi bochorno si cabe, dejé de preguntar. No quedaban habitaciones individuales en ninguna de las casas del río, pero todavía me podía apuntar al sorteo como compañero «flotante». Me incluirían en una lista de espera para cada una de las tres casas que escogiera, y si algún alumno se daba de baja durante el verano, la universidad me cedería su plaza.

Pedí Lowell, Winthrop y Quincy, sin importarme ya cuál me tocara, y esperé a ver.

El curso terminó. Carmen y yo tomamos caminos distintos. Uno de mis profesores me había ofrecido un trabajo en su laboratorio. El sueldo era nimio, pero se consideraba un honor que te lo pidieran, y me permitiría quedarme en Cambridge durante el verano. Alquilé una habitación en el barrio de Allston, a una mujer de más de ochenta años que prefería alojar a alumnos de Harvard; salvo por su colección de gatos, que era inmensa —nunca llegué a saber cuántos había con exactitud— y el insoportable tufo de los areneros, la situación se me antojaba prácticamente ideal. Me marchaba temprano, llegaba tarde y casi siempre comía en alguna de las fondas baratas que había a las afueras de Cambridge; la anciana y yo apenas si nos veíamos. Todos mis amigos estaban pasando las vacaciones fuera y pensé que me sentiría solo, pero no fue así. El año me había dejado ahíto y sin fuerzas, igual que si hubiera comido demasiado, y agradecí la paz. El trabajo, que consistía en recoger datos y más datos de la estructura biológica de células plasmáticas en ratones, se podía llevar a cabo sin relacionarse con ningún otro ser humano. Pasaba días seguidos sin apenas pronunciar palabra.

Me avergüenza reconocerlo, pero a lo largo de aquel silencioso verano me olvidé por completo de mis padres. No me refiero a que les hiciera poco caso. Quiero decir que olvidé su existencia. Les había comunicado por carta dónde me disponía a vivir y por qué no podía darles el número de teléfono (lo desconocía), una omisión que jamás llegué a subsanar. No les llamé y ellos no podían telefonearme y, según iba pasando el verano, el despiste mudó en un mecanismo de defensa que los erradicó de mi pensamiento. Sin duda, en algún rincón oscuro de mi mente, sabía lo que estaba haciendo y que tendría que contactar con ellos antes del otoño para rellenar los impresos de la beca; pero en el plano consciente perdieron toda importancia.

Y entonces mi madre murió.

Mi padre me informó de ello por carta. De golpe y porrazo entendí muchas cosas. Un mes antes de que me trasladara a Harvard, a mi madre le habían diagnosticado un cáncer uterino. Había retrasado la operación —una histerectomía abdominal completa— hasta después de mi partida para no ensombrecer el acontecimiento. Las biopsias postoperatorias revelaron que se trataba de un infrecuente y agresivo adenosarcoma del que no se recuperaría. Hacia el invierno, había desarrollado metástasis en los pulmones y en los huesos. No se podía hacer nada. Su último deseo, decía mi padre, fue que su hijo al que tanto amaba no tuviera que postergar su avance hacia la materialización de las esperanzas de su orgullosa madre. En otras palabras, que yo siguiera con mi vida y no me enterara de nada. Había muerto dos semanas atrás y sus cenizas fueron enterradas sin un cortejo fúnebre, conforme a sus deseos. No había sufrido demasiado, escribió mi padre con cierta frialdad, y había dejado este mundo expresando su amor por mí.

A modo de conclusión, escribió: *Es probable que estés enfadado conmigo, con los dos, por no haberte contado la verdad. Si te sirve de consuelo, yo quería que lo supieras, pero tu madre se negó en redondo. Cuando te dije aquel día en la estación de autobuses que te olvidaras de nosotros, hablaba por su boca, no por la mía, aunque al final comprendí la sabiduría de su decisión. Tu madre y yo fuimos felices, creo, pero jamás he dudado ni por un momento que tú fuiste el gran amor de su vida. Ella únicamente quería lo mejor para ti, su Timothy. Tal vez desees volver a casa, pero te aconsejo que esperes. Yo estoy bastante bien, dadas las circunstancias, y no creo que haya razón para que interrumpas tus estudios por lo que, a la postre, no será sino una dolorosa distracción que no te aportará nada. Te quiero, hijo. Espero que lo sepas y que puedas perdonarme —perdonarnos a los dos—, y que cuando volvamos a vernos no sea para llorar la muerte de tu madre sino para celebrar tus éxitos.*

Leí la carta de pie en el recibidor de una mujer a la que apenas conocía, entre gatos que me olisqueaban los pies, a las diez en punto de una cálida noche de principios de agosto, a los diecinueve años. No puedo expresar con palabras lo que sentí, y no lo intentaré. La necesidad de llamar a mi padre fue imperiosa. Quería gritarle hasta abrirme la garganta, hasta que mis palabras mudaran en sangre. Así de fuerte fue el impulso de tomar un autobús a Ohio, entrar en su casa y estrangularlo en su cama, el mismo lecho que había compartido con mi madre durante casi treinta años y en el que, sin duda, yo fui concebido. Pero no lo hice. Me di cuenta de que tenía hambre. El cuerpo no atiende a razones —una útil lección—, y recurrí a la despensa de la anciana para prepararme un bocadillo de pan rancio con queso y un vaso de la misma leche que la mujer vertía en los platitos que había por toda la casa. La leche estaba cortada, pero me la bebí de todos modos, y ése es el recuerdo más vívido que conservo: el sabor de la leche agria.

16

Pasé el resto del verano sumido en el estupor. En algún momento recibí una carta que me informaba de que me habían ubicado en la casa Winthrop con un compañero todavía desconocido que regresaba tras una estancia de un año en el extranjero. Decir que todo aquello me traía sin cuidado sería quedarse corto. Por lo que a mí concernía, podrían haberme asignado a la anciana y sus areneros. No le conté a nadie lo de mi madre. Seguí trabajando en el laboratorio hasta el primer día del nuevo semestre. No quería dejar un intervalo de transición en el que hallarme a solas conmigo mismo sin nada que me distrajera. Mi profesor me preguntó si no me gustaría seguir trabajando con él durante el año académico, pero rehusé. Puede que hiciera una tontería, y él pareció sorprendido de que rechazase semejante privilegio, pero de haberlo aceptado no me habría quedado tiempo para la biblioteca, cuyo reconfortante silencio echaba en falta.

Estoy a punto de narrar la parte del relato en el que mi vida cambia tan radicalmente que recuerdo esa etapa como una especie de inmersión, como si hasta entonces me hubiera limitado a flotar en la superficie de mi existencia. Todo comenzó el día que me trasladé a la casa Winthrop. Lucessi y yo habíamos vendido los muebles al Ejército de Salvación, y llegué con poco más que la misma maleta que llevara a Harvard un año atrás, una lamparilla de escritorio, una caja de libros y la sensación de haberme sumido nuevamente en un anonimato tan absoluto que podría haber cambiado de nombre sin que nadie se percatase. Mis dependencias, dos habitaciones al estilo de un camarote de tren con un baño al fondo, estaban en el cuarto piso y daban al patio Winthrop, con vistas al modesto perfil de Boston. No vi a mi compañero, cuyo nombre todavía desconocía, por ninguna parte. Pasé un rato rumiando con qué habitación quedarme (la interior era más pequeña pero también más privada; por otro lado, tendría que soportar las idas y venidas de mi compañero al baño, a cualquier hora) antes de decidir que, con el fin de empezar con buen pie, esperaría su llegada para decidirlo conjuntamente.

Acababa de subir mis últimas pertenencias cuando apareció una figura en el umbral con el rostro oculto tras el montón de cajas que sostenía. Entró en la habitación, gruñendo del esfuerzo, y las dejó en el suelo.

—Tú —dije.

Se trataba del chico que había conocido en el Burger Cottage. Llevaba unos pantalones de color caqui y una camiseta gris en la que se leía HARVARD SQUASH, con manchas de sudor en las axilas.

—Espera —dijo al tiempo que me escrutaba—. Te conozco. ¿De qué te conozco?

Le expliqué cómo había transcurrido nuestro primer encuentro. Al principio no se acordaba de nada, pero enseguida se hizo la luz en su mirada.

—Claro. El tío de la maleta. Eso significa que al final encontraste Wigglesworth, supongo. —Lo asaltó un pensamiento—. No te ofendas, pero ¿no significa eso que eres alumno de segundo?

Se trataba de una pregunta sencilla con una respuesta complicada. Aunque había entrado como alumno de primero, tenía acumulados suficientes créditos en asignaturas avanzadas como para graduarme en tres años. Lo estuve pensando un tiempo, por cuanto siempre había esperado pasar los cuatro años completos en Harvard. Sin embargo, a lo largo de las semanas que transcurrieron después de que recibiera la carta de mi padre, la idea de ventilarme mi educación en cuatro patadas y salir pitando se había tornado más atractiva. Por lo visto, los peces gordos de Harvard habían pensado lo mismo, dado que me habían alojado con un alumno de cuarto.

—Ya veo. Así que eres un empollón —me soltó—. Pues venga, vamos a ello.

Tenía una manera de hablar vagamente sarcástica y elogiosa al mismo tiempo.

—¿A qué?

—Ya sabes. Nombre, rango, destacamento. Especialidad, lugar de origen, esa clase de cosas. Tu historia, en otras palabras. Resume; ando fatal de memoria con este calor.

—Tim Fanning. Bioquímica. Ohio.

—Bien hecho. Aunque, si me preguntas mañana, seguramente se me habrá olvidado, así que no te ofendas. —Dio un paso adelante con la mano tendida—. Jonas Lear, por cierto.

Hice lo posible por responder a su gesto con un choque varonil.

—Lear —repetí—. ¿Como el *jet?*

—Por desgracia, no. Más bien como el rey loco de Shakespeare. —Miró a un lado y a otro—. Y bien, ¿de cuál de las dos lujosas dependencias te has apropiado?

—Me ha parecido más justo esperarte.

—Primera lección: nunca esperes. La ley de la selva y tal. Pero ya que estás decidido a ser un buen chico, lo echaremos a suertes. —Se extrajo una moneda del bolsillo—. Tú eliges.

Lanzó la moneda al aire antes de que yo pudiera responder. La atrapó al vuelo y se la plantó en la muñeca.

—Pues… ¿cara?

—¿Por qué todo el mundo elige cara? Alguien debería llevar a cabo un estudio sobre el tema. —Levantó la mano—. Bueno, adivina qué, ha salido cara.

—Estaba pensando en escoger la pequeña.

Sonrió.

—¿Lo ves? No ha sido tan difícil. Buena elección.

—Aún no me has dicho qué estudias.

—Tienes toda la razón. Soy un maleducado. —Dibujó unas comillas en el aire con los dedos—. Biología organísmica y evolutiva.

Yo nunca había oído hablar de nada semejante.

—¿De verdad existe esa especialidad?

Se echó hacia delante para abrir las cajas.

—Eso dice mi expediente. Además, es un nombre divertido. Suena un poco obsceno. —Alzó la vista y sonrió—. ¿Qué? ¿No es lo que esperabas?

—Yo habría dicho… no sé… algo más ligero. Historia, quizá. O Filología Inglesa.

Sacó un montón de libros y procedió a colocarlos en los estantes.

—Te voy a preguntar una cosa. De todos los temas del mundo, ¿por qué elegiste bioquímica?

—Porque se me da bien, supongo.

Se dio la vuelta, con los brazos en jarras.

—Bueno, pues ya tienes tu respuesta. La verdad es que estoy loco por los aminoácidos. Los añado al Martini.

—¿Qué es un Martini?

Su expresión se desencajó.

—¿James Bond? ¿Agitado, no revuelto? ¿No veis esas películas en Ohio?

—Ya sé quién es James Bond. O sea, no sé qué lleva.

Su boca se curvó con sonrisilla traviesa.

—Ah —replicó.

Íbamos por la tercera copa cuando oímos la voz de una chica que lo llamaba y unas pisadas que ascendían por las escaleras.

—¡Aquí! —gritó Lear.

Nos habíamos sentado en el suelo con las herramientas de cóctel de
Lear escampadas entre los dos. Nunca había conocido a nadie que viajara no solamente con un quinto de ginebra y una botella de vermú sino
con la clase de artilugios de barman —dosificadores, cocteleras, minúsculos y delicados cuchillos— que se ven en las viejas películas. Una bolsa
de hielo se derretía sobre un charco de agua junto a un frasco abierto de
olivas compradas en el mercado callejero. Las diez y media de la mañana
y yo ya estaba como una cuba.

—Por Dios, menuda estampa.

Traté de enfocar mi perjudicada mirada en la figura que se había
parado en la entrada. Una chica ataviada con un vestido de verano de
lino azul. Me he referido al vestido antes que nada porque es lo más fácil
de describir. No lo digo porque fuera guapa, aunque lo era; más bien me
gustaría destacar que poseía un atractivo peculiar y, en consecuencia,
inclasificable (a diferencia de la hermana de Lucessi, cuya gélida perfección era de manual y por tanto no había dejado huella en mí). Podría
hablar de los detalles —de su figura esbelta y de sus pechos pequeños,
casi infantiles; de los minúsculos dedos de los pies que asomaban de sus
sandalias, oscurecidos por la mugre de la calle; de su rostro acorazonado
y de los brillantes ojos azules; de su melena, rubio platino, libre de clips
o pasadores, que llevaba a la altura de unos hombros dorados por el
sol— pero el conjunto, como se suele decir, era más que la suma de las
partes.

—¡Liz! —Lear se levantó haciendo muchos aspavientos e intentando
al mismo tiempo no derramar su bebida. La envolvió en un torpe abrazo,
que ella rechazó con una expresión de exagerado disgusto. Llevaba unas
gafas pequeñas, de montura metálica, completamente redondas, que habrían pasado por masculinas en otra mujer, pero no en su caso.

—Estás borracho.

—Ni lo más mínimo. Más bien al máximo. No tanto como mi nuevo compi. —Ahuecó la mano libre junto a la boca para hablar como en un aparte—. No se lo digas, pero hace un ratito se lo veía borroso. —Alzó la copa—. ¿Quieres una?

—He quedado con mi tutor dentro de media hora.

—Me lo tomaré como un sí. Tim, ésta es Liz Macomb, mi novia. Liz, Tim. No recuerdo su apellido, pero ya me saldrá. Saludaos mientras le preparo un cóctel a la chica.

Lo más educado habría sido levantarme, pero me pareció demasiado formal y decidí no hacerlo. Además, no sabía si me aguantaría de pie.

—Hola —dije.

Ella se sentó en la cama, plegó sus esbeltas piernas debajo del cuerpo y se tapó las rodillas con la falda.

—¿Qué tal, Tim? Así que tú eres el afortunado.

Lear servía ginebra con la inseguridad de un borracho.

—Tim es de Ohio. Eso es todo lo que recuerdo.

—¡Ohio! —La chica pronunció la palabra con el mismo entusiasmo que si hubiera dicho Pago Pago o Rangoon—. Siempre he querido ir a Ohio. ¿Cómo es?

—Me tomas el pelo.

Se echó a reír.

—Vale, un poco. Pero es tu casa. Tu patria. Tu *pays natal*. Cuéntamelo todo.

Su franqueza te desarmaba. Traté de discurrir algo que estuviera a la altura. ¿Qué podía decir del hogar que había dejado atrás?

—Es bastante llano, supongo. —Torcí el gesto para mis adentros ante la pobreza del comentario—. La gente es simpática.

Lear le tendió el vaso, que ella aceptó sin mirar a su novio. Tomó un sorbo mínimo y dijo:

—¿Simpática? Eso me gusta. ¿Qué más?

Aún no había despegado los ojos de mi rostro. La intensidad de su mirada resultaba inquietante, aunque no desagradable, ni mucho menos. Advertí que tenía un leve remolino de pelusa color melocotón, mojado de sudor, sobre el labio superior.

—No hay mucho más que contar.

—¿Y tu familia? ¿A qué se dedica?

—Mi padre es optometrista.

—Una profesión muy respetable. Yo, sin éstas, no veo más allá de mi nariz.

—Liz es de Connecticut —intervino Lear.

Ella tomó un segundo sorbo, más largo, e hizo una mueca de placer.

—Si te parece bien, Jonas, prefiero hablar por mí misma.

—¿De qué parte? —pregunté yo, como si alguna vez hubiera estado en Connecticut.

—De un pueblecito llamado Greenwich, *queriiido*. Que en teoría debería odiar, porque no hay lugar más odioso en el mundo, pero que en realidad me encanta. Mis padres son dos ángeles del cielo, y los adoro. Jonas —dijo, mirando el vaso—, esto está muy rico.

Lear arrastró una silla al centro de la habitación y se sentó a horcajadas, de cara al respaldo. Anoté mentalmente que, a partir de entonces, yo también me sentaría así.

—Estoy seguro de que lo puedes describir mejor —apuntó él, sonriendo.

—Ya estamos otra vez. No soy un mono del circo, ¿sabes?

—Venga, calabaza. Estamos totalmente perdidos.

—«Calabaza.» ¿Tú te oyes? —Suspiró e hinchó las mejillas—. Vale, pero sólo por esta vez. Y que te quede claro, lo hago porque tenemos compañía.

No tenía ni idea de cómo interpretar esa pequeña conversación. Liz tomó otro sorbo. Durante un rato desconcertantemente largo, puede que unos veinte segundos, el silencio se adueñó de la habitación. Liz había cerrado los ojos, como una médium en una sesión de espiritismo que tratase de invocar los espíritus de los muertos.

—Sabe a… —Frunció el ceño desechando la idea—. No, eso no me gusta.

—Por el amor de Dios —gimió Lear—, no te hagas la interesante.

—Silencio. —Pasó otro instante; a continuación, Liz sonrió—. Igual que… el aire en un día de mucho frío.

Yo estaba patidifuso. Había dado en el clavo. No sólo eso: sus palabras, más que adornar la experiencia, acentuaban su realidad. Era la primera vez que experimentaba el poder del lenguaje para intensificar la vida. Por si fuera poco la frase había surgido de su boca, de unos labios sensuales a más no poder.

Lear lanzó un silbido de admiración.

—No está nada mal.

Yo la miraba sin reparos.

—¿Cómo lo haces?

—Ah, es un talento que tengo. Eso y nada es lo mismo.

—¿Eres escritora o algo así?

Se rio.

—Por Dios, no. ¿Alguna vez has conocido a un escritor? Son unos borrachos de tomo y lomo, del primero al último.

—Liz es una de esos estudiantes de Filología inglesa de los que hablábamos antes —apostilló Lear—. Una carga para la sociedad. Condenados al desempleo.

—Ahórrame tus groseras opiniones. —A continuación se dirigió a mí—. Lo que tal vez no te haya dicho es que no tienes delante al hedonista egocéntrico que finge ser.

—¡Sí que lo soy!

—Entonces, ¿por qué no le cuentas dónde has pasado los últimos doce meses?

Entre el exceso de información y el efecto de tres copas muy cargadas, había pasado por alto la pregunta más obvia: ¿por qué Jonas Lear, de todas las personas del mundo, necesitaba un compañero flotante?

—Vale, yo lo haré —prosiguió Liz—. Ha estado en Uganda.

Lo miré.

—¿Qué hacías en Uganda?

—Ah, un poco de todo. Resulta que están en plena guerra civil. No lo que augura la prensa.

—Ha estado trabajando en un campo de refugiados de las Naciones Unidas —explicó Liz.

—Vale, excavaba letrinas, pasaba sacos de arroz. Eso no me convierte en un santo.

—Comparado con el resto de nosotros, sí. Lo que tu compañero de habitación no te ha dicho, Tim, es que se ha propuesto salvar el mundo. Sufre un complejo de mesías agudo. Tiene un ego como una casa.

—En realidad, estoy pensando en dejarlo —replicó Lear—. No compensa cuando hay una disentería por medio. Jamás en la vida había *jiñao* tanto.

—Jiñado, no «jiñao» —lo corrigió Liz—. «Jiñao» no significa nada.

Menuda pareja: apenas si podía seguir la conversación, y el problema no era que estuviera trompa o ya medio enamorado de la novia de mi nuevo compañero. Tenía la sensación de haber salido del Harvard de 1990 para ir a parar a una película de la década de 1940, Spencer Tracy y Katharine Hepburn dándolo todo.

—Bueno, la filología parece muy interesante —comenté.

—Gracias. ¿Lo ves, Jonas? No todo el mundo es tan ignorante.

—Te lo advierto —objetó él, y me señaló con un dedo—, estás hablando con un científico tan deprimente como yo.

Ella adoptó una expresión de pura exasperación.

—De golpe y porrazo abundan los científicos en mi vida. Tim, ¿qué clase de ciencia estudias tú?

—Bioquímica.

—¿Qué es…? Siempre me lo he preguntado.

La pregunta me provocó una extraña felicidad. A lo mejor tenía que ver con la persona que la formulaba.

—Las piezas de construcción de la vida, básicamente. ¿Qué insufla vida a las cosas, qué las hace funcionar, qué les provoca la muerte? Más o menos consiste en eso.

Ella asintió satisfecha.

—Vaya, lo has explicado muy bien. Diría que tienes algo de poeta, al fin y al cabo. Empiezas a caerme bien, Tim de Ohio. —Apuró la copa y la dejó a un lado—. En cuanto a mí, en realidad estoy aquí para averiguar quién soy. Me está saliendo muy caro, pero me pareció buena idea en su momento y he decidido seguir adelante.

Una ambición tan fastuosa —cuatro cursos de universidad a veintitrés de los grandes por año para construirte una personalidad— se me antojó otro de los aspectos marcianos de Liz que esperaba tener la oportunidad de explorar. Digo marcianos, pero quiero decir angélicos. A esas alturas no me cabía duda de que tenía delante a una criatura celestial.

—¿No te parece bien?

Mi expresión, de algún modo, debía de haberme traicionado. Me subió un calorcillo por las mejillas.

—Yo no he dicho eso.

—No has dicho nada. Un consejo: «A mi juicio, si el hombre que tiene lengua no es capaz de conquistar con ella a una mujer, no es hombre».

—¿Perdón?

—Shakespeare. *Dos hidalgos de Verona*. Hablando en plata: cuando una mujer te pregunte algo, será mejor que le contestes.

—Si te la quieres llevar a la cama —añadió Lear; me miró—, tendrás que disculparla. A veces parece el canal Shakespeare. Yo no entiendo ni la mitad de lo que dice.

Yo no sabía casi nada acerca de Shakespeare. Mi experiencia en relación con el Bardo se limitaba, como la de mucha gente, a las lecturas obligatorias de *Julio César* (violenta, a veces emocionante) y *Romeo y Julieta* (que, hasta ese momento, me parecía ridícula a más no poder).

—Sólo estaba pensando que nunca he conocido a nadie que pensara de ese modo.

Ella soltó una carcajada.

—Bueno, si quieres que seamos colegas, chaval, será mejor que te acostumbres. Y por cierto —dijo a la vez que se levantaba de la cama—, tengo que marcharme.

—Pero si no estás ni la mitad de borracha que nosotros —protestó Lear—. Y yo que pensaba enredarte...

—Como si no me hubieras enredado ya. —En la puerta, se volvió a mirarme—. Se me olvidaba. ¿A cuál perteneces?

Una pregunta más cuya respuesta ignoraba.

—¿Cómo dices?

—¿Fly? ¿Owl? ¿A. D.? Dime que no eres del Porcellian.

Lear respondió en mi lugar:

—En realidad nuestro amigo, aunque en teoría sea alumno de tercero, todavía desconoce ese aspecto de la vida universitaria. Es una historia complicada que estoy demasiado borracho para explicar.

—Entonces, ¿no perteneces a ninguna sociedad? —me preguntó Liz.

—¿Hay sociedades?

—Sociedades *definitivas*. Que alguien me pellizque. ¿De verdad no sabes lo que son?

Había oído hablar de ellas, pero nada más.

—¿Algo parecido a las fraternidades?

—Hum, no exactamente —respondió Lear.

—Son —me explicó Liz— dinosaurios anacrónicos, elitistas hasta la médula. Que casualmente celebran las mejores fiestas de todo el campus. Jonas pertenece a la sociedad Spee. Igual que su padre y el padre de su padre, y que todos los papás Lear desde que el primer pez salió a rastras del mar. También es el no sé qué de la sociedad. Jonas, ¿cómo lo llamáis?

—El «punchmaster».

Liz puso los ojos en blanco.

—Vaya nombrecito. En resumidas cuentas, significa que él decide quién entra y quién no. Cielito, haz algo.

—Acabo de conocerle. A lo mejor no le interesa.

—Claro que sí —dije, aunque no estaba nada seguro. ¿Dónde me estaba metiendo? ¿Y qué costaría algo así? Pero si eso implicaba pasar más tiempo en compañía de Liz, caminaría sobre las brasas de ser necesario—. Desde luego. Claro que me interesa.

—Bien. —Ella esbozó una sonrisa triunfante—. Sábado por la noche. Corbata negra. ¿Lo ves, Jonas? Allí nos veremos.

No tenía la menor duda de que sí.

El primer problema: no tenía esmoquin.

Lo había llevado una sola vez en mi vida, uno de alquiler, azul cielo con remates de terciopelo azul marino, junto con una camisa con chorreras que sólo un pirata se habría puesto y una pajarita de clip tan grande como mi puño. Perfecto para el baile de fin de curso que celebramos en el instituto Mercy Regional, de temática isleña (¡una noche en el paraíso!), pero no para los exclusivos círculos de la sociedad Spee.

Pensaba alquilar uno, pero Jonas me convenció de que no lo hiciera.

—Tu vida de esmoquin —me explicó— acaba de empezar. Lo que necesitas, amigo mío, es un esmoquin de batalla.

Me llevó a una tienda llamada Keezer, que estaba especializada en ropa formal reciclada, lo bastante barata como para vomitar encima sin remordimientos. Un enorme local, tan anodino como una estación de autobús, con apolillados trofeos expuestos en las paredes y un aire tan impregnado de naftalina que me dolieron las fosas nasales: de sus interminables colgadores elegí un esmoquin negro, liso, una camisa plisada con manchas amarillentas en la zona de las axilas, una caja de gemelos baratos y unos zapatos de piel que solamente me hacían daño si andaba o me quedaba plantado. En los días previos a la fiesta, Jonas adoptó una personalidad que estaba a medio camino entre un sabio hermano mayor y un perro lazarillo. La elección del esmoquin quedó a mi criterio, pero él insistió en escogerme la pajarita y el fajín; examinó montones de ellos antes de decidirse por unos de seda rosa con un estampado de minúsculos diamantes verdes.

—¿Rosa? —Ese color, por descontado, no habría arrasado en Mercy, Ohio. Un esmoquin azul cielo, sí. Una pajarita rosa, no.

—Confía en mí —asintió él—. Es el rollo que nos va.

La fiesta, tal como yo la entendía, consistiría en una especie de primer contacto muy planificado. Los miembros tendrían la oportunidad de echar un vistazo a los candidatos, llamados «punchis». Me preocupaba acudir sin pareja, pero Jonas me aseguró que estaría mejor solo. Así, me explicó, tendría ocasión de impresionar a la flotilla de mujeres sin acompañante que reclutaban de otras facultades para la ocasión.

—Acuéstate con dos y tendrás el ingreso asegurado.

Me reí de la absurdidad de la idea.

—¿Y por qué sólo dos?

—Quiero decir al mismo tiempo —replicó él.

Llevaba sin ver a Liz desde aquel primer día en la casa Winthrop. No me parecía raro, por cuanto ella vivía en Mather, a mucha distancia de allí, río abajo, y frecuentaba a los bohemios. Pese a todo, mediante preguntas discretas y muy espaciadas, me las había ingeniado para descubrir más cosas sobre su relación con Jonas. No eran, en términos estrictos, una pareja de Harvard sino que se conocían desde la infancia. Sus padres habían compartido cuarto en la secundaria y las dos familias llevaban años veraneando juntas. Tenía sentido; visto en retrospectiva, su torneo verbal recordaba más a un toma y daca entre dos hermanos que a la disputa de una pareja sentimental. Jonas afirmaba que, durante muchos años, no se soportaron mutuamente. No fue hasta cumplir los quince cuando, obligados a hacer frente a dos semanas de mal tiempo en una remota isla de la costa de Maine, su antipatía mutua había fermentado hasta convertirse en lo que era en realidad. Se lo habían ocultado a sus familias —incluso Jonas reconocía que la relación tenía un punto incestuoso— y habían guardado en secreto su pasión, encuentros estivales en graneros y cobertizos de botes mientras sus padres se emborrachaban en el patio, sin pensar en el noviazgo hasta que ambos acabaron en Harvard y descubrieron que en realidad se gustaban.

El relato explicaba también, al menos en parte, la singularidad de su relación. ¿Qué, sino una larga historia en común, podía unir a dos personas de temperamentos tan esencialmente dispares y con visiones de la vida tan divergentes? Cuanto más los conocía a los dos, más me percataba de lo distintos que eran. Que se hubieran movido en los mismos círculos sociales, asistido a colegios e internados prácticamente intercambiables y estuvieran familiarizados con el metro de Nueva York, el de París y el de Londres antes de cumplir los doce tenía poco que ver con cómo era cada uno de ellos como persona. Es posible que las mismas circunstancias que unen a dos personas las mantengan eternamente a medio metro de distancia. En eso radica la verdad del amor y el origen de toda tragedia. Yo todavía no era lo bastante sabio como para entenderlo, ni lo sería hasta que hubieran transcurrido muchos años. Sin embargo, creo que lo presentí desde el principio, y que de esa intuición nació nuestra afinidad, la fuerza que me atrajo hacia ella.

Llegó el día de la fiesta. Pasé las horas previas esperando el momento; era incapaz de hacer nada. ¿Que si estaba nervioso? ¿Cómo se siente el toro cuando sale al ruedo y oye al público que aplaude y ve al torero con el capote y el estoque? Jonas pasó todo el día fuera —yo no sabía dónde— y, a punto de dar las ocho, la hora de la cita, aún no había aparecido. El cateto del Medio Oeste que había en mí nunca dejó de desconcertarse ante las diferencias regionales en relación con la puntualidad y, hacia las nueve y media, cuando decidí vestirme para la ocasión (albergaba la cursi fantasía de que Jonas y yo nos arreglaríamos juntos), me hallaba en tal estado de ansiedad que mi nerviosismo rozaba el enfado. No me parecía improbable que hubiera olvidado su promesa y me dejara plantado, mirando la tele enfundado en mi esmoquin.

Por si fuera poco, yo no sabía hacer lazos de pajarita. Y aun de haber sabido, no creo que lo hubiera conseguido; me temblaban las manos de lado a lado. Ponerme los gemelos se me antojó más difícil que enhebrar una aguja con un martillo. Tardé diez minutos enteros, maldiciendo como un estibador, en pasarlos por los ojales, y para cuando hube terminado tenía el rostro empapado de sudor. Me lo sequé con una toalla apestosa y me contemplé en el espejo de cuerpo entero que había en la puerta del baño, con la esperanza de que la imagen me animara. Yo era un chico del montón, ni guapo ni feo; aunque de constitución delgada y sin ningún problema físico que llamara la atención, siempre había tenido la sensación de que mi nariz era demasiado grande para mi cara, los brazos demasiado largos para mi cuerpo, el pelo excesivamente voluminoso para la cabeza que lo albergaba. Pese a todo, la cara y la figura que me devolvió el espejo no carecía de atractivo. El elegante traje, los relucientes zapatos, la camisa almidonada —incluso, contra todo pronóstico, el fajín rosa— no me quedaban nada mal. Me arrepentí al instante del traje azul cielo que escogiera para el baile de fin de curso; ¿quién iba a imaginar que algo tan sencillo como un esmoquin negro pudiera aburguesar tu apariencia hasta tal punto? Por primera vez me atreví a pensar que aquel sencillo chico de provincias tal vez lograse cruzar las puertas de la sociedad Spee sin que sonara una alarma.

La puerta se abrió de golpe. Jonas entró en la habitación exterior como una exhalación.

—Mierda, ¿qué hora es?

Pasó por mi lado de camino al baño y abrió el grifo de la ducha. Lo seguí hasta la puerta.

—¿Dónde te habías metido? —le reproché, percatándome demasiado tarde de mi tono irritado—. No pasa nada, pero son casi las diez.

—Me tocaba laboratorio. —Se estaba despojando de la camiseta—. En realidad la fiesta no empieza hasta las once. ¿No te lo había dicho?

—No.

—Ah. Bueno, perdona.

—¿Sabes hacer lazos de pajarita?

Se había quitado los calzoncillos.

—Ni de coña. La mía es de clip.

Volví a la habitación exterior. Jonas me gritó por encima del ruido del agua:

—¿Ha venido Liz?

—No ha venido nadie.

—Me dijo que vendría a buscarnos.

El nerviosismo que experimentaba se había centrado ahora en la cuestión de la pajarita. Regresé al espejo y la extraje de mi bolsillo. El truco, había oído, era atarla como los cordones de los zapatos. No podía ser tan complicado. Llevaba atándome los zapatos desde los dos años.

La respuesta fue: sí, era mucho más difícil. Por más que lo intentase, los dos extremos nunca me quedaban igual, ni de lejos. Parecía como si la seda estuviera poseída.

—Pero mira qué elegante estás.

Liz acababa de cruzar la puerta abierta. O, más bien, una mujer que se parecía a Liz; en su lugar había una criatura que rebosaba sobria elegancia. Llevaba un fino vestido de cóctel, negro y escotado, y zapatos de tacón de charol rojo. Se había aplicado algún producto en el pelo para darle cuerpo y se había cambiado las gafas por unas lentes de contacto. Un largo collar de perlas, auténticas a todas luces, descendía por su escote.

—Hala —exclamé.

—Y ésa —respondió al tiempo que lanzaba su bolso de mano al sofá— es la palabra que toda mujer ansía escuchar. —Una nube de sofisticado aroma había entrado con ella—. Problemas con la pajarita, ¿eh?

Le tendí la malvada prenda.

—No tengo ni idea de lo que estoy haciendo.

—Déjame ver. —Avanzó un paso hacia mí y me la arrebató.

—Ah —dijo al tiempo que la examinaba—. Ése es el problema.

—¿Cuál?

—¡Es una pajarita con la forma predefinida! —Se rio—. Y resulta que has acudido a la persona adecuada. Mi padre siempre me pide que se la ponga. No te muevas.

Me rodeó el cuello con la pajarita y la pasó por debajo de la camisa. Con tacones era casi tan alta como yo; apenas unos centímetros separaban nuestros rostros. Con los ojos clavados en la base de mi cuello, se enzarzó en su misteriosa tarea. Yo nunca había estado tan cerca de una mujer de no ser para besarla. Mi mirada se desplazó automáticamente a sus labios, que parecían suaves y cálidos, y luego hacia abajo, siguiendo el camino de las perlas. Experimenté la misma sensación que si hubiera sufrido una pequeña descarga eléctrica.

—Los ojos donde pueda verlos, amigo.

Un cosquilleo me ascendió por las mejillas. Aparté la vista.

—Perdona.

—Eres un hombre. ¿Qué le vas a hacer? Sois como juguetes de arrastre. Debe de ser horrible. —Un ajuste final y retrocedió. La congestión de sus mejillas. ¿Se estaba ruborizando también?—. Ya está. Echa un vistazo.

Extrajo una polvera de su bolsito y me la tendió. Estaba fabricada con un material liso y suave, como hueso pulido. La noté caliente al tacto, como si irradiara pura energía femenina. La abrí y me reveló su contenido: un compartimento lleno de polvos color carne y un espejito redondo en el que mi rostro me devolvía la mirada flotando sobre una pajarita rosa impecablemente anudada.

—Perfecto —dije.

La ducha se apagó con un gemido que me trajo de vuelta a este mundo. Me había olvidado por completo de mi compañero de habitación.

—¡Jonas —gritó Liz—, ¡llegamos tarde!

Lear entró en la habitación sujetándose la toalla que le rodeaba la cintura. Tuve la sensación de que nos había pillado in fraganti.

—¿Qué, os vais a quedar ahí mirando cómo me visto? A menos que… —Mirando a Liz, hizo ademán de soltar la toalla, como una provocativa bailarina—. *Ça te donne du plaisir, mademoiselle?*

—Tú date prisa. Llegamos tarde.

—Pero ¡si te lo he preguntado en francés!

—Tendrás que mejorar tu acento. Esperaremos fuera, muchas gracias. —Me tomó del brazo y me arrastró hacia la puerta—. Vamos, Tim.

Bajamos las escaleras hasta llegar al patio. El sábado por la noche, los campus universitarios se rigen de acuerdo con sus propias normas: despiertan cuando el resto del mundo se dispone a dormir. Salía música de todas las ventanas, la gente se desplazaba por la oscuridad entre risas, las voces animaban la noche por doquier. Cuando salíamos al pórtico, una chica nos adelantó sosteniéndose la orilla del vestido con una mano y portando una botella de champán en la otra.

—Lo vas a hacer muy bien.

Nos detuvimos delante de la verja.

—¿Parezco preocupado?

Aunque lo estaba, claro que sí.

—Tú limítate a comportarte como si estuvieras en tu salsa. Ése es el secreto. En casi todas las situaciones, en realidad.

Lejos de Jonas se había convertido en una persona ligeramente distinta: más filosófica, como de vuelta de todo. Tuve la sensación de que se parecía más a ella misma.

—Se me había olvidado decírtelo —comentó Liz—. Quiero presentarte a una persona. Estará en la fiesta.

Yo no sabía cómo tomarme la información.

—Somos primas —prosiguió ella—. Bueno, primas segundas. Es alumna de la Universidad de Boston.

La oferta me desconcertó. Tuve que recordarme que lo sucedido ahí arriba no había sido sino un coqueteo inocente, nada más; que era la novia de otro.

—Vale.

—Procura que no se te note lo entusiasmado que estás.

—¿Qué te hace pensar que nos llevaremos bien?

Le solté el comentario con demasiada brusquedad, incluso con cierto resentimiento. Pero, si le molestó, no lo demostró.

—No la dejes beber demasiado.

—¿Bebe mucho?

Liz se encogió de hombros.

—A Steph le va la marcha, tú ya me entiendes. Así se llama, Stephanie.

Jonas se reunió con nosotros, todo sonrisas y disculpas. Nos encaminamos a la fiesta, que se celebraba a tres manzanas de allí. En otro momento me había señalado el edificio de la sociedad Spee, una casa de ladrillo con un jardín vallado ante el que había pasado mil veces. Las fiestas universitarias suelen ser escandalosas, un cóctel de música y ruido que retumba a muchos metros a la redonda, pero ésta no. Nada indicaba que estuviera pasando algo ahí dentro y, por un segundo, pensé que Jonas debía de haberse confundido de día. Se detuvo ante la puerta y extrajo un llavero con una sola llave del bolsillo de su esmoquin. Había visto esa llave anteriormente, en su secreter, pero nunca, hasta ese momento, la había relacionado con nada. El llavero tenía forma de cabeza de oso, el símbolo del Spee.

Entramos detrás de Jonas. Fuimos a parar a un vestíbulo vacío, el suelo pintado a cuadros blancos y negros, como un tablero de ajedrez. No tenía la sensación de dirigirme a una fiesta; más bien de ser un paracaidista recién aterrizado en un país extranjero. Los espacios que atisbaba eran oscuros y masculinos y, para ser un edificio habitado por universitarios, sorprendentemente aseados. Un castañetazo de marfil contra marfil: allí cerca, alguien jugaba al billar. En una esquina, sobre un pedestal, había un oso disecado; no un oso de juguete sino uno de verdad. Estaba plantado sobre las patas traseras, las garras extendidas ante sí como para defenderse de algún agresor invisible. (Eso, o como tocando el piano.) De arriba llegaba un rumor de voces desinhibidas por el alcohol.

—Vamos —ordenó Jonas.

Nos guio a unas escaleras. Viendo el edificio desde la calle, sus dimensiones parecían engañosamente modestas, pero no desde dentro. Ascendimos hacia el ruido y el calor del gentío, que ocupaba dos grandes salas y se derramaba por el rellano.

—¡Jo-sie!

Cuando entramos, el codo de un tiarrón pelirrojo enfundado en una americana blanca apresó el cuello de Jonas. Poseía la tez rubicunda y la cintura ancha de un atleta venido a menos.

—Jo-sie, Jo-jo, Jon-ster. —Sin venir a cuento, le plantó a Jonas un besazo en la mejilla—. Y Liz, ¿te importa que te diga que estás más buena que nunca esta noche?

Ella puso los ojos en blanco.

—Me consta.

—¿Me quiere? En serio, ¿esta chica me ama? —Sin soltar el cuello de Jonas, me miró con una expresión de incrédula preocupación—. Por Dios, Jonas, dime que éste no es el chico.

—Tim, te presento a Alcott Spence. Es el presidente.

—Y borracho a rabiar, también. Y dime, Tim, no eres gay, ¿verdad? Porque, no te ofendas, pero tienes una pinta un poco gay con esa pajarita.

Me pilló totalmente desprevenido.

—Hum…

—¡Es broma! —Se rio a carcajadas. Ahora nos estaban empujando por los cuatro costados, a medida que nuevos invitados subían las escaleras detrás de nosotros—. En serio, sólo te estaba chinchando. La mitad de los chicos que hay aquí son unos bujarrones. Yo mismo soy lo que llamarías un omnívoro sexual. ¿Verdad que sí, Jonas?

El otro sonrió, siguiéndole la corriente.

—Es verdad.

—Jonas es uno de mis amigos más especiales. Muy especial. Así que no te cortes y sé tan gay como te apetezca.

—Gracias —le dije—. Pero no soy gay.

—¡Pues fantástico también! ¡A eso me refiero! Así me gusta. No somos los Porcellian, ¿sabes? En serio, esos tíos no pueden parar de joder unos con otros.

¿Hasta qué punto necesitaba una copa en ese momento? Infinito.

—Bueno, me lo he pasado muy bien charlando con vosotros —prosiguió Alcott alegremente—, pero tengo que marcharme. Una tía buena de la Universidad del Vicio me está esperando en la sauna con una «cocaína excelente». Vosotros circulad y pasadlo bien.

Se fundió con la multitud. Me volví a mirar a Jonas.

—¿Todo el mundo es así por aquí?

—En realidad, no. Algunos se pueden poner muy pesados.

Miré a Liz.

—Ni se te ocurra dejarme solo.

Ella lanzó una carcajada sarcástica.

—¿Lo dices en serio?

Nos abrimos paso hasta la barra. Nada de barriles de cerveza caliente allí: detrás de una mesa alargada, un barman con camisa blanca mezclaba bebidas con frenesí y tendía botellines de Heineken. Mientras añadía hielo a mi vodka con tónica —en primero había aprendido a limitarme a licores claros siempre que pudiera—, sentí el impulso de enviarle un mensaje secreto impregnado de camaradería marxista. «En realidad soy de Ohio», le podría haber dicho. «Clasifico libros en la biblioteca. Encajo aquí tan poco como tú.» (P. D.: Prepárate. ¡La gloriosa revolución del proletariado empezará a las doce en punto!)

Sin embargo, cuando me tendió la copa, me asaltó una nueva emoción. Puede que fuera por su manera de hacerlo —automáticamente, como un robot acelerado, con la atención puesta en el siguiente invitado de la fila—, pero pensé que lo había conseguido. Había pasado la prueba. Me había colado en el otro mundo, el mundo escondido. El reino al que aspiraba desde primero. Me concedí un instante para saborear la sensación. Entrar en el Spee: lo que me parecía del todo imposible hacía un rato era ahora un hecho consumado, un regalo del destino. Entraría a formar parte de la élite porque Jonas Lear me allanaría el camino. ¿Cómo, si no, cabía explicar la asombrosa coincidencia de nuestro segundo encuentro? El destino lo había puesto en mi camino por una razón, y ahí estaba yo, disfrutando del privilegio que irradiaba cuanto me rodeaba. Era igual que aspirar una nueva forma de oxígeno, el mismo que llevaba toda la vida queriendo respirar y que me infundía una vitalidad extraña.

Tan absorto estaba en esos pensamientos que no me di cuenta de que tenía delante a Liz. Iba acompañada de otra persona, una chica.

—¡Tim! —gritó por encima de la música que bramaba a nuestra espalda—. ¡Ésta es Steph!

—¡Encantado de conocerte!

—¡Lo mismo digo! —Era bajita, de ojos castaños, rostro pecoso y una brillante melena oscura. Normal y corriente en comparación con Liz, pero guapa a su manera (*mona* sería la palabra adecuada) y, a juzgar por su modo de sonreírme, Liz ya había hecho el trabajo preliminar. Sostenía un vaso con los restos de un líquido claro. El mío también estaba vacío. ¿Era la primera copa o la segunda?

—¡Liz me ha dicho que estudias en la Universidad de Boston!

—¡Sí! —Como la música sonaba tan alta, estábamos muy juntos. Olía a rosas y a ginebra.

—¿Te gusta?

—¡No está mal! Tu estudias bioquímica, ¿verdad?

Asentí. Era la conversación más banal de toda la historia de la humanidad, pero había que cumplir el trámite.

—¿Y tú?

—¡Ciencias políticas! Eh, ¿quieres bailar?

Yo bailaba fatal, pero ¿quién no? Nos abrimos paso hasta la luminosa pista llena de confeti, e iniciamos nuestro incómodo intento de bailar juntos como si no acabáramos de conocernos treinta segundos antes. Estratégicamente, habían dejado la música para cuando todo el mundo llevara unas copas de más y la pista ya estaba llena. Busqué a Liz con la mirada, pero no la encontré. Supuse que era demasiado enrollada como para exponerse al ridículo delante de todo el mundo y rogué para que no me viera. Stephanie bailaba sin complejos, como era de esperar, pero yo no había contado con que se le diera tan bien. Mientras que mis movimientos no eran sino un desgarbado remedo de lo que sería un baile y no seguían el ritmo ni de la canción que sonaba ni de ninguna otra, los suyos destilaban una flexible expresividad que rozaba la exquisitez. Movía las caderas de un modo que en otras circunstancias se habría considerado indecente pero que en esa situación tan sólo hablaba de una moral más relajada. Y me prestaba atención todo el tiempo, exhibiendo una provocadora sonrisa, los ojos fijos en mí como rayos láser. ¿Qué había dicho Liz al referirse a ella? ¿Que «le iba la marcha»? Empezaba a entrever las ventajas.

Abandonamos la pista después de la tercera canción para ir a buscar otra copa, nos la trincamos como marineros de permiso y volvimos. Yo no había cenado y la priva me estaba pasando factura. La noche se emborronó. En algún momento me descubrí hablando con Jonas, que me estaba presentando a otros miembros de la sociedad, y luego jugando a billar con Alcott, que no era mal tío al fin y al cabo. Todo cuanto yo hacía y decía destilaba encanto. Pasó más tiempo y luego Stephanie, a la que le había perdido la pista un rato, me arrastró de la mano hacia la música, que latía sin cesar como el mismísimo corazón de la noche. Yo no tenía ni idea de qué hora era y me daba igual. Más baile rápido y después la música se ralentizó, y ella me echó los brazos al cuello. Apenas habíamos intercambiado palabra, pero ahora tenía a esa chica tan cálida entre mis brazos, y olía tan bien con su cuerpo pegado al mío, las yemas de sus dedos en el vello de mi nuca. Jamás en la vida había recibido un regalo tan inmerecido. Y en ningún caso podía ella pasar por alto lo que provocaba en mi anatomía, ni yo quería que lo hiciera. Cuando la canción terminó, arrimó los labios a mi oído para soplarme una dulce exhalación que me hizo estremecer.

—Tengo coca.

Y al poco me encontré sentado a su lado en un mullido sofá de cuero, en una sala que recordaba a una cabaña de caza. Había sacado un paquetito del bolso fabricado con papel y cerrado mediante un complicado sistema de pliegues. Usó mi carné de Harvard para dibujar dos gruesas rayas de coca en la mesita baja y enrolló un billete de un dólar para crear un tubito. La cocaína era un aspecto de la vida universitaria que yo no había experimentado aún, pero qué mal había en probar. Se inclinó hacia la mesa, aspiró el polvo por la nariz con un ronquido delicado y femenino y me pasó el billete para que hiciera lo propio.

No estuvo mal. Estuvo, de hecho, muy bien. Pocos segundos después de esnifar el polvo experimenté una efervescente descarga de bienestar que no me apartaba de la realidad sino que me revelaba una verdad más profunda. El mundo era un lugar fantástico lleno de personas maravillosas, una región encantada que merecía el máximo disfrute. Miré a Stephanie, que se había tornado preciosa ahora que tenía ojos para verla, y busqué las palabras justas para expresar la epifanía de esa noche sin par.

—Bailas muy bien —le dije.

Ella se inclinó hacia delante para acercarme los labios. No fue el beso de una colegiala; su beso decía que no habría reglas si yo no quería que las hubiera. Nuestros cuerpos no tardaron en mudar en un remolino de lenguas, manos y piel. La tela fue apartada, desabrochada, desanudada. Tenía la sensación de haberme hundido en un vórtice de pura sensualidad. No se parecía a estar con Carmen. Allí no había bordes, ninguna arista. Era igual que deshacerse. Stephanie se había sentado a horcajadas sobre mi regazo y, retirando las bragas a un lado, bajó, me envolvió, empezó a moverse con un ritmo alucinante, acuático, como una anémona que ondula con la marea, que se mece, se alza y se hunde, cada movimiento acompañado del crujido del tapizado de cuero. Unas horas apenas desde que estaba caminando de un lado a otro por mi habitación, resignado a una noche de humillante soledad, y ahí estaba, haciéndolo con una chica vestida de cóctel.

—Hala. Perdona, colega.

Era Jonas. Stephanie se despegó de mí como un cohete. Un instante de frenética actividad conforme subíamos pantalones, bajábamos vestidos y reajustábamos prendas diversas de ropa interior. Plantado en el umbral, mi compañero de cuarto me miraba con una expresión de guasa apenas disimulada.

—Por Dios —dije. Me estaba subiendo la bragueta, o intentándolo. El faldón de la camisa se había enganchado a la cremallera. Qué vergüenza—. Podrías haber llamado.

—Y tú podrías haber cerrado con llave.

—Jonas, ¿la has encontrado? —Liz apareció por detrás. Cuando entró en el cuarto, abrió los ojos como platos—. Oh —exclamó.

—Se estaban conociendo mejor —soltó Jonas entre risas.

Stephanie se alisaba el pelo. Tenía los labios hinchados, la cara congestionada, y seguro que yo tenía el mismo aspecto.

—Ya lo veo —apostilló Liz. Sus labios formaban ahora una línea muy fina. No me miraba—. Steph, tus amigos te están esperando fuera. Si quieres les digo que se marchen.

Eso era impensable ahora mismo. El globo de la pasión se había pinchado.

—No, debería ir con ellos. —Tomó sus zapatos del suelo y se volvió a mirarme. Yo seguía sentado en el sofá como un bobo—. Bueno, gracias —dijo—. Me ha encantado conocerte.

¿Debíamos besarnos? ¿Estrecharnos la mano? ¿Qué se suponía que debía decirle? «De nada» no me parecía lo más adecuado. Al final, la distancia entre los dos aumentó demasiado; ni siquiera nos tocamos.

—Lo mismo digo —respondí.

Steph siguió a Liz al exterior. Me sentía fatal; no sólo por el dolor de entrepierna sino también por la palpable decepción que se había llevado Liz conmigo. Acababa de demostrarle que era como cualquier otro chico: un oportunista de tomo y lomo. No me di cuenta, hasta ese momento, de la importancia que tenía su opinión para mí.

—¿Dónde está todo el mundo? —le pregunté a Jonas. Reinaba un profundo silencio en el edificio.

—Son las cuatro de la mañana. La gente ya se ha marchado. Menos Alcott. Está durmiendo la mona en la mesa de billar.

Miré mi reloj. Las cuatro. Tal vez porque la adrenalina de la coca había contrarrestado el alcohol, tenía la mente despejada. Vergonzosos retazos de noche retornaron a mi mente: había derramado una copa sobre la pareja de un miembro del club, había intentado bailar al estilo cosaco *Love Shack* de B-52, me había reído a carcajadas de un chiste que no era sino el trágico relato de alguien sobre su hermano discapacitado. ¿Cómo se me había ocurrido emborracharme tanto?

—¿Te encuentras bien? ¿Quieres que te esperemos?

Ni por todo el oro del mundo. Ya estaba pensando en qué banco del parque me acostaría a dormir. ¿Todavía duerme gente en los parques?

—Adelantaos. Ya os alcanzaré.

—No te preocupes por Liz, si estás pensando en eso. Ha sido idea suya.

—¿Sí?

Jonas se encogió de hombros.

—Bueno, no que te tiraras a su prima en el sofá. Pero quería que te sintieras… no sé. Integrado.

Eso me hizo sentir aún peor si cabe. Había pensado, como un bobo, que Liz le estaba haciendo un favor a su prima, cuando en realidad era al revés.

—Mira, Tim. Lo siento.

—Olvídalo —le dije, e hice un gesto de despedida—. Estoy bien, en serio. Ve a casa.

Esperé diez minutos, hice de tripas corazón y abandoné el edificio. Jonas no me había dicho adónde se dirigían; seguramente a la habitación de Liz, pero no podía arriesgarme. Me acerqué al río y eché a andar. No tenía pensado adónde ir. Supuse que el paseo era una especie de penitencia, aunque no sabía qué debía expiar exactamente. Había hecho, al fin y al cabo, lo que se esperaba de mí en esas circunstancias.

El alba me sorprendió a ocho kilómetros de allí, una patética figura enfundada en un esmoquin y plantada sobre el puente Longfellow, que daba a la cuenca del río Charles. Los primeros remeros ya habían salido y cortaban las aguas con sus remos largos y elegantes. Se supone que en instantes como ése se producen las grandes revelaciones, pero no fue así. Había aspirado demasiado alto y me había puesto en ridículo; no había nada más que decir al respecto. Tenía una resaca horrible y ampollas en los dos pies por culpa de esos zapatos que me quedaban pequeños. De repente me di cuenta de que llevaba mucho tiempo sin hablar con mi padre y me supo mal, aunque sabía que no lo llamaría.

Para cuando regresé a Winthrop eran casi las nueve en punto. Abrí la puerta con mi llave y encontré a Jonas recién afeitado y sentado en la cama, enfundándose unos vaqueros.

—Por Dios, qué mala pinta traes. ¿Te han atracado o algo?

—He ido a dar un paseo. —Jonas irradiaba unas animadas prisas por los cuatro costados—. ¿Qué pasa?

—Nos vamos, eso es lo que pasa. —Se puso de pie y se remetió la camiseta por dentro de los vaqueros—. Será mejor que te cambies.

—Estoy hecho polvo. No voy a ninguna parte.

—Yo en tu lugar lo pensaría. Alcott acaba de llamar. Nos vamos a Newport.

Yo no tenía ni idea de qué pretendía decirme con esa absurda información. Newport estaba a dos horas de allí, como poco. Yo sólo quería meterme en la cama y dormir.

—¿De qué estás hablando?

Jonas se ajustó el reloj a la muñeca y se acercó al espejo para cepillarse el pelo, que seguía húmedo de la ducha.

—La fiesta continúa. Solamente miembros y punchis esta vez. Los que han sido admitidos, ya sabes. Lo cual te incluye a ti, amigo mío.

—Me tomas el pelo.

—¿Por qué te iba a tomar el pelo con algo así?

—Yo qué sé. ¿Porque quedé como un imbécil, quizá?

Se echó a reír.

—No seas tan duro contigo mismo. Te emborrachaste un poco, ¿y qué? A todo el mundo le caíste fenomenal, sobre todo a Alcott. Por lo visto, tu incursión en la biblioteca causó sensación.

Me dio un vuelco el corazón.

—¿Lo sabe?

—¿Lo dices en serio? Todo el mundo lo sabe. Vamos a casa de Alcott, por cierto. Vas a alucinar. Parece sacada de una revista. —Despegó la vista del espejo—. Tierra a Fanning. ¿Estoy hablando solo?

—Eh, supongo que no.

—Pues vístete de una vez, jolines.

17

El otoño mudó en una maratón de fiestas, a cuál más fastuosa. Cenas en restaurantes que yo jamás me habría podido permitir, locales nocturnos, el yate de veinte metros de un alumno que no salió de su camarote en toda la noche. Poco a poco, los candidatos fueron cayendo hasta que sólo quedamos una docena. Poco después de las vacaciones de Acción de Gracias apareció un sobre por debajo de mi puerta. Me esperaban en el club a medianoche. Alcott me recibió en la entrada, me ordenó que guardara silencio y me ofreció una copa de peltre llena de un ron muy fuerte, que bebí de un trago tal como me indicó. El edificio parecía desierto; todas las luces estaban apagadas. Me llevó a la biblioteca, me vendó los ojos y me dijo que aguardase. Transcurrieron unos minutos. Me notaba un tanto borracho y me costaba mantener el equilibrio.

A continuación llegó a mis oídos un sonido alarmante: el gruñido ronco de un animal, algo así como un perro a punto de atacar. Me di la vuelta a trompicones y me quité la venda en el instante en que el oso se plantaba delante de mí. El animal arremetió contra mí, me tiró al suelo y, tirándose sobre mi cuerpo, me aplastó. En la oscuridad de la sala yo sólo atinaba a distinguir el cabezón negro y los relucientes colmillos que buscaban mi cuello. Grité, convencido de que estaba a punto de morir —una broma que pretendía ser inofensiva había salido mal— hasta que me di cuenta de que el oso, en lugar de abrirme la garganta, fingía chingar conmigo.

Las luces se encendieron. Era Alcott, vestido con un disfraz de oso. Todos los miembros estaban allí, incluido Jonas. Una risotada general y apareció el champán. Me habían aceptado.

La cuota era de ciento diez dólares al mes, más de lo que tenía para gastos, menos de lo que sería capaz de ahorrar. Me ofrecí para hacer horas extras en la biblioteca y descubrí que podía ganar la diferencia con facilidad. Había pasado la fiesta de Acción de Gracias en casa de Jonas, en la ciudad de Beverly, pero la Navidad me planteaba un problema. No le había contado nada acerca de mi situación y tampoco quería ser objeto de su compasión. Además, después de haber pasado el semestre de fiesta en fiesta, iba retrasado con los estudios. No sabía qué demonios hacer hasta que se me ocurrió la idea de llamar a la señora Chodorow, la anciana en cuya casa me había hospedado durante el verano. A ella le pareció bien alojarme e incluso se ofreció a dejarme la habitación gratis; sería agradable, dijo, tener a una persona joven a su lado durante la Navidad. El día de Nochebuena me invitó a bajar y pasamos la tarde juntos preparando galletas para su iglesia y viendo arder el tronco de Navidad por la tele. Hasta me hizo un regalo, unos guantes de piel. Yo pensaba que me había tornado inmune al espíritu de la Navidad, pero el gesto me conmovió hasta tal punto que se me saltaron las lágrimas.

Tardé hasta febrero en decidirme a llamar a Stephanie. Me sentía mal por lo sucedido y no pretendía tardar en disculparme, pero cuanto más tiempo transcurría, más me costaba dar el paso. Supuse que me colgaría el teléfono, pero no lo hizo. Parecía realmente contenta de tener noticias mías. Le pregunté si le apetecía quedar para tomar un café y los dos descubrimos que nos gustábamos aun estando sobrios. Nos besamos debajo de una marquesina, entre los primeros copos de nieve, y fue un tipo de beso distinto, tímido, casi cortés; y luego la metí en un taxi de camino a Boston, y cuando llegué a mi habitación el teléfono ya estaba sonando.

Y de ese modo quedaron establecidos los términos de los siguientes dos años de mi vida. Por alguna razón el universo me había perdonado las transgresiones, mis vanas ambiciones, mi indiferente e interesado abuso. Debería haber sido feliz y en buena parte lo era. Los cuatro —Liz y Jonas, Stephanie y yo— pasamos a ser un cuarteto: fiestas, películas, fines de semana esquiando en Vermont y excursiones empapadas de lujuria y alcohol en Cape Cod, donde la familia de Liz tenía una casa convenientemente desocupada fuera de temporada. No veía a Stephanie entre semana, ni Jonas veía demasiado a Liz, cuya vida no parecía coincidir con la suya, por lo demás, y los ritmos funcionaban en apariencia. De lunes a viernes, trabajaba como un condenado; en cuanto llegaba el fin de semana, empezaba la diversión.

Saqué unas notas magníficas y mis profesores se fijaron en mí. Me animaron a que fuera pensando dónde cursar el doctorado. Harvard encabezaba la lista, pero había otras opciones. Mi tutor me presionaba para que escogiera Columbia, el jefe del departamento señalaba Rice, donde él mismo se había doctorado y todavía conservaba interesantes contactos profesionales. Me sentía como un caballo de carreras sacado a subasta pero apenas me importaba; estaba en el cajón de salida, la carrera pronto comenzaría y yo saldría disparado por la pista.

Y entonces Lucessi se suicidó.

Sucedió en verano. Yo me había quedado en Cambridge, en casa de la señora Chodorow, y estaba trabajando otra vez en el laboratorio. No había vuelto a hablar con Lucessi desde el último día del primer curso. A decir verdad, apenas había pensado en él salvo para preguntarme qué habría sido de mi antiguo amigo, sin demasiado interés y sin hacer nada al respecto. Su hermana, Arianna, me telefoneó. No se me ocurrió preguntarle cómo me había localizado. Era evidente que se encontraba conmocionada. Hablaba en un tono monocorde, carente de emoción, y se ciñó a los hechos. Al principio, me dijo, Lucessi dio muestras de haberse tomado su expulsión con filosofía. La noticia lo había conmocionado pero no lo había hundido. Tenía planes poco definidos de matricularse en el centro de estudios superiores de la zona, quizá volver a pedir plaza en Harvard pasados un par de años. Sin embargo, conforme avanzaba el invierno y luego la primavera, sus manías empeoraron. Se volvió más hosco e introvertido, hasta el punto de pasar varios días seguidos sin hablar. El murmullo de baja intensidad se tornó más o menos constante, como si mantuviera conversaciones enteras con personas imaginarias. Una serie de obsesiones inquietantes se apoderaron de él. Pasaba horas leyendo el periódico, subrayando frases al azar de artículos que no guardaban relación entre sí, y afirmaba que la CIA lo estaba vigilando.

Poco a poco se empezó a evidenciar que se hallaba al borde de un brote psicótico, si no de una esquizofrenia declarada. Sus padres tramitaron su ingreso en un hospital psiquiátrico, pero la víspera del día señalado para su entrada desapareció. Por lo visto, había tomado el tren a Manhattan. Se llevó con él una gruesa soga dentro de una bolsa de lona. En Central Park, buscó un árbol que creciera junto a una buena roca, pasó la cuerda por una rama, hizo el nudo y saltó. La distancia no bastó para romperle el cuello; podría haber recuperado el apoyo que le ofrecía la roca en cualquier momento. Pero su determinación era tal que no lo hizo y murió por estrangulación lenta, un truculento detalle que ojalá Arianna hubiera omitido. Encontraron una nota en su bolsillo: *Llamad a Fanning.*

El funeral se llevaría a cabo el sábado siguiente. Dadas las circunstancias, la familia deseaba proceder con discreción. Celebrarían una breve ceremonia en compañía de la familia y los amigos más íntimos. El hecho de que me hubieran contado entre éstos se explicaba por la existencia de la nota, si bien, tal como le dije a Arianna, no acababa de entenderlo. Lucessi y yo éramos amigos, pero no grandes amigos. Nuestro vínculo no me parecía tan fuerte como para que me incluyera en sus últimas voluntades. Me pregunté si acaso su nota pretendía ser algún tipo de castigo, aunque no me cabía en la cabeza qué pecado había cometido yo para merecerlo. También era posible que me hubiera enviado un mensaje de naturaleza totalmente distinta: que su muerte fuera, de un modo que únicamente él entendía, su manera de expresarme algo, a saber qué.

Jonas estaba pasando el verano en un yacimiento arqueológico de Tanzania y a Stephanie le habían concedido la beca que tanto anhelaba en Washington, en la sede del gobierno, pero en el momento de la muerte de Lucessi estaba de viaje por Francia con sus padres y no podía contactar con ella. Tampoco pensé que el suicidio de Lucessi me hubiera afectado enormemente, aunque sí lo había hecho, por supuesto. En realidad, la impresión de la noticia había adormecido mis emociones, igual que le había sucedido a Arianna. Pese a todo, tuve el sentido común de llamar a la única persona de mi confianza que sí estaba accesible. La familia de Liz se encontraba en el Cabo, pero ella trabajaba a la sazón en una librería de Connecticut. Siento mucho lo de tu amigo, me dijo. No deberías estar solo. Reúnete conmigo en el quiosco principal de Grand Central, debajo del reloj de cuatro esferas.

El tren entró en la estación Penn a primera hora del viernes. Tomé la línea 1 hasta la calle Cuarenta y dos, hice transbordo a la 7 y llegué a Grand Central en plena hora punta. Salvo para cambiar de autocar en la terminal de Port Authority en mitad de la noche, jamás había pisado Nueva York y, al ascender la rampa hacia la sala de espera principal de la estación, me quedé, como tantos otros viajeros a lo largo de los siglos, alucinado ante la majestuosidad de sus dimensiones. Tenía la sensación de estar accediendo a la más imponente de las catedrales, no a una estación de paso sino a un destino en sí mismo, digno de una peregrinación. Las increíbles dimensiones del lugar parecían intensificar hasta los sonidos más ínfimos. Los techos sucios de hollín, con sus constelaciones pintadas, se alzaban a una altura tan majestuosa que parecían reescribir las magnitudes del mundo. Liz me esperaba en el quiosco, ataviada con un vestidito de verano y cargada con una muda en una bolsa. Me abrazó más rato y con más fuerza de lo que yo esperaba y fue entonces, al amparo de sus brazos, cuando noté de sopetón el peso de la muerte de Lucessi como una piedra fría alojada en mi pecho.

—Pasaremos la noche en el apartamento que tienen mis padres en Chelsea —anunció—. No acepto un no por respuesta.

Tomamos un taxi al centro, por calles rebosantes de tráfico y grandes muros de peatones que salían de todos los cruces. Era la Nueva York de principios de 1990, una época en que la ciudad parecía al borde de un caos ingobernable, y si bien yo llegaría a vivir, años después, en un Manhattan muy distinto —seguro, limpio y opulento— la ciudad me causó en aquel entonces una impresión tan indeleble, tan impregnada de luz y de calor, que cuando pienso en ella aún me viene esa imagen a la mente. El apartamento se encontraba en el segundo piso del típico edificio rojizo de Manhattan, tocando con la Octava Avenida, dos habitaciones exiguas pero bien aprovechadas con vistas al otro lado de la calle Veintiocho, a un pequeño teatro famoso por sus incomprensibles producciones de vanguardia y a una camisería llamada El Mundo de las Camisas y los Calcetines. Liz me había explicado que sus padres únicamente se alojaban en el piso cuando acudían a la ciudad de compras o a ver un espectáculo. Es probable que nadie lo hubiera pisado en meses.

El funeral se celebraría a las diez del día siguiente. Llamé a Arianna para comunicarle dónde me alojaba y dijo que mandaría un coche a buscarnos a primera hora de la mañana para llevarnos a Riverdale. No había comida en el apartamento, así que Liz y yo nos acercamos a un café con terraza de esa misma calle. Me contó lo que sabía de Jonas, que no era gran cosa. Únicamente le había escrito tres cartas, ninguna demasiado larga. Yo no acababa de entender qué hacía mi amigo en Tanzania —era biólogo, o quería serlo, no arqueólogo—, pero sabía que su trabajo guardaba relación con la extracción de patógenos fosilizados de los huesos de los primeros homínidos.

—Básicamente —resumió ella—, se pasa el día acuclillado en la tierra limpiando piedras con un pincel.

—Parece divertido.

—Ja, para él lo es.

Yo sabía que era verdad. Compartiendo habitación con mi amigo había descubierto que, pese a su apariencia alocada, Jonas se tomaba sus estudios con una seriedad que bordeaba la obsesión en ocasiones. El núcleo de su pasión radicaba en la idea de que el ser humano se halla en posesión de un organismo singular, evolutivamente distinto a cualquier otro. Nuestra capacidad de razonamiento, de habla, de pensamiento abstracto… nada de todo eso tiene parangón en el reino animal, sostenía. Y, sin embargo, a pesar de esos dones, seguimos encadenados a los mismos condicionantes físicos que limitan al resto de las criaturas terrestres. Nacemos, envejecemos, morimos, todo ello en un lapso de tiempo relativamente corto. Desde una perspectiva evolutiva, decía, no tiene ninguna lógica. La naturaleza tiende al equilibrio y, no obstante, nuestros cerebros poseen unas capacidades que no se corresponden en absoluto con la breve esperanza de vida de los cuerpos que los albergan.

Piénsalo, decía. ¿Cómo sería el mundo si los seres humanos vivieran doscientos años? ¿Quinientos? ¿Qué me dices de mil? ¿Qué maravillosas proezas podría acometer un hombre que contase con un siglo de sabiduría acumulada? El gran error de la biología moderna, pensaba, radica en dar por supuesto que la muerte es un hecho natural, cuando no es así, y considerarla en términos de errores físicos aislados. Cáncer. Fallos cardíacos. Alzheimer. Diabetes. Esforzarse en curar las dolencias una a una es tan absurdo, argüía, como aplastar un panal de abejas. Puede que mates a unas cuantas, pero el panal acabará contigo a la postre. La clave, decía, consiste en desafiar la idea misma de la muerte, darle la vuelta. ¿Y si no tuviéramos que morir? ¿Y si en alguna parte del código molecular de nuestra especie se ocultara la ruta hacia el siguiente salto evolutivo, uno en el que nuestros atributos físicos estuvieran a la altura de nuestra capacidad de raciocinio? ¿Y acaso no sería lógico que la naturaleza, genial donde las haya, tuviera previsto que lo descubriéramos por nosotros mismos, recurriendo a los singulares dones que nos ha otorgado?

Estaba, en suma, defendiendo la inmortalidad como apoteosis de la especie humana. A mí todo eso me sonaba a desvarío de científico loco. Lo único que le faltaba a su argumento era un cuerpo fabricado a base de cadáveres diseccionados y un pararrayos, y se lo había dicho. Para mí, la ciencia no consistía en abordar la imagen global, sino en explorar visiones particulares, esas mismas minuciosas investigaciones, modestas pero ambiciosas, que Jonas consideraba una pérdida de tiempo. Y aun así su pasión no carecía de atractivo; incluso resultaba sugestiva, a su manera chiflada. ¿Quién no querría vivir para siempre?

—Lo que no acabo de entender es por qué piensa así —comenté—. Parece tan sensato en todo lo demás…

Lo dije en un tono desenfadado, pero noté que había dado en el clavo. Liz llamó al camarero y pidió otra copa de vino.

—Bueno, esa pregunta tiene respuesta —dijo—. Pensaba que lo sabías.

—¿Sabía qué?

—Lo mío.

Fue así como me enteré de la historia. Cuando Liz tenía once años, le diagnosticaron la enfermedad de Hodgkin. El cáncer se había originado en los nódulos linfáticos que rodean la tráquea. Cirugía, radioterapia, quimioterapia; había pasado por todo. En dos ocasiones el cáncer había remitido únicamente para volver a aparecer. Su remisión actual duraba ya cuatro años.

—Puede que esté curada, o eso me dicen. Nunca se sabe, ¿no?

No supe qué responder. La noticia me encogió el corazón, pero cualquier comentario habría sonado a tópico sin contenido. Pese a todo, en cierto sentido que no atinaba a explicar, la información no me pillaba por sorpresa. Lo había presentido desde el día que nos conocimos: una sombra se cernía sobre ella.

—Soy el proyecto personal de Jonas, ¿sabes? —prosiguió—. Yo soy el problema que intenta resolver. Es muy noble por su parte, bien pensado.

—Yo no lo veo así —repliqué—. Te idolatra. Salta a la vista.

Ella tomó un sorbo de vino y devolvió la copa a la mesa.

—Te voy a hacer una pregunta, Tim. A ver si se te ocurre una sola cosa acerca de Jonas Lear que no sea perfecta. No vale decir que llega tarde o que se hurga la nariz en los semáforos. Algo importante.

Me devané los sesos. Tenía razón. No pude.

—A eso me refiero. Es guapo, listo, encantador; está destinado a hacer grandes cosas. Ése es nuestro Jonas. Todo el mundo lo adora desde que nació. Y eso hace que se sienta una pizca culpable. Yo hago que se sienta culpable. ¿Te he contado que se quiere casar conmigo? Siempre me lo está pidiendo. *Di que sí, Liz, y compraré el anillo.* Pero es absurdo. Conmigo, que tal vez no llegue a los veinticinco o a lo que sea que digan las estadísticas. E incluso si el cáncer se olvida de mí, no puedo tener hijos. La radiación se ocupó de eso.

Se estaba haciendo tarde. Notaba cómo la ciudad cambiaba a mi alrededor, cómo el ambiente se transformaba. Calle abajo, la gente salía del teatro, paraba taxis, se disponía a tomar unas copas o a comer algo. Yo estaba cansado y abrumado por las emociones de los últimos días. Le pedí por señas la cuenta al camarero.

—Te voy a decir algo más —prosiguió Liz mientras pagábamos la cuenta—. Te admira.

Ésa era, en cierto sentido, la noticia más extraña de todas.

—¿Y por qué iba a admirarme a mí?

—Ah, por muchas razones. Pero creo que todo se reduce al hecho de que tú eres algo que él nunca podrá ser. ¿Auténtico, quizá? No me refiero a que seas modesto, aunque lo eres. Demasiado, si me permites que te lo diga. Te subestimas. Pero hay algo… no sé, puro en ti. Como una especie de fuerza interior. Lo noté en el instante en que te conocí. No quiero que te sientas incómodo, pero lo bueno que tiene el cáncer, y me refiero a lo único bueno, es que te enseña a ser sincero.

Me azoré.

—Sólo soy un chico de Ohio que sacó buenas notas en la selectividad. No soy nadie interesante, en absoluto.

Ella guardó silencio, con la mirada clavada en su copa. Por fin, dijo:

—Nunca te he preguntado por tu familia, Tim, y no pretendo fisgar. Lo único que sé es lo que Jonas me ha dicho. Jamás los mencionas, nunca te llaman, pasas las vacaciones en Cambridge con la mujer de los gatos.

Me encogí de hombros.

—No está tan mal.

—Estoy segura de que no. Estoy segura de que es una santa. Y me gustan los gatos como a la que más, en su justa medida.

—No hay gran cosa que contar.

—Lo dudo mucho.

Se hizo un silencio. Descubrí que me costaba un gran esfuerzo tragar saliva; tenía un nudo en la garganta. Cuando hablé, tuve la sensación de que mis palabras procedían de algún lugar distante.

—Murió.

Detrás de las gafas, los ojos de Liz estaban clavados en mí.

—¿Quién murió, Tim?

Tragué saliva.

—Mi madre. Mi madre murió.

—¿Y cuándo sucedió?

Ahora saldría todo a relucir; no había manera humana de evitarlo.

—El verano pasado. Justo antes de conocerte. Ni siquiera sabía que estaba enferma. Mi padre me escribió una carta.

—¿Y dónde estabas tú?

—Con la mujer de los gatos.

Algo flotaba en el ambiente. Algo estaba surgiendo a borbotones. Supe que si no me ponía en movimiento —si no me levantaba, caminaba, notaba el latido de mi corazón y la circulación del aire en mis pulmones— me derrumbaría.

—Tim, ¿por qué no nos lo contaste?

Negué con la cabeza. Me sentí súbitamente avergonzado.

—No lo sé.

Liz alargó la mano por encima de la mesa para tomar la mía. A pesar de mis esfuerzos, me había echado a llorar. Por mi madre, por mí mismo, por mi amigo muerto, Lucessi, al que sin duda había fallado. Podría haber hecho algo, haber dicho algo, claro que sí. No lo pensaba por la nota de su bolsillo, sino por el hecho de que yo estaba vivo mientras que él estaba muerto, y yo, más que nadie, debería haber entendido el dolor que acarrea vivir en un mundo que no te acoge. No deseaba apartar la mano; tenía la sensación de que era lo único que me ataba a la Tierra. Estaba en un sueño en el que volaba y sabía que no conseguiría aterrizar de no ser por esa mujer que estaba allí para salvarme.

—Llora —decía Liz—. No pasa nada, llora…

El tiempo se desplazó; ahora estábamos caminando. No sé hacia dónde. Liz no me había soltado la mano. Noté la presencia del agua y entonces apareció el Hudson. Decrépitos embarcaderos proyectaban largos dedos en el agua. Al otro lado de la extensa calzada del puente, las luces del barrio de Hoboken creaban un diorama de la ciudad y la vida que albergaba. Un regusto a salitre impregnaba el aire. Había una especie de parque a lo largo de la orilla, de aspecto sucio y abandonado; no parecía seguro, así que nos encaminamos al norte por la Duodécima Avenida, sin decir nada, antes de doblar al este otra vez. Yo no me había parado a pensar en lo que sucedería a continuación, pero ahora empezaba a considerarlo. A lo largo de esta última hora, Liz me había confesado cosas que nunca le había contado a nadie, estaba seguro, y yo había hecho lo propio. Teníamos que pensar en Jonas, pero también éramos un hombre y una mujer que acababan de compartir sus verdades más íntimas, cosas que, una vez dichas, se quedan ahí para siempre.

Llegamos al apartamento. No habíamos intercambiado ninguna palabra significativa durante mucho rato. La tensión era palpable; ella también tenía que notarla. Yo no sabía con seguridad lo que quería, únicamente que no deseaba separarme de ella, ni un minuto. Estaba plantado en mitad de la minúscula habitación, como un bobo, buscando en mi mente palabras capaces de expresar lo que sentía. Había que decir algo. Y, sin embargo, no podía hablar.

Liz rompió el silencio.

—Bueno, me voy a dormir. El sofá se transforma en cama. Hay sábanas y mantas en el armario. Si necesitas algo más, dímelo.

—Vale.

No conseguía forzarme a mí mismo a avanzar hacia ella, aunque quería hacerlo, con toda mi alma. Por un lado estaba Liz y todo lo que habíamos compartido, y el hecho de que la amaba con todo mi ser y seguramente la había amado desde el día que nos conocimos; por otro estaba Jonas, el hombre que me había regalado una vida.

—Tu amigo Lucessi. ¿Cómo se llamaba?

Tuve que pensarlo.

—Frank. Pero nunca lo llamábamos por su nombre.

—¿Por qué crees que lo hizo?

—Estaba enamorado. Ella no le correspondía.

En ese momento comprendí con absoluta claridad lo que había pensado Lucessi al escribir mi nombre. *Llamad a Fanning*, había escrito mi amigo. *Llamad a Fanning para decirle que no hay nada salvo el amor, y que el amor es dolor, y que el amor es pérdida.*

—¿A qué hora llegará el coche? —me preguntó.

—A las ocho.

—Te acompaño, ¿vale?

—Te lo agradezco.

El tiempo se paralizó un instante.

—Bueno —dijo Liz—. Pues ya está. —Se encaminó a la puerta del dormitorio, donde se detuvo y se volvió hacia mí nuevamente—. Stephanie tiene suerte, ¿sabes? Te lo digo por si no te habías dado cuenta.

Y cerró la puerta. Me desnudé sin quitarme los calzoncillos y me tendí en el sofá. En otras circunstancias me habría sentido un bobo por atreverme a pensar que podía acostarme con una mujer como ésa. Pero fue alivio lo que experimenté en realidad. Liz había optado por el camino honroso, tomando la decisión por los dos. Me di cuenta de que ni una sola vez, ni en el restaurante ni durante el paseo, había pensado en Stephanie en relación con la infidelidad que pudiera estar pergeñando. El día transcurrido se me antojaba un año; a través de las ventanas oía el oleaje de la ciudad, un murmullo marino. Tuve la sensación de que el ruido se deslizaba hasta mi pecho, donde se ajustaba al ritmo de mi respiración. Me dolían los huesos de puro cansancio y pronto me hundí en el sueño.

Desperté al cabo de un rato. Tenía la inconfundible impresión de que me estaban mirando. Una especie de electricidad perduraba en mi frente, como si me hubieran besado. Me incorporé sobre los codos, convencido de que vería a alguien inclinado sobre mí. Pero la habitación estaba vacía y pensé que debía de haberlo soñado.

Acerca del funeral hay poco que decir. Describirlo al detalle equivaldría a violar su íntimo desconsuelo, su circuito cerrado de dolor. Durante la misa, mantuve los ojos fijos en Arianna, al tiempo que me preguntaba qué estaría sintiendo. ¿Lo sabía? Quería decírselo y al mismo tiempo no quería; sólo era una cría. No le iba a hacer ningún bien.

Rechacé la invitación de la familia a quedarme a comer. Liz y yo regresamos al apartamento a recoger mi equipaje. En el andén de la estación Penn, me abrazó pero luego lo pensó mejor y me plantó un besito en la mejilla.

—Así pues, ¿todo bien?

Yo no sabía si se refería a mí o a nosotros dos.

—Claro —respondí—. Mejor que nunca.

—Llámame si te pones demasiado triste.

Subí al tren. Liz me miraba a través de las ventanillas mientras yo recorría el pasillo en busca de un asiento vacío. Recordé cuando subí al autobús con destino a Cleveland, aquel remoto día de septiembre: las gotas de lluvia en la ventanilla, la bolsa arrugada de mi madre en el regazo, a mí mismo buscando a mi padre para ver si se había quedado a verme partir y descubriendo que se había marchado. Me senté junto a una ventana. Liz no se había movido del sitio. Me vio, sonrió, me saludó con la mano; yo hice lo propio. Un temblor mecánico; el tren arrancó. Ella seguía allí parada, siguiendo mi vagón con la mirada, cuando el tren entró en el túnel y desapareció.

18

Mayo de 1992: el curso había llegado a su fin. Me iba a graduar summa cum laude y ya me habían ofrecido generosas becas de posgrado. MIT, Columbia, Princeton, Rice e incluso Harvard, que había decidido no despedirse de mí si acaso me apetecía quedarme. Era la opción más obvia y la que me sentía tentado a escoger, aunque todavía no me había comprometido a nada, por cuanto prefería saborear las diversas posibilidades mientras pudiera. Jonas pasaría el verano en Tanzania y luego empezaría el doctorado en la Universidad de Chicago. Liz iría a Berkeley a cursar un máster en Literatura del Renacimiento. Stephanie tenía pensado volver a Washington, donde trabajaría para una empresa de consultoría política. La ceremonia de graduación propiamente dicha no se celebraría hasta la primera semana de junio. Acabábamos de penetrar en el no tiempo, en una cesura entre lo que fueran nuestras vidas y aquello que devendrían.

Mientras tanto, hubo fiestas; a montones. Barriles de cerveza, bailes formales, una celebración de jardín en la que todo el mundo bebía julepes de menta y las chicas llevaban sombrero. Enfundado en mi viejo esmoquin de batalla con su pajarita rosa —se había convertido en mi seña de identidad—, bailé el Lindy, el Electric Slide, el Hokey Pokey y el Bump. Dependiendo de la hora, o bien estaba borracho o tenía resaca. Una hora de gloria a un precio muy caro. Por primera vez en mi vida, experimentaba el dolor de echar de menos a personas de las que aún no me había despedido.

La semana previa a la graduación, Jonas, Liz, Stephanie y yo viajamos al Cabo, a casa de Liz. Nadie lo mencionó, pero había pocas probabilidades de que los cuatro volviéramos a reunirnos en una buena temporada. Los padres de Liz estaban allí, preparando la casa para el verano. Yo ya había tenido ocasión de conocerlos, en Connecticut. Su madre, Patty, se las daba de gran dama, con esa elegancia enérgica, una pizca impostada, que se gastaba y ese acento tan estirado, pero su padre era una de las personas más cordiales y relajadas que he conocido jamás. Alto, serio y con gafas (Liz había heredado sus problemas de vista), Oscar Macomb era un antiguo banquero que se había jubilado joven y ahora se dedicaba, en sus propias palabras, a «juguetear con el dinero». Idolatraba a su hija; eso lo veía cualquiera que tuviera ojos en la cara. Menos evidente, aunque también innegable, era el hecho de que la prefería a su esposa, a la que trataba con el benevolente afecto que uno le dedicaría a un caniche víctima de la endogamia. Con Liz, el hombre era todo sonrisas —a menudo charlaban en francés— y su cariño se extendía a todo aquel que formara parte de su círculo, incluido yo, al que había apodado «Ohio Tim».

La casa, situada en un pueblo llamado Osterville, se erguía sobre un peñasco con vistas a una manga marina, Nantucket Sound. Era enorme, una habitación tras otra con un amplio jardín trasero y destartaladas escaleras que llevaban a la playa. Tan sólo el terreno ya debía de valer millones de dólares, aunque en aquellos tiempos yo carecía de ojo para esas cosas. A pesar de su tamaño, poseía un aire sencillo y hogareño. Buena parte de los muebles parecían comprados por cuatro perras en un mercado callejero. Por la tarde, cuando soplaba el viento, las ráfagas embestían la casa como la línea ofensiva de los New York Giants. El mar estaba aún demasiado frío para bañarse y, como el verano acababa de empezar, el pueblo seguía desierto. Nos pasábamos el día tumbados en la playa, fingiendo que no nos congelábamos, u holgazaneando en el porche, jugando a cartas y leyendo, hasta que llegaba la noche y aparecían las copas. Puede que mi padre tomara alguna cerveza que otra antes de cenar, mientras miraba las noticias en la tele, pero no pasaba de ahí; mi madre nunca bebió. En el hogar de los Macomb, la hora del cóctel se consideraba un ritual sagrado. A las seis en punto todo el mundo se reunía en la sala o, si hacía buen día, en el porche, donde el padre de Liz nos ofrecía el brebaje de turno en una bandeja de plata —whisky a la antigua, Tom Collins, vodka Martini en vasos helados con su oliva en el palillo— acompañada de frutos secos calentados al horno y servidos en delicados cuencos de porcelana. Todo ello seguido de grandes cantidades de vino con la cena y, en ocasiones, whisky u oporto después de los postres. Antes de llegar, yo albergaba la esperanza de que esos días en el Cabo ofrecieran un respiro a mi castigado hígado; no fue el caso.

Jonas y yo compartíamos un dormitorio y las chicas, otro, ubicados en extremos opuestos de la casa con los padres de Liz de por medio. Cuando nos escapábamos a la casa durante el año académico, la teníamos para nosotros solos y cada cual dormía con quien quería. Pero no esta vez. Yo esperaba que la situación desembocase en frecuentes idas y venidas de madrugada, pero Liz lo prohibió.

—Por favor, nada de poner nerviosos a los adultos —dijo—. Ya estarán bastante nerviosos muy pronto.

A mí no me importó. A esas alturas ya me estaba cansando de Stephanie. Era una chica maravillosa, pero yo no estaba enamorado de ella. No le podía reprochar a ella mi falta de devoción; merecía mi amor se mire como se mire. Pero mi corazón pertenecía a otra y eso me hacía sentir un hipócrita. Desde el funeral de Nueva York, Liz y yo no habíamos vuelto a hablar de mi madre, ni de su cáncer, ni de la noche en que, tras recorrer juntos las calles de la ciudad, optamos por apartarnos del abismo y mantener nuestras lealtades intactas. Sin embargo, estaba claro que esas horas compartidas habían dejado secuelas en ambos. Nuestra amistad, hasta aquel momento, fluía a través de Jonas. Esa noche se abrió un nuevo circuito —que no pasaba por nuestro mutuo amigo sino que lo rodeaba— y a lo largo de ese camino latía una corriente privada de intimidad. Sabíamos lo que había pasado, habíamos estado allí. Yo lo había notado y estaba seguro de que ella también, y el hecho de que no hubiera desembocado en nada sólo había servido para fortalecer el vínculo, más incluso que si nos hubiéramos acostado juntos. Nos sentábamos en el porche, cada cual absorto en uno de los húmedos periódicos que algún invitado había dejado allí; alzábamos la vista en el mismo momento exacto, nuestros ojos se encontraban y una sonrisa sardónica asomaba a las comisuras de sus labios, que yo le devolvía a mi vez. *Vaya, vaya*, decían nuestras miradas, *qué parejita más leal, ¿verdad? Si supieran lo buenos que somos... Deberían darnos un premio.*

Yo no pensaba hacer nada al respecto, claro que no. Le debía a Jonas eso y más. Y tampoco creía que Liz acogiera de buen grado el intento. El vínculo que los unía, de largos años de antigüedad, abarcaba aspectos en los que yo no podía competir. La casa, con su interminable laberinto de habitaciones, sus vistas al océano y su mobiliario refinadamente envejecido me recordaba hasta qué punto eso era cierto. Yo era un visitante en aquel mundo, bienvenido e incluso, en opinión de Liz, admirado, pero un turista en cualquier caso. La noche que compartimos, aunque imborrable, no fue nada más que eso: una noche. No obstante, me estremecía el mero hecho de estar a su lado. Su manera de acercarse la copa a los labios. Su manía de llevarse las gafas a la frente para leer la letra pequeña. Su aroma, que no trataré de describir, porque no se parecía a nada. ¿Dolor o placer? Ambas cosas. Quería empaparme de su existencia. ¿Se estaba muriendo? Yo intentaba no pensar en eso. Era feliz de tenerla cerca y aceptaba la situación tal como era.

Dos días antes de nuestra partida, el padre de Liz anunció que esa noche cenaríamos langosta. (Se encargó él de cocinarlas; jamás vi a Patty freír un huevo siquiera.) Lo hizo en mi honor; había descubierto, horrorizado, que yo no la había probado. Regresó del mercado de pescado a última hora de la tarde cargado con un saco de inquietos monstruos de un rojo negruzco, extrajo uno exhibiendo una sonrisa de carnívoro y me obligó a sostenerlo. Mi rostro debió de reflejar hasta qué punto estaba horrorizado. Todo el mundo se murió de risa pero a mí no me importó. De hecho, me enamoré un poco del padre de Liz por ello. Una lluvia perezosa había empañado el día, sumiéndonos en la apatía; ahora teníamos un objetivo. Como si se percatara del cambio de humor, el sol salió a tiempo para la celebración. Jonas y yo sacamos la mesa al porche trasero. Yo había notado algo distinto en él. A lo largo de los últimos dos días mostraba un talante que sólo puedo describir como furtivo. Estaba tramando algo. A la hora del cóctel bebimos cerveza negra (el único acompañamiento adecuado, explicó Oscar) y también durante la comida. Con ademanes solemnes, Oscar me ofreció un babero para comer langosta. Nunca había entendido esa costumbre tan infantil; nadie más lo llevaba, y albergué cierto resentimiento hasta que rompí una pinza y el jugo de langosta me empapó, provocando una explosión de carcajadas en la mesa.

Imaginad la perfección de la escena. La mesa con su mantel a cuadros blancos y rojos; la absurda prodigalidad del festín; la dorada puesta de sol alargándose hacia nosotros por la manga y luego hundiéndose en el mar con un destello final, como un caballero elegante que levanta su sombrero a guisa de despedida. Las velas cobraron vida y bañaron nuestros rostros con su parpadeante resplandor. ¿Cómo era posible que la vida me hubiera llevado a semejante lugar, entre personas como ésas? Me pregunté qué habrían pensado mis padres de haberme visto. Mi madre se habría alegrado por mí. Esperaba que su nuevo estado, dondequiera que estuviese, le prestara el poder de observar a los vivos. En cuanto a mi padre, no lo sabía. Había cortado toda relación con él. Ahora comprendía lo injusta que había sido mi actitud y juré para mis adentros ponerme en contacto con el hombre en cuanto pudiera. Puede que no fuera demasiado tarde para que asistiera a mi graduación.

Cuando terminamos el postre —un pastel de fresas y ruibarbo—, Jonas propinó unos golpecitos a su copa con el tenedor.

—Prestad atención un momento, por favor.

Se levantó y rodeó la mesa hasta quedarse plantado junto a Liz. Con un ligero gemido por el esfuerzo, arrastró la silla de ella para girarla hacia él.

—Jonas —protestó ella con una carcajada—, ¿qué demonios estás haciendo?

Mi amigo rebuscó algo en el interior de su bolsillo, y entonces comprendí lo que se proponía. Noté un vacío en el estómago y a continuación en todo mi ser. Al agacharse sobre una rodilla, Jonas extrajo la cajita de terciopelo. Abrió la tapa y se la acercó a Liz. Mostraba una sonrisa nerviosa, que iba de oreja a oreja. Vi el diamante. Era enorme, digno de una reina.

—Liz, ya sé que hemos hablado de ello. Pero quiero que sea oficial. Tengo la sensación de que te he amado toda mi vida.

—Jonas, no sé qué decir. —Liz alzó la vista y soltó una risita incómoda. Se había ruborizado—. ¡Menuda cursilada!

—Di que sí. Es lo único que tienes que hacer. Prometo darte todo cuanto quieras en la vida.

Yo tenía ganas de vomitar.

—Venga —la animó Stephanie—. ¿A qué esperas?

Liz miró a su padre.

—Dime que al menos te lo ha consultado.

El hombre sonreía con expresión conspiratoria.

—Lo ha hecho.

—¿Y qué le has dicho, oh, gran sabio?

—Cielo, te corresponde a ti decidirlo. Es un paso muy importante. Pero digamos que no me opongo.

—¿Mamá?

Aunque fuera un llanto mínimo, a la mujer se le saltaban las lágrimas. Asintió con vehemencia, incapaz de pronunciar palabra.

—Dios mío —gimió Stephanie—. ¡El suspense me está matando! Si tú no te casas con él, yo lo haré.

Cuando Liz devolvió la mirada a Jonas, ¿se detuvieron sus ojos en mi rostro un instante? La memoria me dice que sí, pero es posible que lo imaginara.

—Bueno, yo, hum…

Jonas extrajo el anillo de la cajita.

—Póntelo. Es lo único que tienes que hacer. Hazme el hombre más feliz de la Tierra.

Ella miraba la sortija con expresión inescrutable. El maldito pedrusco debía de costar un ojo de la cara.

—Por favor —insistió Jonas.

Liz alzó la vista.

—Sí —dijo, y asintió—. Mi respuesta es sí.

—¿Lo dices de corazón?

—No seas lerdo, Jonas. Pues claro que lo digo de corazón. —Sonrió por fin—. Ven aquí.

Se abrazaron, se besaron. Jonas le deslizó el anillo en el dedo. Yo volví la vista al agua, incapaz de contemplar la escena. Pero incluso la gran extensión azul parecía burlarse de mí.

—¡Oh! —sollozó la madre de Liz—. ¡Soy tan feliz!

—Pero nada de correteos nocturnos esta noche, vosotros dos —soltó el padre entre risas—. Dormiréis en habitaciones separadas hasta el gran día. Reservadlo para la noche de bodas.

—¡Papá, no seas bruto!

Jonas se volvió hacia el padre de Liz y le tendió la mano.

—Gracias, señor. Gracias de todo corazón. Haré cuanto esté en mi mano para hacerla feliz.

Se estrecharon la mano.

—Sé que lo harás, hijo.

Sacaron el champán, que el padre de Liz había guardado escondido. Las copas fueron llenadas y alzadas en un brindis.

—Por la pareja feliz —dijo Oscar—. Una larga vida a los dos, felicidad y un hogar lleno de amor.

El champán estaba delicioso. Debía de costar un riñón. Apenas si me lo pude tragar.

Esa noche no pude dormir. Tampoco quería hacerlo.

En cuanto tuve la seguridad de que Jonas se había quedado frito, salí de la casa. Pasaba de la medianoche. La luna, llena y blanca, había salido sobre la manga. Yo no albergaba ningún plan, tan sólo el deseo de estar a solas con mi desolación. Me quité los zapatos y bajé las escaleras hacia la playa. No soplaba ni gota de brisa; el mundo se había detenido. Unas olas mínimas lamían la orilla. Eché a andar. La arena seguía húmeda tras el día de lluvia. Allá arriba, las casas estaban sumidas en la oscuridad, algunas aún clausuradas, igual que tumbas.

A lo lejos, vi a alguien sentado en la arena. Era Liz. Me detuve, sin saber qué hacer. Ella sostenía una botella de champán. Se la llevó a la boca y tomó un largo trago. Reparó en mi presencia y desvió la vista, pero el mal ya estaba hecho; no podía dar media vuelta.

Me senté en la arena, a su lado.

—Eh.

—Tenías que ser tú —me soltó con voz pastosa.

—¿Por qué «tenías que»?

Ella tomó otro trago. Llevaba el anillo en el dedo.

—Me he percatado de que no has dicho nada esta noche. Es de buena educación felicitar a la novia, ¿sabes?

—Vale, pues felicidades.

—No lo digas con tanto entusiasmo. —Suspiró con pesar—. Jo, estoy borracha. Aparta esto de mí.

Me pasó la botella. Tan sólo quedaban los restos. Deseé que hubiera más. Los apuré y tiré la botella.

—Si no querías hacerlo, ¿por qué has dicho que sí?

—¿Delante de todo el mundo? A ver quién es el guapo.

—Pues desdícete. Él lo entenderá.

—No, no lo entenderá. Me lo pedirá una y otra vez, y al final aceptaré y seré la mujer más afortunada del planeta por estar casada con Jonas Lear.

Permanecimos un rato en silencio.

—¿Te puedo preguntar una cosa? —le dije.

Ella lanzó una carcajada sarcástica. Miraba fijamente el mar.

—¿Por qué no? Hoy es el día de las preguntas.

—Aquella noche en Nueva York. Estaba durmiendo y noté algo.

—Te diste cuenta.

—Sí. —Esperé. Liz no dijo nada—. ¿Me… besaste?

—Venga ya, ¿por qué iba a hacer yo algo así?

Ahora me miraba a los ojos.

—Liz…

—Chis.

El tiempo se congeló a continuación. Apenas unos centímetros separaban nuestros rostros. Sin previo aviso, hizo algo desconcertante. Se quitó las gafas y me las plantó en la mano.

—¿Sabes? Sin las gafas no veo nada. Y lo más raro es que tengo la sensación de que nadie me ve tampoco. ¿No es extraño? Me siento como invisible.

Podría haberlo hecho entonces, sin duda. Debería haberlo hecho, mucho antes. ¿Qué me lo había impedido? ¿Por qué no la había rodeado con los brazos, unido mis labios a los suyos, expresado lo que sentía y a la porra las consecuencias? ¿Quién podía afirmar que no viviría a mi lado una vida igual de dichosa? *Cásate conmigo*, pensé. *Cásate conmigo y no con él. O no te cases con nadie. Quédate así y te amaré por siempre, igual que ahora, porque tú eres el amor de mi vida.*

—Ay, Dios —dijo ella—. Creo que voy a vomitar.

Y lo hizo. Apartó la cara y vomitó en la arena. Yo le sostuve el cabello mientras ella devolvía la langosta y el champán.

—Perdona, Tim. —Estaba llorando un poco—. Lo siento mucho.

La obligué a levantarse. Ella seguía musitando disculpas cuando le ofrecí el apoyo de mi cuerpo. Era poco más que un peso muerto. De algún modo me las arreglé para arrastrarla escaleras arriba y sentarla en un sillón del porche. No sabía qué hacer. ¿Qué pensarían si nos veían? No podía llevarla a su habitación, no estando Stephanie allí. Y dudaba de que llegáramos al piso superior sin despertar a toda la casa por el camino. La incorporé otra vez y la llevé a la sala. El sofá serviría; Liz siempre podía decir que no podía dormir y había bajado a leer. Había una manta de ganchillo tirada sobre el respaldo del sofá; la tapé con ella. Ahora dormía como un tronco. Llené un vaso de agua en la cocina y lo dejé sobre la mesita baja para que lo encontrara al despertar. Luego me acomodé en una silla para mirarla. Su respiración se tornó más profunda y regular, su semblante se relajó. Me quedé un rato más para asegurarme de que no volvería a vomitar y me levanté. Necesitaba hacer una cosa. Me incliné sobre ella y le besé la frente.

—Buenas noches —susurré—. Buenas noches, adiós.

Subí las escaleras a hurtadillas. Dentro de nada amanecería; oía el piar de los pájaros a través de las ventanas abiertas. Crucé el pasillo hacia la habitación que compartía con Jonas. Giré la manija y entré, pero no antes de oír, a mi espalda, el chasquido de una puerta que se cerraba.

El taxi entró en el camino a las seis de la mañana. Yo esperaba en el porche con mi bolsa.

—¿Adónde? —preguntó el taxista.

—A la estación de autobuses.

Echó un vistazo a la casa a través del parabrisas.

—¿De verdad vives ahí?

—Ya me gustaría.

Estaba guardando la bolsa en el portamaletas cuando se abrió la puerta de la casa. Stephanie recorrió el camino a toda prisa, vestida con una de las camisetas largas que usaba para dormir. En realidad era una de las mías.

—¿Te largas a escondidas? Lo vi todo, ¿sabes?

—No es lo que estás pensando.

—Pues claro que no. Eres un capullo, ¿lo sabes?

—Soy consciente, sí.

Poniendo los brazos en jarras, levantó la barbilla.

—Por Dios. ¿Cómo he podido estar tan ciega? Si salta a la vista.

—Hazme un favor, ¿quieres?

—¿Me tomas el pelo?

—Jonas no debe enterarse.

Stephanie se rio con amargura.

—Oh, créeme, meterme en este berenjenal es lo último que me apetece. Es problema tuyo.

—Plantéatelo así si quieres.

—¿Qué quieres que les diga? Ya puesta a ser una maldita mentirosa.

Lo medité un instante.

—Me da igual. Que un pariente mío ha caído enfermo. No tiene importancia en realidad.

—Dime una cosa: ¿alguna vez se te ha ocurrido pensar en mí cuando te metías en todo esto? ¿En algún momento mi nombre cruzó tu pensamiento?

No supe qué decirle.

—Que te den —me soltó, y se alejó a grandes zancadas.

Subí al taxi. El conductor estaba rellenando algún documento con ayuda de un sujetapapeles. Me echó una ojeada por el espejo retrovisor.

—Mal asunto colega —me dijo—. Créeme, yo también he pasado por eso.

—La verdad es que no me apetece hablar, gracias.

Lanzó el sujetapapeles al salpicadero.

—Sólo intentaba ser amable.

—Pues no lo sea —repliqué y, tras eso, partimos.

19

Los arranqué de mi vida.

No asistí a la ceremonia de graduación. De vuelta en Cambridge, empaqué mis pertenencias —tres años más tarde, seguían siendo escasas— y llamé al Departamento de Bioquímica de Rice. De todos los programas en los que me habían aceptado, era el que se impartía en una universidad más remota, en una ciudad de la que no sabía nada. Era sábado, así que tuve que dejar un mensaje, pero sí, les dije, voy para allá. Pensé en abandonar el esmoquin; quizás al nuevo inquilino le viniera bien. Pero, por otro lado, el gesto se me antojaba mezquino y excesivamente simbólico, y siempre podía tirarlo más tarde. Esperando en el exterior, aparcado en doble fila, había un coche de alquiler. Cuando cerraba la maleta, el teléfono empezó a sonar, pero le hice caso omiso. Llevé mis cosas abajo, dejé la llave en la oficina de la casa Winthrop y me marché.

Llegué a Mercy en plena noche. Tenía la sensación de haber pasado fuera un siglo. Dormí en el coche y me despertaron unos golpecitos en el cristal. Mi padre.

—¿Qué haces ahí?

Llevaba puesto un albornoz. Había salido a buscar el periódico dominical y había reparado en el auto. Lo encontré muy envejecido, como si se hubiera abandonado. No se había afeitado y le olía el aliento. Lo seguí al interior de la casa y descubrí con una sensación inquietante que seguía tal y como la dejara en su día, aunque estaba llena de polvo y apestaba como a comida rancia.

—¿Tienes hambre? —me preguntó—. Iba a tomar cereales, pero creo que hay huevos.

—No te preocupes —respondí—. La verdad es que no pensaba quedarme, sólo quería saludarte.

—Deja que te sirva un café.

Esperé en la sala. Pensaba que estaría nervioso, pero no. En realidad no sentía gran cosa. Mi padre regresó con dos tazas y se sentó delante de mí.

—Estás más alto —me dijo.

—Pues mido lo mismo. Será que ya no te acuerdas.

Nos tomamos el café.

—¿Y qué? ¿Qué tal la universidad? Sé que te acabas de graduar. Me enviaron un impreso.

—Muy bien, gracias.

—¿No me vas a contar nada más?

No lo dijo de malas maneras; parecía genuinamente interesado.

—No hay mucho más que contar. —Me encogí de hombros—. Me enamoré. Pero no funcionó.

Permaneció un momento pensativo.

—Supongo que querrás visitar a tu madre.

—Me gustaría, sí.

Le pedí que parara en la tienda para comprar unas flores. No tenían gran cosa, únicamente margaritas y claveles, pero no creí que a mi madre le importara y le pedí a la dependienta que añadiera algo de verde para que el ramo quedara bonito. Salimos del pueblo. El interior del Buick de mi padre estaba repleto de restos de comida basura. Levanté una bolsa de McDonald's. Dentro resonaron unas cuantas patatas fritas resecas.

—No deberías comer esto —lo regañé.

Llegamos al cementerio, aparcamos e hicimos a pie el resto del camino. Hacía un día precioso. Recorrimos un mar de tumbas. La lápida de mi madre se encontraba en la zona destinada a las incineraciones: eran losas más pequeñas y estaban más juntas entre sí. En la suya tan sólo aparecía su nombre, Lorraine Fanning, y las fechas. Tenía cincuenta y siete años cuando murió.

Dejé las flores y me retiré. Recordé ciertos momentos que habíamos compartido, cosas que habíamos hecho juntos, la sensación de ser su hijo.

—Me alegro de haber venido —dije—. Pensaba que me sentiría peor.

—Yo no vengo mucho. Supongo que debería pasar a verla más a menudo. —Mi padre suspiró largo y tendido—. Metí la pata hasta el fondo, ya lo sé.

—No pasa nada. Está todo olvidado.

—Estoy hecho un asco. Tengo diabetes y la presión sanguínea por las nubes. Además, empiezo a tener despistes. Como ayer. Tenía que coserme un botón de la camisa y no pude encontrar las tijeras.

—Ve al médico.

—Demasiadas molestias. —Guardó silencio un momento—. La chica esa de la que estabas enamorado. ¿Cómo es?

Lo medité un instante.

—Lista. Guapa. Tirando a sarcástica, pero con sentido del humor. Pero no me enamoré de una sola cosa.

—Es así como funciona, creo yo. Yo sentía lo mismo por tu madre.

Alcé la vista al brillante día de primavera. A más de mil kilómetros de allí, en Cambridge, la ceremonia de graduación estaría en pleno apogeo. Me pregunté qué estarían pensando mis amigos de mí.

—Te quería mucho.

—Yo también la quería. —Lo miré y sonreí—. Se está bien aquí —observé—. Gracias por traerme.

Regresamos a la casa.

—Si quieres, puedo prepararte tu habitación —se ofreció mi padre—. La dejé tal como estaba. Aunque habrá que limpiarla.

—En realidad, tengo que ir tirando. Me espera un viaje largo.

Parecía un poco triste.

—Bueno. Muy bien, pues. —Me acompañó al coche—. ¿Adónde vas?

—A Texas.

—¿Y qué hay allí?

—Texanos, supongo. —Me encogí de hombros—. Otra universidad.

—¿Necesitas dinero?

—Me han concedido una beca. Creo que bastará.

—Bueno, si necesitas más, dímelo. Ni lo pienses.

Nos estrechamos la mano y luego, con cierta incomodidad, nos abrazamos. Si me hubieran preguntado, habría dicho que mi padre no iba a vivir mucho más. Resultó que tenía razón; únicamente nos vimos en cuatro ocasiones más antes de que sufriera el fallo cardíaco que acabó con su vida. Estaba solo en casa cuando sucedió. Como era fin de semana, pasaron varios días antes de que alguien se percatara de su ausencia y se le ocurriera pasar a echar un vistazo.

Subí al coche. Mi padre seguía allí plantado. Me pidió por señas que bajara la ventanilla.

—Llámame cuando llegues, ¿vale?

Le prometí que lo haría, y lo hice.

En Houston, alquilé el primer apartamento que encontré, un estudio construido en un garaje con vistas a la parte trasera de un restaurante mexicano, y me puse a trabajar clasificando libros en la biblioteca de Rice para ir tirando durante el verano. La ciudad era rara y hacía un calor de mil demonios pero a mí me parecía bien. El entorno es un reflejo de nosotros mismos y todo cuanto veía o bien era nuevo y flamante o se estaba cayendo a pedazos. La ciudad, en su mayor parte, me pareció bastante fea —un mar de tiendecitas bajas y destartalados complejos de apartamentos entre enormes autopistas atestadas de maniacos al volante—, pero la zona de la universidad poseía cierta elegancia, con casas grandes y bien conservadas y anchos paseos flanqueados de robles podados con tanto mimo que más que árboles parecían esculturas arbóreas. Me compré mi primer coche por seiscientos dólares, un Chevy Citation de 1983 color amarillo moco con los neumáticos gastados, 370.000 kilómetros en el contador y un destartalado techo de vinilo que fijé con una grapadora. No sabía nada de Liz ni de Jonas, aunque por supuesto no tenían la menor idea de dónde estaba. En Norteamérica, tiempo atrás, bastaba girar a la izquierda de manera inesperada para que te perdieran la pista. Con unas cuantas pesquisas podrían haber dado conmigo —unas cuantas llamadas a los directores de departamento adecuados—, pero eso suponiendo que quisieran encontrarme. Y yo no sabía lo que querían. No creo que nunca lo hubiera sabido.

Empezaron las clases. Acerca de mis estudios no hay gran cosa que contar, salvo que me mantenían ocupado de la mañana a la noche. Trabé amistad con la secretaria del departamento, una mujer negra de unos cincuenta años que se encargaba básicamente de todo; me confesó que allí nadie me esperaba. Yo era, según sus propias palabras, «un purasangre premiado que la universidad había comprado por una miseria». Describir a mis compañeros como antisociales sería el eufemismo del siglo; se acabaron las fiestas en el jardín. Sus mentes desconocían el significado de la palabra *diversión*. También me despreciaban por el descarado favoritismo que me dispensaban los profesores. Yo agachaba la cabeza y pegaba la nariz a los libros. Adopté las costumbre de emprender largos viajes a la campiña de Texas. Era ventosa, llana, sin apenas demarcaciones, cada metro cuadrado de tierra idéntico al anterior. Me gustaba escoger un lugar al azar, aparcar junto a la carretera y contemplar el paisaje sin más.

El único hábito de la costa este que conservé fue el de leer regularmente el *New York Times* y gracias a eso descubrí que el inminente enlace de Liz y Jonas ya era oficial. Sucedió en el otoño del 93: «El señor y la señora Macomb, de Greenwich, Connecticut, y Osterville, Massachusetts, se complacen en anunciar el enlace de su hija, Elizabeth Christina, con Jonas Abbott Lear, de Beverly, Massachusetts. La novia, graduada en Harvard, acaba de terminar un máster de Literatura en la Universidad de California en Berkeley, y actualmente cursa un doctorado en Literatura del Renacimiento en la Universidad de Chicago, mientras que el novio, también graduado en Harvard, está cursando un doctorado en Microbiología».

Dos días más tarde recibí un gran sobre de manila que me remitía mi padre. En el interior había otro sobre, al cual había prendido una nota adhesiva en la que se disculpaba por haber tardado tanto en reenviármelo. Era una invitación, por supuesto, con matasellos del mes de junio anterior. Por el momento la dejé a un lado y luego, la noche siguiente, pertrechado de una botella de bourbon, me senté a la mesa de la cocina y despegué la solapa. La ceremonia se celebraría el 4 de septiembre de 1993 en la iglesia de St. Andrew, en Hyannis Port. El convite tendría lugar en casa de Oscar y Patricia Macomb, avenida Sea View, 41, Osterville, Massachusetts. En el margen había un mensaje:

Por favor, por favor, por favor, ven. De parte de Jonas también.
Te echamos muchísimo de menos.

Te quiere, L.

Me quedé un rato mirando la invitación. Estaba sentado junto a la ventana de mi apartamento, que daba al callejón del restaurante y a sus apestosos cubos de basura. Mientras la contemplaba, un cocinero hispano, bajito y panzudo, envuelto en un delantal manchado, cruzó la puerta. Llevaba una bolsa de basura en la mano. Abrió un cubo, tiró la bolsa al interior y cerró la tapa con estrépito. Pensé que volvería a entrar, pero encendió un cigarrillo y se quedó allí, inhalando el humo con caladas largas y ávidas.

Me levanté. Las tenía guardadas en el secreter, dentro de un calcetín: las gafas de Liz. Me las metí en el bolsillo la noche de la playa y no volví a acordarme de ellas hasta que estuve dentro del taxi, cuando ya era demasiado tarde para devolverlas. Me las puse; eran pequeñas para mi cara, la graduación muy alta. Volví a sentarme a la ventana y miré al hombre, que fumaba en el callejón, la imagen distorsionada y lejana, como si oteara por el otro extremo de un telescopio o estuviera sentado en el fondo del mar, mirando hacia arriba a través de kilómetros de agua.

20

Llegado a este punto de mi relato debo dar un salto, porque eso fue lo que hizo el tiempo. Terminé el doctorado a pasos agigantados; le siguieron un posdoctorado en Stanford y luego un puesto como profesor adjunto en la Universidad de Columbia, del que fui titular a su debido tiempo. Adquirí una gran fama en los círculos académicos. Mi reputación aumentó; el mundo me reclamaba. Viajé por los cinco continentes, ofreciendo charlas por unas tarifas sumamente lucrativas. Me llovían las subvenciones; mi reputación era tal que apenas tenía que rellenar las solicitudes. Me convertí en el propietario de diversas patentes, dos de las cuales me compraron las farmacéuticas afectadas por sumas desorbitadas que me arreglaron la vida. Me citaban como referencia en las mejores publicaciones. Participé en consejos ejecutivos de élite. Testifiqué en el Congreso y fui, en diversas ocasiones, miembro de la Comisión Especial de Bioética del Senado, del Consejo Presidencial para la Ciencia y la Tecnología, de la junta de asesores de la NASA y del Cuerpo Especial de las Naciones Unidas para la Diversidad Biológica.

Entretanto, me casé. Mi primer matrimonio, que contraje a los treinta años, duró cuatro y el segundo la mitad. Mis dos mujeres habían sido, en su momento, alumnas mías, una cuestión que provocaba cierto revuelo: miradas de complicidad por parte de mis colegas masculinos, cejas enarcadas por parte de mis superiores y algún que otro encontronazo gélido con compañeras de trabajo y esposas de amigos. Timothy Fanning, menudo donjuán, vaya con el viejo verde (aunque no había cumplido los cuarenta). Mi tercera esposa, Julianna, tenía veintitrés años el día de nuestra boda. Fue un enlace impulsivo, forjado en las llamas del sexo; dos horas después de que se graduara, nos abalanzamos el uno sobre el otro como perros. Aunque sentía un gran cariño por ella, Julianna me desconcertaba. Sus gustos en música y en cine, los libros que leía, sus amigos, los temas que consideraba importantes; nada de todo eso tenía ni pizca de sentido para mí.

No intentaba, como tantos hombres de cierta edad, mejorar mi autoestima recurriendo al cuerpo de una mujer joven. No lamentaba el paso del tiempo ni temía la muerte en exceso ni añoraba mis años de juventud. Al contrario, estaba encantado con todo lo que me había aportado el éxito. Riqueza, reconocimiento, autoridad, buenas mesas en los restaurantes y toallitas calientes en los aviones: toda la parafernalia con que la historia recompensa a los conquistadores. Por todo ello no podía sino agradecer el paso del tiempo. Sin embargo, lo que estaba haciendo era obvio incluso para mí. Intentaba recuperar lo único que había perdido, eso que la vida me había negado. Cada una de mis esposas y las muchas mujeres que hubo entremedias —todas más jóvenes que yo, la diferencia de edad más y más grande con cada una que me llevaba a la cama— eran calcos de Liz. No hablo de su apariencia, si bien todas pertenecían a un mismo tipo (pálidas, delgadas, miopes) ni a sus temperamentos, aunque compartían una misma tendencia al debate intelectual. Me refiero a que yo las convertía mentalmente en ella, para poder sentirme vivo.

Era inevitable que el camino de Jonas y el mío acabaran por cruzarse; pertenecíamos al mismo mundo. Nuestro primer encuentro tuvo lugar en un congreso, en Toronto, en 2002. Había transcurrido el tiempo suficiente como para que ambos pudiéramos obviar mi abrupta interrupción de la relación. Intercambiamos los «¿cómo demonios estás?» y «no has cambiado ni una pizca» de rigor y juramos comunicarnos más a menudo, como si hubiéramos mantenido algún tipo de contacto en todo ese tiempo. Él había regresado a Harvard, cómo no; lo llevaba en las venas. Presentía estar al borde de un importante descubrimiento, aunque se mostró discreto al respecto y yo no quise presionarlo. Acerca de Liz, se limitó a darme cuatro datos estrictamente profesionales. Daba clases en la Universidad de Boston, le gustaba, sus alumnos la adoraban, estaba escribiendo un libro. Le pedí que le diera recuerdos de mi parte y lo dejé ahí.

Al año siguiente, recibí una postal de Navidad. Era la típica tarjeta creada a partir de una fotografía, esas que envía la gente para presumir de sus preciosos hijos, aunque en la imagen de ésta únicamente aparecían ellos dos. La instantánea se había tomado en alguna zona árida; iban vestidos de safari de la cabeza a los pies y ambos llevaban, lo juro por Dios, salacot. Liz había escrito una nota en el reverso: *Jonas me ha contado que coincidió contigo. Me alegro de que las cosas te vayan bien.*

Año tras año, las postales siguieron llegando. Todas y cada una los mostraban en escenarios exóticos diversos: a lomos de un elefante en la India, posando ante la Gran Muralla China, enfundados en pesados anoraks en la proa de un barco y, al fondo, una costa glacial. Todo muy alegre y, con todo, esas fotos resultaban una pizca deprimentes, como si tuvieran algo de mecanismo compensatorio. *¡Qué vida tan maravillosa tenemos! ¡En serio! ¡Lo juro por Dios!* Empecé a notar otras cosas. Jonas seguía siendo el mismo tío sanote de siempre, pero Liz envejecía a ojos vistas, y no sólo físicamente. En las fotos anteriores, miraba hacia cualquier parte, como si la cámara la hubiera pillado en un despiste. Ahora clavaba los ojos en el objetivo, igual que un rehén obligado a posar con un diario en las manos. Su sonrisa parecía artificial, fabricada para el instante. ¿Me lo estaba imaginando? Diré más: la idea de que su sombría expresión contenía un mensaje para mí, ¿era producto de mi fantasía? ¿Y el detalle del lenguaje corporal? En la primera fotografía, tomada en el desierto, Lear aparecía plantado detrás de ella, rodeándola con los brazos. Año tras año se iban distanciando. En la última que recibí, en 2010, aparecían en un café, a orillas de un río que sólo podía ser el Sena. Estaban sentados frente a frente, a más de un metro de distancia. Sendas copas de vino descansaban sobre la mesa. La de mi viejo compañero de cuarto estaba prácticamente vacía. Liz no había tocado la suya.

Al mismo tiempo empezaron a correr rumores acerca de Jonas. Siempre supe que se trataba de un hombre de grandes pasiones que rayaban la excentricidad, pero las historias que ahora llegaban a mis oídos resultaban inquietantes. Jonas Lear, se decía, había perdido un tornillo. Su investigación había mudado en meros delirios. Su último artículo, publicado en la revista *Nature*, era una muestra de ello, y la gente empezaba a pensar que era un vampiro. No había publicado nada más desde entonces y había dejado de dar conferencias, por cuanto en éstas se respiraba una franca hilaridad a su costa. Algunos de sus colegas llegaron a aventurar que su cátedra pendía de un hilo. En nuestra profesión, la gente tiende a alegrarse del mal ajeno, es verdad, por cuanto la caída de un hombre implica el ascenso de otro. Pero yo empezaba a estar muy preocupado por él.

Poco después de que Julianna renunciara a luchar por nuestro falso matrimonio, recibí la llamada de un tal Paul Kiernan. Había coincidido con él un par de veces; era biólogo celular en Harvard, un joven colega de Jonas que contaba con una excelente reputación. Noté que se sentía incómodo. Se había enterado de que Jonas y yo habíamos sido grandes amigos y quería comentar conmigo su temor a que la relación profesional con Jonas perjudicase su concurso de cátedra. ¿No podía yo escribir una carta en su favor? Mi primer impulso fue decirle que se buscara la vida, que tenía suerte de haber conocido siquiera a un hombre como Jonas, malditos sean los chismosos. Sin embargo, conociendo los infames mecanismos de los comités de cátedra, comprendí que algo de razón tenía.

—Buena parte de lo que le pasa tiene que ver con su esposa —comentó Paul—. Es digno de compasión.

Por poco se me cae el teléfono.

—¿A qué te refieres?

—Lo siento, pensaba que lo sabías. Como sois tan amigos… Ella está muy enferma y el asunto no tiene buena pinta. No debería haberte dicho nada.

—Te escribiré la carta —le prometí, y colgué.

No sabía qué hacer. Busqué el teléfono de Liz en el directorio de la Universidad de Boston y empecé a marcar, pero luego devolví el auricular al soporte. ¿Qué le iba a decir, después de tantos años? ¿Qué derecho tenía yo, a esas alturas, a inmiscuirme en su vida? Liz se estaba muriendo; yo nunca había dejado de amarla, ni por un segundo, pero era la esposa de otro. En momentos como ése, el vínculo matrimonial es sagrado. Si algo me habían enseñado mis padres es que sólo tu pareja te puede acompañar al borde del valle de sombras. Tal vez la cobardía de siempre se hubiera apoderado de mí, pero dejé el auricular donde estaba.

Esperé a recibir más noticias. Cada día miraba las necrológicas del *Times*, como un ave de mal agüero. Me relacionaba poco con mis colegas, evitaba a mis amigos. Le había dejado el apartamento a Julianna y subarrendé un estudio en el West Village que me permitía desaparecer con facilidad, retirarme a las afueras de la vida. ¿Qué haría cuando Liz muriera? Comprendí que, en lo más hondo de mi corazón, siempre había albergado la idea de que algún día, de algún modo, acabaríamos juntos. Tal vez se divorciasen. Jonas podía morir. Ahora, tras la noticia, había perdido toda esperanza.

Y una noche, cuando faltaban pocos días para Navidad, sonó el teléfono. Era cerca de medianoche; acababa de meterme en la cama.

—¿Tim?

—Sí, soy Tim Fanning.

Estaba molesto por lo intempestivo de la llamada y no reconocí la voz.

—Soy Liz.

El corazón me dio un salto mortal en el pecho. Era incapaz de articular palabra.

—¿Hola?

—Estoy aquí —conseguí decir—. Me alegro de oír tu voz. ¿Dónde estás?

—En Greenwich, en casa de mi madre.

Me di cuenta de que no había dicho «mis padres». Oscar ya no estaba.

—Necesito verte —declaró.

—Claro. Claro que sí. —Revolvía frenéticamente el cajón buscando un bolígrafo—. Ahora mismo si quieres. Tú dime cuándo y dónde.

Liz pensaba tomar el tren a Nueva York al día siguiente. Tenía que hacer un recado y acordamos encontrarnos en la estación Grand Central a las cinco en punto, antes de que regresara a Greenwich.

Salí de mi despacho con tiempo de sobra, por cuanto quería ser el primero en llegar. Llevaba todo el día lloviendo pero, a medida que fue cayendo la noche de comienzos del invierno, la lluvia mudó en nieve. El metro estaba atestado; yo tenía la sensación de que el mundo se movía a cámara lenta. Llegué a la estación y me planté debajo del reloj con unos minutos de margen. La anónima multitud pasaba por mi lado: trabajadores de camino a sus casas en las afueras, con gabardinas y paraguas debajo del brazo; mujeres con zapatillas deportivas y medias; todos bautizados por la nieve. Muchos llevaban bolsas decoradas con alegres motivos navideños. Macy's. Nordstrom. Bergdorf Goodman. La mera presencia de esas personas felices e ilusionadas me irritó sobremanera. ¿Cómo podían pensar siquiera en la Navidad en un momento como ése? ¿Cómo podían pensar en nada? ¿Acaso no sabían lo que estaba a punto de pasar en esa misma estación?

En ese momento, apareció. La sola imagen me trastocó; me sentí como si despertara de un sueño. Llevaba una trenca oscura y un pañuelo de seda le cubría el cabello. Sorteó a la apresurada multitud de camino al reloj. Es absurdo, pero temí que no lo consiguiera, que el gentío la engullese, como en los sueños. Encontró mis ojos, me sonrió y, por detrás de un hombre que le cortaba el paso, me pidió por señas que me acercara. Me abrí paso hasta ella.

—Y aquí estás —dijo.

A continuación compartimos el abrazo más cálido y sentido de mi vida. Su aroma inundaba de dicha mis sentidos. Y, sin embargo, no era felicidad lo único que estaba experimentando. Cada uno de sus huesos, cada arista de su cuerpo contra el mío; era igual que abrazar un pájaro.

Se apartó.

—Tienes muy buen aspecto —comentó.

—Tú también.

Soltó una breve carcajada.

—Qué mentiroso eres, pero te agradezco la intención. —Se retiró el pañuelo para mostrarme una pelusa de cabello incipiente, como la que crece después de la quimioterapia—. ¿Qué te parece mi nuevo peinado? Supongo que ya conoces la historia.

Asentí.

—Un colega de Jonas me llamó. Me lo contó.

—Seguro que fue la comadreja de Paul Kiernan. Los científicos sois todos unos cotillas.

—¿Tienes hambre?

—Para nada. Pero me apetece una copa.

Subimos las escaleras de camino al bar del balcón oriental. Incluso aquel pequeño esfuerzo la dejó exhausta. Nos sentamos a una mesa situada junto a la barandilla, con vistas al vestíbulo principal. Yo pedí un whisky; Liz, un Martini y un vaso de agua.

—¿Te acuerdas del día que nos encontramos aquí por primera vez? —le pregunté.

—A causa de un amigo tuyo, ¿verdad? Le había pasado algo horrible.

—Sí, Lucessi. —Llevaba años sin pronunciar su nombre—. Me ayudaste mucho, ¿sabes? Lo tengo muy presente.

—Para eso están los amigos. Pero, si no recuerdo mal, tú hiciste lo mismo por mí. —Guardó silencio un momento; luego dijo—: De verdad que tienes buen aspecto, Tim. El éxito te sienta bien, aunque no me sorprende. Siempre supe que llegarías lejos. No te he perdido la pista. Dime una cosa. ¿Eres feliz?

—Ahora, sí.

Sonrió. Tenía los labios pálidos, finos.

—No se escaquee, doctor Fanning.

Le tomé la mano por encima de la mesa. Estaba fría como el hielo.

—Dime qué va a pasar.

—Voy a morir, eso es lo que va a pasar.

—No digas eso. Seguro que aún se puede hacer algo. Déjame hacer unas llamadas.

Negó con la cabeza.

—Ya hemos hecho todas las llamadas. Créeme, no soy de las que se rinden sin plantar batalla. Pero ha llegado la hora de sacar la bandera blanca.

—¿Cuánto tiempo?

—Cuatro meses. Seis, con suerte. Ése era el recado que tenía que hacer. Me visita un médico del hospital Sloan Kettering. Se ha extendido a todo el cuerpo. Son sus propias palabras.

Seis meses: no era nada. ¿Por qué demonios había pasado tantos años sin verla?

—Dios mío, Liz…

—No lo digas. No digas que lo sientes, porque yo no. —Me apretó la mano—. Necesito que me hagas un favor, Tim.

—Lo que quieras.

—Necesito que ayudes a Jonas. Estoy segura de que has oído los rumores. Son ciertos. Está en Sudamérica ahora mismo, en plena misión imposible. Se niega a aceptarlo. Sigue pensando que me puede salvar.

—¿Y qué quieres que haga?

—Habla con él. Confía en ti. No sólo como científico, también como amigo. No sabes lo mucho que se acuerda de ti. Está pendiente de cada uno de tus movimientos. Seguramente sabe lo que has tomado hoy para desayunar.

—Eso no tiene sentido. Debería odiarme.

—¿Y por qué?

Ni siquiera entonces pude pronunciar las palabras. Se estaba muriendo y yo no era capaz de decirle la verdad.

—Por marcharme como lo hice. Sin decirle por qué.

—Ah, ya sabe por qué. O cree saberlo.

Me quedé a cuadros.

—¿Qué le dijiste?

—La verdad. Que por fin habías descubierto que eras demasiado bueno para nosotros.

—Qué locura. Y no fue por eso.

—Ya sé que no fue por eso, Tim.

Se hizo un silencio. Yo tomé un sorbo de whisky. Los altavoces anunciaban salidas inminentes; la gente corría a sus trenes, partía hacia la oscuridad del invierno.

—Nos portamos como un par de valientes, tú y yo —prosiguió Liz. Esbozó una sombra de sonrisa—. Fieles hasta la médula.

—Entonces nunca llegó a deducirlo.

—¿Hablas del mismo Jonas que yo? Ni se le pasaría por la cabeza.

—¿Y qué tal te ha ido con él? No me refiero a ahora mismo.

—No me puedo quejar.

—Pero te gustaría.

Se encogió de hombros.

—A veces. Como a todo el mundo. Me quiere, cree que me está ayudando. ¿Qué más puede pedir una chica?

—Alguien que te comprenda.

—Eso es mucho pedir. Ni yo me entiendo a mí misma.

De súbito, me enfadé.

—No eres un proyecto de ciencias del instituto, maldita sea. Él sólo pretende hacerse el héroe. Debería estar aquí contigo, no de acampada por ¿dónde has dicho? ¿Sudamérica?

—Es su manera de afrontarlo. No conoce otra.

—Pues no es justo.

—¿Y qué es justo? Estoy enferma de cáncer. Eso no es justo.

Y entonces entendí por qué me había llamado. Tenía miedo y Jonas la había dejado sola. Puede que quisiera que lo obligara a volver; tal vez necesitaba que le echara en cara el haberle fallado a Liz. Es posible que ambas cosas. Yo sólo sabía que haría cualquier cosa que me pidiera.

Me percaté de que llevábamos un rato en silencio. Miré a Liz; la vi rara. Había empezado a sudar, aunque hacía frío. Lanzó un suspiro entrecortado y alargó la mano hacia el vaso de agua con debilidad.

—Liz, ¿te encuentras bien?

Tomó un sorbo. Le temblaba la mano. Devolvió el vaso a la mesa, casi volcándolo por el camino, apoyó el codo en la superficie y recostó la frente sobre la mano.

—Me parece que no. Creo que me voy a desmayar.

Me levanté a toda prisa.

—Hay que llevarte al hospital. Iré a buscar un taxi.

Ella negó con vehemencia.

—Más hospitales, no.

—¿Adónde, pues? ¿Puedes andar?

—No estoy segura.

Dejé unos dólares sobre la mesa y la ayudé a ponerse de pie. A punto de desplomarse, Liz descargaba en mí buena parte de su peso.

—Siempre te toca cargar conmigo, ¿eh? —musitó.

La ayudé a subir a un taxi y le di mi dirección al conductor. Ahora nevaba copiosamente. Liz apoyó la cabeza en el respaldo del asiento y cerró los ojos.

—¿La dama bien? —preguntó el taxista. Llevaba turbante y tenía una barba muy poblada. Comprendí que me estaba preguntando: «¿Está borracha?» —. Parece mareada. Nada de vomitar en el taxi.

Le tendí un billete de cien dólares.

—¿Bastará con eso?

El tráfico avanzaba a paso de tortuga. Tardamos casi treinta minutos en llegar al centro. Nueva York empezaba a desdibujarse bajo la nieve. Unas Navidades blancas: qué felices serían todos. Mi apartamento estaba en el segundo piso; tendría que subirla a cuestas. Esperé a que saliera un vecino y le pedí que me sostuviera la puerta, saqué a Liz del taxi y la tomé en brazos.

—Uf —dijo mi vecino—. No tiene buen aspecto.

Nos acompañó a la puerta de mi casa, extrajo la llave de mi bolsillo y abrió ésta también.

—¿Quieres que llame a una ambulancia? —se ofreció.

—No pasa nada. Está todo controlado. Ha bebido demasiado, nada más.

Me guiñó un ojo con un despreciable ademán de complicidad.

—No hagas nada que yo no haría.

La despojé del abrigo y la llevé al dormitorio. Cuando la tendía en mi cama, abrió los ojos y volvió el rostro hacia la ventana.

—Está nevando —observó, como si fuera la cosa más alucinante del mundo.

Volvió a cerrarlos. Le retiré las gafas y los zapatos, la tapé con una manta y apagué la luz. Había una butaca un tanto recargada junto a la ventana, en la que solía leer. Me senté y, a oscuras, esperé a saber qué pasaría a continuación.

Al cabo de un rato desperté. Miré la hora: casi las dos de la madrugada. Me acerqué a Liz y le posé la mano en la frente. La tenía fresca, y deduje que lo peor había pasado.

Abrió los ojos. Miró a su alrededor con cautela, como si no estuviera del todo segura de dónde se hallaba.

—¿Cómo te encuentras? —le pregunté.

No respondió de inmediato. Habló en un tono muy quedo.

—Mejor, creo. Siento haberte asustado.

—No tiene la menor importancia.

—A veces me pilla de sopetón, pero luego se me pasa. Hasta el día que no se me pase, supongo.

No supe qué responder.

—Te traeré agua.

Llené un vaso en el cuarto de baño y se lo llevé. Ella despegó la cabeza de la almohada para tomar un sorbo.

—He tenido un sueño rarísimo —dijo—. Es por la quimio. Esa porquería parece LSD. Aunque pensaba que los sueños se habían terminado.

Se me ocurrió una idea.

—Tengo un regalo para ti.

—¿Ah, sí?

—Ahora vuelvo.

Guardaba las gafas de Liz en el escritorio. Regresé a la habitación y se las planté en la mano. Ella pasó un buen rato observándolas.

—Me preguntaba cuándo te decidirías a devolvérmelas.

—Me las pongo de vez en cuando.

—Y yo no te he traído nada. Soy un desastre. —Estaba llorando, sólo un poco. Alzó la vista para mirarme a los ojos—. No eres el único que la fastidió, ¿sabes?

—¿Liz?

Tendió la mano y me acarició la mejilla.

—Qué raro. Llegas al final de tu vida y de repente te das cuenta de que metiste la pata hasta el fondo.

Le rodeé los dedos con los míos. En el exterior, la nieve caía sobre la ciudad dormida.

—Deberías besarme —sugirió.

—¿Quieres que lo haga?

—Es la tontería más grande que has dicho en toda tu vida.

Lo hice. Posé mis labios sobre los suyos. Fue un beso suave, callado
—sereno, sería la palabra—, uno de esos besos que borran el mundo y
hacen girar el tiempo a su alrededor. El infinito en un instante, la orilla
de la creación rozando la superficie de las aguas.

—Debería parar —dije.

—No, no deberías. —Empezó a desabrocharse la blusa—. Pero sé
cuidadoso, por favor. Tiendo a romperme con facilidad, ya sabes.

21

Nos convertimos en amantes. No creo que nunca antes hubiera entendido
el significado de la palabra. No me refiero únicamente al sexo, aunque lo
hubo; pausado, meticuloso, una forma de pasión que no sabía que existie-
ra. Me refiero a que vivíamos tan plenamente como dos personas pueden
vivir, embargados por la certeza de estar haciendo lo que debíamos. Únicamente abandonábamos la casa para salir a dar un paseo. Un frío intenso
siguió a la nieve; la ciudad quedó sellada bajo un manto blanco. Nunca
mencionábamos el nombre de Jonas. No porque evitáramos el tema. Sencillamente, ya no importaba.

Ambos sabíamos que Liz tendría que marcharse antes o después; no
podía desaparecer de su vida sin más. Tampoco concebía yo la idea de
pasar ni un minuto del tiempo que le restaba separado de ella. Creo que
Liz sentía lo mismo. Quería estar a su lado cuando sucediera. Deseaba
acariciarla, sostenerle la mano, decirle lo mucho que la amaba cuando se
marchara.

Una mañana de la semana siguiente a las fiestas de Navidad desperté
a solas en la cama. La encontré en la cocina, tomando un té, y supe lo que
se disponía a decirme.

—Tengo que volver.

—Ya lo sé —respondí—. ¿Adónde?

—A Greenwich, en primer lugar. Mi madre debe de estar preocupada. Luego a Boston, supongo.

No tuvo que decir nada más; el significado estaba claro. Jonas no tardaría en regresar.

—Me hago cargo.

Tomamos un taxi a Grand Central. Apenas habíamos intercambiado palabra desde que anunciara su partida. Yo me sentía como si me estuvieran llevando al paredón. Sé valiente, me ordené. Sé la clase de hombre que aguarda el disparo con los ojos abiertos.

Anunciaron su tren. Nos encaminamos al andén, donde los pasajeros ya estaban subiendo. Liz me echó los brazos al cuello y rompió en llanto.

—No quiero irme —se lamentó.

—Pues no te vayas. No subas al tren.

Advertí que titubeaba. No sólo por sus palabras; también lo noté en su cuerpo. No se avenía a marcharse.

—Tengo que hacerlo.

—¿Por qué?

—No lo sé.

La gente pasaba deprisa por nuestro lado. El consabido anuncio atronó en lo alto: *Salida inmediata del tren con destino a New Haven, Bridgeport, Westport, New Canaan, Greenwich…* Una puerta se estaba cerrando. Al cabo de un momento quedaría obstruida.

—Pues vuelve. Haz lo que tengas que hacer y vuelve. Nos iremos a alguna parte.

—¿Adónde?

—A Italia, a Grecia. A una isla del Pacífico. Da igual. A algún sitio donde nadie nos pueda encontrar.

—Estaría bien.

—Pues di que sí.

Un instante de silencio; a continuación asintió contra mi cuerpo.

—Sí.

Mi corazón salió flotando.

—¿Cuánto tiempo necesitas para arreglarlo todo?

—Una semana. No, dos.

—Que sean diez días. Quedamos aquí, debajo del reloj. Yo me ocuparé de todo.

—Te quiero —dijo Liz—. Creo que te quise desde el primer momento.

—Yo te quise antes de eso.

Un último beso, subió al tren, dio media vuelta y me abrazó por última vez.

—Diez días —repitió.

Me dispuse a hacer los preparativos del viaje. Debía resolver unos cuantos trámites. Redacté un email a toda prisa para pedirle al decano un permiso de ausencia. No estaría allí para saber si me lo concedía, pero apenas me importaba. No concebía la vida más allá de los seis meses siguientes.

Llamé a un amigo especializado en oncología. Le expliqué la situación y él me informó de lo que pasaría. Sí, ella sufriría, pero principalmente se iría apagando poco a poco.

—No deberías afrontarlo solo —me aconsejó. Como yo no respondía, suspiró—: Te mandaré una receta.

—¿Para qué?

—Morfina. Ayudará. —Guardó silencio un instante—. Al final, ya sabes, mucha gente toma más de la que debería, estrictamente hablando.

Respondí que me hacía cargo y le di las gracias. ¿Adónde iríamos? Había leído un artículo en el *Times* sobre una isla del mar Egeo en la que la mitad de la población vivía pasados los cien años. No existía una explicación científica contrastada; los habitantes, casi todos pastores, lo consideraban normal. En el artículo se citaban las palabras de un hombre: «Aquí el tiempo es distinto». Compré dos billetes de primera clase para Atenas y encontré el horario de los transbordadores en internet. Un barco se desplazaba a la isla una vez por semana. Tendríamos que pasar dos días en Atenas, pero hay sitios peores, pensé. Visitaríamos los templos, los grandes e indestructibles monumentos de un mundo perdido, y luego desapareceríamos.

Llegó el día señalado. Iríamos directamente de la estación al aeropuerto. El vuelo estaba previsto para las diez de la noche. Experimentaba tal torbellino de emociones que apenas si podía pensar a derechas. Alegría y tristeza se habían fundido en mi corazón. Necio como soy, no hice ningún otro plan para ese día y me vi obligado a esperar mano sobre mano en mi estudio hasta última hora de la tarde. Había vaciado la nevera, así que no tenía comida en casa. De todos modos, dudo que hubiera podido comer nada.

Tomé un taxi con destino a la estación. Habíamos quedado, una vez más, a las cinco en punto. Liz viajaría con el tren interurbano a Stamford para visitar a su madre en Greenwich una última vez y luego tomaría un cercanías a Grand Central. Con cada manzana que dejaba atrás, mis sentimientos se atemperaban en una sensación de pura claridad. Sabía, con una certeza que pocos experimentan, cuál era mi misión en este mundo.

Todos los acontecimientos de mi vida me habían llevado a ese momento. Pagué al taxista y me dispuse a esperar. Era sábado; el día de menor afluencia. Las iridiscentes esferas del reloj marcaban las 4:36. Liz llegaría pasados veinte minutos.

Se me aceleró el pulso cuando anunciaron el tren por megafonía: *Entrando por la vía 16…* Me planteé la posibilidad de bajar al andén a buscarla, pero me arriesgaba a no encontrarla entre la multitud. Los pasajeros irrumpieron en el vestíbulo principal. Pronto se hizo evidente que Liz no estaba entre ellos. A lo mejor había tomado otro tren; la línea de New Haven circulaba cada treinta minutos. Eché un vistazo al teléfono, pero no tenía mensajes. Llegó el tren siguiente y Liz tampoco iba en él. Empecé a temer que le hubiera pasado algo. Aún no me había planteado la contingencia de que Liz hubiera cambiado de idea, aunque la posibilidad ya planeaba sobre mi mente. A las seis, la llamé al móvil, pero saltó el contestador. ¿Lo había apagado?

Con cada tren, crecía el pánico que yo experimentaba. Ya estaba claro que Liz no acudiría, y con todo yo seguía esperando, albergando esperanzas. Estaba colgando sobre un precipicio, agarrado al borde con la punta de los dedos. De vez en cuando, probaba en el móvil, cada vez con idéntico resultado. *Ha llamado a Elizabeth Lear. En este momento no puedo atender su llamada.* Las manillas del reloj se burlaban de mí con cada giro. Dieron las nueve, luego las diez. Llevaba cinco horas esperando. Qué tonto había sido.

Salí de la estación y eché a andar. Hacía un frío cruel; la ciudad se me antojaba un gigantesco engendro muerto, una broma monstruosa. No me abroché el abrigo ni me puse los guantes; prefería exponerme al viento, notar el dolor. Pasado un rato alcé la vista. Estaba en Broadway, cerca del edificio Flatiron. Me di cuenta de que había olvidado la maleta en la estación. Pensé en regresar a buscarla —alguien la habría entregado— pero el impulso perdió fuelle por sí solo. Una maleta; ¿y qué? Contenía morfina, es verdad. A lo mejor alguien la encontraba y se divertía un rato.

Emborracharme hasta las cejas me parecía la opción más lógica. Entré en el primer restaurante que encontré, en el vestíbulo de un edificio de oficinas; elegante y exclusivo, todo piedra y cromados. Había unas cuantas parejas cenando, aunque pasaba de la medianoche. Me senté en la barra, pedí un whisky escocés y lo apuré antes de que el camarero hubiera devuelto la botella al estante. Le pedí que me lo rellenase.

—Perdone. Usted es el profesor Fanning, ¿verdad?

Me volví a mirar a una mujer que ocupaba un asiento a pocos taburetes del mío. Era joven, entrada en carnes pero despampanante, de la India o de Oriente Medio, con el pelo negro como el carbón, los pómulos altos y labios en forma de corazón. Sobre una minifalda negra llevaba una vaporosa blusa de color crema. En la barra, delante de ella, había una copa de una bebida con fruta, el borde manchado con restos de su lápiz de labios color óxido.

—¿Disculpe?

Ella sonrió.

—Supongo que no se acuerda de mí. —Como yo no respondía, añadió—: ¿Introducción a la Biología Molecular? ¿Primavera de 2002?

—Era usted alumna mía.

La chica soltó una carcajada.

—No muy buena. Me suspendió.

—Vaya. Lo siento.

—No se preocupe, de verdad. La raza humana debería agradecérselo, de hecho. Muchas personas han sobrevivido gracias a que yo no entré en la facultad de medicina.

No me acordaba de ella. Cientos de chicas idénticas a ésa pasaban por mis clases. Además, no es lo mismo ver a una joven desde una tarima a las ocho de la mañana, enfundada en unos pantalones de chándal y tecleando con furia en un portátil, que encontrártela en un bar a tres taburetes de distancia, vestida para una noche de aventura.

—¿Y qué estudiaste al final?

Una pregunta aburrida donde las haya; lo dije por decir, entendiendo que la conversación era ya inevitable.

—Edición, ¿qué si no? —Me miró directamente a los ojos—. ¿Sabe?, estaba loca por usted. O sea, loca de atar. Yo y muchas otras chicas.

Me percaté de que estaba borracha cuando oí esa confesión en labios de una chica que ni siquiera me había dicho su nombre.

—¿Señorita…?

Ella se desplazó al taburete contiguo y me tendió la mano. Llevaba una manicura impecable, las uñas a juego con los labios.

—Nicole.

—Ha sido una noche muy larga, Nicole.

—Me he dado cuenta al ver cómo apuraba ese whisky. —Se tocó el cabello sin motivo—. ¿Qué me dice, profesor? ¿Le apetece invitar a una chica a tomar una copa? Es su oportunidad de compensarme por aquel suspenso.

Saltaba a la vista que sólo estaba tonteando. Era una mujer consciente de sus encantos, del efecto que provocaba. Eché una ojeada por detrás de ella; únicamente había unos cuantos clientes en el local.

—¿No estás…?

—¿Acompañada? —Lanzó una breve carcajada—. O sea, ¿si mi pareja ha salido a fumar?

Súbitamente me aturullé. No pretendía insinuar que quería echarle el anzuelo.

—Bueno, una chica tan guapa como tú… He pensado que…

—Bueno, pues ha pensado mal.

Tomó una cereza del vaso con la yema de los dedos y se la acercó despacio a los labios. Sin despegar los ojos de mi rostro, se la depositó en la lengua y la dejó ahí en equilibrio durante medio segundo antes de arrancar el tallo y atraer la pulpa a su boca. Era el gesto más procaz que había visto en toda mi vida.

—¿Sabe qué, profesor? Esta noche soy toda suya.

Viajábamos en un taxi. Yo estaba borracho perdido. El coche traqueteaba por calles estrechas y nosotros nos besábamos como adolescentes, bebiendo de la boca del otro con furiosos tragos. Por lo visto, yo había perdido la facultad del libre albedrío; las cosas sucedían por sí mismas. Quería algo, pero no sabía qué. Una de mis manos encontró el camino a su falda, se perdió en un país femenino de piel y encaje; la otra le empujaba las nalgas para unir sus caderas a las mías. Ella me desabrochó los pantalones y, liberándome, arrimó la cabeza a mi regazo. El taxista nos lanzó una breve mirada pero no dijo nada. Ella subía y bajaba, mis dedos enredados con su abundante melena. Me daba vueltas la cabeza, apenas si podía respirar.

El taxi se detuvo.

—Veintisiete con cincuenta —dijo el conductor.

Me sentí como si me hubieran tirado encima un jarro de agua fría. Me recompuse a toda prisa y pagué. Cuando me apeé del taxi, la chica —¿Natalie? ¿Nadine?— ya estaba esperando en la entrada de su casa al tiempo que se alisaba la parte delantera de la falda. Algo grande y ruidoso chirriaba en lo alto; pensé que debíamos de estar en Brooklyn, cerca del puente de Manhattan. Otra sesión de manoseo en la puerta y la chica se despegó de mí.

—Espera aquí. —Tenía el rostro congestionado; respiraba muy deprisa—. Tengo que hacer una cosa. Te abriré con el interfono.

Desapareció antes de que yo pudiera protestar. De pie en la acera, traté de reordenar mentalmente los acontecimientos del día. Grand Central, las horas de vana espera. Mi desolado paseo por las gélidas calles. El cálido oasis del bar y la chica —Nicole, así se llamaba— sonriendo, arrimándose a mí y apoyando la mano en mi rodilla. La apresurada, inevitable salida del bar. Recordaba todos los hechos pero ninguno me parecía del todo real. Plantado en mitad del frío, me entró pánico. No quería quedarme a solas con mis pensamientos. ¿Cómo se entendía que Liz me hubiera tratado tan mal? ¿Qué le había pasado por la cabeza para dejarme allí de plantón esperando un tren tras otro? Si la puerta no se abría pronto, estallaría, literalmente.

Transcurrieron unos cuantos minutos de agonía. Oí el ruido de la puerta al abrirse y me volví a tiempo de ver a una mujer saliendo del edificio. Era mayor, gruesa, puede que hispana. Encorvaba el cuerpo, enterrado bajo un abrigo acolchado, para protegerse del frío. No me vio agazapado entre las sombras; cuando pasó, sujeté la puerta justo antes de que se cerrara.

El súbito calor del vestíbulo me envolvió. Revisé los buzones. Nicole Forood, apartamento cero. Bajé las escaleras al sótano, donde encontré una sola puerta. Llamé con los nudillos y luego, como nadie respondía, con el puño. Experimentaba una frustración indescriptible. Mis sentimientos habían cristalizado en pura desesperación que rayaba la ira. Volví a levantar el puño, pero entonces oí pasos en el interior. El complicado sistema de desbloqueo de las cerraduras de Nueva York comenzó. Al cabo de un momento, la puerta se abrió lo justo para que yo atisbara la cara de la muchacha al otro lado de la cadena. Se había despojado del maquillaje, revelando así un rostro anodino, estropeado por el acné. Otro hombre habría captado el mensaje, pero yo me encontraba en tal estado de excitación que mi cerebro no procesaba los datos.

—¿Por qué me has dejado solo ahí fuera?

—No creo que sea buena idea. Deberías marcharte.

—No te entiendo.

Su rostro recordaba a una máscara sin expresión.

—Tengo cosas que hacer. Lo siento.

¿Estaba hablando con la misma chica que me había asediado en el bar? ¿Cómo era posible? ¿Se trataba de un juego o algo parecido? Me entraron ganas de reventar la cadena y entrar por la fuerza. A lo mejor ella esperaba que lo hiciera. Parecía de ésas.

—Es tarde. No debería haberte dejado ahí fuera, pero voy a cerrar la puerta.

—Por favor, déjame entrar un momento para entrar en calor. Luego me marcharé.

—Lo siento, Tim. Lo he pasado bien. A lo mejor podemos quedar algún otro día. Pero ahora tengo que dejarte.

Lo reconozco: una parte de mí estaba calculando la resistencia de la cadena que trababa la puerta.

—No confías en mí. ¿Es eso?

—No, no es eso. Es que…

Dejó la frase en suspenso.

—Te juro que me comportaré. No te molestaré. —Esbocé una sonrisa avergonzada—. La verdad es que aún estoy un poco borracho. Necesito despejarme.

Noté un amago de vacilación en su rostro. Mi súplica estaba obrando efecto.

—Por favor —insistí—. Hace un frío horrible aquí fuera.

Esperé un momento; su rostro se relajó.

—Un ratito nada más, ¿vale? Tengo que levantarme temprano.

Levanté tres dedos.

—Palabra de scout.

Cerró la puerta, retiró la cadena y la abrió otra vez. Para mi desilusión, una bata y un vulgar camisón sin forma, de franela, habían reemplazado la falda y la blusa vaporosa. Se retiró a un lado para cederme el paso.

—Prepararé café.

El piso emanaba sordidez: una zona de estar con ventanas pegadas al techo que daban a la acera, una minúscula cocina con platos amontonados en la pila, un estrecho pasillo que llevaba, era de suponer, al dormitorio. El sofá, de cara a un viejo televisor de tubos, estaba lleno de ropa. Había pocos libros a la vista, nada en las paredes salvo un par de carteles baratos de nenúfares y bailarinas.

—Perdona el desorden —se disculpó, y me señaló el sofá—. Empuja la ropa a un lado, si quieres.

Nicole estaba de espaldas a mí. Llenó una cazuela con agua del grifo y procedió a verterla en una mugrienta cafetera. Algo muy raro me estaba pasando. Únicamente puedo describirlo como una proyección astral. Me sentía como el personaje de una película, como si me viera desde fuera. En aquel estado de profunda despersonalización, me observé a mí mismo acercarme a ella por detrás. Ahora la chica introducía el café en la máquina. Yo estaba a punto de rodearla con los brazos cuando notó mi presencia y se dio media vuelta.

—¿Qué haces?

Mi cuerpo la apresaba contra el mostrador. Empecé a besarle el cuello.

—¿Qué crees que estoy haciendo?

—Tim, para. Lo digo en serio.

Yo estaba ardiendo por dentro. Mis sentidos habían entrado en combustión.

—Dios mío, qué bien hueles.

La estaba lamiendo, saboreando. Quería bebérmela.

—Me estás asustando. Quiero que te marches.

—Di que eres ella. —¿De dónde salían esas palabras? ¿Quién las pronunciaba? ¿Era yo?—. Dilo. Di lo mucho que lo sientes.

—¡Maldita sea, para!

Con una fuerza inusitada, me apartó de un empujón. Choqué contra la encimera, a punto de perder el equilibrio. Cuando alcé la vista, descubrí que había sacado un largo cuchillo de un cajón. Me apuntaba con él como si fuera una pistola.

—Vete.

La oscuridad se desplegaba dentro de mí.

—¿Cómo has podido hacerlo? ¿Cómo has podido dejarme plantado ahí fuera?

—Gritaré.

—Zorra. Zorra de mierda.

Me abalancé sobre ella. ¿Qué intenciones albergaba? ¿Qué significaba ella para mí, esa mujer armada con un cuchillo? ¿Era una persona siquiera o una mera proyección de mi desdichado ser? Hoy día sigo sin saberlo; el instante parece pertenecer a un hombre del todo distinto. No lo digo para exonerarme, algo del todo imposible, únicamente para describir los acontecimientos con la máxima exactitud. Alargué una mano para taparle la boca y le agarré el brazo con la otra para empujar el cuchillo hacia abajo. Chocamos con un golpe blando y caímos al suelo, mi cuerpo encima del suyo, el cuchillo entre los dos.

El cuchillo. El cuchillo.

Cuando golpeamos el piso, lo noté. La sensación fue inconfundible, y también el sonido.

Los acontecimientos que siguieron emanan la misma energía extraña en mi recuerdo, velado por el horror. El acto, definitivo, impronunciable, había sido cometido en plena pesadilla. Me separé de su cuerpo. Un charco de sangre, espesa y oscura, casi negra, se derramaba a su alrededor. Había más en mi camisa, una salpicadura roja. La hoja había penetrado por debajo del esternón de la chica y mi peso había acabado de hundirla en su cavidad torácica. Ella miraba al techo; emitió un pequeño jadeo, como el que soltaría alguien levemente sorprendido. *¿Mi vida acaba de llegar a su fin? ¿Ya está? ¿Un forcejeo de nada y todo ha terminado?* Poco a poco, su mirada se desenfocó; una quietud antinatural se apoderó de su rostro.

Me volví hacia la pila y vomité.

No recuerdo haber tomado la decisión de ocultar mis huellas. No tenía un plan; me limité a ponerlo en práctica. Todavía no me consideraba un asesino. Era más bien un hombre implicado en un grave accidente que sería malinterpretado. Me despojé de la camisa. La sangre de la chica no había traspasado a la camiseta interior. Busqué con la vista los objetos que pudiera haber tocado. El cuchillo, claro; tendría que deshacerme de él. ¿La puerta de entrada? ¿Había tocado el pomo, el marco? Conocía las series de la televisión, las mismas en las que unos policías muy guapos revisan la escena del crimen en busca de la más mínima prueba. Sabía que su pericia se exageraba hasta extremos absurdos con fines dramáticos, pero no contaba con otra referencia. ¿Qué rastros invisibles de mi persona había dejado allí, adheridos a las superficies del apartamento, esperando ser recogidos y analizados para señalar mi culpa?

Me enjuagué la boca y limpié las llaves del grifo y la pila con una esponja. Lavé también el cuchillo, lo envolví en mi camisa y lo guardé con gran cuidado en el bolsillo de mi abrigo. No volví a mirar el cuerpo; hacerlo me habría resultado insoportable. Fregué las encimeras y me di la vuelta para observar el resto del apartamento. Algo había cambiado. ¿Qué era?

Oí un ruido procedente del pasillo.

¿Qué es lo peor de todo? ¿La muerte de millones de personas? ¿Un mundo entero perdido? No, nada puede ser peor que el sonido que escuché a continuación.

Detalles que había pasado por alto cobraron protagonismo. El montón de ropa, en el que abundaban minúsculas prendas rosa. Los alegres juguetes de plástico y peluches tirados por el suelo. El inconfundible tufo fecal enmascarado por los polvos de talco. Recordé a la mujer que había visto salir del edificio. El momento de su partida no había sido casual.

El ruido se repitió. Quería marcharme pero no podía. Averiguar su origen sería mi penitencia, el peso que cargaría toda la vida. Despacio, avancé por el pasillo, un paso tras otro impregnados de terror. Una luz tenue, como de cuna, brillaba a través de la puerta entreabierta. El tufo se tornó más fuerte y empapó mi boca con su sabor. Me detuve en el umbral, petrificado, consciente de lo que se me requería.

La niña estaba despierta, mirando a un lado y a otro. Seis meses, un año; no se me daban bien esos cálculos. Un móvil de animales de cartón pendía sobre la cuna. La pequeña agitaba los brazos y movía las piernas contra el colchón, provocando un revuelo entre los animales colgados. El sonido se repitió, un gritito de alegría. *¡Mira lo que hago! Mamá, ven a verlo.* Pero en la otra habitación la madre yacía en un charco de sangre, con los ojos fijos en el abismo del tiempo.

¿Qué hice? ¿Caí de rodillas al suelo e imploré perdón? ¿La levanté con mis sucias manos, las manos de un asesino, y le dije que lamentaba haberla condenado a una vida de orfandad? ¿Llamé a la policía y velé junto a su cuna, destrozado por la vergüenza, esperando su llegada?

No. Cobarde como soy, hui.

Y, sin embargo, la noche no terminó ahí. Podría decirse que nunca acabó.

Un tramo de escaleras llevaba de la calle Old Fulton a la acera del puente de Brooklyn. A mitad del puente, eché mano del cuchillo y la ensangrentada camisa y los lancé al agua. Eran cerca de las cinco de la madrugada; la ciudad pronto despertaría. El tráfico se iba tornando más denso: oficinistas madrugadores, taxis, camionetas de reparto, incluso unos cuantos ciclistas con la cara tapada para protegerse del frío, que pasaban zumbando por mi lado como demonios sobre ruedas. No hay ser en el mundo que se sienta más anónimo, más olvidado, más solo que el peatón neoyorquino, si decide serlo, pero se trata de una mera ilusión: nuestras idas y venidas se registran al detalle. En Washington Square compré una gorra barata a un vendedor callejero para ocultar mi rostro y encontré una cabina. Llamar a emergencias quedaba descartado, por cuanto localizarían la llamada al instante. Llamé a información para pedir el número del *New York Post*, lo marqué y rogué que me pasaran con la sección de noticias locales.

—Local.

—Quería informar de un asesinato. Una mujer ha muerto apuñalada.

—Espere un momento. ¿Con quién hablo?

Le di la dirección.

—La policía aún no lo sabe. La puerta está abierta. Vayan a mirar —sugerí, y colgué.

Hice dos llamadas más, al *Daily News* y al *Times*, desde distintas cabinas, una de Bleecker Street y la otra de Prince. A esas alturas la ciudad ya estaba en plena hora punta. Pensé que debía volver a mi estudio. Era allí donde me habría encontrado en circunstancias normales y, hablando claro, no tenía otro sitio adonde ir.

Entonces me acordé de mi maleta olvidada. No veía cómo iban a relacionarla con la muerte de la chica, pero se trataba, como mínimo, de un rastro que debía eliminar cuanto antes. Tomé el metro a Grand Central. Al instante me percaté de la fuerte presencia policial. Ahora era un asesino, condenado a una percepción extrasensorial de mi entorno, a una vida de miedo constante. En el quiosco me enviaron a objetos perdidos, ubicado en el nivel inferior. Mostré mi carné de conducir a la empleada del mostrador y le describí la maleta.

—Creo que me la dejé en el vestíbulo principal —expliqué. Intentaba hacerme pasar por un atribulado viajero cualquiera—. Llevábamos mucho equipaje. Por eso debí de olvidarla.

Mi excusa no le interesó lo más mínimo. Desapareció entre las estanterías y regresó un ratito más tarde con mi maleta y una hoja de papel.

—Tiene que rellenar esto y firmarlo.

Nombre, dirección, teléfono. Parecía una confesión. Me temblaban tanto las manos que apenas si podía sostener el bolígrafo. Qué bobo: sólo era un impreso más en una ciudad que generaba un volumen de papel equivalente a una deforestación diaria.

—Tengo que sacar una copia de su permiso de conducir —me informó la mujer.

—¿Es necesario? Tengo un poco de prisa.

—Cariño, yo no pongo las normas. ¿Quieres tu maleta o no?

Se lo tendí. Lo escaneó, me lo devolvió y grapó la copia al impreso, que guardó en un cajón debajo del mostrador.

—Seguro que se pierden muchas maletas —comenté, pensando que debía decir algo.

La mujer puso los ojos en blanco.

—Cielo, no creerías las cosas que nos llegan.

Tomé un taxi para regresar a mi estudio. Por el camino repasé mi situación. El apartamento de la joven, por lo que yo sabía, no albergaba rastros de mi paso por allí; había limpiado todas y cada una de las superficies que había tocado. Nadie me había visto entrar ni salir, excepto el taxista; eso podía crearme problemas. También debía tener en cuenta al camarero. *Perdone. Usted es el profesor Fanning, ¿verdad?* No lograba recordar si el hombre andaba cerca, aunque sin duda se habría fijado en nosotros. ¿Había pagado en metálico o con tarjeta de crédito? En metálico, pensé, aunque no estaba seguro. El rastro estaba ahí, pero ¿alguien sería capaz de seguirlo?

Una vez en casa, abrí la maleta sobre la cama. Como era de esperar, la morfina había desaparecido, pero todo lo demás seguía allí. Me vacié los bolsillos: cartera, llaves, móvil. Me había quedado sin batería durante la noche. Lo conecté al cargador de la mesilla y me tumbé, aunque ya sabía que no podría dormir. No creía que volviera a dormir nunca.

Mi teléfono emitió una señal cuando la batería despertó. Cuatro mensajes nuevos, todos del mismo número, con el prefijo 401. ¿Rhode Island? ¿A quién conocía en Rhode Island? Y entonces, mientras lo tenía en la mano, el teléfono sonó.

—¿Hablo con Timothy Fanning?

No reconocí la voz.

—Sí, soy el doctor Fanning.

—Ah, es usted doctor. Eso lo explica. Me llamo Lois Swan. Soy enfermera de cuidados intensivos del hospital Westerly. Ayer por la tarde ingresó una paciente, una mujer llamada Elizabeth Lear. ¿La conoce?

Me dio un vuelco el corazón.

—¿Dónde está? ¿Qué le ha pasado?

—La sacaron del tren interurbano de Boston y la trajeron en ambulancia. Le he llamado varias veces. ¿Es usted su médico?

Empezaba a comprender el motivo de la llamada.

—Sí —mentí—. ¿En qué estado se encuentra?

—Me temo que la señora Lear ha fallecido.

No dije nada. La habitación se estaba desvaneciendo a mi alrededor. No únicamente la habitación; el mundo.

—¿Hola?

Tragué saliva con suma dificultad.

—Sí, estoy aquí.

—Estaba inconsciente cuando la trajeron. Sólo yo me hallaba con ella cuando despertó. Me dio su nombre y su teléfono.

—¿Algún mensaje?

—Lo lamento, no. Apenas si podía hablar. Ni siquiera estaba segura de haber oído bien el número. Murió pocos minutos después. Hemos intentado ponernos en contacto con su marido, pero está en el extranjero, por lo visto. ¿Quiere que se lo notifiquemos a alguien más?

Colgué. Me cubrí la cara con una almohada. Y empecé a gritar.

22

La noticia de la muerte de la joven apareció en las primeras páginas de los periódicos sensacionalistas durante varios días y gracias a eso llegué a conocerla mejor. Tenía veintinueve años y era de College Park, en Maryland, hija de inmigrantes iraníes. Su padre era ingeniero, su madre, bibliotecaria; tenía tres hermanos. Había trabajado durante seis años en Beckworth and Grimes, donde había ascendido a asistente editorial. El padre de la niña, un actor, y ella se habían divorciado hacía poco. Todo cuanto guardaba relación con esa chica era tan corriente como digno de admiración. Trabajadora ejemplar. Amiga leal. Hija querida y madre entregada. En una época quiso ser bailarina. Había fotos. En una, aparecía de niña, enfundada en unas mallas y ejecutando un infantil *plié*.

Dos días más tarde me llamó Jonas para informarme de la muerte de Liz. Hice lo posible por mostrar sorpresa y descubrí que sí estaba un poco sorprendido, como si, al oír su voz quebrada, hubiera vuelto a experimentar la pérdida por primera vez. Charlamos un rato del pasado. De tanto en tanto nos reíamos de algo divertido que Liz había hecho o dicho; en otros momentos guardábamos silencio un buen rato mientras yo le oía llorar. Presté suma atención a esos silencios de la conversación por si alguno sugería que Jonas sabía, o sospechaba, lo nuestro. Pero no noté nada. Tal como Liz había dicho, estaba ciego. No podía ni concebir algo semejante.

No me acababa de creer que nadie me hubiera abordado todavía. Nada de llamadas a la puerta, ningún hombre de negro plantado detrás de la cadena con su placa identificativa en la mano. *Doctor Fanning, ¿podemos hablar un momento con usted?* Los artículos no mencionaban al camarero ni al taxista, lo que me parecía una buena señal, aunque antes o después, creía yo, la ley llamaría a mi puerta. Me arrancarían la verdad; caería de rodillas y confesaría. Lo contrario habría significado que el universo no tenía sentido.

Tomé un tren a Boston para asistir al funeral. La ceremonia se celebró en Cambridge, a poca distancia de Harvard. La iglesia estaba llena a reventar. Familia, amigos, colegas, antiguos alumnos; en sus breves años de vida, Liz había llegado a ser muy querida. Me senté en un banco del fondo con la esperanza de pasar desapercibido. Conocía a muchos, reconocí a otros, noté el dolor de todos ellos. Entre los dolientes había un hombre cuyo abotargado rostro de alcohólico reconocí. Era Alcott Spence. Nuestros ojos se cruzaron un instante mientras seguíamos el ataúd de Liz al exterior, aunque no creo que se acordara de mí.

Después del funeral, el círculo más íntimo acudió a la sociedad Spee, donde se sirvió una comida tipo bufé. Yo me había excusado con Jonas diciendo que tenía que marcharme pronto y que no podría asistir, pero insistió en que los acompañara con tanta vehemencia que no tuve elección. Hubo brindis, remembranzas, corrió la bebida. Cada segundo se me antojaba una tortura. Cuando la gente empezó a marcharse, Jonas me llevó aparte.

—Salgamos al jardín. Quería hablar contigo.

Ha llegado el momento, pensé. La verdad estaba a punto de salir a la luz. Nos encaminamos al jardín por la puerta de la biblioteca y nos sentamos en las escaleras que llevaban al patio. El día era inusitadamente cálido, un fugaz anticipo de la primavera; una estación que yo no llegaría a ver. Sin duda viviría encerrado en una celda para entonces.

Hurgó en el bolsillo interior de su americana y sacó una petaca. Tomó un buen trago y me la pasó.

—Por los viejos tiempos —dijo.

Yo me abstuve de responder. Las riendas de la conversación las llevaba él.

—No hace falta que lo digas. Ya sé que la cagué. Debería haber estado allí. Puede que eso sea lo peor de todo.

—Estoy seguro de que lo entendió.

—¿Cómo iba a entenderlo? —Volvió a beber y se secó la boca—. La verdad, creo que se disponía a dejarme. Seguramente lo merecía.

Noté un vacío en el estómago. Por otro lado, de haber sabido que yo era el tercero en discordia, ya lo habría sacado a relucir.

—Qué tontería. Seguramente iba de visita a casa de su madre.

Se encogió de hombros con resignación.

—Ya, bueno, la última vez que pregunté no hacía falta pasaporte para ir a Connecticut.

Yo no había tenido en cuenta ese detalle. Qué podía decir.

—Pero no es por eso por lo que quería hablar contigo —prosiguió—. Estoy seguro de que has oído lo que dicen por ahí de mí.

—Algo he oído, sí.

—Todo el mundo piensa que se me va la olla. Bueno, pues se equivocan.

—No sé si es el mejor día para hablar de eso, Jonas.

—En realidad es el día ideal. Estoy cerca, Tim. Muy, muy cerca. Hay un yacimiento en Bolivia. Un templo de mil años de antigüedad como mínimo. Dicen las leyendas que alberga una tumba, el cadáver de un hombre infectado del virus que estoy buscando. No es nada nuevo; abundan las historias parecidas. Demasiadas como para no darles crédito, en mi opinión, pero eso lo podemos hablar otro día. El caso es que tengo pruebas. Un amigo del Centro para el Control y Prevención de Enfermedades vino a verme hace unos meses. Había oído hablar de mis investigaciones y se había enterado de algo que podía interesarme. Hace cinco años, un grupo de cuatro turistas norteamericanos acudieron a un hospital de La Paz. Todos estaban contagiados de lo que parecía un hantavirus. Habían participado en una especie de ecotour por la selva. Y ahí está el asunto. Todos padecían cáncer terminal. El tour estaba organizado por una asociación de esas que te concede un último deseo. Ya sabes, consuma aquello que siempre quisiste hacer antes de despedirte.

Yo no sabía adónde quería ir a parar.

—¿Y?

—Ahora el asunto se pone interesante. Todos se recuperaron, y no únicamente del hantavirus. Del cáncer. Ovárico fase cuatro, glioblastoma inoperable, leucemia linfoide aguda... no quedaba ni rastro. Y no sólo se habían curado. Estaban más que curados. Parecía como si el proceso de envejecimiento se hubiera revertido. El más joven tenía cincuenta y cinco, el mayor setenta. Tenían aspecto de veinteañeros.

—Menudo caso.

—¿Te estás quedando conmigo? Es *el* caso. Si se confirma, será el descubrimiento más importante de la historia de la medicina.

Yo seguía instalado en el escepticismo.

—Y entonces, ¿por qué no ha llegado a mis oídos? No se cita en ninguna publicación.

—Buena pregunta. Mi amigo del CCPE sospecha que los militares intervinieron. Todo el asunto pasó a manos del Instituto de Enfermedades Infecciosas del Ejército.

—¿Y qué interés tenían en ello?

—¡A saber! Puede que quisieran atribuirse el mérito, aunque ésa sería la posibilidad más optimista. Un día tienes a Einstein rumiando sobre la teoría de la relatividad y al siguiente aparece el Proyecto Manhattan y un enorme agujero en el suelo. Ya ha pasado otras veces.

Algo de razón tenía.

—¿Los has examinado? A los cuatro pacientes.

Jonas tomó otro trago de whisky.

—Bueno, en ese punto la historia da un pequeño giro. Todos han muerto.

—Pero ¿no habías dicho que...?

—Ah, no murieron de cáncer. Por lo visto, todos estaban como... acelerados, como si sus cuerpos no pudieran soportarlo. Alguien los grabó en vídeo. Prácticamente se estampaban contra las paredes. El que duró más tiempo aguantó ochenta y seis días.

—Es un giro monumental.

Me clavó la mirada.

—Piénsalo, Tim. Hay algo ahí fuera. No he podido encontrarlo a tiempo para salvar a Liz, y eso me torturará el resto de mis días. Pero no puedo detenerme ahora. No sólo a pesar de ella, sino por ella. Ciento cincuenta y cinco mil seres humanos mueren a diario. ¿Cuánto rato llevamos aquí sentados? ¿Diez minutos? Eso implica más de un millar, igual que Liz. Personas que tienen una vida, familias que los quieren. Te necesito, Tim. Y no únicamente porque seas mi amigo más querido y el tío más listo que conozco. Te seré sincero: voy mal de dinero. Ya nadie apoya esto. Es posible que tu notoriedad sirva para, ya sabes, engrasar un poco el motor.

Mi notoriedad. Si supiera lo poco que valía ahora mismo.

—No sé, Jonas.

—Si no quieres hacerlo por mí, hazlo por Liz.

Lo reconozco: el científico que hay en mí estaba intrigado. También es verdad que no quería tener nada que ver con ese proyecto, ni con Jonas, nunca más. En esos escasos diez minutos en los cuales habían fallecido mil seres humanos yo había pasado a despreciarlo profundamente. Es posible que siempre lo hubiera hecho. Despreciaba su falta de coherencia, su inmenso ego, el autobombo que se gastaba. Despreciaba el modo descarado en que intentaba sacar partido a mi lealtad y su inquebrantable fe en que podía dar con la respuesta a cualquier cosa. Despreciaba el hecho de que estuviera en la inopia, pero, por encima de todo, lo despreciaba por haber dejado que Liz muriera sola.

—¿Me dejas que lo piense?

Una evasiva sencilla; no tenía la menor intención de hacerlo.

Empezó a decir algo, pero se mordió la lengua.

—Ya lo entiendo. Debes tener en cuenta tu reputación. Conozco este mundillo, te lo aseguro.

—No, no es eso. Es que requiere un gran compromiso. Ahora mismo tengo muchos asuntos entre manos.

—No te soltaré fácilmente, ¿sabes?

—No me cabe la menor duda.

Permanecimos un rato en silencio. Jonas miraba el jardín, aunque estoy seguro de que no lo veía.

—Es raro… Siempre supe que llegaría este día. Y ahora no me lo puedo creer. Es como si no estuviera sucediendo, ¿sabes? Tengo la sensación de que llegaré a casa y la encontraré allí, corrigiendo exámenes en su escritorio o removiendo un guiso en la cocina. —Resopló y se volvió para mirarme—. Ojalá hubiera sido un amigo más fiel todos estos años. No debería haber dejado pasar tanto tiempo.

—Olvídalo —respondí—. También ha sido culpa mía.

La conversación había llegado a su fin.

—Bueno —se despidió Jonas—, gracias por venir, Tim. Ya sé que habrías venido de todos modos, por ella. Pero significa mucho para mí. Hazme saber cuál es tu decisión.

Me quedé un rato sentado después de su partida. Reinaba el silencio en el edificio; los asistentes al funeral se habían marchado, de vuelta a sus vidas. Qué suerte tienen, pensé.

No supe nada más de Jonas. El invierno dio paso a la primavera, luego al verano, y empecé a pensar que no habían conectado los puntos, finalmente, y que seguiría siendo un hombre libre. Poco a poco, la muerte de la chica dejó de pesar sobre cada uno de mis pensamientos y actos. Seguía ahí, desde luego; el recuerdo me asaltaba a menudo y sin previo aviso. Cuando lo hacía, la culpa me paralizaba hasta tal punto que apenas si podía respirar. Pero la mente es astuta; tiende a la autopreservación. Un día de verano particularmente agradable, fresco y seco, bajo un cielo tan azul que parecía una gran cúpula celeste colgada sobre la ciudad, me encaminaba al metro desde mi oficina cuando me percaté de que llevaba diez minutos seguidos sin sentirme destrozado hasta la médula. A lo mejor la vida podía continuar, al fin y al cabo.

En otoño retomé la docencia. Una cuadrilla de nuevos ayudantes me estaba esperando; casi todas mujeres, como si la administración se complaciera en torturarme. Sin embargo, decir que los viejos tiempos habían pasado a la historia sería el nuevo eufemismo del siglo. Yo llevaba una vida monacal y así pensaba seguir. Trabajaba, impartía mis clases, no buscaba la compañía de nadie, ni hombre ni mujer. Me enteré por terceros de que Jonas por fin había conseguido financiación y estaba haciendo los preparativos para emprender el viaje a Bolivia. Que te vaya bien, pensé.

Un día de finales de enero, estaba corrigiendo prácticas en mi despacho cuando llamaron a la puerta.

—Adelante.

Dos personas, un hombre y una mujer. Al instante supe quiénes eran y qué hacían allí. Mi expresión debió de traicionarme con la misma celeridad.

—¿Tiene un momento, profesor Fanning? —preguntó la mujer—. Soy la inspectora de policía Reynaldo y éste es el agente Phelps. Desearíamos hacerle unas preguntas, si no le importa.

—Pues claro. —Fingí estar sorprendido—. Siéntense, agentes.

—Nos quedaremos de pie, si le parece bien.

La conversación duró menos de quince minutos, pero el escaso cuarto de hora bastó para hacerme saber que el cerco se estrechaba a mi alrededor. Una mujer había acudido a comisaría; la canguro. No tenía papeles; de ahí la dilatada demora. Aunque me había visto de pasada, la descripción que proporcionó encajaba con la del camarero. Éste no recordaba mi nombre, pero había oído parte de la conversación, la misma en la que Nicole confesaba estar loca por mí usando la frase «yo y muchas otras chicas». La pista les llevó al expediente académico de Nicole y, por fin, a mí, por cuanto guardaba un gran parecido con la descripción del sospechoso ofrecida por la canguro. Un parecido extraordinario.

Lo negué todo. No, nunca había pisado el bar en cuestión. No, no recordaba haber visto a esa chica en mis clases; había leído la noticia en la prensa pero no la había relacionado conmigo. No, no recordaba dónde estuve aquella noche. ¿Cuándo, exactamente? Con toda probabilidad me encontraba en la cama.

—Interesante. ¿En la cama, dice?

—Puede que estuviera leyendo. A veces sufro insomnio. No me acuerdo, la verdad.

—Qué raro. Porque según la Administración de Seguridad en el Transporte, había reservado usted una plaza en un vuelo a Atenas. ¿Desea compartir con nosotros alguna información al respecto, doctor Fanning?

El clásico sudor frío del criminal humedeció las palmas de mis manos. Pues claro que lo sabían. ¿Cómo pude ser tan tonto?

—Muy bien —dije, adoptando una expresión enojada—. Ojalá no me hubieran obligado a decirlo, pero ya que se empeñan en inmiscuirse en mi vida privada, me marchaba del país con una amiga. Una amiga casada.

Una ceja enarcada con ademán lascivo.

—¿Le importaría decirnos cómo se llamaba?

—Lo siento. No puedo hacerlo. No me corresponde a mí revelarlo.

—Un caballero no habla de sus conquistas, ¿eh?

—Algo así.

La inspectora Reynaldo sonrió con ganas, como si disfrutara con la situación.

—Un caballero que se fuga con la mujer de otro hombre. Dudo mucho que le den un premio por eso.

—Ni yo lo pretendo, inspectora.

—¿Y por qué no se marchó?

Me encogí de hombros con aire inocente.

—Ella cambió de idea. Su marido es un colega mío. La idea fue absurda desde el principio. No hay nada más que contar.

Se hizo un silencio de diez segundos. Un espacio en blanco que sin duda yo debía llenar con algún comentario incriminatorio.

—Bueno, eso es todo por ahora, doctor Fanning. Gracias por hacernos un hueco en su apretada agenda. —Me ofreció su tarjeta—. Si se le ocurre algo más, llámeme, ¿de acuerdo?

—Lo haré, inspectora.

—Y me refiero a cualquier cosa, lo que sea.

Aguardé treinta minutos para asegurarme de que hubieran abandonado el edificio. A continuación tomé el metro hacia mi casa. ¿De cuánto tiempo disponía? ¿Días? ¿Horas? ¿Cuánto papeleo les haría falta para incluirme en una rueda de reconocimiento?

Solamente se me ocurría una opción. Llamé al despacho de Jonas y luego a su móvil, pero no me contestó. Tendría que arriesgarme a mandarle un email.

> *Jonas: He meditado tu propuesta. Perdona por haber tardado tanto en responder. No sé realmente qué te puedo ofrecer a estas alturas, pero me gustaría apuntarme. ¿Cuándo te marchas? TF*

Esperé delante del ordenador, refrescando la página una y otra vez. Treinta minutos después llegó su respuesta.

> *Encantado. Salimos dentro de tres días. Ya te he pedido el visado. No digas que carezco de contactos. ¿Cuánta gente necesitarás en tu equipo? Conociéndote, supongo que te traerás una tropa de*

atractivas posgraduadas que nos vendrán la mar de bien para
animar el cotarro.

Ponte las pilas, amiguito. Vamos a cambiar el mundo. JL

23

No hay mucho más que contar. Me contagié. De todos los infectados, tan sólo yo sobreviví. Y así surgió la raza que dominó la Tierra.

Una noche Jonas acudió a mi celda. Sucedió mucho después de mi transformación. A esas alturas yo ya me había acostumbrado a mis circunstancias. No sabía qué hora era, por cuanto el paso del tiempo no me afectaba, cautivo como estaba. Mis planes iban viento en popa. Y mis cómplices habían encontrado un modo de escapar. Los mentecatos que nos vigilaban: día a día nos habíamos infiltrado en sus pensamientos, habíamos ocupado sus mentes con nuestros siniestros sueños con el fin de atraerlos al redil. Sus abotargadas mentes se estaban desplomando; pronto serían nuestros.

Me habló a través del altavoz:

—Tim, soy Jonas.

Ya me había visitado otras veces. A menudo veía su rostro detrás del cristal. Sin embargo, no había vuelto a dirigirme la palabra desde el día de mi despertar. Los últimos años habían modificado su apariencia de un modo chocante. Con el pelo largo, una barba enmarañada y los ojos de un lunático, se había convertido en la viva imagen del científico loco por el que yo siempre lo había tomado.

—Ya sé que no puedes hablar. Diablos, ni siquiera estoy seguro de que me entiendas.

Noté que se disponía a confesar algo. Yo estaba, lo reconozco, muy poco interesado en lo que quisiera decirme. Sus problemas de conciencia ¿qué me importaban? Por si fuera poco, su visita había postergado el momento de mi alimentación diaria. Y si bien en vida jamás presté demasiada atención al sabor de la caza, últimamente degustaba el conejo crudo con fruición.

—Esto no va nada bien. Estoy perdiendo el control de la situación.

No me digas, pensé.

—Dios mío, cuánto la echo de menos, Tim. Debería haberla escuchado. Debería haberte escuchado. Si al menos pudieras hablarme…

Pronto sabrás de mí, respondí para mis adentros.

—Tengo una última oportunidad, Tim. Todavía creo que esto puede funcionar. A lo mejor, si sale bien, el Ejército nos dejará en paz. Aún puedo arreglar las cosas.

La esperanza es lo último que se pierde, ¿verdad?

—El caso es que ha de ser un niño. —Guardó silencio un instante—. No me puedo creer lo que estoy diciendo. Acaban de traerla. No quiero ni saber qué han hecho para trasladarla hasta aquí. Tim, no es más que una cría.

Una niña, pensé. Vaya, eso sí que era un giro inesperado. No me extrañaba que Jonas se despreciara a sí mismo. Me regodeé en su desgracia. Yo ya había descubierto cuán bajo puede caer un hombre, ¿por qué no iba a hacerlo él?

—La llaman Amy NLN. *No last name.* Sin apellido. La encontraron en un orfanato. Señor, ni siquiera tiene un nombre como Dios manda. Sólo es una niña de ninguna parte.

Sentí compasión por esa desdichada cría, arrancada de su vida para convertirse en la patética esperanza, en el último refugio de un loco. Pero al mismo tiempo que albergaba esos pensamientos, una nueva idea cobró forma en mi mente. Una niña, con toda la inocencia de la juventud; por supuesto. El paralelismo saltaba a la vista. Era un mensaje e iba dirigido a mí. Enfrentarme a ella; ésa sería la prueba definitiva. Oí el rumor de las tropas que se reunían a lo lejos. Esa niña de ninguna parte. Esa Amy NLN. ¿Quién era alfa, quién omega? ¿Quién el principio y quién el fin?

—¿La amabas, Tim? Me lo puedes decir.

Sí, pensé. Sí, sí, sí. Nada importó nunca, únicamente ella. La amaba más de lo que un hombre es capaz de amar. La amaba lo bastante como para verla morir.

—La policía vino a verme, ¿sabes? Sabían que vosotros dos habíais reservado billete en el mismo avión. ¿Sabes qué es lo más raro? Me alegré por ella. Merecía estar con alguien que la quisiera como ella deseaba ser amada. Que le ofreciese ese amor que yo no podía darle. Lo que intento decirte, creo, es que me alegro de que fueras tú.

No era posible… Yo tenía los ojos —los ojos de una bestia, de un demonio— anegados en lágrimas.

—Bueno —Jonas carraspeó—. Eso quería decirte. Siento mucho todo esto, Tim. Espero que lo sepas. Fuiste el mejor amigo que tuve jamás.

Ahora ya ha anochecido. Las estrellas penden sobre la ciudad desierta, la diadema del cielo. Ha transcurrido un siglo desde que alguien transitara estas calles por última vez y, sin embargo, no es posible recorrerlas sin ver el propio rostro reflejado mil veces. Escaparates. Tienduchas y casas de piedra. Los muros forrados de espejo de los rascacielos, grandes tumbas verticales de cristal. Miro y ¿qué veo? ¿Un hombre? ¿Un monstruo? ¿Un diablo? ¿Un engendro sin alma o una cruel herramienta del cielo? La primera idea se me antoja intolerable, la segunda también. ¿Quién es el monstruo ahora?

Camino. Si escuchas con atención, todavía alcanzas a oír las pisadas de multitudes grabadas en la piedra. En el centro ha crecido un bosque. Un bosque en Nueva York. Una gran explosión verde, poblada de sonidos y olores animales. Hay ratas por doquier, naturalmente. Han adquirido proporciones quiméricas. Una vez vi una tan grande que la tomé por un perro o un jabalí, o por un animal recién incorporado a este mundo. Las palomas revolotean, la lluvia cae, las estaciones pasan sin nosotros; en invierno, todo se viste de blanco.

Ciudad de recuerdos, ciudad de espejos. ¿Estoy solo? Sí y no. Soy un hombre de infinitos descendientes. Yacen escondidos. Algunos están aquí, los mismos que un día consideraron esta isla su hogar; dormitan bajo las calles de la olvidada metrópolis. Otros descansan en alguna otra parte, mis embajadores, aguardando a conocer el sentido de todo esto. En sueños devienen de nuevo ellos mismos; en sueños, reviven sus existencias humanas. ¿Qué mundo es el real? Únicamente cuando despiertan el hambre los arrastra, se apodera de ellos, se cuelan sus almas en la mía, así que los dejo en paz. No puedo ofrecerles más piedad que ésa.

Ay, hermanos míos, Doce en total, con qué desvergüenza os utilizó este mundo. Os hablé como el dios por el que me tomabais, aunque al final no os pude salvar. No diré que no lo vi venir. Vuestros destinos estaban escritos desde el principio; no pudisteis evitar ser lo que erais y eso vale para cualquiera. Contemplad la especie humana. Mentimos, engañamos, codiciamos los bienes ajenos y los tomamos; nos declaramos la guerra entre nosotros y a la Tierra; cosechamos vidas a millares. Hemos hipotecado el planeta y gastado el dinero en minucias. Puede que hayamos amado, pero nunca bien, nunca lo suficiente. Jamás nos conocimos de verdad a nosotros mismos. Olvidamos el mundo y ahora él nos ha olvidado a nosotros. ¿Cuántos años habrán de pasar antes de que la ansiosa naturaleza reclame este lugar? ¿Antes de que toda huella de nuestra existencia desaparezca? Los edificios se desmoronarán. Los rascacielos se desplomarán. Los árboles brotarán y desplegarán sus copas. El nivel de los océanos ascenderá y todo quedará sepultado bajo las aguas. Dicen que algún día el agua lo cubrirá todo de nuevo; un vasto océano arropará el mundo. *En el principio, Dios creó los cielos y la tierra. Y la tierra estaba sin orden y vacía, y las tinieblas cubrían la superficie del abismo, y el Espíritu de Dios se movía sobre la superficie de las aguas.* ¿Cómo nos recordará Dios, si acaso existe? ¿Conoce siquiera nuestros nombres? Toda historia termina cuando retorna al principio. ¿Qué podemos hacer sino recordar por Él?

Salgo a recorrer las calles de la ciudad desierta y siempre acabo regresando. Me siento en las escaleras, bajo los cielos invertidos. Miró el reloj; sus tristes esferas no se han movido. El tiempo se congela en cuanto el hombre se aleja y el último tren abandona la estación.

III

EL HIJO

REPÚBLICA DE TEXAS

POBL. 204.876
MARZO, 122 d. V.
VEINTIÚN AÑOS DESPUÉS
DEL DESCUBRIMIENTO DEL *BERGENSFJORD*

El mundo es un gran escenario
y simples comediantes los hombres y las mujeres;
tienen marcados sus mutis y las apariciones,
y en el tiempo que se les asigna representan numerosos papeles.

SHAKESPEARE, *COMO GUSTÉIS*

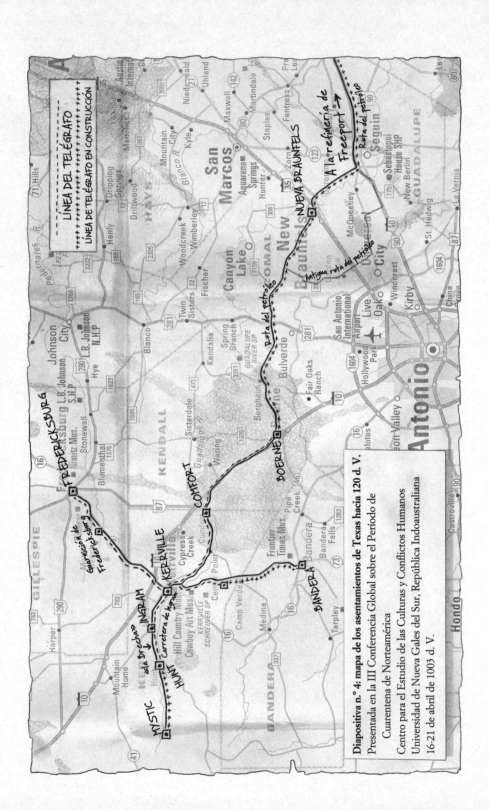

Diapositiva n.° 4: mapa de los asentamientos de Texas hacia 120 d. V.
Presentada en la III Conferencia Global sobre el Período de
Cuarentena de Norteamérica
Centro para el Estudio de las Culturas y Conflictos Humanos
Universidad de Nueva Gales del Sur, República Indoaustraliana
16-21 de abril de 1003 d. V.

LÍNEA DEL TELÉGRAFO
LÍNEA DE TELÉGRAFO EN CONSTRUCCIÓN

24

Peter Jaxon, de cincuenta y un años de edad, presidente de la República de Texas, aguardaba junto a las puertas de Kerrville a la pálida luz del alba para despedirse de su hijo.

Sara y Hollis acababan de llegar. Kate tenía turno en el hospital pero había prometido que su marido, Bill, llevaría a las niñas. Caleb cargaba los últimos utensilios en la carreta mientras que Pim, vestida con una bata holgada de algodón, permanecía por allí cerca sosteniendo al pequeño Theo. Dos musculosos caballos, aptos para las faenas del campo, esperaban pacientes en sus tiros.

—Supongo que ya está —anunció Caleb tras cargar el último cajón. Llevaba una camisa de trabajo de manga larga y un pantalón de peto; se había dejado crecer el cabello. Comprobó que su fusil estuviera cargado, accionando la palanca calibre 30-06, y lo dejó en el pescante.

—Deberíamos ponernos en marcha si queremos llegar a Hunt antes del anochecer.

Se encaminaban a uno de los asentamientos exteriores, a dos días de viaje en la calesa. La República acababa de incorporar esas tierras, aunque la gente llevaba años afincada allí. Caleb había dedicado buena parte de los últimos dos años a preparar la casa —reforzar la estructura, cavar el pozo, reconstruir la cerca— antes de regresar en busca de Pim y el niño. Suelo fértil, agua clara en el río, caza abundante en el bosque; había sitios peores, pensó Peter, para empezar una vida.

—No podéis salir aún —apuntó Sara—. A las chicas se les romperá el corazón si os marcháis sin despediros.

Al mismo tiempo que hablaba, Sara traducía sus palabras al lenguaje de signos para incluir a Pim, que miró a su marido con una expresión severa.

—*Ya sabes cómo es Bill* —le dijo Caleb por signos—. *Perderemos todo el día.*

—*No. Esperaremos.*

Era inútil discutir con Pim cuando se le metía algo entre ceja y ceja. Caleb siempre decía que la tozudez de la mujer los había mantenido unidos cuando el Ejército lo destinó a la ruta del petróleo, y Peter no lo dudaba. La pareja se había casado al día siguiente de que Caleb claudicara por fin y renunciara al servicio; si bien, como él a menudo señalaba, no quedaba mucho Ejército al que renunciar. Igual que casi todo en Kerrville, el Ejército se había ido extinguiendo. Casi nadie recordaba ya a los Expedicionarios, disueltos hacía veinte años, cuando el código de Texas hubo sido suspendido. Una de las grandes decepciones que Caleb se había llevado en la vida fue descubrir que ya no quedaba nadie contra quien luchar. Durante sus años de servicio, fue un excavador de zanjas con ínfulas de soldado, destinado a la construcción de la línea de telégrafo que discurría entre Kerrville y Boerne. Se trataba de un mundo muy distinto al que Peter había conocido. La muralla carecía ya de vigilancia; las luces del perímetro se fueron apagando una a una y nunca se repararon; hacía una década que los portalones no se cerraban. Toda una generación había crecido pensando que los virales eran poco más que versiones exageradas del hombre del saco, nada más que cuentos de viejos, quienes, igual que cualquier anciano desde el principio de los tiempos, creían haber llevado vidas mucho más duras y consecuentes.

En cualquier caso, el marido de Kate, Bill, llegaba tarde. El hombre tenía sus virtudes —era mucho más relajado que su esposa, lo que contrarrestaba la crispación que había desarrollado ésta en su madurez— y saltaba a la vista que adoraba a sus hijas, pero tendía a la dispersión y era desorganizado, bebía y jugaba demasiado y carecía de la más mínima disciplina laboral. Peter había intentado enchufarlo en la Administración, como un favor a Sara y a Hollis; le había ofrecido un empleo de oficinista en la Agencia Tributaria que requería poco más que estampar sellos en un papel. Sin embargo, al igual que las breves incursiones de Bill en la carpintería, la herrería y el transporte, no tardó mucho en dejarlo. En buena parte se conformaba con cuidar de sus hijas, prepararle a Kate alguna que otra comida y largarse a jugar por las noches, a veces ganando y otras perdiendo, si bien, según Kate, ganaba un poco más que perdía.

El pequeño Theo empezó a protestar. Mientras Caleb aprovechaba el retraso para limpiar los cascos de los caballos, Sara tomó a Theo de los brazos de Pim para cambiarle el pañal. Justo cuando comenzaban a pensar que Bill no llegaría, apareció Kate con las niñas y el hombre caminando a su zaga con una expresión contrita.

—¿Cómo te las has arreglado para escapar? —le preguntó Sara a su hija.

—No te preocupes, señora directora; Jenny se encarga de todo. Además, me quieres demasiado como para despedirme.

—¿Sabes? No me gusta nada que me llames así.

Elle y su hermana pequeña, Merry, a la que todo el mundo llamaba «Trasto», corrieron hacia Pim, que se arrodilló para abrazar a las dos al mismo tiempo. La capacidad de las niñas para hablar por signos se limitaba a unas cuantas frases, y todas intercambiaron expresiones de amor rodeándose el corazón con la mano abierta.

—*Venid a visitarme* —les pidió Pim. A continuación miró a Kate, que tradujo sus palabras.

—¿Podemos? —preguntó Trasto, emocionada—. ¿Cuándo?

—Ya veremos —respondió Kate—. A lo mejor cuando haya nacido el niño.

Se trataba de un tema peliagudo. Sara quería que Pim retrasara la partida hasta después del nacimiento de su segundo hijo, pero para eso tendrían que esperar a finales del verano, demasiado tarde para sembrar. Y Pim, obstinada como era, no tenía la menor intención de regresar únicamente para dar a luz. *Ya lo hice en otra ocasión*, decía. *No puede ser tan difícil.*

—Por favor, mamá —suplicó Elle.

—He dicho que ya veremos.

Intercambiaron abrazos. Peter lanzó una mirada fugaz a Sara; estaba tan triste como él. Sus hijos se marchaban para siempre. Es lo que desea un padre, en teoría, aquello para lo que ha trabajado y, sin embargo, afrontarlo es harina de otro costal.

Caleb estrechó la mano de Peter y, acto seguido, lo envolvió en un abrazo tirando a viril.

—Bueno, pues ha llegado el momento. ¿Te importa si digo unas pocas tonterías? Como que te quiero. Aunque juegues fatal al ajedrez.

—Prometo practicar. ¿Quién sabe? El día menos pensado me reúno contigo ahí fuera.

Caleb sonrió.

—Claro que sí. Siempre te lo estoy diciendo. Deja la política. Busca una buena chica y sienta la cabeza.

Si tú supieras, pensó Peter. *Cada noche al cerrar los ojos hago exactamente eso.*

Bajó la voz una pizca.

—¿Has hecho lo que te pedí?

Caleb suspiró con aire paciente.

—Dale ese gusto a tu padre.

—Sí, sí, lo excavé.

—¿Y usaste la estructura de acero que te envié? Es importante.

—Hice exactamente lo que me dijiste, te lo prometo. Como mínimo tendré un sitio adonde dormir cuando Pim me eche de casa.

Peter miró a su nuera, que había subido al pescante. Theo, agotado por el revuelo, se había dormido en sus brazos.

—*Cuida de él por mí* —le dijo Peter por signos.

—*Lo haré.*

—*También de los niños.*

Ella le sonrió.

—*De los niños, también.*

Caleb se encaramó a la calesa.

—Llevad cuidado —se despidió Peter—. Buena suerte.

El inevitable instante de la partida. Todos retrocedieron cuando la carreta cruzó las puertas de la muralla. Bill y las niñas fueron los primeros en marcharse, seguidos de Kate y Hollis. Peter tenía un largo día por delante, pero se resistía a dar la jornada por comenzada.

Al igual que Sara, por lo visto. Se quedaron allí, en silencio, observando cómo se alejaba el carromato con sus hijos.

—¿Por qué a veces tengo la sensación de que son ellos los que cuidan de nosotros? —preguntó Sara.

—Lo harán antes de lo que pensamos.

Sara resopló.

—Vaya, no veo el momento de que llegue ese día —replicó con sarcasmo.

La carreta aún asomaba en la lejanía. Ahora estaba cruzando la antigua verja de la Zona Naranja. Más allá, únicamente una pequeña fracción de los campos estaban arados; no había mano de obra suficiente. Ni tampoco quedaban tantas bocas que alimentar. La población de Kerrville había quedado reducida a unos cinco mil habitantes. Ahora, 4.997, pensó Peter.

—Bill es un desastre —comentó.

Sara suspiró.

—Y sin embargo Kate lo ama. ¿Qué puede hacer una madre?

—Podría buscarle otro trabajo.

—Es un caso perdido, me temo. —Sara le lanzó una mirada fugaz—. Y hablando de eso, me han dicho que no te volverás a presentar a las elecciones.

—¿Quién te lo ha dicho?

Ella se encogió de hombros con un ademán ambiguo.

—Ah, lo he oído por ahí.

—O sea que te lo ha dicho Chase.

—¿Quién si no? Se muere de ganas de presentarse. Entonces, ¿es verdad?

—Aún no lo he decidido. Pero puede que diez años sean más que suficientes.

—La gente te echará de menos.

—Dudo que se den cuenta siquiera.

Peter pensó que tal vez Sara le preguntase por Michael. ¿Qué se comentaba de él por ahí? ¿Estaba bien su hermano, como mínimo? Evitaban los detalles, la cruda realidad. Michael metido en el tráfico, rumores de un proyecto absurdo, Greer confabulado con Dunk, unas instalaciones vigiladas por hombres armados en el canal y camiones cargados de licor y sabe Dios qué más circulando por allí a diario.

No lo hizo. En vez de eso, Sara quiso saber:

—¿Y qué piensa Vicky?

La pregunta le provocó remordimientos. Llevaba semanas, meses incluso, queriendo hacerle una visita.

—Tengo que pasar a verla —respondió Peter—. ¿Cómo le va?

Los dos seguían allí parados, codo con codo, mientras sus ojos acompañaban el curso de la carreta. Apenas era ya un punto en el horizonte. Remontó una pequeña cuesta, empezó a hundirse y desapareció. Sara se volvió a mirarlo.

—Yo, en tu lugar, no esperaría —dijo.

El día transcurrió entre las rutinas de costumbre. Una reunión con el recaudador de impuestos para decidir qué hacer con los colonos que se negaban a pagar; la convocatoria de un nuevo juicio; la orden del día para la próxima asamblea de legislatura territorial; varios papeles que firmar, que Chase le puso delante sin ofrecerle nada más que una descripción somera. A las tres en punto, Apgar asomó por la puerta de Peter. ¿Tenía un momento el presidente? El resto del personal lo llamaba por el nombre, tal como él prefería, pero Gunnar, un maniático del protocolo, se negaba. Para él, Peter era el «señor presidente».

Quería hablarle de las armas; o, más concretamente, de la escasez de éstas. El Ejército siempre había ido tirando con una combinación de armamento civil y militar reciclado. Buena parte de éste procedía de la base militar Fort Hood. Además, en la antigua Texas abundaban las armas. Casi todas las casas, por lo visto, contaban con su propio arsenal, y había fábricas por todo el estado, que les brindaban toda clase de recambios. Pero había pasado mucho tiempo y algunas armas duraban más que otras. Las pistolas con el armazón metálico, como la vieja Browning 1911, la SIG Sauer semiautomática y la clásica Beretta M9 de las fuerzas armadas, eran prácticamente indestructibles con el mantenimiento adecuado. Al igual que casi todos los revólveres, escopetas y fusiles con acción de palanca. Pero las pistolas de polímero, como la Glock, al igual que los fusiles M4 y AR-15, los habituales de la infantería, tenían fecha de caducidad. Las retiraban a montones conforme sus carcasas de plástico se iban estropeando con el uso. Otras habían ido a parar a manos de los civiles a través del tráfico. Unas pocas sencillamente se habían esfumado.

Con todo, eso sólo representaba una parte del problema. La escasez de munición era la pega más acuciante. Habían transcurrido décadas desde que dispararan el último cartucho de preguerra. Exceptuando las reservas del búnker de Tifty, que estaban envasadas al vacío, el cebador y la cordita no duraban más allá de veinte años. Todas las balas del Ejército habían sido o bien recargadas a base de latón usado o fabricadas con casquillos vacíos procedentes de dos fábricas de munición, una situada cerca de Waco y la segunda en Victoria. Crear balas de plomo mediante un molde era fácil; mucho más difícil resultaba diseñar un propelente. La cordita apta para armas requería una complicada mezcla de productos químicos altamente volátiles, incluidas grandes cantidades de nitroglicerina. Se podía hacer pero no era fácil. Requería mano de obra al igual que personal especializado, y andaban cortos tanto de lo uno como de lo otro. El Ejército se reducía ahora a un par de millares de soldados; mil quinientos dispersos por los asentamientos y una guarnición de quinientos hombres en Kerrville. No contaban con ningún químico.

—Creo que ambos sabemos de lo que estamos hablando —señaló Peter.

Apgar, sentado al otro lado del atestado escritorio del presidente, se miraba las uñas.

—Yo no he dicho que me guste, pero el tráfico posee los recursos, y no sería la primera vez que tratamos con ellos.

—Dunk no es Tifty.

—¿Y qué me dices de Michael?

Peter frunció el ceño.

—Complicado.

—Fue engrasador. Sabe fabricar gasolina. Puede hacerlo.

—¿Y qué pasa con ese barco suyo? —preguntó Peter.

—Es tu amigo. Tú deberías saber de qué va eso.

Peter lanzó un largo suspiro.

—Ojalá. Hace más de veinte años que no nos vemos. Por si fuera poco, si el tráfico se entera de que nos estamos quedando sin munición, nos pondremos en sus manos. El fin de semana que viene Dunk habrá ocupado esta silla.

—Pues amenázalo. O hace lo que le decimos o se acabó, no hay trato que valga, volamos el istmo y adiós a su negocio.

—¿Cruzando el espigón? Sería un baño de sangre. Se olería el farol antes de que hubiera terminado de hablar.

Peter se retrepó en la silla. Se imaginó exponiéndole a Dunk las condiciones de Apgar. ¿Qué haría el tipo salvo reírse en su cara?

—La idea está cogida con alfileres. Ni en sueños va a funcionar. ¿Qué podemos ofrecerle?

Gunnar frunció el entrecejo.

—¿Que no sea dinero, armas o putas? Que yo sepa, Dunk tiene de todo eso para dar y tomar. Además, el hombre se ha convertido en un héroe popular. ¿Sabes lo que hizo el domingo pasado? De golpe y porrazo apareció un camión de cinco toneladas cargado de mujeres en el campamento de Bandera, donde alojan a las brigadas de la carretera. El conductor llevaba una nota. Felicidades de parte de vuestro buen amigo Dunk Withers. Y en domingo nada menos.

—¿Las mandaron a casa?

Gunnar resopló por la nariz.

—No, las llevaron a la iglesia. ¿Tú qué crees?

—Bueno, algo habrá que le podamos ofrecer.

—¿Por qué no se lo preguntas?

Era una broma, pero sólo en parte. Y también estaba Michael de por medio. A pesar de todo, Peter quería creer que como mínimo accedería a hablar con él.

—Puede que lo haga.

Cuando Gunnar se levantaba para marcharse, apareció Chase en el umbral.

—¿Qué pasa, Ford? —preguntó Peter.

—Tenemos otro socavón. Muy grande. Dos casas esta vez.

Llevaba sucediendo lo mismo a lo largo de toda la primavera. La tierra temblaba y luego, pasado un momento, el suelo se hundía. El más grande había llegado a medir más de quince metros de longitud. *Esto se está cayendo a pedazos*, se dijo Peter.

—¿Algún herido? —quiso saber.

—No esta vez. Las dos casas estaban vacías.

—Bueno, pues ha sido una suerte. —Ford lo miraba con expresión expectante—. ¿Algo más?

—Creo que deberíamos hacer un comunicado. La gente querrá saber qué medidas vamos a tomar.

—¿Y qué medidas quieren que tomemos? ¿Decirle a la Tierra que se porte bien? —Como Ford no respondía, Peter suspiró—. Vale, escribe algo y yo lo firmaré. Los ingenieros están trabajando en ello, la situación está controlada y bla, bla, bla. —Miró a Ford enarcando una ceja—. ¿Vale?

Apgar parecía a punto de echarse a reír. *Dios mío*, se lamentó Peter para sus adentros. *Esto es el cuento de nunca acabar.*

—Venga, Gunnar. Vamos a tomar el aire.

Peter había aceptado la presidencia no porque ambicionase el cargo sino como un favor personal a Vicky. Poco después de que la eligieran para su tercer mandato, su mano derecha había empezado a temblar. A continuación sufrió una serie de accidentes, incluida una caída por las escaleras del Capitolio en la que se había roto el tobillo. Su letra, siempre precisa, mudó en un garabato; su habla adquirió un tono extrañamente monótono, carente de inflexión; los temblores se extendieron a la otra mano y empezó a cabecear. Reduciendo al mínimo sus apariciones públicas, Peter y Chase se las ingeniaron para ocultar la situación, pero a mediados del segundo año se hizo evidente que no podría continuar. La Constitución de la República de Texas, que había sustituido al Código de la Ley Marcial Modificada, le permitía nombrar un presidente provisional.

En aquel entonces Peter ocupaba el cargo de secretario de Asuntos Territoriales, al que había accedido a mediados del segundo mandato de la presidenta. Se trataba de uno de los puestos más visibles del gabinete y Vicky no se molestó en ocultar que tenía pensado algo más grande para él. Con todo, Peter daba por supuesto que Chase sería el escogido; llevaba cuatro años trabajando para ella. Cuando Vicky llamó a Peter a su oficina, pensó que se disponía a hablarle de la transición al gobierno de Chase. En cambio, se encontró con un juez pertrechado con una Biblia. Dos minutos más tarde era el presidente de la República de Texas.

Era eso, comprendió, lo que la mujer había pretendido de buen comienzo: crear a su sucesor de cero. Peter se presentó a las elecciones dos años más tarde, ganó con un amplio margen y volvió a presentarse como candidato único para el que sería su segundo mandato. En parte debía agradecérselo a su popularidad como presidente en funciones; tal como Vicky había predicho, sus acciones se cotizaban al alza, pero también es verdad que se hizo cargo del ejecutivo en una época de vacas gordas.

Kerrville perdía relevancia por momentos. ¿Cuánto tiempo pasaría antes de que se convirtiera en una mera ciudad de provincias más? Cuanto más lejos se afincaba la gente, menos se sostenía la idea de una autoridad centralizada. La asamblea legislativa se había trasladado a Boerne y casi nunca se reunía. El capital financiero había seguido al capital humano a los asentamientos externos; la gente abría negocios, intercambiaba mercancías a unos precios establecidos, negociaba la vida en sus propios términos. En Fredericksburg, un grupo de inversores había unido su capital para abrir un banco, el primero de esa índole. Es verdad que quedaban muchos problemas por resolver y únicamente la Administración federal poseía los recursos para grandes infraestructuras: carreteras, presas, líneas de telégrafo. Pero ni siquiera eso duraría eternamente. Si Peter era sincero consigo mismo, comprendía que no gobernaba el territorio tanto como lo llevaba a puerto. Que Chase tuviera su oportunidad, pensó. Dos décadas de vida pública, con sus interminables disputas a puerta cerrada, bastaban y sobraban para un solo hombre. Peter nunca había trabajado en una granja; ni siquiera había plantado algo tan sencillo como un tomate. Pero aprendería y, lo que es mejor, los arados no expresan opiniones.

Vicky se había retirado a una casita de madera situada en la zona oriental de la ciudad. Buena parte del vecindario estaba desierto; sus habitantes se habían marchado hacía mucho. Anochecía cuando subió al porche. Una única luz brillaba en la sala frontal. Oyó pasos; un instante después, Meredith, la compañera de Vicky, le abrió la puerta secándose las manos con un trapo.

—Peter. —De unos sesenta años, era una mujer menuda con inteligentes ojos azules. Vicky y ella llevaban juntas largos años—. No sabía que venías.

—Perdona. Debería haber avisado.

—No, entra, claro que sí. —Retrocedió para cederle el paso—. Está despierta. Iba a darle la cena. Se alegrará de verte.

Habían instalado la cama de Vicky en la sala. Cuando Peter entró, la mujer miró en dirección a él, si bien sacudía la cabeza de lado a lado contra las almohadas.

—Ya… era hora… ssse… ñor… p… p… preee… si… den… te.

Parecía como si se tragara las palabras y luego volviera a escupirlas. Peter acercó una silla a la cabecera de la cama.

—¿Cómo te encuentras?

—Hoooy… n… no… muy… mal…

—Siento no haber venido antes.

Las manos de Vicky se movían sin cesar sobre la manta. Esbozó una sonrisa torcida.

—T… tran… quiii… lo… Coooomo… vesss… he… esss… taaa… do… ocu… pa… daa…

Meredith apareció por la puerta cargada con una bandeja, que depositó en una mesa, junto a la cama. Contenía un tazón de caldo ligero y un vaso de agua con una pajita. Levantó la cabeza de Vicky para despegarla de la almohada y le ató un babero de algodón al cuello. La noche había caído, convirtiendo en espejos las ventanas.

—¿Quieres que se lo dé yo? —preguntó Peter a Meredith.

—Vicky, ¿quieres que Peter te ayude con la cena?

—P… p… por… qué… n… n… no.

—En pequeños sorbos —lo instruyó la mujer, y le propinó a Peter unas palmaditas en el brazo antes de ofrecerle la más leve de las sonrisas. Su rostro reflejaba fatiga. Debía de llevar varios meses sin dormir una noche seguida y agradecía el descanso—. Si me necesitas, estaré en la cocina.

Peter empezó por el agua, acercando la pajita a los cuarteados labios de Vicky. A continuación pasó al caldo. Notó el tremendo esfuerzo que le requería tragar la más mínima cantidad. Casi todo se le derramaba por las comisuras de los labios. Peter usó el babero para secarle la barbilla.

—Ess… ra… rooo…

—¿A qué te refieres?

—Aaaa… que… mmm… mme… desss… de… c… co… mer… Como… un… be… béeee…

Él le ofreció más caldo.

—Es lo mínimo que puedo hacer. Tú me diste de comer a mí más de una vez.

El cuello de Vicky hacía unos tensos movimientos deglutorios al intentar tragar. Peter se agotaba sólo de verla.

—¿Qué… t… tal… la… cam… p… p… paña?

—Todavía no hemos empezado. No he tenido un momento libre.

—Eeee… ress… un… em… busss… teee… ro.

Lo había calado, claro, igual que siempre. Le acercó otra cucharada sin demasiada suerte.

—Caleb y Pim han partido hoy en dirección a las provincias.

—Ssss… o… lo… eees… tás… triste. Seeee… teeee… pa… passsa… rá.

—¿Por qué lo dices? ¿Crees que no sería un buen granjero?

—T… te… cooo… no… z… co… P… eter… T… te… vol… veee… rías l… oco.

No dijo nada más. Peter dejó el tazón sobre la mesa. Vicky había consumido una mínima parte. Cuando alzó la vista, ella tenía los ojos cerrados. Apagó la lamparilla y la miró. El incansable torbellino de su cuerpo únicamente cesaba mientras dormía. Transcurrieron unos minutos. Oyó un rumor a su espalda y vio a Meredith parada en la puerta de la cocina.

—Sucede así —explicó la mujer con voz queda—. Está aquí y de repente…

No terminó la frase.

—¿Puedo hacer algo por ella?

Meredith le posó una mano en el brazo y lo miró a los ojos.

—Estaba tan orgullosa de ti, Peter. La hacía tan feliz ver todo lo que habías conseguido…

—¿Me llamarás si me necesitas? Para lo que sea.

—Me parece que ha sido una visita perfecta, ¿no crees? Mejor que sea la última.

Peter regresó junto al lecho de Vicky y le tomó una mano. La mujer no se movió. La retuvo un ratito, pensando en ella. A continuación se inclinó para besarle la mejilla, algo que nunca había hecho hasta ese momento.

—Gracias —susurró.

Siguió a Meredith al porche.

—Te quería, ¿sabes? —le dijo la mujer—. No era de las que lo dicen a menudo, ni siquiera a mí. Ella era así. Pero te quería.

—Yo también la quería.

—Lo sabe. —Se abrazaron—. Adiós, Peter.

Reinaba el silencio en la calle y no brillaba ninguna luz. Se palpó el ojo con un dedo y lo retiró húmedo de lágrimas. Bueno, era el presidente al fin y al cabo, podía llorar si quería. Su hijo se había marchado; otros lo seguirían. Acababa de entrar en esa etapa de la vida en que las cosas empiezan a desplomarse. Peter levantó el rostro al cielo. Era verdad lo que decían de las estrellas. Cuanto más rato las miras, más ves. Le brindaban consuelo; su vigilante presencia inspiraba seguridad, pero no siempre había sido así. Permaneció donde estaba, mirándolas y recordando una época en que la visión de un cielo estrellado significaba algo del todo distinto.

25

Pasaron la noche en Hunt, durmiendo en el suelo junto a la calesa, y llegaron al asentamiento de Mystic la segunda tarde de viaje. El pueblo era un destartalado puesto fronterizo: una pequeña calle mayor con unas cuantas casas, una tienda y un edificio gubernamental que servía para todo, desde oficina de correos hasta penitenciaría. Lo cruzaron y siguieron la carretera del río en sentido oeste a través de un túnel de frondosa vegetación. Pim nunca antes había viajado a las provincias; todo cuanto veía la fascinaba.

—*Mira los árboles* —le dijo a su hijo por signos—. *Mira el río. Mira el mundo.*

El día empezaba a declinar cuando llegaron a la granja. La casa se erguía en una loma con vistas al Guadalupe. Había un prado para los caballos, campos de tierra negra y una letrina en la parte trasera. Caleb se apeó de la carreta y alargó los brazos para bajar a Theo, que dormía en un moisés.

—¿Qué te parece?

Desde el nacimiento de Theo, Caleb se había acostumbrado a hablar por signos y con palabras al mismo tiempo siempre que el niño estaba presente. Como vivirían solos, Theo crecería pensando que en realidad no había diferencia entre ambas cosas.

—*Has hecho todo esto tú solo.*

—Bueno, me han ayudado.

—*Enséñame el resto.*

La llevó al interior de la casa. Había dos estancias en la planta principal, con ventanas de cristal, una cocina con fogones y una bomba de agua. Las escaleras llevaban a la buhardilla en la que dormirían los tres. El suelo, de planchas de roble, transmitía solidez al caminar.

—En verano hará demasiado calor para dormir aquí dentro, pero puedo construir un porche en la parte trasera.

Pim sonreía. A juzgar por su expresión, no se podía creer lo que veían sus ojos.

—*¿Y de dónde vas a sacar el tiempo?*

—Lo encontraré, no te preocupes.

Descargaron las cosas necesarias para pasar la noche. Dentro de pocos días Caleb tendría que regresar al pueblo, a doce kilómetros de allí, para empezar a comprar ganado: una vaca lechera, un par de cabras, pollos. Las semillas y el suelo estaban listos para comenzar el sembrado. Plantarían maíz y judías en filas alternas, y un jardín de hierbas aromáticas en la parte trasera. El primer año sería una carrera contra reloj. Después, esperaba Caleb, las cosas adoptarían un ritmo más predecible, aunque la vida nunca sería fácil, bajo ningún concepto.

Tomaron una cena sencilla y se tendieron en el colchón que Caleb había trasladado del suelo de la carreta a la habitación principal. Se preguntó si a Pim le daría miedo o cuando menos le produciría desasosiego el hecho de vivir en medio de ninguna parte, los tres solos. Nunca había pasado una noche al otro lado de las murallas de la ciudad. Sin embargo, más bien parecía al contrario: se la veía tranquila a más no poder, ansiosa por averiguar qué les iba a deparar esa nueva situación. Su actitud tenía una explicación, desde luego. Los horrores que había vivido de niña devinieron la fuente de su fuerza interior.

Pim había entrado poco a poco en la vida de Caleb. Al principio, cuando Sara la sacó del orfanato para llevarla a su casa, ni siquiera le parecía una persona. Sus bruscos ademanes y los sonidos guturales que emitía lo ponían nervioso. Reaccionaba ante la menor muestra de afecto con incomprensión, incluso con ira. La situación empezó a cambiar cuando Sara le enseñó a Pim el lenguaje de signos. Lo aprendieron sobre la marcha, deletreando cada palabra al principio y luego pasando a frases e ideas completas que se podían expresar con un solo movimiento de la mano. Recurrieron a un libro de la biblioteca, pero más tarde, cuando Kate se lo dio a Caleb para que lo estudiara, el chico se dio cuenta de que muchos de los gestos que empleaba Pim eran inventados: una burbuja de lenguaje privado que sólo ella y su madre (y, hasta cierto punto, Kate y su padre) compartían. Por aquel entonces Caleb tenía catorce o quince años. Era un chico inteligente, poco habituado a huir de los problemas. Además, Pim empezaba a despertar su interés. ¿Qué clase de persona era? El hecho de no ser capaz de comunicarse con ella como lo hacía con todos los demás le resultaba frustrante y atractivo a un tiempo. Se propuso observar atentamente las interacciones de Pim con los miembros de su familia para grabarse los gestos en la memoria. A solas en su habitación, practicaba horas y horas delante del espejo, expresando por signos las dos voces de un diálogo imaginario acerca de cualquier cosa. *¿Qué tal estás? Estoy muy bien, gracias. ¿Qué te parece el tiempo que hace? Me gusta la lluvia pero estoy deseando que llegue el calor.*

No quería revelar sus nuevos conocimientos hasta haber adquirido la suficiente seguridad como para poder hablar con ella de temas diversos. La ocasión se presentó una tarde, durante la excursión al embalse que las dos familias habían organizado juntas. Mientras los demás disfrutaban de la merienda a orillas del agua, Caleb subió a lo alto de la presa. Allí estaba Pim, sentada en el asfalto, escribiendo en su diario. Siempre estaba escribiendo y Caleb sentía curiosidad al respecto. Cuando el chico se acercó, ella alzó la vista. Entornó sus ojos oscuros con su habitual expresión intensa y luego apartó la vista con desdén. La melena oscura, que llevaba larga y recogida detrás de las orejas, brillaba con la luz del sol. Él se quedó parado un momento, observándola. Pim le llevaba tres años, así que la consideraba prácticamente una adulta. También se había convertido en una chica muy guapa, aunque fuera una belleza sobria que le daba un aire condescendiente, casi frío.

Saltaba a la vista que Pim no se alegraba de verlo, pero era demasiado tarde para echarse atrás. Caleb se acercó a ella, que lo observó con la cabeza ligeramente ladeada y una expresión de guasa aburrida.

—*Hola* —le dijo él por signos.

Pim cerró el cuaderno usando el lápiz como punto de libro.

—*Te gustaría besarme, ¿verdad?*

La pregunta lo pilló tan desprevenido que dio un respingo. ¿Sí? ¿Era ése el motivo de que se hubiera tomado tantas molestias? Ella se estaba riendo de él con ganas; riendo con los ojos.

—*Ya sé que entiendes lo que estoy diciendo* —prosiguió ella.

Caleb buscó la respuesta con las manos.

—*He aprendido.*

—*¿Por mí o por ti?*

Lo había cazado.

—*Por los dos.*

—*¿Alguna vez has besado a una chica?*

No. Era un asunto que tenía pendiente. Notó un cosquilleo en las mejillas.

—*Unas cuantas veces.*

—*No, no es verdad. Las manos no mienten.*

Comprendió que Pim tenía razón. Tanto estudiar y practicar y, sin embargo, había pasado por alto lo más evidente, algo que Pim le había desvelado en pocos segundos: el lenguaje de signos se caracterizaba por su absoluta claridad. En su compacta retórica apenas si cabían las evasivas y las medias verdades con que la gente se protegía todo el tiempo al hablar.

—*¿Quieres?*

Ella se levantó y se volvió hacia él.

—*Vale.*

Y se besaron. Caleb cerró los ojos, pensando que debía hacerlo, agachó la cabeza y se echó hacia delante. Las narices chocaron, luego se esquivaron y los labios contactaron con una colisión suave. Terminó en un instante.

—*¿Te ha gustado?*

El chico no se podía creer lo que le estaba pasando. Deletreó la respuesta.

—*Mucho.*

—*Abre la boca esta vez.*

Eso fue aún mejor. Notó una suave presión en la boca, que no era sino la lengua de ella, comprendió. Caleb la imitó; se estaban besando de verdad. Él siempre había imaginado que besarse consistía en un mero roce, labios contra labios, pero en realidad, ahora lo sabía, se trataba de algo mucho más complejo, más compenetrarse que tocarse. Lo hicieron durante un rato, explorando la boca del otro, hasta que ella retrocedió como dando el beso por terminado. Caleb lo lamentó; le habría gustado seguir practicando un rato. A continuación comprendió el motivo de la interrupción. Sara los llamaba desde el fondo de la presa.

Pim le sonrió.

—*Besas muy bien.*

Y eso fue todo, al menos de momento. A su debido tiempo se volvieron a besar e hicieron otras cosas también, pero no tuvo trascendencia, y otras chicas aparecieron después. Sin embargo, aquellos breves minutos en la presa perduraron en el pensamiento de Caleb, que llegó a considerarlos como uno de los momentos más significativos de su vida. Cuando se alistó en el Ejército, a los dieciocho, su oficial al mando le dijo que eligiese a alguien con quien le gustaría cartearse. Caleb escogió a Pim. Le escribía tonterías divertidas, quejas de la comida y desenfadadas anécdotas de sus amigos, pero las de ella, agudas y llenas de vida, no se parecían a nada que hubiera leído nunca. En ocasiones se le antojaban pura poesía. Algunas frases aisladas, aun si describían algo trivial —el reflejo del sol en las hojas, un comentario casual sobre un conocido, el olor de un plato en particular—, se le grababan en la mente y permanecían allí durante días. A diferencia del lenguaje de signos, con su inequívoca concisión, las palabras de Pim por escrito rebosaban sentimiento; una clase de verdad más rica, más próxima al corazón de la chica. Caleb escribía a Pim con tanta frecuencia como podía, ávido de más misivas. Era su voz la que oía —la oía, por fin— y no pasó mucho tiempo antes de que se enamorara de ella. Cuando se lo dijo, no por carta sino en persona, durante un permiso de tres días, ella rio con los ojos y le respondió por signos:

—*¿Y cuándo te has dado cuenta por fin?*

Inmerso en esos recuerdos, Caleb se quedó dormido. Al cabo de un rato despertó y descubrió que Pim no estaba. No se preocupó. Su esposa era un ave nocturna. Theo seguía durmiendo. Caleb se enfundó los pantalones, encendió el farolillo, tomó el rifle que había dejado apoyado junto a la puerta y salió. Pim estaba sentada de espaldas al tocón que Caleb usaba para partir leña.

—*¿Va todo bien?*

—*Apaga la luz* —pidió ella—. *Ven a sentarte.*

Pim tan sólo llevaba el camisón, aunque hacía bastante frío; estaba descalza. Caleb tomó asiento a su lado y apagó el farolillo. A oscuras, tenían su propio sistema de comunicación. Ella le tomó la mano y trazó minúsculos signos en su palma:

Mira.

¿Qué?

Todo.

Él comprendió el mensaje implícito. Es nuestro.

Me gusta esto.

Me alegro.

Caleb notó movimiento entre la maleza. El sonido se repitió, un roce de plantas a su izquierda. No era un mapache ni una comadreja; algo más grande.

Pim notó el súbito estado de alerta de su marido.

¿Qué?

Espera.

Volvió a encender el farolillo, que proyectó una mancha de luz en el suelo. El rumor procedía de varios puntos ahora, aunque más o menos de la misma zona. Caleb se colocó el rifle debajo del brazo y lo ciñó con el codo. Sosteniendo el farolillo con una mano y el rifle con la otra, avanzó sigilosamente hacia el origen del sonido.

La luz le mostró algo: el brillo de unos ojos.

Era un cervatillo. Paralizado por la luz, el animal se quedó mirando a Caleb. Vio a los demás, seis en total. Por un instante nada se movió. Hombre y ciervos se observaban con mutua perplejidad. A continuación, como impulsados por un solo pensamiento, el rebaño dio media vuelta y echó a correr.

¿Qué podía hacer ante algo así? ¿Qué más podía hacer Caleb Jaxon, salvo reír?

26

—Vale, Rand, prueba ahora.

Michael estaba tendido de espaldas, embutido en el pequeño hueco que quedaba entre el suelo y la base del compresor. Oyó la apertura de la válvula; el gas empezó a circular por el tubo.

—¿Qué tal suena?

—Parece que aguanta.

Ni se te ocurra perder, pensó Michael. *Te he dedicado media mañana.*

—No. Pierde presión.

—Maldita sea. —Había comprobado todas y cada una de las junturas. ¿Por dónde demonios salía el gas?—. A la porra. Apágalo.

Michael salió del hueco serpenteando. Estaban en el nivel inferior de la sala de máquinas. Arriba, en la pasarela, se dejaban oír golpes metálicos, el chisporroteo de las soldadoras, los gritos de los hombres, todo ello amplificado por la acústica de la sala. Michael llevaba cuarenta y ocho horas sin ver la luz del sol.

—¿Alguna idea? —le preguntó a Rand.

El hombre estaba plantado con las manos hundidas en los bolsillos de los pantalones. Poseía un aire equino. Tenía los ojos pequeños, delicados en comparación con sus abruptas facciones, y una melena ondulada que, a pesar de su edad —algo más de cuarenta y cinco— apenas si mostraba alguna que otra cana aislada. El tranquilo y leal Rand. Jamás había mencionado una esposa o una novia; nunca visitaba a las prostitutas de Dunk. Michael no lo presionaba para saber más, por cuanto se trataba de un asunto de infinita irrelevancia.

—Podría estar por la zona del alimentador —sugirió Rand—. Aunque todo parece en regla.

Michael alzó la vista hacia la pasarela y gritó a quienquiera que lo oyera:

—¿Dónde está Parche?

El verdadero nombre de Parche era Byron Szumanski. El apodo procedía del extraño recuadro de pelo blanco que le crecía en una barba, por lo demás, negra como el carbón. Como muchos de los hombres de Michael, se había criado en el orfanato. Había pasado un tiempo en el Ejército y, por el camino, aprendió un par de cosas sobre motores. Más tarde estuvo trabajando como mecánico para las autoridades civiles. No tenía parientes, no se había casado ni albergaba deseo alguno de hacerlo, no tenía vicios, que Michael supiera, no le importaba vivir aislado, hablaba poco, cumplía órdenes sin protestar y le gustaba trabajar. En otras palabras: era perfecto para los planes de Michael. Pura fibra de uno sesenta y dos de estatura, había pasado días enteros en resquicios de barcos tan estrechos que otro hombre se habría ahogado. Michael le pagaba en consonancia, aunque nadie se quejaba de los sueldos. Cada centavo que Michael le sacaba a la destiladora iba a parar directamente al *Bergensfjord*.

Apareció una cara allá arriba: la de Weir. Se retiró la máscara de soldador hacia la frente.

—Creo que está en el puente.

—Envía a alguien a buscarlo.

Cuando Michael se agachaba para recoger su bolsa de herramientas, Rand le propinó unos toques en el brazo.

—Tenemos compañía.

Michael alzó la vista; Dunk bajaba las escaleras. Michael necesitaba a ese tipo tanto como Dunk lo necesitaba a él, pero la relación entre ambos no carecía de aristas. Ni que decir tiene, Dunk desconocía los verdaderos propósitos de Michael. Consideraba el *Bergensfjord* un excéntrico entretenimiento del hombre, un sofisticado pasatiempo en el que Michael perdía el tiempo; un tiempo que estaría mejor empleado si lo dedicara a llenar aún más si cabe los bolsillos de Dunk. El hecho de que el hombre jamás se hubiera preguntado por qué Michael estaba empeñado en reflotar un carguero de ciento ochenta metros de eslora constituía una prueba más de su escasa inteligencia.

—Genial —resopló Michael.

—¿Quieres que vaya a buscar unos cuantos hombres? Parece enfadado.

—¿Cómo lo sabes?

Rand se alejó. En la base de las escaleras, Dunk se detuvo, puso los brazos en jarras y observó la sala con una expresión de hastiado disgusto. Los tatuajes de su cara se detenían abruptamente en el antiguo nacimiento de su pelo. Toda una vida de abusos le había pasado factura, pero seguía siendo fuerte como un toro. Levantaba camiones por el parachoques únicamente por diversión.

—¿En qué te puedo ayudar, Dunk?

A Michael, la sonrisa de ese hombre le recordaba el corcho de una botella.

—Debería pasar por aquí más a menudo. No sé ni lo que son la mitad de estas cosas.

Agitó un carnoso dedo, grueso como una salchicha.

—Bombas de camisa.

—¿Y para qué sirven?

El día se estaba esfumando y no habían avanzado nada; y ahora, para colmo, tenía que lidiar con eso.

—Una cosa técnica. No creo que lo entiendas.

—¿Por qué estoy aquí, Michael?

Adivinanzas, como si tuviera cinco años.

—¿Súbito interés en mecánica náutica?

La mirada de Dunk se ensombreció.

—Estoy aquí, Michael, porque no estás cumpliendo tus compromisos. Han abierto el asentamiento de Mystic. Eso significa demanda. Necesito que la nueva caldera se ponga en marcha. No mañana. Hoy.

Michael proyectó la voz hacia la pasarela.

—¿Alguien ha encontrado a Parche?

—Lo estamos buscando.

Se volvió hacia Dunk nuevamente. Menudo tostón de hombre. Deberían ensartarlo a un palo y asarlo.

—Estoy ocupado, ahora mismo.

—Deja que te recuerde los términos de nuestro pacto. Tú haces magia con los filtros, yo te doy el diez por ciento de los beneficios. No es difícil de recordar.

Michael gritó hacia la pasarela una vez más:

—¡Es para hoy!

Antes de darse cuenta, Michael estaba atrapado contra el mamparo con el antebrazo de Dunk clavado en el cuello.

—¿Me vas a prestar atención ahora?

El hombre había plantado su nariz ancha y picada a pocos centímetros de la de Michael; el aliento le apestaba más que el vino rancio.

—Tranquilízate, amigo. No hace falta asustar a los chicos.

—Trabajas para mí, maldita sea.

—Si me permites decir una cosa... Puede que te siente bien romperme el cuello de momento, pero eso no te servirá para conseguir más licor.

—¿Va todo bien, Michael?

Rand se había plantado detrás de Michael con dos hombres más, Fastau y Weir. Rand sostenía una enorme llave inglesa; los otros dos llevaban sendos trozos de cañería en la mano. Los sujetaban con aire casual, como si acabaran de recogerlos para llevar a cabo algún trabajo.

—Sólo es un pequeño malentendido —respondió Michael—. ¿Qué dices tú, Dunk? No hay razón para liarla. Tienes toda mi atención, te lo prometo.

Dunk le hincó el brazo con más fuerza si cabe.

—Que te den.

Michael miró a Weir y a Fastau por encima del hombro de Dunk.

—Vosotros dos, id a echar un vistazo al alambique, comprobad en qué situación se encuentra e informadme, ¿vale? —Devolvió la vista a Dunk—. Hecho. ¿Ves como sí te escucho?

—Veinte años. Estoy harto de tus chorradas. De este... pasatiempo tuyo.

—Me hago cargo. Me he pasado de la raya. Tendrás las nuevas calderas, no hay problema.

Dunk todavía lo fulminaba con la mirada. El desenlace era imprevisible. Por fin, propinándole a Michael un último empujón contra el mamparo, Dunk se alejó. Se volvió hacia los hombres de Michael y les lanzó una mirada hosca.

—Vosotros tres deberíais andaros con más cuidado.

Michael se aguantó la tos hasta que Dunk desapareció de su vista.

—¡Por Dios, Michael!

Rand lo observaba con atención.

—Bah, sólo tiene un mal día. Se le pasará. Vosotros dos, volved al trabajo. Rand, tú conmigo.

Weir frunció el ceño.

—¿No quieres que vayamos a echar un vistazo a las calderas?

—No, no quiero. Ya iré yo más tarde.

Los dos hombres se alejaron.

—No deberías vacilarle así —opinó Rand.

Michael se detuvo para toser otra vez. Se sentía un poco tonto aunque, por otro lado, el episodio le había proporcionado una extraña satisfacción. Le gustaba que la gente se mostrara tal como era.

—¿Has visto a Greer por alguna parte?

—Ha salido en lancha esta mañana.

Ya, le tocaba dar de comer. Michael siempre se preocupaba —Amy intentaba matar a Greer en cada ocasión—, pero el hombre se lo tomaba con calma. Exceptuando a Rand, que llevaba con ellos desde el principio, ninguno de los hombres de Michael conocía esa parte: Amy, Carter, el *Chevron Mariner*, los bidones de sangre que Greer llevaba puntualmente cada sesenta días.

Rand echó una ojeada a su alrededor.

—¿Cuánto tiempo crees que tenemos antes de que vuelvan los virales? —preguntó con voz queda—. Ya debe de faltar poco.

Michael se encogió de hombros.

—No digo que no esté agradecido. Todos lo estamos. Pero la gente quiere estar preparada.

—Si hacen bien su maldito trabajo, nos habremos marchado mucho antes de que suceda. —Michael se echó la bolsa de herramientas al hombro—. Y, por el amor de Dios, que alguien vaya a buscar a Parche, por favor. No quiero pasarme toda la mañana esperando.

Corría la tarde cuando Michael emergió por fin de las tripas del barco. Las rodillas le estaban matando; se había lastimado el cuello también. Y para colmo no había encontrado la fuga.

Sin embargo, la encontraría; siempre lo hacía. La encontraría, esa y cualquier otra fuga, remache oxidado y cable pelado que hubiera entre los miles de cables, alambres y tuberías del *Bergensfjord*, y muy pronto, en cuestión de meses, cargarían las baterías, probarían los motores y, si todo salía bien, estarían listos. A Michael le gustaba imaginar ese día. Las bombas en marcha, el agua entrando en el dique, la compuerta de retención abierta y el *Bergensfjord*, con sus veinte mil toneladas, deslizándose con elegancia de su cama al mar.

A lo largo de dos décadas, Michael apenas si había pensado en otra cosa. El asunto del tráfico fue idea de Greer; una ocurrencia genial, la verdad. Necesitaban dinero, mucho. ¿Qué podían vender? Un mes después de que le mostrara a Lucius el periódico, Michael se descubrió en la trastienda de la casa de apuestas conocida como la Casa de Cousin, sentado frente a Dunk Withers con una mesa de por medio. Michael sabía que el hombre tenía muy malas pulgas, carecía de conciencia y se guiaba tan sólo por sus propios intereses; la vida de Michael no significaba nada para él, porque no concedía importancia a la vida de nadie. Sin embargo, Michael tenía una reputación y había hecho los deberes. Las puertas estaban a punto de abrirse, la gente saldría en manada hacia las provincias. Habría muchas oportunidades, señaló Michael, pero ¿acaso el tráfico poseía la capacidad de satisfacer una demanda que aumentaría por momentos? ¿Qué respondería Dunk si Michael le decía que podía triplicar, no, cuadruplicar, su producción? ¿Que podía garantizarle también un constante abastecimiento de munición? ¿Y si Michael supiera de un sitio en el que el tráfico podía operar con total impunidad, a salvo de los militares y de las autoridades pero con rápido acceso a Kerrville y a las provincias? ¿Que, en suma, podía enriquecer más a Dunk de lo que éste podía imaginar?

Así nació el istmo.

Al principio se perdió mucho tiempo. Antes de que Michael pudiera siquiera apretar una tuerca del *Bergensfjord*, tuvo que ganarse la confianza del hombre. Había dedicado tres años a supervisar la construcción de los enormes alambiques que convertirían a Dunk Withers en una leyenda. Michael era consciente del precio a pagar. ¿Cuántos hombres acabarían ensangrentados y desdentados, cuántos cuerpos tirados en un callejón, cuántas esposas y niños serían golpeados o incluso asesinados por culpa del veneno que él contribuía a fabricar? Procuraba no pensar en ello. El *Bergensfjord* era lo único que importaba; era el coste que la nave exigía, pagado en sangre.

Mientras tanto, llevaba a cabo los preparativos de su verdadero proyecto. Empezó por la refinería. Con cautelosas indagaciones: ¿quién parecía aburrido? ¿Insatisfecho? ¿Inquieto? Rand Horgan fue el primero; Michael y él llevaban años trabajando juntos en las calderas. Otros le siguieron, reclutados por todos los rincones. Greer se marchaba unos días y luego regresaba en el todoterreno, acompañado de un hombre que no llevaba nada consigo salvo un petate y la promesa de quedarse en el istmo durante cinco años a cambio de un sueldo tan escandaloso que no tendría que volver a preocuparse por nada. El equipo aumentó; pronto contaban con cincuenta y cuatro hombretones sin nada que perder. Michael identificó una pauta. El dinero los atraía, pero lo que esos hombres buscaban en realidad era algo más intangible. Muchas personas pululaban por la vida sin un propósito claro. Cada día les parecía idéntico al anterior, carente de sentido. Cuando mostraba el *Bergensfjord* a un nuevo recluta, Michael advertía un cambio en su expresión. Estaban contemplando algo que escapaba al ámbito de la rutina, algo procedente de un tiempo anterior al declive de la humanidad. Michael les ofrecía el pasado y, con éste, el futuro. *¿De verdad lo vamos a reparar?*, preguntaban en todas las ocasiones. No, «lo» no, los corregía Michael. «*La.*» *Y no, no la vamos a reparar. La vamos a despertar.*

No siempre salía bien. La regla de Michael era la siguiente: pasados tres años, una vez que estaba seguro de que el hombre era de fiar, lo llevaba a una choza aislada, lo sentaba en una silla y le daba la mala noticia. Casi todos se la tomaban bien: unos instantes de incredulidad, un breve regateo con el cosmos, petición de pruebas que Michael rehusaba proporcionar y cierta resistencia que acababa por mudar en aceptación y, por fin, una gratitud melancólica. Se iban a contar entre los vivos, al fin y al cabo. En cuanto a esos que no duraban tres años o que suspendían la prueba de la cabaña, bueno, mala suerte. Greer se ocupaba de ellos; Michael se mantenía al margen. Vivían rodeados de aguas en las que un hombre podía desaparecer sin llamar la atención. Tras eso, su nombre nunca volvía a mencionarse.

Tardaron dos años en reparar el dique, otros dos en bombear el agua y reflotar el casco, un quinto en llevar la nave hasta el dique seco. Jamás en su vida había estado Michael tan nervioso como el día que colocaron el casco sobre su cama, cerraron las compuertas y vaciaron el agua. Los caballetes aguantarían o no; el casco se rompería o no. Mil cosas podían salir mal y no tendrían una segunda oportunidad. Cuando un hilo de luz apareció entre las someras aguas y el fondo del casco, sus hombres prorrumpieron en vítores, pero Michael experimentaba otra clase de emoción. No sentía euforia sino el peso del destino. Bajó las escaleras que llevaban al fondo del dique seco. Los aplausos se habían acallado; todo el mundo lo estaba mirando. Sin hacer caso del agua encharcada, que le llegaba a los tobillos, se encaminó hacia la nave con tiento, como si se estuviera aproximando a una reliquia sagrada. Lejos del agua, el navío se había convertido en algo nuevo. Su inmenso tamaño, sus inconcebibles dimensiones; lo anonadaba. La curvatura del casco por debajo de la lí-

nea de flotación poseía una suavidad casi femenina; de la proa asomaba
una protuberancia, como una nariz o la parte delantera de una bala. Michael
pasó por debajo; ahora tenía todo el peso encima, una montaña suspendida sobre su cabeza. Posó la mano sobre el casco. Estaba frío. Notó como
una vibración en las yemas de los dedos. Era igual que si el barco estuviera respirando, como tocar a un ser vivo. Una absoluta certeza corrió
por sus venas: ahí estaba su misión. Cualquier otra posibilidad que le ofre-
ciera la vida se esfumó; hasta el día de su muerte, reflotar la nave sería su
único objetivo.

Salvo para salir a navegar en el *Nautilus*, Michael no había abandonado el istmo desde entonces. Una muestra de solidaridad, sagazmente
acertada, pero en el fondo de su corazón conocía la verdadera razón. No
pertenecía a ninguna otra parte.

Recorrió la proa buscando a Greer. Soplaba un húmedo viento de marzo.
El istmo, parte de un viejo complejo astillero, se internaba en el canal a
cosa de medio kilómetro al sur del puente. A cien yardas de la costa estaba
anclado el *Nautilus*. El casco seguía intacto; el velamen, firme. La imagen
le provocó un sentimiento de culpa; llevaba meses sin navegar. El velero
era el antecesor; si el *Bergensfjord* era su esposa, el *Nautilus* era la chica
que le había enseñado a amar.

Oyó la lancha antes de verla, petardeando bajo el puente del canal a la
luz plateada. Michael descendió al atracadero mientras Greer guiaba la barca hacia allí. Le lanzó un cabo a Michael.

—¿Qué tal ha ido?

Greer ató la popa, le pasó a Michael su rifle y trepó al muelle. Recién
cumplidos los setenta, había envejecido igual que envejecen los toros; hoy
están resoplando, a punto de cornearte, y mañana los encuentras tendidos
en un prado y cubiertos de moscas.

—Bueno —apuntó Michael—, no te ha matado. Algo es algo.

Greer no respondió. Michael notó que el hombre estaba preocupado.
La visita no había ido bien.

—Lucius, ¿te ha dicho algo?

—¿Decir? Tú ya sabes cómo va eso.

—En realidad, nunca me lo has dicho.

El otro se encogió de hombros.

—Es un presentimiento que tengo. Que tiene ella. Seguro que no es nada.

Michael decidió no presionarlo.

—Quería comentarte otra cosa. Hoy he tenido un pequeño encontronazo con Dunk.

Greer estaba enrollando el cabo.

—Ya lo conoces. Mañana a esta hora ni se acordará.

—No creo que lo vaya a olvidar esta vez. Ha sido bastante intenso.

Greer alzó la vista.

—Yo he tenido la culpa. Le he tocado los huevos.

—¿Qué ha pasado?

—Ha bajado a la sala de máquinas. El rollo de siempre sobre los alambiques. Rand y un par de chicos prácticamente me lo han quitado de encima.

Greer frunció el ceño.

—Esto ya pasa de castaño oscuro.

—Ya lo sé. Empieza a ser un problema. —Michael se calló unos segundos. A continuación añadió—: Puede que haya llegado el momento.

Greer guardó silencio mientras meditaba el comentario.

—Ya hemos hablado de eso.

Siguió pensando un instante antes de añadir:

—Pero, teniendo en cuenta las circunstancias, puede que tengas razón.

Repasaron los nombres: con quién podían contar, con quién no, quién era dudoso y debería ser manejado con tiento.

—Tú deberías mantenerte en un segundo plano por ahora —sugirió Greer—. Rand y yo nos ocuparemos.

—Si te parece mejor así...

Los focos ya estaban encendidos, inundando el barco de luz. Michael trabajaría casi toda la noche.

—Dedícate al barco y déjalo a punto cuanto antes —pidió Greer.

Sara alzó la vista de su escritorio; Jenny estaba plantada en el umbral.

—Sara, tienes que ver una cosa.

Sara la siguió a la sala de los enfermos. Jenny apartó una cortina para mostrárselo.

—Lo han encontrado en un callejón.

Sara tardó un momento en reconocer a su yerno. Le habían destrozado la cara. Llevaba los dos brazos escayolados. Volvieron a salir.

Jenny explicó:

—Acabo de mirar el informe y he descubierto quién era.

—¿Dónde está Kate?

—Tiene turno de tarde.

Eran casi las cuatro. Kate cruzaría la puerta en cualquier momento.

—Que se marche.

—¿Qué quieres que le diga?

Sara lo meditó un instante.

—Envíala al orfanato. ¿No les tocaba visita?

—No lo sé.

—Averígualo. Ve.

Sara regresó a la sala. Conforme se aproximaba, Bill alzó la vista con la mirada de quien es consciente de que su día está a punto de empeorar.

—Vale, ¿qué ha pasado? —preguntó ella.

El hombre desvió la mirada.

—Me decepcionas, Bill.

Él habló a través de unos labios partidos.

—Me lo imagino.

—¿Cuánto les debes?

Bill se lo dijo. Sara se desplomó en una silla, junto a la cama.

—¿Cómo has podido ser tan estúpido, maldita sea?

—No lo he planeado.

—Te van a matar. Debería dejar que lo hicieran.

Cuando Bill se echó a llorar, Sara se quedó de una pieza.

—Jolines, no hagas eso —le rogó.

—No puedo evitarlo. —Moqueaba por la abultada nariz—. Quiero a Kate. Quiero a las niñas. Lo siento muchísimo.

—Pedir perdón no servirá de nada. ¿Cuánto tiempo te han concedido para que les devuelvas el dinero?

—Lo puedo ganar. Dame lo suficiente para una noche. No me hará falta mucho, lo justo para empezar.

—¿Kate se traga ese cuento?

—Ella no tiene por qué saberlo.

—Era una pregunta retórica, Bill. ¿Cuánto tiempo?

—Lo habitual. Tres días.

—¿Y qué tiene eso de habitual? Ahora que lo pienso, mejor no me contestes.

Se puso de pie.

—No se lo digas a Hollis. Me matará.

—Debería.

—Lo siento, Sara. La he cagado, ya lo sé.

Jenny apareció un tanto agitada.

—Vale, parece que se lo ha tragado.

Sara echó un vistazo a su reloj.

—Tienes una hora, Bill, antes de que aparezca tu mujer. Te sugiero que confieses y supliques piedad.

El hombre parecía aterrorizado.

—¿Qué vas a hacer?

—Nada que te merezcas.

27

Caleb estaba construyendo un gallinero cuando vio una figura que subía por el camino de tierra. La tarde llegaba a su fin; Pim y Theo descansaban en el interior de la casa.

—He visto el humo. —El hombre que tenía delante poseía un rostro agradable, curtido por el sol, y una barba hirsuta y salvaje. Llevaba un gran sombrero de paja y tirantes—. Puesto que vamos a ser vecinos, me ha parecido oportuno pasar a saludar. Me llamo Phil Tatum.

—Caleb Jaxon.

Se estrecharon la mano.

—Vivimos justo al otro lado de la sierra. Llevamos un tiempo aquí, más que la mayoría. Sólo estamos mi mujer y yo. Ella se llama Dorien. Tenemos un hijo mayor que acaba de establecerse por su cuenta cerca de Bandera. ¿Ha dicho Jaxon?

—Eso es. Jaxon es mi padre.

—Que me aspen. ¿Y qué les ha traído aquí?

—Lo mismo que a todo el mundo, supongo. Hacer lo que se pueda. —Caleb se despojó de los guantes—. Entre, le presentaré a mi familia.

Pim estaba sentada en un sillón junto a la chimenea apagada. Le enseñaba un libro ilustrado a Theo, que descansaba sobre su regazo.

—Pim —dijo Caleb, al mismo tiempo que se lo traducía por signos—, éste es nuestro vecino, el señor Tatum.

—¿Qué tal, señora Jaxon? —Ahora el hombre se sostenía el sombrero contra el pecho—. Por favor, no se levante.

—*Encantada de conocerle.*

Caleb se percató de su error.

—Debería habérselo explicado. Mi mujer es sorda. Dice que está encantada de conocerle.

El hombre asintió sin inmutarse.

—A una prima mía le pasaba lo mismo. Falleció hace un tiempo. Aprendió a leer los labios mal que bien, pero la pobre vivía en su propio mundo. —Alzó la voz, igual que hacía mucha gente—. Tiene un hijo muy guapo, señora Jaxon.

—*¿Qué dice?*

—*Dice que eres guapísima y que se quiere acostar contigo.*

Caleb se volvió hacia su invitado, que seguía manoseando el ala de su sombrero.

—Muchas gracias de parte de mi esposa, señor Tatum.

—*No seas maleducado. Pregúntale si le apetece tomar algo.*

Caleb repitió la pregunta.

—Tengo que estar en casa antes de la cena, pero supongo que podría sentarme un momento, gracias.

Pim llenó una jarra de agua, añadió rodajas de limón y la dejó sobre la mesa. Los dos hombres se sentaron. Hablaron de todo un poco: del tiempo, de las granjas que había por las inmediaciones, de dónde se podía comprar ganado y a qué precio. Pim había salido con Theo; le gustaba llevarlo al río, donde madre e hijo se sentaban en silencio. Caleb pronto adivinó que aquel hombre y su esposa se sentían un poco solos. Su hijo se había marchado con una mujer que conoció en un baile de Hunt sin apenas despedirse.

—He visto que su mujer está embarazada —señaló Tatum. Se habían bebido el agua; ahora se limitaban a charlar.

—Sí, dará a luz en septiembre.

—Hay un médico en Mystic, para cuando llegue el momento.

Le ofreció las señas a Caleb.

—Es usted muy amable. Gracias.

Caleb presintió la existencia de alguna desgracia tras el ofrecimiento del hombre. Los Tatum debieron de tener otro hijo, posiblemente más de uno, que no sobrevivió. Todo eso pertenecía al pasado, pero en realidad no.

—Se lo agradezco mucho a los dos —se despidió Tatum en la puerta—. Es agradable tener a gente joven por aquí.

Por la noche, Caleb le repitió la conversación a Pim. Ella estaba bañando a Theo en el fregadero. El niño había protestado al principio, pero ahora chapoteaba con los puños y se estaba divirtiendo.

—*Debería hacer una visita a su esposa* —opinó Pim.

—*¿Quieres que te acompañe?*

Se refería a hacerle de traductor.

Ella lo miró como si se hubiera vuelto loco.

—*No digas tonterías.*

La conversación ocupó la mente de Caleb durante varios días. Por alguna razón, mientras hacía los preparativos para mudarse a la granja, no se había parado a pensar que otras personas entrarían en sus vidas. En parte porque la riqueza emocional del mundo que compartía con Pim tornaba trivial cualquier otra relación. Además, Caleb no era demasiado sociable; prefería sus propios pensamientos a buena parte de las relaciones humanas.

También es cierto que Pim habitaba un universo más exiguo que el de la mayoría de la gente. Al margen de su familia, su círculo social se reducía al pequeño grupo de personas que, si acaso no sabían hablar por signos, como mínimo eran capaces de intuir lo que decía. A menudo estaba sola, algo que no parecía molestarle, y dedicaba a escribir buena parte del tiempo. Caleb había echado algún que otro vistazo a sus diarios a lo largo de los años, incapaz de resistirse a cometer esa pequeña infracción; al igual que sus cartas, la redacción de las entradas era exquisita. Y si bien a veces expresaban dudas o preocupación por temas diversos, en general reflejaban una visión optimista de la vida. También contenían varios esbozos, aunque Caleb nunca la había visto dibujar. Casi todos representaban escenas familiares. Abundaban los dibujos de pájaros y animales, así como retratos de sus conocidos, pero ninguno de Caleb. Él se preguntaba por qué Pim nunca se los había mostrado, por qué dibujaba en secreto. Los mejores eran los paisajes marinos; toda una hazaña, porque Pim nunca había visto el mar.

Pese a todo, sin duda tendría ganas de tener amigos. Los días después de la visita de Phil, Pim le preguntó a Caleb si le importaría cuidar de Theo un par de horas. Quería visitar a los Tatum y había pensado llevarles un pastel de maíz. Caleb se pasó la tarde trabajando en el jardín mientras Theo dormía en el moisés. A medida que el día llegaba a su fin empezó a preocuparse, pero Pim llegó poco antes de anochecer, muy animada. Cuando Caleb le preguntó cómo se las había arreglado para mantener una conversación de casi cinco horas, Pim sonrió.

Con las mujeres no tengo problemas, explicó por señas. *Siempre nos entendemos de maravilla.*

Al día siguiente Caleb tomo la calesa para acudir al pueblo en busca de provisiones y, de paso, herrar a uno de los caballos. Pim le había escrito una carta a Kate y le pidió que la enviara. Aparte de esos recados, Caleb quería entablar contacto con más gente de la zona. Preguntaría a los hombres que conociera por sus mujeres, con la esperanza de ampliar el círculo social de Pim y asegurarse así de que no se sintiera sola.

El pueblo no era gran cosa. Hacía pocas semanas que Pim y él lo habían cruzado de camino a la granja. Aquel día vieron gente por ahí, pero ahora parecía desierto. La oficina de correos estaba cerrada, al igual que la herrería. Sin embargo, tuvo más suerte en la tienda. El propietario era un viudo llamado George Pettibrew. Como muchos hombres de la frontera, exhibía un talante hosco, difícil de penetrar, y Caleb no consiguió averiguar mucho más acerca de él. George lo seguía de acá para allá mientras él recorría el atestado local haciendo el pedido: un saco de harina, azúcar de remolacha, un fragmento de cadena gruesa, hilo de coser, treinta metros de tela de alambre, un saco de clavos, harina de maíz, sal, aceite para los fanales y veinte kilos de pienso.

—También me gustaría comprar munición —dijo Caleb, mientras George calculaba la cuenta en el mostrador—. Treinta cero seis.

El hombre adoptó una expresión extraña: *A usted y a todo el mundo.* Siguió sumando cifras con un cabo de lápiz.

—Le puedo dar seis.

—¿Cuántos hay en una caja?

—Cajas no. Cartuchos.

Debía de ser una broma.

—¿Nada más? ¿Desde cuándo?

George asomó el pulgar por encima del hombro. Pegado a la pared de detrás del mostrador había un cartel.

100 $ DE RECOMPENSA
POR CAZAR AL PUMA
LLEVEN EL PELLEJO A LA OFICINA DE CAZA DEL AYUNTAMIENTO

—Me los han quitado de las manos, y no porque tuviera muchos de buen comienzo. La munición escasea últimamente. Se los dejo a un dólar cada uno.

—Eso es absurdo.

George se encogió de hombros. El negocio era el negocio; a él le daba igual. Caleb quiso decirle que se los metiera donde le cupieran pero, por otro lado, un puma no era cosa de broma. Desenrolló los billetes.

—Considérelo una inversión —sugirió George, al tiempo que guardaba el dinero en su cajita de caudales—. Si se carga a esa fiera, no le parecerá tanto, ¿verdad?

Lo transportaron todo a la carreta. Caleb observó la calle vacía. Nadie diría que estaban en pleno día, a juzgar por la maldita quietud. Se le antojó una pizca inquietante, aunque sobre todo se sintió decepcionado de pensar que volvería a casa sin apenas novedades que compartir.

Estaba a punto de abandonar el pueblo cuando recordó al médico del que le había hablado Tatum. No sería mala idea que pasara a saludarlo. El médico se llamaba Elacqua. Según Tatum, había trabajado hacía tiempo en el hospital de Kerrville y se había trasladado al pueblo después de retirarse. No había muchas casas y no le costó encontrar la del médico: una pequeña cabaña pintada de un amarillo chillón con un cartel colgado en el porche que rezaba: BRIAN ELACQUA, D. M. Vio una camioneta tipo ranchera con oxidados guardabarros aparcada en el jardín. Caleb ató los caballos y llamó. Un único ojo asomó por detrás de la cortina de la puerta.

—¿Qué quiere?

La voz habló en tono alto, casi hostil.

—¿Es usted el doctor Elacqua?

—¿Quién pregunta?

Caleb se arrepintió de haber ido. El hombre no se alegraba de verlo, saltaba a la vista. Tal vez estuviera borracho.

—Me llamo Caleb Jaxon. Phil Tatum es mi vecino. Nos dijo que usted era el médico del pueblo.

—¿Está enfermo?

—Sólo quería saludarle. Somos nuevos aquí. Mi esposa está embarazada. No se preocupe; ya volveré otro día.

Sin embargo, cuando Caleb se alejaba del porche, la puerta se abrió.

—¿Jaxon?

—Eso es.

El médico tenía un aspecto sumamente dejado, la cintura gruesa y una melena de salvaje cabello blanco a juego con la barba.

—Será mejor que entre.

Su esposa, una mujer nerviosa enfundada en un vestido holgado, les sirvió sendas tazas de té amargo en la sala. Nadie se disculpó por el hosco recibimiento. Puede que fuera lo normal por esos lares, pensó Caleb.

—¿De cuánto está su mujer? —preguntó Elacqua después de que intercambiaran las formalidades de rigor. Caleb advirtió que vertía en el té un chorro de su petaca.

—De cuatro meses, más o menos. —Caleb atisbó una oportunidad de acercamiento—. Mi suegra es Sara Wilson. Puede que la conozca.

—¿Conocerla? Yo la contraté. Hizo las prácticas conmigo. Pero pensaba que su hija trabajaba en el hospital.

—Ésa es Kate. Mi esposa es Pim.

El médico hizo memoria un momento.

—No recuerdo a ninguna Pim. Ah, la muda. —Sacudió la cabeza con tristeza—. Pobrecita. Qué amable por su parte, casarse con ella.

Caleb había oído antes ese tipo de comentarios.

—Seguro que ella lo ve a la inversa.

—Por otro lado, ¿quién no querría una esposa que no puede hablar? Apenas oigo mis propios pensamientos en esta casa.

Caleb se limitó a mirarlo.

—Bueno —prosiguió Elacqua, y carraspeó—. Puedo hacerle una visita, si quiere, para ver cómo está.

En la puerta, Caleb recordó la carta de Pim. Le preguntó a Elacqua si no le importaría enviarla cuando la oficina de correos estuviera abierta.

—Lo intentaré. Esa gente nunca está.

—Sí, eso me ha extrañado —respondió Caleb—. El pueblo parece abandonado.

—No me había dado cuenta. —El médico frunció el entrecejo con aire dubitativo—. Debe de ser por el puma. De vez en cuando aparece alguno.

—¿Ha atacado a alguien?

—No que yo sepa, únicamente al ganado. Con eso de la recompensa, hay un montón de gente buscándolo por ahí fuera. Unos idiotas, en mi opinión. Esos animales son la piel del diablo.

Caleb abandonó el pueblo. Como mínimo había hecho lo posible por enviar la carta. En cuanto a Elacqua, dudaba mucho que Pim quisiera saber nada de ese hombre. El puma no le preocupaba en exceso. Tan sólo era el precio de vivir en la frontera. De todos modos, le diría a Pim que no llevara a Theo al río durante un tiempo. Los dos tendrían que quedarse cerca de casa hasta que el asunto estuviera resuelto.

Cenaron y se acostaron. La lluvia caía sobre el tejado con un repiqueteo tranquilizador. En mitad de la noche, un grito agudo despertó a Caleb. Durante un segundo aterrador, creyó que algo malo le había ocurrido a Theo, pero entonces el sonido se repitió en el exterior. Era miedo lo que estaba oyendo. Miedo y un dolor mortal. Un animal agonizaba.

Por la mañana inspeccionó la maleza que se extendía por detrás de la casa. Unas ramas rotas le llamaron la atención. Encontró mechones de pelo corto e hirsuto, pringosos de sangre, esparcidos por el suelo. Buscó huellas en el terreno, pero la lluvia lo había borrado todo.

Al día siguiente cruzó la sierra para llegarse a la granja de los Tatum. Su terreno era mucho mayor que el de Caleb, con un granero de buen tamaño y una casa con el tejado de zinc. Jardineras de acianos colgaban de las ventanas delanteras. Dorien Tatum acudió a recibirlo a la puerta, una mujer de carrillos llenos con el cabello gris recogido en un moño. Lo envió al linde de la finca, donde su marido estaba retirando la maleza.

—¿Un puma, dice?

Phil se despojó del sombrero para enjugarse el sudor de la frente.

—Eso dicen en el pueblo.

—Se han visto por aquí otras veces. Ya se habrán marchado a otra parte, supongo. Esos cabrones no se quedan mucho tiempo.

—Yo he pensado lo mismo. No creo que sea nada.

—Echaré un vistazo de todos modos. Dele las gracias a su esposa por el pastel, ¿quiere? Dory lo pasó muy bien con ella. Esas dos se pasaron horas escribiéndose mensajes.

Caleb hizo ademán de marcharse, pero cambió de idea.

—¿Cómo es el pueblo normalmente?

Tatum estaba bebiendo agua de una cantimplora.

—¿En qué sentido?

—Bueno, estaba todo muy callado. Me extrañó, porque acudí en pleno día. —Expresándolo en voz alta, se sentía un poco tonto—. La oficina de correos estaba cerrada; la herrería, también. Quería que me herraran los caballos.

—Pues suelen andar por allí. Es posible que Juno esté enfermo.

Juno Brand era el herrero.

—Sí, eso será.

Phil sonrió.

—Vuelva dentro de un par de días. Seguro que lo encontrará. Pero si le hace falta algo, aquí estamos.

Caleb había decidido no contarle a Pim lo que había encontrado en el bosque; no había razón para asustarla, y un mapache muerto no significa nada. Esa noche, sin embargo, mientras lavaban los platos, volvió a pedirle que Theo y ella se quedaran cerca de la casa.

—*Te preocupas demasiado* —opinó ella.

—*Lo siento.*

—*No lo sientas.* —Sin despegarse del fregadero, se dio media vuelta para sorprenderlo con un largo beso—. *Es una de las razones por las que te quiero.*

Él agitó las cejas con ademán lascivo.

—*¿Eso significa lo que creo que significa?*

—*Deja que duerma a Theo primero.*

No tuvo que hacerlo. El niño ya estaba dormido.

28

La noche comenzó para ella, igual que todas, en lo alto del rascacielos a medio construir que se erguía en la esquina de la Cuarenta y tres con la Quinta Avenida. Soplaba un aire tempestuoso, casi cálido. Las estrellas adornaban el firmamento, densas como polvo. Las siluetas de los grandes edificios se recortaban contra el cielo como almenas negras. El Empire State. Rockefeller Center. El magnífico edificio Chrysler, el favorito de Fanning, que se erguía majestuoso sobre el entorno con su elegante corona art déco. Las horas que seguían a la medianoche eran las favoritas de Alicia. El silencio se le antojaba más suntuoso, por alguna razón; el aire más puro. Se sentía más próxima al núcleo de las cosas, al rico cromatismo de los sonidos, los aromas y las texturas. La noche fluía por ella, corría por sus venas. Respiró. Una oscuridad indómita, suprema.

Pasó del tejado a la grúa de construcción y empezó a trepar. Prendida a las vigas expuestas de los pisos superiores, la estructura se erguía otros treinta metros por encima del tejado. Había escaleras, pero Alicia nunca se molestaba en usarlas, por cuanto las escaleras eran algo del pasado, un pintoresco atributo de una vida que apenas si recordaba. El brazo, de más de cien metros de largo, discurría en paralelo a la fachada oeste del edificio. Recorrió la pasarela hasta la punta del apéndice, del que colgaba en la oscuridad la larga cadena del gancho. Alicia lo izó, soltó el freno y arrastró el gancho de vuelta por el brazo. Allí donde la extensión se cruzaba con la torre había una pequeña plataforma. Dejó el gancho allí, regresó al extremo y echó el freno otra vez antes de volver a la plataforma. Una intensa emoción se apoderó de ella, como hambre a punto de ser saciada. Irguiéndose al máximo, con la cabeza alta, agarró el gancho con fuerza.

Y saltó.

Surcó el aire, abajo, hacia delante. El truco radicaba en soltar el gancho en el momento preciso, cuando la velocidad y el impulso ascendente se hallaban en perfecto equilibrio, lo que sucedía cuando había recorrido unos dos tercios del arco. Se columpió al final de la cadena, todavía acelerando. Su cuerpo, sus sentidos, sus pensamientos; todo estaba en sintonía con la velocidad y el espacio.

Soltó el gancho. Su posición se invirtió; llevó las rodillas al pecho. Tres giros aéreos y se desplegó. El techo llano del edificio de enfrente: ése era el objetivo. Despuntaba como aguardándola. *Bienvenida, Alicia.*

Aterrizó.

Sus poderes habían aumentado. Tenía la sensación de que, en presencia de su creador, algún poderoso mecanismo interno se había desatado. Los espacios aéreos de la ciudad se le antojaban banales; era capaz de salvar largas distancias, aterrizar en las más estrechas cornisas, aferrarse a las más insignificantes grietas. La gravedad era un juguete para ella, oscilaba sobre Manhattan como un pájaro. En las espejadas superficies de los rascacielos su reflejo planeaba y caía en picado, surcaba el aire y se zambullía.

Se descubrió, un rato más tarde, sobre la Tercera Avenida, cerca de la demarcación entre la tierra y el mar. Unas pocas manzanas al sur de Astor Place comenzaban las insidiosas aguas, que borboteaban en el inundado inframundo de la isla. Bajó, saltando de un edificio a otro, a la calle. Había conchas rotas por todas partes, entre los hilos secos de algas marinas que el furor de la tormenta había arrastrado tierra adentro. Se arrodilló y pegó el oído a la calzada.

Sin duda se estaban moviendo.

La rejilla cedió con facilidad; se dejó caer en el túnel, a la luz de su antorcha, y echó a andar en dirección sur. Una cinta de agua oscura borboteaba a sus pies. Los Muchos de Fanning se habían alimentado. Sus despojos estaban por doquier, nauseabundos, ureicos, al igual que los restos óseos de su comida: ratones, ratas, los pequeños habitantes del frío y húmedo sustrato de la ciudad. Algunos de los desechos eran frescos, de unos pocos días de antigüedad a lo sumo.

Cruzó la estación de Astor Place. Ahora lo notaba: el mar. La gran masa de agua, siempre empujando, buscando agrandar sus dominios, ahogar el mundo bajo su inmensidad azul. El pulso se le aceleró, se le puso la piel de gallina. *Es agua nada más,* se tranquilizó. *Sólo agua...*

Se topó con el mamparo. Un finísimo rocío, casi una bruma, escapaba por los bordes. Avanzó hacia él. Un momento de vacilación y luego alargó la mano para palpar la gélida superficie. Al otro lado, incontables toneladas de presión permanecían en estasis, estancadas a lo largo de un siglo por el peso de la puerta. Fanning le había explicado la historia. La red del metro de Manhattan al completo se encontraba bajo el nivel del mar;

siempre había sido un desastre en ciernes. Después de que el huracán Wilma inundara los túneles, los mandatarios municipales construyeron una serie de compuertas macizas con el fin de mantener el agua a buen recaudo. Hacia el final de la epidemia, cuando el suministro eléctrico había dejado de funcionar, un sistema de seguridad las había sellado. Y habían permanecido igual a lo largo de más de un siglo, manteniendo a raya el traicionero océano.

No tengas miedo. No tengas miedo.

Oyó un correteo a su espalda. Se volvió y levantó la antorcha. En el filo de la oscuridad destellaron unos ojos anaranjados. Un varón grande pero escuálido; se le podían contar las costillas. Se agachó entre las vías, como una rana, con una rata aferrada entre las puntitas de los dientes. El animal se retorcía y chillaba al tiempo que agitaba la pelada cola.

—¿Qué estás mirando? —le dijo Alicia—. Largo de aquí.

Las mandíbulas se cerraron. Un chorro de sangre, un fuerte sorbo y el viral escupió al suelo el saco de piel y huesos. Alicia notó un retortijón en las tripas, no de asco sino de hambre; llevaba una semana sin comer. El viral extendió las garras y arañó el aire como un gato. Ladeó la cabeza. *¿Qué clase de ser es este que tengo delante?*

—Vete. —Alicia blandió la antorcha como si fuera un pico—. Fuera. Largo.

Una última mirada, casi cariñosa. El viral salió disparado.

Fanning ya había echado las persianas como preparación para el alba inminente. Estaba sentado a su mesa de costumbre, en el balcón que daba al vestíbulo principal, leyendo un libro a la luz de las velas. Alzó la mirada cuando ella se acercó.

—¿Has cazado mucho?

Alicia arrastró una silla.

—No tenía hambre.

—Deberías comer.

—Tú también.

Él devolvió la atención al libro. Alicia echó un vistazo al título: *La tragedia de Hamlet, príncipe de Dinamarca.*

—He pasado por la biblioteca.

—Eso parece.

—Es una obra muy triste. No, triste, no. Está llena de ira. —Fanning se encogió de hombros—. Llevaba años sin leer. Ahora me produce una sensación distinta. —Buscó una página, miró a Alicia y levantó un dedo con un gesto de profesor—. Escucha.

El espíritu que he visto
quizá sea el demonio, cuyo poder le permite
adoptar una forma atrayente. Sí; y ¿quién sabe si,
valiéndose de mi debilidad y mi melancolía,
pues es poderoso sobre tales estados de ánimo,
me engaña para condenarme? Quiero tener pruebas
concluyentes. ¡El teatro es la red
que atrapará la conciencia de este rey!

Como Alicia no decía nada, Fanning enarcó una ceja.

—No te vuelve loca, ¿eh?

Los estados de ánimo de Fanning eran así. Podía pasar varios días sin pronunciar palabra, barruntando sin cesar, y luego, sin previo aviso, volvía a parlotear como si nada. Últimamente había adoptado un tono de sardónica jovialidad, casi petulante.

—Entiendo por qué te gusta.

—*Gustar* no es la palabra más apropiada.

—Pero no entiendo el final. ¿Quién es el rey?

—Exactamente.

Haces de luz se colaban entre las cortinas y proyectaban rayos en el suelo. Fanning no daba muestras de que le afectase la situación, aunque era mucho más sensible que Alicia a la claridad. A Fanning, el mero roce de la luz solar le provocaba un dolor indecible.

—Están despertando, Tim. Cazan. Se desplazan por los túneles.

Fanning siguió leyendo.

—¿Me estás escuchando?

Él alzó la vista. Fruncía el ceño.

—Bueno, ¿y qué?

—No habíamos quedado así.

De nuevo miraba el libro, aunque únicamente fingía leer. Alicia se levantó.

—Voy a ver a Soldado.

Él bostezó, exhibiendo los colmillos, y sus pálidos labios se curvaron con una sonrisa.

—Aquí estaré.

Alicia se ajustó las gafas, salió a la Cuarenta y tres y se encaminó al norte por la avenida Madison. La primavera había llegado con parsimonia; apenas unos cuantos árboles estaban floreciendo y la nieve perduraba en las zonas en sombras. El establo se encontraba en el lado oriental del parque con la Sesenta y tres, al sur del zoo. Le retiró la manta a Soldado y lo dejó salir del box. El parque emanaba una sensación de inmovilidad absoluta, como si hubiera quedado atrapado entre las dos estaciones. Alicia se sentó en una roca al borde del lago y observó cómo el caballo masticaba. El animal había aceptado el paso del tiempo con dignidad. Se cansaba más fácilmente, pero sólo un poco, y todavía era fuerte, su paso firme. Hebras blancas surcaban su cola y bigotes, más en los flecos de los cascos. Lo vio comer hasta saciarse. Entonces lo ensilló y se encaramó a sus lomos.

—¿Qué tal un poco de ejercicio, chico?

Lo guio por el prado hasta la sombra de los árboles. Le vino a la mente el recuerdo del día que lo encontró, toda esa fuerza contenida, plantado a solas junto a la guarnición de Kearney, esperándola como un mensaje. *Soy tuyo y tú eres mía. A partir de este momento, seremos uno.* Lo llevó al trote entre los árboles y luego a galope. A su izquierda se extendía la presa, millones y millones de litros, la sangre del corazón verde de la ciudad. En el cruce con la calle Noventa y siete, desmontó.

—Vuelvo enseguida.

Se internó en el bosque, se quitó las botas y trepó a un árbol que crecía en el linde del claro. Allí, acuclillada y lista para saltar, esperó.

Por fin su deseo fue concedido: una joven cierva llegó de puntillas, las orejas alerta, la cabeza gacha. Alicia la observó aproximarse. Más cerca. Más cerca.

Fanning no se había movido de la mesa. Alzó la vista del libro, sonrió.

—¿Qué ven mis ojos?

Alicia descargó la cierva que llevaba a hombros sobre la barra del bar. La cabeza del animal colgaba con la laxitud de la muerte, la rosada lengua asomaba de su boca como una cinta.

—Ya te lo he dicho —le dijo a Fanning—. Tienes que comer.

29

Los primeros disparos sonaron a la hora prevista, una serie de detonaciones lejanas procedentes del final del espigón. Michael estaba escondido con Rand y los demás junto a la puerta del barracón de Quonset. La puerta se abrió con un estallido de luz y risas. Un hombre salió a trompicones. Rodeaba con el brazo los hombros de una prostituta.

Cuando murió, apenas si emitió un gorgoteo. Lo dejaron donde había caído y la sangre oscureció la tierra al brotar de la incisión que el alambre le había abierto en el cuello. Michael se acercó a la mujer. No era ninguna de las que conocía. Rand le tapaba la boca para ahogar sus aterrados gritos. No tendría más de dieciocho años.

—Si te quedas callada no te pasará nada. ¿Me entiendes?

Era una chica rellenita de cabello corto y pelirrojo. Tenía los ojos, muy maquillados, como platos. Asintió.

—Mi amigo te va a destapar la boca, y me vas a decir en qué habitación está.

Muy despacio, Rand retiró la mano.

—La última, al final del pasillo.

—¿Estás segura?

Ella asintió con vehemencia. Michael le acercó una lista de nombres. Cuatro jugaban a cartas en el salón; dos más estaban en los cuartos.

—Vale, largo de aquí.

Ella escapó a toda prisa. Michael miró a los demás.

—Entraremos en dos grupos, Rand conmigo; el resto que espere en la sala hasta que todo el mundo esté listo.

Los ojos se despegaron de las mesas un instante cuando entraron, pero nada más. Eran camaradas; sin duda habían pasado por la cabaña por la misma razón que todos: una copa, unas partidas, unos minutos de diversión en los reservados. El segundo grupo se desperdigó por la sala mientras Michael y los demás se internaban en el pasillo y se apostaban frente a las puertas. La señal circuló, las puertas se abrieron.

Dunk estaba de espaldas, desnudo, debajo de una mujer que lo cabalgaba a conciencia.

—Michael, ¿qué coño? —Cuando vio a Rand y a los demás, su expresión cambió—. ¡Venga ya!

Michael miró a la mujer.

—¿Por qué no te vas a dar un paseo?

Ella agarró el vestido del suelo y salió pitando. Por el resto del edificio sonaban gritos y alaridos, el ruido de un cristal que se rompe, un disparo aislado.

—Tenía que pasar antes o después —le dijo Michael a Dunk—. Ya puestos, que sea a lo grande.

—Te crees muy listo, ¿eh? En cuanto salgas de aquí caerás muerto.

—La casa está despejada, Dunk. Te he reservado para el final.

Una sonrisa falsa iluminó el semblante de Dunk. Debajo de sus bravatas, el hombre sabía que le aguardaba el abismo.

—Ya lo pillo. Quieres más porcentaje. Bueno, te lo has ganado. Yo me ocuparé.

—¿Rand?

El aludido avanzó con el alambre entre los puños. Los demás agarraron a Dunk, que intentaba levantarse, y lo empujaron contra el colchón.

—¡No fastidies, Michael! —Se debatía como un pez—. Te he tratado como a un hijo.

—No tienes ni idea de la risa que me da eso.

Cuando el alambre rodeó el cuello de Dunk, Michael abandonó el cuartito. El último lugarteniente de Dunk oponía resistencia en el segundo compartimento, pero Michael oyó un gruñido final y el golpe de algo pesado contra el suelo. Greer se reunió con él en la sala delantera, donde yacían varios cuerpos sobre las mesas volcadas. Uno de esos hombres era Fastau; le habían disparado en un ojo.

—¿Hemos terminado? —preguntó Michael.

—McLean y Dybek han escapado en un camión.

—Los detendrán en el espigón. No irán a ninguna parte. —Michael miró a Fastau, que yacía muerto en el suelo—. ¿Hemos perdido a alguien más?

—No, que yo sepa.

Cargaron los cuerpos en el camión y aguardaron en el exterior. Treinta y seis cadáveres en total, el círculo íntimo de Dunk, formado por asesinos, chulos y ladrones. Los transportarían al muelle, los meterían en una lancha y los tirarían al canal.

—¿Y qué pasa con las mujeres? —preguntó Greer.

Michael estaba pensando en Fastau; el hombre había sido uno de sus mejores soldadores. A esas alturas, cualquier pérdida suponía un problema.

—Dile a Parche que las encierre en un cobertizo de maquinaria y las mantenga vigiladas. Cuando estemos listos para partir, las sacaremos de aquí.

—Hablarán.

—Bueno, ¿y qué vale su palabra?

—Tienes razón.

El camión con los cuerpos se alejó.

—No quiero presionarte —manifestó Greer—, pero ¿ya has decidido qué vas a hacer con Lore?

Michael llevaba semanas dándole vueltas a esa cuestión y siempre llegaba a la misma conclusión.

—No confío en nadie más para hacerlo.

—Estoy de acuerdo.

Michael se volvió hacia Greer.

—¿Estás seguro de que no quieres quedarte al mando por aquí? Se te da bien.

—No es mi papel. El *Bergensfjord* es tuyo. No te preocupes. Yo mantendré a las tropas a raya.

Guardaron silencio un ratito. Las únicas luces que los alumbraban eran los grandes focos del muelle. Los hombres de Michael trabajarían durante toda la noche.

—Hay una cosa que te quiero comentar desde hace tiempo —dijo Michael.

Greer ladeó la cabeza.

—Ya sé que en tu visión no veías quién más iba en el barco…

—Únicamente la isla y las cinco estrellas.

—Me hago cargo. —Michael titubeó—. No sé cómo expresarlo. ¿Tuviste… la sensación de que yo estaba allí?

Greer se quedó a cuadros.

—No sabría decirte. No vi nada más.

—Puedes ser sincero conmigo.

—Ya lo sé.

Disparos procedentes del espigón; cinco detonaciones y luego dos más, deliberadas, definitivas. Dybek y McLean.

—Supongo que ya está —declaró Greer.

Rand se acercó a ellos.

—Están todos reunidos en el muelle.

Súbitamente, Michael notó el peso sobre sus hombros. No el de haber ordenado las muertes de tantos hombres; eso le había costado menos de lo que pensaba. Ahora estaba a cargo de todo; el istmo era suyo. Comprobó el cargador de su pistola, bloqueó el percutor y la devolvió a su funda. A partir de ahora, nunca se separaría de ella.

—Muy bien, el combustible llegará en treinta y seis días. Hay que prepararse para el numerito de la carretera.

30

ESTADO LIBRE DE IOWA
(Antiguamente la Patria)
Pobl. 12.139

El sheriff Gordon Eustace dio comienzo a la mañana del 24 de marzo —como hacía cada 24 de marzo— colgando su cinto con la pistola del poste de la cama.

Porque ir armado no estaría bien. Sería una falta de respeto. Durante las horas siguientes, no sería más que un hombre, como cualquier otro, que soportaría el frío y el dolor de articulaciones a la par que meditaba lo mal que salieron las cosas.

Ocupaba una habitación situada al fondo de la penitenciaría. Durante diez años, desde la noche en que le faltó valor para regresar a casa, dormía allí. Siempre se había tenido por la clase de hombre que hace de tripas corazón y tira adelante, y desde luego no era el único que había tenido mala suerte. Sin embargo, una parte de sí mismo había huido para no volver, así que vivía allí, en una caja de cemento color ceniza, sin nada más que una cama, una pila, una silla para sentarse y un retrete en el pasillo, y nadie salvo unos borrachos durmiendo la mona por compañía.

En el exterior, el sol se hacía de rogar, marzo al estilo de Iowa. Calentó agua en el fogón y la llevó al lavamanos junto con la cuchilla de afeitar y el jabón. Su rostro le devolvió la vista en el agrietado espejo. Bueno, no tenía buena pinta. Había perdido la mitad de los incisivos, su oreja izquierda era poco más que un muñón rosado, tenía un ojo velado e inútil: parecía algo sacado de un cuento de niños, el ogro malo que aguarda debajo del puente. Se afeitó, se lavó la cara y las axilas y se secó. Tendría que conformarse con unos restos de galletas, duros como piedras, para desayunar. Sentado a la mesa, las mordió con las muelas y las regó con un lingotazo del licor de maíz que guardaba en una jarra, debajo de la pila. No era un bebedor empedernido, pero le gustaba echar un trago por las mañanas, sobre todo la de esa fecha, el 24 de marzo.

Se enfundó el abrigo, se caló el sombrero y salió. Las últimas nieves ya se habían derretido; la tierra había mudado en barro. La vieja penitenciaría era uno de los pocos edificios del antiguo pueblo que todavía se usaban; la mayoría llevaban años vacíos. Soplándose las manos, echó a andar junto a las ruinas de la Cúpula (no quedaba nada de ella salvó un montón de escombros y unas cuantas vigas carbonizadas) y bajó a la zona que todo el mundo seguía llamando «la Planicie», aunque los viejos barracones habían sido desmantelados hacía tiempo para ser utilizados como leña. Aún vivía gente allí, pero no mucha; los recuerdos resultaban demasiado desagradables. Los pocos habitantes solían ser jóvenes, nacidos tras los días de los ojosrojos, o muy viejos e incapaces de romper las cadenas psicológicas del antiguo régimen. Se trataba de un sórdido grupo de cabañas sin agua corriente, miasmáticos ríos de residuos que recorrían las calles y un número más o menos equivalente de niños sucios y perros escuálidos que rebuscaban entre la basura. A Eustace se le partía el corazón cada vez que lo veía.

Las cosas no deberían haber sido así. En aquel otro tiempo, Eustace tenía planes, albergaba esperanzas. Es verdad que mucha gente aceptó la oferta de trasladarse a Texas en esos primeros años; Eustace ya se lo esperaba. *Muy bien,* pensó, *que se marchen.* Se quedarían los fuertes de espíritu, los verdaderos creyentes que no consideraban la desaparición de los ojosrojos el mero final de una esclavitud sino algo más: la oportunidad de corregir los errores, de volver a empezar, de construir una nueva vida desde cero.

Sin embargo, a medida que veía menguar la población, empezó a preocuparse. Los que se quedaban no eran los emprendedores, los soñadores. A menudo se trataba de gente demasiado débil para viajar. Algunos estaban excesivamente asustados. Otros tan acostumbrados a que lo decidieran todo por ellos que apenas si tenían fuerza de voluntad. Eustace lo había intentado, pero nadie tenía la menor idea de cómo poner en marcha una ciudad. Carecían de ingenieros y de fontaneros, de electricistas y de médicos. Podían manejar las máquinas que los ojosrojos habían dejado atrás, pero nadie sabía cómo repararlas si se estropeaban. La central eléctrica había fallado a los tres años, el agua y los desagües a los cinco; una década más tarde, casi nada funcionaba. Escolarizar a los niños resultó imposible. Pocos adultos sabían leer y la mayoría no veía razón para hacerlo. Los inviernos eran brutales —la gente moría de frío en sus propias casas— y los veranos prácticamente igual de malos, áridos un año y monzónicos al siguiente. El río estaba contaminado, pero la gente llenaba los cubos de todos modos; la enfermedad conocida como «la fiebre del río» segaba vidas a puñados. La mitad del ganado había muerto, casi todos los caballos y las ovejas y todos los cerdos.

Los ojosrojos habían dejado atrás todas las herramientas para construir una sociedad excepto una: la voluntad de hacerlo.

La carretera que cruzaba la Planicie alcanzó el río y lo llevó en sentido este, hacia el estadio. Al otro lado estaba el cementerio. Eustace enfiló entre las lápidas alineadas. Algunas estaban decoradas —churretosas velas, juguetes infantiles, ramos resecos de flores silvestres que asomaban entre los restos de nieve. Había orden en la disposición; si algo se le daba bien a la gente era cavar tumbas. Llegó a la que estaba buscando y se acuclilló a un lado.

NINA VORHEES EUSTACE

SIMON TIFTY EUSTACE

AMADA ESPOSA, AMADO HIJO

Habían fallecido con dos horas de diferencia. Eustace no lo supo hasta dos días después; estaba ardiendo de fiebre, su mente inmersa en un delirio que se alegraba de no recordar. La epidemia había segado la ciudad como una guadaña. El hecho de vivir o morir parecía cosa de azar. Un adulto sano tenía tantas probabilidades de sucumbir como un niño o un anciano de setenta años. La enfermedad llegaba de repente: fiebre, escalofríos, una tos cavernosa. A menudo parecía seguir su curso hasta que regresaba con furia renovada, aniquilando al enfermo en cuestión de minutos. Simon tenía tres años en aquel entonces; un niño despierto, de ojos inteligentes y risa alegre. Jamás había sentido Eustace un amor tan profundo por nadie, ni siquiera por Nina. Los dos bromeaban al respecto; en comparación, su mutuo afecto parecía insignificante, aunque no era del todo verdad, claro que no. Amar a su hijo no era sino otro modo de amarse.

Pasó un rato junto a la tumba. Le gustaba recordar las pequeñas cosas. Las comidas que compartieron, los retazos de conversación, las caricias rápidas que se dispensaban sin motivo, porque sí. Eustace casi nunca pensaba en la insurgencia; ya no despertaba su interés, y el valor que Nina había demostrado en la lucha no representaba sino una pequeña parte de la mujer que fue. Únicamente a él le había mostrado su verdadero ser.

Una sensación de conclusión le indicó que ya era hora de marcharse. Así pues, un año más. Posó la mano en la piedra y la dejó allí un momento mientras se despedía. A continuación se abrió paso entre las lápidas.

—¡Eh, señor!

Eustace dio media vuelta al mismo tiempo que un fragmento de hielo pasaba volando junto a su cabeza. Tres chicos, adolescentes, soltaban risotadas tontas a unos cinco metros de distancia, entre las tumbas. Cuando lo vieron mejor, la risa cesó de golpe y porrazo.

—¡Mierda! ¡Es el sheriff!

Se largaron pitando antes de que Eustace pudiera decir nada. Fue una pena, en realidad, pues sí tenía algo que decirles. *No pasa nada*, les habría asegurado. *No me importa. Ahora él tendría vuestra edad.*

Cuando regresó a la penitenciaría, Fry Robinson, su ayudante, estaba sentado al escritorio con las botas sobre la mesa, durmiendo a pierna suelta. Era sólo un niño, en realidad, ni siquiera había cumplido los veinticinco. Poseía un rostro ancho de expresión optimista y una mandíbula suave prácticamente imberbe. No era un lince que digamos, pero tampoco tonto de remate. Se había quedado con Eustace más tiempo que la mayoría, lo que era de agradecer. Eustace dejó que la puerta se cerrara a su espalda. Fry se incorporó sobresaltado.

—Por Dios, Gordo. ¿Por qué demonios has hecho eso?

Eustace se ató la cartuchera con el revólver. Lo llevaba para intimidar, más que nada; estaba cargado, pero la munición que habían dejado los ojosrojos estaba a punto de agotarse y las balas que quedaban no eran de fiar. Más de una vez el gatillo había fallado.

—¿Le has dado de comer a Rudy?

—Iba a hacerlo antes de que me despertaras. ¿Adónde has ido? Pensaba que seguías allí detrás.

—He ido a visitar a Nina y a Simon.

Fry lo miró sin entender; al cabo de un instante, ató cabos.

—Mierda, hoy es veinticuatro, ¿verdad?

Eustace se encogió de hombros. ¿Qué podía decir?

—Ya me ocupo yo de todo si quieres —se ofreció Fry—. ¿Por qué no te tomas el resto del día libre?

—¿Para hacer qué?

—Duerme o haz lo que quieras. Emborráchate.

—Lo he considerado, no te creas.

Eustace le llevó a Rudy el desayuno a su celda: un par de galletas rancias y una patata cruda en rodajas.

—¡Arriba, socio!

Rudy levantó su demacrado cuerpo del catre. Robo, peleas, tocar las narices todo lo que podía: el hombre pisaba la cárcel tan a menudo que incluso pedía su celda favorita. En esta ocasión lo habían encerrado por embriaguez y escándalo público. Con un asqueroso ronquido, se arrancó de la garganta un pegote de flema, lo escupió en el cubo que usaba de retrete y, sujetándose los pantalones con la mano, se acercó a los barrotes con paso cansino. La próxima vez, que se quede el cinturón, pensó Eustace. A lo mejor nos hace un favor y se ahorca. Eustace pasó el plato por la ranura.

—¿Ya está? ¿Galletas y una patata?

—¿Qué quieres? Estamos en marzo.

—El servicio ya no es lo que era por aquí.

—Pues deja de meterte en líos de una vez.

Rudy se sentó en el catre y mordió una galleta. Tenía una dentadura asquerosa, floja y marrón, aunque Eustace no era quién para criticar. Escupió una lluvia de migas cuando habló.

—¿A qué hora llegará Abel?

Abel era el juez.

—¿Cómo quieres que lo sepa?

—También necesito un cubo limpio.

Eustace ya se alejaba por el pasillo.

—¡Lo digo en serio! —vociferó Rudy—. ¡Aquí apesta!

Eustace regresó a la sala delantera y se sentó a su escritorio. Fry estaba limpiando su revólver, algo que hacía unas diez veces al día. Lo trataba como si fuera su mascota.

—¿Qué le pasa?

—No le gusta nuestra cocina.

Fry frunció el ceño con desdén.

—Debería darnos las gracias. Yo mismo no he comido mucho más. —Calló para husmear el aire—. Por Dios, ¿a qué huele?

—¡Eh, capullos —gritó Rudy desde el fondo—, tengo un regalito para vosotros!

De pie en su celda, Rudy sostenía el cubo, ahora vacío, con expresión triunfante. Un río marrón de heces y orina corría por el pasillo.

—Eso es lo que pienso de vuestra patata de mierda.

—¡Maldita sea! —gritó Fry—. ¡Lo vas a limpiar tú!

Eustace se volvió hacia su ayudante.

—Dame la llave.

Fry desprendió el llavero de su cinturón y se lo tendió a Eustace.

—Lo digo en serio, Rudy. —Agitó un dedo en el aire—. Eres una pesadilla, amigo mío.

Eustace abrió la puerta, entró en la celda, la cerró, tomó las llaves a través de los barrotes y volvió a correr el cerrojo. A continuación se guardó el llavero en el bolsillo.

—¿Qué demonios significa esto? —preguntó Rudy.

—¿Gordon? —Fry lo miró con inseguridad—. ¿Qué estás haciendo?

—Tú espera un momento.

Eustace extrajo el revólver, le dio la vuelta y golpeó a Rudy en la cara con la culata. El hombre se tambaleó hacia atrás y cayó al suelo.

—¿Te has vuelto loco? —Rudy retrocedió a rastras hasta toparse con la pared de la celda. Desplazó la lengua por el interior de la boca y se escupió en la palma un diente ensangrentado. Lo sostuvo por la raíz, larga y podrida—. ¡Mira lo que has hecho! ¡Ahora no podré comer!

—Ni falta que te hace.

—Te lo estabas buscando, pedazo de mierda —le soltó Fry—. Venga, Gordo, vamos a darle un mocho a este cerdo. Ya ha aprendido la lección.

Eustace no estaba de acuerdo. *Darle una lección*; ¿qué significaba esa frase, en realidad? No estaba muy seguro de lo que sentía, pero algo se estaba apoderando de él. Rudy sostenía el diente con una expresión de absoluta indignación. La estampa resultaba asquerosa a más no poder; parecía sintetizar todo lo que se había torcido en la vida de Eustace. Se enfundó la pistola, para que Rudy creyera que lo peor había pasado, y entonces lo levantó en vilo y le estampó la cara contra la pared. Un crujido húmedo, igual que cuando aplastas una cucaracha con el pie. Rudy lanzó un aullido de dolor.

—Gordon, en serio —insistió Fry—. Es hora de abrir esa puerta.

Eustace no estaba enfadado. Dejó de sentir rabia años atrás. En realidad, ahora mismo estaba experimentando alivio. Arrastró al hombre por la celda y se puso manos a la obra, con los puños, con la culata del revólver, con la punta de las botas. Su consciencia apenas si registraba los gritos de Fry, que le suplicaba que parase. Algo se había liberado en su interior y estaba eufórico, igual que cuando galopas por un espacio abierto. Rudy estaba tendido en el suelo, protegiéndose la cara con los brazos. *Patético remedo de ser humano. Pellejo inmundo. Encarnas todo cuanto va mal por aquí y me voy a asegurar de que lo sepas.*

Estaba a punto de agarrar a Rudy por las solapas para estamparle la cabeza contra el borde del catre (cómo disfrutaría con el crujido) cuando una llave giró en el cerrojo y Fry lo asió por detrás. Eustace le clavó el codo en las costillas y, tras quitárselo de encima, aferró el cuello de Rudy con el brazo. El hombre parecía un enorme muñeco de trapo, un saco carnoso de trozos más o menos conectados. Tensó los bíceps contra la tráquea de Rudy y le clavó la rodilla en la espalda para hacer palanca. Una fuerte sacudida y sus días habrían llegado a su fin.

Y entonces… copos de nieve. Fry se erguía ante él, resollando y sosteniendo el atizador que acababa de estampar en el cráneo de Eustace.

—Por Dios, Gordo. ¿Qué demonios ha sido eso?

Eustace parpadeó; los copos de nieve se apagaron uno a uno. Notaba como si su cabeza fuera un tronco partido. También estaba un poco mareado.

—Me he dejado llevar, supongo.

—No digo que el tío no lo merezca, pero qué demonios.

Eustace volvió la cara para echar una ojeada a la estampa. Rudy se encontraba acurrucado en postura fetal con las manos entre las piernas. Su rostro parecía un trozo de carne cruda.

—Lo he dejado hecho un cromo, ¿eh?

—Nunca ha sido una belleza, de todas formas. —Fry proyectó la voz hacia Rudy—. ¿Me oyes? Como digas una palabra de esto, te encontrarán tirado en una cuneta, capullo. —Miró a Eustace—. Perdona, no quería atizarte tan fuerte.

—No pasa nada.

—No quiero meterte prisa, pero será mejor que desaparezcas de momento. ¿Te puedes levantar?

—¿Y qué pasa con Abel?

—Yo me ocuparé. Venga, arriba.

Fry lo ayudó a ponerse de pie. Eustace tuvo que agarrarse a los barrotes un instante para poder mantener el equilibrio. Tenía los nudillos de la mano derecha hinchados y ensangrentados, la piel levantada a lo largo del hueso. Intentó cerrar el puño, pero las articulaciones no respondieron.

—¿Bien? —Fry lo estaba mirando.

—Eso creo, sí.

—Ve a despejarte. Y cúrate esa mano también.

En la puerta de la celda, Eustace se detuvo. Fry estaba ayudando a Rudy a sentarse. Tenía la pechera de la camisa llena de sangre.

—¿Sabes? Tenías razón —dijo Eustace.

Fry alzó la vista.

—¿En qué?

Eustace no lamentaba lo que había hecho, aunque tal vez se arrepintiera más tarde. Sucede a menudo: la reacción lógica tarda un tiempo en aparecer.

—Debería haberme tomado el día libre, al fin y al cabo.

31

Alicia empezó a pasar las noches en el establo.

Fanning no prestaba demasiada atención a su ausencia. *Ese caballo tuyo*, le decía, despegando los ojos apenas de uno de los libros que ahora absorbían todas sus horas de vigilia. *No entiendo por qué te importa tanto, pero no es asunto mío, en realidad.* Su mente parecía estar en otra parte; sus pensamientos, velados. Sí, estaba distinto; algo se había transformado en él. El cambio poseía una cualidad tectónica, como un rumor procedente de las profundidades de la Tierra. Ya no dormía, si acaso se podía decir que los de su especie durmiesen. Pero en el pasado las horas de luz lo sumían en un estado como de trance; los ojos cerrados, las manos en reposo sobre el regazo, los dedos entrelazados. Alicia conocía sus sueños. Las manillas del reloj girando implacables. Las anónimas multitudes pasando por su lado. La suya era una pesadilla de espera infinita en un universo inclemente; sin esperanza, sin amor, sin el sentido existencial que únicamente la esperanza y el amor proporcionan.

Ella tenía un sueño parecido. Su niña. Su Rose.

En ocasiones Alicia pensaba en el pasado. «Nueva York —solía decir Fanning— siempre ha sido una ciudad de recuerdos.» Echaba de menos a sus amigos como los muertos deben de añorar a los vivos, habitantes de una región que ella había abandonado para siempre. ¿Qué recordaba Alicia? Al coronel. Hallarse en la oscuridad siendo una niña. Los años que había dedicado a la Guardia, y cuán reales se le antojaban. Cierta noche acudía a menudo a su mente, como si contuviera una respuesta. Había llevado a Peter al tejado de la central eléctrica para enseñarle las estrellas. Se tendieron en el cemento, codo con codo, el suelo todavía caliente del calor abrasador del día, los dos charlando bajo un firmamento nocturno aún más asombroso si cabe por el hecho de que Peter nunca lo había visto con anterioridad. *¿Alguna vez has pensado en ello?*, quiso saber Alicia. *¿Si he pensado en qué?*, preguntó él. Y ella respondió, nerviosa —incapaz de morderse la lengua—: *¿Me vas a obligar a decirlo? En emparejarte, Peter. Tener pequeños.* Alicia comprendió, pasado mucho tiempo, lo que le estaba pidiendo en realidad: que la salvara, que la arrastrara a la vida. Pero era demasiado tarde; siempre fue demasiado tarde. Desde la noche en que el coronel la abandonó, Alicia nunca había vuelto a ser una persona, en realidad no. Había renunciado.

En fin. Los años. Fanning decía que el tiempo corría de manera distinta para los de su especie, y era verdad. Los días se fundían unos con otros, las estaciones, los años. ¿Qué significaban el uno para el otro? Él era amable. La comprendía. *Hemos recorrido el mismo camino*, decía. *Quédate conmigo, Lish. Quédate conmigo y todo habrá terminado.* En ocasiones parecía conocer sus verdades más profundas. Qué decir, qué preguntar, cuándo escuchar y durante cuánto rato. *Háblame de ella.* Qué suave era su voz, qué amable. No se parecía a ninguna voz que Alicia hubiera oído anteriormente; daba la sensación de flotar en un baño de lágrimas. *Háblame de tu Rose.*

Y, sin embargo, tenía otra parte, velada, impenetrable. Sus largos y meditabundos silencios la inquietaban, así como esos momentos de una alegría una pizca chirriante que parecía del todo impostada. Él empezó a aventurarse en la noche, algo que llevaba años sin hacer. No decía adónde iba; se limitaba a desaparecer. Alicia decidió seguirlo. Durante tres noches Fanning deambuló sin destino aparente, una triste figura que vagaba por las calles sin más. Y entonces, la cuarta noche, hizo algo que la sorprendió. Con andares decididos se encaminó al centro, al West Village, y se detuvo ante un edificio residencial igual a cualquier otro, de cinco pisos, con un tramo de escaleras que ascendía desde la calle a la puerta principal. Alicia se escondió detrás de un antepecho del tejado, en lo alto del edificio. Transcurrieron varios minutos y Fanning seguía ahí, contemplando la fachada. De repente, Alicia ató cabos. Fanning había vivido allí. Súbitamente, como accionado por un mecanismo interno, Fanning subió a la puerta, la forzó de un empujón y desapareció en el interior.

Pasó un buen rato allí dentro. Una hora, luego dos. Alicia empezó a preocuparse. Si Fanning no aparecía pronto, no tendría tiempo de volver a la estación antes del alba. Por fin, salió. Al fondo de la escalera de entrada, se detuvo. Como si notara su presencia, miró a un lado y a otro de la calle y después directamente a ella. Alicia se agachó detrás del antepecho y pegó el cuerpo al tejado.

—Ya sé que estás ahí, Alicia. Pero no pasa nada.

Cuando ella volvió a mirar, la calle estaba desierta.

Él no mencionó lo sucedido aquella noche y Alicia no hizo preguntas. Sabía que había dado con algo importante, una pista, pero no lograba desentrañarla. ¿Por qué, después de tanto tiempo, había emprendido Fanning esa peregrinación?

Él no volvió a marcharse.

Fanning debía de haber previsto lo que sucedería a continuación; sin duda esperaba que Alicia hiciera lo que hizo. El interior del edificio era una ruina. Manchas negras de moho salpicaban las paredes y el suelo cedía blando bajo los pies. El hueco de la escalera estaba mojado por culpa de una gotera del tejado. Alicia subió al segundo piso, donde encontró una puerta abierta, como invitándola a entrar. El interior del apartamento se había librado de la destrucción en buena parte. El mobiliario, aunque cubierto de una gruesa capa de polvo, estaba ordenado; los libros, las revistas y varios objetos seguían en el mismo lugar, supuso Alicia, que habían ocupado durante las últimas horas de vida humana de Fanning. Al desplazarse por las organizadas habitaciones, Alicia empezó a comprender lo que estaba sucediendo. Fanning quería que conociese al hombre que fuera un día. La estaba invitando a compartir una nueva intimidad, más profunda.

Entró en el dormitorio. Emanaba un ambiente distinto al de las otras dependencias de la casa, como si hubiera estado ocupado más recientemente. El mobiliario era sencillo: un escritorio, una cómoda, una butaca junto a la ventana y una cama hecha a conciencia. El centro del colchón mostraba una depresión de dimensiones claramente humanas. Una huella parecida hundía la almohada.

Sobre la mesilla de noche descansaban unas gafas. Alicia ya sabía a quién habían pertenecido; aparecían en el relato de Fanning. Las tomó con cuidado. Eran pequeñas, con la montura metálica. La cama usada, las sábanas, las gafas en la mesilla. Fanning se había tendido allí. Y había dejado todas esas cosas para que Alicia las viera.

Para que las viera, pensó. ¿Qué quería que viera?

Se acostó en la cama. El colchón no se amoldaba a su cuerpo, la estructura interna se había hundido demasiado tiempo. Entonces se puso las gafas.

Jamás entendió cómo pero, en el momento en que miró a través de las lentes, tuvo la sensación de que se había convertido en él. El pasado la embargó, el dolor. La verdad le golpeó el corazón como una corriente de alto voltaje. Pues claro. Pues claro.

Al alba, estaba en el puente. El miedo a las turbulentas aguas, si bien intenso, se le antojó trivial. Lo ahuyentó de su pensamiento. El sol proyectaba sus largos rayos dorados a su espalda. A lomos de Soldado, enfiló la calzada, siguiendo su propia sombra.

32

Encontraron a Bill en la cuenca del embalse, al fondo del aliviadero. La noche anterior había abandonado el hospital en secreto, llevándose consigo la ropa y los zapatos. Tras eso, el rastro se perdía. Alguien afirmó haberlo visto en las mesas de juego, aunque el hombre dudaba; puede que fuera otra noche. Bill siempre estaba en las mesas. Lo raro habría sido no encontrarlo allí.

Murió por culpa de la caída: treinta metros desde lo alto de la presa y luego el largo tobogán hasta la cuenca, donde el cuerpo había quedado encajado contra un desagüe. Tenía las piernas destrozadas, el pecho hundido; por lo demás, ofrecía el mismo aspecto de siempre. ¿Había saltado o lo habían empujado? Su vida tenía poco que ver con la que les mostraba a todos; Sara se preguntaba cuánto le había ocultado Kate. Pero no podía preguntar.

El problema de las deudas no estaba resuelto. Juntando sus ahorros con los de Kate, Sara y Hollis pudieron reunir menos de la mitad del dinero que se debía. Tres días después del entierro, Hollis llevó el dinero al edificio de Ciudad-H, que todo el mundo seguía llamando la Casa de Cousin, aunque el propio Cousin llevaba años muerto. Hollis confiaba en que esa muestra de buena fe, sumada a sus antiguos contactos, solucionara el problema. Regresó sacudiendo la cabeza con desánimo. Los jugadores eran otros; ya no tenía influencias.

—Vamos a tener problemas —dijo.

Kate y las chicas se alojaban en casa de Sara y Hollis. Kate parecía aletargada, como resignada a un destino que se temía desde hacía tiempo, pero presenciar el dolor de las niñas resultaba desgarrador. A sus ojos infantiles, Bill no era más que su padre. Saber que, en cierto sentido, las había abandonado escogiendo un camino que lo apartaría de ellas para siempre no empañaba su amor por él. Cuando crecieran, la herida mudaría en una marca distinta; en una sensación no de pérdida sino de rechazo. Sara habría hecho cualquier cosa por ahorrarles ese dolor. Pero no podía hacer nada.

No cabía nada más que cruzar los dedos para que la situación pasara al olvido. Transcurrieron dos días más. Al llegar a casa, Sara encontró a

Hollis sentado a la mesa de la cocina con expresión funesta. Kate estaba en el suelo jugando a cartas con las niñas, pero Sara notó que lo hacía únicamente para distraerlas; había pasado algo grave. Hollis le mostró la nota que les habían deslizado por debajo de la puerta. Con letras torpes, como las de un niño, habían escrito tres palabras: «Unas niñas adorables».

Hollis guardaba un revólver debajo de la cama, en una caja de caudales cerrada con llave. Lo cargó y se lo entregó a Sara.

—Si alguien cruza esa puerta —la instruyó—, dispara.

No le dijo lo que había hecho, pero ésa fue la noche en que la Casa de Cousin ardió hasta los cimientos. Por la mañana, Sara acudió con Kate a la oficina de correos para enviar la carta que, con toda probabilidad, llegaría a la colonia de Mystic días más tarde que ella. *Vamos de visita*, le escribió Kate a Pim. *Las niñas están deseando veros.*

33

Sí, estoy cansado. Cansado de esperar, cansado de pensar. Estoy cansado de mí mismo.

Alicia mía: qué buena has sido conmigo. *Solamen miseris socios habuisse doloris.* «En la desdicha es un consuelo contar con compañeros de infortunio.» Cuando pienso en ti, Alicia, y en lo que significamos el uno para el otro, me acuerdo de mi primera visita al barbero siendo un niño. Sé paciente; la memoria es el método al que recurro para todo y el relato posee más relevancia de la que parece. En el pueblo donde me crie tan sólo había uno. Era algo así como la sede de un club. El sábado por la tarde, acompañado de mi padre, entré en aquel templo a la masculinidad. Resultaba embriagador hasta el más mínimo detalle. Los aromas de los tónicos, el cuero, el talco. Los peines descansando en su baño desinfectante de color aguamarina. Los susurros y crujidos de la AM en la radio, que emitía competiciones masculinas en campos verdes. Sentado junto a mi padre, aguardaba en una silla de agrietado vinilo rojo. Se recortaban barbas, se enjabonaban mejillas, se arreglaban bigotes. El propietario de la barbería había sido en la Segunda Guerra Mundial un piloto de bombardero de cierto renombre. En la pared, detrás de la caja registradora, colgaba un retrato del joven guerrero que fue. Bajo sus hábiles tijeras y su vibrante afeitadora, cada uno de los cráneos de aquel pequeño pueblo emergía convertido en una imitación perfecta del suyo tal como fuera el día que se plantó las gafas de piloto sobre los ojos, se echó una bufanda al cuello y recorrió el firmamento para volar en pedazos a los samuráis.

Me llegó el turno. Me levanté. Los testigos intercambiaron abundantes sonrisas y guiños. Ocupé mi asiento —una plancha en equilibrio sobre los brazos cromados de la silla— al mismo tiempo que el barbero, como un torero que agita el capote, sacudía la capa con la que pretendía cubrirme, me rodeaba el cuello con papel higiénico y me envolvía el cuerpo con plástico, dejando la cabeza al descubierto. Fue entonces cuando reparé en los espejos. Uno en la pared de enfrente, otro detrás, y mis semejantes —el reflejo de un reflejo de un reflejo— caramboleando en un pasillo de fría eternidad. La imagen me provocó angustia existencial. El infinito: conocía el término, sí, pero el mundo de la infancia es fijo y finito. Mirarlo a los ojos y ver a mis semejantes estampados un millón de veces en su rostro me perturbó profundamente. El barbero, mientras tanto, se había puesto manos a la obra, al mismo tiempo que charlaba con mi padre de cosas de mayores. Yo pensé que si clavaba la vista en la primera imagen las otras desaparecerían, pero sucedió a la inversa. Ahora era aún más consciente si cabe de los innumerables dobles que acechaban detrás, hasta el infinito, infinito, infinito.

Y entonces sucedió algo más. La sensación de angustia desapareció. La exuberante sensualidad del lugar unida al delicado cosquilleo que me provocaban las tijeras del barbero en el cuello me sumió en un estado de fascinación casi hipnótico. Una idea acudió a mi mente: yo no era un ser insignificante. Era, de hecho, una multitud. Si me fijaba mejor, creía detectar ciertas diferencias sutiles entre mis infinitos compañeros. Uno tenía los ojos una pizca más juntos; el segundo, las orejas un poquitín más desplazadas hacia la zona superior de la cabeza; el tercero estaba más hundido en la silla. Para comprobar mi teoría, empecé a llevar a cabo pequeños ajustes: entornaba los ojos, fruncía la nariz, guiñaba un ojo y luego el otro. Cada una de las versiones de mí mismo me imitaba y, sin embargo, yo creía distinguir un infinitesimal desfase, una milésima de segundo entre mi gesto y su múltiple duplicación. El barbero me advirtió que si no me quedaba quieto podía cortarme la oreja sin querer —más risotadas viriles—, pero sus palabras me entraron por un oído y me salieron por el otro, tan absorto me encontraba en mi nuevo descubrimiento. Se convirtió en una especie de juego. Fanning dice: saca la lengua. Fanning dice: levanta un dedo. ¡Qué maravilloso poder!

—Venga, hijo —me ordenó mi padre—, para de hacer el tonto.

Pero yo no estaba haciendo el tonto, ni mucho menos. Jamás en mi vida me había sentido tan importante.

La vida nos arrebata esa sensación. Día a día, las sublimes epifanías de la infancia desaparecen. Es el amor, desde luego, y únicamente el amor el que nos devuelve, o eso esperamos, lo que nos fue arrancado. ¿Qué queda cuando no hay amor? Una cuerda y una roca.

Llevo toda la vida muriendo. Eso es lo que quería decirte. Estoy muriendo igual que mueres tú, Alicia mía. Fue a ti a quien vi en el espejo aquella mañana de infancia, hace tanto tiempo; es a ti a quien veo ahora, mientras recorro estas calles de cristal. Hay un amor hecho de esperanza y hay otro hecho de dolor.

Te he amado, Alicia mía.

Y ahora ya no estás; sabía que llegaría este día. La expresión de tu cara cuando entraste en el vestíbulo: reflejaba ira, sí. Qué enfadada estabas, qué ardiente desengaño asomaba a tu mirada, qué rabia destilaban las palabras que escupieron tus labios. *Éste no era el trato*, dijiste. *Me prometiste que los dejarías en paz.* Pero sabes tan bien como yo que no podemos hacerlo; nuestra misión ha sido decretada. La esperanza no es nada salvo un insulso dulzor si no va acompañada del sabor de la sangre. ¿Qué somos, Alicia, sino la tormenta que la humanidad debe atravesar? Somos el cuchillo del mundo, aferrado entre los dientes de Dios.

Perdóname, Alicia, mi pequeño engaño. Me lo pusiste fácil. Diré, en mi defensa, que no te mentí. Te lo habría dicho, si me lo hubieras preguntado. Creíste porque querías creer. Pudiste preguntarte quién, querida mía, seguía a quién. Quién era el vigía y quién el vigilado. Noche tras noche merodeaste por los túneles como una maestra que pasa lista. Sinceramente, no me esperaba que fueras tan crédula. ¿De verdad te creíste que todos mis hijos estaban aquí? ¿Que habría sido tan descuidado? ¿Que me limitaría a aguardar una eternidad absurda? Soy un científico, metódico hasta la médula; mis ojos están en todas partes, lo ven todo. Mis descendientes, mis Muchos; camino con ellos, recorro la noche, veo lo que ellos ven, ¿y qué contemplo? La gran ciudad indefensa, completamente a su merced. Los pequeños pueblos y granjas que demarcan sus tierras. Una humanidad fresca, lozana, que se derrama por la tierra. Nos han olvidado; sus mentes vuelven a estar ocupadas con preocupaciones más cotidianas. ¿Qué tiempo hará? ¿Qué me pondré para el baile? ¿Con quién debería casarme? ¿Tendré hijos? ¿Cómo los llamaré?

¿Qué les dirías, Alicia?

Los cielos juegan conmigo; yo me desquitaré. Ya llevo bastante tiempo esperando a esa salvadora, a esa Chica de Ninguna Parte, a esa Amy NLN. Se burla de mí con su silencio, su táctica e infinita serenidad. Obligarme a salir, ésa es su aspiración, y se cumplirá. Ya sé lo que estás pensando, Alicia. Que debo de odiarla por las muertes de mis viles compañeros, mis Doce. Ni mucho menos. El día que se enfrentó a ellos fue uno de los más felices de mi largo y desdichado exilio. Hizo un sacrificio supremo. Fue una bendición de Dios. Me proporcionó —¿me atreveré a emplear la palabra?— esperanza. Sin alfa no puede haber omega. Sin principio no hay final.

Tráemela, te dije. No estoy en guerra con la humanidad. La raza humana tan sólo es el rehén necesario para un propósito más noble. Tráemela, querida mía, mi Lish, y todo habrá terminado.

Oh, no me hago ilusiones. Ya sé lo que harás. Siempre lo he sabido, y no te amo menos por ello, al contrario. Tú eres lo mejor de mí. Cada cual debe llevar a cabo el papel que le ha sido asignado.

En fin, llegó el día que llevo tanto tiempo esperando. Me preguntaste: ¿quién es el rey, cuya conciencia debemos despertar? ¿Soy yo o acaso hay otro? ¿Le es dado al creador compadecer a su propia creación? Pronto lo sabremos. El escenario está a punto, las luces se atenúan, los actores ocupan sus puestos.

Que empiece la función.

IV

EL ASALTO

MAYO, 122 d. V.

*No he de negar que entre los doce miembros del jurado
—dueño de la vida del prisionero—
habrá un bandido o dos que sean más culpables
que aquel a quien hoy juzgan.*

Shakespeare,
Medida por medida

34

—Apagad los motores.

04:40 horas. Remaron en la oscuridad los últimos cincuenta metros que los separaban de la costa y arrastraron las lanchas a la orilla. Unos cientos de metros al sur, el brillo del butano ardiendo parpadeó en el cielo. Michael comprobó su fusil, amartilló su arma de mano y la devolvió a la funda. Los demás hicieron lo propio.

Se dividieron en tres grupos y corrieron por las dunas. El equipo de Rand tomaría los barracones de los trabajadores. Weir se encargaría de la radio y las salas de control. El grupo de Michael, el más grande, se reuniría con Greer para asegurarse el barracón del Ejército y la armería. Entonces empezaría el tiroteo.

Michael se llevó el radiotransmisor a los labios.

—Lucius, ¿estás en tu puesto?

—Roger. Esperando tu señal.

Una línea de valla de dos niveles dotada de torres de vigilancia protegía la refinería. El resto del perímetro era un campo de minas. Para acceder desde el norte no tenías más remedio que cruzar la puerta. Greer capitanearía el asalto frontal empleando un camión cisterna equipado con un arado. Un par de camiones cargados de hombres lo seguirían. Una ranchera en la retaguardia, armada con un calibre cincuenta y un lanzagranadas, se encargaría de las torres en caso de ser necesario. Michael había ordenado evitar las bajas siempre y cuando fuera posible, pero llegado el caso…

Los equipos se dispersaron a paso ligero. Michael y sus hombres se apostaron alrededor del barracón, un cobertizo alargado con puertas a ambos extremos. Esperaban encontrar cincuenta hombres armados en el interior, puede que más.

—Primer equipo.

—Listo.

—Segundo equipo.

—Roger.

Michael miró su reloj: 04:50. Volvió la vista hacia Parche, que asintió.

Michael apuntó al cielo su pistola de bengalas y disparó. Una explosión de luz y las instalaciones se dejaron ver a su alrededor en bloques de luz y sombra. Un segundo más tarde, Parche lanzó la granada de gas. Gritos y disparos procedentes de la puerta, y luego, cuando el camión cisterna atravesó la verja, un fuerte choque. El gas empezaba a asomar por debajo de la puerta del barracón. Cuando la hoja se abrió, los hombres de Michael descargaron una bala de heno ardiendo. Los soldados que se disponían a huir saltaron hacia atrás, confundidos. Más hombres salían corriendo por detrás de éstos, tosiendo y escupiendo.

—¡De rodillas! ¡Tirad las armas! ¡Las manos en la cabeza!

Los soldados no tenían adónde huir; cayeron de rodillas.

—Informad.

—Segundo equipo, en orden.

—¿Lucius?

—Sin bajas. Ya vamos hacia allí.

—¿Primer equipo?

Los hombres de Michael se habían apresurado en atar las muñecas y los pies de los soldados con gruesas cuerdas. Casi todos seguían tosiendo, unos pocos vomitaban con impotencia.

—Equipo uno, informa.

Un chasquido y luego una voz, no la de Rand.

—Todo bien.

—¿Dónde está Rand?

Una pausa seguida de una risa.

—Tendrás que darle un minuto. La mujer esa lo ha zurrado de lo lindo.

Había sido demasiado fácil. Michael esperaba encontrar más resistencia; algún tipo de resistencia.

—Estas armas están prácticamente vacías.

Greer se las mostró. En ninguna de las recámaras de los soldados había más de dos balas.

—¿Y qué hay en el arsenal?

—Limpio como una patena.

—Esto tiene mala pinta.

Un leve asentimiento por parte de Green.

—Ya lo sé. Habrá que pensar algo.

Fue Rand quien le trajo a Lore. La mujer llevaba las muñecas atadas. Al ver a Michael se sobresaltó, pero recuperó la compostura a toda prisa.

—Me echabas de menos, ¿eh, Michael?

—Hola, Lore —Luego, mirando a Rand—: Quítale eso.

Rand le desató las manos. Lore le había atizado un fuerte derechazo. Apenas si podía abrir el ojo izquierdo y tenía el puño de la mujer marcado en el pómulo. Michael se sintió casi orgulloso.

—Vamos a charlar a otra parte —propuso.

La llevó al despacho de la jefatura de la refinería. El despacho de Lore. Desde hacía quince años, era ella la encargada de dirigir la petrolera. Michael se sentó detrás de la mesa para dejar claro quién mandaba; Lore se acomodó delante de él. Había amanecido y el sol caldeaba la estancia con sus rayos. Lore parecía mayor, por supuesto, castigada por el sol y el duro trabajo, pero las condiciones físicas seguían ahí, la fuerza.

—¿Qué tal está tu colega Dunk?

Michael le sonrió.

—Me alegro de verte. No has cambiado ni una pizca.

—¿Te estás haciendo el gracioso?

—Lo digo en serio.

Lore desvió la vista. Llevaba la furia grabada en el semblante.

—Michael, ¿qué quieres?

—Necesito fueloil. Diésel pesado, del sucio.

—¿Te propones entrar en el negocio? Es una vida muy dura; no te lo recomiendo.

Él suspiró con fuerza.

—Ya sé que estás enfadada. Pero tengo mis razones.

—¿En serio?

—¿Cuánto tienes?

—¿Sabes qué es lo que más me gusta de ti, Michael?

—No, ¿qué?

—Yo tampoco me acuerdo.

Era verdad: seguía siendo la misma. Michael experimentó un estremecimiento de pura atracción física. El poder de aquella mujer no había disminuido.

Michael se retrepó en la silla, unió las yemas de los dedos y dijo:

—Tienes programada una gran entrega al depósito de Kerrville dentro de cinco días. Súmale eso al contenido de los tanques de almacenaje e imagino que contarás con cerca de trescientos mil litros.

Lore se encogió de hombros con ademán indiferente.

—¿Me lo debo tomar como un sí?

—Tómatelo como te salga de las narices.

—Lo voy a averiguar de todas formas.

Ella suspiró.

—Muy bien, vale. Sí, trescientos mil, más o menos. ¿Contento?

—Bien. Lo voy a necesitar todo.

Lore ladeó la cabeza.

—¿Disculpa?

—Calculo que, con veinte camiones cisterna, lo podremos trasladar en un plazo de seis días. Después liberaré a tu gente y aquí no ha pasado nada. Tienes mi palabra.

Lore lo miraba fijamente.

—Trasladarlo ¿adónde? ¿Para qué diablos necesitas trescientos mil litros de combustible?

Ah.

Se encontraban en proceso de cargar los camiones cisterna. El primer convoy estaría listo para salir hacia las 09:00. Para Michael, eso implicaba cinco días mirando el reloj y gritando a pleno pulmón: *Moved el culo.*

Un inconveniente, puede que insignificante, puede que no. Cuando los hombres de Weir habían entrado en tromba en el cobertizo de comunicaciones, el operador de radio estaba enviando un mensaje. No tenían modo de averiguar cuál, por cuanto el hombre había muerto; la única pérdida de la mañana.

—¿Cómo diablos ha sucedido?

Weir se encogió de hombros.

—Lombardi creyó que tenía un arma. Pensó que nos estaba apuntando. El arma era una grapadora.

—¿Ha llegado algún mensaje desde entonces? —preguntó Michael, al mismo tiempo que pensaba: *Lombardi, tenías que ser tú, maldito idiota de gatillo fácil.*

—Nada, de momento.

Michael maldijo su estampa. Lamentaba la muerte del hombre, pero no estaba enfadado por eso. Deberían haber tomado la radio en primer lugar. Un error estúpido, seguramente no el primero.

—Establece contacto —ordenó, pero lo pensó mejor—. No, espera a las doce. Es la hora a la que la refinería pasa su informe.

—¿Y qué les digo?

—«Perdón, hemos matado al operador de radio. Nos estaba apuntando con material de oficina.»

Weir lo miró de hito en hito.

—No sé, algo normal. «Todo va de maravilla, ¿cómo estáis?, hace buen día, ¿verdad?»

El hombre se largó a toda prisa. Michael se encaminó al Humvee, en cuyo asiento trasero lo aguardaba Lore. Rand la había esposado a la barandilla de seguridad.

—Deberías pedirle a alguien que te acompañara —le aconsejó Rand.

Michael recibió la llave de las esposas y subió al vehículo. Echó un vistazo a Lore por el espejo retrovisor.

—¿Prometes portarte bien o necesitas un canguro?

—El hombre que os habéis cargado. Se llamaba Cooley. Era incapaz de matar una mosca.

Michael miró a Rand.

—Todo irá bien. Tú saca ese diésel de ahí.

El viaje al canal duró tres horas. Lore apenas si pronunció palabra y Michael no hizo el menor esfuerzo por sacarla de su mutismo. Estaba teniendo un día duro —el final de su carrera profesional, la muerte de un amigo, la humillación pública—, todo por culpa de un hombre al que tenía sobrados motivos para despreciar. Necesitaba un tiempo para adaptarse a la nueva situación, sobre todo habida cuenta de lo que Michael se disponía a contarle.

Pasaron entre las alambradas y cruzaron el espigón. Michael detuvo el camión detrás de un cobertizo de maquinaria, al borde del muelle. Desde allí, el *Bergensfjord* no era visible. Se disponía a hacer una presentación por todo lo alto.

—Bueno, ¿me vas a decir qué hago aquí?

Michael le abrió la portezuela a Lore y le quitó las esposas. Mientras ella bajaba del Humvee, él extrajo su arma de mano y se la tendió.

—¿Qué es esto?

—Una pistola, obviamente.

—¿Y me la das?

—Tú escoges. Si me disparas y te llevas la camioneta, llegarás a Kerrville hacia el anochecer. Si te quedas, sabrás de qué va todo esto. Pero hay reglas.

Lore no respondió. Se limitó a enarcar una ceja.

—La primera regla es que no te podrás marchar a menos que yo lo autorice. No serás una prisionera sino una de nosotros. Una vez que te haya contado lo que está pasando, entenderás por qué. La regla número dos es que yo estoy al mando. Puedes expresar tus opiniones pero jamás cuestionarme delante de mis hombres.

Lore lo miraba como si Michael hubiera perdido la cabeza. Pese a todo, la oferta tenía que hacerse y la mujer debía escoger.

—¿Y por qué diablos iba yo a querer unirme a vosotros?

—Porque estoy a punto de mostrarte algo que cambiará todo cuanto creías saber acerca de tu vida. Y porque, muy en el fondo, confías en mí.

Ella lo miró con atención. Luego soltó una carcajada.

—Volvemos a las andadas, ¿eh?

—No me porté bien contigo, Lore. No estoy orgulloso de lo que hice; te merecías algo mejor. Pero tenía mis motivos. Te he dicho que no habías cambiado, y lo pienso de verdad. Por eso te he traído aquí. Necesito que me ayudes. Si me dijeras que no, lo entendería, pero espero que aceptes.

Ella escrutó su rostro con desconfianza.

—¿Dónde está Dunk, exactamente?

—Esto nunca tuvo nada que ver con el tráfico. Necesitaba dinero y fuerzas productivas. Más que eso, necesitaba absoluta discreción. Hace cinco semanas, Dunk y todos sus lugartenientes fueron a parar al canal. El tráfico ya no existe. Únicamente quedamos yo y los hombres que me han prometido lealtad. —Empujó el arma hacia ella—. El cargador está lleno y hay una bala en el cañón. Lo que hagas es cosa tuya.

Lore aceptó la pistola. La miró largo y tendido, hasta que, con un profundo suspiro, se la encajó en la cintura de los vaqueros, en la base de la columna vertebral.

—Si te parece bien, me la quedo.

—Perfecto. Ahora es tuya.

—Debo de estar loca.

—Has elegido bien.

—Ya me estoy arrepintiendo. Sólo te lo voy a decir una vez, pero me rompiste el corazón, ¿lo sabes?

—Lo sé. Y me disculpo.

Un breve silencio. A continuación, Lore asintió con un ligero cabeceo.

—¿Y bien?

—Prepárate.

Quería que Lore viera el *Bergensfjord* desde abajo. Era el mejor ángulo. No sólo que lo viera sino que lo experimentara, con el fin de que asimilara plenamente el alcance de lo que le iba a contar. Bajaron las escaleras que llevaban al dique seco. Michael esperó mientras Lore se acercaba al casco. Los costados del barco eran lisos y ligeramente curvados, cada uno de los remaches perfectamente afianzados. Lore se detuvo bajo las enormes hélices del *Bergensfjord* y alzó la vista. Michael quería que ella fuera la primera en hablar. Allá en lo alto, pisotones, hombres que se llamaban a gritos, el gemido de un martillo neumático. La enorme envergadura del barco amplificaba cada sonido como un gigantesco diapasón.

—Sabía que había un barco…

Michael estaba parado a su lado. Ella se volvió a mirarlo. Sus ojos reflejaban una lucha interna.

—Es el *Bergensfjord* —dijo Michael.

Lore abrió los brazos y miró a su alrededor.

—¿Todo esto?

—Sí. Por ella.

Lore avanzó. Alzó la mano derecha y la posó contra el casco, igual que había hecho Michael la mañana que vaciaran el dique seco de agua y el *Bergensfjord* se revelara en toda su oxidada e invencible gloria. Lore dejó allí la palma y luego, como sobresaltada, la retiró.

—Me estás asustando —confesó.

—Ya lo sé.

—Por favor, dime que lo has hecho para entretenerte. Que no estoy viendo lo que creo que estoy viendo.

—¿Y qué crees estar viendo?

—Un bote salvavidas.

Su tez había perdido parte del color. No sabía dónde posar los ojos.

—Me temo que sí —respondió Michael.

—Mientes. Te lo estás inventando.

—Las noticias no son buenas. Lo siento.

—¿Y cómo es posible que lo sepas?

—Hay mucho que explicar, pero sucederá. Los virales van a regresar, Lore. En realidad nunca se fueron.

—Qué locura. —La confusión de la mujer mudó en rabia—. Estás loco. ¿Tú sabes lo que estás diciendo?

—Me temo que sí.

—No quiero saber nada de esto. —Lore estaba retrocediendo—. No puede ser verdad. ¿Por qué nadie lo sabe? Si fuera verdad lo sabrían, Michael.

—No lo saben porque no se lo hemos dicho.

—¿Y quiénes sois «vosotros»?

—Greer y yo. Un puñado de hombres. No hay otro modo de expresarlo, así que te lo soltaré sin más. Todo aquel que no embarque en este buque morirá, y el tiempo corre. Hay una isla en el Pacífico Sur. Creemos que allí estaremos a salvo; puede que sea el único lugar seguro. Tenemos provisiones y combustible para setecientos pasajeros, puede que para un puñado más.

Michael no esperaba que fuera fácil. En otras circunstancias habría hecho lo posible por suavizar el golpe. Pero Lore podía encajarlo, porque de esa pasta estaba hecha Lore DeVeer. Lo que años atrás hubiera sucedido entre ambos no era sino un desdichado recuerdo para ella quizá, una punzada fugaz de rabia y rencor que la asaltaba de tanto en tanto, pero Michael no sentía lo mismo. Ella formaba parte de su vida, una parte buena, porque era una de las pocas personas que lo habían entendido. Algunas personas se las arreglan para hacerte la existencia más soportable; Lore era una de ellas.

—Por eso te he traído. Tenemos un largo viaje por delante. Necesito el fueloil, pero hay algo más. Los hombres que trabajan para mí, bueno, ya los conoces. Trabajan duro y me son leales, pero nada más. Te necesito.

La lucha interna de Lore no había concluido. Pese a todo, Michael advirtió que sus palabras calaban hondo.

—Aun si lo que dices fuera verdad —empezó Lore—, ¿qué pretendes que haga yo?

El *Bergensfjord*: Michael se lo había dado todo. Y ahora le daría algo más.

—Necesito que aprendas a pilotarlo.

35

El funeral se celebró a primera hora de la mañana. Un sencillo servicio en el cementerio. Meredith había pedido que no se anunciara públicamente la muerte de Vicky hasta el día siguiente. A pesar de su notoriedad, Vicky había sido una persona reservada que únicamente compartía su vida privada con un puñado de personas. *Sólo nosotros.* Peter pronunció unas palabras, seguido de la hermana Peg. Meredith fue la última en hablar. Parecía tranquila; había tenido años para prepararse. A pesar de todo, dijo con un leve temblor en la voz, uno nunca está preparado del todo. A continuación procedió a narrar una serie de anécdotas divertidas que los hicieron llorar de risa a todos. Al final, todo el mundo estuvo de acuerdo: *A Vicky le habría encantado.*

Se encaminaron a la casa que ahora pertenecía únicamente a Meredith. La cama de la sala había desaparecido. Peter deambuló entre los dolientes —funcionarios, militares, unos cuantos amigos— y luego, cuando se disponía a marcharse, Chase lo llevó aparte.

—Peter, si tienes un momento, me gustaría hablar contigo.

Vaya, vaya, pensó Peter. El hombre había esperado lo justo; ahora que Vicky los había dejado, Chase veía despejado el camino. Entraron en la cocina. Chase mostraba un nerviosismo poco habitual en él. Se toqueteaba la barba.

—Esto me resulta un tanto incómodo —reconoció.

—No hace falta que digas más, Ford. No pasa nada. He decidido no volver a presentarme a las elecciones. —A Peter le sorprendió la facilidad con que había pronunciado las palabras. Se había quitado un peso de encima—. Te daré todo mi apoyo. No creo que tengas problemas.

Chase se quedó perplejo. A continuación soltó una carcajada.

—Me temo que me has interpretado mal. Quiero presentar mi dimisión.

Peter estaba atónito.

—Estaba esperando a que Vicky… bueno. No quería decepcionarla.

—Pero pensaba que siempre habías querido el puesto.

Chase se encogió de hombros.

—Bueno, puede que sí, hace tiempo. Cuando ella te escogió me dolió lo suyo, no te lo voy a negar. Pero ya no. Hemos tenido nuestras diferencias en todo este tiempo, pero la mujer tenía razón, tú eras el más adecuado para el puesto.

¿Cómo era posible que Peter hubiera juzgado tan mal a ese hombre?

—No sé qué decir.

—Di: «Buena suerte, Ford».

Lo hizo.

—¿Qué vas a hacer?

—Olivia y yo estamos pensando en Bandera. Allí hay buenos pastos. Llega el telégrafo a la zona, el pueblo será el primero en tener ferrocarril. Dentro de cincuenta años, supongo. Haré ricos a mis nietos.

Peter asintió.

—Es un buen plan.

—¿Sabes?, si de verdad no vuelves a presentarte, me vendría bien un socio.

—¿Hablas en serio?

—En realidad fue idea de Olivia. La mujer me conoce: soy un tipo organizado. Si quieres tener el alcantarillado arreglado a tiempo, yo soy tu hombre. Pero un rancho requiere algo más. Requiere arrojo, y capital. El mero hecho de que tú estuvieras implicado nos abriría muchas puertas.

—Pero yo no sé nada de vacas, Ford.

—¿Y yo sí? Aprenderemos. Es lo que hace todo el mundo últimamente, ¿no? Formaremos un buen equipo. Siempre ha sido así.

Peter tenía que reconocerlo: la idea lo tentaba. De algún modo, a lo largo de los años, había pasado por alto que Chase y él habían acabado por trabar una buena amistad.

—Pero ¿quién se presentará si tú no lo haces?

—¿Qué más da? Cada vez hay menos gente por aquí. Dentro de diez años esto estará vacío, será parte de la Historia. La gente se organizará a su manera. Tengo la intuición de que el siguiente que ocupe esa silla será el que apague la luz. Personalmente, me alegro de que no vayas a ser tú. Soy tu consejero, así que déjame aconsejarte una última vez: retírate, hazte rico, deja una fortuna tras de ti. Vive la vida, Peter. Te lo has ganado. Los demás ya se apañarán.

Peter no podía discutir el argumento.

—¿Cuándo necesitas que te conteste?

—Yo no soy Vicky. Tómate un tiempo para pensarlo. Es un gran paso, ya lo sé.

—Gracias —dijo Peter.

—¿Por qué?

—Por todo.

Una sonrisa partió de Chase.

—De nada. La carta está en tu escritorio, por cierto.

Cuando Chase se fue, Peter se quedó un rato en la cocina. Salió unos minutos después para descubrir que casi todo el mundo se había marchado. Se despidió de Meredith y salió al porche, donde Apgar lo estaba esperando con las manos en los bolsillos.

—Chase ha dimitido.

El otro enarcó una ceja.

—¿Ahora mismo?

—¿Por casualidad no te apetecerá presentarte a presidente?

—¡Ja!

Un joven funcionario llegó trotando por el sendero. Le faltaba el aliento y sudaba la gota gorda; obviamente, había recorrido una gran distancia.

—¿Qué pasa, hijo?

—Señores —resolló—, tienen que ver una cosa.

El camión estaba aparcado delante del Capitolio. Cuatro soldados lo custodiaban. Peter destrabó la compuerta de cola y retiró la lona. Cajones militares llenaban el espacio, montones y montones. Dos soldados sacaron un cajón de la primera fila y lo dejaron en el suelo.

—Llevaba años sin ver uno —comentó Apgar.

Las cajas procedían del fortín de Dunk. En el interior, sellada al vacío en fundas de plástico, había munición: .223, 5.56, 9 mm y .45 Auto.

Apgar rompió la funda de una bala, la levantó para verla a la luz y lanzó un silbido de admiración.

—Son de las buenas. Del Ejército original. —Se levantó y se volvió hacia uno de los soldados—. Cabo, ¿cuántos cartuchos tiene en su arma de mano?

—Uno y uno, señor.

—Démela.

El soldado le tendió su arma. Apgar sacó el cargador, vació la recámara y luego llenó el cargador con un cartucho nuevo. Amartilló la pistola y se la tendió a Peter.

—¿Quiere hacer los honores?

—Usted mismo.

Apgar apuntó a una zona de tierra situada a tres metros y apretó el gatillo. Sonó una detonación limpia que provocó una humareda de polvo.

—Veamos qué más tenemos —dijo Peter.

Sacaron un segundo cajón. Éste contenía una docena de M16 con cargadores de treinta disparos, también sellados, como recién salidos de fábrica.

—¿Alguien ha visto al conductor? —preguntó Peter.

Nadie lo había visto; el camión había aparecido sin más.

—¿Y por qué iba Dunk a enviarnos esto? —preguntó Apgar—. A menos que hayas negociado algún trato con él del que yo no sepa nada.

Peter se encogió de hombros.

—No hay trato que valga.

—¿Y entonces cómo lo explicas?

Peter desconocía la respuesta.

36

Entró en Texas por la vieja autopista 20. La mañana del cuadragésimo tercer día; Alicia había recorrido medio continente a lo ancho. El avance fue lento al principio, pues tuvo que abrirse paso entre los detritos de la costa y luego viajar tierra adentro por las rocosas sierras de los Apalaches, pero más adelante la ruta se suavizó y empezó a disfrutar del viaje. Los días se tornaron más cálidos, los árboles florecieron, la primavera se apoderó del mundo. Llovía durante días enteros; luego, súbitamente, el sol estallaba sobre la tierra. Noches espectaculares, despejadas y cuajadas de estrellas, la luna atravesando ciclos enteros.

Ahora, sin embargo, se detuvo a descansar. Alicia se tendió en el suelo, bajo la marquesina de una gasolinera, mientras Soldado pacía por allí cerca. Únicamente unas horas y luego seguirían avanzando. Le pesaban los huesos; notó cómo el sueño la vencía. A lo largo de su viaje, ésa había sido la pauta. Días de vigilia, la mente tan despierta que casi experimentaba dolor físico, y luego caía como un pájaro abatido en pleno vuelo.

Soñó con una ciudad. No se trataba de Nueva York; no era ninguna ciudad que hubiera visto ni que conociese. La imagen se le antojaba majestuosa. Flotaba en la oscuridad como una isla de luz. La rodeaban imponentes terraplenes que la protegían de cualquier peligro. En el interior se dejaban oír signos de vida: voces, risas, música, los gritos exultantes de niños jugando. Los sonidos la inundaron como una lluvia iridiscente. ¡Cuánto deseaba Alicia hallarse entre los habitantes de esa ciudad tan feliz! Se encaminó hacia ella y empezó a recorrer el perímetro buscando un camino de entrada. No parecía haber ninguno, pero súbitamente encontró una puerta. Era minúscula, apropiada para un niño. Se arrodilló y empujó la manija, pero la puerta no cedió. Se percató de que las voces se estaban apagando. En lo alto, la muralla de la ciudad se perdía en la negrura. *¡Dejadme entrar!* Alicia golpeaba la puerta con el puño: el pánico se había apoderado de ella. *¡Que alguien me abra, por favor! ¡Estoy sola aquí fuera!* Sin embargo, la puerta le negaba la entrada. Sus gritos mudaron en aullidos y entonces se dio cuenta: no había ninguna puerta. La pared era completamente lisa. *¡No me abandonéis!* Al otro lado, el silencio había caído sobre la ciudad: las personas, los niños, todos habían desaparecido. Siguió aporreando la pared hasta quedarse sin fuerzas y se desplomó en el suelo, sollozando con el rostro entre las manos. *¿Por qué me habéis abandonado, por qué me habéis abandonado...?*

Despertó al ocaso. Tendida en el suelo, inmóvil, parpadeó para librarse de los últimos retazos del sueño e, incorporándose sobre los codos, vio a Soldado plantado al borde del refugio. Volvió un ojo oscuro hacia ella.

—Todo va bien. Ya voy.

Kerrville se encontraba a cuatro días de camino.

37

Kate y las niñas llevaban poco más de un mes viviendo con ellos. Al principio, a Caleb no le había importado. A Pim le venía bien tener a su familia cerca y las niñas adoraban a Theo. Sin embargo, con el transcurso de las semanas, el humor de Kate se fue ensombreciendo. Flotaba por la casa como gas. Cada día colaboraba menos en las tareas domésticas y pasaba largas horas durmiendo o sentada en las escaleras de entrada, mirando al vacío.

—¿*Cuánto tiempo piensa pasar arrastrándose por la casa?*

Pim estaba lavando los platos del desayuno. Se secó las manos en un trapo y lo miró a los ojos con elocuencia.

—*Es mi hermana. Acaba de perder a su marido.*

Está mejor, pensó Caleb, pero no lo dijo; no debía.

—*Dale tiempo, Caleb.*

Caleb salió al jardín. Elle y Trasto jugaban en el exterior con Theo, que había aprendido a gatear. El niño se desplazaba a una velocidad increíble. Caleb les recordó a las niñas que no perdieran de vista a su primo y que no se alejaran de la casa.

Estaba enganchando los caballos al arado cuando oyó un grito de sorpresa y dolor. Corrió en dirección al jardín al mismo tiempo que Kate y Pim salían a toda prisa de la casa.

—¡Quitádmelas de encima! ¡Quitádmelas de encima!

Montones de hormigas correteaban por las piernas desnudas de Elle; cientos de ellas. Caleb la levantó en volandas y corrió hacia el abrevadero mientras la niña se retorcía y chillaba entre sus brazos. La hundió en el agua y procedió a frotarle la piel arriba y abajo, a toda prisa, para retirarle las hormigas de las piernas. Ahora corrían por el cuerpo de Caleb también. Notó el mordisco eléctrico de sus mandíbulas en los brazos, las manos, el cuello.

Elle se tranquilizó por fin; sus gritos mudaron en sollozos convulsos. Un oscuro telón de hormigas muertas flotaba en la superficie del abrevadero. Caleb sacó a la niña del agua y se la tendió a Kate, que la envolvió en una toalla. Tenía las piernas llenas de verdugones.

—*Hay ungüento en casa* —informó Pim por señas.

Kate se llevó a Elle. Caleb se despojó de la camisa por la cabeza y sacudió las hormigas, que se alejaron correteando. Él también tenía marcas de mordiscos, pero nada que se pudiera comparar a las de su sobrina.

—*¿Dónde están Theo y Trasto?* —preguntó.

—*En casa.*

Las hormigas llevaban toda la primavera causando problemas. La gente atribuía la plaga al tiempo: al húmedo invierno, a la seca primavera, a un verano temprano, sorprendentemente cálido. Los montículos de los hormigueros, algunos de los cuales alcanzaban proporciones gigantescas, se multiplicaban por los bosques.

Pim le lanzó una mirada inquieta.

—*¿Hay algo que podamos hacer?*

—*Esto no puede durar para siempre. Será mejor que los niños se queden dentro hasta que pase.*

Pero no pasó. Al día siguiente, el suelo de alrededor de la casa bullía de hormigas. Caleb decidió quemar los hormigueros. Sacó una lata de fuel del cobertizo y la llevó al lindero del bosque. Escogió el montículo más alto, un metro de ancho por la mitad de alto, lo roció con queroseno, encendió una cerilla y retrocedió para mirar.

Un penacho de humo negro ascendió hacia el cielo y una inmensa horda de hormigas brotó del hormiguero. Al mismo tiempo, la superficie endurecida empezó a hincharse como un volcán y luego se abrió como una fruta madura. Una cascada de tierra se derramaba por los lados. Caleb se apartó a toda prisa. ¿Qué demonios había ahí abajo? Debía de ser una colonia gigante, millones de pequeños bastardos enloquecidos por el humo y las llamas.

El montículo se desplomó.

Caleb avanzó con tiento. Las últimas llamas todavía chisporroteaban. Tan sólo quedaba una oquedad hueca en la tierra.

Pim se acercó por detrás.

—*¿Qué ha pasado?*

—*No estoy seguro.*

Sin moverse del sitio, contó otros cinco montículos.

—*Voy a buscar la camioneta. Métete en casa.*

—*¿Adónde vas?* —preguntó Pim por signos.

—*Necesito más gasolina.*

38

El hombre zarigüeya había desaparecido.

El hombre zarigüeya, pero también los perros… montones de ellos. Los perros campaban a sus anchas por la ciudad, sobre todo en la zona de la planicie. No podías dar diez pasos sin ver a uno de esos malditos chuchos, todo piernas escuálidas, pelo apelmazado y ojos legañosos, olisqueando un montón de basura o hurgando en el barro alguna porquería llena de gusanos.

Y ahora, de repente, no había perros.

El hombre zarigüeya vivía en la zona del río, cerca del viejo perímetro. Su aspecto casaba con su ocupación: pálido y de nariz respingona, ojos una pizca saltones y orejas de soplillo. Vivía con una mujer a la que le doblaba la edad, aunque no era la clase de mujer con la que nadie querría vivir. Ésta le contó que habían oído ruidos en el jardín de madrugada. Supusieron que serían zorros, por cuanto ya habían forzado los gallineros otras veces. El hombre zarigüeya agarró su escopeta y salió a mirar. Un disparo, luego nada.

Eustace estaba arrodillado junto a los restos del gallinero, que parecía abatido por un tornado. Si había huellas, Eustace no pudo encontrarlas; la tierra del jardín estaba demasiado dura. Vio cadáveres de zarigüeya esparcidos por todas partes, despedazados y ensangrentados. A unos pocos metros, un par de estos animalillos correteaban por la tierra y lo miraban tristemente como testigos traumatizados. Eran bastante monas, en realidad. Cuando la zarigüeya que tenía más cerca se bamboleó hacia él, Eustace tendió la mano.

—Yo en tu lugar no lo haría —le advirtió la mujer—. Son unas cabronas. Te arrancará el dedo.

Eustace retiró la mano.

—Vale.

Se puso de pie y miró a la mujer. Se llamaba Rena, Renee o algo parecido y era el ser de aspecto más desaliñado en el que Eustace había posado los ojos jamás. No sería de extrañar que sus padres se la hubieran entregado al hombre zarigüeya a cambio de comida. Abundaban ese tipo de cambalaches.

—Y dices que has encontrado la escopeta.

La mujer acudió a la casa a buscar el arma. Eustace accionó el cerrojo y sacó un cartucho vacío. Le preguntó dónde lo había encontrado. Los ojos de la mujer iban cada uno por su lado; eso dificultaba una pizca la conversación.

—En el mismo lugar exacto en el que tú estás ahora.

—Y no oíste nada más. Únicamente un disparo.

—Ya te lo he dicho.

Eustace empezaba a preguntarse si no habría sido cosa de ella; si no habría disparado al hombre zarigüeya, arrastrado el cuerpo al río, destrozado los gallineros para ocultar sus huellas. Bueno, de ser así, seguramente tenía buenos motivos, y no sería Eustace el que hiciera nada al respecto.

—Informaré de la desaparición. Si aparece, avísenos.

—¿Está seguro de que no quiere entrar, sheriff?

La mujer le lanzó una mirada insinuante. Eustace tardó un segundo en comprender lo que le proponía. Los ojos disparejos lo miraron de arriba abajo para posarse por fin en los suyos con elocuencia. En teoría se trataba de un gesto seductor, pero más bien parecía el de una vaca puesta a la venta.

—La gente dice que estás solo.

Eustace no se inmutó. Bueno, un poco sí. Pero a esa mujer la habían tratado como un objeto toda la vida; no conocía otro modo de relacionarse.

—No creas todo lo que oyes.

—Pero ¿qué voy a hacer si ha muerto?

—Tienes dos zarigüeyas, ¿no? Consigue más.

—¿Ésas? Son dos machos.

Eustace le tendió el rifle.

—Estoy seguro de que se te ocurrirá algo.

Volvió a la penitenciaría. Fry, sentado a su escritorio con las piernas en alto, hojeaba un libro ilustrado.

—¿Ha intentado echarte un polvo? —preguntó sin alzar la vista.

Eustace tomó asiento detrás de su mesa.

—¿Cómo lo sabes?

—La gente dice que siempre lo hace. —Pasó una página—. ¿Crees que lo ha matado ella?

—Puede ser. —Eustace señaló el libro con la cabeza—. ¿Qué lees?

Fry levantó el libro para mostrárselo.

—*Donde viven los monstruos.*

—Es bueno —dijo Eustace.

La puerta se abrió y entró un hombre sacudiendo el polvo de su sombrero. Eustace lo reconoció; su esposa y él poseían una granja al otro lado del río.

—Sheriff. Ayudante.

Los saludó con sendas inclinaciones de cabeza.

—¿En qué te podemos ayudar, Bart?

El hombre carraspeó nervioso.

—Es mi esposa. No la encuentro por ninguna parte.

Eran las nueve de la mañana. Hacia mediodía, Eustace había oído la misma historia catorce veces.

39

La tarde estaba avanzada cuando Caleb llegó al pueblo en la calesa. Las calles estaban desiertas; no se veía ni un alma. En las dos horas que había durado el trayecto, no se había cruzado con nadie.

La puerta de la tienda estaba cerrada. Caleb pegó los ojos al cristal. Nada, ningún movimiento en el interior. Se quedó quieto para oír el silencio. ¿Dónde demonios estaba todo el mundo? ¿Cómo se explicaba que George hubiera cerrado en mitad del día? Rodeó la tienda en dirección al callejón. La puerta trasera estaba entornada. Vio el marco astillado; la habían forzado.

Regresó a la carreta para coger la escopeta.

Abrió la puerta con la punta del cañón y entró. Fue a parar al almacén. El espacio estaba atestado: sacos de pienso amontonados, rollos de tela de alambre, carretes de cadena y de cuerda. Únicamente quedaba un estrecho pasillo libre de mercancía.

—¿George? —gritó—. George, ¿estás ahí?

Oyó y notó un crujido bajo sus pies. Un saco se había roto. Cuando se arrodilló para echar un vistazo al contenido derramado, sonó un tintineo encima de su cabeza. Retrocedió y apuntó con el rifle hacia el techo.

Era un mapache. El animal estaba sentado en lo alto del montón. Se levantó sobre las patas traseras y frotó las delanteras al tiempo que lo miraba con una expresión de absoluta inocencia.

¿Ese desastre del suelo? Yo no he sido, colega.

—Venga, largo. —Caleb empujó el cañón del rifle hacia él—. Mueve el culo o me haré un gorro contigo.

El mapache bajó a toda prisa por el montón y salió. Caleb respiró profundamente para normalizar el ritmo de su corazón y cruzó la cortina de cuentas que daba a la tienda. La caja de seguridad en la que George guardaba las ganancias del día descansaba debajo del mostrador, en el sitio de costumbre. Recorrió los pasillos sin encontrar nada raro. De detrás del mostrador partía un tramo de escaleras que llevaba al segundo piso; a los aposentos de George, supuso.

—George, ¿estás ahí? Soy Caleb Jaxon. Voy a subir.

Llegó a una única estancia decorada con muebles tapizados y cortinas en las ventanas. El ambiente acogedor lo pilló por sorpresa; esperaba encontrar la típica madriguera de soltero. Pero George estuvo casado en sus tiempos. La habitación estaba dividida en dos zonas, una de estar y la otra destinada al dormitorio. Una mesa de cocina; un sofá y butacas con protectores de encaje en los reposacabezas; una cama de hierro forjado con un colchón pandeado; el clásico armario tallado que heredan las familias, uno de esos que pasan de padres a hijos a lo largo de varias generaciones. Todo parecía en orden. Sin embargo, mientras Caleb inspeccionaba la estancia, empezó a notar ciertas cosas. Había una silla volcada; libros y otros objetos —una cazuela, un ovillo de lana, un farolillo— esparcidos por el suelo; un gran espejo de cuerpo entero, con bastidor, roto en su marco, la luna rajada en círculos concéntricos, como el reflejo de una telaraña.

Al avanzar hacia la cama, notó el pestazo. El tufo rancio, biológico, de antiguos vómitos. El orinal de George descansaba en el suelo, cerca del cabecero; de ahí procedía el hedor. El edredón estaba amontonado de cualquier manera a los pies del colchón, como si un insomne lo hubiera apartado a patadas. En la mesilla de noche reposaba el arma de George, un revólver 357 de cañón largo. Caleb abrió el tambor y empujó la varilla de expulsión. Seis cartuchos le cayeron en la palma; uno había sido disparado. Dio media vuelta y apuntó a su alrededor. A continuación bajó el arma y caminó hacia el espejo roto. En el epicentro de las grietas había un único agujero de bala.

Allí había pasado algo. Saltaba a la vista que George había estado enfermo, pero no pudo deducir nada más. ¿Un robo? Sin embargo, la caja de caudales seguía intacta. Y el agujero de bala le llamaba la atención. Un disparo directo, quizá, aunque por alguna razón parecía deliberado; como si, tendido en la cama, George hubiera disparado a su propio reflejo.

En los surtidores del callejón llenó los bidones y luego los trasladó a la carreta. No le parecía bien marcharse sin pagar; calculó el importe lo mejor que pudo y dejó los billetes sobre el mostrador con una nota: «No había nadie, la puerta estaba abierta. Me he llevado cincuenta litros de queroseno. Si el dinero no alcanza, volveré dentro de una semana para pagar el resto. Atentamente, Caleb Jaxon».

De camino hacia la salida del pueblo, pasó por el ayuntamiento para denunciar la desaparición. Alguien debería arreglar la puerta de la tienda, cuando menos, y cerrar el local hasta que supieran lo que había sido de George. Pero allí tampoco había nadie.

La noche empezaba a caer cuando llegó a la granja. Descargó el queroseno, llevó a los caballos al cercado y entró. Pim estaba sentada con Kate junto a la apagada cocina de leña, escribiendo en su diario.

—*¿Has encontrado lo que buscabas?*

Caleb asintió. Qué curioso; Kate era ahora la silenciosa. La mujer apenas si había alzado la vista de su labor de punto.

—*¿Cómo has encontrado el pueblo?*

Caleb titubeó y a continuación respondió por signos:

—*Desierto.*

Cenaron tortillas de maíz, jugaron unas cuantas partidas de Go y se fueron a dormir. Pim cayó rendida al instante pero Caleb durmió mal; apenas si pegó ojo. Su mente se pasó la noche como patinando sobre la superficie del sueño igual que una piedra resbala sobre el agua sin llegar a romper su piel. Cuando el alba se aproximaba, dejó de intentarlo y salió al jardín. El rocío empapaba la tierra y las últimas estrellas se apagaban en un cielo cada vez más pálido. Los pájaros cantaban por doquier, pero no por mucho tiempo; al sur, de donde procedía el clima, una muralla de nubes turbulentas se condensaba en el horizonte. Tormenta de verano. Caleb adivinó que tenía unos veinte minutos de margen antes de que llegara. Se concedió otro minuto para observarla antes de sacar el primer bidón de queroseno del cobertizo y transportarlo al lindero del bosque.

No entendió lo que estaba viendo. Sencillamente, no tenía lógica. Puede que fuera un efecto de la luz. Pero no.

Los montículos habían desaparecido.

40

06:00 horas: Michael Fisher, jefe del tráfico, estaba parado en el muelle observando las primeras luces de la mañana. Un amanecer denso, nublado; las aguas del canal, atrapadas entre las mareas, no se desplazaban ni un milímetro. ¿Cuánto tiempo llevaba sin dormir? Más que estar cansado —vivía sumido en un perpetuo agotamiento— se sentía como animado por una energía vagamente letal, como si se estuviera consumiendo. Cuando esa energía se agotara, todo habría terminado; se esfumaría de un soplo.

Salió de las entrañas del *Bergensfjord* con la intención de hacer algo que no lograba recordar; en cuanto había notado el azote del aire fresco, el plan había desaparecido de su mente. Deambuló por el borde del muelle y se sorprendió a sí mismo allí, de pie. Veintiún años: era sorprendente que tanto tiempo pudiera pasar sin más. Los acontecimientos te arrastraban y, en un abrir y cerrar de ojos, ahí estabas, con dolor de rodillas, acidez de estómago y un rostro en el espejo que apenas reconocías, preguntándote cómo había sucedido. Si de verdad ése eras tú.

El *Bergensfjord* estaba casi listo. Propulsión, hidráulicos, navegación. Sistema eléctrico, estabilizadores, timón. Las provisiones, cargadas. Los desalinizadores, en marcha. Habían reducido el barco a su estructura más simple; el *Bergensfjord* era básicamente un tanque de combustible flotante. Con todo, habían dejado muchas cosas al azar. Por ejemplo: ¿flotaría? Los cálculos en el papel son una cosa; la realidad, otra muy distinta. Y, si lo hacía, ¿podría el casco, ensamblado a base de mil placas distintas de acero recuperado, un millón de tornillos, remaches y remiendos soldados, soportar un viaje tan largo? ¿Les alcanzaría el combustible? ¿Y qué pasaba con el clima, habida cuenta de que se proponían rodear el cabo de

Hornos? Michael había leído cuanto pudo encontrar sobre las aguas que se proponían cruzar. Las informaciones no eran buenas. Tormentas legendarias, contracorrientes de tal virulencia que te podían partir el timón, olas de enormes dimensiones que te podían enviar a pique en un instante.

Notó que alguien se acercaba por detrás: Lore.

—Bonita mañana —observó la mujer.

—Parece que va a llover.

Ella se encogió de hombros, con la mirada puesta en el agua.

—Sigue siendo bonita.

En realidad quería decir: ¿cuántas mañanas nos quedan? ¿Cuántos amaneceres que contemplar? Disfrutémoslos mientras podamos.

—¿Cómo van las cosas por la timonera? —preguntó Michael.

Lore resopló.

—No te preocupes —la consoló él—. Todo irá bien.

Una pincelada rosa teñía ahora las nubes. Las gaviotas pasaban volando a ras de agua. Sí que era una mañana preciosa, pensó Michael. Se sintió súbitamente orgulloso. Orgulloso de su barco, el *Bergensfjord*. Había surcado las aguas de medio mundo para probar la valía de Michael. Le había ofrecido una oportunidad y le había dicho: *Aprovéchala si puedes*.

Una luz brilló en la carretera del espigón.

—Ahí está Greer —dijo él—. Será mejor que vaya.

Michael remontó el muelle y alcanzó el primer camión cisterna justo cuando Greer bajaba de la cabina.

—Éste es el último —informó Greer—. Hemos vaciado diecinueve camiones, así que faltaba el último.

—¿Algún problema?

—Una patrulla nos ha avistado al sur de los barracones de Rosenberg. Han debido de suponer que íbamos de camino a Kerrville, imagino. Creía que ya nos habrían alcanzado a estas alturas, pero no ha sido así, por lo que parece.

Michael echó un vistazo por encima del hombro de Greer y señaló a Rand.

—¿Todo controlado?

Los hombres pululaban por encima de los camiones. Rand miró a Michael y levantó ambos pulgares.

Michael volvió a mirar a Greer. Saltaba a la vista que el hombre estaba agotado. Su rostro había adquirido un aspecto cadavérico: los pómulos afilados como cuchillos, los ojos enrojecidos y hundidos en las cuencas, la piel cenicienta y sudorosa. Una incipiente barba blanca le cubría las mejillas y el cuello; le olía el aliento.

—Vamos a comer algo —propuso Michael.

—No me importaría echar una cabezada.

—Desayuna conmigo primero.

Habían plantado una tienda en el muelle con una cantina y unos catres para descansar. Michael y Greer se prepararon sendos tazones de gachas aguadas y tomaron asiento a una mesa. Había unos cuantos hombres más inclinados sobre sus desayunos, llevándose la sémola a la boca con movimientos robóticos, los rostros flácidos de puro cansancio. Nadie hablaba.

—¿Todo lo demás está a punto? —preguntó Greer.

Michael se encogió de hombros. *Más o menos.*

—¿Cuándo quieres que inundemos el dique seco?

Michael tomó una cucharada de gachas.

—Si todo va bien, el barco estará listo dentro de un par de días. Lore quiere inspeccionar el casco en persona.

—Una mujer concienzuda, nuestra Lore.

Parche apareció por el otro extremo de la tienda. Con la mirada desenfocada, deambuló arrastrando los pies, levantó la tapa de la olla, decidió no comer nada y se apropió de un catre. Más que tenderse, se desplomó, como un hombre alcanzado por una bala.

—Tú también deberías echar una cabezada —sugirió Greer.

Michael soltó una carcajada triste.

—Sería fantástico, ¿verdad?

Apuraron el desayuno y se encaminaron a la zona de carga y descarga, donde estaba aparcada la camioneta de Michael. Dos de los camiones cisterna ya estaban vacíos y aparcados a un lado.

Michael tuvo una idea.

—Dejemos un camión lleno y llevémoslo al final del espigón. ¿Nos queda algún detonador de azufre?

—Seguramente.

No hicieron falta más explicaciones.

—Encárgate tú.

Michael montó en la camioneta y dejó su Beretta en el hueco de debajo del volante. Había encajado una escopeta de cañón corto con empuñadura de pistola y una bandolera con cartuchos de repuesto entre los asientos. Su mochila descansaba en el asiento del pasajero: más munición, una muda de ropa, cerillas, un botiquín de emergencia, una palanca, una botella de éter y un trapo, además de una carpeta de cartón cerrada con bramante.

Michael arrancó el motor.

—¿Sabes? Nunca antes he estado en la cárcel. ¿Qué tal se está?

Greer sonrió desde el otro lado de la ventanilla abierta.

—La comida es mejor que aquí. Las siestas son sensacionales.

—Bueno, pues ya tengo un aliciente.

La expresión de Greer se ensombreció.

—No puedes hablar de ella, Michael. Ni de Carter.

—No me estás facilitando las cosas, ¿sabes?

—Ella lo quiere así.

Michael miró fijamente a su amigo unos pocos segundos más. El hombre tenía un aspecto verdaderamente horrible.

—Ve a dormir —le dijo.

—Lo añadiré a mi lista de asuntos pendientes.

Los dos hombres se estrecharon la mano. Michael arrancó el motor.

41

—¡Sentaos todos!

El auditorio estaba lleno a rebosar, todos los asientos ocupados y más gente apiñada en la parte trasera y en los pasillos. La sala apestaba a miedo y a cuerpos sin lavar. En la parte delantera de la sala, el alcalde, congestionado y sudoroso, golpeó el podio con el mazo pidiendo silencio con poco éxito. Tras él, los concejales del estado libre, un grupo de inútiles que Eustace no había visto jamás, buscaban papeles que revolver y botones que ajustar al tiempo que desviaban las miradas con expresión culpable, como un grupo de estudiantes acusados de copiar en un examen.

—¡Mi mujer ha desaparecido!

—¡Y mi marido! ¿Alguien lo ha visto?

—¡Y mis hijos! ¡Dos!

—¿Y qué les ha pasado a los perros? ¿Alguien se ha fijado en eso? ¡No hay perros por ninguna parte!

Más golpes de martillo.

—¡Maldita sea, vecinos, por favor!

Y así hasta la saciedad. Eustace echó una ojeada a Fry, que estaba de pie al otro lado de la sala mirando a su compañero con una expresión que venía a decir: *Ay, madre, esto va a ser divertido.*

Por fin la concurrencia guardó el silencio suficiente como para que el alcalde se hiciera oír.

—Vale, eso está mejor. Sabemos que todos estáis preocupados y queréis respuestas. Voy a pedirle al sheriff que suba al estrado. A lo mejor él puede arrojar alguna luz sobre lo que está pasando. ¿Gordon?

Eustace subió al podio y tomó la palabra.

—Bueno, no sabemos mucho más que vosotros. Unas setenta personas han desaparecido en el transcurso de las dos últimas noches. Que sepamos, ojo. El ayudante Fry y yo todavía no hemos preguntado por las granjas.

—¿Y por qué no los estáis buscando? —gritó una voz.

Eustace buscó el rostro del hombre entre la concurrencia.

—Porque estoy aquí hablando contigo, Gar. Ahora cierra el pico para que podamos avanzar.

Una voz ladró desde la otra punta de la sala:

—Sí, cállate y déjalo hablar.

Más gritos, voces ansiosas que se increpaban las unas a las otras. Eustace aguardó.

—Como iba diciendo —prosiguió por fin—, no sabemos qué ha sido de esas personas. Todo indica que, por la razón que sea, se levantaron en mitad de la noche, salieron y ya no volvieron.

—¡Puede que alguien se los esté llevando! —gritó Gar—. ¡Es posible que el secuestrador esté aquí mismo, en esta sala!

El efecto de sus palabras se hizo notar al momento; los presentes empezaron a mirar a sus vecinos. Un murmullo grave resonó por el auditorio. *¿No habrá sido...?*

—No descartamos nada en esta etapa de la investigación —dijo Eustace, consciente de hasta qué punto sonaban huecas sus palabras—, pero no nos parece probable. Estamos hablando de muchas personas.

—Puede que sea obra de más de un individuo.

—Gar, ¿por qué no subes aquí y moderas la reunión?

—Yo sólo digo que...

—Lo que estás haciendo es asustar a la gente. No voy a permitir que cunda el pánico ni que la gente empiece a sospechar de sus vecinos. Por lo que sabemos, esas personas se han marchado por sus propios medios. Ahora cierra la boca si no quieres que te encierre.

Una mujer de la primera fila se puso de pie.

—¿Estás diciendo que mis hijos se escaparon? ¡Uno tiene seis años y el otro siete!

—No, no digo eso, Lena. Sencillamente, no poseemos más información más allá de la que os estoy dando. Lo mejor que podéis hacer ahora mismo es encerraros en vuestras casas hasta que todo esto se haya resuelto.

—¿Y qué me dices de mi esposa? —Eustace no alcanzaba a ver quién hablaba—. ¿Me estás diciendo que se levantó y me abandonó?

El alcalde, que dio un paso adelante para recuperar su puesto en el podio, alzó ambas manos.

—Creo que lo que el sheriff intenta expresar...

—¡No está expresando nada! ¡Ya le has oído! ¡No lo sabe!

La sala al completo empezó a gritar otra vez. No había modo de reconducir la situación. Estaba fuera de control. Eustace buscó la mirada de Fry desde el estrado. Éste señaló la salida con la cabeza. Mientras el alcalde reanudaba sus golpes de mazo, Eustace bajó por detrás del escenario y se reunió con Fry en la puerta. Los dos hombres se largaron a hurtadillas.

—Vaya, qué reunión más productiva —comentó Fry—. Me alegro de haber salido antes de que empezaran los disparos.

—Poca broma. Si no desentrañamos esto, el pueblo al completo se nos va a tirar encima.

—¿Crees que siguen vivos?

—La verdad es que no.

—¿Qué quieres hacer?

Hacía un día cálido y brillante, el sol en lo más alto de un cielo inmaculado. Eustace recordaba un día semejante: primaveral en pleno verano, la tierra derramando su generosidad por doquier, los árboles repletos de verdes hojas, exuberantes y olorosas. Un paseo junto al río, Simon encaramado a sus hombros, Nina a su lado; el día al completo como un maravilloso regalo. Y entonces aquel instante, inconfundible, en que el niño ya tiene bastante; volver a casa para hacer la siesta, Nina llamando a Eustace por señas desde el umbral con su sonrisa especial, la que le reserva a él exclusivamente, y los dos entrando de puntillas en el dormitorio para hacer el amor al ritmo perezoso y callado de una tarde de verano. Siempre la misma broma: no entiendo qué haces besando a un tío tan feo. Pero lo hacía; lo besaba. El último de esos días; para Eustace no habría más.

—Vamos a buscar a esas personas desaparecidas.

42

Apgar encontró a Peter donde estaba siempre: sentado a su mesa, detrás de un enorme montón de papeles. Tan sólo hacía dos días que Chase se había marchado y Peter ya se había quedado empantanado.

—¿Tienes un momento?

—Que sea rápido.

Apgar tomó asiento en la silla de enfrente.

—Salta a la vista que Chase te sacaba las castañas del fuego. No deberías haberlo dejado marchar tan fácilmente.

—¿Qué quieres que te diga? Soy demasiado bueno.

Apgar carraspeó.

—Tenemos un problema.

Peter seguía rellenando un formulario.

—¿Tú también te marchas?

—No creo que sea el mejor momento para eso. He recibido un mensaje de Rosenberg esta mañana. A lo largo de los últimos días, han visto varios camiones cisterna circulando por allí, pero ninguno ha llegado a Kerrville.

Peter levantó la cabeza.

—Lo que oyes.

—¿Qué dice la refinería?

—Que todo marcha según lo previsto y bla, bla, bla. Y de repente, esta mañana, no dicen ni pío, y no podemos contactar con ellos.

Peter se retrepó en la silla. *Dios bendito.*

—He mandado a dos hombres a la refinería a echar un vistazo —prosiguió Apgar—, pero creo que ya sé lo que encontraremos. Hay que reconocer que el tío tiene pelotas.

—¿Y para qué diablos iba a querer Dunk nuestro combustible?

—Apuesto a que no lo necesita. Quiere algo.

—¿Como por ejemplo?

—Yo qué sé. Pero tenemos un problemón. Electricidad y Energía afirma que contamos con gasolina suficiente para diez días, un poco más si la racionamos. Aunque pudiéramos recuperar la refinería, ni en broma vamos a tener combustible suficiente como para mantener las luces encendidas. La ciudad estará a oscuras en diez días a lo sumo.

Dunk los tenía bien agarrados. Peter tuvo que reconocer, muy a su pesar, que se trataba de una jugada maestra. Pero algo no encajaba.

—Así pues, ¿nos envía un camión lleno de armas y munición y luego nos deja sin combustible? No tiene sentido.

—Puede que las armas las haya enviado otro.

—Era munición de búnker. Sólo el tráfico posee ese material.

Apgar se revolvió en la silla.

—Bueno, hay otro dato a tener en cuenta. Primero estalla la Casa de Cousin, luego corre la voz de que una de las chicas de Dunk ha aparecido en la ciudad contando algo de un tiroteo.

—¿Quieres decir que uno de sus hombres lo está desafiando?

—Podrían ser meros rumores. Y no sé cómo encaja todo, pero es una posibilidad a tener en cuenta.

—¿Y dónde está ahora?

—¿La mujer? —Apgar parecía al borde de la risa—. Vete a saber.

Las armas y el petróleo guardaban algún tipo de relación, pero ¿cuál? La maniobra no parecía cosa de Dunk; tomar como rehén a toda una ciudad no era propio de él, y ahora el Ejército poseía un arsenal tan enorme como para tomar el istmo y acabar con su negocio. Sería un baño de sangre —el espigón era un embudo—, pero una vez que el polvo se hubiera posado Dunk Withers aparecería en una cuneta con el cuerpo cosido a balazos o colgando de una cuerda.

En ese caso, pensó Peter, supongamos que el asunto del petróleo es algo más que una estratagema. Supongamos que lo quieren para algo.

—¿Qué sabemos de ese barco suyo? —preguntó.

Apgar frunció el ceño.

—Poca cosa. Hace años que nadie lo ve.

—Pero es muy grande.

—Eso dicen. ¿Crees que tiene algo que ver con esto?

—No sé qué pensar. Pero se nos escapa algo. ¿Hemos repartido ya la munición?

—Aún no. Sigue en la armería.

—Hazlo. Y luego envía una patrulla a vigilar el istmo. ¿Cuánto falta para que Freeport envíe su informe?

—Un par de horas.

Pasaban unos minutos de las tres de la tarde.

—Aposta hombres en el perímetro. Diles que se trata de un ejercicio de entrenamiento. Y envía a unos cuantos ingenieros al portalón. Lleva una década sin cerrarse.

Apgar lo miró con recelo.

—La gente se dará cuenta.

—Es mejor prevenir que curar. Nosotros no sabemos de qué va todo esto, pero alguien lo sabe.

—¿Y qué pasa con el istmo? Deberíamos urdir un plan cuanto antes.

—A mí no me mires. Trázalo.

Apgar se levantó.

—Te lo traeré dentro de una hora.

—¿Tan pronto?

—Únicamente hay un camino de entrada. No hay mucho que decir. —Se volvió hacia la puerta—. Todo esto es una enorme guarrada, pero puede que sea la oportunidad que estábamos esperando.

—Es una forma de mirarlo.

—Me alegro de que no sea Chase el que está sentado en esa silla.

Dejó a Peter a solas. La conversación no había durado más de cinco minutos, pero el montón de papeles de su mesa le parecía ya absolutamente trivial. Hizo girar el asiento para mirar por la ventana. El día había amanecido despejado, pero ahora el tiempo estaba cambiando. Unas nubes bajas planeaban sobre la ciudad, una densa masa gris. Una ráfaga de viento dobló las copas de los árboles. Al momento, un relámpago iluminó el cielo. Con el retumbar del trueno, las primeras gotas de lluvia, lentas y pesadas, golpearon el cristal.

Michael, pensó Peter, *¿qué diablos estás tramando?*

43

Anthony Carter, Duodécimo de los Doce, acababa de apagar la segadora cuando miró hacia el patio y advirtió que el té había llegado.

¿Tan pronto? ¿Cómo era posible que ya fuera mediodía? Alzó la vista al firmamento, el opresivo cielo que cubría Houston en verano, pálido y desvaído. Se quitó el pañuelo y luego el sombrero para enjugarse el sudor de la frente. Una taza de té le vendría de maravilla.

La señora Wood lo sabía. Aunque, por supuesto, no era la señora Wood la que lo traía. Carter no sabía quién lo hacía. El mismo que dejaba los planteles de flores y las bolsas de mantillo en la puerta, que le arreglaba las herramientas cuando se rompían, que hacía correr el tiempo del modo que lo hacía en ese lugar, cada día una estación, cada estación un año.

Llevó la segadora al cobertizo, la limpió y se encaminó al patio. Amy trabajaba en el otro lado del césped. Había algo rojizo allí que siempre precisaba ser podado, en el centro de los parterres a los que la señora Wood siempre añadía un toque de color estival. Aquel día eran tres planteles de cosmos, esas flores de color rosa con las que a la señorita Haley le gustaba adornarse el cabello.

—El té ya está servido —anunció Carter.

Amy alzó la vista. Llevaba una pañoleta alrededor del cuello, las manos sucias de tierra y también la cara, allí donde se había secado el sudor.

—Empieza tú. —Se golpeó la cara para matar un mosquito—. Antes quiero plantar esto.

Carter se sentó y dio un sorbo a su té. Perfecto, como de costumbre, dulce pero no demasiado, y el hielo emitía un agradable tintineo contra el cristal. Por detrás de él, procedente de la casa, sonaban las notas flotantes del alegre bullicio infantil. A veces jugaban a las Barbies o a los disfraces. En ocasiones miraban la tele. Carter oía las mismas películas una y otra vez —una era *Shrek* y otra *La princesa prometida*—, y Carter las compadeció, a la señorita Haley y a su hermana, siempre solas y encerradas en casa, esperando el regreso de su madre. Sin embargo, cuando Carter echaba un vistazo a través de la ventana nunca había nadie allí. El interior y el exterior de la casa eran dos regiones distintas, y las estancias estaban desiertas; no había ni un solo mueble para atestiguar que estaba habitada.

Había dedicado algún tiempo a meditar la cuestión. Se preguntaba muchas cosas. Como, por ejemplo, dónde estaban exactamente. Acabó por concluir que se trataba de una especie de sala de espera, como cuando vas al médico. Matas el tiempo, hojeando una revista quizá, y cuando te llega el turno una voz te llama por tu nombre y pasas al siguiente estadio, sea cual sea. Amy llamaba al jardín «el mundo detrás del mundo» y a Carter le parecía una buena definición.

El día había pasado en un abrir y cerrar de ojos, pensó. Pronto tendría que volver al trabajo. Había que reparar un aspersor, retirar las hojas de la piscina y acabar de podar el césped. A Carter le gustaba cuidar el jardín para cuando regresara la señora Wood. *Señor Carter, qué bonito está el jardín. Es usted un sol. No sé cómo me las arreglaba antes sin usted.* A Carter le gustaba imaginar la conversación que mantendrían cuando llegara ese día. Charlarían por los codos, como solían, sentados en el patio igual que harían un par de amigos.

De momento Carter se conformaría con descansar un rato hasta que bajara el sol. Se desabrochó las botas y cerró los ojos. El jardín ofrecía un espacio ideal para pensar y eso fue lo que hizo. Recordó el día que Wolgast se acercó a él en Terrel, que era el pasillo de la muerte, y luego un viaje en camioneta con un frío de mil demonios y montañas nevadas por doquier, y a los médicos pegándole un tiro. Experimentó unas náuseas espantosas, pero eso no fue lo peor. Lo peor fueron las voces de su cabeza. *Soy Babcock, soy Morrison, soy Chávez Baffes Turrell Winston Sosa Echols Lambright Martínez Reinhardt...* Vio imágenes también, estampas horribles, personas muriendo y cosas por el estilo, como si estuviera soñando un sueño ajeno. Cuando era pequeño, estuvo una temporada yendo al colegio. Un día les tocó leer un libro del señor William Shakespeare, aunque el propio Carter no pudo leer gran cosa, porque las palabras del libro parecían algo pasado por una trituradora; así de confusas le resultaban. Pero la maestra, la señora Coe, una señora blanca muy guapa que decoraba las paredes del aula con carteles de animales y de escaladores, y lemas al estilo de «tú puedes alcanzar las estrellas» y «sonríe y el mundo te sonreirá», puso la película en clase. A Carter le gustó, porque los personajes luchaban con espadas y se vestían de piratas, y la señora Coe explicó que el protagonista, un tal Hamlet que además era príncipe, se estaba volviendo loco porque habían envenenado a su padre vertiéndole veneno por el oído. En la historia pasaban más cosas, pero Carter recordaba esa parte porque a eso le recordaban las voces. A veneno vertido por el oído.

Las cosas prosiguieron de esa guisa durante un tiempo, Carter no estaba seguro de cuánto. Los otros seguían susurrando, diciendo muchas cosas, cosas desagradables, pero sobre todo repetían sus nombres, una y otra vez, como si nunca tuvieran bastante. Pero un día guardaron silencio como el aire que cesa antes de una tormenta y fue entonces cuando Carter lo oyó. A Cero. Hablar de «oír» no sería del todo apropiado. Cero te obligaba a pensar con su propia mente. Cero se coló en la cabeza de Carter, que se sintió como si hubiera dado un paso en falso y hubiera caído por un hueco negro como la boca de un lobo y hubiera ido a parar a una estación de tren. Las personas corrían de acá para allá envueltas en sus abrigos y la megafonía anunciaba los números de las vías y el origen de cada tren. New Haven. Larchmont. Katonah. New Rochelle. Carter no sabía qué lugares eran ésos. Hacía frío. El suelo estaba mojado de restos de nieve derretidos. Se encontraba plantado delante del quiosco, el del reloj de cuatro esferas. Esperaba a alguien, a alguien importante. Llegó un tren y luego otro. ¿Dónde estaba ella? ¿Le había pasado algo? ¿Por qué no había llamado, por qué no cogía el teléfono? Un tren detrás de otro, él embargado por la ansiedad, y luego, cuando los últimos pasajeros se alejaron a paso vivo, sus esperanzas lo abandonaron con la mayor crueldad. Tenía el corazón roto en mil pedazos y sin embargo no podía moverse. Las manillas del reloj se burlaban de él con cada desplazamiento. *Dijo que estaría aquí, dónde está, cuánto me gustaría rodearla con los brazos, Liz, eres lo único que me ha importado nunca, deja que sea yo el que te abrace cuando dejes este mundo…*

Tras eso, Carter había enloquecido. Se sintió como en mitad de un sueño en el que se veía a sí mismo llevando a cabo las mayores atrocidades sin poderse contener. Devoraba personas. Las rompía en pedazos. A algunas no las mataba sino que se limitaba a paladearlas, sin ton ni son. Lo hacía únicamente porque Cero así lo quería. Recordaba a la pareja del coche. Viajaban a alguna parte, a toda prisa, y Carter había caído sobre ellos desde los árboles. *Deja en paz a esas personas*, se decía Carter, *qué te han hecho*, pero su parte hambrienta no escuchaba, hacía lo que se le antojaba, y sólo se le antojaba matar. Aterrizó en el capó con fuerza y dejó que lo vieran bien, sus dientes, sus garras y lo que se disponía a hacer. Eran jóvenes. Un hombre al volante y una mujer a su lado que era su esposa, adivinó Carter. Ella llevaba el pelo corto, rubio, y tenía los ojos abiertos como platos, clavados en él. El coche empezó a dar bandazos. Patinaban de acá para allá. El hombre gritaba: *¡Hostia!* y *¡La madre que me parió!*, pero la mujer apenas si reaccionó. Sus ojos traspasaron a Carter, el rostro tan inexpresivo como una hoja en blanco, como si su cerebro fuera incapaz de procesar la imagen del monstruo que tenía delante, y esa mirada detuvo a Carter en seco. Y entonces reparó en el arma, una pistola grande y brillante con un cañón en el que cabía un dedo, que el hombre trataba de apuntar hacia él por encima del volante. Eh, no me apuntes con eso, pensó una parte de él, la que seguía siendo Carter; nunca apuntes a nadie con una pistola, Anthony. Y quizá fuera el recuerdo de la voz de su madre o tal vez los bandazos del coche, que viraba en arcos más y más amplios, como un niño que se columpia cada vez más arriba, más deprisa, pero por un segundo Carter se quedó helado y, cuando el coche empezaba a despegarse del suelo, el arma soltó una explosión de luz y ruido y Carter notó un pinchazo en el hombro, apenas más doloroso que el picotazo de una abeja, y antes de que supiera lo que había pasado estaba rodando por la calzada.

Se levantó a tiempo de ver cómo el coche se precipitaba de lado. Dio un giro de trescientos sesenta grados y se estrelló sobre el techo en medio de una explosión de cristal y el chirrido del metal que se rompe. El vehículo daba vueltas de campana por el asfalto, una y otra vez, dejando una estela de fragmentos brillantes a su paso, hasta que cayó una última vez sobre el capó y se detuvo.

Se hizo el silencio. Estaban en mitad del campo, a muchos kilómetros de cualquier población. Los restos del accidente cubrían la calzada como una estela ancha y brillante. Carter notó el tufo de la gasolina y algo caliente y acre, como plástico derretido. Supo que debería estar sintiendo algo pero no sabía qué. Los pensamientos se agolpaban en su mente sin orden ni concierto, como fotogramas de una película que se sentía incapaz de recomponer. Correteó hacia el coche y se agachó a mirar. Los dos viajeros colgaban boca abajo del cinturón de seguridad, con las barrigas aplastadas contra el salpicadero. El hombre había muerto con la cabeza aplastada por un gran trozo de metal, pero la mujer estaba viva. Miraba al frente con ojos desorbitados y cubierta de sangre: el rostro y la camisa, las manos y el pelo, los labios, la lengua y los dientes. Una columna de humo negro brotaba por debajo del salpicadero. Un cristal crujió cuando Carter lo pisó y el rostro de la mujer se volvió hacia él, despacio, sin mover el cuerpo, como buscando el origen del ruido.

—¿Hay alguien ahí? —Burbujas de sangre manaban de sus labios a medida que articulaba las palabras—. Por favor. ¿Hay… alguien… ahí?

Lo miraba a los ojos. Fue entonces cuando Carter comprendió que no veía. La mujer era ciega. Las llamas aparecieron con un fragor suave para lamer la parte inferior del salpicadero.

—Dios mío —gimió ella—. Te oigo respirar. Por el amor de Dios, por favor, contesta.

Algo le estaba sucediendo a Carter, algo extraño. Igual que si los ojos ciegos de la mujer fueran un espejo y se viera a sí mismo en ellos; no al monstruo en el que lo habían convertido sino al hombre que fuera. Como si lo estuvieran despertando y recordándole quién era. Quiso responder. *Estoy aquí*, intentó decir. *No estás sola. Siento mucho lo que he hecho.* Pero su boca se negaba a articular las palabras. Las llamas se esparcían, la cabina se llenaba de humo.

—Dios mío, me estoy quemando, por favor, oh, Dios, oh, Dios…

Los brazos de la mujer lo buscaban. No lo buscaban, comprendió. Le pedían ayuda. Sus manos aferraban algo. Una violenta convulsión agitó su cuerpo; se estaba ahogando con la sangre que le manaba de la boca. Abrió los dedos y el objeto cayó al suelo.

Un chupete.

El niño estaba en el asiento trasero, boca abajo, todavía atado a su silla. El coche estallaría en cualquier momento. Carter se agachó y se coló por el parabrisas trasero. El bebé se había despertado y estaba llorando. La sillita no cabía; tendría que desabrochar el arnés. Soltó la hebilla, retiró las correas de los hombros y al momento el suave peso del lloroso bebé inundó sus brazos. Una niña enfundada en un pijama rosa. Sosteniéndola con fuerza contra el pecho, Carter salió del coche y echó a correr.

No recordaba nada más. El episodio concluía en ese punto. Nunca supo qué había sido de la niña. Pues Anthony Carter, Duodécimo de los Doce, apenas había dado tres pasos cuando las llamas alcanzaron su objetivo, la gasolina del depósito prendió y el coche estalló en pedazos.

No volvió a matar a nadie.

Se alimentó, eso sí. De ratas, comadrejas, mapaches… Algún que otro perro, aunque le inspiraban una gran compasión. Pero no pasó mucho tiempo antes de que el silencio se apoderara del mundo, y ya no había tanta gente por ahí para tentarlo, y cierto día, al cabo de mucho tiempo, se percató de que ya no quedaba nadie.

Le cerró el paso a Cero; se lo cerró a todos ellos. Carter no quería tomar parte en lo que tramaban. Erigió un muro en su mente, dejando a Cero y a los demás al otro lado. Y si bien el muro era fino y Carter los oía si quería, jamás respondió.

En aquella época se sintió muy solo.

Vio inundarse su ciudad. Se refugió en un edificio, el One Allen Center, porque era alto y por la noche podía subir al tejado donde se sentía más cerca de las estrellas, que le hacían compañía. Con el paso de los años, el nivel de las aguas creció alrededor de los edificios y entonces, una noche, un fortísimo viento azotó la ciudad. Carter había conocido un par de huracanes en sus tiempos, pero esa tormenta no se parecía a nada que hubiera visto anteriormente. El rascacielos se tambaleaba como un borracho. Las paredes se agrietaban, los cristales estallaban, todo rugía a su alrededor. Se preguntó si habría llegado el fin del mundo, si Dios se habría hartado de todo aquello. Conforme las aguas crecían, el edificio se mecía y los cielos aullaban, Carter se puso a rezar. Le dijo a Dios que se lo llevara, si tal era su deseo, pidiendo perdón una y otra vez por sus pecados, y si acaso había un lugar mejor, ya sabía que no merecía la entrada pero esperaba tener la oportunidad de verlo, suponiendo que Dios pudiera perdonarlo, cosa que no creía.

Y entonces oyó un fragor. Un estrépito terrorífico, desgarrador, inhumano, como si se hubieran abierto las puertas del infierno y el grito de millones de almas se fundiera con el aullido del viento. Una silueta negra surgió de entre la negrura. Creció y creció, y cuando un relámpago la iluminó y Carter comprendió lo que estaba viendo no se lo pudo creer. Un barco. En el centro de Houston. Flotaba directamente hacia él, arrastrando su enorme quilla calle abajo, derribando las torres del Allen Center como si los edificios fueran bolos y el barco la bola de Dios.

Carter se arrodilló y se cubrió la cabeza, preparado para el impacto.

Nada sucedió. Súbitamente, se hizo el silencio; incluso el viento había dejado de soplar. Carter se preguntó cómo era posible que el viento, tan furioso hacía sólo un instante, hubiera cesado de repente. Se levantó y miró por la ventana. El cielo asomaba en lo alto como una claraboya entre las nubes. El ojo, pensó Carter, se trataba de eso; estaba en el ojo de la tormenta. Miró hacia abajo. El barco se había detenido contra la pared de la torre, aparcado como un taxi junto al bordillo.

Descendió por la pared del edificio. No sabía cuánto tiempo tenía antes de que la tormenta volviera. Únicamente sabía que la aparición del barco representaba algún tipo de mensaje. Al cabo de un rato se encontraba en las entrañas del navío, un laberinto de pasajes y tuberías. Pese a todo, no se sentía perdido; tenía la sensación de que una presencia invisible dictaba sus actos. Una capa de grasienta agua de mar le lamía los pies. Dobló en un sentido y luego en otro, guiado por la misteriosa manifestación. Vio una puerta al final de un pasillo: de acero macizo, como la puerta de una caja fuerte. T1, indicaba un cartel. Tanque número 1.

El agua te protegerá, Anthony.

Dio un respingo. ¿Quién le hablaba? La voz parecía proceder de todas partes al mismo tiempo: del aire que respiraba, del agua que le empapaba los pies, del metal del barco. Lo envolvía como un manto de suavidad.

Aquí no te encontrará. Quédate aquí sano y salvo y ella acudirá a ti.

Fue entonces cuando notó su presencia: Amy. Ella no era siniestra como los demás; su alma transpiraba luz. Un gran sollozo agitó su cuerpo. La sensación de soledad lo estaba abandonando. Se despegó de su espíritu como un velo y lo que destapó fue otro tipo de dolor: un pesar hermoso y sagrado por el mundo y todas sus desgracias. Ahora tenía aferrado el volante que abría la puerta. Despacio, lo hizo girar. En el exterior, al otro lado de los costados del barco, el viento volvía a aullar. La lluvia se desató, el cielo se cubrió, los mares azotaron las calles de la ciudad anegada.

Entra, Anthony.

La puerta se abrió; Carter cruzó el umbral. Su cuerpo se encontraba en el barco, en el *Chevron Mariner*, pero Carter ya no estaba allí. Caía y caía, y cuando la caída cesó, supo sin más dónde se hallaba, antes incluso de abrir los ojos, porque notó el aroma de las flores.

Carter se percató de que no se había terminado el té. Amy ya había plantado los cosmos y ahora se estaba ocupando de los parterres. Carter pensó en decirle que descansara un momento, que él arrancaría las malas hierbas en un rato, pero sabía que ella se negaría. Cuando había trabajo que hacer, lo hacía.

La espera la consumía. No sólo por todo aquello que tendría que afrontar sino también por lo mucho que había sacrificado. Ella nunca se quejaba, no era su estilo, pero Carter lo notaba. Sabía lo que significa amar a una persona y perderla en esta vida.

Porque Cero volvería. Eso estaba claro. Carter conocía a aquel hombre, sabía que no descansaría hasta que el mundo al completo fuera un reflejo de su dolor. Y pese a todo, Carter lo compadecía, no podía evitarlo. Él mismo había pisado esa estación. En parte tenía razón; el problema era su modo de expresarlo.

Carter se levantó de la silla, se caló el sombrero y se acercó a Amy, que seguía arrodillada sobre la tierra.

—¿Has dormido bien? —le preguntó ella, alzando la vista.

—¿Me he dormido?

Ella arrojó una mala hierba al montón.

—Deberías haber oído tus ronquidos.

Vaya, Carter no se había dado cuenta. Aunque, bien pensado, puede que hubiera cerrado los ojos un momento.

Amy se apoyó sobre los talones y abrió los brazos con un gesto que abarcaba los parterres recién plantados.

—¿Qué te parece?

Él retrocedió un paso para mirar. Todo estaba impecable.

—Esos cosmos son muy bonitos. A la señora Wood le gustarán. Y también a la señorita Haley.

—Hay que regarlos.

—Yo me ocuparé. Usted debería descansar un rato a la sombra. El té sigue ahí, si le apetece.

Carter estaba prendiendo la manguera al grifo que había junto a la verja cuando oyó la suave presión de los neumáticos contra el asfalto y vio el Denali bajando por la calle. El coche paró un momento en la esquina y luego se aproximó despacio. Carter distinguió apenas el rostro de la señora Wood a través de la ventanilla ahumada. El coche circuló muy lentamente por delante de la casa, sin moverse apenas pero también sin detenerse, igual que haría un fantasma. A continuación aceleró y se alejó.

Amy se plantó a su lado.

—Antes he oído a las niñas jugando. —Ella también miraba calle abajo, por donde el Denali había desaparecido—. Usa esto.

Amy sostenía una lanza para la manguera. Carter fue incapaz de relacionarla con nada. Pero era para los cosmos, claro.

—¿Te encuentras bien? —le preguntó ella.

Carter se encogió de hombros. Encajó la lanza en el extremo de la manguera y abrió el grifo. Amy regresó al patio mientras Carter arrastraba la manguera hacia los parterres y empezaba a regarlos. No serviría de mucho, ya lo sabía; el otoño estaba al caer. Las hojas se mustiarían y caerían, el jardín se apagaría, el viento soplaría frío. El hielo quemaría las briznas de hierba y el cuerpo de la señora Wood asomaría. Todo tiene un final. Pese a todo, Carter siguió regando, pasando la lanza sobre las flores, una y otra vez, pues creía de corazón que hasta los más mínimos detalles cuentan.

44

Llovió a mares durante todo el día. La familia al completo estaba ansiosa, atrapada en el interior de la casa. Caleb notaba que la paciencia de Pim con su hermana se estaba agotando y adivinó que se avecinaba una bronca. Unos días atrás, no le habría importado ese giro de los acontecimientos, aunque sólo fuera para quitársela de encima.

El ocaso se aproximaba cuando el cielo se despejó por fin. Los rayos bajos de un sol radiante bañaron los campos, empapados y relucientes a la luz vespertina. Caleb buscó hormigas con la vista en los alrededores de la casa; como no vio ninguna, declaró que podían salir a disfrutar de lo que restaba del día. De los montículos, únicamente quedaban grandes oquedades ovaladas en el barro, apenas discernibles de la tierra circundante. Tranquilízate, se dijo. El aislamiento te está pasando factura, nada más.

Kate y Pim vigilaban a los niños, que se dedicaron a hacer pasteles de barro. Mientras tanto, Caleb fue a echar un vistazo a los caballos. Había construido un tejadillo en el extremo más alejado del cercado para que se refugiaran de la lluvia, y fue allí donde los encontró. Handsome parecía en buen estado pero Jeb respiraba con dificultad y mostraba el blanco de los ojos. No apoyaba el casco trasero izquierdo en el suelo. El caballo le dejó doblarle la pata el tiempo suficiente para que Caleb viera una pequeña herida en la zona central del casco. Tenía clavado algo alargado, agudo. Se encaminó al tejadillo y volvió con un ronzal, unos alicates y una cuerda. Estaba colocándole el ronzal a Jeb cuando vio a Kate caminando hacia él.

—Parece alicaído.

—Se ha clavado una astilla en el casco.

—¿Necesitas ayuda?

Caleb podía hacerlo solo, pero, ya que ella se ofrecía, juzgó preferible alentar su interés en ayudar.

—La cuerda debería bastar para sujetarlo. Tú agárralo por el ronzal por si acaso.

Kate aferró la correa cerca de la boca del caballo.

—Parece enfermo. ¿Es normal que respire así?

Caleb estaba acuclillado junto a las patas traseras del animal.

—Tú eres médico. Dímelo tú.

Levantó el casco del caballo. Con la otra mano, acercó las tenazas a la herida. La astilla apenas si asomaba de la pezuña. Cuando las puntas de las tenazas se unieron, el animal se echó hacia atrás relinchando y sacudiendo la cabeza con fuerza.

—Sujétalo con fuerza, maldita sea.

—¡Ya lo intento!

—Es un caballo, Kate. Demuéstrale quién manda.

—¿Qué quieres que haga, que le atice un puñetazo?

Jeb no estaba por la labor. Caleb se marchó y regresó al momento con una cadena de dos centímetros de grosor, que pasó por la parte superior del cabestro y luego por encima del hocico del animal. Tensó la cadena sobre la mandíbula de Jeb y le tendió los extremos a Kate.

—Sujeta esto —le indicó—. Y no seas amable.

A Jeb no le hizo ninguna gracia la maniobra, pero la cadena funcionó. Atrapada entre las puntas de las tenazas, la astilla en cuestión salió despacio. Caleb la levantó hacia la luz para verla mejor. De unos cinco centímetros de largo, era de un material rígido, casi translúcido, como el hueso de un pájaro.

—Alguna clase de espina, supongo —dijo.

El caballo se había tranquilizado pero todavía respiraba agitadamente. Hilos de baba le colgaban de las comisuras de la boca; tenía el cuello y los flancos brillantes de sudor. Caleb lavó el casco con agua de un cubo y aplicó yodo a la herida. Handsome merodeaba cerca del refugio, observándolos con recelo. Mientras Kate sostenía el cabestro, Caleb protegió el casco con un calcetín de cuero y lo aseguró con bramante. De momento, no podía hacer mucho más. Dejaría al animal atado durante la noche y volvería a examinarlo al día siguiente.

—Gracias por la ayuda.

Los dos estaban de pie en la puerta del cobertizo; el día estaba a punto de morir.

—Mira —dijo Kate por fin—, ya sé que no he sido una compañía demasiado agradable últimamente…

—No pasa nada, olvídalo. Todo el mundo lo comprende.

—No hace falta que te muestres tan amable, Caleb. Nos conocemos demasiado bien.

El hombre no respondió.

—Bill era un idiota. Vale, ya lo he entendido.

—Kate, no tenemos que hablar de eso.

No parecía enfadada, únicamente resignada.

—Yo sólo digo que ya sé lo que pensáis todos. Y no os equivocáis. La gente no sabe ni la mitad, de hecho.

—Y entonces, ¿por qué te casaste con él? —Caleb se sorprendió de su propia reacción. La pregunta le había salido del corazón—. Perdona, no quería ser tan directo.

—No, si lo entiendo. Créeme. Yo misma me lo pregunto a menudo. —Guardó silencio un instante; a continuación se animó una pizca—. ¿Sabías que cuando éramos niñas Pim y yo nos peleábamos por ti? Las dos queríamos casarnos contigo. Nos zurrábamos de lo lindo, con tortas y tirones de pelo.

—Bromeas.

—Va en serio. Me extraña que nunca acabáramos en el hospital. Una vez le robé el diario. Yo debía de tener trece años. Dios mío, era un mal bicho. Pim hablaba de ti. De lo guapo que eras. Y listo. Escribía tu nombre dentro de un corazón. Qué asco.

A Caleb le hizo gracia la reacción de Kate.

—¿Y qué pasó?

—¿Tú qué crees? Ella era mayor, no luchábamos en igualdad de condiciones, que digamos. —Kate sacudió la cabeza y luego lanzó una carcajada—. Pero mira qué cara pones. Estás encantado.

Era verdad, estaba encantado.

—Es una historia divertida. Yo nunca me di cuenta.

—Y no te hagas ilusiones, chaval. No me voy a tirar a tus brazos.

Caleb sonrió.

—Qué alivio.

—Además, sería un tanto incestuoso. —Se estremeció—. En serio, puaj.

La noche había caído sobre los campos. Caleb comprendió lo que había echado en falta todo ese tiempo: la amistad de Kate. De niños, estaban tan unidos como dos hermanos. Pero la vida había seguido su curso —el Ejército, los estudios de medicina de Kate, Bill y Pim, Theo y las niñas y todos sus planes— y se habían distanciado sin darse cuenta. Hacía años que no hablaban como estaban charlando ahora.

—Pero no he respondido a tu pregunta, ¿verdad? Por qué me casé con Bill. La respuesta es muy sencilla. Me casé con él porque lo amaba. No se me ocurre ni una sola razón que explique por qué, pero una no escoge esas cosas. Era un hombre dulce, alegre, inútil, y era mío. —Guardó silencio. Luego dijo—: No he salido para ayudarte con los caballos, ¿sabes?

—¿Ah, no?

—He venido a preguntarte por qué estás tan nervioso. No creo que Pim lo haya notado, pero lo hará.

Caleb se sintió descubierto.

—No creo que sea nada.

—Te conozco, Caleb. Sí que es algo. Y tengo que pensar en mis hijas. ¿Estamos en apuros?

El hombre no quería responder, pero Kate lo tenía contra las cuerdas.

—No estoy seguro. Es posible.

Un agudo gemido en el cercado lo arrancó de sus pensamientos. Oyeron un trompazo y, a continuación, una serie de golpes fuertes, rítmicos.

—¿Qué demonios es eso? —exclamó Kate.

Caleb tomó una linterna del cobertizo y corrió por el prado. Jeb yacía de lado, agitando la cabeza con violencia. Sus patas traseras golpeaban la pared del refugio con movimientos espasmódicos.

—¿Qué le pasa? —preguntó Kate.

El animal estaba agonizando. Defecó y luego orinó. Tres convulsiones sacudieron su cuerpo, seguidas de un brutal espasmo final que prestó rigidez a todo su cuerpo. Mantuvo esa postura durante varios segundos, como presa de una descarga eléctrica. Luego soltó el aire de golpe y se quedó inmóvil.

Caleb se arrodilló junto a su cadáver y enfocó la testuz del animal con el haz de la linterna. Una espuma burbujeante, teñida de sangre, surgía de su boca. Un ojo oscuro miraba hacia arriba, brillante al reflejo de la luz.

—Caleb, ¿por qué llevas un arma en la mano?

El hombre bajó la vista; la llevaba. Era el revólver de George, el enorme 357, que guardaba en el cobertizo. Debía de haberlo agarrado al sacar la linterna; un acto tan reflejo que ni siquiera había sido consciente de llevarlo a cabo. También lo había amartillado.

—Tienes que decirme lo que está pasando —insistió Kate.

Caleb liberó el percutor y dio media vuelta sobre los talones para mirar la casa. Las ventanas titilaban con la luz de las velas. Pim estaría preparando la cena, las niñas jugando en el suelo o mirando libros, el pequeño Theo protestando en la trona. O puede que no, puede que el niño ya estuviera dormido. A veces lo hacía, se quedaba frito a la hora de la cena y despertaba horas más tarde aullando de hambre.

—Contéstame, Caleb.

El hombre se levantó, se guardó la pistola en la cintura de los pantalones y se extrajo los faldones de la camisa para esconderla. Handsome estaba plantado al borde de la zona iluminada, con la cabeza gacha como alguien que llora la pérdida de un amigo. Pobrecito, pensó Caleb. Parecía saber que le tocaría a él arrastrar el cuerpo muerto de su único amigo por el prado, hasta una zona de tierra yerma donde, por la mañana, Caleb usaría la gasolina que le quedaba para incinerarlo.

45

Hacia última hora de la tarde, Eustace y Fry habían visitado casi todas las granjas de las afueras más remotas. Muebles volcados, camas deshechas, pistolas y rifles tirados donde habían caído, un par de disparos a lo sumo.

Y ni un alma.

Pasaban de las seis cuando terminaron de examinar la última, un cuchitril situado a seis kilómetros y medio del pueblo, río abajo, cerca de una vieja planta de etanol ADM. La casa era minúscula, de una sola estancia, la estructura ensamblada a base de viejos maderos y tejas de asfalto podridas. Eustace no sabía quién había vivido allí. Supuso que nunca lo sabría.

A Eustace le dolía horrores la pierna mala; tenían el tiempo justo para llegar al pueblo antes de que oscureciera. Montaron y pusieron rumbo al norte, pero apenas habían avanzado cien metros cuando Eustace se detuvo.

—Echemos un vistazo a esa fábrica.

—Nos quedan unos diez minutos de luz, Gordo.

—¿Quieres volver con las manos vacías? Ya has oído a esa gente.

Fry lo meditó un momento.

—Démonos prisa.

Cabalgaron hacia el complejo. La planta constaba de tres edificios alargados de dos plantas dispuestos en forma de U y una cuarta construcción, mucho más grande que las demás, que cerraba el recuadro: un barracón de cemento sin ventanas conectado a los contenedores de grano mediante un laberinto de cañerías y rampas. Esqueletos de vehículos oxidados y otras maquinarias asomaban entre los hierbajos. Reinaba un ambiente frío y pesado; los pájaros revoloteaban por las ventanas sin cristales. Las tres estructuras pequeñas eran poco más que ruinas, los tejados desplomados tiempo atrás, pero el cuarto seguía más o menos intacto. Ése era el que le interesaba a Eustace. Si alguien se propusiera esconder a un par de centenares de personas, escogería un sitio parecido.

—Llevas una linterna de cuerda en la alforja, ¿verdad? —preguntó Eustace.

Fry la sacó. Eustace hizo girar la llave hasta que la bombilla empezó a brillar.

—La luz no dura más de tres minutos —le advirtió Fry—. ¿Crees que están ahí dentro?

Eustace estaba comprobando su arma. Cerró el tambor y volvió a enfundársela, pero no pasó la correa. Fry hizo lo propio.

—Enseguida lo averiguaremos, supongo.

Una de las compuertas de carga y descarga estaba entreabierta. Desmontaron y se agacharon para cruzarla. El hedor los golpeó como una bofetada.

—Esto responde a tu pregunta, ¿no? —dijo Eustace.

—Hostia, qué peste. —Fry se tapaba la nariz—. ¿De verdad tenemos que echar un vistazo?

—Aguanta.

—En serio, creo que voy a potar.

Eustace dio unas vueltas más a la manija de la linterna. Un pasillo flanqueado de taquillas conducía a la zona de trabajo principal del edificio. El pestazo se tornaba más intenso con cada paso que avanzaban. Eustace había presenciado horrores en sus tiempos, pero estaba seguro de que estaba a punto de ver algo peor. Llegaron al final del pasillo, rematado por un par de puertas batientes.

—Creo que es el momento perfecto para pedir un aumento de sueldo —susurró Fry.

Eustace sacó la pistola.

—¿Listo?

—¿Me tomas el pelo?

Cruzaron las puertas. Los sentidos de Eustace captaron varias cosas prácticamente a la vez. La primera fue el hedor: una miasma de podredumbre tan repugnante que Eustace habría vomitado allí mismo el almuerzo si se hubiera molestado en comer. A eso se le sumó un sonido, una vibración profunda que agitaba el aire como el zumbido de un motor. En el centro de la estancia había una masa vasta y oscura cuyos bordes parecían hallarse en movimiento. En cuanto Eustace avanzó un paso, una explosión de moscas se elevó de los cadáveres.

Eran cuerpos de perros.

Eustace oyó gritar a Fry al mismo tiempo que alzaba la pistola, pero no pudo hacer nada más antes de que un gran peso se abatiera sobre él y lo derribase contra el suelo. Todas esas personas desaparecidas; debería haberlo imaginado. Intentó alejarse a rastras, pero algo horrible estaba sucediendo en sus entrañas. Una especie de… remolino. De modo que éste era el fin. Buscó su pistola para dispararse a sí mismo pero halló la funda vacía, claro, y entonces notó que sus manos se tornaban torpes y pesadas, seguidas del resto de su cuerpo. Eustace se estaba hundiendo. El remolino era un torbellino en su cabeza que lo absorbía hacia el centro, cada vez más adentro. *Nina, Simon. Amados míos, prometo que nunca os olvidaré.*

Y, sin embargo, los olvidó al instante.

V

EL MANIFIESTO

Debemos aprovechar la corriente cuando es favorable,
o perder nuestro cargamento.

SHAKESPEARE, *JULIO CÉSAR*

46

Eran casi las nueve cuando la hermana Peg acompañó a Sara a la puerta.

—Gracias por venir —dijo la anciana—. Significa mucho para nosotros.

Ciento dieciséis niños, de todas las edades, desde recién nacidos hasta adolescentes; Sara había tardado dos días en examinarlos a todos. El orfanato era una obligación que se podría haber quitado de encima hace tiempo. Sin duda la hermana Peg lo habría entendido. Pese a todo, Sara nunca había tenido corazón para hacerlo. Cuando un niño enfermaba en mitad de la noche o estaba en cama con fiebre o saltaba de un columpio y aterrizaba mal, era Sara la que acudía. La hermana Peg siempre la recibía con una sonrisa con la que le daba a entender que no había dudado ni por un segundo de quién estaba llamando a la puerta. *¿Cómo se las arreglaría el mundo sin nosotras?*

Sara suponía que la hermana Peg debía de haber cumplido ya los ochenta. Se le antojaba un milagro que la anciana continuara dirigiendo el hospicio, su apenas contenido caos. Los años le habían suavizado el carácter. Hablaba de los niños en un tono sentimental, tanto de los que estaban a su cuidado como de los que se habían marchado; se mantenía al corriente del rumbo de sus vidas, cómo se abrían paso en el mundo, con quién se casaban y si tenían hijos, igual que haría una madre. La mujer nunca lo reconocería, Sara lo sabía, pero esos niños constituían su familia igual que Hollis, Kate y Pim formaban la familia de Sara, y ella era una madre para ellos.

—No es molestia, hermana Peg. Lo hago encantada.

—¿Qué sabes de Kate?

La hermana Peg era una de las pocas personas que conocía la historia.

—Nada de momento, pero tampoco lo esperaba. El correo es sumamente lento.

—Fue un golpe, lo de Bill. Pero Kate sabrá encajarlo.

—Siempre lo hace, o eso parece.

—¿Te molestaría mucho que me preocupara por ti también?

—Estaré bien, de verdad.

—Ya sé que sí. Pero me voy a preocupar de todos modos.

Se despidieron. Sara regresó a su casa por las calles oscuras; no brillaba ni una luz. La carencia guardaba relación con el suministro de gasolina para los generadores. Un problema sin importancia en la refinería; ésa era la versión oficial.

Encontró a Hollis dormitando en su sillón. Una lámpara de queroseno ardía sobre la mesa y un libro de intimidante grosor descansaba sobre su panza. La casa, que habitaban desde hacía diez años, fue abandonada con la primera ola de migración. Era una cabaña de madera que prácticamente se caía a pedazos. Hollis había pasado dos años restaurándola en las horas libres que le dejaba la biblioteca, a cuyo cargo se encontraba. ¿Quién iba a pensar que aquel hombre con aspecto de oso se pasaría los días empujando un carrito por estantes polvorientos y leyéndoles a los niños? Y, sin embargo, era su ocupación favorita.

Sara colgó la chaqueta en el armario de la entrada y se encaminó a la cocina con el fin de calentar agua para el té. El fogón seguía caliente; Hollis siempre lo dejaba así para ella. Aguardó a que el agua hirviera y la vertió por el filtro relleno de hierbas que había tomado de las cestas alineadas sobre el fregadero y marcadas con la letra de Hollis: «bálsamo de melisa», «hierbabuena», «escaramujo» y cosas por el estilo. Son manías de bibliotecario, decía Hollis, eso de clasificarlo todo hasta el último detalle. De no haber sido por él, Sara habría perdido treinta minutos en buscar cualquier cosa.

Hollis se espabiló cuando Sara entró en el salón. Se frotó los ojos y esbozó una sonrisa adormilada.

—¿Qué hora es?

Sara se sentó a la mesa.

—No lo sé. ¿Las diez?

—Supongo que me he dormido.

—El agua aún está caliente. ¿Quieres que te prepare un té?

Siempre tomaban un té juntos antes de acostarse.

—No, yo lo hago.

Se encaminó con paso cansino a la cocina y regresó con una taza de té caliente, que dejó sobre la mesa. En lugar de sentarse, se situó detrás de su mujer, le plantó las manos sobre los hombros y procedió a masajearle los músculos con los pulgares. Sara dejó caer la cabeza hacia la mesa.

—Ay, qué bien —gimió.

Él siguió frotándole el cuello un rato más. A continuación le envolvió los hombros con las manos y se los movió en sentido circular hasta arrancarles una serie de crujidos y chasquidos.

—Ay.

—Tú relájate —ordenó Hollis—. Por Dios, qué tensa estás.

—Tú también lo estarías si acabaras de examinar a cien niños.

—¿Ah, sí? Cuenta. ¿Cómo está la vieja bruja?

—Hollis, no seas antipático. Esa mujer es una santa. Ojalá tenga la mitad de la energía que tiene ella cuando llegue a su edad. Uh, ahí...

Él prosiguió con su agradable cometido; poco a poco, la tensión del día se iba esfumando.

—Si quieres, cuando termines, empiezo yo.

—Así me gusta.

Súbitamente, Sara se sintió una pizca culpable. Levantó la cabeza para mirarlo.

—Últimamente no te he hecho mucho caso, ¿verdad?

—Gajes del oficio.

—Y de la edad.

—Pues yo te veo la mar de bien.

—Hollis, somos abuelos. Tengo el pelo prácticamente blanco; mis manos parecen de cecina. No te voy a mentir; me deprime.

—Hablas demasiado. Échate hacia delante otra vez.

Sara dejó caer la cabeza sobre los brazos.

—Sara y Hollis —suspiró—, menudos vejestorios. ¿Quién iba a decir que esos dos seríamos nosotros algún día?

Se tomaron el té, se despojaron de la ropa y se metieron en la cama. Por lo general, sonidos diversos poblaban la noche —personas que charlaban en la calle, los ladridos de un perro, los pequeños ruidos de la vida—, pero desde que habían cortado la luz reinaba un silencio absoluto. Era verdad; había pasado una buena temporada desde la última vez. ¿Un mes o eran dos? Pero el viejo ritmo, la memoria física del matrimonio, seguía allí, esperando.

—He estado pensando —comentó Sara cuando hubieron terminado.

Acurrucado a su espalda, Hollis la envolvía con los brazos. Hacer la cucharita, lo llamaban.

—Eso me parecía.

—Los echo de menos. Lo siento. Es que no es lo mismo. Pensaba que me acostumbraría, pero no.

—Yo también los añoro.

Ella se dio media vuelta para mirarlo.

—¿Te molestaría mucho? Sé sincero.

—Depende. ¿Crees que necesitarán un bibliotecario en las provincias?

—Lo averiguaremos. Pero necesitarán médicos. Y yo te necesito a ti.

—¿Y qué pasa con el hospital?

—Jenny se puede hacer cargo. Está lista.

—Sara, siempre estás despotricando de Jenny.

Ella se quedó perpleja.

—¿De verdad?

—Sin cesar.

Sara se preguntó si sería verdad.

—Bueno, pues alguien se hará cargo. Podríamos ir de visita para empezar, para ver cómo nos sentimos. Tantear el terreno.

—Es posible que no nos quieran allí, ¿sabes? —observó Hollis.

—Puede que no. Pero si les parece bien y todo el mundo está de acuerdo, podemos solicitar una finca. U organizar algo en el pueblo. Yo podría abrir una consulta. Diablos, tienes aquí libros suficientes como para montar tu propia biblioteca.

Hollis frunció el ceño, inseguro.

—Todos apretujados en esa casita tan pequeña.

—Pues dormiremos fuera. Me da igual. Son nuestras pequeñas.

Él suspiró con fuerza. Sara sabía lo que Hollis iba a responder; únicamente necesitaba tiempo para hacerse a la idea.

—¿Y cuándo quieres que nos pongamos en camino?

—Ésa es la cuestión —respondió ella, y lo besó—. Estaba pensando en partir mañana mismo.

Lucius Greer estaba plantado debajo de los focos, en la base del dique seco, mirando la figura que se columpiaba en una silla de contramaestre, a lo lejos, sobre un lateral del barco.

—Por el amor de Dios —gritó Lore—. ¿Quién ha hecho esta mierda de soldadura?

Greer suspiró. En seis horas, Lore apenas había inspeccionado nada que hubiera encontrado a su gusto. Ella hizo descender la silla hasta la cubierta y saltó.

—Necesito media docena de hombres aquí abajo ahora mismo. Y que no sean los payasos que han soldado eso. —Volvió el rostro hacia arriba—. ¡Weir! ¿Estás ahí?

El hombre se asomó por la barandilla.

—Cuelga tres sillas más. Y ve a buscar a Rand. Quiero esas soldaduras arregladas antes del alba. —Lore miró a Greer de soslayo—. No lo digas. He pasado quince años dirigiendo la refinería. Sé lo que me traigo entre manos.

—No seré yo quien se queje. Si Michael quiso que te unieras a nosotros, fue por algo.

—Porque soy una tocapelotas.

—Tú lo has dicho, no yo.

Ella retrocedió con los brazos en jarras, pasando la vista por el casco con aire distraído.

—Pues dime una cosa.

—Pregunta.

—¿Alguna vez te has planteado si todo esto no será un cuento?

A Greer le caía bien Lore. Le gustaba su franqueza.

—Nunca.

—¿Ni una sola vez?

—No te diré que la idea nunca haya cruzado mi pensamiento. Dudar es humano. Pero lo que importa es lo que hacemos al respecto. Soy viejo. No tengo tiempo para ponerme a contemplar segundas posibilidades.

—Una filosofía interesante.

Un par de cuerdas cayeron por el costado del *Bergensfjord*. Luego dos más.

—¿Sabes? —dijo Lore—. He pasado años preguntándome si Michael encontraría alguna vez a la mujer adecuada y sentaría la cabeza. Jamás, ni en mis sueños más disparatados, imaginé que tendría que competir con veinte mil toneladas de acero.

Rand se asomó por la borda. Weir y él procedieron a enganchar las sillas de contramaestre.

—¿Aún me necesitas aquí? —preguntó Greer.

—No, vete a dormir. —Llamó a Rand por gestos—. ¡Espera, voy a subir!

Greer abandonó el barco, montó en su camioneta y enfiló por la pasarela. El dolor había empeorado; no sería capaz de disimularlo mucho más tiempo. En ocasiones era frío, como el pinchazo de una espada de acero; otras se tornaba caliente, como ascuas sueltas por el interior de su cuerpo. Apenas si lograba expulsar nada. Cuando conseguía hacer pis, soltaba algo que parecía sangre arterial. Siempre tenía mal sabor de boca, agrio y ureico. Se había contado muchas historias a lo largo de los últimos meses, pero tan sólo atisbaba un final.

Hacia el límite del espigón la calzada se estrechaba, cercada a ambos lados por el mar. Una docena de hombres armados con rifles permanecían apostados en el cuello de botella. Greer circulaba por su lado, Parche saltó de la cabina del camión cisterna y se acercó.

—¿Alguna novedad?

El hombre chupaba algo que tenía entre los dientes.

—Parece ser que el Ejército ha enviado una patrulla. Hemos visto luces al este, justo después del ocaso, pero nada más desde entonces.

—¿Necesitas más hombres?

Parche se encogió de hombros.

—No creo que haya novedades esta noche. De momento, sólo están husmeando a ver qué tramamos. —Escrutó el rostro de Greer—. ¿Te encuentras bien? No tienes buena cara.

—Necesito descansar un poco, nada más.

—Bueno, la cabina del camión es toda tuya, si la quieres. Echa una cabezada. Como ya te he dicho, por aquí reina la calma.

—Antes tengo que ocuparme de un par de cosas. A lo mejor vuelvo más tarde.

—Aquí estaremos.

Greer dio media vuelta a bordo de la camioneta y se alejó. Cuando juzgó que ya nadie podía verlo, aparcó a un lado del espigón, bajó del vehículo, se apoyó en el guardabarros para no perder el equilibrio y vomitó sobre la grava. No expulsó gran cosa, solamente agua y unos gargajos amarillentos. Permaneció en la misma postura un par de minutos; cuando supo que no le quedaba nada dentro, sacó la cantimplora de la camioneta, se enjuagó la boca y se vertió un poco de agua en la palma de la mano para refrescarse la cara. La soledad de todo aquello; eso era lo peor. No tanto el dolor como tener que soportarlo estoicamente. Se preguntó qué pasaría. ¿Se disolvería el mundo a su alrededor, se alejaría como un sueño hasta que no recordase nada o sucedería a la inversa y todos los acontecimientos y las personas que habían formado parte de su vida se apelotonarían ante él más y más radiantes hasta que, igual que cuando miras al sol en un despejado día de verano, tuviera que apartar la vista?

Volvió la cara al cielo. Las estrellas brillaban pálidas, veladas por un aire brumoso que las hacía fluctuar. Se concentró en una sola estrella, tal como había aprendido, y cerró los ojos. *Amy, ¿me oyes?*

Silencio. Luego: *Sí, Lucius.*

Amy, lo siento. Pero creo que me estoy muriendo.

47

Una tarde de primavera. Peter trabajaba en el jardín. La lluvia había caído durante toda la noche, pero ahora el cielo estaba despejado. En mangas de camisa, clavó el azadón en la blanda tierra. Llevaban meses alimentándose de conservas, mientras veían caer la nieve; qué agradable sería, pensó, volver a comer verduras frescas.

—Te he traído una cosa.

Amy se había acercado por detrás sin que la oyera. Sonriendo, le tendió un vaso de agua. Peter lo tomó y bebió un sorbo. Notó el helor en los dientes.

—¿Por qué no entras? Es tarde.

Lo era. Un manto de sombras cubría la casa. Los últimos rayos de sol asomaban por encima de la sierra.

—Hay mucho trabajo que hacer —alegó él.

—Siempre lo hay. Ya seguirás mañana.

Cenaron en el sofá, acompañados del viejo perro, que les husmeaba los pies. Mientras Amy lavaba los platos, Peter encendió la chimenea. La madera prendió con rapidez. La intensa satisfacción de esas horas tardías: bajo una pesada manta, contemplaron el baile de las llamas.

—¿Quieres que te lea en voz alta?

Peter respondió que le encantaría. Amy se marchó y volvió al cabo de un momento con un volumen grueso y gastado. Acomodándose en el sofá, abrió el libro, carraspeó y empezó.

—*David Copperfield*, de Charles Dickens. Capítulo Uno. Nazco.

Si soy yo el héroe de mi propia vida o si otro cualquiera me reemplazará, lo dirán estas páginas. Para dar comienzo a mi historia desde el principio, diré que nací (según me han dicho y yo lo creo) un viernes a las doce en punto de la noche. Y, cosa curiosa, el reloj empezó a sonar y yo a gritar simultáneamente.

Era una sensación maravillosa, que te leyeran en voz alta. Dejar atrás este mundo para sentirte transportado a otro, creado a base de palabras. Y la envolvente voz de Amy al relatar la historia: eso era lo más delicioso de todo. Fluía por sus sentidos como una agradable corriente eléctrica. Podría pasarse toda la eternidad escuchándola, los cuerpos pegados, la mente en dos lugares al mismo tiempo, en el mundo del relato, con su maravilloso flujo de sensaciones, y allí, con Amy, en la casa que habitaban y en la que siempre habían vivido, como si el sueño y la vigilia no fueran estados adyacentes dotados de sólidos límites sino una continuidad.

Al cabo de un rato se percató de que el relato se había interrumpido. ¿Se había dormido? Tampoco estaba ya en el sofá. De algún modo, sin darse cuenta, había subido al dormitorio. La habitación se encontraba a oscuras, el aire frío contra su rostro. Amy dormía a su lado. ¿Qué hora era? ¿Y por qué experimentaba esa sensación de que algo no iba bien? Echó el edredón a un lado y se acercó a la ventana. En el cielo brillaba un perezoso cuarto de luna que iluminaba parcialmente el paisaje. ¿Qué era eso que se movía en los lindes del jardín?

Un hombre. Vestía un traje negro. Mirando hacia la ventana, permanecía plantado con las manos a la espalda, en postura de paciente vigilancia. Los rayos de luna lo iluminaban de refilón, endureciendo sus rasgos. Peter no sintió miedo sino una sensación de familiaridad, como si llevara un tiempo esperando a ese visitante nocturno. Pasó cosa de un minuto mientras Peter observaba al hombre del jardín y el hombre lo miraba a él. Luego, tras esbozar un saludo cortés con la cabeza, el extraño dio media vuelta y se internó en la oscuridad.

—Peter, ¿qué pasa?

Apartó la vista de la ventana. Amy se había sentado en la cama.

—Había alguien ahí fuera —explicó.

—¿Alguien? ¿Quién?

—Un hombre. Estaba mirando la casa. Pero ya se ha ido.

Amy guardó silencio un instante. A continuación:

—Debía de ser Fanning. Me preguntaba cuándo aparecería.

El nombre no significaba nada para Peter. ¿Conocía a Fanning?

—No te preocupes. —Amy apartó el edredón—. Vuelve a la cama.

Él se acurrucó bajo la manta; al instante, el recuerdo del hombre perdió importancia. La cálida presión de la colcha, Amy pegada a su cuerpo; era cuanto necesitaba.

—¿Qué quería? —preguntó Peter.

—¿Qué ha querido siempre Fanning? —Amy suspiró con cansancio, casi con aburrimiento—. Quiere matarnos.

Peter despertó sobresaltado. Había oído algo. Tomó aire y lo mantuvo dentro. El sonido se repitió: el crujido de un tablón del pavimento.

Dio media vuelta en la cama, alargó la mano hacia el suelo y aferró la pistola. El crujido procedía del recibidor. A juzgar por el sonido, era una sola persona e intentaba pasar desapercibida. No sabía que él estaba despierto; así pues, contaba con el factor sorpresa. Se levantó y recorrió la habitación hacia la ventana delantera. Los centinelas, dos soldados apostados en el porche, habían desaparecido.

Sopesó sus opciones. La puerta estaba cerrada. Las bisagras, Peter lo sabía, chirriaban. En cuanto abriera la puerta el intruso se percataría de su presencia.

Abrió la puerta de golpe y avanzó a paso vivo por el pasillo. La cocina estaba vacía. Sin detenerse, dobló la esquina para entrar en el salón con la pistola en ristre.

Había un hombre sentado en la vieja mecedora, delante de la chimenea. Tenía el rostro parcialmente vuelto hacia un lado, en dirección opuesta a Peter, los ojos fijos en las ascuas que aún relumbraban en el hogar. No dio muestras de haber reparado en la llegada del propietario de la casa.

Peter se plantó detrás del hombre, sin dejar de apuntarlo. El desconocido no era alto pero parecía fuerte, dotado de unos hombros anchos que ocupaban todo el respaldo.

—Enséñame las manos.

—Bien. Estás despierto. —El hombre hablaba en un tono tranquilo, casi indiferente.

—Las manos, maldita sea.

—Vale, vale. —El intruso separó los brazos del cuerpo, con los dedos extendidos.

—Levántate. Despacio.

El hombre se puso de pie. Peter aferró la pistola con más fuerza.

—Ahora vuélvete.

El otro dio media vuelta.

Por todos los diablos, pensó Peter. *Por todos, todos los diablos.*

—¿No podrías dejar de apuntarme con eso?

Michael había envejecido, igual que todos. La diferencia era que para el Michael que conocía —para la imagen mental que Peter conservaba del hombre— el tiempo había corrido dos décadas en un instante. Peter experimentó la misma sensación, en cierto sentido, que si se mirase en un espejo; los cambios que no percibes en ti mismo se hacen patentes en el rostro de otro.

—¿Qué les ha pasado a los centinelas?

—Nada que deba preocuparte. Aunque tendrán la cabeza como un bombo cuando despierten.

—El turno cambia a las dos, por si te lo estabas preguntando.

Michael miró su reloj.

—Nos quedan noventa minutos. Tiempo de sobra, creo yo.

—¿Para qué?

—Para una conversación.

—¿Qué has hecho con la gasolina?

Michael miró la pistola con el ceño fruncido.

—Lo digo en serio, Peter. Me estás poniendo nervioso.

Peter bajó el arma.

—Por cierto, te he traído un regalo. —Michael señaló la bolsa que había en el suelo—. ¿Te importa?

—Oh, por favor, estás en tu casa.

Michael sacó una botella envuelta en un hule manchado. La destapó y se la mostró a Peter.

—Mi última receta. Te dejará como nuevo.

Peter fue a buscar dos vasos a la cocina. Para cuando regresó, Michael se había trasladado de la mecedora a la mesita baja de delante del sofá; el otro se acomodó en el asiento de enfrente. Sobre la mesa había un grueso clasificador de cartón. Michael cortó el precinto de la botella, sirvió dos copas y levantó su vaso.

—Por los viejos amigos —dijo.

El sabor estalló en las fosas nasales de Peter; fue igual que beber alcohol puro.

Michael hizo chasquear los labios con satisfacción.

—No está mal, si se me permite decirlo.

Con ojos llorosos, Peter contuvo una tos.

—¿Y qué? ¿Te envía Dunk?

—¿Dunk? —Michael torció el gesto—. No. Nuestro viejo amigo Dunk está haciendo unos largos con sus compinches.

—Lo sospechaba.

—No hace falta que me des las gracias. ¿Recibiste las armas?

—Olvidaste decirme para qué servían.

Michael tomó el clasificador y desató los lazos. Sacó tres documentos: una especie de dibujo, una hoja de papel escrita a mano y un periódico. La cabecera rezaba: HERALD TRIBUNE INTERNACIONAL.

Michael vertió un segundo trago en el vaso de Peter y lo empujó en su dirección.

—Bébetelo.

—No quiero más.

—Sí que quieres, créeme.

Michael aguardaba la reacción de Peter. Su amigo estaba de pie junto a la ventana, mirando la noche, aunque Michael dudaba de que viera nada.

—Lo siento, Peter. Ya sé que no son buenas noticias.

—¿Cómo es posible que estés tan seguro, maldita sea?

—Tendrás que confiar en mí.

—¿Eso es todo lo que me vas a decir? ¿Que confíe en ti? Estoy cometiendo cinco delitos por el mero hecho de hablar contigo.

—Te aseguro que es cierto. Los virales van a volver. En realidad nunca se fueron.

—Es... de locos.

—Ojalá.

Michael nunca había compadecido tanto a nadie desde el día que se sentó en el porche con Theo, hacía toda una vida, y le comunicó que las baterías estaban fallando.

—Ese otro viral… —empezó a decir Peter.

—Fanning. Cero.

—¿Por qué lo llamas así?

—Es así como se denomina a sí mismo. El Sujeto Cero, el primer infectado. Los documentos que nos entregó Lacey en Colorado hablaban de trece sujetos de prueba, los Doce más Amy. Pero el virus procedía de alguna parte. Fanning era el huésped.

—Y entonces, ¿a qué espera? ¿Por qué no nos atacó hace años?

—Yo sólo sé que me alegro de que no lo hiciera. Gracias a eso hemos contado con el tiempo que necesitábamos.

—Y Greer lo sabe gracias a una especie de… visión.

Michael aguardó. En ocasiones no se podía hacer nada más, y lo sabía. La mente se niega a aceptar ciertas cosas; debes dejar que las resistencias caigan por sí solas.

—Veintiún años desde que abrimos las puertas. Y ahora te presentas aquí para decirme que todo fue un gran error.

—Ya sé que es duro, pero no te lo podíamos decir. Ni a ti ni a nadie. La vida debía continuar.

—¿Y qué quieres que le diga a la gente? ¿Que un anciano tuvo una pesadilla y que estamos todos sentenciados a pesar de todo?

—No le vas a decir nada a nadie. La mitad no te creería y la otra mitad enloquecería. Cundiría el caos; todo se desmoronaría. La gente echará las cuentas. En el barco sólo caben setecientos pasajeros.

—Para navegar a esta isla. —Peter señaló el dibujo de Greer con un gesto despectivo—. Porque imaginó algo y lo dibujó.

—Es más que un dibujo, Peter. Es un mapa. A saber de dónde procede en realidad. Eso es cosa de Greer, no mía. Pero si lo vio, fue por algo, de eso estoy seguro.

—Y yo que siempre te había tenido por una persona sensata…

Michael se encogió de hombros.

—Lo reconozco, me costó un tiempo aceptarlo. Pero las piezas encajan. Has leído la carta. El *Bergensfjord* se dirigía a esa isla.

—¿Y quién escoge a los afortunados? ¿Tú?

—Tú eres el presidente. Te corresponde a ti designarlos, en último término. Pero estarás de acuerdo…

—No estoy de acuerdo con nada.

Michael inspiró hondo.

—Estarás de acuerdo conmigo en que harán falta ciertas destrezas. Médicos, ingenieros, granjeros, carpinteros. Necesitamos líderes, desde luego, y eso te incluye a ti.

—No digas tonterías. Aunque estuvieras en lo cierto, cosa que me parece impensable, ni en sueños os acompañaría.

—Lo formularé de otro modo. Necesitaremos un gobierno, y la transición debería ser lo menos traumática posible. Pero dejemos eso para más tarde. —Michael extrajo de su bolsa una libreta encuadernada en piel—. He redactado un manifiesto. Hay algunos nombres, personas que conozco y que encajan con el perfil, y hemos incluido a sus familiares directos. La edad también es un factor a tener en cuenta. Casi todos son menores de cuarenta. Por lo demás, incluye descripciones de tareas agrupadas en categorías.

Peter aceptó la libreta, la abrió por la primera página y empezó a leer.

—Sara y Hollis —dijo—. Qué amable por tu parte.

—No hace falta que te pongas sarcástico. Caleb también aparece, por si te lo estabas preguntando.

—¿Y qué me dices de Apgar? No lo veo por ninguna parte.

—¿Cuántos años tiene? ¿Sesenta y cinco?

Peter sacudió la cabeza con expresión asqueada.

—Ya sé que es amigo tuyo, pero hablamos de reconstruir la raza humana.

—También es general del Ejército.

—Como ya te he dicho, es una propuesta nada más. Pero tómatela en serio. La he meditado a fondo.

Peter leyó el resto sin hacer ningún comentario. A continuación alzó la vista.

—¿A qué corresponde esa última categoría, las cincuenta y seis plazas?

—Ésos son mis hombres. Les he prometido plaza en el barco. No es negociable.

Peter tiró la libreta a la mesa.

—Has perdido la chaveta.

Michael se echó hacia delante.

—Va a suceder, Peter. Tienes que aceptarlo. Y no tenemos mucho tiempo.

—¿Veinte años, y de repente nos encontramos ante una gran emergencia?

—Reconstruir el *Bergensfjord* ha llevado el tiempo que ha llevado. Si hubiera podido darme más prisa, lo habría hecho. Habríamos zarpado hace tiempo.

—¿Y cómo te propones embarcar a la gente sin que cunda el pánico?

—No creo que podamos. Las armas sirven para eso.

Peter se limitó a mirarlo con atención.

—Tal como yo lo veo, tenemos tres opciones —prosiguió Michael—. La primera consiste en sortear públicamente las plazas. No me parece buena idea, como ya te he dicho. La segunda opción sería que nos encargáramos nosotros de la selección, de comunicarles a las personas que aparecen en el manifiesto lo que pasa, darles la opción de quedarse o partir y hacer lo posible por mantener el orden mientras nos largamos. Personalmente, opino que sería un desastre. La situación se tornará ingobernable y es posible que el Ejército no nos respalde. La tercera opción consiste en no decirles nada a los pasajeros, salvo a unas cuantas personas clave de máxima confianza. Sorprendemos a los demás y nos los llevamos en plena noche. Una vez en el istmo, les soltamos la buena nueva de que ellos son los afortunados.

—¿Los afortunados? No me puedo creer que estemos hablando siquiera de esto.

—No te confundas, es lo que son. Tendrán la oportunidad de seguir vivos. Más que eso. Volverán a empezar en un lugar realmente seguro.

—¿Y ese barco tuyo los va a sacar de aquí? ¿Esa ruina?

—Espero que sí. Creo que sí.

—No pareces muy convencido.

—Hemos hecho lo posible. Pero no puedo garantizarlo.

—Así pues, setecientos afortunados podrían ir a parar al fondo del mar.

Michael asintió.

—Exacto, podría suceder. Nunca te he mentido y no voy a hacerlo ahora. Pero el barco cruzó el mundo una vez. Podría volver a hacerlo.

Un griterío procedente del exterior y tres fuertes golpes en la puerta interrumpieron la conversación.

—Bueno —concluyó Michael, propinándose una palmada en las rodillas—. Parece ser que no tenemos más tiempo. Piensa en lo que te he dicho. Mientras tanto, habrá que montar un numerito.

Hundió la mano en la bolsa para sacar la Beretta.

—Michael, ¿qué haces?

Apuntó a Peter de mala gana.

—Procura comportarte como un rehén.

Dos soldados irrumpieron en la habitación. Michael se puso de pie y levantó las manos.

—Me rindo —dijo, justo cuando el que estaba más cerca avanzaba dos pasos hacia él, levantaba la culata del rifle y la estrellaba contra el cráneo de Michael.

48

Rudy tenía hambre. Un hambre de mil demonios.

—¡Hola! —gritó. Pegó la cara a los barrotes para proyectar la voz hacia las tinieblas del pasillo—. ¿Os habéis olvidado de mí? ¡Eh, cerdos, me muero de hambre!

Gritar no servía de nada; nadie había pisado la comisaría desde primera hora de la tarde, ni siquiera Fry ni Eustace. Rudy se desplomó en el catre e intentó olvidarse de su estómago vacío. Lo que daría ahora mismo por una de esas estúpidas patatas.

Se tumbó en el catre y trató de acomodarse. Todavía tenía el cuerpo resentido; cada postura que adoptaba le provocaba un dolor distinto. Vale, se había buscado la paliza. No podía decir lo contrario. Pero ¿qué habría pasado si Fry no hubiera abierto la puerta? Estaría muerto, eso habría pasado.

Cerró los ojos un rato. Pequeños chorros de líquido borboteaban en su estómago. No sabía qué hora era; tarde, seguramente, aunque en ausencia de Fry con sus comidas había perdido la noción del tiempo. No le habría importado tener un libro para entretenerse, si hubiera luz o si supiera leer, ya puestos, pero no sabía, por cuanto nunca había pensado que sirviera para nada.

Maldito Gordon Eustace.

Transcurrió más tiempo. Su mente vagaba por la frontera del sueño cuando una descarga de miedo lo despabiló.

Fuera, en alguna parte, una mujer gritaba.

La ventana estaba situada en lo alto de la pared. Rudy tuvo que ponerse de puntillas y agarrarse a los barrotes para asomar la nariz por encima del alféizar. Los ruidos se multiplicaban en el exterior: disparos, gritos, voces. Una figura oscura pasó junto a la ventana, luego dos más.

—¡Eh! —vociferó Rudy—. ¡Eh, estoy aquí!

Algo estaba pasando y no era nada bueno. Gritó un poco más, pero nadie se detuvo ni le respondió siquiera. Los gritos se apagaron y volvieron a empezar, más altos en esta ocasión, mucha gente al mismo tiempo. Puede que no fuera tan buena idea revelar dónde se encontraba, pensó Rudy. Soltó los barrotes y se alejó de la ventana. Fuera lo que fuese lo que pasara ahí fuera, estaba atrapado como una rata en un bidón. Mejor cerrar el pico.

El mundo enmudeció de nuevo. Transcurrió cosa de un minuto antes de que Rudy oyera abrirse la puerta principal del edificio. Se tiró al suelo y se escondió debajo del catre. El chirrido de una silla, un murmullo de papeles, un cajón que se abría. Alguien buscaba algo. Y entonces Rudy lo oyó: un tintineo de llaves.

—¿Sheriff?

Nadie respondió.

—¿Ayudante Fry? ¿Eres tú?

Un pálido fulgor verde brilló en el pasillo.

Al mismo tiempo, en el límite del municipio de Mystic, Texas, tres virales surgían de la tierra.

Como crisálidas que emergen de sus capullos, los huéspedes de la vaina aparecieron por partes: primero las puntas iridiscentes de sus garras, luego los dedos largos y nudosos, seguidos de una cascada de tierra que dejó a la vista sus caras pringosas e inhumanas. Se levantaron, sacudiéndose la tierra con el mismo gesto que los perros, y estiraron sus entumecidas extremidades. Precisaron un momento para hacerse cargo de la situación. Era de noche. Estaban en un campo. La tierra se había excavado hacía poco. El primero en emerger, el miembro dominante del grupo, fue el tendero viudo, George Pettibrew; el segundo fue el herrero del pueblo, Juno Brand; a continuación surgió una chica de catorce años del municipio de Hunt que había sucumbido cuatro noches atrás cuando tuvo que salir en plena noche al retrete de la granja familiar. Sus identidades se habían borrado de su memoria, pues no guardaban ningún recuerdo; únicamente tenían una misión.

Vieron la granja.

Un soñoliento hilo de humo surgía de la chimenea. Rodearon el edificio, calibrando sus posibilidades. La casa tenía dos puertas, la delantera y la trasera. Si bien el uso de las puertas no era habitual entre los de su especie ni tampoco la delicada costumbre humana de girar una manija, fue eso lo que hicieron cumpliendo con su cometido.

Entraron. Sus sentidos exploraron el espacio. Un sonido procedente del piso superior.

Alguien estaba roncando.

El primer viral, el alfa, subió las escaleras. Tan furtivos eran sus movimientos que no crujió ni un tablón; apenas si desplazaba el aire. El leve fulgor de un fanal surgía del dormitorio de arriba, un descuido de los habitantes de la casa, que lo habían dejado encendido cuando se habían retirado a dormir. En la cama grande dormían dos personas, un hombre y una mujer.

El viral se inclinó sobre la mujer. Estaba acostada sobre el lado izquierdo, un brazo doblado bajo las almohadas, el otro expuesto sobre el edredón. Bajo la tenue luz del fanal, su piel titilaba deliciosamente. El viral abrió las mandíbulas y le acercó la cara. El más ínfimo de los pinchazos, los dientes delicadamente clavados en los microscópicos poros de su carne, y el trabajo concluyó.

Ella se agitó, gimió, cambió de postura. Quizá soñaba que estaba cogiendo rosas y se pinchaba con una espina.

El viral se trasladó al otro lado de la cama. Del hombre únicamente asomaba la cabeza y el cuello. El viral notó que el varón, cuyos ronquidos borboteaban con la textura de la flema, no dormía tan profundamente como la mujer. Echándose hacia delante, el viral le torció la cabeza a un lado, como si se propusiera besarlo.

El hombre abrió los ojos de golpe.

—¡La madre que me parió!

Con una mano empujó al viral por la frente para apartarlo de sí al mismo tiempo que introducía la otra debajo de la almohada.

—¡Dory! —gritó—. ¡Dory, despierta!

El viral vaciló: no se esperaba ese rumbo de los acontecimientos. Y ese nombre, Dory. Provocó un revuelo en su mente. ¿Conocía a alguien llamada Dory? ¿Conocía al hombre también? ¿Acaso esas dos personas, en algún momento, habían formado parte de su vida? ¿Y qué buscaba el hombre debajo de la almohada?

Era una pistola. Lanzando un aullido, el hombre embutió el cañón en la boca del viral, le clavó la punta en el paladar y disparó.

Estalló una detonación, una parábola de sangre. La materia gris del viral salió proyectada por la coronilla y salpicó el techo. El cuerpo cayó hacia delante, un peso muerto. La mujer estaba despierta ahora, paralizada de terror y gritando a voz en cuello. Los demás virales saltaban escaleras arriba. Empujando el cadáver a un lado, el hombre disparó al primero, que cruzaba la puerta como un vendaval. Ya no apuntaba a nada en realidad. Se limitaba a apretar el gatillo. El tercer disparo contactó con algo, pero poco más. Dos disparos más y el percutor golpeó una recámara vacía. Cuando uno de los virales se precipitó sobre él, el hombre echó mano de lo primero que encontró —la lámpara de keroseno— y la lanzó a sus atacantes.

Dio en el blanco. El viral estalló en llamas.

Y entonces todo empezó a arder.

La sensación se abatió sobre Amy como un puñetazo en el estómago. Se dobló sobre sí misma, se le cayó la pala y se desplomó en la tierra a cuatro patas.

—Amy, ¿se encuentra bien?

Carter estaba arrodillado a su lado. Ella trató de responder pero no pudo; el aliento se le había anudado en el pecho.

—¿Le duele algo? Dígame qué le pasa.

En ese mismo instante, el desconcertante tufo del humo despertó a Caleb Jaxon. Había pasado la noche sentado en una silla junto a la puerta, con la pistola de George sobre la mesa y la escopeta tendida sobre el regazo. Lo primero que pensó fue que su propia casa estaba ardiendo. Se incorporó de golpe, azotado por el pánico. Pero no, el salón estaba en orden; el olor procedía de alguna otra parte. Agarró la pistola y salió. Al este, al otro lado de la sierra, el resplandor del fuego iluminaba el cielo.

—Por favor, señorita Amy —decía Carter—. Me está asustando.

Ella temblaba; no podía hablar. Tal era el dolor que la embargaba, tal el terror. Tantos al mismo tiempo. El aliento encontró la vía de escape; el aire fluyó por sus pulmones.

—Acaba de empezar.

VI

HORA CERO

El fuego que parece extinto
a menudo acecha bajo las cenizas.

PIERRE CORNEILLE,
RODOGUNE

49

Apenas amaneció, Caleb dio una sacudida a Pim por el hombro.

—*A los Tatum les ha pasado algo.*

Ella se incorporó, despabilada al instante.

—*¿Qué?*

Caleb abrió los dedos de ambas manos y los movió con un gesto rotatorio ante sí. *Fuego.*

Pim apartó el edredón a un lado.

—*Te acompaño.*

—*Quédate. Yo echaré un vistazo.*

—*Es mi amiga.*

Pim se refería a Dory, claro.

—*Vale* —accedió él con un signo.

Los niños seguían dormidos. Mientras Pim se vestía, Caleb despertó a Kate para contarle lo que estaba pasando.

—¿Qué crees que significa? —Su voz sonaba adormilada pero tenía la mirada despejada.

—No lo sé. —Se extrajo el revólver de la cintura y se lo tendió—. Tenlo a mano.

—¿Alguna idea de a qué se supone que voy a disparar?

—Si lo supiera, te lo diría. Quedaos dentro; no tardaremos.

Caleb se reunió con Pim en el patio. Ella oteaba la sierra con las manos en las caderas. Una gruesa columna de humo blanco, del color de una nube estival, se arremolinaba a lo lejos. El color significaba que el fuego se había apagado.

—*¿Jeb?* —preguntó ella por signos.

El caballo yacía allí donde había caído. En la otra punta del cercado, Handsome guardaba las distancias.

—*Murió ayer por la noche.*

Pim lo miró con severidad.

—*¿Cómo?*

—*Cólico, quizás. No quería que te disgustaras.*

—*Soy tu esposa.* —Expresó las palabras con gestos bruscos y airados—. *Te he visto darle un arma a Kate. Dime qué está pasando.*

Caleb no conocía la respuesta.

De la granja tan sólo quedaban un montón de ascuas y vigas carbonizadas. El calor había sido tan intenso que el cristal de las ventanas se había derretido. Pasarían varias horas, puede que un día entero, antes de que Caleb pudiera buscar cadáveres, aunque dudaba que quedara nada más que huesos y dientes.

—*¿Crees que habrán podido escapar?* —preguntó Pim.

Caleb se limitó a negar con la cabeza. ¿Cómo había sucedido? ¿Un ascua de la cocina de leña? ¿Una lámpara caída? Cualquier cosa. El caso era que habían muerto.

Advirtió algo más. El cercado estaba vacío. La cancela se encontraba abierta y la tierra parecía revuelta, como si algo hubiera matado a los caballos y se hubiera llevado los cuerpos. ¿Cómo debía interpretarlo?

—*Echemos un vistazo al granero* —sugirió por signos.

Caleb fue el primero en entrar. Sus ojos tardaron un momento en acostumbrarse a la oscuridad. Al fondo, sumido en sombras, había un bulto en el suelo.

Era Dory. Yacía en posición fetal. Se le había quemado el pelo y había perdido las cejas y las pestañas, el rostro hinchado y renegrido. Su camisón estaba calcinado por algunas zonas, en otras pegado a la carne. Tenía el brazo derecho y las dos piernas carbonizados. El resto de su piel era un mar de ampollas, como si hubiera hervido desde dentro.

Caleb se arrodilló a su lado.

—Dory, somos Caleb y Pim.

El ojo derecho de la mujer mostró una rendija mínima; el otro parecía soldado. Su mirada rozó a Caleb. De su garganta surgió un sonido, mitad gemido y mitad borboteo. Caleb no podía ni imaginar la agonía que estaba experimentando. Sintió ganas de vomitar.

Pim acudió con un cubo y un cazo. Se arrodilló junto a Dory, sujetó la cabeza de la mujer para levantarla una pizca y le acercó el cazo a los labios. Dory se las arregló para tomar un sorbo pero derramó el resto.

—*Tenemos que llevarla a casa* —indicó Pim—. *Kate sabrá qué hacer.*

Era un milagro que la mujer siguiera con vida; sin duda no sobreviviría mucho más rato. Pese a todo, tenían que intentarlo. Había una carretilla apoyada contra la pared. Caleb la acercó, tomó un par de almohadillas para las sillas de montar del arcón de los aperos y las extendió en el fondo.

—*Levántale las piernas.*

Caleb se colocó detrás de Dory y le pasó los brazos por debajo de los hombros. La mujer empezó a chillar y a retorcer la cintura. Transcurridos los cinco segundos más largos de su vida, consiguieron trasladarla a la carretilla. Un tejido viscoso se pegó a los brazos desnudos de Caleb: trozos de la piel de Dory.

Los gritos de la mujer amainaron. Respiraba con jadeos rápidos, superficiales. El viaje sería un infierno para ella; cada salto y traqueteo le supondría un nuevo instante de tortura. Dory no era una mujer menuda. Mantenerla en equilibrio sobre la carretilla iba a requerir todas las fuerzas de Caleb.

—*Haz sitio* —indicó Pim.

Caleb negó rotundamente con la cabeza.

—*El bebé.*

—*Si me canso, pararé.*

Caleb no quería, pero Pim estaba decidida. Empujaron a Dory a través de la puerta. Cuando la luz del sol cayó sobre ella, todo su cuerpo se encogió, lo que provocó que la carretilla se inclinara peligrosamente a un lado.

—*Son sus ojos* —señaló Pim—. *Se le habrán quemado.*

Volvió al granero y regresó con un paño húmedo. Lo hundió en el cubo y tapó con él la parte superior de la cara de la mujer. El cuerpo de ésta se relajó.

—*Vamos* —indicó Pim.

Tardaron casi una hora en regresar a casa cargados con Dory, que para entonces se había sumido en una piadosa inconsciencia. Kate salió corriendo a recibirlos. Al ver a Dory, se volvió hacia la puerta, donde Elle y Trasto aguardaban expectantes, curiosas ante el revuelo. Theo se asomaba entre las piernas de Trasto como un cachorro.

—Entrad en casa —ordenó Kate—. Y llevaos a vuestro primo.

—¡Déjanos mirar! —protestó Elle.

—Ahora.

Desaparecieron por la puerta. Kate se acuclilló junto a Dory.

—Señor.

—La hemos encontrado en el granero —explicó Caleb.

—¿Y su marido?

—No lo hemos visto por ninguna parte.

Kate miró a Pim.

—*Las niñas no deberían ver esto.*

La otra asintió.

—*Las llevaré al jardín trasero.*

—Necesitaremos una lona o una manta fuerte —le dijo Kate a Caleb—. Podemos instalarla en la habitación trasera, lejos de los niños.

—¿Sobrevivirá?

—Está hecha cisco, Caleb. Yo no puedo hacer gran cosa.

Caleb fue a buscar una de las gruesas mantas de lana que usaba para los caballos. La extendieron en el suelo, al lado de la carretilla, levantaron a Dory y la depositaron sobre la manta. A continuación ataron las esquinas y pasaron un listón de madera por ambos extremos para improvisar una hamaca. Cuando la levantaron, Dory emitió un sonido gutural que sonó como un grito estrangulado. Caleb se estremeció; apenas si podía seguir escuchando aquello. El hecho de que Dory siguiera viva se le antojaba una crueldad de proporciones incalculables. La llevaron al interior de la casa, al cuartito trasero que habían destinado a las niñas, y la dejaron sobre el catre. Caleb clavó una almohadilla de montar a la minúscula ventana a guisa de persiana.

—Tengo que quitarle el camisón. —Kate miró a Caleb con gravedad—. Esto va a ser… desagradable.

El hombre tragó saliva. Apenas se avenía a mirar a la mujer, su carne tumefacta y carbonizada.

—Estas cosas no se me dan bien —reconoció.

—Ni a ti ni a nadie, Caleb.

El hombre comprendió algo más. Había esperado demasiado tiempo; ahora estaban atrapados, aguardando la muerte de la mujer. Con un solo caballo no podían usar la calesa para llevar a Dory a Mystic. Y Pim jamás accedería a dejarla.

—Necesito paños limpios, un frasco de alcohol y tijeras —ordenó Kate—. Hierve las tijeras y no las toques después, limítate a dejarlas sobre un paño. Luego ve a quedarte con los niños. Pim me puede ayudar. Tendrás que mantenerlos un rato fuera de casa.

Caleb no se sintió insultado, únicamente agradecido. Fue a buscar las cosas que Kate le había pedido, se las llevó al cuartito e intercambió el puesto con Pim. En el jardín de plantas aromáticas, las niñas jugaban con sus muñecas y les construían camas con hojas y palos mientras Theo gateaba de acá para allá.

—Venga, niños, vamos a dar un paseo al río.

Se cargó a Theo en la cadera y tomó a Elle de la mano. Ella, a su vez, tomó la de su hermana para formar una cadena tal como les habían enseñado. Habían recorrido la mitad del camino cuando un grito hendió el aire. El sonido atravesó a Caleb como una daga.

Lucius, acaba de empezar. Te necesito.

Greer llevaba viajando desde el alba.

«Prepara el barco», le había dicho a Lore. El pueblo de Rosenberg seguía sumido en la oscuridad cuando lo dejó atrás. Se desvió al noroeste y entró en la autopista 10 en el instante en que el sol asomaba tras él.

Llegaría a Kerrville hacia las cuatro, las cinco a lo sumo. ¿Qué sucedería cuando cayera la noche?

Amy, ya voy.

50

Michael recuperó la consciencia en la oscuridad. Tendido en su camastro, se tocó la herida de la cabeza. La sangre seca le apelmazaba el cabello; tenía suerte de que no le hubieran partido el cráneo. Pero comprendía que un delincuente armado en casa del presidente merecía cuando menos un buen golpe en la cocotera. No era la manera ideal de agenciarse una buena noche de sueño pero, visto lo visto, tampoco le venía nada mal.

Durmió un rato más; cuando despertó, una luz tenue se colaba por la ventana. Un tintineo. Al momento, una pareja de agentes de seguridad entró en la habitación. Uno portaba una bandeja. Mientras el otro montaba guardia, el primero depositó la bandeja en el suelo.

—Os lo agradezco mucho, chicos.

Los dos agentes se marcharon. Debían de haberles ordenado que no hablaran con él. Michael colocó la bandeja encima de la cama. Un tazón de gachas de avena, huevos revueltos, un melocotón; la mejor comida que había disfrutado en varios días. Sólo había una cuchara —tenedor no, claro—, así que la usó para dar cuenta de los huevos y de las gachas. Dejó el melocotón para el final. El jugo le resbaló por la barbilla. ¡Fruta fresca! Había olvidado el sabor.

Transcurrió otro ratito. Por fin oyó pasos y voces en el pasillo. Peter, seguramente, acompañado de alguien más. ¿Apgar? Antes o después la conversación tendría que incluir a más interlocutores.

Sin embargo, no era Peter.

Sara lo contempló desde el umbral. Había cambiado menos de lo que era de esperar. Estaba más vieja, claro que sí, pero había envejecido con encanto, como lo hacen algunas mujeres, las que no se resisten, las que aceptan el paso del tiempo.

—No creo lo que ven mis ojos.

—Hola, Sara.

Michael se sentó en el catre mientras entraba su hermana. Llevaba consigo una pequeña bolsa de cuero. Un guardia armado con porra se plantó tras ella.

—Maldita sea, Michael. —La mujer no llegó a acercarse a él.

—Ya lo sé.

Un comentario absurdo. ¿Qué significaba? ¿Ya sé que te he hecho daño? ¿Ya sé lo que parece? ¿Ya sé que soy el peor hermano del mundo?

—Estoy tan… enfadada contigo.

—Estás en tu derecho.

Ella enarcó las cejas.

—¿No vas a decir nada más?

—¿Qué te parece «lo siento»?

—¿Me tomas el pelo? ¿Lo sientes?

—Tienes buen aspecto, Sara. Te he echado de menos.

—Ni lo intentes. Y tú tienes una pinta horrible.

—Ah, pues me pillas en un día bueno.

—Michael, ¿qué haces aquí? Pensaba que nunca volvería a verte.

Él escudriñó el rostro de su hermana. ¿Lo sabía?

—¿Qué te ha contado Peter?

—Sólo que te habían arrestado y que tenías un corte en la cabeza. —Levantó la bolsa una pizca—. He venido a darte puntos.

—Entonces no te ha dicho nada más.

Ella adoptó una expresión de incredulidad.

—¿Como qué, Michael? ¿Que es muy probable que te ahorquen? No ha hecho falta.

—No te preocupes. No van a ahorcar a nadie.

—Veintiún años, Michael. —Apretaba el puño de la mano derecha, la que no sostenía la bolsa, como si quisiera atizarle—. Veintiún años sin recibir un solo mensaje, una carta, nada. Ayúdame a entenderlo.

—No te lo puedo explicar ahora mismo. Pero te aseguro que tenía motivos.

—¿Sabes lo que tuve que hacer? ¿Lo sabes? Hace diez años dije: «Ya está, nunca va a volver. Para el caso, podría estar muerto». Te enterré, Michael. Te metí bajo tierra y me olvidé de ti.

—He hecho cosas horribles, Sara.

Por fin aparecieron las lágrimas.

—Yo me ocupé de ti. Te crie. ¿Alguna vez has pensado en eso?

Michael se puso de pie. Sara dejó la bolsa en el suelo, levantó los puños y empezó a golpearle el pecho. Ahora lloraba a lágrima viva.

—Cerdo —lo insultó.

Él la abrazó con fuerza. Sara se debatió al principio, hasta que por fin se dejó envolver por los brazos de su hermano. El guardia los observaba con cautela; Michael le lanzó una mirada: *no te acerques*.

—¿Cómo has podido hacerme esto? —sollozó.

—Nunca he querido hacerte daño, Sara.

—Me abandonaste, igual que ellos. Tú no eres mejor.

—Ya lo sé.

—Maldito sea, Michael, maldito seas.

Él siguió abrazándola del mismo modo durante un buen rato.

—Menuda historia.

La mañana estaba avanzada. Peter había ordenado su oficina. Apgar y él estaban sentados a la mesa de reuniones, esperando a Chase. Qué jubilación más corta, pensó Peter.

—Lo sé —respondió.

—¿Y le crees?

—¿Tú?

—Tú le conoces.

—De eso hace veinte años.

Chase asomó por la puerta.

—Peter, ¿qué pasa? ¿Dónde está todo el mundo? Esto está desierto.

Iba vestido con vaqueros, una camisa de franela y las botazas del ganadero en el que planeaba convertirse.

—Siéntate, Ford —pidió Peter.

—¿Vamos a tardar mucho? Olivia me está esperando. Tenemos una cita en el banco.

Peter se preguntó cuántas de esas conversaciones iba a tener que mantener. Se sentía igual que si arrastrara a la gente al borde de un precipicio, les mostrara las vistas y luego los empujara.

—Me temo que sí —respondió.

Alicia vio el primer montículo en las afueras de Fredericksburg; tres túmulos de tierra, cada uno del tamaño de un hombre, que sobresalían a la sombra de un nogal. Siguió cabalgando hasta llegar a la primera granja. Desmontó en un jardín rebosante de basura. Ni el menor sonido de vida se dejaba oír desde la casa. Entró. Muebles volcados, objetos tirados, una escopeta en el suelo, camas deshechas. Los habitantes habían sido contagiados mientras dormían; ahora descansaban en la tierra, debajo del nogal.

Dio de beber a Soldado en el abrevadero y prosiguió el camino. Las rocosas cuestas se elevaban y descendían. Pronto vio más casas; algunas al discreto abrigo de los pliegues de la tierra, otras expuestas en las llanuras, rodeadas de campos conquistados con sudor, la tierra recién labrada. No le hacía falta acercarse a mirar; la quietud informó a Alicia de cuanto necesitaba saber. El cielo se cernía sobre ella con lo que parecía un cansancio infinito. Alicia ya se esperaba que sucediera de ese modo, de fuera hacia dentro. Las granjas más aisladas en primer lugar, luego cada vez más, un ejército que veía crecer sus filas al avanzar como una metástasis hacia la ciudad.

El pueblo estaba abandonado. Alicia cabalgó por la polvorienta calle mayor, junto a las pequeñas tiendas y casas, algunas nuevas, otras recuperadas del pasado. Pocos días atrás, la gente vivía su vida en esas mismas

calles: criaba a sus hijos, llevaba negocios, charlaba de sus cosas, se embo-
rrachaba, hacía trampas a las cartas, discutía, se peleaba a puñetazos, hacía
el amor, se sentaba en el porche a saludar a sus vecinos cuando pasaban.
¿Habían llegado a comprender lo que estaba pasando? ¿Lo fueron dedu-
ciendo poco a poco (primero un desaparecido, un incidente extraño al que
nadie prestó demasiada atención, luego otro y otro, hasta que ataron cabos) o los virales se presentaron de sopetón, en una sola noche de horror?
En la zona sur del pueblo, Alicia llegó a un campo. Empezó a contar. Veinte túmulos. Cincuenta. Setenta y cinco.

Al llegar a cien, lo dejó.

51

Pasaron las horas. Pero Dory no murió.

Del cuarto en el que yacía la mujer surgían únicamente rumores: gemidos, murmullos, una silla desplazada. Kate o Pim saldrían pronto a buscar algún instrumento o a hervir más toallas. Caleb se sentó en el jardín
con los niños, aunque no tenía fuerzas para entretenerlos. Empezó a repa-
sar mentalmente las tareas que tenía pendientes, pero otra voz se alzó en
su cabeza para decirle que estaba perdiendo el tiempo; pronto se marcha-
rían de allí, lo que daría al traste con todas sus orgullosas esperanzas.

Kate salió y se sentó a su lado en el escalón. Los niños echaban la
siesta en la casa.

—¿Y bien? —le preguntó Caleb.

Kate entornó los ojos para protegerlos de la luz de la tarde. Llevaba
un mechón de cabello, rubio dorado, pegado a la frente; se lo apartó.

—Todavía respira.

—¿Cuánto tiempo más aguantará?

—Ya debería estar muerta. —Kate lo miró—. Si sigue viva por la mañana, deberías coger a Pim y a los niños y largarte de aquí.

—Si alguien se queda, seré yo. Tú dime lo que tengo que hacer.

—Caleb, me apañaré.

—Ya sé que te apañarás, pero he sido yo el que nos ha metido en este
embrollo.

—¿Y qué ibas a hacer? Un caballo enferma, desaparecen unas cuantas personas, una casa se quema. ¿Quién iba a imaginar que todo estuviera relacionado?

—De todas formas, no te voy a dejar aquí.

—Y yo te agradezco el gesto, de verdad. Nunca he sido una chica de campo y este sitio me pone los pelos de punta. Pero es mi trabajo, Caleb. Deja que yo lo haga y todo saldrá bien.

Siguieron allí sentados un ratito más sin decir nada. Por fin, Caleb habló.

—Me vendría bien que me ayudaras con una cosa.

El cuerpo de Jeb estaba hinchado y rígido a causa del calor. Le ataron las patas traseras, lo engancharon a Handsome mediante el arnés del arado e iniciaron el lento proceso de arrastrar el caballo muerto a la otra punta del prado. Cuando Caleb juzgó que se encontraban lo bastante alejados de la casa, llevaron a Handsome de vuelta al refugio y tomaron una lata de gasolina. Caleb recogió un poco de hojarasca del bosque y la dejó caer sobre el cuerpo hasta crear una pira; lo roció todo con queroseno, volvió a cerrar la lata y retrocedió.

Kate preguntó:

—¿Por qué le pusiste Jeb?

Caleb se encogió de hombros.

—Ya se llamaba así.

No quedaba nada por decir. Caleb prendió una cerilla y la echó a las hojas. Con un fuerte zumbido, las llamas se apoderaron del montón. No soplaba aire; el espeso humo se alzó directo hacia el cielo, poblado de chispas crepitantes. Durante un rato les llegó el olor de las algarrobas, que luego se convirtió en otra cosa.

—Ya está, supongo —dijo Caleb.

Se encaminaron de vuelta a la casa. Cuando se acercaban, Pim se asomó por la puerta principal con los ojos como platos.

—*Pasa algo raro* —dijo por señas.

El cuarto estaba fresco, en penumbra. Únicamente el rostro de Dory permanecía expuesto; le habían cubierto el resto del cuerpo con toallas húmedas, esterilizadas.

—Señora Tatum —dijo Kate—. ¿Me oye? ¿Sabe dónde está?

La mujer miraba fijamente al techo, ajena a la presencia de Caleb y las otras dos. Se había producido un sorprendente cambio en su anatomía. Sorprendente, pero también inquietante. La virulencia de las heridas de su rostro se había suavizado. Su tez había adquirido un tono rosado, casi tierno; por algunas zonas, la piel aparecía blanca como talco. Dory se desplazó una pizca en la cama, dejando a la vista la mano y el antebrazo izquierdo. Antes eran poco más que una garra de carne frita. Ahora una mano inconfundiblemente humana reemplazaba el muñón. Las ampollas habían desaparecido, las zonas carbonizadas se habían desprendido para revelar debajo una piel nueva y sonrosada.

Kate alzó la vista hacia Pim.

—*¿Cuánto rato lleva despierta?*

—*Ha estado inconsciente todo el tiempo. Acaba de abrir los ojos.*

—Señora Tatum —repitió Kate, ahora en un tono más autoritario—. Soy médico. Su casa se ha incendiado mientras usted estaba dentro. Se encuentra en la granja de los Jaxon; Caleb y Pim están conmigo. ¿Recuerda lo que ha pasado?

La mirada de la mujer, tras errar desordenadamente por el cuarto, se posó por fin en el rostro de Kate.

—¿Fuego? —musitó.

—Eso es, su casa se ha incendiado.

—Pregúntale si sabe cómo empezó —sugirió Caleb.

—Fuego —repitió Dory—. Fuego.

—Sí, ¿qué recuerda del incendio?

Pim avanzó un paso y se arrodilló junto a la cama. Con cuidado, tomó la mano libre de Dory y posó la punta del dedo índice en su palma, donde procedió a dibujar letras.

—Pim —dijo Dory.

Pero eso fue todo. La luz de sus ojos se apagó. Volvió a cerrarlos.

—Caleb, voy a examinarla —dijo Kate. A continuación, a Pim—: *Échame una mano.*

Caleb esperó en la cocina. Los niños, gracias a Dios, seguían durmiendo. Pasaron unos minutos antes de que las dos mujeres regresaran.

Kate señaló la puerta. *Salgamos a hablar.*

La luz empezaba a teñirse de ocaso.

—¿Qué le está pasando? —preguntó Caleb, al mismo tiempo que formulaba la pregunta por signos.

—Está mejor, eso es lo que pasa.

—¿Cómo se explica?

—Si lo supiera, vendería la fórmula. Las quemaduras siguen siendo graves; aún no está fuera de peligro. Pero jamás había visto a nadie curarse tan rápidamente. La conmoción por sí sola debería haber bastado para matarla.

—¿Y qué opinas de que haya recuperado la consciencia?

—Es una buena señal. Y que haya reconocido a Pim. No creo que se haya enterado de nada más. Tal vez nunca lo haga.

—¿Quieres decir que se quedará en ese estado?

—Lo he visto otras veces. —Kate se dirigió directamente a su hermana—. *Deberías quedarte con ella. Si vuelve a despertar, intenta que hable.*

—*¿De qué?*

—*De cosas sin importancia. De momento procura que no piense en el fuego.*

Pim volvió a entrar en la casa.

—Eso cambia las cosas —opinó Caleb.

—Estoy de acuerdo. Tal vez podamos moverla antes de lo que pensaba. ¿Crees que podrías encontrar un vehículo en Mystic?

Caleb le habló de la camioneta que había visto en el jardín de Elacqua. Kate lo escuchó sorprendida.

—¿Brian Elacqua?

—El mismo.

—Maldito borrachuzo. Me preguntaba qué habría sido de él.

—Eso mismo pensé yo al conocerle.

—A pesar de todo, estoy segura de que nos ayudará.

Caleb asintió.

—Cabalgaré hasta allí por la mañana.

Sara esperaba en el porche con las maletas cuando Hollis apareció montado a una yegua de aspecto compungido. Lo acompañaba un hombre que Sara no conocía, a lomos de un segundo caballo, un jamelgo castrado de color negro con el lomo tan combado como una hamaca y viejos ojos llorosos.

—¿Qué ven mis ojos? —se burló Sara—. Vaya, dos de los peores caballos que he contemplado en toda mi vida.

Los dos hombres desmontaron. El compañero de Hollis era un tipo achaparrado, vestido con un peto sin camisa. Tenía el pelo largo y blanco y cierto aire artero en el rostro. Hollis y el desconocido intercambiaron unas palabras y se estrecharon la mano. Acto seguido el hombre se alejó.

—¿Quién es tu amigo? —preguntó Sara.

Hollis estaba atando los caballos a la barandilla del porche.

—Sólo es un conocido de los viejos tiempos.

—Querido, creía que habíamos hablado de una camioneta.

—Ya, bueno. Resulta que una camioneta cuesta dinero. Además, es imposible encontrar gasolina. Mirándolo por el lado bueno, Dominic nos ha regalado las monturas, así que, en teoría, no estamos arruinados al cien por cien.

—Dominic. Tu amigo el descamisado.

—Me debía un favor.

—¿Quiero saber cuál?

—Será mejor que no.

Regresaron a la casa, aligeraron el equipaje, cargaron el resto en las alforjas y las colgaron de los caballos. Hollis montó la yegua, Sara el animal castrado. Se había quedado con el mejor de los dos, aunque no demasiado. Hacía años que no montaba, pero su cuerpo reaccionó automáticamente, como si llevara el recuerdo grabado en la memoria corporal. Inclinándose sobre la silla, propinó unas palmadas al cuello del animal.

—No eres tan viejales, ¿eh? A lo mejor he sido demasiado dura contigo.

Hollis alzó la vista.

—Perdona, ¿me hablabas a mí?

—Venga ya —sonrió Sara.

Cruzaron la verja y descendieron la cuesta. Algún que otro campesino trabajaba en los campos bajo el sol vespertino. Algún que otro banderín pendía deslucido de su asta, marcando la ubicación de un refugio subterráneo. Las torres de vigilancia, con sus cuernos de aviso y las plataformas para los tiradores, asomaban al fondo del valle, abandonadas desde hacía años.

Al final de la Zona Naranja, la carretera se bifurcaba; al oeste hacia las provincias del río y al este hacia Comfort y la vieja ruta del petróleo. Hollis detuvo a su montura y tomó la cantimplora que llevaba colgando del cinturón. Bebió y se la pasó a Sara.

—¿Qué tal se está portando el vejestorio?

—Como un perfecto caballero. —Sara se enjugó la boca con el dorso de la mano y señaló al este con la cantimplora—. Parece que alguien lleva prisa.

Hollis lo vio también: el polvoriento penacho de un vehículo que se dirigía a la ciudad a toda mecha.

—Podríamos preguntarle si nos lo cambia por los caballos —bromeó Hollis.

Sara lo examinó un momento, recorriéndolo de arriba abajo con la mirada.

—Tengo que reconocer que estás muy guapo ahí arriba. Me vienen a la mente los viejos tiempos.

Echado hacia delante, Hollis apoyaba el peso con ambas manos en el pomo de la silla.

—Me gustaba verte montar, ¿sabes? Si me tocaba guardia, a veces esperaba en la Muralla hasta que volvías con el rebaño.

—¿En serio? No lo sabía.

—Era un poco voyerista, lo reconozco.

Una súbita alegría invadió a Sara. Una sonrisa iluminó su rostro, la primera en muchos días.

—Bueno, qué le ibas a hacer.

—No era el único. A veces congregabas a toda una multitud.

—Pues tuviste suerte de que te escogiera a ti. —Cerró la cantimplora y se la devolvió—. Ahora vamos a ver a nuestras niñas.

52

—Eh, buenas tardes a todos.

Dos guardias atendían la entrada de la prisión militar; uno sentado a su escritorio, otro, mucho más viejo, plantado detrás del mostrador. Greer reconoció al segundo de inmediato; hacía años, el hombre había sido uno de sus celadores. ¿Winthrop? No, Winfield. Era un chiquillo en aquel entonces. Cuando las miradas de ambos se encontraron, Lucius vio cómo una serie de rápidas conjeturas desfilaban por los ojos del hombre.

—Maldita sea —dijo Winfield.

Se llevó la mano al costado, pero el movimiento fue torpe y asustado, cosa que proporcionó a Greer tiempo de sobra para sacar la escopeta que llevaba debajo del abrigo y apuntar al pecho del hombre. Con un sonoro chasquido, amartilló el arma e hizo chasquear la lengua con sorna.

Winfield se quedó helado. Sentado detrás del escritorio, el más joven lo observaba todo con unos ojos como platos. Greer proyectó el arma hacia él.

—Tú, el arma al suelo. Tú también, Winfield. Deprisa esta vez.

Los dos hombres obedecieron.

—¿Quién es? —preguntó el joven.

—Cuánto tiempo, Sesenta y dos —dijo Winfield, usando el viejo número de recluso de Greer. Más que enfadado, en realidad parecía divertido, como si acabara de toparse con un viejo amigo de dudosa reputación haciendo honor a su fama—. He oído que has estado entretenido. ¿Cómo está Dunk?

—Michael Fisher —lo cortó Greer—. ¿Está aquí?

—Sí, ya lo creo que está aquí.

—¿Hay más guardias en el edificio? Si nadie hace tonterías, no habrá nada que lamentar.

—¿Hablas en serio? Me importa un pimiento lo que hagas. Ramsey, lánzame las llaves.

Winfield abrió la puerta que daba a los módulos. Greer siguió a los dos hombres a unos pasos de distancia, sin dejar de apuntarles a la espalda con el arma. Michael, tumbado en su catre, se incorporó sobre los codos cuando se abrió la puerta de la celda.

—Qué sorpresa —comentó.

Greer ordenó a Winfield y al otro guardia que entraran en la celda. A continuación miró a Michael.

—¿Vamos?

—¡Me alegro de verte, Sesenta y dos! —le gritó Winfield—. No has cambiado ni una pizca, cabrón.

Greer cerró la puerta, corrió el cerrojo y se guardó la llave en el bolsillo.

—Cierra el pico —le ladró a través de la ranura—. No quiero tener que volver a entrar. —Se volvió hacia Michael—. ¿Qué te ha pasado en la cabeza? Eso debe de doler.

—No me tomes por un desagradecido, pero tengo la impresión de que tu visita no es una buena noticia.

—Hemos pasado al plan B.

—No sabía que lo tuviéramos.

Greer le tendió la pistola de Winfield. Te lo explicaré por el camino.

Peter, Apgar y Chase estaban mirando el manifiesto de Michael cuando oyeron unos gritos procedentes del vestíbulo.

—¡Bajad eso! ¡Bajad eso!

Un golpe; un disparo.

Peter buscó en su escritorio la pistola que guardaba allí.

—Gunnar, ¿alguna arma?

—Nada.

—¿Ford?

El hombre negó con la cabeza.

—Escóndete detrás de mi escritorio.

La manija de la puerta se movió. Peter y Apgar se pegaron a la pared, cada uno a un lado de la puerta. La madera tembló; alguien la estaba pateando.

La puerta cedió con un chasquido.

Cuando el primer hombre entró, Apgar lo derribó y le arrancó la escopeta. Apresándolo con las rodillas y sujetándole el cuello con una mano, alzó la otra para golpearlo. Se detuvo en seco.

—¿Greer?

—Hola, general.

—Michael —exclamó Peter al tiempo que bajaba el arma—. ¿Qué demonios?

Tres soldados irrumpieron en el despacho con los fusiles por delante.

—¡No disparéis! —gritó Peter.

Con palpable desconcierto, los soldados obedecieron la orden.

—¿Qué ha sido ese tiroteo, Michael?

El hombre desdeñó el asunto con un gesto de la mano.

—Ah, han fallado. Estamos bien.

Peter temblaba de rabia.

—Vosotros tres —les dijo a los soldados—, largaos.

Mientras éstos se marchaban, Apgar soltó a Greer. Chase, mientras tanto, había salido de detrás del escritorio de Peter.

Michael señaló a Chase con un gesto vago.

—¿Todo bien?

—¿En qué sentido?

—Quiero decir, ¿lo sabe?

—Sí —respondió Chase, lacónico—. Lo sé.

Peter seguía furioso.

—¿En qué estabais pensando, vosotros dos?

—Dadas las circunstancias, hemos creído preferible ir al grano —contestó Greer—. Tenemos un vehículo esperando fuera. Necesitamos que nos acompañes, Peter, y debemos partir ahora mismo.

A Peter se le agotó la paciencia.

—No voy a ninguna parte. O te explicas o yo mismo te encerraré en una celda y tiraré la llave.

—Me temo que la situación ha cambiado.

—¿Entonces no hay virales que valgan? ¿Esto es una broma o qué?

—Todo lo contrario, me temo —declaró Greer—. Ya están aquí.

53

Amy echaría de menos la casa.

Habían decidido olvidarse de las tareas pendientes. No tenía sentido terminarlas ahora. *A veces* —le dijo Carter— *hay que dejar que un jardín se atienda a sí mismo.*

Amy se encontraba mal, casi febril. ¿Podría controlarlo? ¿Podría matarlo? ¿Y qué pasaba con el agua?

Tiene que hacerlo igual que lo hizo Cero —había insistido Carter—. *No hay otro modo de volver a ser como era.*

Las niñas estaban en casa, viendo una película. Amy la recordaba de su propia niñez: *El mago de Oz*. La película la había aterrado —el tornado, el campo de amapolas, la bruja mala con su horrible piel verde y el batallón de monos voladores con sombreritos de botones— pero también le había encantado. La había visto en el motel donde ella y su madre vivían. Su madre se solía poner la minifalda y la camiseta ajustada para salir a la autopista, y antes de marcharse sentaba a Amy delante del televisor con algo de comer, un bocadillo grasiento metido en una bolsa, y le decía: *Quédate aquí sentada. Mamá volverá enseguida. No le abras la puerta a nadie.* Amy atisbaba el sentimiento de culpa en los ojos de su madre —sabía que las madres no dejan solos a sus hijos cuando son pequeños— y compartía su dolor, porque la quería y la mujer parecía tan contrita y triste todo el tiempo, como si la vida no fuera sino una decepción tras otra a las que no podía poner fin. En ocasiones su madre apenas se levantaba de la cama en todo el día, y luego caía la noche y aparecían la falda, la camiseta y la televisión, y dejaba sola a Amy otra vez.

La noche de *El mago de Oz* fue la última que pasaron en el motel, o eso recordaba Amy. Estuvo un rato mirando dibujos animados y, cuando éstos terminaron, un concurso, y luego cambió de canal un rato hasta que la película captó su atención. Los colores eran raros, singularmente vívidos. Eso fue lo primero que advirtió. Tendida en la cama, que olía a su madre —una mezcla de sudor, perfume y a algo exclusivamente suyo—, Amy se dispuso a mirarla. La película estaba empezada. Iba por la escena en la que Dorothy, tras rescatar a su perro de las garras de la malvada señorita Gulch, huía de la tormenta. El tornado se la llevó y fue a parar al país de los Munchkins, que cantaban sobre la vida tan feliz que llevaban. Pero, claro, el problema de los pies estaba ahí; los pies de la Bruja Mala del Este, que sobresalían por debajo de la casa de Dorothy, llevada allí por un tornado.

Siguió mirando a partir de ahí, embelesada. Comprendía perfectamente el deseo de Dorothy de volver a casa. Éste constituía el tema central de la historia y para Amy tenía muchísimo sentido. Ella misma llevaba mucho tiempo lejos de su casa, tanto que apenas la recordaba, aparte de alguna que otra imagen vaga del interior. Hacia el final del filme, Dorothy entrechocaba los talones y despertaba en el seno de su familia. Amy decidió intentarlo. No tenía zapatillas de rubí, pero su madre poseía unas botas muy altas con tacones de aguja. Amy se las puso. Le cubrían las delgadas piernecitas de niña casi por completo; los tacones eran muy altos y apenas si podía caminar. Dio unos tentativos pasos por la habitación para acostumbrarse a ellos y, cuando se sintió más cómoda, cerró los ojos y entrechocó los talones, tres veces. *En ninguna parte como en casa, en ninguna parte como en casa, en ninguna parte como en casa.*

Tan convencida estaba de los poderes mágicos del gesto que, cuando abrió los ojos, se quedó de piedra al descubrir que no había funcionado. Seguía en el motel, con su mugrienta moqueta y sus tristes muebles fijos. Se arrancó las botas, las arrojó a la otra punta de la habitación y, echándose de bruces en la cama, estalló en sollozos. Debió de quedarse dormida, porque cuando abrió los ojos vio el rostro asustado de su madre que la miraba desde arriba. Sacudía a Amy con fuerza por el hombro. Llevaba la camiseta manchada y rota. *Venga, cielo* —decía—. *Despierta, nena. Tenemos que irnos ahora mismo.*

Carter estaba retirando la hojarasca de la piscina. Las primeras hojas secas habían empezado a caer.

—Pensaba que nos habíamos tomado el día libre —dijo Amy.

—Y así es. Sólo quería quitar las hojas. Me molesta verlas ahí.

Amy estaba sentada en el patio. Dentro, las niñas habían llegado a la escena de la película en la que Dorothy y sus compañeros entran en la Ciudad Esmeralda.

—Deberían bajar el volumen —observó Carter. Arrastraba la red por los bordes de la piscina con el fin de atrapar la pinaza—. Esas niñas se van a quedar sordas.

Sí, añoraría esa casa. La languidez del ambiente, la sensación de frescor que proporcionaba el follaje. Las pequeñas tareas que ocupaban los días de espera. Carter dejó el recogedor de hojas en el borde de la piscina y se sentó frente a ella. Se quedaron un rato escuchando la película. Cuando la Bruja Mala se derritió, las niñas prorrumpieron en exclamaciones de alegría.

—¿Cuántas veces la han visto? —preguntó Carter.

—Unas cuantas.

—Cuando era niño la echaban en la tele la mitad del tiempo, o eso me parecía. Me ponía los pelos de punta. —Carter guardó silencio—. Aunque también me gustaba.

Llenaron el Humvee de latas de gasolina. En el compartimento de carga había cajones de plástico con el equipo que Greer había traído consigo: cuerda y aparejos, un enrollador de cables con muelle, un par de llaves inglesas, mantas, una sencilla bata de algodón.

—Me sentiría mejor si pudiéramos llevar a Sara con nosotros —opinó Peter—. Sabrá mejor que ninguno qué hacer.

Greer pasó un bidón por encima de la compuerta trasera.

—No es buena idea ahora mismo. Necesitamos reducir al mínimo el número de personas implicadas.

—Hay que informar a la gente de las provincias —le dijo Peter a Apgar—. Tienen que buscar refugio. Sótanos, habitaciones interiores, lo que tengan. Por la mañana, enviaremos vehículos para traernos a todos los que podamos.

—Yo me encargo.

Peter echó un vistazo a Chase.

—¿Ford? Tú quedas al mando.

—Entendido.

Peter se dirigió a Apgar nuevamente.

—Mi hijo y su familia…

El general no le dejó terminar.

—Me comunicaré por radio con el destacamento de Luckenbach. Enviaremos a unos cuantos hombres.

—Caleb cuenta con un refugio subterráneo en la finca.

—Informaré de ello.

Greer esperaba al volante. Michael se encargaría de la escopeta. Peter subió en la parte trasera.

—Vamos —dijo.

Eran las 18:30. El sol se pondría pasadas dos horas.

54

Sara y Hollis lo estaban pasando bien. Acababan de entrar en la zona que todo el mundo llamaba «la brecha», un trecho de carretera desierta entre los asentamientos de Ingram y Hunt. Ahora seguían el Guadalupe, que en las zonas menos profundas borboteaba agradablemente. Gruesas encinas proyectaban las copas por encima del camino. Llegaron a un tramo abierto, donde un sol bajo les bañó el rostro; luego más árboles y sombra.

—Me parece que este muchacho necesita un descanso —propuso Sara.

Desmontaron y llevaron a los caballos a la orilla del río. Al borde del agua, la yegua de Hollis hundió la cara sin pensárlo dos veces, pero el caballo no parecía tenerlas todas consigo. Sara se despojó de las botas, se arremangó los pantalones y lo acompañó a las aguas someras para que bebiera. El agua estaba deliciosamente fresca y el lecho del río, de suave caliza, ofrecía un suelo firme.

Cuando los caballos hubieron bebido a placer, Sara y Hollis los dejaron vagar un rato por ahí. Se acomodaron en un peñasco que sobresalía sobre el borde del agua. Abundaba la vegetación en la orilla: sauces, nogales, robles, algarrobos y chumberas. Los insectos vespertinos surgían del agua como ascendientes motas de luz. Corriente arriba, a unos cien metros, el río formaba una poza ancha y profunda.

—Qué paz —comentó Sara.

Hollis asintió con expresión satisfecha.

—Me parece que me podría acostumbrar a esto.

Sara estaba pensando en cierto paraje del pasado. Hacía muchos años de aquello, cuando Hollis, ella y los demás viajaban hacia el este con Amy, a Colorado. Theo y Maus ya no estaban con ellos. Se habían quedado en la granja para que Maus diera a luz a su hijo. Cruzaron la cordillera de La Sal y descendieron a un amplio valle de altas hierbas y cielos azules, donde pararon a descansar. A lo lejos asomaban los picos de las Rocosas, nevados, aunque aún no hacía frío. Sentada a la sombra de un arce, Sara experimentó un sentimiento hasta entonces desconocido; la sensación de que el mundo era bello. Porque era bello, sin duda. Los árboles, la luz, el gesto de la hierba al mecerse con la brisa, las brillantes laderas heladas. ¿Cómo era posible que nunca antes hubiera reparado en ello? Y si acaso lo había hecho, ¿por qué le había parecido distinto, más normal, menos rebosante de vida? Ya estaba enamorada de Hollis por aquel entonces y comprendió, sentada bajo el arce y rodeada de sus amigos —Michael, de hecho, se había dormido abrazado a su escopeta igual que un niño se aferraría a un peluche— que Hollis era el motivo. El amor y sólo el amor te abría los ojos.

—Será mejor que nos pongamos en marcha —dijo Hollis—. Pronto caerá la noche.

Fueron a buscar los caballos y reemprendieron el camino.

Plantado en lo alto de la muralla, el general Gunnar Apgar observó cómo las sombras se apoderaban del valle.

Echó un vistazo al reloj: 20:15. La puesta de sol estaba al caer. Los últimos vehículos que traían de vuelta a los trabajadores de los campos remontaban la cuesta trabajosamente. Todos sus hombres habían ocupado posiciones a lo largo de la muralla. Tenían armas nuevas y munición fresca, pero eran pocos; demasiado escasos como para vigilar cada centímetro de un perímetro de diez kilómetros y mucho menos para defenderlo.

Apgar no era religioso. Muchos años habían transcurrido desde que una oración saliera de sus labios. Aunque se sintió un poco tonto, decidió pronunciar una ahora. *Señor*, pensó, *si me estás escuchando, disculpa por el lenguaje, pero si no te supone demasiada molestia, por favor, haz que todo esto sea una parida como una casa.*

Unos pasos que corrían hacia él resonaron en la pasarela.

—¿Qué pasa, cabo?

El soldado se llamaba Ratcliffe; un técnico de radio. Llegaba sin aliento de un rápido ascenso por las escaleras. Doblado sobre sí mismo y con las manos apoyadas en las rodillas, tomaba grandes bocanadas de aire entre palabra y palabra.

—General, señor, hemos pasado la información tal como ordenó.

—¿Se ha puesto en comunicación con Luckenbach?

Ratcliffe asintió deprisa, sin alzar la vista del suelo.

—Sí, enviarán una patrulla. —Se interrumpió para toser—. Pero ésa es la cuestión. Han sido los únicos que han respondido.

—Respire, cabo.

—Sí, señor. Perdone, señor.

—Ahora cuénteme lo que pasa.

El soldado se irguió.

—Ya se lo he dicho. Hunt, Comfort, Boerne, Rosenberg; nadie responde. Ninguna señal, nada. Todas las estaciones excepto la de Luckenbach están apagadas.

El último autobús cruzaba el portalón. Abajo, en el patio de armas, los trabajadores descendían de los vehículos. Algunos charlaban, bromeaban y reían; otros se separaban a toda prisa del grupo y se alejaban, ansiosos por llegar a casa.

—Gracias por la información, cabo.

Apgar siguió su partida con los ojos antes de volver la vista al valle otra vez. Una cortina de oscuridad estaba cubriendo los campos. *Bueno,* pensó, *supongo que esto es el fin. Habría estado bien que durara un poco más*. Bajó las escaleras y se encaminó a la base de la puerta. Dos soldados aguardaban allí con un civil, un hombre de unos cuarenta años cubierto por un mono manchado y que empuñaba una llave inglesa del tamaño de un mazo.

El hombre escupió un trozo de algo al suelo.

—La puerta ya funciona, general. También la he engrasado. Será más silenciosa que un gato.

Apgar se dirigió a uno de los soldados:

—¿Ya han entrado todos los autobuses?

—Sí, que sepamos.

Alzó el rostro al cielo; ya habían salido las primeras estrellas, que ahora titilaban en el oscuro firmamento.

—Muy bien, caballeros —dijo—. Vamos a cerrarla.

Caleb estaba sentado en el peldaño de la entrada, observando cómo caía la noche.

Por la tarde había inspeccionado el refugio subterráneo, al que llevaba meses sin entrar. Lo había construido únicamente para complacer a su padre; en su momento le pareció una tontería. Los tornados se producían, sí, incluso habían matado a unas cuantas personas, pero ¿qué probabilidades había de toparse con uno? Caleb había limpiado la trampilla de hojas y otros restos y había descendido por la escalerilla. El interior era fresco y oscuro. Una lámpara de queroseno y latas de gasolina se alineaban a lo largo de una pared. La escotilla se sellaba por dentro mediante un par de barras de acero. Cuando Caleb, en su día, le mostró el refugio a Pim, la segunda noche que pasaron en la granja, se sintió una pizca avergonzado, por cuanto le parecía un lujo caro e innecesario, que desentonaba con el espíritu optimista de su empresa. Pero Pim se lo había tomado con filosofía. *Tu padre es muy listo* —le dijo por signos—. *Deja de justificarte. Me alegro de que te hayas tomado la molestia.*

Ahora, mirando al oeste, Caleb calculó la posición del sol. El borde inferior rozaba apenas la cumbre de la sierra. En el último instante pareció acelerar, como hacía siempre.

Descendió, descendió un poco más y desapareció.

Caleb notó un cambio en el ambiente. Tuvo la sensación de que todo se detenía a su alrededor. Sin embargo, al momento siguiente, algo captó su atención: un movimiento de hojas en la copa de un nogal, en el lindero del bosque. ¿Qué había visto? Un pájaro, no; el movimiento había sido demasiado evidente. Se levantó. Otro árbol se estremeció, luego un tercero.

Recordó una frase del pasado: *Cuando llegan, caen desde arriba.* Acababa de introducir el último cartucho en el cargador de su escopeta cuando, a su espalda, alguien gritó su nombre desde la casa.

—Espera un momento —dijo Hollis.

Había un carro del ejército volcado en la carretera; una de las ruedas traseras giraba entre chirridos.

Sara desmontó despacio.

—Puede que haya algún herido.

Hollis la siguió al camión. La cabina estaba vacía.

—Es posible que hayan salido por su propio pie —opinó Hollis.

—No, el accidente acaba de producirse. —Escudriñó la carretera antes de señalar—. Allí.

El soldado estaba tendido de espaldas. Respiraba con suma dificultad y tenía los ojos abiertos, fijos en el cielo. Sara se arrodilló a su lado.

—Soldado, míreme. ¿Puede hablar?

Actuaba como un hombre que estuviera malherido, pero no había sangre ni parecía que tuviera ningún hueso fracturado. Las mangas de su uniforme lucían las dos barras que distinguen a los cabos. Volvió la cara hacia ella y, cuando lo hizo, Sara atisbó una pequeña herida en la base de su garganta, brillante de sangre.

—Corra —resolló el soldado.

Caleb entró en la casa como un vendaval. Con Theo en brazos, Pim se mantenía apartada del cuarto donde se encontraba Dory mientras que Trasto y Elle se aferraban a sus piernas.

Kate lo llamó de nuevo:

—¡Caleb, ven, deprisa!

Expulsando baba por la boca, Dory sufría convulsiones en la cama. Con algo parecido a un estornudo los dientes le salieron disparados. Kate sostenía el revólver plantada junto a la cama.

—Dispárale —aulló Caleb.

Kate no reaccionó. Emitiendo un desagradable crujido, los dedos de Dory se alargaron y unas garras relucientes le crecieron en las yemas. El cuerpo le había empezado a brillar. La mandíbula se le desencajó y abrió la boca completamente, revelando así los puntiagudos dientes.

—¡Dispárale ahora!

Kate estaba paralizada. Cuando Caleb alzó la escopeta, Dory se levantó de un salto, se acuclilló y se precipitó sobre ellos. Los cuerpos se enmarañaron, Dory se estrelló contra Kate y ésta cayó sobre Caleb, que perdió el arma. La escopeta patinó por el suelo. Caleb correteó hacia la escopeta a cuatro patas gritándole a Pim que huyera al mismo tiempo, pero la mujer no le oía, claro que no. Cuando su mano encontró el arma, rodó sobre su cuerpo para ponerse de espaldas. Kate retrocedía hacia la pared; Dory se cernía sobre ella con las mandíbulas abiertas y los dedos extendidos, a punto de agarrarla. Caleb se levantó de un salto y sujetó la escopeta con ambas manos:

—¡Dory Tatum!

Al oír su nombre, la mujer se detuvo en seco, como si de repente hubiera recordado algo.

—¡Eres Dory Tatum, esposa de Phil! ¡Mírame!

Ella se volvió a mirarlo con un gesto que expuso la parte superior de su cuerpo. Un disparo, pensó Caleb al tiempo que apuntaba al centro de su pecho y después apretaba el gatillo.

El soldado empezó a temblar. El movimiento comenzó en sus dedos, que se doblaron hasta adquirir la forma de unas garras, como las patas de un halcón. Un gemido gutural surgió de su garganta. El temblor mudó en una convulsión que le recorrió todo el cuerpo, la columna vertebral arqueada, la baba burbujeando en sus labios. Plantada ante él, Sara retrocedía. Sabía lo que estaba viendo. Parecía imposible y, sin embargo, estaba sucediendo ante sus propios ojos. Notó un movimiento en lo alto, pero no pudo despegar los ojos del soldado, cuya transformación se estaba produciendo a velocidad de vértigo.

—¡Venga, Sara! ¡Tenemos que salir de aquí!

Uno de los caballos relinchó y pasó al galope por su lado. Recorrió quince metros carretera abajo antes de que una figura fosforescente cayera sobre él y lo derribara. Clavó las mandíbulas en el cuello del animal, se dejó oír el chasquido de la carne desgarrada.

Sara recuperó de golpe el uso de sus sentidos. Hollis tiraba de su muñeca. *¡El río!* —gritaba—. *¡Tenemos que llegar al río!* Con un fuerte tirón, la arrastró hacia los árboles. Echaron a correr. Las siluetas rebotaban en lo alto de árbol en árbol. Las ramas azotaban la cara y los brazos de Sara. ¿Dónde estaba el río, su salvación? Sara lo oía pero no era capaz de ubicarlo en la oscuridad.

—¡Salta!

Ya estaba en el aire cuando comprendió lo que acababan de hacer. Habían saltado desde lo alto de un precipicio. Cuando impactó contra la superficie del agua, una nueva oscuridad, más profunda, la envolvió. Creyó que nunca dejaría de descender, pero sus pies tocaron fondo por fin. Se dio impulso y salió disparada a la superficie.

—¡Hollis! —Giró el cuerpo en el agua, buscándolo a ciegas—. Hollis, ¿dónde estás?

—Aquí. No grites.

Ella giraba frenéticamente, tratando de ubicar la procedencia de la voz.

—No te encuentro.

—Quédate ahí.

Hollis apareció a su lado, dando brazadas.

—¿Te has hecho daño?

No lo sabía. Prestó atención a su cuerpo. No lo creía.

—¿Qué pasa? ¿De dónde han salido?

—No lo sé.

—No te separes de mí.

—Respira, Sara.

Ella hizo esfuerzos por tranquilizarse. Inspirar, espirar.

—Me parece que hay cuevas en la base del precipicio —indicó Hollis—. Vamos a nadar hasta allí. ¿Podrás llegar?

Ella asintió. El agua estaba helada; le castañeteaban los dientes.

—Quédate cerca de mí.

Con una suave brazada, Hollis se alejó flotando. Sara lo siguió. La silueta del precipicio asomó ante ella. No era tan alto como había pensado, de unos seis metros quizá, y de contorno irregular, con sólidas protuberancias de pálida piedra calcárea sobre la poza. Las aguas se tornaron someras; Sara se dio cuenta de que hacía pie. Hollis la guio a un afloramiento. Una roca de superficie plana asomaba por encima del agua. La ayudó a subir.

—Aquí podremos pasar la noche —decidió.

Temblando, Sara se recostó contra él. Hollis la rodeó con el brazo y la estrechó con fuerza. Ella pensó en sus hijas, allí fuera en la oscuridad. Enterró el rostro en el pecho de Hollis y se echó a llorar.

Dory cayó al suelo como una marioneta a la que le cortan las cuerdas. Caleb pasó por encima del cuerpo. Kate seguía pegada a la pared en postura desmayada, paralizada por el miedo y la impresión.

—Hay más ahí fuera —informó Caleb—. Tenemos que llegar al refugio.

Ella volvió la vista hacia él sin enfocar la mirada.

—Kate, reacciona.

Caleb no podía perder tiempo. La agarró de la muñeca y la empujó puerta a través. Pim seguía acurrucada con los niños junto a la chimenea. No había oído el disparo, pero sin duda lo había notado en el temblor de la estructura de la casa.

Caleb dibujó con los dedos una sola palabra:

—*Vamos.*

Dejó el rifle y tomó a Elle y a Trasto en brazos, en equilibrio sobre las caderas; Pim llevaba a Theo. Salieron al jardín por la puerta trasera, Pim delante de Caleb, Kate detrás. La oscuridad estaba cobrando vida. Las copas de los árboles oscilaban como azotadas por el viento que precede a la tormenta. Pim y Theo fueron los primeros en llegar al refugio. Caleb dejó en el suelo a las niñas para levantar la escotilla. Pim descendió por la escalerilla y alargó los brazos para recoger a Theo y luego a las pequeñas. Caleb los siguió.

En lo alto de la escalera, se detuvo. Kate se encontraba a diez metros de distancia.

—¡Kate, venga!

Ella se apartó el cuello de la camisa. La sangre le manaba de una herida en la base de la garganta. Caleb notó un vacío en el estómago; tuvo la sensación de estar flotando.

—Cierra la puerta —dijo ella.

Kate todavía llevaba el revólver en la mano. Caleb era incapaz de moverse.

—¡Caleb, por favor! —La mujer cayó de rodillas. Un temblor intenso sacudía su cuerpo mientras intentaba levantar el revólver, que apoyaba en su regazo. Alzó la cara al cielo cuando un segundo estremecimiento la recorrió—. ¡Te lo suplico! —sollozó—. ¡Si me quieres, cierra la puerta!

Caleb tenía la garganta anudada; apenas si podía respirar. Detrás de la mujer, las formas caían de los árboles. Caleb levantó la mano para agarrar la abrazadera de la trampilla.

—Lo siento —susurró.

Bajando la compuerta, sumió el refugio en tinieblas. A continuación pasó los cerrojos. Los niños lloraban. Caleb buscó el farolillo y sacó la caja de cerillas que llevaba en el bolsillo. Le temblaban las manos cuando encendió la mecha. Pim estaba acurrucada con los niños contra la pared.

Agrandó los ojos. *¿Dónde está Kate?*

Un disparo atronó en el exterior.

VII

EL DESPERTAR

*En todos los rincones de la Tierra, soplad
las trompetas, ángeles, y alzaos,
alzaos de la muerte, muchedumbre
de almas.*

JOHN DONNE, *SONETOS SACROS*

55

El traqueteo de unas ramas contra la carrocería del Humvee despertó a Peter. Se sacudió el sueño de encima y se sentó.

—¿Dónde estamos?

—En Houston —respondió Greer. Michael dormía en el asiento del copiloto—. Ya no falta mucho.

Unos minutos más tarde, Greer detuvo el vehículo. Al este, la oscuridad empezaba a suavizarse.

—Hay que darse prisa —advirtió Lucius.

Peter y Michael descargaron el equipo. Se encontraban al borde del lago; al este, rascacielos de alturas vertiginosas se recortaban contra un cielo de estrellas que se apagaban poco a poco. Greer arrastró un bote a la orilla. Michael se sentó en la proa, Peter en la popa; Greer saltó a la parte central, de espaldas al lago. El bote se hundió casi hasta la borda pero siguió a flote.

—Me preocupaba un poco el peso —confesó Greer.

Remando con ímpetu, los desplazó por el agua. Peter observó cómo el centro de la ciudad se materializaba en toda su inmensidad. El *Mariner* despuntó a lo lejos, su imponente popa muy por encima de la superficie del agua. En el interior del One Allen Center, ataron el bote, retiraron el equipo y empezaron a subir.

Desde una ventana del décimo piso saltaron a la cubierta. Faltaban pocos minutos para el alba. Greer había recuperado una pequeña grúa de las que antes se usaban para descargar mercancías por el lateral del barco. Extendió la red por debajo, tensó el muelle del enrollador de cables y lo prendió al cabo que pasaba por la polea de la grúa. Una segunda cuerda serviría para hacer girar el brazo de la grúa hacia el agua. Greer se encargaría del primer cabo, Michael del segundo. El trabajo de Peter sería hacer de cebo, por cuanto Greer tenía la teoría de que había muy pocas probabilidades de que Amy matara a Peter.

Greer le tendió la llave inglesa.

—Recuerda que no es la Amy que conocemos.

Ocuparon sus puestos. Peter encajó el extremo de la llave inglesa en el primer perno.

—Están aquí —dijo Amy.

Carter estaba sentado a la mesa delante de ella.

—Yo también lo noto.

El corazón de ella se aceleró; sintió un ligero mareo. Siempre comenzaba del mismo modo, con una sensación de aceleración física que culminaba en el abrupto paso de un mundo al otro, como si Amy fuera una piedra lanzada con una honda.

—Ojalá pudieras venir conmigo —expresó ella.

—Mientras yo me quede aquí, están a salvo. Lo sabes.

Ella lo sabía. Si Carter moría, los lelos, sus Muchos, morirían con él. Sin ellos, Carter y Amy no tenían la menor posibilidad.

Pasó la vista por el jardín una última vez a modo de despedida. Cerró los ojos.

Dos pernos más, uno de cada lado. Peter aflojó el primero sin extraerlo. Cuando encajaba la cabeza de la llave inglesa en el segundo, una fuerza descomunal, como un puño gigante, golpeó la trampilla por el otro lado. La cubierta se estremeció a sus pies con el impacto.

—¡Amy, soy yo! ¡Soy Peter!

Otro golpe. El perno aflojado saltó de su orificio y rebotó por la cubierta. Peter tenía pocos segundos. Con un tirón final, extrajo el último perno y echó a correr.

La trampilla se abrió hacia fuera.

Amy aterrizó en la cubierta y se recogió sobre sí misma como un reptil. Su cuerpo era lustroso y compacto, surcado de fuertes músculos que se perfilaban bajo la cristalina funda de piel. Peter estaba parado justo detrás de la red. Por un momento, ella se quedó perpleja, como si no supiera dónde estaba. Luego giró la cabeza hacia Peter a la velocidad del rayo, concentrada en su presencia. Correteó hacia delante. Sus ojos no dieron muestras de haberlo reconocido.

—Amy. —Levantó una mano con los dedos abiertos—. Soy yo.

Ella se detuvo a pocos centímetros de la red.

—Soy Peter.

Amy se irguió y dio un paso adelante. Greer estiró de la cuerda. La red la engulló y ella salió disparada hacia arriba conforme su peso liberaba el freno del enrollador de cables. La red empezó a dar vueltas, cada vez más deprisa. Amy gritaba y se revolvía tratando de liberarse. Michael tiró de la segunda cuerda para obligar al brazo a girar por encima de la borda del barco.

Greer soltó su cabo. La relinga que sostenía la red crujió contra la polea. Peter corrió a la barandilla. Llegó a tiempo de ver cómo Amy se zambullía en las aceitosas aguas.

Oscuridad.

Amy giraba, se retorcía y caía. El agua, horrible, con un regusto químico, inundó sus sentidos. Se le coló en la nariz, en los ojos y en las orejas, como si la misma muerte la impregnara. Amy se posó en el lodoso fondo y al momento la red apresó su cuerpo. Necesitaba respirar. ¡Respirar! Se agitaba, arañaba, pero no podía escapar del enredo. La primera burbuja de aire surgió de su boca. *No*, pensó, *¡no respires!* Sería tan fácil, abrir los pulmones y tomar aire; su cuerpo lo exigía. Una segunda burbuja. Su garganta se abrió y el agua entró a borbotones. Se estaba ahogando. El mundo se disolvía. No, era ella la que se disolvía. Tenía la sensación de que su cuerpo desconectaba de sus pensamientos, de que se transformaba en algo ajeno, que ya no era suyo. El corazón de Amy latía ahora más despacio. Una nueva oscuridad la envolvió, que se iba esparciendo desde dentro. *Sucede así*, pensó. Pánico, dolor y luego aceptación. *Morir es así.*

Y súbitamente cambió el entorno.

Tocaba el piano. Le extrañó, porque nunca había aprendido. Y, sin embargo, allí estaba, tocando no sólo bien sino con maestría mientras sus dedos brincaban por el teclado. No tenía una partitura delante; tocaba de oído. Una pieza triste y hermosa impregnada de la ternura y de los lánguidos pesares de la vida. ¿Por qué se le antojaba nueva pero también familiar, como algo sacado de un sueño? Mientras tocaba, empezó a distinguir pautas en las notas. La relación entre éstas no era arbitraria; la pieza avanzaba en ciclos reconocibles. Cada ciclo contenía una pequeña variación del núcleo emocional del tema, una línea melódica que nunca se apartaba del todo sino que apoyaba al resto igual que un tendedero sostiene la ropa limpia. ¡Qué maravilla! Tuvo la misma sensación que si estuviera hablando una nueva lengua, infinitamente más sutil y expresiva que el habla habitual, capaz de comunicar las verdades más profundas. La hacía feliz, muy feliz, y siguió tocando, moviendo los dedos con destreza, el alma exultante de dicha.

La pieza dobló un recodo; notó que se acercaba el final. Las últimas notas descendieron. Permanecieron en suspensión como partículas de polvo y por fin desaparecieron.

—Ha sido maravilloso.

Peter estaba de pie a su espalda. Amy apoyó la cabeza contra su pecho.

—No te he oído entrar —dijo.

—No quería molestarte. Sé lo mucho que te gusta tocar. ¿Me tocas otra? —preguntó.

—¿Te gustaría?

—Ya lo creo —respondió él—. Mucho.

—¡Izadla! —gritó Peter.

Greer miraba el reloj.

—Aún no.

—¡Maldita sea, se está ahogando!

Greer siguió mirando el reloj con una paciencia desesperante. Por fin alzó la vista.

—Ahora —dijo.

Amy estuvo tocando un buen rato, una canción tras otra. Empezó con una pieza ligera, rebosante de energía divertida; interpretándola se sentía como en una reunión de amigos, llena de gente que charla y ríe mientras la oscuridad se concentra al otro lado de la ventana a medida que la fiesta se alarga hasta la madrugada. A continuación tocó una más seria. Empezaba con un acorde profundo y sonoro arrancado a la zona más grave del teclado, dotada de un regusto amargo. Una canción de contrición, de actos que no quieres recordar, errores que no se pueden reparar.

Hubo más. Ahora una que era igual que mirar el fuego. Luego otra parecida a la nieve que cae. Una tercera le recordaba a caballos al galope entre altos tallos de hierba bajo un despejado cielo otoñal. Tocó y tocó. Había sentimiento en el mundo para dar y tomar. Tanta tristeza. Tanto anhelo. Tanta alegría. Todo tenía alma. Los pétalos de las flores. El ratoncillo de campo. Las nubes, la lluvia y las ramas desnudas de los árboles. Todas esas cosas y muchas más respiraban en las piezas que tocaba. Peter seguía allí, detrás de ella. La música era para él; una ofrenda de amor. Amy se sentía en paz.

Atrajeron la red a la parte interna de la borda y la dejaron caer en la cubierta. Greer sacó una navaja y empezó a cortar los filamentos.

La red albergaba el cuerpo de una mujer.

—Deprisa —pidió Peter.

Greer seguía cortando. Estaba practicando un agujero.

—Sacadle los pies.

Michael y Peter liberaron a Amy y la tendieron boca arriba en la cubierta. El sol empezaba a asomar. Tenía el cuerpo inerte, la piel azulada. En la cabeza, una pelusa negra.

No respiraba.

Peter se arrodilló; Michael se colocó a horcajadas sobre su cintura, situó las manos una encima de la otra y las posó sobre el esternón de Amy. Peter deslizó la mano izquierda bajo el cuello de la mujer y lo elevó una pizca para que pudiera entrar el aire; con la otra mano le tapó la nariz. Pegó la boca a la suya y sopló.

—Amy.

Los dedos de ella se detuvieron y un súbito silencio cayó en la sala. Ella alzó las manos por encima del teclado, las palmas planas, los dedos extendidos.

—Necesito que me hagas un favor.

Amy alargó la mano por encima del hombro, tomó la izquierda de Peter y se la llevó a la mejilla. La piel del hombre estaba fría y olía al río en el que solía pasar los días. Todo era tan maravilloso.

—Dime.

—No me dejes, Amy.

—¿Y por qué crees que voy a dejarte?

—Aún no es la hora.

—No te entiendo.

—¿Sabes dónde estás?

Ella quería volverse a mirarlo, pero por alguna razón no podía.

—Sí. Creo que sí. Estamos en la granja.

—Entonces ya sabes que no te puedes quedar aquí.

La invadió una súbita sensación de frío.

—Pero quiero quedarme.

—Es demasiado pronto. Lo siento.

Amy empezó a toser.

—Te necesito conmigo —insistió Peter—. Tenemos cosas que hacer.

La tos se tornó más intensa. Sacudía todo su cuerpo. Tenía las extremidades heladas. ¿Qué le sucedía?

—Vuelve conmigo, Amy.

Se estaba ahogando. Iba a vomitar. La habitación empezó a desvanecerse y otro espacio ocupaba su lugar. Notó un fuerte dolor en el pecho, como si le atizaran un puñetazo. Se dobló sobre sí misma para protegerse del impacto. Un agua asquerosa le brotaba de la boca.

—Vuelve conmigo, Amy. Vuelve conmigo…

—Vuelve conmigo.

El rostro de Amy seguía inerte, su cuerpo inmóvil. Michael contaba las compresiones. Quince. Veinte. Veinticinco.

—¡Maldita sea, Greer! —gritó Peter—. ¡Se está muriendo!

—No pares.

—¡No vuelve en sí!

Peter acercó el rostro al de Amy una vez más, le tapó la nariz y sopló.

Algo cedió en el interior de la mujer. Peter se apartó cuando ella abrió mucho la boca con un resuello estrangulado. Él la colocó de lado, le deslizó un brazo por debajo del torso para incorporarla una pizca y le propinó unas palmadas en la espalda. Con un sonido parecido a una arcada, el agua manó de su boca a la cubierta del barco.

Una cara. Ésa fue su primera sensación consciente. Una cara de rasgos imprecisos. Detrás, únicamente el cielo. ¿Dónde estaba? ¿Qué había pasado? ¿Quién era esa persona que la miraba desde ahí arriba, como flotando en el cielo? Parpadeó, haciendo esfuerzos por enfocar la mirada. Despacio, la imagen se perfiló. Una nariz. El contorno curvo de unas orejas. Una boca grande y sonriente y, sobre ésta, unos ojos anegados en lágrimas. La invadió una dicha tan pura como una estrella que nace.

—Peter —dijo al tiempo que le posaba una mano en la mejilla—. Cuánto me alegro de verte.

VIII

EL ASEDIO

Hasta donde alcanzaba la vista,
un ejército tan numeroso como las hojas de otoño
y los granos de arena oscurecía la playa.

HOMERO, *LA ILÍADA*

56

Los virales los asediaron durante toda la noche.

Sucedió a oleadas. Cinco minutos, diez, sus puños y sus cuerpos aporreando la puerta; un rato de silencio y volvían a empezar.

Finalmente los intervalos entre un ataque y el siguiente se dilataron. Las niñas dejaron de llorar y se durmieron con las cabezas enterradas en el regazo de Pim. Transcurrió más tiempo sin que nada se dejara oír en el exterior; a la postre, los virales no volvieron.

Caleb esperó. ¿Cuándo rompería el alba? ¿Cuándo sería seguro abrir la puerta? Pim se había dormido también; los terrores de la noche los habían dejado a todos agotados. Caleb apoyó la cabeza contra la pared y cerró los ojos.

Lo despertó el sonido de unas voces amortiguadas procedentes del exterior. Quienquiera que fuese estaba llamando con los nudillos.

Pim despertó. Las niñas seguían durmiendo. Dibujó el signo de un único interrogante.

—Son personas —respondió Caleb.

Pese a todo, la ansiedad lo embargaba cuando destrabó la compuerta. Empujó la trampilla sólo una pizca. Una rendija de luz solar lo deslumbró. Abrió la puerta del todo, parpadeando.

Delante de él, Sara cayó de rodillas.

—Gracias a Dios —dijo.

Hollis estaba con ella; los dos iban descalzos, empapados hasta la médula.

—Veníamos a veros cuando nos han atacado —explicó Hollis—. Nos hemos escondido en el río.

Pim ayudó a subir a los niños y remontó la escalerilla tras ellos. Sara la abrazó entre sollozos.

—Gracias a Dios, gracias a Dios.

Se arrodilló nuevamente y rodeó a las niñas con los brazos.

—Estáis a salvo. Mis niñas están a salvo.

La sensación de alivio de Caleb se esfumó. Comprendió lo que iba a pasar a continuación.

—¡Kate —gritó Sara—, ya puedes salir!

Nadie respondió.

—¿Kate?

Hollis miró a Caleb. El más joven negó con la cabeza. Hollis se crispó, se tambaleó, su rostro perdió el color. Por un instante, Caleb temió que su suegro se desmayara.

—Sara, ven aquí —dijo Hollis.

—¿Kate? —La voz de la mujer adquirió un tono aterrado—. ¡Kate, sal!

Hollis la estrechó por la cintura.

—¡Kate, contéstame!

—No está en el refugio, Sara.

Sara se retorcía en los brazos de su marido, intentando liberarse.

—Hollis, suéltame. ¡Kate!

—Se ha ido, Sara. Nuestra Kate ya no está.

—¡No digas eso! ¡Kate, soy tu madre, sal ahora mismo!

Las fuerzas la abandonaron. Cayó de rodillas. Hollis seguía sujetándola por la cintura.

—¡Dios mío! —gimió ella.

Hollis había cerrado los ojos de pura angustia.

—Se ha marchado. Se ha marchado.

—No, por favor. Ella no.

—Nuestra hijita ha muerto.

Sara levantó la cara hacia el cielo. Y luego empezó a aullar.

La luz era tenue e indefinida; mortecina, nubes de lluvia tapaban el cielo. Peter depositó a Amy en la zona de carga del vehículo y la tapó con una manta. Su rostro había recuperado algo de color. Tenía los ojos cerrados, aunque no parecía dormir sino más bien hallarse en un estado de duermevela, como si su mente flotara a la deriva, lejos de las orillas del mundo.

Greer habló en tono perentorio:

—Será mejor que nos pongamos en marcha.

Peter viajaba detrás con Amy. Avanzaban despacio por un camino de tierra atestado de maleza. Hacía unas horas, mientras circulaban a oscuras, Peter apenas había avistado el paisaje. Ahora lo vio tal como era: un inhóspito lodazal compuesto de lagunas, estructuras en ruinas invadidas por las enredaderas y pegotes de tierra fangosa. De vez en cuando unas aguas de profundidades imprecisas oscurecían el camino; Greer seguía avanzando.

La espesura empezó a aclararse. Apareció un nudo de autopistas elevadas. Greer se abrió camino entre la basura que les entorpecía el paso, encontró una rampa y ascendió.

Durante un rato circularon por la autopista. Luego Greer se desvió. A pesar del violento traqueteo del Humvee, Amy seguía sin moverse. Rodearon una segunda zona de pasos desplomados, ascendieron por la ladera y regresaron a la autopista.

Michael se volvió para mirar a los pasajeros del asiento trasero.

—A partir de ahora el camino se normaliza.

Empezó a llover; las gotas se estrellaban contra el cristal. Al cabo de un rato las nubes escamparon dejando a la vista el sol ardiente de Texas. Amy suspiró. Cuando Peter se volvió a mirarla, descubrió que tenía los ojos abiertos. Ella parpadeó y luego, entornando los ojos al máximo, se los tapó con los brazos.

—Hay mucha luz —se quejó.

—¿Qué dice? —preguntó Greer desde el asiento del conductor.

—Dice que hay mucha luz.

—Lleva veinte años sumida en tinieblas; puede que la luz le siga molestando durante un tiempo. —Greer se echó hacia delante para buscar algo debajo del asiento—. Dale esto.

Por encima del hombro, le pasó a Peter unas gafas de sol. Las lentes estaban rayadas y picadas, la montura fabricada a base de alambre soldado. Peter colocó las gafas sobre los ojos de Amy y le pasó los alambres por detrás de las orejas, con cuidado.

—¿Mejor?

Ella asintió. Cerró los ojos nuevamente.

—Estoy tan cansada —murmuró.

Peter se echó hacia delante.

—¿Falta mucho?

—Si todo va bien, llegaremos antes del ocaso, pero por los pelos. También necesitaremos gasolina. En teoría hay un refugio subterráneo al oeste de Sealy.

Continuaron viajando en silencio. A pesar de la tensión, el sueño empezó a vencer a Peter. Durmió un par de horas y, cuando despertó, descubrió que el vehículo se había detenido. Greer y Michael estaban cargando dos pesados bidones de plástico, llenos de gasolina, que habían extraído del refugio. Peter notaba la mente abotargada; los miembros, lentos y congestionados, como si los tuviera hinchados. Los años le pesaban en cada centímetro del cuerpo.

Michael volvió la vista hacia él mientras abandonaba el vehículo.

—¿Cómo está?

—Sigue durmiendo.

Greer vertía gasolina en el depósito de la camioneta ayudándose de un embudo.

—Se recuperará. El sueño le vendrá bien.

—Déjame conducir un rato —se ofreció Peter—. Conozco el camino a partir de aquí.

Greer se inclinó para cerrar el bidón y se secó las manos en la camisa.

—Es mejor que conduzca Michael de momento. Nos va a tocar sortear más de un obstáculo.

Encontraron a Kate en el lindero del bosque. La pistola seguía en su mano, el dedo todavía doblado en el guardamonte. Un solo disparo, pero en el punto exacto: Kate, concienzuda hasta el final, había querido asegurarse.

No tenían tiempo de enterrarla. Decidieron llevarla a la casa y tumbarla en la cama que compartían Caleb y Pim, dado que nunca volverían. Hollis y Caleb la transportaron al interior. No les pareció bien dejarla allí con la ropa manchada de sangre; Pim y Sara la desnudaron, le lavaron el cuerpo y le enfundaron un camisón de Pim, de suave algodón azul. Le colocaron una almohada debajo de la cabeza y la arroparon con una manta. Pim, llorando en silencio, cepilló el cabello de su hermana. Una duda final: ¿debían dejar que las niñas la vieran? Sí, dijo Sara. Kate era su madre. Tenían derecho a despedirse.

Caleb aguardó en el exterior. Hacía un día cruelmente radiante. La naturaleza se burlaba de él con su indiferencia. Los pájaros cantaban, la brisa soplaba, las nubes se desplazaban deprisa por el cielo, el sol trazaba un arco perezoso y funesto allá en lo alto. Handsome yacía muerto en el campo; una bandada de buitres picoteaba la suculenta carne sin dejar de agitar las enormes alas. Todo se había venido abajo, pero el mundo no lo sabía o no le importaba. De vuelta en el dormitorio, Caleb le dijo a Kate que la quería y le plantó un beso en la frente. Le impresionó hasta qué punto tenía la piel fría, pero eso no fue lo más inquietante. Comprendió que estaba esperando oírla decir algo. *No me dolió demasiado.* O: *No te preocupes, Caleb, no fue culpa tuya. Hiciste lo que pudiste.* Tal vez le soltara un comentario sarcástico, del estilo de: *¿Va en serio? ¿Vas a arroparme? No soy ninguna niña, ¿sabes? Me juego algo a que todo esto te parece muy divertido, Caleb.* Pero ella no dijo nada. Su cuerpo seguía existiendo y, sin embargo, todo aquello que la definía como persona brillaba por su ausencia. Su voz había desaparecido; nadie volvería a oírla nunca.

Pim salió la primera, acompañada de las niñas. Elle lloraba quedamente; Trasto parecía aturdida más que nada. Pasaron unos minutos antes de que Sara y Hollis las siguieran.

—Si estáis listos, deberíamos ponernos en marcha —señaló Caleb.

Hollis asintió. Sara, una pizca apartada, miraba hacia los árboles. Tenía los ojos vidriosos, el rostro instalado en una inmovilidad antinatural, como si una parte esencial de la vida que lo animaba lo hubiera abandonado. Carraspeó antes de decir:

—Querido, ¿me harías un favor?

—Claro.

Miró a Hollis a los ojos.

—Mata a todos esos cabrones, del primero al último.

Avanzaban despacio. Pronto tuvieron que llevar a cuestas a los tres niños: Trasto a hombros de Caleb, Elle a espaldas de su abuelo y Theo en su bandolera, que Pim y Sara cargaban por turnos. La tarde estaba avanzada cuando llegaron al pueblo. Las calles estaban desiertas. En el patio de Elacqua encontraron la camioneta, todavía aparcada donde la había visto Caleb. Se deslizó al asiento del conductor. Tenía la esperanza de encontrar la llave puesta, pero no fue así. Buscó por la cabina sin éxito y volvió a salir.

—¿Sabes hacer un puente? —le preguntó a Hollis.

—La verdad es que no.

Caleb miró en dirección a la casa. Había una ventana rota en la última planta, arrancada del marco. Cristales y madera astillada sembraban el jardín por la zona de debajo.

—Alguien tendrá que entrar a mirar.

—Yo lo haré —se ofreció Hollis.

—Es responsabilidad mía. Iré yo.

Le dejó la escopeta a Hollis y se llevó el revólver. En el interior de la casa, el aire estaba tan estancado que se le antojó irrespirable. Recorrió furtivamente una sala tras otra, abriendo cajones y armarios. Al no encontrar las llaves, subió al primer piso. Había dos habitaciones con las puertas cerradas a cada lado de un angosto pasillo. Abrió la primera puerta. El dormitorio que debieron de compartir Elacqua y su esposa. La cama estaba deshecha; junto a ésta, las cortinas de encaje ondeaban con suavidad a la brisa que entraba por la ventana rota. Buscó en los cajones. A continuación se acercó a la ventana y saludó. Hollis alzó la vista con expresión inquisitiva. Caleb negó con la cabeza.

Le quedaba una habitación. ¿Y si no encontraban las llaves? No había visto ningún otro vehículo en el pueblo. Eso no implicaba que no los hubiera, pero el tiempo corría.

Caleb inspiró y empujó la puerta con el pie.

Encontró a Elacqua tendido en la cama, vestido. La habitación apestaba a orina y a aliento rancio. Al principio Caleb pensó que el hombre estaba muerto, pero súbitamente Elacqua lanzó un ronquido flemoso y cambió de postura. Había una botella vacía de whisky en el suelo, junto a la cama. El hombre no estaba muerto sino borracho como una cuba.

Caleb lo agitó por los hombros, con fuerza.

—Despierte.

Elacqua, sin abrir los ojos, propinó una torpe palmada a la mano de Caleb.

—Déjame en paz —musitó.

—Doctor Elacqua, soy Caleb Jaxon. Espabile.

La lengua del hombre articuló una palabra con torpeza.

—Zorra.

Caleb dedujo lo que había pasado. Expulsado del lecho conyugal, el hombre se había emborrachado hasta las cejas y se lo había perdido todo. O quizá ya estuviera borracho y por eso su mujer lo había enviado a paseo. En cualquier caso, Caleb prácticamente lo envidiaba; el desastre lo había rozado sin llegar a tocarlo. ¿Cómo era posible que los virales no hubieran dado con él? Puede que el tufo los hubiera ahuyentado; tal vez el hombre hubiera dado con la solución. Emborracharse y seguir así todo el tiempo.

Sacudió nuevamente a Elacqua. El hombre parpadeó antes de abrir los ojos. Su mirada erró de un lado a otro. Por fin, se posó en el rostro de Caleb.

—¿Quién diablos eres?

No tenía sentido tratar de explicarle la situación; el hombre estaba demasiado aturdido.

—Doctor Elacqua, míreme. Necesito las llaves de su camioneta.

El otro lo miró como si Caleb le estuviera formulando la pregunta más incomprensible del mundo.

—¿Llaves?

—Sí, las llaves. ¿Dónde están?

La mirada del médico se desenfocó. Volvió a cerrar los ojos y hundió la cabeza, con su melena salvaje, en la almohada. Caleb comprendió que le quedaba un lugar por revisar. Los pantalones del hombre estaban empapados de orina, pero tendría que soportarlo. Lo cacheó. En el fondo del bolsillo delantero izquierdo notó algo duro. Hundió la mano y lo sacó; un solo llavín, deslucido por el paso del tiempo, en un pequeño llavero metálico.

—Te tengo.

El fragor de unos motores que bajaban por la calle lo arrancó de sus pensamientos. Sara y los demás agitaban los brazos con frenesí en dirección al rumor sin dejar de gritar:

—¡Eh! ¡Aquí!

Caleb llegó al porche al mismo tiempo que los vehículos, tres camiones militares, se detenían junto a la casa. Un tipo de anchas espaldas, vestido de uniforme, bajó de la cabina del primer camión. Gunnar Apgar.

—Caleb. Gracias a Dios.

Se estrecharon la mano. Hollis y Sara se reunieron con ellos. Apgar pasó la vista por el grupo.

—¿Estáis todos?

—Hay otro hombre en la casa, pero tendrán que ayudarnos a sacarlo. Está borracho.

—Me tomas el pelo. —Como Caleb no respondía, Apgar ordenó a los dos soldados que se habían apeado del segundo vehículo—: Traedlo, y deprisa.

Los soldados remontaron las escaleras a paso ligero.

—Venimos viajando con rumbo oeste, buscando gente —explicó Apgar.

—¿Cuántos supervivientes han encontrado?

—A vosotros, nada más. Ni siquiera hemos hallado cuerpos. O bien los virales se los han llevado o se han transformado.

Hollis preguntó:

—¿Y qué me dice de Kerrville?

—Allí todo sigue en calma. Lo que sea que está pasando ha empezado por aquí. —Se interrumpió y su expresión mostró una súbita incertidumbre—. Deberías saber algo más, Caleb. Es acerca de tu padre.

Peter tomó el volante al este de Seguin. Amy había despertado un momento a media tarde para pedir agua. Le había bajado la fiebre y la luz ya no la molestaba tanto, aunque se quejaba de dolor de cabeza y seguía muy débil. Entornando los ojos para mirar por la ventanilla, preguntó si tendrían que seguir viajando mucho más. Llevaba la manta sobre la cabeza y los hombros como si fuera un velo. Tres horas, dijo Greer, puede que cuatro. Amy meditó la respuesta y añadió, con voz muy queda:

—Será mejor que nos demos prisa.

Cruzaron el Guadalupe y torcieron al norte. La primera colonia de su ruta se encontraba al este de la vieja ciudad de Boerne. No era gran cosa, pero contaba con una estación de telégrafo. Apenas restaban un par de horas de luz cuando entraron en la modesta plaza mayor.

—Tanta quietud me pone los pelos de punta —confesó Michael.

Las calles estaban desiertas, cosa rara a esa hora del día. Se apearon rodeados de un silencio sepulcral. El pueblo consistía en unos pocos edificios: una tienda, el ayuntamiento, una iglesia y unas cuantas casas destartaladas, algunas a medio erigir, como si los constructores se hubieran cansado a mitad del proceso.

—¿Hay alguien ahí? —gritó Michael—. ¿Hola?

—Es muy raro —dijo Greer.

Michael se acercó al Humvee y extrajo la escopeta de su soporte. Peter y Greer comprobaron que sus armas estuvieran cargadas.

—Yo me quedaré con Amy —decidió Greer—. Vosotros dos id a buscar la estación de telégrafo.

Peter y Michael cruzaron la plaza hacia la sede del ayuntamiento. La puerta estaba abierta; otra anomalía. Todo parecía en orden allí dentro, pero seguían sin ver señales de vida.

—¿Dónde demonios se ha metido todo el mundo? —exclamó Peter.

El telégrafo se encontraba en un cuartito de la parte trasera del edificio. Michael se sentó a la mesa del operador y examinó el registro, un libro grande, encuadernado en cuero.

—El último mensaje que salió de aquí data del viernes a las cinco y veinte de la tarde. Fue enviado a la estación de Bandera. Dirigido a la señora Nills Grath.

—¿Qué decía el mensaje?

—«Feliz cumpleaños, tía Lottie». —Michael alzó la vista—. Después de eso, nada, al menos nada que se molestasen en anotar.

Estaban a domingo. Lo que sea que hubiera pasado, pensó Peter, había sucedido durante las últimas cuarenta y ocho horas.

—Envía un mensaje a Kerrville —sugirió Peter—. Informa a Apgar de que vamos para allá.

—Tengo el morse un poco oxidado. Seguramente le diré que me prepare un bocadillo.

Michael conectó la máquina y empezó a pulsar el manipulador. Al cabo de unos segundos, se detuvo.

—¿Qué pasa?

Michael señaló el tablero.

—¿Ves este contador? La aguja debería moverse cuando las placas entran en contacto.

—¿Y?

—Bueno, estoy hablando conmigo mismo. La corriente no circula.

Peter era un ignorante en cuestiones técnicas.

—¿Lo puedes reparar?

—Para nada. La línea está rota. El problema podría estar en cualquier parte entre esta estación y la de Kerrville. Puede que la tormenta haya derribado un poste. Un rayo la podría romper también. No hace falta gran cosa.

Salieron por la puerta trasera. Había un viejo generador de gas agazapado como un monstruo entre la maleza, junto a una ranchera oxidada y una carreta con el eje partido entre cuyos tablones asomaban altos tallos de hierba. Basura de todo tipo, desde cascotes de obra hasta cajones de embalaje rotos y barriles con las junturas reventadas, salpicaba el patio. Los clásicos restos del viaje a las zonas fronterizas, que se tiraban en cualquier parte en cuanto perdían su utilidad.

—Echemos un vistazo a los demás edificios —propuso Peter.

Entraron en la casa contigua. Era una construcción de una sola planta con dos habitaciones. Los platos sucios se amontonaban en la mesa rodeados de una nube de moscas. En la habitación trasera había una jofaina sobre su pedestal, un armario y un gran lecho de plumas tapado con una colcha. La cama era recia y fabricada con esmero, con un retablo de flores entrelazadas en el cabecero; alguien le había dedicado mucho tiempo. Una cama de matrimonio, comprendió Peter.

Sin embargo, ¿dónde estaban los ocupantes? ¿Qué les había pasado a los habitantes, que habían desaparecido sin tiempo siquiera para retirar los platos sucios de la mesa? Peter y Michael regresaron a la dependencia principal justo cuando Greer cruzaba la puerta.

—¿A qué se debe el retraso?

—El telégrafo no funciona —explicó Michael.

—¿Qué le pasa?

—La línea se ha interrumpido en alguna parte.

Greer buscó los ojos de Peter.

—Deberíamos ponernos en marcha.

¿Qué se les escapaba? ¿Qué intentaba decirles ese pueblo fantasma? Algo tirado en el suelo llamó la atención de Peter.

—Peter, ¿me oyes? —insistió Greer—. Si queremos llegar antes del ocaso, tendríamos que salir ahora mismo.

Peter se acuclilló para ver el objeto más de cerca al mismo tiempo que señalaba la mesa por gestos.

—Pásame ese trapo.

Usando una esquina del paño, recogió el objeto. Los dientes de los virales poseían un modo particular de reflejar la luz, casi prismático, con un brillo iridiscente, lechoso. La punta era tan afilada que se tornaba prácticamente invisible, demasiado pequeña para distinguirla a simple vista.

—No creo que Cero haya lanzado un ejército contra nosotros —opinó Peter.

—Y entonces ¿qué está haciendo? —preguntó Michael.

Peter miró a Greer; leyó en sus ojos que el hombre había llegado a la misma conclusión que él.

—Lo está reuniendo.

57

Para cuando el convoy llegó a Kerrville eran casi las siete en punto. El grupo se apeó en mitad de un estado de sitio. En lo alto de la muralla, los soldados correteaban de acá para allá pasándose cargadores y equipamiento similar. Habían instalado ametralladoras de calibre 50 a ambos lados del portalón. Apgar había bajado del vehículo y estaba hablando con Ford Chase, señalando uno de los focos. Cuando Chase se alejó, Caleb abordó al militar.

—General, me gustaría recuperar mi cargo.

Apgar frunció el ceño.

—Eso es nuevo, la verdad. Nadie ha solicitado nunca volver a alistarse.

—Puede degradarme a soldado raso. Me da igual.

El general miró a Pim por encima del hombro de Caleb. La mujer aguardaba allí cerca con Sara y los niños.

—¿Lo has hablado con tu oficial al mando?

—Mentiría si dijera que le encanta la idea. Pero lo entiende. Ayer por la noche perdió a su hermana.

Apgar llamó por señas al suboficial que se encontraba a cargo de las puertas.

—Sargento, lleve a este hombre a la armería y entréguele un uniforme. Una barra dorada.

—Gracias, general —dijo Caleb.

—Puede que más tarde cambies de idea. Y tu padre se va a poner como una fiera cuando se entere.

—¿Sabemos algo?

Apgar negó con la cabeza.

—Procura no preocuparte, hijo. Ha pasado por trances peores. Preséntate ante el coronel Henneman, de la plataforma. Él te dirá adónde ir.

Caleb se acercó a Pim y la abrazó. Posó la mano contra la curva de su vientre y besó a Theo en la frente.

—*Ten cuidado* —le pidió ella por signos.

—Nosotras iremos al hospital —informó Sara—. Hay un refugio subterráneo en el sótano. Trasladaremos a los pacientes.

El sargento desplazó el peso de una pierna a otra con ademán impaciente.

—Señor, tenemos que irnos.

Caleb miró a su familia una última vez. Tuvo la sensación de que la distancia aumentaba, como si los viera desde el final de un largo túnel.

—*Te quiero* —señaló Pim.

—*Yo también te quiero.*

Y se marchó a paso ligero.

A partir de Boerne, Greer tomó el volante. Ahora se desplazaban en dirección al sol. Michael viajaba en el asiento del copiloto, Peter detrás, con Amy.

No vieron ningún otro vehículo, ni el menor signo de vida. El mundo parecía muerto, un territorio extraño. Las sombras de las montañas se alargaban a medida que la noche se aproximaba. Greer, entornando los ojos para protegerlos del resol, mostraba una expresión de intenso nerviosismo. Tenía los brazos y la espalda tan rígidos como si fueran de madera, los dedos aferrados al volante. Peter vio moverse los músculos de su mandíbula; el hombre hacía rechinar los dientes.

Atravesaron Comfort. Las ruinas de los antiguos edificios —restaurantes, gasolineras, hoteles— flanqueaban la autopista, despojados y saqueados hasta los huesos. Llegaron a un asentamiento situado al oeste de la ciudad, lejos de las ruinas del viejo mundo. Igual que Boerne, el pueblo estaba abandonado. No se detuvieron.

Veinticinco kilómetros los separaban de su destino.

Sara y los demás se reunieron con Jenny en la puerta del hospital. La mujer parecía al borde de un ataque de pánico.

—¿Qué pasa? Hay soldados por todas partes. Acaba de pasar un Humvee advirtiendo por megafonía que busquemos refugio.

—Se avecina un ataque. Tenemos que llevar a los pacientes al sótano. ¿Cuántos hay?

—¿Cómo que un ataque?

—Un ataque de virales, Jenny.

La mujer palideció pero no respondió.

—Escúchame. —Sara tomó la mano de Jenny y la obligó a mirarla—. No tenemos mucho tiempo. ¿Cuántos pacientes hay en las salas?

Jenny sacudió ligeramente la cabeza, como si se obligara a concentrarse.

—¿Quince?

—¿Algún niño?

—Un par. Uno con neumonía, el otro con fractura de muñeca. Se la acabamos de escayolar. Tenemos a una mujer de parto, pero aún tiene para un rato.

—¿Dónde está Hannah?

Hannah era la hija de Jenny, una niña de trece años. Jenny tenía también un hijo mayor, que ya se había marchado de casa, y estaba separada de su marido desde hacía tiempo.

—En casa, creo.

—Corre a buscarla. Yo me ocuparé de todo hasta que vuelvas.

—Dios mío, Sara.

—Date prisa.

Jenny se marchó corriendo. Pim, sosteniendo a Theo en brazos y acompañada de las niñas, aguardaba junto a Sara, que se arrodilló delante de las pequeñas.

—Necesito que vayáis a un sitio con la tía Pim.

Elle parecía asustada y perdida; le caían mocos de la nariz. Sara se los limpió con el faldón de la camisa.

—¿Adónde vamos? —lloriqueó la niña.

La gente corría junto a ellas; enfermeras, médicos, sanitarios con camillas. Sara alzó la vista hacia Pim y luego la posó en su nieta nuevamente.

—Abajo, al sótano —respondió—. Allí estaréis a salvo.

—Quiero ir a casa.

—Sólo será un ratito.

Abrazó a Elle y a su hermana. Pim condujo a las niñas a las escaleras. Mientras bajaban, Sara se volvió a mirar a su marido. Reconoció la expresión de su rostro. Era la misma que mostraba la noche siguiente a la muerte de Bill, cuando le enseñó la nota.

—Me parece bien —asintió.

—¿Estás segura?

—Tengo cosas que hacer aquí. Márchate antes de que cambie de idea.

No hubo necesidad de decir nada más. Se besaron y Hollis se alejó a paso vivo.

Abandonaron la autopista 10. Desde allí, una carretera de grava los llevaría directamente a la ciudad. El camión se estremecía con violencia al rebotar sobre los baches. El viento los azotaba a través de las ventanillas bajadas; un sol bajo e intenso les bañaba el hombro izquierdo.

—Michael, agarra el volante y mantenlo firme. —Greer buscó algo debajo del asiento—. Peter, pásale esto a Amy.

Peter alargó el brazo para tomar la pistola. Ya estaba cargada.

—No tendrás tiempo de afinar el tiro —le dijo a Amy—. Limítate a apuntar y a disparar, como si señalaras con el dedo.

Ella aceptó el arma. Mostraba una expresión insegura, pero la asió con firmeza.

—Tienes quince balas. Tendrás que estar cerca; no intentes dispararles de lejos.

—Desbloquea el fusil —ordenó Greer.

Michael obedeció. Una extensión del cargador discurría por debajo del cañón. Contenía ocho cartuchos.

—¿Qué llevas ahí dentro? —le preguntó a Greer.

—*Slugs*, grandes. No dejan mucha holgura, pero los derribarán de un solo tiro.

La silueta de la ciudad asomó a lo lejos. Plantada sobre la montaña, parecía de juguete.

—Vamos a llegar por los pelos —dijo Greer.

Los últimos pacientes fueron conducidos al sótano. Pertrechada con un sujetapapeles, Jenny pasaba lista en la puerta mientras Sara y el personal de enfermería revisaban las improvisadas camas asegurándose de que todo el mundo estuviera mínimamente cómodo.

Sara se acercó a la cama en la que descansaba la embarazada de la que le había hablado Jenny. Era una chica joven, con una melena negra y abundante. Mientras le tomaba el pulso, Sara echó un vistazo rápido al historial. Una enfermera la había examinado una hora atrás; su cérvix apenas si había dilatado. Se llamaba Grace Alvado.

—Grace, soy la doctora Wilson. ¿Es tu primer hijo?

—Estuve embarazada anteriormente, pero no prosperó.

—¿Cuántos años tienes?

—Veintiuno.

Sara se quedó de piedra; la edad coincidía. Si se trataba de la misma Grace, Sara la había ayudado a nacer.

—¿Y tus padres son Carlos y Sally Jiménez?

—¿Conoce a mis padres?

Sara estuvo a punto de sonreír; lo habría hecho en otras circunstancias.

—Esto te va a sorprender, Grace, pero yo estaba presente el día que naciste.

Echó una ojeada al compañero de la chica, que estaba sentado en un cajón al otro lado de la cama. Era mayor que ella, de unos cuarenta años tal vez, y tenía un aire tosco pero, al igual que muchos padres primerizos, parecía un tanto abrumado por la súbita inminencia de los acontecimientos tras tantos meses de espera.

—¿Es usted el señor Alvado?

—Llámeme Jock. Todo el mundo me llama así.

—Necesito que la ayudes a relajarse, Jock. Que respire hondo y nada de empujar de momento. ¿Me harás ese favor?

—Lo intentaré.

Jenny se acercó a Sara por detrás.

—Ya han entrado todos —informó.

Sara posó la mano en el brazo de Grace.

—Tú concéntrate en el nacimiento de tu bebé, ¿vale?

La puerta del sótano era de acero macizo, encajada en gruesas paredes de cemento. Sara estaba a punto de cerrarla cuando las luces se apagaron de improviso. Un murmullo nervioso y la gente empezó a gritar.

—¡Que todo el mundo se tranquilice, por favor!

—¿Por qué se ha ido la luz? —gritó una voz desde la oscuridad.

—El Ejército está desviando la corriente a los focos, nada más.

—¡Eso significa que ya vienen los virales!

—No lo sabemos. Traten de conservar la calma.

Jenny se había acercado a Sara.

—¿De verdad se ha ido la luz por eso? —preguntó en voz baja.

—¿Y yo qué sé? Ve a buscar lamparillas y velas al almacén.

La mujer regresó un ratito después. Encendieron las lámparas y las distribuyeron por el espacio. Los gritos habían mudado en susurros y más tarde, en la penumbra, en un silencio tenso.

—Jenny, échame una mano.

La puerta pesaba ciento ochenta kilos. Sara y Jenny la cerraron y giraron la rueda que corría las barras.

Una cuarta parte de los hombres de Apgar se habían apostado a quinientos metros a la redonda de los portalones. Los demás se habían dispersado a intervalos regulares por la muralla y se comunicaban por radio. Caleb estaba al mando de un escuadrón de doce hombres. Seis de ellos habían estado destinados en Luckenbach; parte del pequeño contingente que se había refugiado en un sótano cuando fue tomada la guarnición. Ningún oficial había sobrevivido, por lo que se habían quedado sin cadena de mando. Ahora estaban a las órdenes de Caleb.

Un hombre recorrió a paso vivo la pasarela en dirección a Caleb. Hollis no llevaba uniforme, sino una bandolera militar cruzada sobre el pecho que contenía media docena de cartuchos de repuesto y un largo machete envainado. Un M4 colgaba de un cabestrillo sobre su vasta envergadura, con el cañón hacia abajo; llevaba una pistola enfundada en la cadera.

Lo saludó al estilo militar.

—Soldado Wilson, señor.

No tenía sentido que Hollis se dirigiera a él de ese modo. Se diría que estaba actuando.

—Me tomas el pelo.

—Las mujeres y los niños están en un lugar seguro. Me han pedido que le informara.

Su rostro mostraba una expresión que Caleb nunca le había visto. Aquel hombretón tranquilo, que gustaba de coleccionar libros y leerles a los niños, había mudado en un guerrero.

—Hice una promesa, teniente —le recordó Hollis—. Creo que usted estaba presente.

Los focos se encendieron, proyectando un perímetro defensivo de estridente luz blanca en la base de la muralla. Las radios empezaron a crepitar; una energía nerviosa circulaba por la pasarela.

Una orden llegó a sus oídos:

—¡Atentos!

El chasquido de las armas al ser amartilladas. Caleb apuntó hacia el exterior y retiró el mecanismo de seguridad. Echó un vistazo a su derecha, donde Hollis permanecía inmóvil con el arma en ristre: las piernas abiertas, la culata contra el hombro, los ojos perfectamente alineados con el cañón. Estaba tenso y relajado al mismo tiempo, concentrado pero también cómodo consigo mismo. Todo en él proyectaba memoria muscular, un antiguo estado físico y mental recuperado sin esfuerzo cuando la ocasión lo requería.

¿Por dónde llegarían los virales? ¿Cuántos serían? El pecho de Caleb subía y bajaba arrítmicamente; su visión confinada a unos límites antinaturales. Se obligó a inspirar profundamente. *No pienses*, se dijo. *Hay momentos adecuados para pensar y éste no es uno de ellos.*

Un punto resplandeciente apareció a lo lejos, al norte. La adrenalina embistió su corazón; se pegó la culata al hombro con más fuerza. La luz empezó a oscilar y luego se separó en dos como una célula que se divide. No eran virales sino unos faros.

—¡Avistamiento! —gritó una voz—. ¡Treinta grados a la derecha! ¡Doscientos metros!

—¡Avistamiento! ¡Veinte a la izquierda!

Por primera vez en dos décadas, la sirena empezó a ulular.

Greer apretó el acelerador a fondo. El velocímetro saltó, la campiña se emborronó al otro lado de las ventanillas, el motor rugía, el chasis de la camioneta se estremecía.

—¡Vienen por detrás! —aulló Michael.

Peter se volvió a mirar. Puntos de luz surgían de los campos.

—¡Cuidado! —gritó Greer.

Peter se giró a tiempo de ver cómo tres virales caían de un salto delante de los faros. Greer los embistió. Cuando los cuerpos rebotaron sobre el capó, Peter se sintió proyectado hacia delante y luego cayó hacia atrás, contra el asiento. Volvió a mirar. Había un único viral aferrado al capó del carro.

Michael apuntó por encima del salpicadero y disparó.

El parabrisas estalló. Greer viró a la izquierda; Peter fue proyectado contra la portezuela y Amy se precipitó sobre él. Corrían a toda mecha por un campo de judías, en paralelo al portalón. Greer cambió de sentido; el chasis se inclinó a la izquierda, amenazando con volcar, pero el vehículo volvió a nivelarse con un fuerte golpe. Greer remontó una pendiente y la camioneta voló un instante antes de caer en la carretera. Un nefasto golpe metálico procedente de la parte inferior; perdían velocidad.

Peter le gritó a Greer:

—¿Qué pasa?

El radiador expulsaba humo negro; el motor rugió sin fuerza.

—Hemos chocado con algo… la transmisión se ha roto. ¡A tu derecha!

Peter se volvió a mirar, apuntó al viral y apretó el gatillo, pero falló de largo. Siguió disparando, una y otra vez, sin llegar a saber si alguna de las balas acertaba en el blanco. La corredera se trabó; el cargador estaba vacío. El perímetro iluminado se encontraba a cien metros de distancia.

—¡No me quedan balas! —vociferó Michael.

Al detenerse el camión, varias bengalas salieron volando de la pasarela, trazando estelas de luz y humo por encima de sus cabezas. Peter se volvió a mirar a Amy. Se había desplomado contra la puerta. La pistola, sin disparar, colgaba de su mano.

—Greer —pidió Peter—, ayúdame.

La bajaron del vehículo. Sus movimientos eran tan pesados y descoordinados como si estuviera sonámbula. Las bengalas iniciaron su lento y parpadeante descenso. Mientras sacaban las piernas de Amy de la camioneta, Greer rodeó la parte delantera del carro al tiempo que introducía cartuchos nuevos en el cargador de la escopeta. Plantó el arma en la mano de Peter y deslizó el hombro derecho por debajo del brazo de Amy para sostenerla.

—Cúbrenos —pidió.

Caleb observó con impotencia el avance del camión. Los virales estaban aún demasiado lejos como para que las balas los alcanzaran, aunque sólo fuera por casualidad. A lo largo de la muralla, los mandos les gritaban que no dispararan, que esperasen a tenerlos a tiro.

Vio detenerse el carro. Cuatro figuras salieron del mismo. En la retaguardia del grupo, un hombre se dio media vuelta y disparó al centro del grupo de virales que se acercaba. Uno, dos, tres fogonazos brillaron en la oscuridad.

Caleb dedujo que ese hombre era su padre.

Se colocó el arnés y lo aseguró antes de saber siquiera lo que estaba haciendo. Fue un acto automático; no lo animaba ningún plan, tan sólo el instinto.

—Caleb, ¿qué demonios estás haciendo?

Hollis lo miraba con atención. Caleb saltó a la cima de la muralla, de espaldas a los campos.

—Dile a Apgar que necesitamos un escuadrón en el paso de los peatones. Ahora.

Antes de que Hollis pudiera decir nada más, Caleb se dio impulso para bajar. Un largo arco en el aire y sus botas volvieron a contactar con el cemento. Se impulsó de nuevo. Dos brincos más y aterrizó en la tierra. Se despojó del arnés y asió el fusil.

Su padre corría con los demás colina arriba, ya en el interior del perímetro iluminado. Los virales se concentraban en los límites. Algunos se tapaban los ojos; otros se habían doblado sobre sí mismos, acurrucados. Un titubeo instantáneo al bregar con sus propios instintos. ¿Bastaría la luz para contenerlos?

Los virales cargaron contra ellos.

Las ametralladoras abrieron fuego. Caleb se agachó instintivamente mientras las balas pasaban zumbando por encima de su cabeza y penetraban en las criaturas con un ligero estallido, como una bofetada. Salpicaduras de sangre, carne desprendida del hueso. Partes enteras del cuerpo de los virales arrancadas. No se limitaban a morir; parecía como si se desintegraran. Las ametralladoras disparaban un cartucho detrás de otro. Una matanza, pero siempre aparecían más dispuestos a desafiar a la luz.

—¡El paso de peatones! —gritó Caleb. Corría hacia delante en un ángulo de cuarenta y cinco grados respecto a la muralla al mismo tiempo que agitaba los brazos en alto—. ¡Dirigíos al paso!

Caleb se arrodilló sobre una pierna y empezó a disparar. ¿Lo había visto su padre? ¿Sabía quién era él? El cerrojo se trabó. Treinta cartuchos habían volado en un abrir y cerrar de ojos. Tiró el cargador, buscó uno nuevo en la alforja y lo introdujo en el cajón.

Algo lo golpeó por detrás. Aliento, vista, pensamiento; todo lo abandonó. Tuvo la sensación de salir volando, casi flotando. Se le antojó extraordinario. En pleno vuelo, le dio tiempo a maravillarse ante la ingravidez de su propio cuerpo. Al momento notó el tirón de la gravedad y se estampó contra el suelo. Rodaba por la pendiente mientras el fusil daba bandazos en su correa. Intentó recuperar el control de su anatomía, detener los salvajes tumbos de su cuerpo colina abajo. Su mano encontró la culata del fusil, pero el dedo índice se le enredó con el arco de guardamonte. Siguió rodando y cayó sobre el pecho, con el arma encajada entre su cuerpo y el suelo, y no pudo hacer nada por detenerlo; el fusil se disparó.

Un fuerte dolor. Se echó sobre su espalda, con el fusil tendido sobre el pecho. ¿Se había disparado a sí mismo? Todo daba vueltas a su alrededor; el suelo se negaba a quedarse quieto. Parpadeó, deslumbrado por los focos. No tenía la sensación de haber sufrido un disparo. Le dolían dos partes del cuerpo: el pecho, que había sufrido el retroceso del arma, y la frente, junto a la ceja derecha. Se la palpó, pensando que se mancharía la mano de sangre, pero sus dedos estaban secos. Caleb comprendió lo sucedido. El cartucho expulsado había rebotado en el suelo y le había saltado a la cara. Un poco más abajo y le habría dado en el ojo. *Tienes una flor en el culo, Caleb Jaxon*, pensó. *Espero que nadie haya visto eso.*

Una sombra cayó sobre él.

Caleb la apuntó con el arma, pero al llevar la mano al cañón para equilibrarlo, comprendió que el hueco del cargador estaba vacío; el cargador había caído. A lo largo de su vida había imaginado varias veces el instante de su propia muerte. Esas fantasías no implicaban estar tendido de espaldas con un fusil vacío en la mano mientras un viral lo hacía pedazos. Quizá, consideró, a todo el mundo le sucedía lo mismo. *Seguro que nunca pensaste que sucedería así.* Caleb soltó el arma. Su única esperanza radicaba en la pistola. ¿La había amartillado? ¿Se había acordado de retirar el mecanismo de seguridad? ¿Estaría la pistola ahí siquiera o la habría perdido como el cargador del fusil? La sombra adquirió la forma de una silueta humana, pero no era humana, no del todo. La cabeza torcida. Las garras extendidas. Los labios retraídos, tras los cuales se agazapaba una oscura cueva atestada de dientes. La pistola estaba en la mano de Caleb y apuntando.

Un chorro de sangre; el ser se encorvó sobre el agujero que tenía en el centro del pecho. Con un gesto casi entrañable, levantó una garra y se palpó la herida. Alzó la cara con una expresión de perplejidad. *¿Estoy muerto? ¿Acabas de matarme?* Pero Caleb no lo había matado, ni siquiera había apretado el gatillo. El disparo se había producido por detrás de Caleb. Durante un instante, se miraron mutuamente, Caleb y aquel monstruo agonizante. A continuación, una segunda figura asomó a la derecha de Caleb, plantó el cañón de una escopeta en la cara del viral y disparó.

Era su padre. Lo acompañaba una mujer, descalza, vestida con un sencillo hábito, como los que llevaban las hermanas. Una incipiente pelusa negra le brotaba del cráneo. En la mano tendida sostenía la pistola que había usado para disparar el primer tiro, el mismo que le había salvado la vida.

Amy.

—Peter... —dijo ella. Y cayó de rodillas.

Echaron a correr.

No intercambiaron palabra, no que Caleb recordara. Su padre se había echado a Amy al hombro. Otros dos hombres los acompañaban; uno llevaba la escopeta que su padre había soltado. El paso de los peatones estaba abierto; un escuadrón de seis soldados formaba una línea de fuego ante el mismo.

—¡Agachaos!

La voz pertenecía a Hollis. Se tiraron al suelo. Los disparos detonaron por encima de ellos y cesaron de golpe. Caleb levantó la cara. Por encima del cañón de su fusil, Hollis les indicaba que siguieran avanzando.

—¡Corred!

Peter y Amy entraron en primer lugar, Caleb los siguió. Una cortina de fuego estalló tras ellos. Los soldados se gritaban mutuamente —*¡A tu izquierda! ¡A tu derecha! ¡Venga, venga!*— sin dejar de disparar mientras ellos, uno a uno, cruzaban el estrecho portal. Hollis fue el último en entrar. Soltó el arma, cerró la puerta y procedió a asegurarla aferrado a la rueda que, una vez girada, sellaría la entrada. En el instante en que el borde de la puerta estaba a punto de tocar el marco, se detuvo.

—¡Necesito ayuda!

Hollis empujaba la puerta con el hombro. Caleb se precipitó hacia delante para ayudarlo. Otros se unieron a ellos. Pese a todo, el hueco se ensanchaba. Dos centímetros, luego dos más. Media docena de hombres se amontonaba contra la puerta. Caleb se volvió de espaldas y clavó los talones de las botas contra la tierra. Sin embargo, el desenlace estaba cantado. Aunque pudieran sostener la puerta unos minutos más, la fuerza de los virales acabaría por imponerse.

Se le ocurrió una manera.

Caleb se llevó la mano al cinto. Odiaba las granadas; nunca había vencido el miedo irracional a que estallaran a su antojo. Así pues, le costó cierto esfuerzo psicológico extraer una del cinto y arrancar la argolla. Sosteniendo la espoleta en su lugar, se inclinó hacia el borde de la puerta. Necesitaba más espacio; el hueco entre la puerta y el marco no bastaba. A nadie le iba a gustar lo que estaba a punto de hacer, pero no tenía tiempo para explicarse. Retrocedió. La puerta cedió unos quince centímetros. Una mano apareció en el hueco, garras que se doblaban sobre el borde como si buscaran algo. Estalló un coro de gritos. *¿Qué estás haciendo? ¡Empuja la maldita puerta!* Caleb aflojó la presión sobre la granada para liberar la espoleta.

—Tomad —dijo, y la lanzó por la abertura.

Empujó la puerta con el hombro. Con los ojos cerrados contó los segundos como quien recita una oración. *Un Misisipi, dos Misisipis, tres Misisipis…*

Una explosión.

El tintineo de la metralla.

Una lluvia de polvo.

58

—¡Necesitamos un médico ahora mismo!

Peter tendió a Amy en el suelo. Los labios de ella se movían sin llegar a articular ningún sonido. Por fin preguntó con un hilo de voz:

—¿Estamos dentro?

—Todos estamos sanos y salvos.

Tenía la piel muy pálida, los ojos entrecerrados.

—Lo siento. Pensaba que podría llegar por mi propio pie.

Peter alzó la vista.

—¿Dónde está mi hijo? ¡Caleb!

—Estoy aquí, papá.

El muchacho estaba plantado detrás de él. Peter se levantó y lo envolvió en un fiero abrazo.

—¿Qué diablos hacías ahí fuera?

—Rescatarte.

Mostraba arañazos en los brazos y en la cara, y le sangraba un codo.

—¿Dónde están Pim y Theo?

Peter hablaba a trompicones. No podía evitarlo.

—Están a salvo. Hace horas que llegamos.

Peter se sintió súbitamente abrumado. Los pensamientos se agolpaban en su mente. Estaba agotado, tenía sed, la ciudad estaba siendo asediada, su hijo y su familia se encontraban a salvo. Dos médicos aparecieron con una camilla. Greer y Michael posaron a Amy sobre la misma.

—Yo la acompañaré al puesto de socorro —se ofreció Greer.

—No, yo iré.

Greer agarró a Peter del codo y lo miró a los ojos.

—No le pasará nada, Peter. Lo hemos conseguido. Haz tu trabajo.

Se llevaron a Amy. Cuando Peter alzó la vista, vio a Apgar y a Chase encaminándose hacia él a grandes zancadas. En lo alto la ametralladora disparaba ráfagas sueltas.

—Señor presidente —dijo Apgar—. Te agradecería que la próxima vez no apurases tanto la llegada.

—¿En qué situación estamos?

—Por lo que parece, el ataque procede únicamente del norte. No se han producido avistamientos en otras zonas de la muralla.

—¿Y qué sabemos de las provincias?

Apgar titubeó.

—Nada.

—¿Cómo que nada?

—La población se ha esfumado en el aire. Esta mañana hemos enviado patrullas hasta Hunt, al sur de Bandera, y hasta Fredericksburg por el norte. No hay supervivientes ni tampoco cuerpos, prácticamente. Únicamente cabe suponer que las provincias han sido infestadas.

Peter se quedó sin habla. Más de doscientas mil personas, desaparecidas.

—¿Señor presidente?

Apgar lo observaba. Peter tragó saliva antes de preguntar:

—¿Cuántas personas hay dentro de la muralla?

—Contando a los militares, cuatro, puede que cinco mil personas a lo sumo. No es gran cosa en caso de que nos veamos obligados a luchar.

—¿Y qué sabemos del istmo? —preguntó Michael al general.

—De hecho, nos han llamado por radio hace un par de horas. Una tal Lore, preguntando si sabíamos algo de vosotros. No se habían enterado del ataque que se produjo ayer por la noche, así que supongo que los dragones han pasado de largo. O eso o son demasiado listos como para cruzar el espigón.

En la muralla, los disparos habían cesado del todo.

—Puede que nos dejen en paz por esta noche —opinó Chase. Escrutó los rostros de sus compañeros con expresión esperanzada—. A lo mejor los hemos asustado.

Peter no lo creía y notaba que Apgar tampoco.

—Debemos tomar algunas decisiones, Peter —intervino Michael—. Esto pronto será una ratonera. Deberíamos estar discutiendo cómo sacar a esas personas de aquí.

A Peter, la idea se le antojó súbitamente absurda.

—No voy a abandonar a nadie a su merced, Michael. El ataque ya ha empezado. Ahora mismo necesito en la muralla a todo aquel que sea capaz de empuñar un arma.

—Cometes un error.

Desde la pasarela:

—¡Avistamiento! ¡A doscientos metros!

Al principio únicamente vieron una línea de luz a lo lejos.

—Soldado, déjeme sus prismáticos.

El centinela se los tendió; Peter se llevó las lentes a los ojos. A su lado, en la plataforma, Apgar y Michael miraban al norte también.

—¿Sabría calcular cuántos hay? —preguntó Peter al general.

—Están demasiado lejos para saberlo. —Apgar se desprendió el walkie-talkie del cinto y se lo acercó a la boca—. A todas las posiciones, ¿qué están viendo?

Un chasquido de ajuste y luego:

—Posición uno, negativo.

—Posición dos, ningún avistamiento.

—Posición tres, lo mismo. No vemos nada.

La respuesta fue la misma a lo largo de todo el perímetro. La línea de luz se alargó, aunque no parecía que se estuviera acercando.

—¿Qué diablos están haciendo? —se extrañó Apgar—. Se limitan a esperarnos ahí fuera.

—Un momento —señaló Michael—. A las dos en punto.

Peter siguió la trayectoria de su indicación. Se estaba formando una segunda fila.

—Hay otra —observó Apgar—. A las diez, cerca del principio del bosque. Parece un grupo grande. Y también acuden más por el norte.

La fila principal medía ahora varios cientos de metros de largo. Los virales acudían de todas partes para reunirse con el cuerpo central.

—Esto no es un grupo de reconocimiento —opinó Peter.

Apgar vociferó:

—¡Corredores, en marcha! —Se volvió hacia Peter—. Presidente, tenemos que llevarte a un lugar seguro.

Peter se dirigió a uno de los centinelas:

—Cabo, páseme ese M16.

—Peter, por favor, no es buena idea.

El soldado le tendió el arma a Peter, que extrajo el cargador, sopló el cartucho superior para limpiarlo de polvo, volvió a introducirlo en el armazón y tiró de la palanca de carga.

—¿Sabes qué, Gunnar? Es la primera vez en diez años que te diriges a mí por mi nombre de pila.

Esa frase puso fin a la conversación. Un rumor sordo se proyectó hacia ellos. Aumentaba de intensidad segundo a segundo.

—¿Qué es ese ruido? —preguntó Michael.

Era el fragor de muchos pies golpeando la tierra. La masa seguía aumentando. El estrépito creciente de los pasos atronaba hacia ellos. Los virales dejaban torbellinos de polvo a su paso.

—Dios santo —observó Peter—. Es una multitud.

Apgar alzó la voz por encima del tumulto.

—¡Que nadie abra fuego hasta que alcancen el perímetro!

La horda medía trescientos metros y se acercaba deprisa. Más que un ejército parecía un fenómeno de la naturaleza: una avalancha, un huracán, una inundación. La plataforma empezó a zumbar; sus pernos y remaches vibraban al ritmo del impacto sísmico del avance viral.

—¿Resistirá la puerta? —preguntó a Apgar, que también había cambiado los prismáticos por un fusil.

—¿A esto?

Doscientos metros. Peter presionó la base de la culata contra su hombro.

—¡Preparados! —gritó Apgar.

Cien metros.

—¡Apunten!

Se hizo el silencio.

Los virales se habían detenido al borde de las luces. No sólo se habían detenido sino que estaban paralizados, como si los hubieran desconectado.

—Pero ¿qué diablos?

La masa empezó a dividirse en dos partes para crear un pasillo. Empezando por detrás, el movimiento fluía por el centro con una ola que fluctuaba a los lados. El desplazamiento poseía una cualidad reverencial, como si los virales cedieran el paso a un rey y se inclinaran ante él conforme avanzaba. Una forma oscura se desplazaba por el centro de la masa. De lejos parecía un animal. Se acercaba a la ciudad con desesperante lentitud a medida que el pasillo se desplegaba ante ella. Todas las armas la apuntarían en cuanto se dejara ver. Treinta metros, quince, diez. La primera línea de virales se abrió como una puerta y reveló una imagen de impactante normalidad: la figura de una persona a lomos de un caballo.

—¿Es él? —preguntó Apgar—. ¿Es Cero?

El jinete avanzó hacia la luz. A mitad de camino del portalón, detuvo el caballo y desmontó. No se trataba de «él», comprendió Peter, sino de «ella». La luz de los faros rebotaba en las gafas de cristales oscuros que le ensombrecían la parte superior del rostro. Una vaina con algún tipo de arma, una espada o una escopeta, le colgaba de la espalda. Un par de bandoleras de cuero se entrecruzaban sobre su pecho.

Bandoleras.

—Santo Dios —musitó Michael.

La mente de Peter acababa de caer por un agujero en el tiempo.

—¡No disparéis! —Alzó los brazos y los agitó de lado a lado por encima de la cabeza—. ¡Que todo el mundo baje las armas!

Con la espalda erguida, la mujer levantó la cara hacia lo alto de la muralla.

—¡Soy Alicia Donadio, capitana de los Expedicionarios! ¿Dónde está Peter Jaxon?

59

Habían transcurrido treinta minutos; todos estaban ya en sus puestos. Plantado tras el portal, Peter le hizo una seña a Henneman.

—Abra el túnel, coronel.

Henneman hizo girar la rueda y retrocedió. El golpeteo de unos cascos se dejó oír en el interior del paso. Una onda de energía recorrió la fila de soldados apostados frente a la entrada. Las pistolas en ristre. Las miradas alineadas con el cañón de sus armas. Una sombra se proyectó en la pared del túnel y Alicia emergió. Con una mano sostenía la corta cuerda que había atado a la brida; la segunda colgaba indolente a un costado. La melena, su característica corona roja, aparecía ahora tensada y recogida en una trenza que le llegaba a media espalda. Se cubría el torso con una camiseta sin mangas que revelaba la musculatura de sus brazos y hombros. Debajo, unos pantalones sueltos, sujetos a la cintura, y unas botas de cuero. Mientras echaba un vistazo al gentío congregado, las luces de la escena se reflejaron en las lentes de sus anteojos. Otro paso adelante y se detuvo, esperando instrucciones.

—Más cerca —ordenó Peter—. Despacio.

Ella avanzó otros seis metros. Peter le ordenó que se detuviera.

—Primero los cuchillos. Tíralos hacia delante.

—¿No vas a decir nada más?

Peter experimentó una súbita sensación de irrealidad. Se sintió como si hablara con un fantasma.

—Los cuchillos, Lish.

Ella desvió la vista hacia la derecha.

—Michael, no te había visto.

—Hola, Lish.

—Y coronel Apgar. —Alicia esbozó un breve saludo con la cabeza—. Me alegro de verlo, señor.

—General para ti, Donadio. —El hombre se había cruzado de brazos. Un ceño le arrugaba la frente—. Señor presidente, una palabra tuya y pondremos fin a esto.

—¿Señor presidente? —Alicia frunció el entrecejo con aire burlón—. Sí que has llegado lejos, Peter.

La cháchara de siempre; el tono jocoso. ¿Acaso era un truco?

—He dicho que los tires.

Con una calma infinita, Alicia se desabrochó las correas y tiró las bandoleras al suelo.

—Ahora la espada —dijo Peter.

—He venido a hablar, nada más.

Peter proyectó la voz hacia lo alto de la muralla.

—¡Francotiradores, apunten al caballo! —A continuación, a Alicia—: Soldado, se llama, ¿no?

Si Peter la había puesto nerviosa, Alicia no lo demostró. Pese a todo, se pasó la vaina por la cabeza y la lanzó hacia delante.

—Ahora los anteojos —prosiguió Peter.

—No soy una amenaza, Peter. Tan sólo la mensajera.

Él aguardó.

—Como quieras.

Se retiró las lentes oscuras y sus ojos quedaron expuestos. El color anaranjado se había tornado más intenso, más penetrante. Para ella no había pasado el tiempo; no había envejecido ni un día. Y, sin embargo, había cambiado. La envolvía un aura que se presentía más que verse, como el ambiente que anuncia tormenta mucho antes de que aparezcan las nubes. Alicia no desvió la mirada sino que sostuvo la de Peter. Una mirada desafiante, si bien con el rostro al descubierto Alicia parecía como desnuda, casi vulnerable. Su seguridad era el ardid del que se valía para ocultar el desasosiego.

—Encended las luces.

Tres paneles de lámparas de vapor de sodio fueron instalados a espaldas de Peter. Los haces se proyectaron como balas y golpearon a Alicia en la cara. En cuanto la mujer alzó las manos para protegerse, media docena de soldados arremetió contra ella para empujarla de bruces al suelo. Con un fuerte relincho, Soldado se encabritó y agitó las manos en el aire, con violencia. Uno de los soldados clavó el cañón de su pistola en la base del cráneo de Alicia mientras los demás aprisionaban su cuerpo.

—Que alguien controle a ese animal —rugió Peter—. Si crea problemas, disparadle.

—¡Dejadlo en paz!

—Coronel Henneman, encadene a la prisionera.

Mientras dos soldados se llevaban al caballo, Henneman enfundó su pistola, avanzó unos pasos y esposó las muñecas y los tobillos de Alicia. Una tercera cadena conectaba los grilletes por la espalda.

—Levántate y mírame —ordenó Peter.

Alicia se balanceó hacia arriba hasta situarse de rodillas. Tenía los ojos cerrados, la cabeza gacha, la cara vuelta hacia un lado para evitar el potente resplandor, como alguien que esquiva un golpe.

—Intento salvaros la vida, Peter.

—Tienes un modo muy curioso de demostrarlo.

—Tienes que escuchar lo que he venido a decir.

—Pues habla.

Se hizo un silencio. A continuación Alicia comenzó:

—Hay un hombre… Más que un hombre es una especie de viral, pero se parece a nosotros. Se llama Fanning. Está en Nueva York, en un edificio llamado Grand Central. Él me envía.

—¿Es allí donde has estado todo este tiempo?

Alicia asintió.

—Hay cosas que nunca te he dicho, Peter. Cosas que no podía contarte. La parte de viral que hay en mí siempre fue más fuerte de lo que yo dejaba entrever. Empeoraba por momentos… Sabía que no podría controlarlo mucho más tiempo. Poco después de Iowa, empecé a oír a Fanning en mi cabeza. Por eso partí a Nueva York. Tenía intención de matarlo. En caso contrario, él me mataría a mí. Yo únicamente quería que todo terminara.

—¿Y por qué no lo hiciste?

—Lo deseaba, créeme. Quería cortarle la maldita cabeza. Pero no pude. El viral que me mordió en Colorado no era Babcock. Era Fanning. Llevo su virus. Le pertenezco, Peter.

Le pertenezco. La frase se le antojó escalofriante. Peter echó una ojeada a Apgar para comprobar si se había percatado del alcance de esa afirmación. Lo había hecho.

—Fanning y yo hicimos un trato. Si me quedaba con él, os dejaría en paz.

—Por lo visto, cambió de idea.

Ella sacudió la cabeza con vehemencia.

—Yo no tuve nada que ver. Para cuando comprendí lo que tramaba, era demasiado tarde para detenerlo. Todo este tiempo ha estado esperando a que os dispersaseis, a que cayeran vuestras defensas. Quiere a Amy. Si se la llevo, todo terminará.

He ahí la clave.

—¿Y qué quiere de ella?

—No lo sé.

—No me mientas.

—¿Dónde está, Peter?

—Ni idea. Nadie ha visto a Amy desde hace más de veinte años.

El tono de Alicia había cambiado; su fanfarronería se había esfumado.

—Escúchame, por favor. Es imposible parar esto. Ya has visto de lo que es capaz. No se parece a los demás. Los otros no son nada comparados con él.

—Tenemos murallas. Luces. Ya nos hemos enfrentado a ellos otras veces. Regresa y díselo.

—Peter, no lo entiendes. No tiene que hacer nada. ¿Qué tenéis vosotros, unos millares de soldados? ¿Cuánta comida? ¿Cuánta gasolina? Dale lo que pide. Es vuestra única posibilidad.

—Cabo Wilson, un paso adelante, por favor.

Hollis se internó en la luz.

—Te acuerdas de Hollis, ¿verdad, Lish? ¿Por qué no lo saludas?

Ella había agachado la cabeza.

—¿Por qué me pides eso?

—¿Y qué me dices de su hija, Kate? Debía de ser una niña pequeña la última vez que la viste.

Alicia asintió.

—Dilo. Di que te acuerdas de Kate.

—Sí, la recuerdo.

—Me alegro. Cuando creció, estudió medicina, igual que su madre. Tuvo dos hijas. Pero uno de tus amigos la mordió ayer por la noche. ¿Quieres saber lo que pasó después?

Alicia guardó silencio.

—¿Quieres?

—Adelante, Peter.

—Muy bien, pues te lo diré. Aquella niña que tú recuerdas se pegó un tiro.

El silencio de Alicia lo enfureció. ¿Qué le había pasado? ¿En qué se había convertido?

—¿No tienes nada que decir en tu defensa?

—¿Qué quieres que diga? ¿Que lo siento? Haz lo que quieras conmigo, pero eso no cambiará nada.

A Peter se le aceleró el pulso. Se le crispó la mandíbula. Apuntó a Alicia con un dedo acusador.

—Míralo. Iré a buscar a Sara y a las hijas de Kate también. Para que les digas en persona lo mucho que lo sientes.

Alicia no respondió.

—Doscientas mil personas, Lish. ¿Y te presentas aquí a sugerirme que nos rindamos? ¿Como si hablaras en nombre de un amigo?

Los hombros de la mujer temblaban. ¿Estaba llorando?

—Te lo preguntaré otra vez. ¿Qué quiere Fanning de Amy?

Alicia sacudió la cabeza con fuerza.

—No lo sé.

—Gunnar, pásame tu arma.

Apgar desenfundó la pistola, la hizo girar en la mano y se la tendió a Peter, que extrajo el cargador, lo examinó y volvió a introducirlo en el hueco de la empuñadura con ruidosos movimientos.

Michael intervino.

—Peter, ¿qué demonios estás haciendo?

—Esta mujer es un viral. Un aliado del enemigo.

—¡Es Alicia! ¡Es una de nosotros!

Peter avanzó unas zancadas y acercó el cañón a la sien de Alicia.

—Dímelo, maldita sea.

—Sé que está aquí —murmuró Alicia—. Lo noto en tu voz.

Él amartilló la pistola y apretó los dientes. Ahora actuaba por instinto, una furia ciega que anulaba cualquier pensamiento.

—Responde la pregunta o te meto una bala en la cabeza.

—Espera.

Se dio media vuelta. Amy, aferrada al brazo de Greer para mantener el equilibrio, estaba parada al borde de la luz.

—Lucius, llévatela ahora mismo.

Dos soldados se desplazaron para impedir que la pareja siguiera avanzando. Uno le plantó una mano a Greer en el pecho. El hombre se crispó, pero al momento, como si hubiera cambiado de idea, se rindió al gesto.

—Déjame hablar con ella —pidió Amy.

La idea era absurda. La pobre apenas si se sostenía en pie; un soplo de aire habría bastado para hacerla caer de rodillas.

—Lo digo en serio, Greer.

—Comprendo que estés enfadado —dijo Amy—, pero hay cosas que tú no sabes.

Le hablaba como si se dirigiera a un animal peligroso o a un hombre plantado al borde de un abismo. Súbitamente, Peter adquirió consciencia del peso resbaladizo de la pistola en su mano.

—Lucius se puede quedar aquí —prosiguió Amy—, pero si quieres respuestas, tienes que dejarme pasar.

Peter volvió la vista hacia Alicia. Agachaba la cabeza con gesto sumiso; parecía pequeña, frágil, acabada. ¿De verdad había estado a punto de descerrajarle un tiro? Se le antojaba imposible y, sin embargo, instantes antes, se había apoderado de él un impulso que escapaba a su control.

—Por favor, Peter.

El momento se alargó; todo el mundo lo miraba.

—Muy bien —accedió—. Que pase.

Los soldados retrocedieron. La sombra de Amy se alargó en el suelo a medida que se acercaba a la sometida figura de Alicia. Usando su cuerpo para protegerla de la luz, Amy se agachó junto a su amiga.

—Hola, hermana. Me alegro de verte.

—Lo siento, Amy. —Los hombros de Alicia se agitaban—. Lo siento mucho.

—No lo sientas. —Con ternura, Amy usó la punta de los dedos para levantar la barbilla de Alicia—. ¿Sabes que estoy muy orgullosa de ti? Has sido muy fuerte.

Las lágrimas que rodaban por las mejillas de Alicia abrían brillantes surcos en la mugre.

—¿Cómo es posible que me digas eso?

Amy le sonrió.

—Porque somos hermanas, ¿no es verdad? Hermanas de sangre. Nunca he dejado de pensar en ti, ¿sabes?

Alicia no respondió.

—Te consoló, ¿verdad?

La otra tenía los labios mojados. Las lágrimas le corrían por la barbilla.

—Sí.

—Te tomó a su cuidado, se ocupó de ti. Te hizo sentir que no estabas sola.

La voz de Alicia había mudado en poco más que un susurro.

—Sí.

—¿Lo ves? Por eso estoy tan orgullosa de ti. Porque no cediste, tu corazón no se dejó conquistar.

—Pero sí lo hice.

—No, hermana. Yo sé lo que significa estar sola. Estar al otro lado. Pero todo eso ha terminado. —Sin despegar la mirada de los ojos de Alicia, Amy alzó la voz para dirigirse a la concurrencia—. ¿Me estáis escuchando? Ya podéis bajar las armas. Esta mujer está de nuestro lado.

—Mantened posiciones —ordenó Peter.

Amy volvió la cara hacia él.

—Peter, ¿no me has oído? Está con nosotros.

—Necesito que te alejes de la prisionera.

Desconcertada, Amy miró a Alicia nuevamente, luego a Peter una vez más.

—No pasa nada —le dijo Alicia—. Obedece.

—Lish...

—Se limita a cumplir con su deber. Ahora tienes que retroceder.

Transcurrió un instante de incertidumbre antes de que Amy se pusiera de pie. Otro instante de vacilación y retrocedió. Alicia agachó la cabeza.

Peter dijo:

—Coronel, adelante.

Henneman se aproximó a Alicia por detrás. Se había enfundado unos gruesos guantes de goma y en las manos portaba una varilla de metal envuelta en alambre de cobre cuyo extremo estaba conectado al generador que alimentaba las luces mediante un largo cable. Cuando la punta de la varilla entró en contacto con la base del cuello de Alicia, su cuerpo fue presa de una sacudida. Echó los hombros hacia atrás y el pecho hacia delante, como si la hubieran empalado. No emitió el menor sonido. Permaneció en esa misma postura unos segundos, los músculos tensos como alambre. A continuación perdió fuelle y se desplomó de bruces en el suelo.

—¿Está inconsciente?

Henneman empujó las costillas de Alicia con la punta de la bota.

—Eso parece.

—Peter, ¿por qué?

—Lo siento, Amy, pero no puedo confiar en ella.

Un camión retrocedía hacia ellos. Dos hombres saltaron de la zona de carga y dejaron caer la compuerta de cola.

—Muy bien, caballeros —anunció Peter—. Vamos a llevar a esta mujer a la prisión militar. Y mucho cuidado. No olvidemos quién es.

60

05:30: plantado en la pasarela junto a Apgar, Peter contemplaba el amanecer. Una hora antes del alba, la horda había partido; una retirada imponente y silenciosa, como una ola que regresa de la orilla para replegarse en la masa oscura del mar. Tan sólo quedaba una vasta extensión de tierra pisoteada y, más allá, los aplastados campos de maíz.

—Es todo por esta noche, supongo —comentó Apgar.

Hablaba en un tono de voz cansado, resignado. Permanecieron donde estaban, sin hablar, cada cual a solas con sus propios pensamientos. Transcurrieron unos minutos y la sirena ululó, una expansión de sonido parecida a una gran inhalación seguida de la inevitable exhalación como un suspiro sobre el valle que por fin se extinguió. A lo largo y ancho de la ciudad, personas aterradas se disponían a abandonar sótanos y refugios, a salir de los armarios y de debajo de las camas. Ancianos, vecinos, familias con hijos. Se mirarían con ojos cansados pero muy abiertos: ¿todo ha terminado? ¿Estamos a salvo?

—Deberías dormir un poco —sugirió Apgar.

—Tú también.

Pese a todo, ninguno de los dos se movió. Peter notaba acidez en el estómago vacío —ni siquiera recordaba cuándo había comido por última vez— mientras que el resto de su cuerpo se le antojaba adormecido, casi liviano, la tez tirante como si fuera de papel. Las necesidades orgánicas: el mundo podía acabarse, pero tú tenías que hacer pis.

—¿Sabes? —dijo Apgar, que bostezó contra el puño—. Creo que Chase tiene las ideas claras. A lo mejor deberíamos dejar las cosas en manos de los chicos.

—Una idea interesante.

—¿Y qué? ¿De verdad le habrías disparado?

La pregunta lo había torturado toda la noche.

—No lo sé.

—Bueno, no seas duro contigo mismo. Yo lo habría hecho sin pestañear. —Una pausa y luego—: Donadio tenía razón en una cosa. Aunque logremos contenerlos, la gasolina únicamente nos alcanzará para unas cuantas noches.

Peter se acercó a la muralla. Una mañana gris, la luz indiferente y cansada: le parecía apropiado.

—Yo he permitido que pasara.

—Todos lo hicimos.

—No, yo soy responsable. Nunca debimos abrir las puertas.

—¿Y qué ibas a hacer? No podías dejar a la gente encerrada para siempre.

—No me convences.

—Me limito a constatar la realidad. Si quieres culpar a alguien, culpa a Vicky. Diablos, cúlpame a mí. La decisión de salir se tomó mucho antes de que tú llegaras.

—Era yo el que estaba al mando, Gunnar. Podría haberlo impedido.

—Y te habrías enfrentado a una revolución. En el instante en que los dragones desaparecieron, no hubo nada que hacer. Me sorprende que las cosas funcionaran tanto tiempo como lo hicieron.

Dijera lo que dijese Gunnar, Peter sabía la verdad. Había bajado la guardia, se había permitido pensar que todo pertenecía al pasado —la guerra, los virales, el antiguo sistema— y ahora doscientas mil personas habían muerto.

Los pasos de Henneman y Chase traquetearon en la pasarela. Viendo a Chase, se diría que había dormido debajo de un puente cualquiera, pero Henneman, que daba mucha importancia al aspecto exterior, se las había arreglado para sobrevivir a la noche prácticamente sin despeinarse ni un pelo.

—¿Órdenes, general? —preguntó el coronel.

No era momento de bajar las defensas, pero los hombres necesitaban descansar. Apgar los organizó en turnos de cuatro-cuatro: un tercio en la muralla, un tercio patrullando el perímetro y un tercio en sus camastros.

—¿Y ahora qué? —preguntó Chase cuando Henneman se alejaba.

Peter, sin embargo, ya no lo escuchaba. Una idea empezaba a perfilarse en su pensamiento. Algo antiguo; algo relacionado con el pasado.

—¿Señor presidente?

Peter se volvió a mirar a los dos hombres.

—Gunnar, ¿cuáles son nuestros puntos débiles? Aparte de la puerta.

Apgar lo meditó un instante.

—La muralla es sólida. La presa prácticamente inexpugnable.

—Entonces el problema es la puerta.

—Eso creo.

¿Funcionaría? Tal vez sí.

—En mi despacho —dijo Peter—. Dentro de dos horas.

—Abra la puerta.

El oficial accionó el mecanismo. Peter entró. Alicia estaba sentada en el suelo de la celda. Tenía los brazos y las piernas engrilletados por delante del cuerpo; una tercera cadena le conectaba las manos a una pesada anilla de hierro prendida a la pared. Habían usado una tela gruesa para tapar la ventana con el fin de atenuar la luz.

—Ya era hora —le recriminó ella con guasa—. Empezaba a pensar que te habías olvidado de mí.

—Llamaré cuando termine —le dijo Peter al guardia.

Éste los dejó a solas. Peter se sentó en el catre, de cara a Alicia. Un instante de silencio mientras los dos se miraban a través de una distancia que se les antojaba mucho más vasta de lo que era.

—¿Cómo te encuentras? —preguntó Peter.

—Ah, ya sabes. —Alicia se encogió de hombros con desdén—. Mejor que si me hubieran metido una bala en la cabeza. Por un momento me hiciste dudar.

—Estaba enfadado. Aún lo estoy.

—Sí, ya lo he notado. —Los ojos de ella estudiaron el rostro del hombre—. Ahora que te veo detenidamente, debo decir que estás envejeciendo bien. Esa nieve en el tejado te sienta de maravilla.

Peter sonrió, sólo un poco.

—Y tú no has cambiado nada.

Ella paseó la vista por la minúscula celda.

—¿Y de verdad manejas el cotarro por aquí? ¿Tengo delante al señor presidente?

—Eso parece.

—¿Te gusta?

—Este último par de días no ha sido la bomba.

Los comentarios sarcásticos, igual que bailar una canción cuya melodía únicamente ellos dos oían. Mal que le pesase, la había echado de menos.

—Me has puesto en apuros, Lish. Anoche armaste un gran revuelo.

—No escogí el mejor momento.

—En lo que concierne a este gobierno, eres una traidora.

Alicia alzó la vista.

—¿Y qué piensa Peter Jaxon?

—Llevas fuera mucho tiempo. Amy parece creer que estás de nuestro lado, pero no es ella la que manda.

—Estoy de vuestro lado, Peter. Pero eso no cambia la situación. Al final, tendrás que entregarla. No puedes vencer.

—¿Lo ves? Ésa es la parte que no entiendo. Jamás te había oído hablar así, acerca de nada.

—Esto es distinto. Fanning es distinto. Lo ha controlado todo desde el principio. Si pudimos matar a los Doce fue porque él nos dejó. Para Fanning no somos más que piezas en el tablero.

—Y entonces ¿por qué confías en él?

—Es posible que no me haya expresado bien. No confío.

—«Te consoló.» «Te tomó a su cuidado.» ¿Recuerdo las frases correctamente?

—Lo hizo, Peter. Pero eso no significa que confíe en él.

—Tendrás que hacerlo mejor.

—¿Por qué? ¿Para que me creas? Tal como yo lo veo, no tienes elección.

—¿Y con quién estoy hablando? ¿Contigo o con Fanning?

Ella entornó los ojos con rabia; las palabras de Peter habían dado en el blanco.

—Hice un juramento, Peter. Igual que tú y Apgar, igual que todos y cada uno de los hombres apostados en la muralla ayer por la noche. Me quedé con Fanning porque me prometió que os dejaría en paz. Sí, se portó bien conmigo. No digo lo contario. Lo creas o no, en realidad me da pena ese tipo, pero sólo hasta que recuerdo quién es.

—¿Y quién es?

—El enemigo.

¿Mentía? De momento daba igual; su empeño por convencerle era algo que Peter podía aprovechar.

—Dime contra qué nos enfrentamos, cuántos dragones hay ahí fuera.

—Tú mismo los viste ayer por la noche.

—Los demás están en Nueva York, en otras palabras. Como reserva.

Alicia asintió.

—No me han seguido, si te refieres a eso. Los demás están debajo de la ciudad, en los túneles.

—¿Y no sabes lo que quiere de Amy?

—Si lo supiera, te lo diría. Tratar de entender a Fanning es misión imposible. Es un hombre complicado, Peter. Pasé veinte años con él y nunca llegué a conocerlo del todo. Más que nada parece triste. No le gusta ser lo que es, pero lo considera una especie de justicia poética. O, al menos, quiere pensarlo así.

Peter frunció el ceño.

—No te sigo.

Alicia se concedió unos segundos para ordenar sus ideas.

—Hay un reloj en la estación. Hace mucho tiempo, Fanning estuvo esperando a una mujer allí. —Alzó la vista—. Es una historia muy larga. Te la puedo contar, pero tardaría horas.

—Hazme un resumen.

—La mujer se llamaba Liz. Era la esposa de Jonas Lear.

Peter se quedó de piedra.

—Sí, a mí también me sorprende. Todos se conocían. Fanning estaba enamorado de ella desde la juventud. Cuando Liz se casó con Lear, Fanning se olvidó del asunto, pero en realidad no lo hizo. Y entonces ella se puso enferma. Contrajo algún tipo de cáncer y se estaba muriendo. Y resultó que ella también estaba enamorada de él; lo amó desde el principio. Fanning y ella habían planeado fugarse, pasar juntos el poco tiempo que le quedaba a ella. Deberías oírle contar la historia, Peter. Se te parte el corazón. Habían quedado en el reloj, pero Liz no apareció. Murió de camino a la estación, pero Fanning no lo sabía. Pensó que ella había cambiado de idea. Esa noche se emborrachó en un bar y acompañó a una mujer a su casa. Era una extraña, una completa desconocida. La mató.

—Así que es un asesino, en otras palabras.

Alicia no estaba de acuerdo.

—Bueno, fue una especie de accidente, tal como él lo cuenta. Había perdido la cabeza, estaba convencido de que su vida había terminado. Ella lo amenazó con un cuchillo, lucharon y la mujer cayó encima del arma.

—Y acabó en el corredor de la muerte, igual que los Doce.

—No, él escapó de rositas. En realidad se sintió fatal por lo sucedido. Estaba sumamente confuso, pero no era un asesino consumado, aún no por lo menos. Más tarde viajó a Sudamérica con Lear. El virus procede de allí. Lear llevaba años buscándolo; pensó que podría emplearlo para salvar a su esposa, aunque a esas alturas eso ya era irrelevante. Fanning lo describe como un obsesivo total.

—¿Y fue entonces cuando Fanning se contagió del virus?

Alicia asintió.

—Por lo que he deducido, sucedió por casualidad, aunque culpa a Lear de ello. Cuando Fanning se infectó, Lear lo llevó a Colorado. Todavía albergaba la esperanza de emplear el virus como una especie de curalotodo, pero el Ejército se metió por medio. Querían usarlo como arma, crear una especie de supersoldado con él. Fue entonces cuando llevaron a los doce reclusos.

Peter meditó el relato un instante. Después de atar cabos, preguntó:

—¿Y Amy? ¿Qué le hizo el Ejército?

—Ellos no le hicieron nada. Eso fue cosa de Lear. Utilizó un virus distinto al que había infectado a Fanning. Por eso no actúa igual que los demás. Por eso y porque era muy joven cuando la contagiaron. Me parece que Lear, a esas alturas, ya sabía que las cosas habían salido mal y estaba intentando repararlas.

—Pues vaya solución.

—Como ya te he dicho, Fanning opina que el hombre había perdido la chaveta. Sea como sea, según lo ve Fanning, Amy es el cabo suelto. Matar a los Doce fue una prueba... no para medir nuestras fuerzas, por cuanto jamás tuvimos la más mínima posibilidad contra ellos. Fanning estaba midiendo las de ella. Me extraña no haberlo deducido en aquel entonces, cuando los reunió a todos. Nunca les tuvo demasiado cariño, por expresarlo con delicadeza. Una panda de psicóticos, así los define ahora.

—¿Y él no lo es?

—Depende de cómo definas su enfermedad. Si te refieres a que no distingue entre el bien y el mal, debo decir que te equivocas. Ha estudiado el asunto a conciencia, en realidad. Y eso es lo más raro, lo que nunca he podido entender. A un dragón normal y corriente le da igual una cosa que otra; únicamente es una máquina de comer. Fanning, en cambio, lo medita todo a fondo. A lo mejor Michael habría estado a su altura, pero yo no. Cuando hablaba con él me sentía como si me arrastrara un caballo.

—¿Y por qué la puso a prueba? ¿Qué trataba de averiguar?

Alicia miró al infinito antes de proseguir.

—Yo creo que quería saber si de verdad Amy era distinta del resto. Dudo que se proponga matarla. Eso sería demasiado evidente. Si me preguntas a mí, diría que todo guarda relación con los sentimientos que le inspiraba Lear. Fanning lo odiaba. Lo odiaba con toda su alma. Y no solamente por lo que Lear le hizo. Se trata de un odio más visceral. Lear creó a Amy con la intención de arreglar las cosas. Es posible que Fanning sea incapaz de aceptarlo. Como ya te he dicho, da la sensación de ser casi desgraciado. Se sienta en esa estación y mira el reloj como si para él se hubiera detenido el tiempo desde el día que Liz lo dejó plantado.

Peter aguardó a que Alicia añadiera algo más, pero, por lo visto, el relato había concluido.

—Ayer por la noche te referiste a él como a un hombre.

Ella asintió.

—Tiene aspecto de persona, aunque con ciertas peculiaridades. Es sensible a la luz, mucho más que yo. Nunca duerme, o casi nunca. Le gusta cenar caliente. Y —se señaló los incisivos usando el índice y el pulgar— tiene unos como éstos.

Peter frunció el ceño.

—Colmillos.

Alicia asintió.

—Sí, únicamente estos dos.

—¿Siempre ha sido así?

—En realidad, no. Al principio era idéntico a los demás. Pero le sucedió algo, sufrió un accidente. Cayó en una cantera inundada. Fue al principio, pocos días después de que escapara del laboratorio. No podemos nadar; Fanning cayó directo al fondo. Cuando despertó, estaba tendido en la orilla con el mismo aspecto que tiene ahora. —Se interrumpió y miró a Peter entornando los ojos, como si acabara de comprender algo—. ¿Fue eso lo que le sucedió a Amy?

—Algo así.

—Pero no me lo vas a decir.

Peter no respondió.

—¿El agua también podría cambiar a sus Muchos?

—Fanning dice que no, que únicamente a él.

Peter se puso de pie. Lo invadió un súbito mareo; necesitaba echarse con urgencia, aunque sólo fueran unos minutos. Sin embargo, no quería que Alicia notara hasta qué punto estaba cansado. Era una vieja costumbre, de los días en que hacían guardia juntos, cada cual tratando de superar al otro. *Yo puedo. ¿Y tú?*

—Perdona por las cadenas.

Alicia alzó las muñecas y las observó impávida, como si no estuviera mirando sus propias manos sino las de otra persona. Se encogió de hombros y las dejó caer sobre el regazo.

—No te preocupes. Me doy cuenta de que no te lo estoy poniendo fácil.

—¿Necesitas algo? ¿Comida, agua?

—Sigo una dieta un tanto especial últimamente.

Peter se hizo cargo.

—Veré qué puedo hacer.

El silencio planeó entre los dos, ambos conscientes de la incomodidad de la situación.

—Ya sé que no me quieres creer —insistió Alicia—. Demonios, yo tampoco lo haría. Pero te estoy diciendo la verdad.

Peter no contestó.

—Éramos amigos, Peter. En aquellos años, jamás confié en nadie tanto como en ti. Nos apoyábamos mutuamente.

—Sí, lo hacíamos.

—Tú dime si todavía le concedes valor a nuestra amistad.

Mirando a Alicia, la mente de Peter retrocedió a la noche de su despedida en la guarnición de Colorado, tantos años atrás; la noche antes de que

Peter subiera a las montañas con Amy. Qué jóvenes eran. Allí, junto a los barracones de los soldados, azotados por el gélido viento, Peter había amado a Alicia con todo su corazón, como jamás había amado a nadie; ni a sus padres, ni a su tía, ni siquiera a su hermano Theo. A nadie. No era el amor que siente un hombre por una mujer ni el de un hermano por una hermana, sino algo más puro, reducido a su esencia: una energía que los unía a nivel subatómico, para la que no tenía nombre. Peter ya no recordaba las palabras que intercambiaron. Tan sólo conservaba la impresión, como huellas en la nieve. En aquel entonces aún les parecía posible entender la vida y su misión en el mundo —Peter era tan joven como para creer, todavía, que tal cosa era posible— y el recuerdo le provocó una emoción vívida e intensa, como si no hubieran pasado tres décadas desde aquella hora fría y distante en que buscara refugio en el coraje de Alicia. Pero luego parpadeó para ahuyentar el recuerdo y su mente regresó al presente, y entonces únicamente notó un peso en el pecho hecho de pura tristeza. Doscientas mil almas habían desaparecido y Alicia estaba en el ajo.

—Sí —respondió—. Claro que se lo concedo. Pero me temo que eso no cambia nada.

Golpeó tres veces la puerta. Sonó un chasquido y el guardia hizo aparición.

—No seas bobo, Peter. Ya te he dicho cómo es Fanning. No sé lo que te propones, pero no lo hagas.

—Gracias —le dijo Peter al guardia—. He terminado.

La cadena que sujetaba a Alicia tintineó cuando ella dio unos pasos hacia la puerta.

—¡Escúchame, maldita sea! ¡No te enfrentes a él!

Sin embargo, las palabras apenas si alcanzaron los oídos de Peter, que ya recorría el pasillo a paso vivo.

61

Y ahora, Alicia mía, tú habitas entre ellos.

¿Que cómo lo sé? Lo sé igual que lo sé todo. Soy un millón de mentes, un millón de historias, un millón de ojos errantes. Estoy en todas partes, Alicia mía, observándote. Te he vigilado desde el principio, tomando nota, evaluando la situación. ¿Sería exagerado decir que presentí tu llegada el día de tu nacimiento, cuando no eras sino un renacuajo empapado y chillón por cuyas venas ya corría la ardiente sangre de la rebeldía? Es imposible, claro que sí, y sin embargo yo tengo esa sensación. Tal es el misterioso trayecto de la providencia: todo parece ordenado, todo escrito, pasado y futuro por igual.

¡Menuda entrada la tuya! Con qué actitud, con qué maestría escénica, con qué aires autoritarios te internaste en las luces de la ciudad y reclamaste tu derecho a estar en ella. ¿Cómo iban los moradores de esa plaza sitiada, embrujados por la majestuosidad de tu llegada, a escapar a tu hechizo? ¡Soy Alicia Donadio, capitana de los Expedicionarios! Perdona, Alicia, que desvaríe un poco. Estoy impresionado. La creación no ha visto nada semejante desde que el gran Aquiles se plantó ante las almenas de la poderosa Troya. En el interior de esas murallas, sin duda, está a punto de comenzar una gran asamblea. Debates, edictos, amenazas y desafíos; el duelo a espadas de costumbre en una ciudad sitiada. ¿Les plantamos cara? ¿Escapamos? Son sesudas y dignas de admiración, y, no obstante —te ruego disculpes la analogía— tales discusiones vienen a ser lo mismo que chapotear cuando te estás ahogando: únicamente sirven para acelerar las cosas.

Durante tu ausencia, Alicia, he arrancado una página de tu libro, por así decirlo. Noche tras noche la oscuridad me llama; mis pies me arrastran de nuevo a las calles de la poderosa Gotham. El verano ha llegado por fin a esta isla de exilio. Los pájaros cantan en las ramas. Los árboles y las flores impregnan la brisa de sus secreciones sexuales. Todo tipo de criaturas emprenden sus primeras y vacilantes aventuras entre la hierba. (Ayer por la noche, recordando lo mucho que te preocupabas por mi alimentación, devoré una camada de seis conejitos en tu honor.) ¿De dónde procede este nuevo desasosiego que me embarga? Vagando por el laberinto de cristal, acero y piedra que constituyen las calles de Manhattan me siento más cerca de ti, pero noto algo más también: las sensaciones del pasado adquieren tal intensidad que se me antojan alucinaciones. Era verano, al fin y al cabo, cuando viajé a la ciudad de Nueva York para asistir al funeral de mi amigo Lucessi y la ciudad me mostró por primera vez el rostro del amor. Cierro los ojos y allí estoy, con ella, mi Liz, la mujer y el lugar indiscernibles, una sola cosa y la misma. El encuentro en el reloj antes de sumirnos en el calor húmedo y sudoroso de la hora punta del verano. El súbito encierro del taxi, con su banco de vinilo agrietado y la presencia de millones de ocupantes anteriores. El desfile de seres humanos que se apresuraban por calles y aceras. El claxon de los coches, fácil e impaciente, y los aullidos de las sirenas como gatos que se aparean. Los majestuosos rascacielos del centro, velados y relumbrantes a la luz exhausta de la hora. La consciencia aguda, casi dolorosa de todo ello, como una descarga de datos indiferenciados en mi cerebro, inseparables de ella, amada y eterna. Sus hombros brillantes, besados por el sol. El aroma femenino, casi imperceptible, de su transpiración en el exiguo espacio del taxi. Su rostro demacrado y expresivo, con su toque de mortalidad, su mirada miope, la misma que escudriñaba las cosas en toda su profundidad. La perfección de su mano en la mía mientras deambulábamos juntos por las calles oscuras, a solas entre millones de personas. Se cuenta que al principio de los tiempos únicamente existía un género y que la humanidad existió en este estado de dicha hasta que, como castigo, los dioses nos dividieron en dos, una cruel mitosis que nos obligó a dar vueltas y más vueltas en busca de nuestra media naranja para volver a estar completos.

Así me sentía cuando notaba su mano en la mía, Alicia. Como si, de todas las mujeres que poblaban esta tierra, yo hubiera encontrado a mi alma gemela.

¿Me besó aquella noche mientras dormía? ¿Fue un sueño? ¿Acaso hay alguna diferencia? Ésa es mi Nueva York, como fuera en sus tiempos la de tantos otros: el beso con el que uno sueña.

Todos perdidos, todos desaparecidos, al igual que la ciudad de tu amor, Alicia, la ciudad de tu Rose. *Llamad a Fanning*, escribió Lucessi. *Llamad a Fanning para decirle que no hay nada más que el amor, y el amor es dolor, y el amor es pérdida.* ¿Cuántas horas pasó ahí colgado? ¿Cuántos días y noches duró mi madre, flotando en un mar de agonía? ¿Y dónde estaba yo? Qué tontos somos. Qué tontos somos los mortales.

De ahí que la hora de la reparación se aproxime. A Dios pongo por testigo de mi queja. Él fue quien, con la mayor crueldad, te tentó con el amor como un juguete de colores brillantes colgado sobre la cuna de un infante. De la nada creó este valle de lágrimas; a la nada volverá.

Sé que está aquí —dijiste—. *Lo noto en tu voz.*

Y yo en la tuya, Alicia, y yo en la tuya.

62

Dos soldados, con los fusiles al hombro, montaban guardia al final de la pasarela. Cuando Peter se aproximó, se irguieron y esbozaron rápidos saludos militares.

—¿Todo tranquilo por aquí?

—La doctora Wilson se ha marchado hace un rato.

—¿Alguien más? —Se preguntó si Gunnar había pasado por allí, o quizá Greer.

—No desde que ha comenzado nuestro turno.

La puerta se abrió justo cuando llegó al porche. Era Sara, cargada con su pequeño maletín de instrumentos médicos. Los ojos de la mujer buscaron los suyos con una expresión que Peter comprendió. La abrazó y luego retrocedió para mirarla.

—No sé qué decir —empezó Peter. Sara tenía el pelo mojado y pegado a la frente, los ojos hinchados e inyectados en sangre—. Todos la queríamos.

—Gracias, Peter. —Lo dijo en tono monocorde, sin emoción—. ¿Es cierto lo de Alicia?

Él asintió.

—¿Qué vas a hacer con ella?

—Aún no lo sé. Está en la prisión militar.

Sara no dijo nada; no hacía falta. Su rostro hablaba por ella. *Confiamos en Alicia y mira adónde nos ha llevado.*

—¿Cómo está Amy? —preguntó Peter.

Sara lanzó un suspiro.

—Compruébalo tú mismo. Su condición me sobrepasa pero, por lo que yo veo, se encuentra bien. Bien en tanto que humana. Una pizca desnutrida y muy débil, pero la fiebre ha bajado. Si la hubieras traído sin decirme quién era, la habría tomado por una mujer en perfecto estado de salud de veintitantos años que acababa de pasar una gripe. Que alguien me lo explique.

Tan sucintamente como pudo, Peter le contó la historia: el asunto del *Bergensfjord*, la visión de Greer, la transformación de Amy.

—¿Y qué vas a hacer? —quiso saber Sara.

—Estoy en ello.

Sara parecía un tanto aturdida; apenas empezaba a asimilar la información.

—Supongo que le debo a Michael una disculpa. Es curioso que sea lo primero que me viene a la mente en un momento como éste.

—He convocado una reunión en mi despacho a las cero siete treinta. Te espero allí.

—¿Por qué a mí?

Por muchas razones. Peter optó por la más sencilla.

—Porque formas parte de esto desde el principio.

—Y ahora parte del final —replicó Sara en tono funesto.

—Esperemos que no.

La mujer guardó silencio. A continuación, añadió:

—Ayer acudió una mujer de parto al hospital. Aún tenía para rato. Podríamos haberla enviado a casa, pero su marido y ella estaban allí cuando sonó la sirena. Hacia las tres de la madrugada, el niño decidió nacer. Un recién nacido en mitad de todo esto. —Sara miró a Peter a los ojos—. ¿Sabes lo que le habría dicho de haber podido?

Él negó con la cabeza.

—Vuélvete por donde has venido.

La puerta del dormitorio estaba entornada; Peter se detuvo en el umbral. Habían corrido las cortinas, por las que ahora se filtraba una luz tenue y amarillenta. Amy estaba acostada de lado; los ojos cerrados, el rostro relajado, un brazo encajado bajo la almohada. El hombre estaba a punto de retirarse cuando Amy parpadeó y abrió los ojos.

—Eh. —Hablaba en un tono sumamente quedo.

—Tranquila, vuelve a dormirte. Sólo quería saber cómo estabas.

—No, quédate. —Amy miró a su alrededor con expresión adormilada—. ¿Qué hora es?

—No estoy seguro. Temprano.

—Sara ha estado aquí.

—Ya lo sé. Me he cruzado con ella cuando se marchaba. ¿Cómo te encuentras?

Ella frunció el ceño con ademán concentrado.

—No… lo sé. —Al momento, con los ojos muy abiertos, como si la idea la sorprendiera—. ¿Hambrienta?

Qué necesidad tan trivial. Peter asintió.

—A ver qué encuentro.

En la cocina encendió el fogón de queroseno —llevaba meses sin usarlo— y salió para pedirles a los soldados lo que necesitaba. Mientras esperaba, fregó los platos. Para cuando volvieron, cargados con una pequeña cesta, el fuego ya estaba listo. Suero de leche, huevos, una patata, una hogaza de pan compacto y oscuro y mermelada de frutas del bosque en un frasco sellado con cera. Se puso a trabajar, contento de poder distraerse con la pequeña tarea que tenía entre manos. En una sartén de hierro colado frio las patatas y luego los huevos; cortó la hogaza en gruesas rebanadas y les untó mermelada. ¿Cuánto tiempo llevaba sin cocinar para otra persona? La última vez debió de ser para Caleb cuando era un niño. Hacía años.

Dispuso el desayuno de Amy en una bandeja, añadió un vaso de suero de leche y se lo llevó al dormitorio. Se preguntó si se habría dormido nuevamente durante su ausencia. En vez de eso, la encontró despierta y sentada. Había descorrido las cortinas; saltaba a la vista que la luz ya no la molestaba. Una sonrisa se extendió por su rostro cuando lo vio en el umbral con la bandeja en las manos, como un camarero.

—Hala —se sorprendió Amy.

Peter le depositó el recipiente en el regazo.

—La cocina no es lo mío.

Amy contemplaba la comida como un prisionero que acaba de salir de un encierro de varios años.

—No sé ni por dónde empezar. ¿Por las patatas? ¿Por el pan? —Sonrió al decidirse—. No, por la leche.

Se bebió la leche de un trago y procedió a engullir el resto, pinchando la comida con el tenedor como un jornalero.

Peter acercó una silla a la cabecera de la cama.

—Deberías comer más despacio.

Ella alzó la vista y respondió con la boca llena:

—¿Tú no desayunas?

Él se moría de hambre, pero estaba disfrutando sólo de mirarla.

—Ya tomaré algo más tarde.

Peter se encaminó a la cocina para rellenar el vaso de Amy. Para cuando volvió, el plato de ella estaba vacío. Él le tendió el suero de leche y la vio bebérselo de un trago. Un saludable rubor le había encendido los carrillos.

—Ven a sentarte conmigo —pidió Amy.

Peter retiró la bandeja y se sentó al borde de la cama. Amy le tomó la mano.

—Te he echado de menos —dijo ella.

Se le antojaba tan irreal eso de estar allí sentado, charlando con ella.

—Siento haber envejecido tanto.

—Uf, me parece que en eso te gano.

A Peter por poco se le escapa la risa. Tenía tantas cosas que decirle, tanto que contarle. Ella ofrecía el mismo aspecto idéntico que en sus sueños, excepto por el cabello corto. Sus ojos, la calidez de su sonrisa, el sonido de su voz; todo lo demás seguía igual.

—¿Qué recuerdas de tu estancia en el barco?

Amy agachó la cara. Acarició la mano de Peter con el pulgar, despacio.

—Soledad. Desasosiego. Pero Lucius cuidó de mí. —Alzó la vista hacia él nuevamente—. Lo siento mucho, Peter. No podías saberlo.

—¿Por qué no?

—Porque quería que siguieras viviendo tu vida. Que fueras… feliz. Oí a Caleb llamarte «papá». Me alegro mucho. Por los dos.

—Se ha casado, ¿sabes? Su mujer se llama Pim.

—Pim —repitió Amy, y sonrió.

—Tienen un hijo. Lo han llamado Theo.

Ella le apretó la mano con delicadeza.

—Así que la vida sigue ahí fuera. ¿Qué otras cosas te hacían feliz? Quiero saberlo.

Tú, pensó Peter. *Tú me hacías feliz. Desde que te fuiste, he pasado contigo todas y cada una de las noches. He vivido toda una vida contigo, Amy.* Sin embargo, no sabía cómo contarle algo así.

—Aquella noche en Iowa —empezó a decir él—. Eso fue real, ¿verdad?

—Ya no sé si estoy segura siquiera de lo que es real.

—Me refiero a que sucedió. No fue un sueño.

Amy asintió.

—Sí.

—¿Por qué acudiste a mí?

Amy desvió la mirada, como si el recuerdo le doliera.

—No estoy segura. Me sentía confusa por lo deprisa que se había producido el cambio. No debería haberlo hecho. Estaba tan avergonzada de ser lo que era…

—¿Por qué?

—Era un monstruo, Peter.

—No para mí.

Los ojos de ambos se encontraron y permanecieron allí. Amy tenía la mano caliente, pero no de fiebre; la animaba el calor de la vida. Peter se la había sostenido un millón de veces y, sin embargo, tenía la sensación de que era la primera.

—¿Alicia está bien? —preguntó Amy.

—Sí, es muy fuerte. ¿Qué quieres que haga con ella?

—No creo que me corresponda a mí decidirlo.

—No. Pero quiero saber qué opinas de todas formas.

—Está en una posición delicada. Lleva mucho tiempo con él. Creo que nos está ocultando muchas cosas.

—¿Como qué?

Amy lo consideró un momento y luego negó con la cabeza.

—No estoy segura. Parece muy triste. Pero no puedo acceder a sus sentimientos. Es igual que si los hubiera encerrado en una caja fuerte. —Los ojos de ambos volvieron a encontrarse—. Necesita que confíes en ella, Peter. Alicia tiene dos lados: uno soy yo y el otro es Fanning. Tú te encuentras en el centro. Es a ti a quien ha venido a buscar. Necesita saber quién es. No sólo quién: qué es.

—¿Y qué es?

—Lo que siempre ha sido. Parte de nosotros, parte de esto. Tú eres su familia, Peter. Lo has sido desde el principio. Necesita saber que sigues ahí.

Peter intuyó que las palabras de Amy eran ciertas. No obstante, una cosa es saber algo y otra muy distinta aceptarlo. Las cosas no son tan sencillas, pensó.

—No la vas a acompañar —sentenció Peter—. No puedo permitirlo.

—Puede que no tengas elección. Alicia tiene razón, la ciudad no podrá resistir indefinidamente. Antes o después tendré que enfrentarme a él.

—Me da igual. Ya te perdí una vez. No volveré a perderte.

Ruido de pasos en el pasillo: Peter se volvió a mirar justo cuando Caleb se asomaba por la puerta. Pim se encontraba detrás. Por un instante, el hijo de Peter se quedó estupefacto. Una luz cálida se encendió en sus ojos.

—De verdad eres tú —observó.

Amy sonrió.

—Caleb, me gustaría mucho abrazarte.

Peter retrocedió. Amy se incorporó sobre los codos cuando Caleb se inclinaba hacia la cama, y los dos se fundieron en un abrazo. Cuando se separaron por fin, seguían sujetándose mutuamente por los codos, ambos sonriendo al alegre semblante del otro. Peter comprendió lo que estaba viendo: el profundo vínculo que unía a Amy y a su hijo, forjado en la época anterior a Iowa, cuando Amy había cuidado del niño en el orfanato.

—Qué mayor estás —observó Caleb, riendo.

Amy se echó a reír también.

—Lo mismo digo.

Caleb se volvió hacia su esposa para hablarle por signos a la vez que con palabras.

—Amy, ésta es Pim, mi esposa. Pim, Amy.

—*¿Qué tal, Pim?* —preguntó Amy por signos.

—*Muy bien, gracias* —respondió Pim.

Las manos de Amy se movían con la velocidad de una experta.

—*Tienes un nombre precioso. Eres tal como te imaginaba.*

—*Tú también.*

Caleb observaba a las dos mujeres con atención. Fue entonces cuando Peter comprendió que estaba presenciando una conversación imposible.

—Amy —se extrañó Caleb—. ¿Cómo lo haces?

Ella se miró los dedos abiertos, frunciendo el ceño.

—No lo sé. Supongo que las hermanas debieron de enseñarme.

—Ninguna conoce el lenguaje de signos.

Amy apoyó las manos en el regazo y alzó la vista.

—Bueno, pues alguien debe de haberme enseñado. Si no, ¿cómo es posible que haya aprendido?

Más pasos; una atmósfera de parafernalia oficial acompañó a Apgar al interior del cuarto.

—Señor presidente, lamento interrumpir, pero me ha parecido conveniente venir a buscarte. —Saludó a Amy con un gesto de la barbilla—. ¿Cómo se encuentra?

Amy estaba sentada ahora, con las manos cruzadas sobre el regazo.

—Mucho mejor, gracias, general.

El hombre centró la atención en Caleb.

—Teniente, ¿no debería estar durmiendo?

—No estaba cansado, señor.

—No le he preguntado eso. Y no mire a su padre; él no tiene nada que ver con esto.

Caleb tomó la mano de Amy y se la estrechó por última vez.

—Ponte buena, ¿vale?

—Ahora, señor Jaxon.

Caleb intercambió un rápido signo con Pim, ilegible, y abandonó la habitación.

—Si ya has terminado aquí —prosiguió Apgar—, ha llegado el momento. La gente estará esperando.

Peter se giró hacia Amy.

—Será mejor que me marche.

Amy no dio muestras de haberle oído; tenía los ojos fijos en Pim. Los segundos se alargaban mientras las dos mujeres se observaban con una intensidad eléctrica, como enzarzadas en una conversación privada e inaudible.

—¿Amy?

El circuito se rompió cuando ella dio un respingo. Miró a su alrededor como si por un instante no supiera dónde estaba. Entonces respondió, con una voz muy tranquila:

—Por supuesto.

—¿Y estarás bien aquí? —preguntó Peter.

Otra sonrisa pero distinta; más de compromiso que genuina. Había en ella algo hueco, casi forzado.

—Estaré perfectamente.

63

—Espejos —repitió Chase.

Sentados en torno a la mesa de reuniones, siguiendo el sentido de las agujas del reloj, el gabinete de crisis escuchaba la idea de Peter: Apgar, Henneman, Sara, Michael, Greer.

—No tiene que ser un espejo exactamente. Cualquier cosa que proyecte un reflejo funcionará siempre y cuando se vean a sí mismos.

Chase suspiró largo y tendido antes de unir las manos sobre la mesa.

—Es la idea más loca que he oído en toda mi vida.

—No es loca en absoluto. Hace treinta años, en Las Vegas, Lish y yo huíamos de un grupo de tres cuando fuimos acorralados en una cocina. Nos habíamos quedado sin balas, prácticamente indefensos. Del techo colgaban un montón de ollas y sartenes. Yo agarré una para defenderme, pero cuando fui a estamparla contra el primer viral, él se quedó paralizado, como hipnotizado. Y no era más que una olla de cobre. Michael, díselo.

—Tiene razón. Yo también lo he visto.

Apgar le preguntó a Michael:

—¿Y qué efecto les provoca? ¿Por qué los ralentiza?

—Es difícil de decir. Yo tengo la teoría de que se debe a algún tipo de memoria residual.

—¿Y qué implica?

—Implica que no les gusta lo que ven, porque no concuerda con algún otro aspecto de su autoimagen. —Se volvió hacia Peter—. ¿Recuerdas el viral con el que te enfrentaste en la jaula de Tifty?

Peter asintió.

—Después de matarla, dijiste unas palabras: «Se llamaba Emily. Su último recuerdo era haber besado a un chico». ¿Cómo lo sabías?

—Sucedió hace mucho tiempo, Michael. La verdad es que no puedo explicarlo. Me estaba mirando y lo supe sin más.

—No se limitaba a mirarte. Te observaba con atención. Ambos os observabais el uno al otro. Las personas no suelen mirar a los virales a los ojos cuando están a punto de partirlos por la mitad. El impulso natural es desviar la vista. Tú no lo hiciste. E, igual que sucede con los espejos, ella se detuvo en seco. —Michael se interrumpió un momento y a continuación dijo, con más rotundidad si cabe—: Cuando más pienso en esto, más lógico me parece. Explica muchas cosas. Cuando una persona se contagia, su primer impulso es volver a casa. Los moribundos sienten lo mismo. ¿Tengo razón, Sara?

Ella asintió.

—Es verdad. En ocasiones son sus últimas palabras: «Quiero volver a casa». No sabría ni decirte la cantidad de veces que lo he oído.

—Así pues, un viral es una persona infectada de un virus muy fuerte, superagresivo. Pero en lo más profundo de su mente sigue recordando quién es. Durante la fase de transición, pongamos, ese recuerdo queda enterrado pero no desaparece, no del todo. Se trata únicamente de una semilla, pero sigue ahí. Los ojos son reflectantes, igual que los espejos. Y cuando los virales se ven a sí mismos, el recuerdo emerge a la superficie y los confunde. Esa memoria los detiene, una especie de nostalgia. El dolor de recordar sus vidas humanas y de saber en qué se han convertido.

—Menuda... teoría —comentó Henneman.

Michael se encogió de hombros.

—Puede. Puede que esté hablando por hablar, de puro agotamiento. No sería la primera vez. Pero deje que le pregunte una cosa, coronel. ¿Cuántos años tiene?

—¿Disculpe?

—¿Sesenta? ¿Sesenta y tres?

El hombre frunció el ceño una pizca.

—Tengo cincuenta y ocho, gracias.

—Disculpe el error. ¿Suele mirarse al espejo?

—Intento evitarlo.

—A eso voy. En su mente, sigue siendo la misma persona que fue siempre. Diablos, entre mis dos orejas sigo siendo un chaval de diecisiete años. Pero la realidad es distinta, y nos deprime mirarla. No veo a ningún chaval de veinte años en esta mesa, así que supongo que no soy el único que lo ha experimentado.

Peter se volvió a mirar a su secretario de Estado.

—Ford, ¿con qué podríamos crear un reflejo? Necesitamos cubrir toda la puerta y mejor si abarcamos también un mínimo de cien metros a cada lado, más si fuera posible.

El otro lo meditó un instante.

—Cubierta de tejados galvanizada. Eso podría funcionar, supongo. Brilla mucho.

—¿Cuánta tenemos?

—Hemos llevado mucho a las provincias, pero supongo que bastará con lo que queda. También podríamos arrancarlo de algunas casas, si nos quedáramos cortos.

—Encárgate del proyecto. También tendríamos que reforzar el portalón. Diles que suelden la maldita puerta, de ser necesario. El paso del túnel también.

Chase frunció el ceño.

—¿Y cómo saldrá la gente?

—«Salir» no es la cuestión que nos preocupa ahora mismo. De momento no lo harán.

—Señor presidente, si me permite —intervino Henneman—. Suponiendo que todo esto funcione, lo que es mucho suponer, en mi opinión, seguirá habiendo doscientos mil virales sueltos ahí fuera. No podemos quedarnos dentro de las murallas para siempre.

—No me gusta contradecirle, coronel, pero eso fue exactamente lo que hicimos en California. La Primera Colonia duró casi un siglo y con muchos menos recursos. Ahora mismo nuestra población se reduce a unos miles de personas, una población sostenible si la mantenemos estable. En el interior de estas murallas tenemos tierras de labranza y ganado más que suficientes. El río ofrece una fuente inagotable de agua potable y de riego. Con algunas modificaciones, podemos traer petróleo de Freeport en cantidades menores, y la propia refinería no será difícil de defender. Si racionamos el combustible con cuidado, usando el petróleo refinado para las luces, podríamos aguantar mucho tiempo sin problemas.

—¿Y las armas?

—El búnker de Tifty nos proporcionará las necesarias durante un tiempo y seguramente podremos reciclar más, como mínimo durante unos cuantos años. Tras eso, emplearemos ballestas, arcos, armas incendiarias. Lo logramos en la Primera Colonia. Lo haremos aquí.

Se hizo un silencio en la mesa. Todo el mundo pensaba lo mismo, Peter lo sabía. *Eso es todo.*

—Con el debido respeto —intervino Michael—, pero estás diciendo chorradas y tú lo sabes.

Peter se volvió a mirarlo.

—Es posible que los espejos los detengan, de acuerdo. Pero Fanning sigue ahí fuera. Si lo que dice Alicia es verdad, los virales que vimos ayer por la noche tan sólo son la punta de la lanza. Cuenta con un gran ejército en reserva.

—Deja que yo me preocupe por eso.

—No me trates con condescendencia. Llevo veinte años dándole vueltas a este asunto.

Apgar frunció el ceño.

—Señor Fisher, le ruego que se guarde sus opiniones.

—¿Por qué? ¿Para que todos acabemos muertos?

—Michael, quiero que me escuches con atención. —Peter no estaba enfadado; sabía que Michael pondría objeciones. Lo más importante ahora mismo era asegurarse de que todos lo apoyasen—. Sé lo que opinas. Lo has dejado muy claro. Pero la situación ha cambiado.

—Hemos ganado un poco de tiempo, nada más. Si seguimos por aquí, estamos echando a perder la única oportunidad que tenemos de escapar. Ya deberíamos estar cargando los autobuses.

—Puede que tu plan hubiera funcionado en otras circunstancias. Pero si ahora empezamos a sacar gente, habrá una revuelta. Esto se pondría patas arriba. Y es imposible que podamos trasladar a setecientas personas al istmo durante la luz del día. Esos autobuses quedarían a merced allá fuera. No tendrían la más mínima posibilidad.

—No tenemos la más mínima posibilidad en cualquier caso. El *Bergensfjord* es nuestra única opción. Lucius, di algo.

El rostro de Greer permanecía en calma.

—No nos corresponde a nosotros decidirlo. Peter está al mando.

—No me creo lo que estoy oyendo. —Michael pasó la vista por los presentes y luego devolvió la mirada a Peter—. Eres demasiado testarudo para reconocer que estás derrotado, maldita sea.

—Fisher, ya basta —le advirtió Apgar.

Michael se volvió hacia su hermana.

—Sara, no puedes apoyar esto. Piensa en las niñas.

—Estoy pensando en ellas. Estoy pensando en todo el mundo. Estoy con Peter. Él nunca ha tomado una mala decisión.

—Michael, necesito saber si estás con nosotros —insistió Peter—. Es muy sencillo. Sí o no.

—Vale, pues no.

—Entonces estás despedido. Ahí tienes la puerta.

Peter no estaba del todo seguro de lo que iba a suceder a continuación. Durante varios segundos, Michael lo miró a los ojos. Acto seguido, con un suspiro exasperado, se levantó.

—Muy bien. Si sobrevives a esta noche, ponte en contacto conmigo. Lucius, ¿vienes?

Greer echó un vistazo a Peter, con las cejas enarcadas.

—No te preocupes —dijo Peter—. Alguien tiene que vigilarlo.

Los dos hombres se marcharon. Peter carraspeó antes de proseguir:

—Lo más importante es sobrevivir a esta noche. Necesito que todo aquel capaz de empuñar un arma acuda a la muralla, pero necesitamos refugios para los demás. ¿Ford?

Chase se puso de pie, se acercó al escritorio de Peter y regresó con un rollo de papel. Lo desplegó sobre la mesa y colocó contrapesos en las esquinas.

—Este plano fue confeccionado por los constructores originales. Ubicaron refugios aquí —señaló—, aquí y aquí. Los tres se remontan a los comienzos de la ciudad y llevan décadas sin usarse, desde la Incursión de Pascua. No creo que se encuentren en buen estado, pero reforzándolos un poco podríamos usarlos.

—¿A cuántas personas podrían albergar? —quiso saber Peter.

—No muchas. Unos pocos centenares, a lo sumo. Ahora bien, aquí —continuó— está el hospital, que podría alojar a otros cien. Y debajo de este edificio, la vieja cámara acorazada del banco, hay otro refugio más pequeño. Está lleno de archivos y otros cachivaches, pero se encuentra en buen estado.

—¿Y los sótanos?

—No hay muchos. Unos cuantos debajo de los locales comerciales, algunos bajo los antiguos complejos de apartamentos, y podemos suponer sin miedo a equivocarnos que hay unos cuantos en terrenos privados. Sin embargo, a causa de la forma en que fue construida la ciudad, casi todo se yergue sobre cimientos o pilares. El suelo de la zona del río es básicamente barro, así que no hay sótanos por allí. Sucede lo mismo desde Ciudad-H hasta la parte meridional de la muralla.

Mal asunto, pensó Peter. De momento apenas si tenían sitio para un millar de personas.

—Ahora bien, he aquí nuestro as en la manga. —Chase dirigió la atención de todos al orfanato, que aparecía marcado con las letras RS1—. Si escogieron Kerrville cuando trasladaron el gobierno de Austin fue por esto. Mientras construían las murallas, necesitaban un lugar seguro para que los obreros y los gobernantes pasaran la noche. Esta zona de la ciudad descansa sobre un gran estrato de piedra calcárea, que está lleno de huecos. El mayor de todos se encuentra debajo del orfanato, y es muy hondo, de diez metros de profundidad, como poco. Según los viejos documentos, las hermanas lo utilizaban como parte del Ferrocarril Subterráneo, un lugar en el que escondían a esclavos fugitivos antes de la Guerra Civil.

—¿Y cómo accederemos a ese escondite?

—Esta mañana he echado un vistazo. La trampilla se encuentra debajo de la tarima del comedor. Hay un tramo de escaleras de madera, un tanto destartaladas pero practicables, por el que se accede a la cueva. Es fría y húmeda como un sepulcro, pero grande. Si apretamos a la gente, cabrán otras quinientas personas, como poco. —Chase alzó la vista—. Ahora bien, antes de que nadie pregunte al respecto, ayer por la noche eché un vistazo al censo. Los datos son aproximados, pero es aquí donde las cosas se complican. En el interior de las murallas contamos con alrededor de mil cien niños menores de trece años. Sin contar a los militares, el resto está bastante igualado en términos de género, pero la población tiende a ser mayor. Hay muchas personas mayores de sesenta. Algunos querrán luchar, pero no creo que resulten de gran ayuda, sinceramente.

—¿Y qué me dices de los demás? —preguntó Peter.

—En cuanto al resto, contamos con unos mil trescientos hombres en edad de luchar. El mismo número de mujeres, más o menos, ligeramente inferior, tal vez. Cabe suponer que las mujeres quieran defender la muralla, y no hay razón para negarse. El problema es el armamento. Apenas si tenemos armas para unos quinientos civiles. Es probable que haya montones de pistolas no registradas, pero no tenemos manera de calcular cuántas. Habrá que esperar a ver qué aparece cuando llegue el momento.

Peter miró a Apgar.

—¿Y en cuanto a la munición?

El general frunció el ceño.

—Las noticias no son buenas. Ayer por la noche se redujo drásticamente. Debemos de contar con unos veinte mil cartuchos de calibres diversos, casi todos de nueve milímetros, cuarenta y cinco, y cinco cincuenta y seis. Abundantes cartuchos de perdigones, pero sólo sirven para distancias cortas. En cuanto a las armas grandes, únicamente nos quedan unos diez mil cartuchos de calibre cincuenta. Si los dragones atacan la puerta, la munición se acabará pronto.

Los ánimos decayeron de un modo desconcertante. Un millar de defensores quizás en la muralla, munición suficiente para unos pocos minutos a lo sumo, refugios subterráneos para un millar y dos mil civiles desarmados sin ningún escondrijo al que acudir.

—Tiene que haber algún lugar donde podamos esconder a la gente —objetó Peter—. Que alguien piense algo.

—De hecho —intervino Chase—, yo tengo una idea al respecto. —Desplegó otro mapa, un plano de la presa—. Podemos usar los conductos de desagüe. Hay seis, cada uno de treinta metros de largo, así que podríamos alojar a unas ciento cincuenta personas por túnel. Las aberturas de salida tienen barrotes; ningún viral las ha atravesado nunca. El único acceso corriente arriba es a través de la depuradora, y hay tres puertas macizas entre los conductos y el exterior. La ventaja de ese escondrijo reside en que, aun si los dragones traspasaran la muralla, difícilmente se les ocurrirá mirar allí. La gente que se oculte en los túneles estará a salvo.

La argumentación parecía sólida.

—Ford, acabas de ganarte el sueldo de este mes. ¿Gunnar?

Apgar asintió, con los labios fruncidos.

—Es una idea genial, la verdad.

—¿Los demás?

Un murmullo de aprobación se levantó en la estancia.

—Bien, pues hagámoslo así. Chase, tú te encargarás de los civiles. Hay que trasladar a la gente a los refugios lo antes posible. Nada de carreras de última hora. Los niños menores de trece al hospicio, empezando por los más jóvenes. Sara, ¿cuántos pacientes hay en el hospital?

—No muchos. Una veintena, más o menos.

—Podemos esconder en el sótano a los niños que sobren, y nos quedan los refugios subterráneos de la zona oeste de la ciudad. Gunnar, tendrás que enviar un destacamento a esos escondrijos. Únicamente los niños, y madres con hijos pequeños. Pero nada de hombres. Si pueden caminar, pueden luchar.

—¿Y si no quieren?

—La ley marcial es la ley marcial. Si no se avienen a obedecer, apoyaré tus decisiones, pero no quiero que las cosas se desmadren.

Apgar respondió a semejante insinuación con un breve gesto de asentimiento.

—El resto de los que no quieran luchar, a los túneles. Quiero a todos los refugiados civiles en sus escondrijos antes de las dieciocho cero cero, pero llevémoslo a cabo de forma ordenada para que no cunda el pánico más de la cuenta. Coronel, usted se encargará de reunir a las fuerzas civiles. Envíe un par de escuadrones casa por casa y exija la entrega de cualquier armamento adicional. Las personas que tengan armas se pueden quedar una escopeta o una pistola, pero el resto será requisado para su redistribución. A partir de este momento, todas las armas de fuego en condiciones de disparar pertenecen al Ejército de Texas.

—Yo me encargo —dijo Henneman.

Peter se dirigió a todo el grupo:

—No sabemos cuánto tiempo tendremos que mantenerlos a raya. Puede que sean minutos pero también podrían ser horas o toda la noche. Es posible que no ataquen y que se limiten a esperarnos en el exterior. Pero si los dragones entran, el hospicio será nuestro último bastión. Protegeremos a los niños. ¿Ha quedado claro?

Silenciosos asentimientos circularon por la mesa.

—Así pues, se suspende la reunión. Quedáis convocados de nuevo a las quince cero cero. Gunnar, quédate un momento. Necesito hablar contigo.

Aguardaron a que los demás abandonaran la habitación. Apgar, con los codos apoyados en la mesa, miró a Peter por encima de los dedos entrelazados.

—¿Y bien?

Peter se levantó y se encaminó a la ventana. Reinaba el silencio en la desierta plaza, calma absoluta bajo el calor estival. ¿Dónde se había metido todo el mundo? Seguramente estaban escondidos en sus casas, pensó Peter, demasiado asustados como para salir.

—Habrá que ocuparse de Fanning —dijo—. En caso contrario, esto nunca terminará.

—Es el preámbulo de la conversación en la que me dices que te marchas a Nueva York, ¿verdad?

Peter se dio la vuelta.

—Necesitaré un pequeño contingente. Unos veinticinco hombres, pongamos. Podremos usar vehículos hasta el norte de Texarkana, quizás un tramo más antes de que nos quedemos sin gasolina. A pie, calculo que llegaremos a Nueva York hacia el invierno.

—Es un suicidio.

—No es la primera vez que lo hago.

Apgar le lanzó una mirada escéptica.

—Y ni tú mismo te crees la suerte que tuviste, si me permites que te lo diga. Por no mencionar que eres treinta años más viejo y que Nueva York se encuentra a más de tres mil kilómetros de distancia. Según Donadio, la ciudad está atestada de dragones.

—Alicia me acompañará. Conoce el territorio y los virales no la atacarán.

—¿Después del numerito de ayer por la noche? No hablarás en serio.

—La ciudad no sobrevivirá a menos que lo matemos. Antes o después, la puerta cederá.

—Estoy de acuerdo. Pero matar a Fanning con ayuda de unos cuantos soldados no me parece un plan viable.

—¿Y qué sugieres? ¿Que le entreguemos a Amy?

—Pensaba que me conocías tan bien como para saber que esa idea jamás ha cruzado mi pensamiento. Además, en cuanto se la entreguemos a Donadio, nos quedamos sin nada. No tendríamos cartas que jugar.

—¿Y qué propones entonces?

—Bueno, ¿has descartado el barco de Fisher?

Peter se quedó sin habla.

—No me malinterpretes —prosiguió Apgar—. No me fío ni un pelo de ese hombre y me alegro de que lo hayas mandado a paseo. No tolero la división interna y él se había desmarcado por completo. Además, ni siquiera estoy seguro de que ese trasto vaya a flotar.

—No me creo lo que estoy oyendo.

Apgar aguardó a que los ánimos se aplacaran.

—Señor presidente. Peter. Soy tu asesor militar. Y también tu amigo. Te conozco. Sé lo que piensas. Te seguiría al fin del mundo, pero esta situación es distinta. Si fuera por mí te diría adelante, muere con las botas puestas. Puede que sea un gesto simbólico, pero los símbolos son importantes para los vejestorios como nosotros. Odio a la gente que va a la suya y siempre la he odiado. Pero, lo mires como lo mires, esto no acabará bien. Te guste o no, eres el último presidente de la República de Texas. Lo que, más o menos, coloca en tus manos el destino de la raza humana. Puede que Fisher haya perdido un tornillo. Tú lo conoces, así que te corresponde a ti decidirlo. Pero setecientas personas es mejor que nada.

»Esta ciudad se irá al garete. Ni en sueños vamos a poder organizar una defensa con cara y ojos.

—No, seguramente no.

Peter se volvió hacia la ventana. Reinaba una calma horrible ahí fuera. Lo invadió la inquietante sensación de estar observando la ciudad en un futuro lejano: los edificios vacíos y abandonados, las hojas secas revoloteando por las calles, cada una de las superficies reclamadas día a día por el viento, el polvo y los años; el silencio permanente de la ausencia de vida, todas las voces acalladas.

—No digo que me parezca mal —dijo—, pero ¿a partir de ahora me vas a llamar por el nombre?

—Sí, cuando sea necesario.

Abajo, en la plaza, había ahora un grupo de niños. El mayor no contaría más de diez años. ¿Qué hacían ahí fuera? Al momento, Peter comprendió la situación: uno de los niños tenía una pelota. En el centro de la plaza, la tiró al suelo y chutó. Los demás echaron a correr tras ella. Un par de camiones de cinco toneladas entraron en la plaza. Los soldados se apearon y procedieron a instalar una hilera de mesas. Otros extraían cajones de armamento y munición para distribuirlos entre los reclutas civiles. Los niños apenas si les prestaron atención, absortos como estaban en un juego que, por lo que parecía, carecía de estructura formal: ni reglas ni límites, ni objetivo ni puntuación. Quienquiera que poseyera el balón intentaba que los demás no se lo arrebataran, hasta que otro de sus compañeros lo conseguía, lo que daba inicio de nuevo a la desenfrenada persecución. El pensamiento de Peter retrocedió muchos años, a aquellos partidos improvisados que entretenían a Caleb y a sus amigos durante horas. Recordó la contagiosa energía juvenil que emanaban —*cinco minutos más, papá, aún hay mucha luz, por favor, un partido más*— y luego a su propia infancia: aquel período breve, inocente, de ignorancia absoluta, ajeno al devenir de la historia y al peso acumulado de la vida.

Despegó la mirada de la ventana.

—¿Recuerdas el día que Vicky me llamó a su despacho para ofrecerme un empleo?

—No, la verdad es que no.

—Cuando me marchaba, me llamó. Me preguntó por Caleb, cuántos años tenía. Dijo, si no recuerdo mal: «Esto lo hacemos por los niños. Nosotros no viviremos para siempre, pero de nuestras decisiones dependerá el tipo de mundo en el que vivan ellos».

Apgar asintió despacio.

—Ahora que lo pienso, puede que sí me acuerde. Era astuta como ella sola, lo reconozco, una experta en manipulación.

—No tenía forma humana de negarme. Antes o después, iba a rendirme.

—¿Y por qué lo mencionas ahora?

—Porque este pedazo de tierra no nos pertenece únicamente a nosotros, Gunnar. Les pertenece a ellos. La Primera Colonia estaba muriendo. Todo el mundo se había rendido. Pero nosotros no. Por eso Kerrville ha sobrevivido tanto tiempo. Porque nuestras gentes se niegan a marcharse en silencio.

—Hablamos de la supervivencia de nuestra especie.

—Ya lo sé. Pero tenemos que merecerla, y abandonar a tres mil personas para salvar a setecientas no es una ecuación con la que yo me sienta a gusto. Así pues, es posible que todo termine aquí. Esta noche, incluso. Pero esta ciudad es nuestra. El continente es nuestro. Si huimos, Fanning gana, sea como sea. Y Vicky diría lo mismo.

Los hombres se miraron fijamente. Habían llegado a un punto muerto. A continuación:

—Ha sido un bonito discurso.

—Sí, me juego algo a que no sabías que albergaba pensamientos tan profundos.

—Así pues, ¿está decidido?

—Está decidido —declaró Peter—. Es mi última palabra. Nos quedamos y luchamos.

64

Sara bajó las escaleras que llevaban al sótano. Grace estaba al final de la segunda hilera de camas, sentada con su recién nacido en el regazo. La mujer parecía cansada pero también aliviada. Esbozó una sonrisa al ver a Sara.

—Está un poco inquieto —comentó.

Sara tomó en brazos al niño, lo tendió en la cama contigua y retiró la mantita que lo cubría para examinarlo. Era un chico grande y sano de cabello oscuro y rizado. Su corazón latía con fuerza.

—Lo vamos a llamar Carlos, por mi padre —dijo Grace.

Durante la noche, Grace le había contado a Sara la historia. Quince años atrás, sus padres se habían mudado a las provincias y se habían asentado en Boerne. Pero su padre no tuvo suerte como granjero y tuvo que aceptar un trabajo en las brigadas del telégrafo que lo obligaba a separarse de su familia durante meses. Cuando murió, tras caer de un poste, Grace y su madre —sus dos hermanos mayores se habían marchado de casa hacía tiempo— volvieron a Kerrville para vivir con unos parientes. Sin embargo, pasaron muchos apuros y su madre acabó muriendo también, aunque Grace no le reveló los detalles. A los diecisiete, Grace entró a trabajar en un salón ilegal —no especificó a qué se dedicaba y Sara prefirió no saberlo— y fue allí donde conoció a Jock. El comienzo no auspiciaba nada bueno, aunque los dos estaban, afirmó Grace, muy enamorados, y cuando se quedó embarazada Jock se portó como un caballero.

Sara arropó nuevamente al niño y se lo devolvió a su madre a la par que le aseguraba que todo iba bien.

—Protestará un poco hasta que te suba la leche. No te preocupes; no tiene importancia.

—¿Qué va a ser de nosotros, doctora Wilson?

La duda se le antojó enorme.

—Vas a cuidar de tu hijo, eso es lo que va a pasar.

—He oído lo de esa mujer. Dicen que es una especie de viral. ¿Cómo es posible?

La pregunta pilló a Sara desprevenida; pero la gente hablaba, cómo no.

—Es posible… No lo sé. —Posó una mano en el hombro de Grace—. Procura descansar. El Ejército sabe lo que hace.

Encontró a Jenny en el almacén, haciendo inventario de las provisiones: vendas, velas, mantas, agua. Habían traído más cajas del primer piso y las habían amontonado contra la pared. Su hija, Hannah, la estaba ayudando; una chica de trece años, pecosa, dotada de unos despampanantes ojos verdes y unas piernas larguiruchas.

—Cielo, ¿puedo hablar un momento con tu madre? Ve a ver si necesitan algo arriba.

La joven las dejó a solas. Sara repasó el plan a toda prisa.

—¿Cuántas personas crees que caben aquí abajo? —preguntó.

—Unas cien. Más si nos apretujamos, supongo.

—Instalaremos una mesa en la puerta principal para ir contando a los que entren. No se admiten hombres, sólo mujeres y niños.

—¿Y si lo intentan?

—No es problema nuestro. Los militares se encargarán.

Sara reconoció a cuatro pacientes más —el niño con neumonía; una mujer de unos cuarenta años con problemas respiratorios, preocupada por si sufría un ataque al corazón pero que únicamente padecía una crisis de pánico; dos niñas, gemelas, que habían ingresado con diarrea aguda y fiebre— y luego regresó a la primera planta a tiempo de ver cómo dos camiones de cincuenta toneladas aparcaban en la entrada con gran estrépito. Salió a recibirlos.

—¿Sara Wilson?

—Yo misma.

El soldado regresó al primer camión de la fila.

—Vale, empiecen a descargar.

Desplazándose en parejas, los soldados procedieron a transportar sacos de arena a la entrada. Al mismo tiempo, un par de Humvees con metralletas de calibre 50 prendidas al techo aparcaron de espaldas al edificio, a ambos lados de la puerta. Sara observaba las maniobras estupefacta; la excepcionalidad de la situación le estaba pasando factura.

—¿Me puede mostrar las otras entradas? —solicitó el sargento.

Sara lo acompañó a la puerta trasera y le mostró las entradas laterales también. Aparecieron soldados cargados con láminas de contrachapado y se dispusieron a clavarlas a los marcos.

—Eso no detendrá a los dragones —objetó Sara. Se encontraban junto a la fachada del edificio, donde estaban cegando las ventanas con más tablas de contrachapado.

—No son para los dragones.

Santo Dios, pensó ella.

—¿Tiene un arma, señora?

—Esto es un hospital, sargento. No hay armas tiradas por ahí.

El hombre se encaminó al primer camión y regresó con una escopeta y una pistola. Se las tendió.

—Escoja.

La oferta en sí misma se le antojaba antinatural; un hospital no es un sitio cualquiera. En ese momento se acordó de Kate.

—Vale, pues la pistola.

Se la encajó en la cintura.

—¿Ha usado armas alguna vez? —quiso saber el sargento—. Le puedo enseñar los rudimentos, si lo desea.

—No será necesario.

En la prisión militar, Alicia calculaba la fuerza de las cadenas.

El cerrojo de la pared no la preocupaba —un fuerte tirón bastaría— pero los grilletes suponían un problema. Estaban fabricados con algún tipo de aleación. Seguramente procedían del búnker de Tifty; el hombre había hecho de la contención de virales una ciencia. Así pues, aunque consiguiese desprenderse del muro, seguiría atada como un cerdo a punto de ser sacrificado.

La idea de echarse a dormir la tentaba. No sólo para matar el tiempo sino para librarse de sus pensamientos. Sin embargo, la posibilidad de soñar, siempre lo mismo, no se le antojaba tan atractiva: la brillante luz de la ciudad que mudaba en negrura; el feliz griterío de la vida transformado en gemidos hasta enmudecer del todo; la implacable puerta que desaparecía.

Y eso no era todo: Alicia no estaba sola.

Se trataba de una impresión sutil, pero sabía que Fanning seguía allí: una especie de murmullo grave en su cerebro, más tangible que sonoro, como una brisa que rozase la superficie de su mente. La sensación le provocaba rabia, asco y hastío. Le entraban ganas de acabar con todo.

Sal de mi cabeza, maldita sea. ¿No he hecho lo que me pediste? Déjame en paz de una vez.

El prometido alimento no llegaba. O bien Peter se había olvidado o había decidido que una Alicia hambrienta era más manejable que una ahíta. Tal vez fuera una táctica para tornarla más sumisa: *La comida está al llegar; ay, no, aún no.* En cualquier caso, muy en el fondo se alegraba; una parte de ella todavía odiaba alimentarse. En cuanto hundía las mandíbulas en la carne y notaba la salpicadura de la sangre caliente en el paladar, un coro de exclamaciones de repulsión estallaba en su cabeza: *¿Qué diablos estás haciendo?* Y, sin embargo, bebía con avidez hasta que, profundamente asqueada de sí misma, se dejaba caer sobre los talones y se sumía en un estado de languidez.

Las horas pasaron con lentitud infinita. Por fin, la puerta se abrió.

—Sorpresa.

Michael entró en la sala. Sostenía una pequeña jaula de metal contra el pecho.

—Cinco minutos, Fisher —le advirtió el guardia, y cerró de un portazo.

Michael depositó la jaula en el suelo y tomó asiento en el catre, de cara a Alicia. La jaula albergaba un conejo marrón.

—¿Cómo has conseguido entrar? —preguntó Alicia.

—Oh, por aquí me conocen bien.

—Los has sobornado.

El hombre sonrió complacido.

—Pues sí, una pequeña cantidad ha cambiado de manos. Por difíciles que sean los tiempos, un hombre debe pensar en su familia. Eso y que nadie más tiene estómago para traerte el desayuno. —Señaló la jaula con un gesto de la cabeza—. Por lo visto, esa bolita peluda es la mascota de alguien. Se llama Otis.

Alicia miró a Michael largo y tendido. El chico que conocía había desaparecido para ser reemplazado por un hombre de mediana edad, fibroso, duro y competente. Poseía unos rasgos marcados, carentes de la más mínima suavidad. Aunque sus ojos todavía conservaban el mismo aire atento, una pizca travieso, tras ellos se adivinaba un aspecto más oscuro, más perspicaz; la mirada de la experiencia, de un hombre que ha visto muchas cosas en esta vida.

—Has cambiado, Michael.

Él se encogió de hombros con indiferencia.

—Me lo dicen a menudo.

—¿Y qué has estado haciendo?

—Ah, ya me conoces. —Una sonrisa de medio lado—. Mantener las luces encendidas.

—¿Y Lore?

—No funcionó, me temo.

—Lo lamento.

—Ya sabes cómo van esas cosas. Yo me quedé las plantas, ella se quedó la casa. Para bien, en realidad. —Torció la cabeza hacia el suelo otra vez, donde el conejo enjaulado fruncía la nariz con aire nervioso—. ¿No vas a comer?

Alicia lo deseaba, con avidez. El embriagador aroma de la carne caliente, de la cálida vida; el latido de la sangre que corría por las venas del animal, como el canto de una caracola contra el oído. Su ansia era intensa.

—El espectáculo no resulta agradable —reconoció—. Será mejor que espere.

Durante varios segundos, se limitaron a mirarse.

—Gracias por defenderme ayer por la noche —dijo Alicia por fin.

—No hace falta que me lo agradezcas. Peter se pasó de la raya.

Ella escudriñó el rostro del hombre.

—¿Por qué no me detestas, Michael?

—¿Y por qué iba a detestarte?

—Por lo que parece, nadie me soporta.

—Pues supongo que yo no soy como los demás. Podría decirse que yo tampoco tengo muchos fans por estos lares.

—No me lo creo.

—Uf, pues créetelo. Tengo suerte de no vivir al final del pasillo.

Una sonrisa asomó espontáneamente a los labios de Alicia; qué bien sentaba charlar con un amigo.

—Una posibilidad interesante.

—Es un modo de definirlo. —Michael unió las yemas de los dedos, como quien está a punto de hacer una confesión—. Siempre he sabido que estabas ahí fuera, Lish. Puede que los otros te dieran por perdida. Pero yo nunca lo hice.

—Gracias, Circuitos. Te lo agradezco. Significa mucho para mí.

Él sonrió.

—Bueno, por ser tú, pasaré por alto lo del apodo.

—Habla con él, Michael.

—Ya he expresado lo que pienso.

—¿Qué va a hacer?

Michael se encogió de hombros.

—Lo que hace siempre. Pelearse con el problema hasta resolverlo a palos. Quiero mucho a Peter, pero a veces es terco como un mulo.

—Esta vez no funcionará.

—No, no lo hará.

El hombre la observaba con atención, aunque, a diferencia de Peter, su mirada no albergaba recelo. La consideraba una confidente, una aliada, alguien de fiar en ese complicado mundo. Los ojos de Michael, su tono de voz, su porte: todo él irradiaba una fuerza incontestable.

—He pensado mucho en ti, Lish. Durante mucho tiempo, creí que estaba enamorado de ti. ¿Quién sabe? Puede que todavía lo esté. Espero que mi confesión no te incomode.

Alicia se quedó estupefacta.

—Deduzco, a juzgar por tu expresión, que esto te pilla por sorpresa. Tómatelo como un cumplido, pues no pretendía ser nada más. Lo que intento decirte es que me importas mucho y siempre me has importado.

Anoche, cuando apareciste, me di cuenta de una cosa. ¿Quieres saber de qué?

Alicia asintió, todavía sin palabras.

—Me di cuenta de que llevaba esperándote todos estos años. No sólo esperándote. Ansiando tu llegada. —Se interrumpió—. ¿Te acuerdas de la última vez que nos vimos? Fue el día que me visitaste en el hospital.

—Pues claro.

—Durante mucho tiempo, me pregunté: ¿por qué yo? ¿Por qué Alicia me escogió a mí, de entre todos nosotros, en aquel preciso instante? Si me hubieran preguntado, habría apostado por Peter. Deduje la respuesta cuando recordé algo que dijiste: «Algún día, este chico nos salvará el culo».

—Hablábamos de ello cuando éramos niños.

—Es verdad. Pero hablábamos de mucho más que de eso. —Se echó hacia delante—. Ya entonces lo sabías, Lish. O puede que no lo supieras. Pero lo presentías, presentías lo que pasaría, igual que yo. Igual que yo lo presiento ahora, aquí sentado veinte años más tarde, hablando contigo en la celda de una cárcel. ¿Por qué? Yo qué sé. No conozco la respuesta y he renunciado a buscarla. En lo concerniente al desenlace de todo esto, sabes tanto como yo. Visto el desarrollo de los acontecimientos a lo largo de las últimas veinticuatro horas, no soy demasiado optimista. Pero, sea como sea, no puedo hacer esto sin ti.

El chasquido de un cerrojo; el guardia apareció en el umbral.

—Fisher, he dicho cinco minutos. Tienes que salir ahora mismo.

Michael se introdujo la mano en el bolsillo y agitó un fajo de billetes por encima del hombro sin molestarse siquiera en mirar al hombre, que se los arrebató antes de alejarse.

—Por Dios, menudos idiotas —suspiró—. ¿De verdad creen que mañana a esta hora el dinero tendrá algún valor? —Se llevó la mano al bolsillo otra vez, ahora para extraer una hoja de papel, plegada—. Toma esto.

Alicia la desplegó. Era un mapa, que Michael había dibujado a toda prisa.

—Cuando llegue el momento, sigue la carretera de Rosenberg en dirección sur. Pasada la fortaleza, llegarás a una vieja granja con un tanque de agua a la izquierda. Toma la carretera que encontrarás detrás y síguela hacia el este, ochenta y tres kilómetros.

Alicia alzó la vista. Descubrió algo nuevo en sus ojos, una mirada salvaje, casi maniaca. Bajo la apariencia impasible de Michael, bajo su aura de autodominio, había un hombre dominado por la fe.

—Michael, ¿qué hay al final de esa carretera?

De nuevo a solas, Alicia se sumió en sus pensamientos. Así pues, Michael había encontrado un amor, al fin y al cabo. Su barco, su *Bergensfjord*.

Tú y yo vivimos en el exilio, le había dicho antes de partir. *Sabemos la verdad y siempre la hemos sabido; es la cruz que nos ha tocado cargar en la vida.* Qué bien la conocía.

El conejo la miraba con recelo. Sus ojos negros brillaban como gotas de tinta sin pestañear. En las superficies curvadas Alicia vio el fantasma de su rostro reflejado, un ser de sombras. Se percató de que tenía las mejillas húmedas. ¿Por qué no podía dejar de llorar? Se arrimó a la jaula, descorrió el pestillo e introdujo la mano. El conejo no intentó escapar; o bien estaba domesticado, como Michael le había dicho, o demasiado asustado para reaccionar. Extrajo al animal y lo dejó en su regazo.

—No pasa nada, Otis —le dijo—. Soy tu amiga.

Y permaneció en esa postura, acariciando el suave pelaje, durante largo rato.

65

Pasos, el crujido de una puerta. Amy abrió los ojos.

—*Hola, Pim.*

La mujer se quedó parada en el umbral. Era alta, de rostro ovalado y ojos expresivos, y llevaba un sencillo vestido de algodón azul. Debajo de la tela suelta, la protuberancia de un embarazo redondeaba su vientre.

—*Me alegro de que hayas vuelto, Pim* —expresó Amy mediante signos.

Una expresión de profunda incertidumbre, y Pim se acercó al lecho.

—*¿Puedo?* —preguntó Amy.

Pim asintió. Amy posó la mano sobre la tela abultada. La fuerza del interior, de tan nueva, emanaba la energía pura de la vida. Si fuera un color, sería el blanco de las nubes de verano, pero albergaba también infinitas preguntas. ¿Quién soy? ¿Qué soy? ¿Esto es el mundo? ¿Soy un todo o sólo una parte?

—*Muéstrame el resto* —pidió Amy.

Pim se sentó en la cama, de espaldas a la otra. Amy desabrochó los botones del vestido y retiró la tela. Las marcas de la espalda, las quemaduras… se habían atenuado, pero no borrado. El paso del tiempo las había abultado y fruncido, como raíces que discurren debajo de la tierra. Amy repasó las líneas con las yemas de los dedos. La piel de Pim era suave en las zonas intactas, dotada de una calidez pulsátil, pero los músculos de debajo resultaban duros al tacto, como forjados por el recuerdo del dolor.

Amy abrochó el vestido. Pim se giró en el colchón para mirarla.

—*He soñado contigo* —confesó Pim—. *Tengo la sensación de que te conozco de toda la vida.*

—*Yo también.* —Los ojos de Pim reflejaban una emoción inconmensurable—. *Aun cuando…*

Amy le asió las manos para acallarlas.

—*Sí* —respondió—. *Incluso entonces.*

Del bolsillo del vestido, Pim extrajo un cuaderno. Era pequeño pero mostraba el grosor del pergamino cosido.

—*Te he traído esto.*

Amy lo aceptó y abrió las tapas, que estaban forradas de cuero suave. Allí estaba todo, página tras página. Los dibujos. Las palabras. La isla con sus cinco estrellas.

—*¿Quién más lo ha visto?* —preguntó Amy.

—*Solamente tú.*

—*¿Ni siquiera Caleb?*

Pim negó con la cabeza. Las lágrimas inundaban sus ojos. Parecía estar completamente abrumada, incapaz de expresar sus sentimientos en palabras.

—*¿A qué se debe que sepa estas cosas?*

Amy cerró el cuaderno.

—*No conozco la respuesta.*

—*¿Qué significa?*

—*Significa que vas a vivir. Tu hijo vivirá.* —Una pausa; a continuación—: *¿Me ayudarás?*

En la sala, Amy encontró papel y bolígrafo. Escribió la nota, la plegó y se la entregó a Pim, que se marchó a toda prisa. De nuevo a solas, Amy se encaminó al baño del pasillo. Sobre el lavamanos había un espejo pequeño y redondo. Había notado los cambios que su persona había experimentado pero no los había observado. Aún no se había mirado al espejo. El rostro que contempló no parecía el suyo y, sin embargo, pertenecía a la persona con la que se había identificado durante mucho tiempo: una mujer de cabello oscuro, rasgos marcados pero no angulosos, una tez inmaculada y ojos hundidos. Su cabello, corto como el de un chico, dejaba entrever la forma del cráneo y era áspero al tacto, como un cepillo. Su reflejo destilaba una normalidad perturbadora; podría haber sido cualquiera, una mujer entre un millón, y, no obstante, en el interior de ese rostro, de ese cuerpo, residían todos sus pensamientos y sus percepciones; su sentido del yo. Sintió el impulso de tocar el espejo con la mano y se concedió permiso para hacerlo. Cuando su dedo entró en contacto con el cristal y su reflejo desplazó la mano a su vez, notó un cambio en su interior. *Ésta eres tú* —le dijo su mente—. *Ésta es la verdadera Amy.*

Había llegado la hora.

Acallar la propia mente, llevarla a un estado de inmovilidad absoluta; ése era el truco. A Amy le gustaba emplear un lago. No se trataba de una masa de agua imaginaria; era el lago de Oregón en el que Wolgast, a comienzos del tiempo que habían compartido, le había enseñado a nadar. Cerró los ojos y se trasladó mentalmente a ese enclave. Poco a poco, la escena surgió en su pensamiento. La noche cerrada y las primeras estrellas abriéndose paso en un cielo azul tinta. La pared de sombras donde los altos pinos, ricos en fragancias, se erguían majestuosos a lo largo de la rocosa orilla. La propia agua, fría, clara y pura, y la mullida masa de agujas que cubría el fondo. En su imagen mental, Amy era el lago y el nadador; las ondas recorrían la superficie al compás de sus movimientos. Inspiró hondo y se sumergió a un mundo invisible. Cuando avistó el fondo, procedió a recorrerlo con un movimiento suave, como si volase. Arriba, las ondas de su zambullida se dispersaban concéntricamente por la superficie. Cuando la última de aquellas perturbaciones besara la orilla y la piel del lago recuperase su perfecto equilibrio, alcanzaría el estado que buscaba.

Las ondas tocaron los bordes del lago. Las aguas recuperaron la inmovilidad.

¿Me oyes?

Silencio. A continuación:

Sí, Amy.

Me parece que estoy lista, Anthony. Me parece que estoy lista por fin.

Michael llevaba casi una hora esperando en la puerta. ¿Dónde diablos estaba Lucius? Eran casi las 10:30; ya iban con el tiempo justo. Los hombres soldaban pesados soportes para tender vigas de hierro a lo largo de la puerta. Otros clavaban planchas de acero galvanizado a la cara exterior. Si Greer no llegaba pronto, quedarían encerrados en el interior con todos los demás.

Greer apareció por fin. Cruzó a paso vivo el túnel de los peatones desde el exterior. Montó en el camión y señaló el parabrisas con un gesto de la cabeza.

—Vamos.

—Se está engañando a sí misma.

Greer lo reconvino con la mirada: no vayas por ahí.

Michael arrancó el motor, sacó la cabeza por la ventanilla y le gritó al capataz del equipo de obreros:

—¡Vamos a salir!

Como el hombre no se volvía a mirar, tocó el claxon.

—¡Eh! ¡Tenemos que salir!

Ahora el capataz sí le prestó atención. Se acercó con brío a la ventanilla del conductor.

—¿A qué viene tanto escándalo?

—Diles a esos chicos que se aparten.

El hombre escupió al suelo.

—Nadie puede salir. Estamos trabajando.

—Ya, bueno, nosotros somos distintos. Diles que se aparten o los atropellaré. ¿Qué te parecería eso?

El hombre hizo amago de ir a decir algo más, pero cambió de idea. Se giró hacia la puerta.

—Vale, abridle un pasillo a este tío.

—Muchas gracias —dijo Michael.

El capataz volvió a escupir.

—Acabas de cavar tu propia tumba, imbécil.

Tú también, pensó Michael.

66

16:30: los últimos evacuados estaban siendo trasladados a la presa; los refugios subterráneos estaban llenos. Los pocos reclutas civiles que quedaban aguardaban instrucciones. Se habían producido unos cuantos incidentes: algunos arrestos, incluso unos cuantos disparos. Pese a todo, casi todo el mundo entendía lo que se les pedía: sus propias vidas estaban en juego.

Sin embargo, alistar a los reclutas estaba costando más de lo que esperaban. Largas colas, confusión en relación con las armas y quién debía presentarse ante quién, la distribución del equipo y el reparto de tareas; Peter y Apgar intentaban reclutar un ejército en un solo día. Algunos apenas si sabían sostener un arma y mucho menos cargarla y disparar. La munición escaseaba, pero habían instalado un campo de tiro en la plaza usando sacos de arena como barrera de protección. Un cursillo relámpago para los no iniciados: tres disparos, buenos o malos, y los enviaban a la muralla.

Tan sólo quedaban unas pocas armas, pistolas únicamente. Las escopetas se habían acabado, salvo unas cuantas que habían dejado en reserva. La gente estaba nerviosa. Todo el mundo llevaba varias horas al sol, esperando. Peter estaba apostado a un lado de la mesa de reclutamiento, viendo llegar a los últimos hombres. Hollis comprobaba los nombres.

Un tipo se acercó a la mesa. Tendría unos cuarenta años y era delgado al modo de alguien que ha sido maltratado por la vida, de frente despejada y abombada y con antiguas cicatrices de acné en las mejillas. Llevaba un fusil de caza colgado al hombro. Peter tardó un momento en reconocerlo.

—Jock, ¿verdad?

El hombre asintió; con un ademán un tanto apocado, pensó Peter. Habían pasado veinte años, pero Peter se percató de que el recuerdo de aquel día en el tejado todavía lo afectaba.

—Me parece que nunca llegué a darle las gracias, señor presidente.

Apgar volvió la vista hacia Peter.

—¿Qué hiciste?

Jock respondió por él.

—Me salvó la vida, eso fue lo que hizo. —A continuación, mirando a Peter—: Jamás lo he olvidado. Voté por usted las dos veces.

—¿Qué fue de ti? Me juego algo a que nunca te has vuelto a subir a un tejado.

Jock se encogió de hombros. Su vida cotidiana, como la de todo el mundo, había pasado al olvido.

—Trabajé como mecánico, principalmente. Y acabo de casarme. Mi esposa dio a luz ayer por la noche.

Peter recordó la historia de Sara. Señaló con un gesto el fusil de Jock, de calibre 30-30, con acción de palanca.

—Echemos un vistazo a tu arma.

Jock se la tendió. La palanca se trababa, el gatillo estaba destrozado, el cristal de la mira desplazado y picado.

—¿Cuándo fue la última vez que lo disparaste?

—Nunca. Lo heredé de mi padre hace años.

Hollis alzó la vista.

—No tenemos ningún 30-30.

—¿Cuántos cartuchos tienes? —le preguntó Peter a Jock.

El hombre abrió la palma para mostrar cuatro cartuchos más viejos que Matusalén.

—Eso no sirve para nada. Hollis, dale a este hombre un fusil de verdad.

El arma apareció: uno de los M16 de Tifty, limpio y reluciente.

—Un regalo de boda —dijo Peter, y se lo pasó a Jock—. Dirígete al campo de tiro. Ellos te darán munición y te enseñarán a usarlo.

El hombre alzó la vista, atónito. Su rostro mostraba una expresión de infinita gratitud; nadie le había hecho nunca un regalo semejante.

—Gracias, señor.

Asintió con brío y se marchó.

—Vale, ¿a qué ha venido eso? —preguntó Apgar.

Los ojos de Peter siguieron a Jock mientras éste se dirigía hacia el campo de tiro.

—Nos dará buena suerte —respondió.

En el hospicio, las últimas mujeres y niños descendían al refugio. Se había decidido que únicamente las mujeres con niños menores de cinco años podrían acompañar a sus hijos. Abundaron lacrimosas escenas de separación, horribles y angustiosas. Algunas madres les quitaban años a sus hijos; cuando la diferencia era mínima, o no muy grande, Caleb las dejaba pasar. Sencillamente, le partía el alma decir que no.

Caleb estaba preocupado por Pim; el refugio se estaba llenando rápidamente. Su mujer llegó por fin y explicó que los niños habían pasado el día en casa de Kate y Bill. Una dolorosa peregrinación para Pim, por cuanto el fantasma de Kate estaba por todas partes, pero una útil distracción para las niñas: unas cuantas horas en esas habitaciones que tan bien conocían, jugando con sus juguetes de siempre. Habían saltado en sus viejas camas durante media hora, dijo Pim.

Y, sin embargo, algo iba mal; Caleb notaba que Pim se estaba callando algo. Estaban de pie junto a la trampilla abierta. Una de las hermanas, plantada en la plataforma inferior, alargó los brazos para ayudar a los niños, primero a Theo y luego a las chicas. Cuando le tocó el turno a Pim, Caleb asió a su esposa por el codo.

—*¿Qué pasa?*

Ella titubeó. Sí, algo no andaba bien.

—*¿Pim?*

Una chispa de incertidumbre en sus ojos; enseguida se recompuso.

—*Te quiero. Ten cuidado.*

Caleb decidió no presionarla. No era el momento, estando la trampilla abierta y todo el mundo esperando. La hermana los observaba algo retirada a un lado. Caleb ya había comentado con ella el tema de si la hermana Peg se uniría o no a los niños del sótano. «Teniente —había objetado la anciana con una mirada cargada de reproche—. Tengo ochenta y un años.»

Caleb abrazó a su esposa y la ayudó a bajar. Cuando las manos de ella se agarraron al travesaño superior, alzó los ojos para mirarlo una última vez. Caleb notó un peso frío en el corazón. Ella era toda su vida.

—*Asegúrate de que no les pase nada a nuestros hijos* —le pidió por signos.

Entraron más niños. Y entonces, de sopetón, el refugio se llenó. En el exterior del edificio se alzaron gemidos seguidos de una voz ampliada por un megáfono que ordenaba a la multitud que se dispersara.

El coronel Henneman entró en la recepción a paso vivo.

—Jaxon, queda usted a cargo del hospicio.

Era lo último que deseaba Caleb.

—Sería de más utilidad en la muralla, señor.

—No hay discusión que valga.

Caleb presintió que en la orden había gato encerrado.

—¿Mi padre tiene algo que ver con esto?

Henneman hizo caso omiso de la pregunta.

—Necesitaremos hombres en el tejado y en el perímetro, y dos brigadas en el interior. ¿Está claro? Nadie más puede entrar. Haga lo que considere oportuno para asegurarse.

Unas palabras nefastas. Y también inevitables. La gente haría cualquier cosa por sobrevivir.

67

Michael y Greer recogieron a los primeros supervivientes al norte de Rosenberg, un grupo de tres soldados; anonadados, famélicos, con las carabinas y las pistolas vacías. Los virales habían atacado los barracones dos noches atrás, dijeron, y habían arrasado el enclave como un tornado. Lo habían destruido todo, vehículos y equipo, el generador y la radio, arrancando los tejados de las barracas Quonset como si abrieran latas de carne.

Había más. Una mujer, una de las chicas de Dunk, de cabello negro surcado de blanco, que caminaba descalza por la carretera con sus zapatitos colgando de la punta de los dedos y contando que se había escondido en una caseta contra incendios. Un par de hombres de las brigadas del telégrafo. Un engrasador llamado Winch —Michael lo recordaba de los viejos tiempos— sentado con las piernas cruzadas a un lado del camino, dibujando formas sin sentido en la tierra con un cuchillo de quince centímetros de largo y balbuceando incoherencias. Tenía la cara cubierta de polvo, el mono de trabajo negro de sangre seca, aunque no suya. Tomaron asiento en la parte trasera del camión sumidos en un silencio estupefacto, sin preguntar tan siquiera adónde iban.

—Son las personas más afortunadas del planeta —comentó Michael— y ni siquiera lo saben.

Greer observaba el paisaje que discurría al otro lado del parabrisas, matojos secos que precedían la densa maraña de la plataforma costera. La intensidad de las últimas veinticuatro horas había mantenido el dolor a raya, pero ahora, en el vago silencio de su pensamiento, regresó con fuerza. Una necesidad omnipresente aunque no demasiado fuerte de vomitar le revolvía las tripas. Notaba la saliva espesa y metálica. La vejiga le latía con una necesidad urgente y febril. Pese a todo, cuando habían parado a recoger a la mujer y Greer se había internado en la maleza con la esperanza de poder orinar, sólo había conseguido expulsar un patético chorrito teñido de escarlata.

Al sur de Rosenberg, torcieron al este, en dirección al canal de navegación. Levantaban un rocío de agua lodosa a su paso. Cada sacudida del chasis en su avance por la desigual carretera le provocaba un nuevo calambre. Greer se moría por beber agua, pero cuando Michael sacó su cantimplora de debajo del asiento, tomó un buen trago y se la ofreció sin despegar la vista del parabrisas, Greer la rechazó con un gesto de la mano. Michael lo miró un instante, de refilón —*¿seguro?*— y por un momento Greer se preguntó si el hombre sabía algo o cuando menos lo sospechaba. Sin embargo, como Greer no dijo nada, Michael sujetó la cantimplora entre las piernas y, encogiéndose de hombros, enroscó el tapón.

El ambiente cambió en el interior del camión, y al momento lo hizo el cielo; se acercaban al canal.

—Por todos los demonios, venía de allí mismo —observó la mujer.

Ocho kilómetros más y apareció el espigón. Parche y sus hombres los esperaban en el estrechamiento. Habían tendido alambradas para impedir el paso. Cuando el camión se detuvo, Parche se acercó a la ventanilla del conductor.

—No os esperábamos tan pronto.

—¿Qué te ha contado Lore? —preguntó Michael.

—Únicamente las malas noticias. Pero no han aparecido por aquí. —A continuación, echando un vistazo a la parte trasera del vehículo—. Veo que os habéis traído a unos amigos.

—¿Dónde está ella?

—En el barco, supongo. Rand dice que está sacando de quicio a todo el mundo ahí abajo.

Michael se volvió hacia sus pasajeros.

—Vosotros tres —les dijo a los soldados—. Bajad.

Los aludidos miraban a un lado y a otro con aire perplejo.

—¿Qué quiere que hagamos? —preguntó uno, el de rango más alto, un cabo con los ojos tan muertos como los de una vaca y la cara blanda y regordeta de un chico de quince años.

—No sé —respondió Michael con sorna—. ¿Lo que hacen los solda-dos? ¿Disparar?

—Ya se lo he dicho, no nos queda munición.

—¿Parche?

El hombre asintió.

—Yo los aprovisionaré.

—Éste es Parche —informó Michael a los tres muchachos—. Vuestro nuevo oficial al mando.

Se miraron los unos a los otros con perplejidad.

—¿Sois, en plan, criminales o algo así? —preguntó el primero.

—Ahora mismo, ¿qué narices os importa?

—Venid —los interrumpió Parche—. Sed buenos chicos y obedeced.

Mirándose de reojo, los soldados se apearon. Una vez que Parche y los demás hubieron retirado la barrera, Michael arrancó y el vehículo echó a andar por la calzada elevada. Rand se reunió con ellos en la caseta, sudo-roso y sin camisa, con un trapo grasiento envuelto en la cabeza.

—¿En qué punto estamos? —quiso saber Michael, a la vez que bajaba del camión—. ¿Ya habéis inundado el dique seco?

—Hay un problema. Lore ha encontrado otra sección defectuosa. Hay un montón de puntos débiles.

—¿Dónde?

—En la zona de la proa, a estribor.

—Mierda. —Michael señaló con un gesto a los pasajeros restantes, que se habían agrupado y los observaban desconcertados—. Discurrid qué hacer con esa gente.

—¿De dónde los has sacado?

—Los encontré por el camino.

—¿Ése no es Winch? —preguntó Rand. El hombre musitaba para sí con la cabeza gacha—. ¿Qué diablos le ha pasado?

—Sea lo que sea no ha sido agradable —observó Michael.

La mirada de Rand se ensombreció.

—¿Es verdad lo que dicen de las provincias? ¿Están todos muertos?

Michael asintió.

—Sí, creo que no queda nadie más.

Greer los interrumpió.

—Michel, tendríamos que apostar más hombres en el espigón. Pronto oscurecerá.

—Rand, ¿qué opinas?

—Supongo que podemos prescindir de unos cuantos. Lombardi y esos otros.

—Vosotros dos —le dijo Rand a los hombres del telégrafo—, acompañadme. Y tú —se dirigió a la mujer—, ¿qué sabes hacer?

Ella enarcó las cejas.

—Aparte de eso.

La mujer lo meditó un instante.

—¿Cocinar un poco?

—Ya es más de lo que tenemos. Estás contratada.

Michael recorrió con brío la rampa que llevaba al barco. Una grúa con eslinga había sido trasladada al dique, cerca de la proa, donde seis hombres en sillas de contramaestre colgaban sobre un costado. Al fondo del dique, varios hombres protegidos con máscaras de soldador y pesados guantes usaban sierras circulares para cortar el repuesto de una placa más grande. Saltaban chispas de sus hojas.

Lore, plantada junto a la barandilla, vio llegar a Michael y bajó a recibirlo.

—Lo siento, Michael. —Prácticamente gritaba para hacerse oír por encima del chirrido de las sierras—. Vamos retrasados, ya lo sé.

—¿Qué diablos, Lore?

—¿Quieres que se hunda? Porque se habría hundido. No fui yo la que lo pasó por alto. Deberías darme las gracias.

Aquello era más que un retraso; era una catástrofe. No podían inundar el dique hasta que el casco no estuviera reparado. Y si no lo llenaban de agua, no podían poner en marcha los motores. La inundación por sí sola les llevaría seis horas.

—¿Cuánto tiempo necesitas para reemplazarlo? —preguntó.

—Cortar las placas, extraer las viejas, ajustarlas, remacharlas y soldarlas. Calcula unas dieciséis horas como poco.

No había razón para dudar de su palabra. No se trataba de algo que se pudiera hacer con prisas. Michael dio media vuelta sobre los talones y se encaminó al dique.

—¿Adónde vas? —gritó Lore a su espalda.

—A cortar el maldito acero.

68

17:30: el sol se ocultaría al cabo de tres horas. De momento, Peter había hecho todo lo posible. Ya ni pensaba en dormir, pero necesitaba descansar un momento para reponerse. De camino a casa, pensó en Jock. El hombre no le despertaba una especial simpatía; recordaba muy bien al chiquillo inmaduro y odioso que fuera en su juventud, cuando estuvo a punto de provocar la muerte de Peter. Seguramente había hecho mal en darle el fusil. Pero aquel instante en el tejado marcó un antes y un después en su vida y además creía firmemente en las segundas oportunidades.

Los centinelas habían desaparecido.

Peter subió las escaleras a toda prisa y entró en la casa sin aliento.

—¿Amy? —gritó.

Un silencio. A continuación:

—Aquí.

Estaba sentada en la cama, de cara a la puerta, con las manos entrelazadas sobre el regazo.

—¿Estás bien? —preguntó.

Ella alzó la vista. Su rostro había cambiado. Le dedicó una sonrisa melancólica. Un extraño silencio se adueñó de la habitación; no únicamente una ausencia de sonido sino algo más profundo, más cargado.

—Sí, estoy bien. —Propinó unas palmaditas al colchón—. Ven a sentarte conmigo.

Él tomó asiento a su lado.

—¿Qué pasa? ¿Algo va mal?

Ella le tomó la mano, sin mirarlo. Peter notó que estaba a punto de anunciarle algo.

—Cuando estaba sumergida en el agua, viajé a cierto lugar —comenzó—. Como mínimo, mi mente lo hizo. No sé si sabré explicarme. Era tan feliz allí…

Peter comprendió a qué lugar se refería.

—La granja.

Los ojos de Amy encontraron los suyos.

—Yo también he estado allí. —Por raro que fuera, la revelación no le sorprendía; las frases llevaban años esperando a ser pronunciadas.

—Yo tocaba el piano.

—Sí.

—Y estábamos juntos.

—Sí. Lo estábamos. Sólo tú y yo.

Qué bien sentaba decirlo, expresar las palabras en voz alta. Saber que no lo había soñado todo sin más, que sus sueños eran reales en cierto modo, aunque ya no sabía qué era real y qué no, tan sólo que la realidad existía. Él existía. Amy existía. La granja y la felicidad que habían compartido existía.

—Esta mañana me has preguntado por qué acudí a ti en Iowa —prosiguió Amy—. No te he dicho la verdad. O, como mínimo, no toda.

Peter aguardó.

—Cuando te transformas, te es dado conservar un único recuerdo. Lo que sea que llevas más cerca del corazón. Uno nada más, de entre toda tu vida. —Alzó la vista—. Yo quería conservarte a ti.

Estaba llorando, con suavidad. Lágrimas pequeñas semejantes a joyas que pendían suspendidas de la punta de sus pestañas, como gotas de rocío que caen de las hojas.

—Peter, ¿quieres hacer algo por mí?

Él asintió.

—Por favor, bésame.

Lo hizo. Y no fue tanto un beso como la sensación de irrumpir en su mundo. El tiempo se dilató, se detuvo, se desplazó en un perezoso círculo alrededor de los dos como olas en torno a un pilar plantado en el mar. Peter se sentía en paz. Sus sentidos se acentuaron. Su mente se encontraba en dos lugares al mismo tiempo, en este mundo y también en el otro: el mundo de la granja, una región más allá del espacio, más allá del tiempo, habitada tan sólo por ellos dos.

Se apartaron. Apenas unos centímetros separaban sus rostros. Amy le rodeó la mejilla con la mano y lo miró fijamente a los ojos.

—Lo siento, Peter.

El comentario le extrañó. La mirada de Amy se tornó más profunda.

—Ya sé lo que tienes pensado hacer —confesó ella—. No sobrevivirías.

Algo se desarticuló en el interior de Peter. Las fuerzas lo abandonaron. Intentó hablar pero no pudo.

—Estás cansado —dijo Amy.

Lo sostuvo cuando se desplomó.

Amy lo tendió en la cama. En la habitación exterior, se despojó del hábito por la cabeza y lo reemplazó por las prendas que Greer le había llevado: gruesos pantalones de lona con bolsillos, botas de cuero, una camiseta beige con las mangas cortadas y la insignia de los Expedicionarios en los hombros. Emanaban un tufillo cálido y humano; el olor del trabajo, de la vida. Quienquiera que hubiera poseído esas prendas era menudo; se ajustaban a su cuerpo casi a la perfección. En el porche trasero los soldados dormían como troncos, como niños, con las manos encajadas debajo de la barbilla, ajenos a cualquier preocupación. Amy despojó a uno de su pistola, con sumo cuidado, y se la introdujo en la cintura de los pantalones, contra la columna vertebral.

Un profundo silencio reinaba en la calle, la calma que precede a la tormenta. A medida que Amy se encaminaba al centro del pueblo, los soldados se percataban de su presencia, pero ninguno la importunó. Tenían la mente en otra parte. ¿Qué les importaba que hubiera una mujer por allí? El exterior de la prisión militar carecía de vigilancia. Amy caminó con decisión hacia la puerta y entró.

Contó tres hombres. Tras el mostrador, el oficial al mando alzó la vista.

—¿Te puedo ayudar, soldado?

El zumbido de un mecanismo de apertura. Alicia alzó la vista. ¿Amy?

—Hola, hermana.

—¿Qué haces aquí? —preguntó la otra.

Amy le estaba retirando los grilletes. Le tendió a Alicia sus lentes oscuras.

—Te lo explicaré por el camino.

En la recepción, los guardias yacían dormidos en el suelo. Siguiendo las instrucciones de Greer, Amy y Alicia se abrieron paso por callejas y callejones sembrados de basura hacia Ciudad-H. Pronto alcanzaron a ver el tramo meridional de la muralla. Amy entró en una pequeña casa, poco menos que una choza. No contenía muebles. En la sala principal, retiró una alfombra andrajosa para dejar a la vista una trampilla con una escalerilla. Una de las casas que usaba el tráfico para guardar provisiones, explicó Amy, aunque Alicia ya lo había deducido. Descendieron a un espacio frío y húmedo que apestaba a fruta podrida.

—Allí —señaló Amy.

Una estantería que servía para almacenar licor fue desplazada a un lado, revelando así la entrada a un túnel. Al otro extremo las aguardaba otra escalerilla y, tres metros más arriba, una segunda trampilla de metal encastada en asfalto. Amy giró la anilla y la empujó.

Se hallaban en la parte exterior de la ciudad, a cien metros de la muralla, en un bosquecillo. Soldado y un segundo caballo las aguardaban atados, pastando. Cuando Alicia emergió, Soldado levantó la cabeza. *Ah, ahí estás, empezaba a preocuparme.*

Su espada y sus bandoleras colgaban de la silla. Alicia se ató los cuchillos mientras Amy disimulaba la escotilla con maleza.

—Deberías ser tú la que lo montara —ofreció Alicia. También le tendió la espada.

Amy lo meditó un instante.

—Vale.

Se echó la espada a la espalda y se encaramó a lomos de Soldado. Alicia montó el segundo caballo, un semental zaino bastante joven pero de expresión fiera. Caía la tarde, el sol blanco y ardiente.

Se alejaron en sus monturas.

El sueño de la granja era distinto esta vez. Peter estaba acostado en la cama. La luz de la luna inundaba la habitación, cuyas paredes parecían resplandecer. Las sábanas estaban frías; fue esa frialdad la que lo despertó.

El lado de la cama en el que Amy solía dormir estaba vacío.

La llamó. Su voz sonó débil en la oscuridad, apenas el rastro de una presencia. Peter se levantó y se acercó a la ventana. Atisbó a Amy plantada en el jardín, de espaldas a la casa. Su postura implicaba algo; el pánico se apoderó del corazón de Peter. Ella echó a andar, en dirección opuesta a la granja, lejos de él y de la vida que compartían, su silueta recortada contra la luz de la luna, cada vez más pequeña. Peter no se movió ni tampoco la llamó. Se sintió como si su alma saliera flotando. *No me dejes, Amy...*

Despertó sobresaltado. El corazón le latía desbocado, el sudor perlaba su cuerpo. Cuando enfocó la mirada, vio el rostro de Apgar.

—Señor presidente, tenemos un problema.

No le hizo falta decir nada más. Peter lo supo al instante. Amy se había marchado.

IX

LA TRAMPA

Por doquier corría la sangre negra
y con ella quedaba teñida la tierra,
al perecer los troyanos y sus aliados extranjeros.
Unos, al sucumbir al golpe frío de la muerte,
yacían a lo largo de la ciudadela en charcos de sangre.

QUINTO DE ESMIRNA,
LA CAÍDA DE TROYA

69

Las sierras se habían acallado; el acero estaba cortado. En el costado de estribor, un gran agujero dejaba ver las cubiertas y los pasos inferiores. El sol empezaba a ponerse y las aguas del canal titilaban con el reflejo de los últimos rayos. Los focos estaban encendidos.

Rand manejaba la grúa. Al fondo del dique seco Michael observaba cómo la primera placa descendía sobre su base. Las voces rebotaban en las paredes del dique y otras más se dejaban oír en la cubierta, donde Lore daba órdenes.

Lograron la altura adecuada. Los hombres corrían por la superficie con sus martillos y sus pistolas neumáticas en los cinturones. Otros ajustaban la plancha desde dentro. Con un golpe metálico, la enorme lámina de acero fue depositada en su lugar. Michael subió las escaleras y cruzó la pasarela hacia la cubierta.

—Todo va bien, de momento.

Estaban cumpliendo, contra todo pronóstico, los plazos previstos. Las horas anteriores se le antojaban un embudo que los precipitaba a un único instante. Cada una de las decisiones era crucial; no habría segundas oportunidades.

Lore se encaminó a la barandilla y gritó una descarga de órdenes, intentando hacerse oír por encima del rugido de los generadores y del gemido de las pistolas neumáticas. Michael se acercó a ella. La primera placa yacía ajustada a los bordes del hueco. Les quedaban seis más.

—¿Quieres saber cómo lo hicieron?

Lore lo miró con extrañeza.

—Cómo se suicidaron los pasajeros.

No había planeado sacar el tema. Parecía haber surgido por sí solo, un secreto más del que Michael deseaba librarse.

—Vale.

—Reservaron un poco de combustible. No mucho, pero suficiente. Sellaron las escotillas y redirigieron el tubo de escape del motor a la ventilación del barco. Debieron de sentir lo mismo que si se quedaran dormidos.

El semblante de Lore no mudó de expresión. A continuación, asintiendo levemente:

—Me alegro de que hayas sacado el tema.

—Quizá debería haber cerrado el pico.

—No te disculpes.

Michael comprendió entonces por qué se lo había contado. Llegado el caso, podían hacer lo mismo.

70

El día empezaba a morir.

Los corredores ya se desplazaban de acá para allá. Desde la plataforma de mando, Peter sintió, con fría claridad, la insignificancia de sus defensas. Un perímetro de diez kilómetros, hombres sin entrenamiento, un enemigo sin parangón que no conocía el miedo.

Aunque Apgar no dijo nada al respecto, Peter podía leerle el pensamiento. Puede que Amy se hubiera marchado con Alicia para entregarse y que los dragones no apareciesen, al fin y al cabo. Quizás acudiesen de todas formas; puede que ése fuera el plan desde el principio. Recordó el sueño: la imagen de Amy a la luz de la luna, alejándose sin mirar atrás. Lo único que lo mantenía en pie era el deber que le aguardaba a lo largo de las próximas horas. Tenía un trabajo que hacer, y lo haría.

Chase llegó a la plataforma. Peter apenas si reconoció a su secretario de Estado. El hombre vestía uniforme de oficial, aunque le había retirado las insignias, que parecían cortadas a toda prisa, quizá por respeto. Portaba un fusil y trataba de aparentar que sabía lo que se traía entre manos. El arma tenía todo el aspecto de haber pasado años expuesta sobre una chimenea. Peter se dispuso a decir algo, pero se contuvo. Apgar enarcó una ceja con ademán escéptico y se guardó lo que pensaba.

—¿Dónde está Olivia? —preguntó Peter por fin.

—En el refugio de presidencia. —Chase titubeó—. Espero que te parezca bien.

Los tres hombres atendieron cuando las emisoras dieron el aviso. Prepararon las armas, listos para el ataque. Las sombras se alargaban sobre el valle. Era un hermoso atardecer de verano, de esos que pintan las nubes de color.

71

Amy desconocía el enclave. El enclave, lo sabía, se revelaría ante ella.

Galopaban en sentido opuesto al sol. La tierra volaba bajo sus pies. El polvo del camino creaba una nube arenosa a su paso; los terrones salían disparados de los cascos de los caballos. Cierta sensación empezó a apoderarse de ella. Crecía con cada kilómetro que recorrían, como una señal de radio que cobrara fuerza y las animara a continuar. Soldado galopaba con movimientos suaves y poderosos. *Has cuidado maravillosamente de nuestra amiga*, le dijo Amy. *Qué valiente eres, qué fuerte. Siempre serás recordado. Te esperan inmensos prados verdes. Pasarás una noble eternidad entre los de tu especie.* Soldado aminoró la marcha hasta avanzar al paso. Las dos mujeres frenaron a los caballos y desmontaron. La densa espuma del esfuerzo realizado hervía en la boca de Soldado; sus oscuros flancos destellaban con el sudor.

—Aquí —dijo Amy.

Alicia asintió pero no respondió. Amy detectó un ramalazo de miedo en el corazón de su amiga. Se alejó y aguardó en silencio. El viento sopló en sus oídos, a través de su pelo, y luego languideció hasta apagarse. Todo parecía congelado, atrapado en una calma absoluta. Transcurrieron los últimos minutos del día. En la tierra que se extendía ante ella, su sombra se alargó, más, mucho más. Notó el instante en que el sol se unía con la tierra, el contacto final sobre la silueta de las montañas, audible, como un suspiro. Cerró los ojos y zambulló su mente en la oscuridad. Las ondas se ensancharon en la tranquila superficie del lago, sobre su cabeza.

Anthony, estoy aquí.

Al principio, silencio. Luego:

Sí, Amy. Están listos. Son tuyos.

La noche estaba cayendo.

Venid a mí, pensó.

La noche cayó.

72

Los llamaban lelos. Pero en vida habían sido muchas cosas.

Procedían de todas las zonas del continente, de cada estado y ciudad. Seattle, Washington, Albuquerque, Nuevo México, Mobile, Alabama. Del tóxico pantano químico de Nueva Orleans, de las ventosas llanuras de Kansas y de los gélidos cañones de Chicago. En conjunto, constituían el sueño de un estadístico, una muestra perfectamente representativa de los habitantes del gran imperio norteamericano. Procedían de granjas y aldeas, de grises ciudades dormitorio y de grandes metrópolis. Mostraban todos los tonos de piel y profesaban la totalidad de los credos. Habían vivido en caravanas, casas, apartamentos, mansiones con vistas al mar. En tanto que humanos, cada cual había albergado un yo discreto y privado. Concibieron esperanzas, odiaron, amaron, padecieron, cantaron y lloraron. Sufrieron pérdidas. Se rodearon de objetos, se consolaron con ellos. Condujeron automóviles. Pasearon a sus perros, empujaron a sus hijos en el columpio y aguardaron en la cola del supermercado. Dijeron tonterías. Guardaron secretos, alimentaron rencores, prendidos con las brasas del arrepentimiento. Adoraron a dioses diversos o a ningún dios en absoluto. El ruido de la lluvia los despertó en plena noche. Pidieron perdón. Participaron en varias ceremonias. Explicaron su propia historia a psicólogos, sacerdotes, amantes y extraños en los bares. Experimentaron, en los momentos más inesperados, unas descargas de dicha tan pura, tan desconectada de los acontecimientos, que casi creyeron en Dios. Anhelaron ser reconocidos y, en ocasiones, casi lo consiguieron.

Herederos del linaje viral de Anthony Carter, el Duodécimo de los Doce, su sed de sangre era intrínsecamente menor que la de sus homólogos. Los observadores humanos habían comentado a menudo que los lelos satisfacían sus apetitos con una actitud de indiferente resignación, y esta característica, singular entre virales, los hacía menos peligrosos. *Más atontado que un lelo*, rezaba el dicho. Y era cierto, aunque el hecho ocultaba una verdad más profunda. Su condición no les gustaba; la matanza de inocentes los perturbaba. Sin embargo, albergaban en su interior una ferocidad sin par, jamás presenciada por la humanidad. Llevaban esperando más de un siglo, previendo el día en que llegara la orden de que liberaran su poder oculto.

A lo largo de sus vidas habían sido muchas cosas. Luego cambiaron. Y ahora habían mudado en un ejército.

Primero a la luz del ocaso, luego en la oscuridad, bajo las estrellas de Texas, rugieron en sentido oeste, una muralla de polvo y ruido. Encabezando la manada, como la punta de una lanza, una pareja de jinetes dirigía la marcha. Para Alicia, la sensación era de pura inercia; guiaba tanto como era guiada, inmersa en una fuerza primigenia. Amy, en cambio, experimentaba un sentimiento de expansión, una acumulación interior de almas. En cuanto Carter hubo rendido sus fuerzas a la voluntad de Amy, éstas habían dejado de ser entidades ajenas a ella. Se habían convertido en extensiones de su propia conciencia y de su voluntad: sus Muchos.

Venid conmigo. Venid conmigo venid conmigo venid conmigo...

Allí delante, como luces en una orilla distante, la ciudad sitiada se perfiló.

—¡Preparen armas!

A lo largo de la pasarela, el chasquido de los cargadores, el crujido de los cerrojos, los cartuchos alojados en las recámaras. Las últimas sombras habían desaparecido, ahogadas por la penumbra.

No tardaron mucho.

Una línea fosforescente se perfiló al este. Se tornaba más gruesa por segundos conforme se extendía sobre las tierras. Emanaba una sensación de fatalidad, de destino; flotaba como niebla. La ciudad pareció encoger ante ella.

—¡Ya vienen!

La horda corría hacia ellos con el fragor de un trueno. Avanzaba a una velocidad tremenda. Disparos sueltos hendieron el aire; hombres inundados de adrenalina que no podían contener el impulso de disparar.

Peter se llevó la radio a la boca.

—¡No disparéis! ¡Esperad a que estén a tiro!

Las estrellas desaparecieron, ahogadas por la enorme nube de polvo que ascendía al paso de los virales. La manada se dispuso en forma de punta de flecha.

—Parece ser que la fase de la negociación ha concluido —observó Apgar.

Más disparos aterrados. La estampida se acercaba implacable. Buscaba embestir la puerta por el centro como si fuera una diana, para partirla en dos.

—Esperad un momento —ordenó Apgar. Estaba mirando por los prismáticos—. Noto algo raro.

—¿Qué ves?

El hombre titubeó antes de decir:

—Se mueven de manera distinta. Con saltitos cortos y grandes zancadas entremedias, como hacen los más viejos. —Bajó los lentes—. Creo que éstos son lelos.

Algo no encajaba. La manada reducía el paso.

Un grito se alzó en la plataforma de vigilancia.

—¡Jinetes! ¡A doscientos metros!

Preparaos.

Amy retuvo a Soldado, que acortó el galope antes de aminorar a un trote.

Defenderemos esta ciudad. Mantendremos en pie esta puerta, hermanos y hermanas de sangre.

Fluyendo como líquido, sus fuerzas se dispersaron. Amy avanzaba entre ellos. No se atrevía a mostrar miedo; si se comportaba con valentía, ellos lo harían también. Cabalgaba con la espalda erguida, las riendas de Soldado en una mano, sueltas, la otra alzada con un gesto de bendición, como un sacerdote.

Fueron personas un día, igual que vosotros. Pero ellos siguen a otro, a Cero.

Un millar a lo ancho, trescientos a lo largo, las fuerzas de Amy crearon una barrera protectora a lo largo de la muralla septentrional y dieron media vuelta para mirar hacia el prado. Al este, el primer gajo de luna asomaba sobre las montañas.

No titubeéis, pues ellos no lo harán. Matadlos, hermanos y hermanas,
pero siempre con una bendición piadosa en el corazón.

Notó los ojos de los soldados clavados en ella, los postes y las miras de
sus armas. La nube de polvo se estaba asentando. Amy notó un sabor a
tierra en la boca.

Erguid la espalda. Sed valientes. Demostrad quiénes sois, lo que sois.

Detuvieron los caballos en primera fila. Amy se extrajo la pistola del
cinto, se la tendió a Alicia y tomó la espada que llevaba a la espalda. La
empuñadura poseía el tamaño justo, se adaptaba bien a su mano. Dobló
la muñeca para blandirla en el aire.

—Es un arma estupenda, hermana.

—La fabriqué por pura intuición.

La mente de Amy estaba tranquila, sus pensamientos ordenados y en
calma. Había miedo, pero también alivio y, por encima de todo, curiosidad ante lo que iba a acontecer.

—Nunca he entrado en combate —dijo—. ¿Cómo es?

—Pues muy… ajetreado.

Amy lo meditó.

—Todo sucede muy deprisa. Ni siquiera serás consciente de lo que
pasa hasta que haya terminado. Casi todo el tiempo tendrás la sensación
de estar presenciando la batalla desde fuera.

—Tiene lógica, supongo. —A continuación—: Alicia, si no sobrevivo…

—Otra cosa.

—¿Qué?

Alicia buscó sus ojos.

—No se te permite decir cosas como ésa.

En la muralla reinaba el caos. Los corredores iban de acá para allá, los
dedos se crispaban sobre los gatillos, nadie sabía qué hacer. *¿Bajar las ar-*
mas? ¡Son virales! ¿Y por qué miran hacia fuera?

—Lo digo en serio —ladró Peter a la radio—. ¡A todas las posiciones,
bajen las armas! —Le lanzó la radio a Apgar y se volvió hacia el corredor
que tenía más cerca—. Cabo, deme un arnés.

—Peter, no vas a ninguna parte —sentenció Apgar.

—Amy me protegerá. Tú mismo lo estás viendo. Han venido a defen-
dernos.

—Como si han venido a arreglar los retretes. Has perdido un tornillo. No me obligues a retenerte por la fuerza, porque te juro que lo haré.

Los ojos del soldado saltaron a Peter, a continuación al general y luego al presidente otra vez.

—Señor, ¿le doy el arnés o no?

—Cabo, como dé un solo paso lo tiro por encima de esa muralla —lo amenazó Apgar.

Otro grito del centinela.

—¡Hay movimiento! ¡Los jinetes se alejan!

Peter alzó la vista.

—¿Cómo que se alejan?

Un rostro asomó por encima de la barandilla. Una rápida consulta a la persona que tenía detrás y el centinela señaló al norte.

—¡Al otro lado del prado, señor!

Peter retrocedió al borde de la muralla y miró por los prismáticos.

—Gunnar, ¿ves eso?

—¿Qué hacen? —se extrañó Apgar—. ¿Se rinden?

Entre una nube de polvo, Amy y Alicia refrenaron los caballos. Amy enarboló la espada. No era un gesto de rendición sino de desafío.

Se estaban ofreciendo como cebos.

—Fanning, ¿me oyes?

La oscuridad engulló las palabras de Amy.

—¡Si me quieres, ven a buscarme!

—¿Nos alejamos un poco más? —preguntó Alicia.

—Si lo hacemos, es posible que no podamos volver. —Acto seguido, alzando la voz otra vez—. ¿Me oyes? ¡Estoy aquí, cerdo!

Alicia aguardó. Nada. Y entonces:

Lo has hecho muy bien, Alicia.

Ella se llevó las manos a los oídos, un reflejo inútil. La voz de Fanning procedía de su propia mente.

Has ejecutado mis deseos a la perfección. Su ejército no es nada. Puedo ahuyentarlo de un manotazo. Tú me has ayudado a conseguirlo. Eso y mucho más.

—¡Cállate! ¡Déjame en paz!

Amy la observaba con atención.

—Lish, ¿qué pasa? ¿Es Fanning?

¿Lo notas, Alicia? Fanning hablaba con un tono meloso, persuasivo. Era igual que si un líquido oleoso se esparciese por su cerebro. *Pues claro que sí. Siempre has poseído esa capacidad. Recorriendo las calles, calculando cuántos eran. Son parte de ti igual que yo lo soy.*

Alicia oyó algo entonces. No, no lo oyó; lo notó. Una especie de... chirrido. ¿De dónde procedía?

Quiero que se arrastre ante mí. Ésa será la verdadera prueba. Sentir lo que yo siento. Lo que sentimos, Alicia mía. Saber lo que significa sentirse desesperado. Un mundo sin esperanza, sin sentido, una pérdida absoluta.

—¡Alicia, dime qué está pasando!

Conozco tus sueños, Alicia. La gran ciudad vallada y la algarabía de la vida intramuros. La música y los gritos felices de los niños. Tu anhelo de vivir entre ellos y la puerta que no puedes cruzar. ¿Lo sabías ya entonces, Alicia? ¿Sabías lo que te esperaba?

El chirrido se tornó más intenso. La sangre le latía en el cuello; pensó que tal vez hubiera enfermado.

Mi querida Alicia, ya está hecho. ¿Lo notas? ¿Notas su... presencia?

La mente de Alicia ató cabos de golpe y porrazo. Se dio media vuelta en la silla de montar. Al otro lado de la barrera que ofrecía el ejército de Amy, brillaban las luces de la ciudad.

Fuera, pensó. Yo estoy fuera, igual que en el sueño.

—Ay, Dios mío, no.

Sara hacía esfuerzos por respirar.

Ciento veinte personas se apretujaban en el sótano. Velas y fanales, repartidos por el recinto, proyectaban sombras extrañas y movedizas. La pistola de Sara yacía en su regazo, la mano encima, relajada pero a punto.

Jenny y Hannah habían organizado un juego de mataconejos para distraer a unos pocos niños. Otros se entretenían con juguetes introducidos a escondidas. Unos cuantos lloraban, aunque seguramente no sabían por qué; su llanto reflejaba la ansiedad de los adultos.

Sara estaba sentada en el suelo, de espaldas a la puerta. Notaba la superficie metálica fría contra la piel. ¿Resistiría? Varias escenas se proyectaron en su mente: golpes en la puerta, el metal abultado, la gente gritando, retrocediendo, el crujido final y la muerte entrando a raudales para engullirlos a todos.

Observaba a Jenny y a Hannah. Jenny estaba aterrada —la mujer llevaba las emociones a flor de piel— pero Hannah era de otra pasta. Ella había propuesto el juego. Hay personas así, Sara lo sabía, las mismas que nunca se alteran o al menos no lo demuestran, que poseen un enorme caudal de calma interna. Hannah corría alrededor del corro sobre sus largas piernas, esbozando una sonrisa conspiratoria, perseguida por un niño pequeño. Se dejaría atrapar, claro que sí. Fingió que se rendía con teatrales ademanes que provocaron en el niño una cascada de risitas felices. Al momento, Sara se sintió mejor. Recordaba esos juegos, lo divertidos que eran, la simplicidad y pureza de sus objetivos. Ella misma había jugado al mataconejos siendo una niña, y más tarde también, con Kate y sus amigos. Al momento siguiente, otro pensamiento reemplazó a éste. Kate, se lamentó, Kate, ¿dónde estás? ¿Adónde has ido? Tu cuerpo yace en una cama, lejos de casa. Tu espíritu nos ha abandonado. Estoy perdida sin ti. Perdida.

—Doctora Wilson, ¿se encuentra bien?

Sosteniendo al pequeño Carlos, Grace se erguía ante ella. Sara se palpó la cara para enjugarse las lágrimas.

—¿Cómo lo lleva el pequeñín?

—Es un bebé… no sabe nada.

Sara le dejó un sitio a su lado. Grace se acomodó en el suelo.

—¿Estamos a salvo aquí? —preguntó Grace.

—Claro.

Un silencio. A continuación Grace se encogió de hombros.

—Miente, pero no pasa nada. Sólo quería oírselo decir. —Volvió la cara hacia Sara—. Fue usted la que cedió su derecho de concepción a mis padres, ¿verdad?

—¿Te lo dijeron?

—Únicamente me dijeron que fue la doctora. No veo a ninguna otra doctora por aquí, así que supuse que habría sido usted. ¿Por qué lo hizo?

Sin duda la pregunta tenía respuesta, pero Sara la desconocía.

—Pensé que debía hacerlo.

—Mis padres fueron muy buenos conmigo. Las cosas se complicaron, pero me quisieron con toda su alma. Siempre rezábamos una oración por usted a la hora de la cena. He pensado que debía saberlo.

Un bostezo del pequeño Carlos; pronto se dormiría. Durante cosa de un minuto, Sara y Grace observaron juntas el juego de los niños. Súbitamente, Grace alzó la vista.

—¿Qué ha sido ese ruido?

—Posición seis. Hay movimiento.

Peter aferró la radio.

—Repita.

—No estoy seguro. —Un silencio—. Parece que ya ha parado.

La posición seis se hallaba en el extremo sur de la presa.

—¡Todo el mundo alerta! —gritó Apgar—. ¡Mantengan sus posiciones!

Peter ladró al micro:

—¿Qué ve?

Un chasquido y, a continuación, la voz dijo:

—Nada, me he equivocado.

Peter miró a Chase.

—¿Qué hay debajo de la posición seis?

—Tan sólo maleza.

—¿Suficiente para esconderse?

—Puede.

Peter agarró la radio otra vez.

—Posición seis, informe. ¿Qué ve?

—Ya se lo he dicho, no tiene importancia. Me parece que acaba de abrirse otro socavón, nada más.

Desde su posición en el techo del orfanato, Caleb Jaxon no oyó el ruido tanto como lo notó: una perturbación carente de un origen discernible, como si el aire vibrara movido por un enjambre de abejas invisibles. Oteó la ciudad con los prismáticos. Todo parecía en orden, inalterado. Sin embargo, cuando acalló la mente, alcanzaron su consciencia otros sonidos, procedentes de varias direcciones distintas. El crujido de la madera al partirse. El choque y el tintineo de un cristal que se rompe. Una reverberación, de unos cinco segundos de duración quizá, que no supo identificar. A su alrededor, y en tierra, algunos de sus hombres empezaban a percatarse también. Sus conversaciones cesaban de golpe, y éste o aquél preguntaba: *¿Has oído eso?* *¿Qué ha sido?* Con los ojos ardiendo por la falta de sueño, Caleb escudriñó la oscuridad. Desde el tejado alcanzaba a ver con claridad el edificio del Capitolio y la plaza mayor de la ciudad. El hospital se encontraba a cuatro manzanas de allí, en dirección este.

Desenganchó la radio que llevaba prendida al cinto.

—Hollis, ¿estás ahí?

Su suegro se encontraba apostado a la entrada del hospital.

—Sí.

Otro trompazo. Procedía del corazón de las calles.

—¿Estás oyendo eso?

Un silencio. Acto seguido, Hollis respondió:

—Roger.

—¿Qué ves? ¿Algún movimiento?

—Negativo.

Caleb enfocó el Capitolio con los prismáticos. Un par de camiones y una mesa larga seguían en la plaza, olvidados cuando el alistamiento llegó a su fin. Levantó la radio nuevamente.

—Hermana, ¿me oye?

La hermana Peg esperaba junto a la trampilla.

—Sí, teniente.

—No estoy seguro, pero creo que hay algo ahí fuera.

Una pausa.

—Gracias por decírmelo, teniente Jaxon.

Caleb se prendió la radio al cinturón. Aferró la escopeta con más fuerza. Aunque sabía que estaba cargada, retiró con cuidado la palanca de carga para comprobarlo. El cartucho de latón brilló a través de la minúscula mirilla.

La radio crepitó. Hollis.

—Caleb, soy yo.

—¿Qué hay?

—He visto algo aquí fuera.

El corazón de Caleb se aceleró.

—¿Dónde?

—De camino a la plaza, esquina noroeste.

Caleb se llevó los prismáticos a los ojos nuevamente. Con enojosa lentitud, la plaza se perfiló en las lentes.

—No veo nada.

—Estaba ahí hace un segundo.

Sin separar los ojos de los binoculares, Caleb se acercó la radio a los labios para llamar a la plataforma de mando.

—Posición uno, aquí posición nueve…

Se detuvo a media frase; había atisbado algo. Desplazó los prismáticos en sentido inverso.

La mesa de la plaza estaba volcada. Detrás, el morro de uno de los camiones apuntaba hacia arriba en un ángulo de cuarenta y cinco grados. Las ruedas traseras se habían hundido en la tierra.

Un socavón, uno grande, se estaba abriendo.

Peter dio la espalda al campo de batalla. Los edificios de la ciudad no eran más que siluetas recortadas contra la oscuridad e iluminadas de refilón por la luna.

Chase se encontraba a su espalda.

—¿Qué pasa?

La sensación erizó la piel de Peter como electricidad estática: el hombre tenía los ojos clavados en él.

—Hay algo que se nos escapa. —Levantó una mano—. Espera. ¿Has oído eso?

—¿Qué? —Apgar entornó los ojos al tiempo que ladeaba la cabeza—. Un momento. Sí.

—Parecen… ratas dentro de las paredes.

—Yo también lo oigo —dijo Chase.

Peter agarró el micro.

—Posición seis, ¿hay algo ahí?

Nada.

—Posición seis, informe.

La hermana Peg entró en la despensa. Guardaba la escopeta en el estante superior, envuelta en hule. Había pertenecido a su hermano, que en paz descanse. El hombre había servido con los Expedicionarios años atrás. Recordó el día en que un soldado se acercó al hospicio para informarla de su muerte. Le había traído el casillero de su hermano con los efectos personales. Nadie había comprobado el contenido. De haberlo hecho, la escopeta habría sido confiscada. Al menos, eso supuso la hermana Peg en su día. Apenas había nada en el casillero que le recordase a él y juzgó que no valía la pena conservar los objetos. No así la escopeta. Su hermano la había sostenido, la había usado, había luchado con ella. Representaba lo que él era. La consideró más que un recuerdo. La consideró un regalo, como si él la hubiera dejado allí para ella por si algún día la necesitaba.

Plantó la escalerilla y, con pasos inseguros, bajó el arma y la dejó sobre la mesa en la que las hermanas amasaban el pan. La hermana Peg la había cuidado a conciencia; la acción estaba ajustada y bien engrasada. Le gustaba cómo disparaba, con su expeditivo gatillo y un chasquido limpio. Una vez al año, en mayo —el mes de la muerte de su hermano—, la hermana Peg se despojaba del hábito, se enfundaba las prendas de una trabajadora normal y tomaba el transporte que llevaba a la Zona Naranja. La escopeta viajaba a su lado, escondida en un petate de lona. Más allá del cortavientos instalaba un objetivo hecho de latas o, en ocasiones, manzanas o un melón, a veces dianas clavadas a un árbol.

Llevó la escopeta, ahora cargada, al comedor. Con el paso de los años el arma se había tornado más pesada en sus brazos, pero aún podía manejarla e, incluso, soportar el retroceso, suavizado por un amortiguador que contaba con un muelle conectado a la base del cargador. Eso era muy importante para los disparos en ráfagas. Se apostó junto a la trampilla, en una posición que le permitiera ver con claridad el pasillo y las ventanas de ambos lados de la habitación.

Debería concederse un momento para rezar, pensó. Sin embargo, puesto que sostenía un arma cargada, no le pareció del todo apropiado pronunciar una oración convencional. La hermana Peg esperaba que Dios la ayudase, pero opinaba que el Señor prefería que las personas se ayudasen a sí mismas. La vida es igual que un examen; depende de ti si lo apruebas o no. Se llevó el arma al hombro y alineó un ojo con el cañón.

—A mis niños, no —dijo, y tiró de la palanca para introducir la primera bala en la recámara—. Esta noche, no.

—¡Se acerca un jinete!

Una energía nueva y tensa se apoderó de la muralla. Algo estaba sucediendo. La barrera de virales se separó para crear un pasillo como el de la noche anterior. Un único jinete enfilaba el corredor, al galope hacia la entrada. A lo largo de la muralla los ojos tomaban posición en los postes y las ranuras de las miras de las armas. Una presión creciente circulaba de los hombros a los brazos y de ahí a las yemas de los dedos. La orden de no disparar había sido tajante, pero el impulso de hacerlo era igual de fuerte. Mientras tanto, el jinete se acercaba. Erguido en la silla, la persona —aún no alcanzaban a distinguir el género— gritaba palabras incomprensibles. Al mismo tiempo que sujetaba las riendas con una mano, el jinete agitaba la otra en el aire por encima de la cabeza, un gesto de significado ambiguo. ¿Se trataba de una amenaza? ¿Estaba pidiendo una tregua?

En la plataforma de mando, Peter comprendió lo que estaba a punto de suceder. Los reclutas no tenían experiencia; carecían del tipo de control mental-muscular que proporciona el entrenamiento militar. No estaban acostumbrados a formar parte de una cadena de mando. En el instante en que Alicia se internase en el perímetro iluminado, Peter perdería el control de la situación.

—¡No abran fuego! —gritaba—. ¡No disparen!

La orden, sin embargo, únicamente caló hasta cierto punto.

Alicia penetró en el perímetro iluminado a todo galope.

—¡Es una trampa!

Las palabras carecían de sentido.

La mujer tiró de las riendas para detener al caballo.

—¡Es una trampa! ¡Están dentro!

Un grito se dejó oír a la izquierda de Peter.

—¡Es la mujer de anoche!

—¡Es un viral!

—¡Disparadle!

La primera bala penetró en el muslo derecho de Alicia y le destrozó el fémur. La segunda le perforó el pulmón izquierdo. El caballo dobló las patas delanteras y Alicia salió proyectada hacia delante por encima del cuello del animal. Los primeros disparos sueltos mudaron en una auténtica descarga. El polvo se levantaba a su alrededor mientras ella se acurrucaba detrás del animal caído, que ahora yacía acribillado y muerto. Las ráfagas se sucedían sin pausa y las balas acertaban en el blanco. Alicia se sentía igual que si sufriera una descarga de golpes. Su mano izquierda, reventada como una manzana. El ilion de su pelvis derecha, hecho añicos como una granada que estalla. Dos más en el pecho, el segundo de los cuales rebotó en la cuarta costilla, se hundió en diagonal en su cavidad torácica y le rompió la segunda vértebra lumbar. Hacía cuanto podía por refugiarse debajo del caballo caído. La sangre del animal le salpicaba cuando las balas lo penetraban.

Perdido, pensó cuando un telón de oscuridad cayó sobre el mundo. *Todo está perdido.*

La gran mayoría de los virales emergieron de cuatro puntos de la ciudad: la plaza mayor, la esquina suroeste del embalse, un enorme socavón en Ciudad-H y el patio interior de la puerta principal. Otros se habían abierto paso por los huecos de la tierra para surgir en grupos más reducidos por distintas zonas de la ciudad. Los suelos de las casas; solares abandonados, invadidos por la hierba, donde antaño jugaran los niños; las calles de barrios densamente poblados. Excavaron y se arrastraron. Siguieron el curso de desagües y cañerías. Eran inteligentes; buscaban los puntos débiles. Llevaban meses desplazándose por las fisuras geológicas y humanas de la ciudad como una plaga de hormigas.

Salid —les ordenó su amo—. *Cumplid vuestro cometido. Haced lo que os he ordenado.*

En la pasarela, Peter apenas si tuvo tiempo de meditar la advertencia de Alicia. Entre el estrépito de las armas —numerosos soldados, ofuscados por el frenesí masivo, disparaban a los lelos también—, la estructura se sacudió bajo sus pies. Tuvo la sensación de que alguien levantaba y sacudía la parrilla metálica por un extremo, como si fuera una alfombra. Las sensación le revolvió el estómago igual que si sufriera un acceso de náusea, un repentino mareo. Miró a un lado y a otro, buscando el origen del movimiento, consciente al mismo tiempo de los gritos que se multiplicaban por doquier. Una segunda sacudida y la estructura se desplazó hacia abajo. Perdió el equilibrio y cayó de espaldas al suelo de la pasarela. Las armas atronaban, las voces aullaban. Las balas pasaban zumbando por encima de su cabeza. *¡La puerta!*, gritó alguien. *¡Están abriendo la puerta! ¡Disparadles! ¡Disparad a esos cabrones!* Un gañido de metal que se dobla y la pasarela empezó a despegarse de la muralla.

Peter rodó hacia el borde.

No tenía manera humana de detenerse; sus manos no hallaban ningún saliente al que asirse. Los cuerpos pasaban por su lado dando vueltas de campana antes de precipitarse al vacío. Cuando resbaló por el borde, su mano se topó con una pieza de metal: un montante. Su cuerpo osciló como un péndulo desde la pieza. No podría sostenerse mucho rato; aquello no era más que un inciso. Debajo, la ciudad giraba, saturada de gritos y disparos.

—¡Agárrese a mi mano!

Era Jock. Aferrado a la parte inferior de la barandilla, le tendía un brazo. La pasarela se había detenido en un ángulo de cuarenta y cinco grados respecto al suelo.

—¡Aguante!

Una serie de estallidos: los últimos pernos se despegaban de la muralla. Los dedos de Jock, a pocos centímetros de la mano de Peter, se le antojaban a kilómetros de distancia. El tiempo discurría en dos tiempos. Uno hecho de ruido, precipitación y violencia, y otro, simultáneo, en el que Peter y todo cuanto lo rodeaba parecía moverse con pesadez, como en un sueño. Los dedos le estaban fallando. Agitó la otra mano con impotencia, tratando de alcanzar la de Jock.

—¡Dese impulso hacia arriba!

La mano de Peter se soltó.

—¡Le tengo!

Jock lo había agarrado por la muñeca. Un segundo rostro apareció por debajo de la barandilla: Apgar. El hombre alargó la mano hacia Peter y Jock tiraba de él hacia arriba. Apgar lo asió por el cinturón. Juntos, lo izaron.

La pasarela empezó a caer.

La matanza había comenzado.

Abandonando sus escondrijos, los virales se desparramaron por la ciudad. Surgieron de los terraplenes, lanzando a los hombres por los aires. Salieron disparados de la tierra y de los tejados como un castillo de fuegos artificiales fosforescente. Brotaron de los suelos de los refugios para asesinar a sus ocupantes y estallaron en los pisos de los edificios para sacar a sus habitantes de los armarios o de debajo de las camas. Arremetieron en masa contra los portalones que, por enormes que fueran, no estaba diseñados para repeler un ataque desde dentro; lo único que hizo falta para abrir la ciudad a la invasión fue arrancar las trancas de sus abrazaderas, destrabar y empujar.

El grupo que emergió en las inmediaciones de la presa poseía también una misión específica. A lo largo del día, su preciso aparato sensorial había detectado los pasos de un gran número de personas, todas con rumbo a un mismo destino. Habían oído el rumor de los vehículos y las órdenes lanzadas por megafonía. Habían oído la palabra *presa*. Habían oído la palabra *refugio*. Habían oído la palabra *conductos*. Aquellos que buscaron una entrada directa a la presa acabaron sumidos en el desconcierto. Como Chase había vaticinado, no había modo de entrar. Otros, igual que una tropa de élite, se alojaron en un barracón cercano. La construcción estaba protegida por un pequeño contingente de soldados, que murieron deprisa y de mala manera. Entre mandíbulas que chasquean, garras que buscan y ojos que otean sin descanso, los virales calibraron el interior. La habitación estaba llena de cañerías. Una cañería implicaba agua, y el agua implicaba la presa. Un tramo de escaleras descendía desde el barracón.

Llegaron a un pasillo con paredes de rezumante roca. Bajaron una escalerilla que los internó aún más profundamente en la tierra, y luego otra. Percibieron la presencia de una densa masa humana allí cerca. Se estaban acercando. Estaban a punto de dar con su objetivo.

Se toparon con una puerta de metal dotada de una pesada anilla. El primer viral, el alfa, abrió la puerta y la cruzó en silencio. Los otros lo siguieron.

Un tufo humano impregnaba la habitación. Una fila de taquillas, un banco, una mesa que contenía los restos de una comida abandonada a toda prisa. Conectado con un complicado sistema de cañerías y engranajes había un panel con seis volantes de acero del tamaño de tapas de alcantarilla.

Sí —dijo Cero—. *Ésos.*

El alfa aferró el primer volante. ENTRADA DE AGUA N.º 1, rezaba.

Gíralo.

Seis volantes. Seis conductos.

Ochocientos gritos de agonía.

Con la pistola por delante, Sara se acercó al almacén y, con mucho tiento, usó el pie para empujar la puerta.

—Puede que sean ratones, nada más —susurró Jenny.

El chirrido se dejó oír nuevamente. Procedía de detrás de un montón de cajones. Sara depositó el candil en el suelo y empuñó la pistola con ambas manos. Los cajones estaban apilados de cuatro en cuatro. Uno del fondo empezó a moverse, agitando así los que tenía encima.

—Sara...

Los cajones se volcaron. Sara cayó hacia atrás al mismo tiempo que el viral emergía del suelo y se retorcía en el aire para agarrarse al techo como una cucaracha. Sara disparó a ciegas. El viral mostró indiferencia ante el arma o tal vez sabía que Sara se encontraba demasiado aturdida como para apuntar. La corredera de la pistola se trabó; el cargador estaba vacío. Sara dio media vuelta, empujó a Jenny fuera del almacén y echó a correr.

En la base de la muralla, Alicia yacía a solas, rota e inmovilizada. Su respiración se había tornado dificultosa y húmeda, puntuada por pequeños silbidos, manifiestamente dolorosos. Tenía sangre en la boca. Su visión parecía distorsionada; las imágenes rehusaban definirse ante sus ojos. Carecía de sentido del tiempo. Puede que los disparos la hubieran abatido treinta segundos atrás. Tal vez hiciera una hora.

Una silueta oscura se materializó ante ella. Era Soldado, que agachaba la cabeza hacia su cara. *No veas la que has liado*, le decía. *Te dejo sola un momento y mira la que armas*. El cálido aliento del animal besó el rostro de Alicia. Se acercó más, le hundió el hocico en él al tiempo que exhalaba por los ollares con suavidad.

Buen chico. Alicia llevó una mano ensangrentada a la quijada del caballo. *Mi gran amigo, mi magnífico Soldado, lo siento*.

—Hermana, ¿qué te han hecho?

Amy estaba arrodillada a su lado. Los hombros le temblaron cuando exhaló un sollozo. Se tapó la cara con las manos.

—Oh, no —gimió—. Oh, no.

Los focos se habían apagado. Alicia oía disparos y gritos, pero sonaban distantes, amortiguados. Una piadosa oscuridad la envolvió. Amy le sostenía la mano. Alicia tenía la sensación de que todo lo acaecido hasta entonces hubiera sido un viaje, que el camino de su vida la hubiera llevado hasta allí, a su destino. El silencio se apoderó de la noche. La invadió el frío. Perdió la consciencia.

Espera.

Alicia abrió los ojos. Una brisa latía en su cuerpo —densa, áspera— y con ella un rumor, parecido a un trueno, aunque el fragor no cesaba. Retumbaba, cada vez más alto, y el polvo se arremolinaba en el aire. La tierra empezó a temblar. Con un relincho, Soldado se encabritó y sus manos azotaron el aire.

Su ejército no es nada. Puedo ahuyentarlo de un manotazo.

Alicia levantó la cabeza justo a tiempo de verlos venir.

Peter, Apgar y Jock corrían por la pasarela rota. El desplome se producía por secciones, como fichas de dominó que caen en fila. La gente hacía caso omiso de la orden de Peter de retirarse al hospicio, la última línea de defensa de la ciudad; el pánico se había adueñado del lugar. El problema no radicaba únicamente en el derrumbamiento de la pasarela, de la que caían los soldados desde una altura de treinta metros a una muerte segura. Los virales también la habían tomado a lo largo. Empujaban a unos, devoraban a otros, que se retorcían y gritaban cuando las fauces de los virales se hundían en sus carnes. Un tercer grupo era abandonado a su suerte tras recibir el mordisco fatal. Igual que en las provincias, según afirmaban los pocos supervivientes, los virales actuaban con una rapidez sin precedentes; un porcentaje cada vez mayor de soldados de Kerrville atacaba ahora a sus propios camaradas.

A cien metros del desaparecido puesto de mando, Peter, Apgar y Jock se encontraban acorralados. Tras ellos, la pasarela seguía desplomándose, tramo a tramo; delante, los virales corrían hacia ellos. No había escaleras cerca por las que bajar.

—Ay, Dios —se lamentó Apgar—. Siempre he odiado hacer esto.

Desplegaron las cuerdas por el borde del tramo. A Jock tampoco le entusiasmaban las alturas; el incidente que protagonizara años atrás durante la reparación del tejado lo había marcado de por vida. Pese a todo, también es cierto que, a lo largo de las últimas veinticuatro horas, había experimentado importantes cambios. Siempre se había tenido por un tipo débil, un mero peón en el juego de la vida. Sin embargo, desde el nacimiento de su hijo y el subsiguiente acceso de amor que había experimentado, había descubierto en su interior una fuerza de carácter que jamás hubiera creído posible, un sentimiento expansivo que abarcaba la vida entera y su papel en ésta. Quería ser uno de esos hombres que colocan a los demás por delante de sí mismos, capaces de morir por el prójimo. De ahí que el recién reclutado y personalmente transformado cabo Jock Alvado se sobrepusiese al terror, saltase por encima de la barandilla y diese la espalda al abismo que se abría debajo. Peter y Apgar hicieron lo propio.

Saltaron.

Treinta metros, y tan sólo contaban con la fricción de sus manos y pies para ralentizar la caída. Aterrizaron con fuerza en la tierra compacta. Peter y Apgar se levantaron al momento, pero Jock, no. Se había torcido el tobillo o tal vez fracturado. Peter lo ayudó a ponerse de pie y le ofreció el apoyo de sus hombros.

—Por Dios, cuánto pesas.

Echaron a correr.

El sótano era una ratonera.

Mientras Sara corría hacia la puerta, un chillido resonó a su espalda, chirriante, como el sonido del metal al ser cortado, y luego, acto seguido, la habitación estalló en gritos. Sara llevaba a una niña pequeña en brazos; la había recogido sin pensar. Habría cogido más niños de haber podido; los habría cogido a todos.

Jenny fue la primera en llegar a la salida. La gente se amontonaba a su espalda. De golpe y porrazo, la mujer no podía moverse; el peso de los cuerpos aterrados la inmovilizaba, apresada contra el metal. Les pedía a gritos que retrocedieran, pero su voz apenas si se dejaba oír. Los chillidos de los niños, agudos hasta extremos imposibles, alcanzaban las notas más altas de la escala.

La puerta se abrió; cien personas trataron de cruzar el umbral al mismo tiempo. Un instinto ciego se había apoderado de ellos: huir, sobrevivir a toda costa. La gente caía, los niños eran pisoteados. Los virales rebotaban por la habitación, de pared a pared, de víctima en víctima. Su alborozo resultaba obsceno. Uno llevaba a un niño en la boca y lo sacudía como haría un perro con una muñeca de trapo. Mientras Sara intentaba cruzar la puerta como podía, una mujer sin rostro la empujó para pasar con tanta violencia que le arrancó a la niña de los brazos y la derribó al pie de las escaleras. La gente corría en desbandada por su lado. Un rostro conocido asomó entre el caos: Grace, sosteniendo a su bebé. Estaba acurrucada contra la pared del hueco de la escalera. Arriba, las armas detonaban. Sara agarró a la mujer por la manga para obligarla a mirarla. *Ven conmigo, afé-rrate a mi mano.*

Jenny y Hannah le hacían señas a Sara desde lo alto de los peldaños. Medio a empujones y medio a rastras, Sara alcanzó el vestíbulo con Grace. Al otro lado de las puertas rugía una cruenta batalla. Los niños gritaban, las madres se acurrucaban con sus hijos, nadie sabía adónde ir. Unas cuantas mujeres salieron corriendo a ciegas, al corazón del caos. Los virales iban tras ellas.

Un choque descomunal: la fachada del edificio estalló hacia dentro. Ladrillos, trozos de cristal y astillas de madera volaron por doquier. Súbitamente, un camión militar de cinco toneladas había invadido el vestíbulo. Hollis iba al volante.

—¡Subid, todos!

Amy cubrió el cuerpo de Alicia con el suyo. Su ejército agonizaba; notaba cómo la abandonaba, cómo sus almas se perdían en el éter. *No me habéis fallado,* pensaba. *El error ha sido mío. Id en paz; al menos, ahora sois libres.*

Los virales de Fanning se abrían paso. Amy enterró el rostro contra el cuello de Alicia mientras la sostenía tan cerca como podía. Sucedería deprisa, a la velocidad de la luz. Pensó en Peter y luego ya no pensó en nada.

Fue igual que tener una bandada de pájaros dentro; como si el aire que las rodeaba hubiera mudado en un millón de alas batientes.

En el tejado del hospicio, Caleb contemplaba la muerte de la ciudad.

Había oído derrumbarse la pasarela, un estrépito aterrador. La escena que tenía delante le provocó una extraña sensación de desconexión. Se sentía como si observara unos acontecimientos que no le concernían, como si los viera a mucha distancia. Sin embargo, cuando empezara el tiroteo, su sensación sería distinta, lo sabía. Veinticinco hombres. ¿Cuánto durarían?

Los disparos decayeron, el brillo de los proyectiles, los patéticos y angustiosos gritos. El silencio se estaba adueñando de la ciudad, que mudaba en un enclave fantasma. Un instante de quietud absoluta. A continuación, un nuevo sonido aumentó de volumen. Caleb se llevó los prismáticos a los ojos. Un camión militar, cubierto con lonas, rugía hacia ellos desde la plaza, escoltado por un par de Humvees. Los hombres de las torretas disparaban a lo loco, otros hacían lo propio desde las ventanillas de la cabina. Al mismo tiempo Caleb tomó conciencia de un segundo movimiento, menos expansivo, a su derecha. Hizo girar los prismáticos. Oscuridad impenetrable al principio. Un momento después aparecieron dos figuras que cargaban a una tercera como podían.

Apgar.

Su padre.

Se toparían con el camión cerca de la fachada del edificio en el que él estaba apostado. Los pies de Caleb apenas si tocaron los travesaños de la escala cuando descendió. Uno de los Humvees se separó de los otros vehículos; llevaba prendidos a varios virales. Cayó de lado y empezó a rodar sobre sí mismo como un animal que intenta librarse de un enjambre de avispas. El camión, por su parte, avanzaba a demasiada velocidad; iba a estrellarse contra el edificio. En el último segundo, el conductor dio un bandazo a la izquierda y el vehículo se detuvo derrapando.

Hollis saltó de la cabina; Sara, de la caja. Los pasajeros del camión sacaban niños y los trasladaban al interior en volandas. Caleb cayó sobre los sacos de arena y corrió hacia su padre y el general.

—Encárgate de él —le ordenó su padre.

Caleb pasó un brazo por la cintura del hombre herido. Empezaba a comprender la situación: el orfanato sería el último bastión. En el refectorio, la hermana Peg aguardaba junto a la trampilla abierta. La mujer empuñaba una escopeta. La imagen resultaba tan insólita que la mente de Caleb se limitó a rechazarla.

—¡Deprisa! —gritó la hermana Peg.

El padre de Caleb y Apgar ordenaban a los hombres que tomaran posiciones junto a las ventanas. Las manos se alargaban a través de la abertura del suelo para ayudar a los niños, que entraban en el refugio con una lentitud angustiosamente desacompasada con el resto de los acontecimientos que se estaban produciendo. La gente trastabillaba y empujaba, las mujeres gritaban, los niños pequeños lloraban. Caleb notó el tufo de la gasolina. Una lata vacía yacía tumbada en el suelo, otra junto a la puerta de la despensa. La presencia de esos objetos carecía de lógica; pertenecía a la misma categoría de detalles inexplicables que la escopeta de la hermana Peg. Los hombres arrojaban sillas por las ventanas. Otros volcaban las mesas para usarlas como barricadas. El mundo estaba saltando por los aires. Caleb se apostó junto a la ventana más cercana, apuntó a la oscuridad y empezó a disparar.

Para Peter Jaxon, último presidente de la República de Texas, los últimos segundos de la noche transcurrieron del modo más imprevisto. Una vez que la pasarela empezó a desplomarse y comprendió a lo que se enfrentaban, supo que debía morir. Se sentía incapaz de prever otro desenlace honorable. Amy ya no estaba, ni sus amigos, ni siquiera la ciudad, y sólo él tenía la culpa. Sobrevivir a la destrucción de Kerrville se le antojaba una desgracia impensable.

Los últimos civiles ya habían traspasado la trampilla, pero ¿resistiría la escotilla? A juzgar por los acontecimientos de los últimos diez minutos, Peter únicamente podía concluir que estaba destinada a quebrarse, como todo lo demás. Fanning, de un modo u otro, estaba al tanto de todo.

Sin embargo, tenían que intentarlo. Los símbolos son importantes, como decía Apgar. Los virales se acumulaban en el exterior; atacarían el edificio como una horda. Sin dejar de disparar, Peter ordenó a sus hombres que se retiraran al refugio. Ya no tenían nada que perder salvo a sí mismos. Muchos habían agotado la munición. Un disparo final del fusil de Peter y la corredera se trabó. Arrojó el arma al suelo y sacó la pistola.

—Señor presidente, es hora de irse.

Apgar estaba plantado a su lado.

—Pensaba que ahora me llamabas Peter.

—Lo digo en serio. Tienes que meterte en ese agujero ahora mismo.

Peter introdujo un nuevo cartucho en el cargador. Puede que lo hubiera entendido, puede que no.

—No voy a ninguna parte.

Peter nunca llegaría a saber con qué lo golpeó Apgar. ¿Con la culata de la pistola? ¿Con la pata de una silla rota? Un golpe seco en la nuca y le fallaron las piernas, seguidas del resto del cuerpo.

—Caleb —oyó decir a Apgar—, ayúdame a sacar a tu padre de aquí.

Su cuerpo carecía de fuerza de voluntad. Sus pensamientos eran como fino hielo, imposibles de aferrar. Lo estaban arrastrando, a continuación izando y luego dejándolo caer otra vez. Se sentía, por raro que fuera, como un niño, y la sensación mudó en un recuerdo; un recuerdo imposible, en el que volvía a ser un crío, no sólo un crío sino un infante que pasaba de mano en mano. Veía caras planeando sobre la suya, unos rasgos abotargados e indefinidos que flotaban por encima de él. Lo estaban tendiendo en una tarima de madera. Y entonces un único rostro se definió ante sus ojos: el de su hijo. Pero Caleb ya no era un niño, sino un hombre, y la situación se había revertido. Caleb era el padre y Peter el hijo, o eso parecía. Se trataba de un cambio agradable, inevitable a su modo, y Peter se alegró de haber vivido para presenciar ese momento.

—Tranquilo, papá —le dijo Caleb—. Ahora estás a salvo.

Acto seguido, la luz se apagó.

Apgar cerró la escotilla y escuchó cómo las fallebas la sellaban por dentro.

—Podrías haber entrado —le dijo la hermana Peg.

—Usted también. —El hombre se levantó y la miró. Una súbita calma lo invadió todo—. El gas ha sido una buena idea.

—Eso he pensado yo también.

—¿Lista?

Ruidos sobre sus cabezas: los virales se estaban abriendo paso por el tejado. Apgar recogió un rifle del suelo, comprobó el cartucho y volvió a introducirlo en el cargador. La hermana Peg se extrajo una caja de cerillas del bolsillo del hábito. Encendió una, la tiró. Un río de fuego azul serpenteó por el suelo y luego se dividió para avanzar en direcciones distintas.

—¿Vamos allá? —preguntó Apgar.

Recorrieron el pasillo a paso vivo. Un humo espeso empezaba a invadirlo. En la puerta, se detuvieron.

—¿Sabes qué? —habló la hermana Peg—. Me parece que me quedo.

Los ojos de Apgar escudriñaron su rostro.

—Creo que es mejor así —explicó ella—. Deseo estar... con ellos.

Era lo que quería, claro que sí. Para remarcar que comprendía su decisión, Apgar le tomó la barbilla con los dedos, inclinó el rostro hacia ella y le posó un delicado beso en los labios.

—Vaya —atinó a decir ella. Las lágrimas le ascendían por la garganta. Era la primera vez que la besaba un hombre adulto—. No me lo esperaba.

—Espero que no la haya molestado.

—Siempre has sido un chico encantador.

—Es muy amable por su parte.

La hermana Peg tomó las manos del hombre y las retuvo entre las suyas.

—Dios te bendiga y te acoja en su seno, Gunnar.

—Y a usted también, hermana.

Tras eso, el militar se marchó.

Ella desanduvo el camino. En el comedor, las llamas ya lamían las paredes. El humo era denso y turbulento. La hermana Peg empezó a toser. Se tendió sobre la trampilla. Sus horas en el mundo físico estaban llegando a su fin. No tenía miedo de lo que fuera a encontrar al otro lado; la mano del amor acogería su espíritu. El fuego se adueñó del edificio. Las llamas ascendían ahora poderosas, consumiéndolo todo. A medida que el humo la invadía, multitud de rostros acudieron a la mente de la hermana Peg. Cientos, miles de caras. Sus niños. Se reuniría con ellos otra vez.

Alrededor del hospicio, los virales observaban la escena. Permanecían como en suspenso mientras el resplandor de las llamas iluminaba sus denudados rostros. Los habían derrotado; el fuego ofrecía una barrera que no podían traspasar. Pese a todo, aguardaron sin perder la esperanza. Las horas pasaron. El edificio ardió, ardió y siguió ardiendo. Las ascuas todavía brillaban cuando llegó el alba, un filo de luz que barrió la silenciosa ciudad.

X

EL ÉXODO

A las armas y a la guerra, escapo.

RICHARD LOVELACE
PARA LUCASTA, AL PARTIR A LA GUERRA

73

—Greer.

Estaba en brazos de Morfeo. En un mundo distinto, una voz lo llamaba.

—Lucius, despierta.

Recuperó la consciencia con un sobresalto. Estaba sentado en la cabina del camión cisterna. Parche lo miraba desde el estribo, delante de la puerta abierta. Al otro lado del parabrisas, un amanecer brumoso.

—¿Qué hora es? —Greer tenía la boca seca.

—Cero seis treinta.

—Deberías haberme despertado.

—¿Y qué acabo de hacer?

Greer bajó del camión. El agua estaba inmóvil, los pájaros planeaban sobre la vidriosa superficie.

—¿Alguna novedad mientras dormía?

Parche se encogió de hombros con ese aire brusco que se gastaba.

—Nada importante. Justo antes del alba hemos visto un pequeño grupo avanzando hacia la orilla.

—¿Dónde?

—En la base del puente del canal.

Greer frunció el ceño.

—¿Y no lo has considerado importante?

—No han llegado a acercarse. He pensado que no valía la pena despertarte.

Greer montó en su camioneta y se dirigió al istmo. Lore se encontraba en el dique, con los brazos en jarras, observando el casco. La reparación estaba llegando a su fin.

—¿Cuánto queda para la inundación? —preguntó él.

—Tres horas, puede que cuatro. —Lore alzó la voz—. ¡Rand! ¡Cuidado con la cadena!

—¿Dónde está? —quiso saber Greer.

—En la barraca, creo.

Greer encontró a Michael sentado junto a la radio de onda corta.

—Kerrville, responded, por favor. Aquí la estación del istmo. —Dejó una pausa y repitió la llamada.

—¿Alguna señal? —preguntó Greer.

Michael negó con la cabeza. Su rostro carecía de expresión, como si estuviera preocupado por otra cosa.

—Tengo otras noticias. Han avistado un grupo de virales cerca del puente hace un rato.

Michael se giró bruscamente.

—¿Se han acercado?

—Parche dice que no.

Michael se arrellanó en el asiento otra vez. Se frotó la cara con ademán cansado.

—Entonces saben que estamos aquí.

—Eso parece.

Las trancas seguían aún demasiado calientes para tocarlas. Peter estaba de pie en la plataforma que había justo debajo de la trampilla. Tenía la mente despejada, pero la cabeza le dolía igual que si le hubieran clavado un punzón en la nuca.

—El fuego ya debe de haberse apagado —decía Sara—. ¿Qué hacemos?

Caleb y Hollis estaban allí también. Peter estudió sus rostros. Ambos mostraban la misma expresión de cansancio y derrota, como si fueran incapaces de tomar una decisión. Nadie había pegado ojo.

—Esperar, supongo.

Transcurrió cosa de una hora. Peter dormitaba en la plataforma cuando oyó unos golpes en la escotilla. Alargó la mano para tocar la superficie; el metal se había enfriado ligeramente. Se despojó del jersey y se envolvió las manos con él. A su lado, Caleb hizo lo propio. Asieron una llave cada uno para darles la vuelta. Rendijas de luz asomaron por los bordes de la trampilla y, con ellas, el tufo acre del humo. Chorritos de agua resbalaron por los bordes. Empujaron la escotilla y acabaron de abrirla.

Chase los aguardaba al otro lado, sosteniendo un cubo. Tenía la piel del rostro negra de hollín. Peter subió la escalera y los demás lo siguieron.

Emergieron en un mundo en ruinas. El orfanato había desaparecido, reducido a restos de cenizas y vigas caídas. El calor todavía era intenso. Detrás del secretario de Estado de Peter había un grupo de siete hombres: tres soldados de rangos diversos y cuatro civiles, incluidos una chica adolescente y un hombre que debía de contar setenta años como poco. Todos portaban cubos y estaban empapados, los brazos y la cara negros como el carbón. Habían creado un surco de agua a través de las cenizas con el fin de abrir un paso por el que dejar atrás la destrucción. El fuego se había propagado por varios edificios contiguos, que ahora sufrían incendios de diversos grados.

—Me alegro de verte, señor presidente.

Al igual que todos aquellos que habían sobrevivido a la noche, la supervivencia de Chase había sido cuestión de suerte y oportunidad. Cuando la pasarela empezó a caer, acababa de abandonar el puesto de mando para ir en busca de munición. Gracias a eso, se encontraba cerca de las escaleras que descendían al oeste de la puerta. Llegó al fondo justo a tiempo de ver cómo la estructura se estrellaba contra el suelo. Dos soldados lo reconocieron y lo empujaron a un camión para llevarlo al refugio de la presidencia, pero apenas habían arrancado cuando los virales los atacaron y sacaron al conductor por el parabrisas. Cuando el vehículo empezó a dar vueltas de campana, Chase fue proyectado al exterior. Con el fusil vacío y sin poder acceder al refugio subterráneo, corrió hacia el edificio más cercano, una pequeña cabaña que la oficina de impuestos usaba como almacén. Entre las cajas llenas de papelujos, siete supervivientes más se le unieron a lo largo de las dos horas siguientes, los mismos que ahora lo acompañaban. Pasaron el resto de la noche allí, intentando hacer el menor ruido posible y aguardando un final que no llegó.

Con la salida del sol, más supervivientes habían aparecido, pero no muchos. La visión de tantos cadáveres resultaba impactante, nauseabunda. Los buitres ya se habían posado y ahora picoteaban la carne. No era algo que los niños debieran ver. Durante la noche, Sara había pasado lista. El refugio contenía 654 almas, casi todo mujeres y niños. Sara bajó la escalera para organizar la evacuación.

—¿Y qué hacemos con los demás refugios? —preguntó Peter.

El semblante de Chase mostraba una expresión funesta.

—Han entrado a través del suelo.

—¿Olivia?

Chase negó con la cabeza.

—Lo siento, Ford.

Peter movió la cabeza con ademán apesadumbrado. Aún no acababa de asimilar nada de todo aquello.

—¿Y los conductos?

—Inundados. No sé cómo se las han arreglado, pero lo han hecho.

A Peter se le encogió el estómago. Una ola de fría náusea lo recorrió.

—¿Peter? —Chase lo estaba agarrando por el brazo. De pronto, él era el más entero de los dos.

—¿No hay supervivientes? —preguntó Peter.

Chase negó nuevamente.

—Hay otra cosa que deberías ver.

Se trataba de Apgar. El hombre estaba vivo, aunque a duras penas. Yacía sobre la tierra, junto a un Humvee volcado. El chasis del carro le aprisionaba las piernas, pero eso no era lo peor. Su mano izquierda, que reposaba contra su pecho, mostraba la marca semicircular de un mordisco. Se encontraba en una zona en sombras, pero el sol pronto lo alcanzaría.

Peter se arrodilló a su lado.

—Gunnar, ¿me oyes?

La consciencia del hombre parecía dividida. A continuación, dando un ligero respingo, Apgar posó los ojos en el rostro de Peter.

—Hola, Peter. —Hablaba en un tono apagado, carente de emoción salvo por un ligero matiz de sorpresa quizá.

—No te muevas.

—Oh, no iré a ninguna parte. —Tenía las piernas destrozadas, pero no daba muestras de experimentar dolor—. Menuda mierda, ¿eh?

—¿Alguien tiene agua?

Caleb sacó una cantimplora. Unos pocos centímetros de agua chapotearon en el fondo. Peter sujetó el cuello del hombre para levantarle la cabeza y le acercó a los labios la boca de la cantimplora. Se preguntó por qué Apgar aún no se había transformado. Había un margen, es verdad, que variaba de una persona a otra. El hombre tomó unos cuantos sorbos, casi sin fuerzas, y el agua le resbaló por las comisuras de los labios. Tras eso, Apgar se recostó hacia atrás nuevamente.

—Es verdad lo que dicen. Lo notas dentro. —Inspiró una temblorosa bocanada de aire—. ¿Cuántos supervivientes?

Peter negó con la cabeza.

—No muchos.

—No te culpes.

—Gunnar...

—Considera lo que te voy a decir como mi último consejo oficial. Has hecho todo lo que has podido. —El general se humedeció los labios y volvió a levantar una mano ensangrentada—. Pero no prolonguemos esto demasiado. No quiero que la gente me vea así.

Peter giró la cabeza para observar al grupo. Chase, Hollis, Caleb, unos cuantos soldados. Todos los miraban con atención. Se sentía embotado; nada le parecía real todavía.

—Que alguien me dé algo.

Hollis sacó un cuchillo. Peter notó el peso frío del arma en la mano. Durante un momento dudó de que pudiera encontrar las fuerzas para hacer lo que se esperaba de él. Se acuclilló nuevamente junto a Apgar a la par que ocultaba la hoja con el cuerpo para que el otro no la viera.

—Ha sido un honor servir a tus órdenes, señor presidente.

Con la garganta anegada de lágrimas, Peter alzó la voz para pronunciar unas palabras que llevaban veinte años sin ser dichas.

—Este hombre es un soldado de los Expedicionarios. Le ha llegado el momento de emprender el viaje. ¡Salve, general Gunnar Apgar! Hip, hip...

—¡Hurra!

—Hip, hip...

—¡Hurra!

—Hip, hip...

—¡Hurra!

Apgar inspiró profundamente y exhaló el aliento despacio. Su expresión se suavizó.

—Gracias, Peter. Estoy listo.

Peter aferró el cuchillo con más fuerza.

Había dos más.

Peter observaba el cadáver de Apgar. El hombre había muerto deprisa y de forma casi inaudible. Un gruñido cuando el cuchillo entró, los ojos abiertos como platos mientras la muerte los inundaba.

—Que alguien traiga una manta.

Nadie dijo nada.

—Maldita sea, ¿qué os pasa a todos? Tú... —apuntó a uno de los soldados—. ¿Cómo te llamas, cabo?

El hombre lo miró, un tanto perplejo.

—¿Señor?

—¿Qué te pasa, no conoces tu propio nombre? ¿Tan tonto eres?

El otro tragó saliva, nervioso.

—Verone, señor.

—Organiza un funeral. Quiero a todo el mundo reunido en la plaza de armas en media hora. Con todos los honores, ¿me entiendes?

El hombre miró a los demás.

—¿Algún problema, soldado?

—Papá... —Caleb lo aferró del brazo y obligó a su padre a mirarlo—. Sé que esto es muy doloroso. Todos entendemos por lo que estás pasando. Iré a buscar una manta, ¿vale?

Las lágrimas habían empezado a manar. La mandíbula de Peter temblaba de furia contenida.

—No lo vamos a dejar aquí para que se lo coman los buitres.

—Hay muchos cadáveres por aquí. No tenemos tiempo.

Peter se zafó del contacto de su hijo.

—Este hombre fue un héroe. De no ser por él, ninguno de nosotros seguiría vivo.

Caleb habló en tono afable.

—Ya lo sé, papá. Todo el mundo lo sabe. Pero el general tenía razón. Tenemos que pensar qué vamos a hacer ahora.

—Te diré lo que vamos a hacer. Enterrar a este hombre.

—Señor presidente...

Peter se volvió a mirar. Era Jock. Alguien le había vendado el tobillo y le había proporcionado unas muletas. Sudaba y respiraba con cierta dificultad.

—¿Qué demonios pasa ahora?

El hombre titubeó.

—Por el amor de Dios, suéltalo.

—Parece ser que… queda alguien vivo fuera.

Los portalones habían desaparecido. Una de las hojas aparecía doblada y colgaba de un único gozne; la otra yacía en la tierra a cien metros de la muralla, en la zona interior. Cuando traspasaban la apertura, la primera impresión, imposible, que Peter experimentó fue que había nevado durante la noche. Una fina capa de pálido polvo cubría todas las superficies visibles. Transcurrió un instante antes de que desentrañase la escena. El ejército de Carter yacía muerto; sus cuerpos, ahora bañados por la luz solar, habían empezado a disgregarse.

Amy estaba sentada cerca de la base del muro, abrazándose las rodillas y mirando en dirección al prado. Cubierta de cenizas, parecía un fantasma, un espectro sacado de un cuento infantil. A pocos metros de ella, junto al cadáver de Soldado, estaba Alicia. El caballo tenía la garganta abierta, entre otras cosas. Las moscas zumbaban a su alrededor, entrando y saliendo de sus heridas.

Peter avanzó cada vez más deprisa. Amy volvió el rostro hacia él.

—No nos ha matado —constató. Hablaba como pasmada—. ¿Por qué no nos ha matado?

Peter apenas si reparó en su presencia. Era a Alicia a la que buscaba.

—¡Lo sabías! —Pasó junto a Amy como un vendaval y agarró a Alicia por el brazo hasta dejarla boca arriba—. ¡Lo sabías desde el principio, maldita sea!

Amy suplicó:

—¡Peter, para!

El hombre se arrodilló para sentarse a horcajadas sobre Alicia. Le rodeó la garganta con los dedos. La odiosa imagen de la mujer inundaba sus ojos y su mente.

—¡Era mi amigo!

Otras voces le gritaban, además de la de Amy, pero a él le daba igual. En lo que a él concernían, podrían estar gritando desde la Luna. Alicia emitía sonidos estrangulados; sus labios palidecían hacia un tono azulado al tiempo que entornaba los ojos contra el sol de la mañana. A través de las exiguas rendijas, las miradas de ambos se encontraron. Peter no vio miedo en sus ojos sino una fatalista aceptación. *Adelante*, decían sus ojos. *Lo he-*

mos hecho todo juntos, ¿por qué no esto? Bajo las yemas de los pulgares, notaba el fibroso cartílago de la tráquea. Desplazó las manos hacia abajo para colocarlas en la hendidura de la base de la garganta. Varias manos lo habían aferrado. Unas tiraban de sus hombros, otras intentaban desasirle los dedos del cuello de la mujer.

—¡Era mi amigo y tú lo has matado! ¡Los has matado a todos! —Un fuerte apretón para machacarle la laringe y sería el fin de Alicia—. ¡Dilo, traidora! ¡Di que lo sabías!

Se sintió arrancado por una fuerza tremenda. Cayó de espaldas sobre la tierra. Hollis.

—Respira, Peter.

El hombre se interpuso entre Peter y Alicia, que había empezado a toser. Arrodillada junto a su amiga, Amy le acunaba la cabeza.

—Todos la oímos —dijo Hollis—. Intentó advertirnos.

El rostro de Peter ardía. Apretaba los puños, que le temblaban por efecto de la adrenalina.

—Nos mintió.

—Comprendo que estés enfadado. Todos lo estamos. Pero ella no lo sabía.

Peter tomó conciencia. Los otros lo observaban con muda incomprensión. Caleb. Chase. Jock, apoyado en las muletas. El anciano, que por alguna razón aún cargaba con el cubo.

—¿Me aseguras que la vas a dejar en paz? ¿Sí o no? —le preguntó Hollis.

Peter tragó saliva. La niebla de la furia había empezado a disiparse. Pasó otro instante y asintió.

—Muy bien, pues —accedió Hollis.

Tendió una mano para ayudar a Peter a ponerse de pie. La tos de Alicia se había suavizado. Amy alzó la vista.

—Caleb, corre a buscar a Sara.

Amy aguardó al lado de su amiga hasta que la doctora llegó. Al ver a Alicia, Sara se quedó de piedra.

—No me lo puedo creer. —Habló en un tono desapasionado, carente de cualquier compasión.

—Por favor, Sara —rogó Amy. Las lágrimas inundaban sus ojos.

—¿Me estás pidiendo que la ayude? —Sara escudriñó los rostros de los presentes—. Por mí se puede ir al infierno.

Hollis la tomó por los hombros para obligarla a mirarlo.

—No es nuestra enemiga, Sara. Por favor, créeme. Y vamos a necesitarla.

—¿Para qué?

—Para que nos ayude a salir de aquí. No solamente a ti y a mí. A Pim. A Theo. A las niñas.

Transcurrió un instante de incertidumbre. Sara suspiró y echó a andar hacia la mujer tendida. Se acuclilló junto a Alicia, la recorrió rápidamente con la vista con gesto hierático y alzó los ojos.

—No quiero público. Amy, tú quédate. Los demás, alejaos, por favor.

El grupo retrocedió. Caleb se llevó a Peter aparte.

—¿Papá? ¿Todo bien?

Peter no sabía qué decir. Su rabia se había disipado, pero no las dudas. Lanzó una ojeada por encima del hombro de su hijo. Sara desplazaba las manos por el pecho y el estómago de Alicia al tiempo que presionaba con las yemas de los dedos.

—Sí.

—Todo el mundo lo entiende.

Caleb no dijo nada más; ni nadie. Pasaron unos pocos minutos antes de que Sara se incorporara para acercarse a ellos.

—Está destrozada. —Hablaba en tono indiferente; se limitaba a hacer su trabajo—. Desconozco el alcance de los daños, la verdad. Y siendo quien es, no sé cómo evolucionará. Un par de heridas de bala se han cerrado ya, pero ignoro lo que está pasando por dentro. Tiene una vértebra rota y otras seis fracturas que haya podido detectar.

—¿Vivirá? —preguntó Amy.

—Si fuera otra persona, ya estaría muerta. Puedo suturar las heridas y escayolarle la pierna. En cuanto a lo demás… —se encogió de hombros con indiferencia— sé tanto como tú.

Caleb y Chase regresaron con una camilla y trasladaron a Alicia al interior de la muralla. Todos los supervivientes habían sido evacuados del refugio y se congregaban ahora en el patio de armas. Jenny y Hannah se desplazaban entre la gente con cubos de agua y cazos. Una persona lloraba por aquí, otras charlaban quedamente por allá; algunas se limitaban a mirar al vacío.

—¿Y ahora qué? —preguntó Chase.

Peter experimentaba una extraña sensación de desapego, casi como si flotara. Partículas de ceniza, de olor acre, caían despacio. Los incendios se habían propagado. Saltando de edificio en edificio, llegarían hasta el río, consumiéndolo todo a su paso. Otras partes de la ciudad, a salvo de las llamas, durarían más; años, décadas. La lluvia, el viento, los ávidos dientes del tiempo harían su trabajo. Peter vio la imagen en su mente. Kerrville se convertiría en una ruina más de un mundo devastado. Súbitamente, la comprensión de que todo se reducía a algo muy obvio lo aplastó. La ciudad había caído; Kerrville ya no existía. Experimentó una sensación física: la puñalada de la derrota.

—¿Caleb?

—Aquí, papá.

Peter se volvió a mirarlo. Su hijo estaba esperando. Todos esperaban.

—Necesitamos vehículos. Autobuses, carros, lo que puedas encontrar. Y también combustible. Hollis, acompáñalo. Ford, ¿qué tenemos para generar electricidad?

—Todo está inservible.

—En los barracones hay un generador de reserva. Ve a comprobar si funciona. Hay que enviarle un mensaje a Michael, decirle que vamos para allá. Sara, tú te encargarás de eso. La gente necesitará agua y alimentos para un día. Pero todo el mundo debe ponerse en marcha. Nada de entretenerse, nada de buscar familiares o recuperar pertenencias.

—¿Por qué no organizamos una expedición de búsqueda? —preguntó Amy—. Podría quedar gente por ahí.

—Que vayan dos hombres y un vehículo. Empezad por el otro lado del río e id avanzando hacia aquí. Manteneos alejados de las zonas en sombras y no entréis en los edificios.

—Me gustaría echar una mano —se ofreció Jock.

—Muy bien, haz lo que puedas, pero deprisa. Tienes una hora. Nada de pasajeros a menos que estén heridos. Todo aquel que pueda andar se las arreglará para llegar por su propio pie.

—¿Y si encontramos a más infectados que aún no se han transformado? —señaló Caleb.

—Eso dependerá de ellos. Hacedles el ofrecimiento. Si no lo aceptan, dejadlos donde estén. No cambiará nada. —Se interrumpió—. ¿Todo el mundo lo tiene claro?

Asentimientos y murmullos recorrieron el grupo.

—Bueno, pues eso es todo —concluyó Peter—. Aquí ya no hay nada más que hacer. Sesenta minutos y nos marchamos.

74

Sumaban un total de 764 almas.

Estaban sucios, agotados, aterrados, confundidos. Viajaban en seis autobuses, tres por asiento; cuatro camiones de cinco toneladas, atestados; cinco camionetas, tanto militares como civiles, las cajas traseras cargadas con suministros: agua, comida, gasolina. Les quedaban pocas armas y apenas nada de munición. En el grupo se contaban 532 niños menores de trece, 309 de los cuales aún no habían cumplido los seis. Incluía también a 122 madres de hijos de tres años o menos y, entre éstas, 19 mujeres que aún estaban criando a sus retoños. De los 110 restantes, había 68 hombres y 42 mujeres de edades y condiciones diversas. Treinta y dos de éstos eran, o habían sido, soldados. Nueve sobrepasaban los sesenta años; la más anciana, una viuda que había pasado la noche sentada en su casa, murmurando para sí que todos esos ruidos del exterior no eran nada más que un montón de tonterías, tenía ochenta y dos años. Había mecánicos, electricistas, enfermeras, tejedores, tenderos, traficantes, granjeros, herreros, un armero y un zapatero.

Uno de los pasajeros era el médico borrachín, Brian Elacqua. Demasiado ebrio para comprender la orden de trasladarse a la presa, había despertado al anochecer preguntándose dónde se había metido todo el mundo. Había pasado las veinticuatro horas transcurridas desde su regreso a Kerrville bebiendo hasta la inconsciencia en la casa que antes fuera la suya (era un milagro que hubiera conseguido encontrarla) y despertó envuelto en un silencio y una oscuridad inquietantes. Salió de su domicilio en busca de más licor y llegó a la plaza justo cuando el tiroteo estallaba en la muralla. A esas alturas, se encontraba profundamente desorientado y todavía bastante borracho. Se preguntó vagamente a qué venían tantos tiros y decidió dirigirse al hospital. Se trataba de un lugar conocido, un referente. Además, puede que alguien allí le explicara qué demonios estaba pasando. Cuando iba de camino al hospital, su inquietud aumentó. El fuego continuaba y ahora alcanzaba a oír otros ruidos también: vehículos circulando, exclamaciones de angustia. Cuando el edificio se perfiló a lo lejos, un grito se dejó oír seguido de una descarga de disparos. Elacqua se puso a cubierto. No sabía qué conclusión extraer de todo aquello; se le antojaba del todo ajeno a él. Y además, se preguntó con súbita preocupación, ¿qué había sido de su esposa? Es cierto que la mujer lo despreciaba, pero Elacqua estaba acostumbrado a su presencia. ¿Por qué no estaba allí?

El ruido de un tremendo impacto desalojó las preguntas de su mente. El médico despegó la cara del suelo. Un camión se había estrellado contra la fachada del edificio. No sólo se había estrellado: la había traspasado. Se levantó y avanzó a trompicones hacia el vehículo. Tal vez hubiera alguien herido. Puede que necesitaran ayuda. «¡Adentro! —gritaba un hombre desde la cabina—. ¡Que todo el mundo suba al camión!» Tambaleándose, Elacqua subió las escaleras y presenció una escena tan caótica que su aturdido cerebro no pudo procesarla. La sala estaba atestada de mujeres y niños que chillaban. Los soldados los subían como podían a la zona de carga a la par que gritaban hacia el hueco de la escalera. Elacqua quedó atrapado por la masa. Entre el gentío, su mente distinguió un rostro conocido. ¿Esa mujer era Sara Wilson? Tenía la impresión de haberla visto recientemente, pero no lograba dar forma al recuerdo. Fuera como fuese, subirse al camión le pareció una buena idea. Se abrió paso entre el jaleo. Los niños correteaban y gateaban bajo sus pies. El conductor del vehículo estaba arrancando el motor. A esas alturas, Elacqua había llegado a la compuerta trasera. El camión estaba atestado de gente, tanta que apenas si quedaba sitio. Además, antes de subir debía resolver el problema de cómo apoyar un pie en el estribo para darse impulso, un acto que requería cierto grado de coordinación física de la que él carecía en ese instante.

—Socorro —gimió.

Una mano, la de un enviado del cielo, se tendió hacia él. Y de ese modo el doctor acabó con sus huesos en el camión, dando vueltas de campana sobre la gente en cuanto el vehículo salió disparado. Al arranque le siguió una serie de botes sincopados cuando el camión abandonó el edificio y bajó las escaleras. Entre la bruma del terror y la confusión, Brian Elacqua experimentó una revelación: había desperdiciado su vida. Tal vez no al principio —tuvo la intención de ser un hombre bueno y decente—, pero con el paso de los años olvidó sus buenas intenciones. Si salía de ésta, pensó, jamás volvería a beber.

Y así fue como, dieciséis horas más tarde, Brian Elacqua acabó en un autobús escolar en compañía de 87 mujeres y niños, inmerso en las tribulaciones físicas y existenciales de un agudo mono de alcohol. Brillaba la luz pálida y dorada de primera hora de la mañana. Contempló desde la ventanilla, como tantos otros, cómo la ciudad se perdía a lo lejos hasta desaparecer por completo. No sabía a ciencia cierta adónde se dirigían. La gente hablaba de un barco que los llevaría a un lugar seguro, pero le costaba creerlo. ¿Por qué él, precisamente, un hombre que había malgastado la vida, el más indigno de entre todos los borrachines del mundo, había sobrevivido? Sentada a su lado había una niña con el cabello rubio rojizo recogido en la nuca con una cinta. Le echó cuatro o cinco años. Vestía una bata de un tejido basto; tenía los pies descalzos y sucios, sembrados de arañazos y costras. Aferraba contra la cintura un mugriento peluche, algún tipo de animal, un oso o un perro quizá. Todavía no se había percatado de la presencia del hombre, o no daba muestras de ello; miraba fijamente al frente.

—¿Dónde están tus padres, cariño? —le preguntó Elacqua—. ¿Por qué viajas sola?

—Porque mis padres han muerto —respondió la niña sin volverse a mirarlo—. Todos han muerto.

Tras eso, Brian Elacqua enterró la cara entre las manos mientras el llanto sacudía su cuerpo.

Al volante del primer autobús, Caleb echaba un vistazo al reloj. Era casi mediodía; llevaban algo más de cuatro horas de viaje. Pim y Theo viajaban sentados detrás de él, con las niñas. Les quedaba medio depósito; tenían previsto hacer una parada en Rosenberg, donde un camión cisterna procedente del istmo se reuniría con ellos para llenarlo. Reinaba el silencio en el autobús; nadie hablaba. Mecidos por el traqueteo del chasis, casi todos los niños se habían dormido.

Habían dejado atrás los últimos asentamientos de las provincias cuando la radio crepitó:

—Parad. Parece ser que tenemos una avería.

Caleb detuvo el autobús y se apeó al mismo tiempo que su padre, Chase y Amy bajaban del Humvee que encabezaba la caravana. Un autobús, el cuarto de la fila, estaba aparcado con el capó del motor abierto. Vapor de agua y líquido brotaban del radiador.

Hollis estaba plantado en el parachoques, azotando el motor con un trapo.

—Creo que es la bomba de agua.

—¿Podrás arreglarlo? —preguntó el padre de Caleb—. Deprisa, quiero decir.

Hollis saltó al suelo.

—Ni hablar. Estos trastos no están hechos para viajes largos. Me sorprende que hayamos llegado tan lejos sin que alguno reventara.

—Ya que hemos parado —sugirió Sara—, ¿por qué no dejamos salir a los niños?

—¿Para ir adónde?

—Al baño, Peter.

El padre de Caleb suspiró con impaciencia. Un solo minuto de retraso suponía un minuto viajando en la oscuridad al otro lado del trayecto.

—Cuidado con las serpientes. Sería lo único que nos faltaría.

Los niños bajaron en fila y se internaron en la maleza, las niñas a un lado de los autobuses, los niños al otro. Transcurrieron veinte minutos antes de que la caravana estuviera lista para reanudar la marcha. Soplaba un cálido viento texano. Eran las 13:30 y el sol caía sobre ellos como la cabeza de un martillo celeste.

El remiendo estaba terminado, el dique listo para ser inundado. Michael, Lore y Rand, en una de las seis estaciones de bombeo que había a lo largo de la represa, se preparaban para abrir los conductos al mar. Greer se había marchado junto con Parche a Rosenberg en el último camión cisterna.

—¿No deberíamos decir unas palabras? —le preguntó Lore a Michael.

—¿Qué te parece: «por favor, ábrete, cabrona»?

La rueda llevaba diecisiete años sin girarse.

—Con eso bastará —aceptó Lore.

Michael encajó una palanca entre los radios. Lore sostenía un mazo. Michael y Rand agarraron la barra y empujaron.

—Golpea.

Lore, retirada a un lado, descargó el mazo, que resbaló por el borde del volante.

—Por el amor de Dios. —Con los dientes apretados, Michael había enrojecido del esfuerzo—. Golpea con fuerza.

Golpes y más golpes. La rueda se negaba a girar.

—No sirve de nada —dijo Rand.

—Déjame probar —propuso Lore.

—¿Y de qué va a servir? —A continuación, advirtiendo la mirada que le lanzaba Lore, se apartó—. Tú misma.

Lore dejó la palanca donde estaba y agarró el volante.

—Así no tienes apoyo —objetó Rand—. No funcionará.

Lore le hizo caso omiso. Hincó los pies en el suelo. Los músculos de sus brazos se tensaron, gruesas cuerdas tendidas sobre el hueso.

—Es inútil —sentenció Michael—. Habrá que pensar otra cosa.

Y entonces, como por arte de mágia, la rueda empezó a girar. Un centímetro, luego dos más. Todos lo oyeron: el agua se estaba desplazando. Un chorrito de rocío surgió del conducto que había en el suelo del dique. Con una sacudida, la rueda cedió por fin. Debajo, el mar empezaba a colarse. Lore retrocedió doblando los dedos.

—Seguro que ya la habíamos aflojado —alegó Rand sin convicción.

Ella les dirigió una sonrisa guasona.

La hora se acercaba deprisa.

Su ejército había desaparecido. Carter había notado cómo los lelos lo abandonaban: un grito de terror, una descarga de dolor y después el desprendimiento. Sus almas lo habían cruzado como viento, una espiral de recuerdos que mengua hasta desaparecer.

Llevó a cabo las últimas tareas del día con una sensación de solemnidad. Un banco de nubes bajas se desplazaba por el firmamento cuando llevó la segadora al cobertizo, cerró la puerta con el candado y se volvió a mirar el jardín para inspeccionar su trabajo. El vigoroso césped, de la primera hoja a la última. Los aseados bordes de los caminos, con una pizca de serpentina para marcarlos. Los árboles bien podados y las flores, macizos y macizos, como una moqueta de color bajo los setos. Esa misma mañana, un arce japonés enano de la variedad seiryu había aparecido junto a la verja. La señora Wood siempre había querido uno. Carter lo había llevado en la maceta de plástico a un rincón del jardín y lo había plantado en la tierra. Las hojas de esa variedad, muy divididas, poseían un aire elegante, como las manos de una mujer hermosa. Se le antojaba un acto de conclusión plantarlo allí, un regalo final al jardín que tanto tiempo llevaba atendiendo.

Se enjugó la frente. Los aspersores se conectaron, esparciendo un delicado rocío sobre el césped. En el interior de la casa, las niñas reían. A Carter le habría gustado verlas, charlar con ellas. Se imaginó a sí mismo sentado en el patio mientras las veía jugar en el jardín a la pelota o a pillar. Las niñas pequeñas necesitan pasar tiempo al sol.

Esperaba no apestar demasiado. Se olisqueó las axilas y juzgó que su olor resultaba pasable. En la ventana de la cocina, observó su reflejo. Hacía mucho tiempo que no se molestaba en hacerlo. Supuso que tenía el mismo aspecto de siempre, una cara normal y corriente, del montón.

Por primera vez en un siglo, Carter abrió la verja y la cruzó.

El ambiente no le pareció distinto; se preguntó por qué había pensado que lo sería. El ajetreo de la ciudad zumbaba a lo lejos pero en la calle reinaba el silencio, por lo demás. Los caserones le devolvían la mirada sin mostrar demasiado interés en él. Se encaminó a la esquina para esperar, abanicándose al mismo tiempo con el sombrero.

Era el momento del día en el que todo cambia. Los pájaros, los insectos, las lombrices de tierra; todos lo saben. Las cigarras chirriaban en los árboles.

75

17:00. Greer y Parche llevaban dos horas esperando en el camión cisterna. Parche leía una revista; la leía o quizá sólo la estaba hojeando. Se llamaba *National Geographic Kids*; las páginas eran frágiles y tenía que despegarlas para pasarlas. Empujó a Greer con el hombro y le mostró una foto.

—¿Crees que tendrá este aspecto?

Una escena selvática: gruesas hojas verdes, pájaros de vivos colores, todo cubierto de enredadera. Greer estaba demasiado preocupado como para prestar mucha atención.

—No lo sé. Puede.

Parche recuperó la revista.

—Me pregunto si habrá gente allí.

Greer usó los prismáticos para otear el horizonte en dirección norte.

—Lo dudo.

—Porque si la hay, espero que sean amistosos. Como no lo sean, después de tomarnos tantas molestias...

Transcurrieron otros quince minutos.

—A lo mejor deberíamos ir a buscarlos —propuso Parche.

—Espera. Me parece que ya vienen.

Una nube de polvo se había levantado a lo lejos. Greer la observó a través de los prismáticos a medida que la imagen de la caravana se iba perfilando. Los dos hombres bajaron de un salto de la cabina cuando el primer vehículo se aproximó.

—¿Por qué habéis tardado tanto? —le preguntó Greer a Peter.

—Hemos perdido dos autobuses. Una avería en el radiador y un eje roto.

Todos los vehículos funcionaban con diésel excepto los más pequeños, que llevaban su propio combustible. Greer organizó un equipo para verter el diésel en bidones. Se encaminaron al final de la fila para rellenar los autobuses. Los niños salieron a estirar las piernas tras prometer que no se alejarían.

—¿Cuánto tardaremos? —le preguntó Chase a Greer.

Les costó casi una hora. Las sombras empezaban a alargarse. Únicamente les quedaban ochenta kilómetros por recorrer, pero serían los más complicados. Ninguno de los autobuses podría viajar a más de treinta kilómetros por hora por aquel terreno abrupto.

La caravana reanudó la marcha.

El dique llevaba siete horas llenándose. Todo estaba listo: las baterías cargadas, las bombas de achique en marcha, los motores a punto para arrancar. Habían usado cadenas para inmovilizar el *Bergensfjord*. Michael se encontraba en el puente de mando con Lore. El nivel del mar sobrepasaba en un metro la línea de flotación; un margen de error aceptable pero inquietante de todos modos.

—No puedo soportarlo —se quejó Lore.

Recorría el minúsculo espacio de un lado a otro, sin saber en qué emplear tanta energía sobrante. Michael tomó el micro del panel.

—Rand, ¿qué ves ahí abajo?

El hombre recorría los pasillos de las cubiertas inferiores comprobando las junturas.

—Todo bien, de momento. Parece sólido.

El nivel del agua seguía creciendo, envolviendo el casco en su frío abrazo, pero el barco continuaba sin desplazarse.

—Voladores, esto me está matando —gimió Lore.

—Nunca te había oído usar esa expresión —dijo Michael.

—Bueno, ahora entiendo por qué lo dice la gente.

Michael la hizo callar con un gesto de la mano; había notado algo. Se concentró al máximo. La sensación se repitió. Un levísimo estremecimiento recorría el casco. Sus ojos buscaron los de Lore; ella también lo había notado. La enorme criatura estaba volviendo a la vida. La cubierta se desplazó a sus pies con un quejido grave.

—¡Allá vamos! —exclamó Lore.

El *Bergensfjord* se estaba despegando de la cama.

Al final de la manzana, el Denali dobló la esquina con insufrible lentitud. Carter se plantó en la calzada para cortarle el paso. No levantó la mano ni le indicó de ningún otro modo su deseo de que se detuviese. Se apartó a un lado cuando el coche frenó delante de él. Con un zumbido mecánico y apresurado, la ventanilla del conductor descendió. Un aire seco y el olor del cuero alcanzaron el rostro de Carter.

—¿Señor Carter?

—Me alegro de verla, señora Wood.

Ella llevaba puesto el equipo de tenis. Los paquetes plateados en el asiento trasero, la sillita del bebé con su móvil de muñecos afelpados, las gafas de sol retiradas a la cabeza; igual que la mañana que se conocieron.

—Tiene buen aspecto —observó el hombre.

Ella lo miró con ojos entornados, como si intentara leer una letra demasiado pequeña.

—Me ha obligado a parar.

—Sí, señora.

—No lo entiendo. ¿Por qué lo ha hecho?

—¿Por qué no aparca en la entrada? Tenemos que charlar.

Ella miró a su alrededor, desconcertada.

—Adelante —la tranquilizó él.

De mala gana, la mujer aparcó el Denali en el camino de entrada y apagó el motor. Carter se acercó nuevamente a la ventanilla del conductor.

El motor emitía un callado tictac. Con las manos aferradas al volante, Rachel tenía los ojos clavados en el parabrisas, como si le asustara mirar a Carter.

—No debería estar haciendo esto —dijo.

—No pasa nada —le aseguró Carter.

El miedo aguzó la voz de la mujer.

—Pero no está bien. No está nada bien.

Carter le abrió la portezuela.

—¿Por qué no entra y echa un vistazo al jardín, señora Wood? Me he encargado de que estuviera bonito para su regreso.

—Yo debería estar conduciendo. Eso es lo que hago. Es mi trabajo.

—Esta misma mañana he plantado un arce de hojas divididas, esos que le gustan tanto. Debería ver lo bien que ha quedado.

La mujer guardó silencio un instante. Luego:

—¿Un arce de hojas divididas, dice?

—Sí, señora.

Ella asintió para sí con aire meditabundo.

—Siempre he pensado que sería la planta perfecta para esa esquina. ¿Sabe a cuál me refiero?

—Pues claro.

Ella se volvió a mirarlo. Escrutó el rostro de Carter un momento con sus ojos azules, una pizca estrábicos.

—Hace lo posible por complacerme, ¿verdad, señor Carter? Siempre pronuncia la palabra justa. Nunca he tenido un amigo como usted.

—Venga, seguro que sí.

—Oh, por favor. Tengo amigos, claro que sí. Rachel Wood siempre está rodeada de gente. Pero nunca nadie me ha comprendido como usted. —Lo miró con ternura—. Usted y yo… formamos un equipo estupendo, ¿verdad?

—Yo creo que sí, señora Wood.

—Venga, si no te lo he dicho mil veces, no te lo he dicho ninguna. Llámame Rachel.

Él asintió.

—Anthony, pues.

El rostro de ella se animó como si acabara de hacer un gran descubrimiento.

—¡Rachel y Anthony! Parecemos dos personajes de una película.

Él le tendió la mano.

—¿Por qué no bajas del coche, Rachel? Todo irá bien, ya lo verás.

Tomando la mano de su amigo, la mujer salió del vehículo. Junto a la puerta abierta, se detuvo deliberadamente y aspiró largo y tendido.

—Vaya, huele de maravilla —observó—. ¿Qué es?

—Acabo de segar la hierba. Debe de ser eso.

—Pues claro. Ahora me acuerdo. —Sonrió con aire de satisfacción—. ¿Cuánto tiempo llevaba sin oler la hierba recién cortada? ¿Sin oler nada, de hecho?

—El jardín te espera. Hay montones de aromas deliciosos allí.

Le ofreció el brazo; Rachel le dejó acompañarla. Las sombras se alargaban sobre la tierra; todo estaba a punto de desaparecer. Carter la guio a la puerta, donde ella se detuvo.

—¿Sabes cómo me siento contigo, Anthony? He estado pensando cómo expresarlo.

—¿Cómo?

—Me siento *vista*. Como si hubiera sido invisible hasta que tú apareciste. ¿Te parece una locura? Seguramente lo es.

—A mí no me lo parece —respondió Carter.

—Creo que lo noté al instante, aquella mañana bajo el cruce elevado. ¿Te acuerdas? —Una expresión de nostalgia asomó a sus ojos—. Fue tan perturbador... Todo el mundo me pitaba y me gritaba, y tú estabas allí con tu cartel: TENGO HAMBRE, AGRADECERÉ CUALQUIER AYUDA, DIOS LE BENDIGA. Pensé: ese hombre significa algo. No está ahí por casualidad. Ese hombre ha entrado en mi vida con un propósito.

Carter descorrió el pestillo. Cruzaron la cancela. Ella seguía aferrada a su brazo, como una pareja que recorre el pasillo nupcial. Caminaban con pasos lentos, mesurados, como si cada movimiento requiriese un acto de voluntad aislado.

—Vaya, Anthony, esto es precioso.

Se habían parado junto a la piscina. El agua estaba inmóvil, muy azul. A su alrededor, el jardín bullía de color y vida.

—Sinceramente, no creo lo que ven mis ojos. Después de tanto tiempo. Debes de haber trabajado muy duro.

—No ha sido ninguna molestia. Además, me han ayudado.

Rachel lo miró.

—¿De verdad? ¿Y quién?

—Una mujer que conozco. Se llama Amy.

Rachel lo meditó.

—Bueno —declaró a la vez que se llevaba un dedo a los labios—. Creo que conocí a una Amy no hace mucho tiempo. Me parece que la llevé en coche. ¿Morena, así de alta?

Carter asintió.

—Una chica muy amable. Y qué piel. Una piel maravillosa. —Sonrió súbitamente—. ¿Y qué tenemos aquí?

Acababa de reparar en el cosmos. Se despegó de Carter y recorrió la hierba hacia los parterres. Carter la siguió.

—Es precioso, Anthony.

Se arrodilló delante de las flores. Carter había plantado dos tonos de rosa: el primero oscuro y liso, el segundo más suave, con destellos verdes.

—¿Puedo, Anthony?

—Adelante. Las he plantado para ti.

Eligió una flor de color rosa oscuro y rompió el tallo. Sosteniéndola entre el índice y el pulgar, la hizo girar despacio al mismo tiempo que aspiraba por la nariz.

—¿Sabes lo que significa el nombre?

—Pues no, la verdad.

—Procede del griego. Significa «universo en equilibrio». —Se agachó nuevamente—. Qué raro. No tenía ni idea de que lo sabía. Debí de aprenderlo en el colegio.

Se hizo un silencio.

—A Haley le encantan. —Rachel miraba la flor, la contemplaba como miraría un talismán o la llave de una puerta que no podía abrir del todo.

—Es verdad —asintió Carter.

—Siempre las usa para adornarse el pelo. Y para adornar el de su hermana, también.

—La señorita Riley. Menudo trasto.

Una noche plácida descendía entre las ramas de los árboles. Rachel levantó la cara al cielo.

—Guardo tantos recuerdos, Anthony. A veces me cuesta descifrarlos.

—Poco a poco irás recordando —le aseguró él.

—Me acuerdo de la piscina.

Estaba sucediendo. Carter se acuclilló a su lado.

—Aquella mañana todo me parecía horrible. Hacía tanto frío. —Tomó una bocanada de aire, larga y temblorosa—. Estaba tan triste. Tan terriblemente triste. Como si todo fuera un inmenso océano negro y yo estuviera allí, flotando a la deriva, sin una orilla a la que nadar, sin deseos ni esperanzas. Sólo yo y el agua y la oscuridad, sabiendo que todo va a seguir igual por siempre jamás.

Guardó silencio, perdida en esos pensamientos antiguos, dolorosos. El ambiente había refrescado. Las luces de la ciudad, conforme se iban encendiendo, se reflejaban en el banco de nubes, que emitía un pálido fulgor. A continuación:

—Fue entonces cuando te vi. Estabas en el jardín con Haley. Simplemente... —Se encogió de hombros—. Le enseñabas algo. Un sapo, quizá. Una flor. Siempre lo hacías, enseñarle cosas para hacerla feliz. —Sacudió la cabeza despacio—. No sé qué pasó. Yo sabía que eras tú, creía que eras tú. Pero veía otra cosa.

Clavaba la vista en la tierra, sin llorar, incapaz de sentir nada. Todo estaba a punto de surgir, los recuerdos, el dolor, los horrores de aquel día.

—Vi a la muerte, Anthony.

Carter aguardó.

—Ya sé que es una idea extraña. Una idea de locos. Y con lo bueno que tú eras conmigo, con todos nosotros. Pero te vi allí de pie con Haley y pensé: ha llegado la Muerte. Está ahí, allí mismo, con mi niñita. Es un error, un terrible error, es a mí a quien busca. Soy yo la que debe morir.

El día llegaba a su fin, los colores se apagaban, el cielo proyectaba las últimas luces. Rachel levantó el rostro; mostraba una mirada suplicante, húmeda y franca.

—Por eso hice lo que hice, Anthony. No fue justo. No estuvo bien, ya lo sé. Hay cosas que no merecen perdón. Pero lo hice por eso.

Rachel rompió en sollozos. Carter la rodeó con los brazos mientras ella buscaba su refugio. Su piel era cálida al tacto y desprendía un aroma dulce, que contenía apenas un leve rastro de su perfume. Qué pequeña era, y eso que Carter no era corpulento en absoluto. Igual que podría haber sostenido un pájaro, un pequeño animalillo en la palma de la mano.

Las niñas reían en la casa.

—Ay, Dios. Las he dejado solas —sollozó Rachel. Ahora aferraba la camisa de Carter con los puños—. ¿Cómo he podido dejarlas? Mis niñas. Mis preciosas hijas.

—Silencio —pidió él—. Es hora de dejar atrás los viejos recuerdos.

Permanecieron un rato en la misma postura, aferrados el uno al otro. La noche ya había caído; el aire estaba inmóvil, húmedo de rocío. Las niñas cantaban, una canción deliciosa, sin palabras, como el trino de los pájaros.

—Te están esperando —señaló Carter.

Ella sacudió la cabeza contra el pecho del hombre.

—No puedo mirarlas a la cara. No puedo.

—Sé fuerte, Rachel. Sé fuerte por tus hijas.

Despacio, Carter la ayudó a incorporarse. Rachel se aferró a su brazo, con ambas manos, por encima del codo. Con pequeños pasos, Carter la acompañó alrededor de la piscina hacia la puerta trasera. La casa estaba a oscuras. Carter se lo esperaba, pero no habría sabido decir por qué. Tan sólo era una parte, otra parte, de cómo funcionaban las cosas allí.

Se detuvieron ante la puerta. En las profundidades de la casa sonaban risas y el chirrido de unos muelles. Las niñas estaban saltando en la cama.

—¿No la vas a abrir? —preguntó Rachel.

Carter no respondió. La mujer lo miró con atención y entonces algo mudó en su expresión. Rachel comprendió que el hombre no iba a entrar con ella.

—Así debe ser —explicó él—. Entra. Salúdalas de mi parte, ¿quieres? Diles que pienso en ellas a diario.

Ella observó el pomo con profunda desazón. En el interior, las niñas reían con salvaje regocijo.

—Señor Carter...

—Anthony.

Rachel le posó la mano en la mejilla. Lloraba otra vez. Bien pensado, puede que Carter estuviera llorando también. Cuando ella lo besó no notó únicamente la suavidad de sus labios y el calor de su aliento, sino también la salobridad de las lágrimas acumuladas. No era el sabor de la pena, no exactamente, pero había pena en el beso.

—Dios te bendiga a ti también, Anthony.

Y antes de que él se diera cuenta —antes de que el tacto del beso se hubiera borrado de los labios de Carter—, la puerta se abrió y ella desapareció.

76

20:30: la luz prácticamente se había esfumado, la caravana avanzaba a paso de tortuga.

Se encontraban en una planicie costera cubierta de maleza. Cuando no atravesaban una zona de baches, la carretera se ondulaba como una tabla de lavar. Chase conducía con una expresión de intensa concentración al tiempo que se peleaba con el volante. Amy viajaba en la parte trasera.

Peter llamó por radio a Greer, que guiaba el carro a la retaguardia de la fila.

—¿Queda mucho?

—Unos diez kilómetros.

Diez kilómetros a treinta por hora. Tras ellos, el sol se había hundido en el llano horizonte, borrando así todas las sombras.

—Dentro de nada deberíamos estar viendo el puente del canal —añadió Greer—. El istmo se encuentra al sur.

—Todos, daos prisa —ordenó Peter.

Aceleraron a cincuenta por hora. Peter se giró en el asiento para asegurarse de que los demás le seguían el ritmo. Un hueco se abrió tras él y luego volvió a cerrarse. La cabina del Humvee se iluminó cuando el primer autobús de la fila encendió los faros.

—¿A qué velocidad deberíamos avanzar? —preguntó Chase.

—Dejémoslo así de momento.

Notaron un fuerte trompazo cuando cruzaron un gran boquete.

—Los autobuses van a saltar en pedazos —observó Chase.

Un jirón de luz asomó a lo lejos: la luna. Se elevó deprisa por el horizonte oriental, grande y feroz. Al mismo tiempo, el distante contorno del canal se recortó ante ellos; una forma imponente, vagamente orgánica, con sus largos tirantes de acero tendidos de los altos caballetes. Peter tomó la radio nuevamente.

—Conductores, ¿veis algo por ahí?

Negativo. Negativo. Negativo.

A través del parabrisas del puente de mando, Michael y Lore observaban las puertas del dique seco. La compuerta de babor se había abierto sin protestar; el problema era la de estribor. Tras alcanzar un ángulo de ciento cincuenta grados en relación con el dique, se había detenido en seco. Llevaban casi dos horas tratando de abrirla del todo.

—Se me han acabado las ideas —informó Rand por radio desde el embarcadero—. Me temo que se va a quedar así.

—¿Y si la retiramos? —preguntó Lore. La compuerta pesaba cuarenta toneladas.

Michael dudó.

—Rand, baja a máquinas. Te necesito allí.

—Lo siento, Michael.

—Has hecho lo posible. Nos tendremos que apañar. —Volvió a colgar el micrófono en el panel—. Mierda.

Las luces del panel se apagaron.

A cuarenta y cinco kilómetros al oeste de allí, la misma luna estival acababa de salir sobre el *Chevron Mariner*. Su intenso fulgor anaranjado iluminó la cubierta. Titilaba sobre las aceitosas aguas de la laguna costera como una superficie en llamas.

Con un trompazo semejante a una pequeña explosión, la escotilla salió disparada. Más que volar, dio la impresión de saltar de sus goznes para surcar el cielo nocturno a su antojo. Se elevó más y más, girando sobre su eje horizontal con un zumbido. Luego, como un hombre que hubiera perdido el hilo de sus pensamientos, pareció detenerse en el aire. Durante una milésima de segundo, ni subió ni bajó; cabría pensar que la impulsaba algún tipo de poder mágico, capaz de desafiar la gravedad. Pero no; al momento se precipitó hacia las mugrientas aguas.

A continuación: Carter.

Aterrizó en la cubierta con un golpe metálico, atenuando el impacto con la piernas al mismo tiempo que contraía el cuerpo para caer en cuclillas: los muslos abiertos, la cabeza erguida, una mano apoyada en el piso para no perder el equilibrio, como quien adopta una postura defensiva antes de un impacto. Abrió las fosas nasales para olisquear el aire, imbuido del frescor de la libertad. La brisa le provocó un cosquilleo en el cuerpo. Las imágenes y los sonidos bombardeaban sus sentidos por los cuatro costados. Contempló la luna. Poseía una visión tan aguda que podía percibir hasta el más mínimo detalle de su superficie: las grietas y las fisuras, los cráteres y los cañones, con esa claridad casi estridente de una imagen tridimensional. Notaba la redondez de la luna, su enorme y rocoso volumen, igual que si la hubiera tomado en brazos.

Hora de ponerse en camino.

Ascendió a lo alto del One Allen Center. En la cúspide de la ciudad ahogada, Carter estudió los edificios: la altura y los asideros, los golfos semejantes a fiordos que los separaban. Una ruta cobró forma en su mente: poseía la fuerza, la claridad de una premonición, de algo que se sabe con certeza. Cien metros hasta el primer tejado, otros cincuenta quizás hasta el segundo, un largo trecho de doscientos hasta el tercero, pero con una caída de quince que le ayudaría a alcanzarlo…

Retrocedió al extremo más alejado de la azotea. La clave radicaba en acumular la máxima velocidad primero para después saltar en el momento preciso. Adoptó la postura de salida baja.

Diez largas zancadas y saltó. Cruzó el firmamento inundado de luna como un cometa, una estrella desatada. Alcanzó el primer tejado con un amplio margen. Aterrizó, se encogió, rodó. Echó a correr y saltó otra vez.

Había acumulado fuerzas para ese momento.

En la zona de carga del tercer vehículo del convoy, entre otros heridos, Alicia yacía inmovilizada. Gruesas cuerdas de goma la sujetaban a la camilla por los hombros, la cintura y las rodillas; una cuarta le fijaba la frente. Le habían entablillado la pierna derecha del tobillo a la cadera y tenía un brazo, el derecho, trabado contra el pecho. Otras partes de su cuerpo estaban vendadas, cosidas, amarradas.

En el interior de su cuerpo, la rápida reparación celular característica de su especie ya se había iniciado. Sin embargo, se trataba de un proceso imperfecto, y complicado en su caso, a causa del alcance y la complejidad de sus heridas. Particularmente difícil estaba resultando la reparación de su cadera derecha, que había quedado pulverizada. La parte de viral que albergaba Alicia era capaz de grandes hazañas, pero no podía encajar un puzle. Podría decirse que lo único que mantenía a Alicia Donadio con vida era la costumbre; su predisposición a superar cualquier dificultad, igual que había hecho siempre. Pero ya no le quedaban fuerzas. mientras sus huesos daban tumbos en el vehículo hora tras hora, el hecho de no haber muerto le parecía más bien un castigo que no hacía sino dar la razón a Peter. *Traidora. Lo sabías. Tú los has matado. Los has matado a todos.*

Sara viajaba sentada en el banco, a su lado. Alicia se daba cuenta de que la mujer la detestaba; lo veía en sus ojos, en su manera de mirarla (o, más bien, de no hacerlo) sin dejar de atender sus heridas. Comprobaba los vendajes, le tomaba el pulso y la temperatura, le vertía un brebaje de horrible sabor en la boca que la mantenía en un duermevela indoloro. Le habría gustado decirle algo a la mujer, cuyo odio merecía. *Siento lo de Kate.* O: *Lo entiendo, yo también me odio a mí misma.* Pero hacerlo únicamente habría servido para empeorar las cosas. Le parecía preferible aceptar lo que se le ofrecía y cerrar la boca.

Además, nada de eso importaba ya. Alicia dormía ahora mismo, y soñaba. En su sueño, viajaba en un barco. El agua la rodeaba por los cuatro costados. El mar estaba en calma, cubierto de bruma, y no se oteaba ningún horizonte. Remaba. El crujido de los remos en las horquillas, el siseo del agua al desplazarse bajo las palas: no se oía nada más. El agua era densa, de textura ligeramente viscosa. ¿Adónde iba? ¿Por qué el agua ya no la aterraba? No lo hacía; Alicia se sentía a sus anchas. Su espalda y sus brazos eran fuertes, sus brazadas compactas; no desperdiciaba energías. No recordaba haber remado nunca y, sin embargo, se le antojaba lo más normal del mundo, como si llevara grabados los movimientos en los músculos para uso posterior.

Seguía remando, hundiendo las palas en la oscura tinta con elegancia. Se percató de que algo se desplazaba por el agua, un bulto indefinido que nadaba justo por debajo de la superficie. Por lo que parecía, la estaba siguiendo, pero guardaba una prudente distancia. Su mente no consideró la presencia una amenaza; más bien le parecía un rasgo natural del entorno, algo que podía haber previsto de haber pensado en ello de antemano.

—Tu barco es muy pequeño —le dijo Amy.

Estaba sentada en la popa. El agua le chorreaba por la cara y el pelo.

—Ya sabes que no podemos acompañarlos —constató su amiga.

El comentario desconcertó a Alicia. Siguió remando.

—Acompañarlos ¿adónde?

—Llevamos el virus. —Amy hablaba en un tono monocorde, carente de emoción—. Ni siquiera podemos marcharnos.

—No entiendo lo que me dices.

La forma las acechaba ahora, trazando círculos alrededor de la embarcación. Grandes masas de agua empujaban la barca de lado a lado.

—Venga, claro que lo entiendes. Somos hermanas, ¿no? Hermanas de sangre.

El movimiento aumentó de intensidad. Alicia introdujo los remos en la barca y se agarró a la borda para no caer. El corazón de Alicia se tornó de plomo; la bilis le burbujeaba en la garganta. ¿Cómo era posible que no hubiera previsto el peligro? Tanta agua a su alrededor y una embarcación tan pequeña, menos que nada. El casco se elevó. Súbitamente, ya no tocaba el agua. Un gran bulto azul emergió por debajo, chorreando agua por sus encostrados flancos.

—Ya sabes quién es —dijo Amy, impávida.

Era una ballena. Estaban encaramadas como un guisante a su inmensa, horrible cabeza. Las elevó en el aire, cada vez más arriba. Un golpe de la monstruosa cola y saldrían volando. La dejaría caer sobre la barquita y la haría añicos. Un terror desesperado, el mismo que precede a lo inevitable, se apoderó de ella. Desde la popa, Amy lanzó un suspiro aburrido.

—Estoy tan… harta de él —espetó.

Alicia intentó gritar, pero el sonido murió en su garganta. Subían cada vez más, el mar se alejaba allá abajo, la ballena se erguía…

Un fuerte golpe la despertó. Parpadeó e intentó enfocar la mirada. Era de noche. Se encontraba en la parte trasera del camión, y el vehículo rebotaba con fuerza. El rostro de Sara asomó a su campo de visión.

—¿Lish? ¿Qué pasa?

Sus labios formularon las palabras despacio.

—Se… acercan.

Desde la cola del convoy, unos disparos.

Mierda. Mierda mierda mierda.

Michael bajó de tres en tres las escaleras. Corrió por la cubierta, sin apenas tocar el suelo, y bajó por la trampilla. A través de la radio, gritaba:

—¡Rand, baja aquí ahora mismo!

Llegó a la pasarela de la sala de máquinas a toda velocidad, se agarró a las varas de la escalerilla y bajó deslizándose el resto del camino. Los motores estaban parados, todo se había detenido. Rand apareció en lo alto.

—¿Qué ha pasado?

—Algo ha trabado el principal.

Lore, por la radio:

—Michael, estamos oyendo disparos aquí arriba.

—¿Qué has dicho?

—*Disparos*, Michael. Ahora estoy mirando hacia el istmo. Hay luces viniendo hacia aquí desde el continente.

—¿Faros o virales?

—No estoy segura.

Necesitaba corriente para ubicar el problema. En el panel eléctrico, conectó diagnósticos al generador auxiliar. Las esferas cobraron vida.

—Rand —gritó Michael—. ¿Qué ves?

Rand se encontraba en la zona de controles que había al otro lado de la habitación, comprobando los contadores.

—Parece ser que hay algo en las bombas de achique.

—Eso no atascaría el motor principal. Sigue mirando.

Un breve silencio; a continuación, Rand anunció:

—Lo tengo. —Propinó unos toques a la esfera—. No hay presión en el alimentador de estribor. Debe de haber apagado el sistema.

Lore otra vez:

—Michael, ¿qué está pasando ahí abajo?

Él ya se estaba abrochando el cinturón de herramientas.

—Toma —dijo, y le tiró la radio a Rand—. Habla con ella.

Rand se quedó a cuadros.

—¿Y qué le digo?

—Dile que se prepare para arrancar las hélices desde el puente.

—¿Y no debería esperar a que el sistema vuelva a presurizarse? Podríamos echar a perder una caldera.

—Tú quédate junto al panel eléctrico. Cuando te lo diga, vuelve a conectar el sistema a las barras principales.

—Michael, dime algo —insistió Lore—. Las cosas se están poniendo muy feas aquí arriba.

—Ve —le dijo Michael a Rand.

Corrió a la popa, conectó la linterna, se tendió de espaldas y reptó debajo del alimentador.

Esa maldita fuga, pensó. Va a ser mi perdición.

La caravana llegó al istmo a noventa kilómetros por hora. Los autobuses rebotaban; los carros prácticamente volaban. El camión cisterna, al final de la fila, no podía mantener la marcha. Los virales se acumulaban a su zaga, cada vez más cerca. Los faros del primer vehículo iluminaron la alambrada.

Peter gritó por radio:

—¡Seguid adelante! ¡No os paréis!

Cruzaron la alambrada derrapando. Chase clavó los frenos y se apartó a un lado mientras el convoy pasaba zumbando a pocos centímetros, levantando una pared de viento que azotó el vehículo como un vendaval. Peter, Chase y Amy se apearon de un salto.

—¿Dónde estaba el camión cisterna?

Asomó pesadamente al principio del espigón. La claridad de los faros, el rugido del motor avanzando hacia ellos como un cohete iluminado que se desplazase a cámara lenta. Pasado el desvío, aceleró. Dos virales viajaban acuclillados en el tejado de la cabina. Chase levantó el fusil y guiñó un ojo para apuntar por la mira.

—Ford, no —le advirtió Peter—. Si disparas al depósito, el camión podría estallar.

—Calla. Puedo hacerlo.

Una bala hendió el aire y uno de los virales cayó. Ford estaba apuntando al segundo cuando este saltó al capó. Ya no podía disparar.

—¡Mierda!

Un par de disparos de escopeta surgieron de la cabina en rápida sucesión: el parabrisas estalló hacia la luz de la luna. Se dejó oír el siseo de los frenos. El viral cayó hacia atrás en el cono de luz de los faros y desapareció bajo las ruedas delanteras con un estallido húmedo.

Súbitamente, la cabina se torció en ángulo recto respecto a la calzada; el tanque la empujaba desde abajo. El vehículo entero empezó a dar bandazos. Cuando las ruedas traseras tocaron el agua, la parte trasera del camión perdió velocidad, con lo que proyectó la cabina en dirección contraria como un péndulo. El camión estaba ahora a menos de cien metros. Peter veía a Greer luchando con el volante para recuperar el control, pero sus esfuerzos resultaban inútiles; la inercia del vehículo había tomado el mando.

El vehículo cayó de lado. La cabina se separó del remolque, que la embistió por detrás con un segundo estallido de cristal y metal. Un prolongado chirrido cuando el conjunto patinó y se detuvo por fin, volcado sobre el lado del conductor en un ángulo de cuarenta y cinco grados respecto al espigón.

Peter salió corriendo, seguido de cerca por Chase y Amy. La gasolina escapaba a borbotones y un humo negro surgía del chasis. Los virales se precipitaban hacia el istmo. Llegarían en cuestión de segundos. Parche había muerto con la cabeza machacada por detrás. Lo que quedaba de él se había estampado contra el salpicadero. Greer yacía encima de él, empapado en sangre. ¿Era suya o de Parche? Sus ojos miraban al cielo.

—Lucius, tápate los ojos.

Peter y Chase procedieron a patear lo que quedaba del parabrisas. Tres golpes secos y el cristal cedió hacia dentro. Amy saltó al interior y agarró al hombre por los hombros al mismo tiempo que Peter le levantaba las piernas.

—Estoy bien —murmuró Greer como si se disculpara. Mientras lo sacaban de la cabina, aparecieron las primeras llamas.

Chase y Peter le prestaron apoyo, cada uno por un lado. Echaron a correr.

Los pasajeros se agolpaban en la estrecha pasarela al tratar de abrirse paso por el cuello de botella. Gritos de pánico hendían el aire. Los hombres correteaban por la cubierta del barco para liberar las cadenas que lo mantenían anclado. Muchos de los niños parecían mareados y aturdidos; vagaban por el muelle como un rebaño de ovejas bajo la lluvia.

Pim y las niñas ya habían embarcado. Al final de la pasarela, Sara subía a bordo a los más pequeños a la vez que tiraba de los demás para que se dieran prisa. Hollis y Caleb guiaban a los pequeños por la retaguardia. Un hombre empujó por detrás y por poco derriba a Hollis. Caleb lo agarró, lo tumbó en el suelo y le plantó un dedo en la cara.

—¡Espera tu maldito turno!

No iban a conseguirlo, pensó Caleb. La gente recurría ahora a las cadenas. Intentaban recorrerlas a pulso para acceder al barco. Una mujer perdió agarre. Con un grito, se hundió en el agua. Emergió nuevamente, mostrando el rostro apenas un instante y agitando los brazos en alto. No sabía nadar. Volvió a hundirse.

¿Dónde estaban su padre y los demás? ¿Por qué no llegaban?

En el espigón, una explosión. Todos los rostros se volvieron a mirar. Una bola de fuego se elevaba hacia el cielo.

Tendido debajo del alimentador, Michael intentaba ubicar la minúscula fuga. Tranquilo, se dijo. Paso a paso, una juntura detrás de la otra.

—¿Has encontrado algo? —Rand estaba de pie a su lado.

—No me estás ayudando.

Imposible. La fuga era demasiado pequeña; el conducto debía de llevar horas perdiendo.

—Tráeme un poco de agua jabonosa —gritó—. También necesito un pincel.

—¿Y de dónde quieres que lo saque?

—¡Me da igual! ¡Apáñatelas!

Rand salió corriendo.

La explosión los golpeó como una bofetada. Perdiendo pie, salieron disparados hacia delante. Los restos pasaron zumbando: neumáticos, piezas del motor, trozos de metal afilados como cuchillos. Una ola de calor planeaba sobre su cabeza y Peter oyó un grito acompañado de un fuerte crujido de metal y un estallido de cristal.

Estaba tendido de bruces en el barro. Su mente era un caos; ninguno de sus pensamientos guardaba relación con los demás. Un bulto desmadejado yacía a su izquierda. Era Chase. Le humeaba la ropa y el pelo. Peter se arrastró hacia él. Los ojos de su amigo miraban fijamente ante sí. Al levantarle la cabeza, notó algo blando y húmedo. Colocó a Chase de costado.

La parte trasera de su cráneo había desaparecido.

El Humvee estaba destrozado, machacado y quemado. Un humo grasiento borboteaba en el aire. Un tufo rancio impregnó la boca y la nariz de Peter. Le perforaba los pulmones con cada respiración, más y más adentro.

—Amy, ¿dónde estás? —Trastabilló hacia el Humvee—. Amy, ¡contesta!

—¡Estoy aquí!

La mujer arrastraba a Greer fuera del agua. Salieron cubiertos de un barro pringoso y se desplomaron en el suelo.

—¿Dónde está Chase?

Amy tenía quemaduras rosadas en la cara y en las manos.

—Muerto. —Acuclillándose, le preguntó a Greer—: ¿Puedes andar?

El hombre se aferraba la cabeza con las manos. Alzó la vista para preguntar:

—¿Dónde está Parche?

El camión en llamas mantendría a los virales a raya, pero en cuanto el fuego se extinguiera la horda invadiría el istmo. No tenían armas con las que luchar salvo la espada de Amy, que seguía envainada a su espalda.

Una intensa luz blanca les barrió las caras. Una camioneta recorría el espigón hacia ellos. Peter se protegió los ojos del resplandor. El vehículo frenó derrapando.

—¡Subid! —dijo Caleb.

Alicia solamente veía el cielo. El cielo y la nuca de un hombre. Notaba la presencia de una multitud. La camilla se zarandeaba debajo de ella, oía voces, gemidos, un gran revuelo a su alrededor.

No me llevéis a ninguna parte. Tenía el cuerpo roto; yacía inerte como una muñeca. *Soy una de ellos. No debería estar aquí.*

Pasos sobre metal; estaban cruzando la pasarela.

—Dejadla ahí —ordenó alguien. Los camilleros la depositaron en la cubierta y salieron corriendo. Había una mujer sentada a su lado, arropando con el cuerpo un pequeño bulto envuelto en una manta. Le hablaba en murmullos, pronunciando la misma frase una y otra vez. Alicia no distinguía las palabras, pero el murmullo poseía la cadencia repetitiva de una oración.

—Tú —dijo Alicia.

Una única sílaba. Se le antojó tan ardua como levantar un piano. La mujer siguió a lo suyo.

—Tú —repitió.

La otra alzó la vista. El fardo era un recién nacido. La madre lo aferraba casi con fiereza, como si temiera que alguien fuera a arrebatárselo.

—Necesito que… me ayudes.

Las facciones de la mujer se contrajeron.

—¿Por qué no nos movemos? —Inclinó la cara hacia el bebé otra vez, hasta enterrarla en la tela—. Ay, Dios mío, ¿por qué seguimos aquí?

—Por favor… escucha.

—¿Por qué me hablas? No te conozco. No sé quién eres.

—Soy… Alicia.

—¿Has visto a mi marido? Estaba aquí hace un momento. ¿Alguien ha visto a mi marido?

Alicia la estaba perdiendo. Al cabo de un instante, olvidaría su presencia.

—¿Cómo se llama la niña?

—¿Qué?

—Tu hija. ¿Cómo se llama?

La mujer la miró con una expresión de absoluta perplejidad, como si nadie le hubiera formulado nunca esa pregunta.

Un sollozo agitó sus hombros.

—Es un chico —gimió—. Se llama Carlos.

Transcurrió un instante, la mujer llorando, Alicia esperando. Las rodeaba el caos y, sin embargo, tenía la sensación de que estaban solas, Alicia y esa desconocida, una mujer que podría haber sido cualquiera. *Rose, mi Rose,* pensó Alicia, *hasta qué punto te fallé. No pude darte la vida.*

—¿Podrías… ayudarme?

La mujer se enjugó la nariz con el dorso de la mano.

—¿Y qué puedo hacer yo? —Hablaba en un tono de absoluta desesperanza—. Yo no puedo hacer nada.

Alicia se humedeció los labios; notaba la lengua pesada y seca. Tendría que soportar dolor, muchísimo. Necesitaría hasta la última gota de energía.

—Necesito que… me quites… las correas.

Surcando el aire de salto en salto, Carter avanzaba por el canal en dirección al istmo. Los redondeados champiñones de los tanques químicos. Los tejados de los edificios. Los grandes y olvidados solares de la Norteamérica industrial. Avanzaba rápidamente, impulsado por una energía inagotable, como un enorme motor a toda máquina.

Una silueta iluminada por detrás se irguió ante él: el puente del canal. Proyectó el cuerpo hacia arriba. Subió volando hasta encontrar un asidero justo debajo de la ruinosa calzada del puente. Se tomó un instante para calcular distancias y salió disparado otra vez, se agarró a un cable con una mano y dio una voltereta en dirección al muelle.

Debajo, la batalla se desplegaba como un diorama. El barco y la muchedumbre que embarcaba en fila; el camión que rugía por el espigón; la barricada en llamas y la horda de virales congregada tras ésta. Carter ladeó la cabeza para calcular el arco. Necesitaba más altura.

Usando uno de los cables de apoyo, trepó a lo alto de la torre. El agua brillaba allá abajo como cristal, como si un gran espejo reflejase la luna. Titubeó, incluso sintió una pizca de miedo. Lo ahuyentó. La más mínima duda lo haría caer, lo precipitaría al abismo. Para cruzar una distancia semejante —para dominar su extensión— tenías que penetrar en un ámbito abstracto. Convertirte no en el que salta sino en el salto, no un objeto en el espacio sino el espacio mismo.

Amy, ya voy.

En el puente de mando, Lore observaba la horda de virales a través de los prismáticos. Aislada por los despojos en llamas, asomaba como una columna de luz temblorosa que se extendía hasta el continente y más allá, donde se ensanchaba hasta abarcar prácticamente toda la costa.

Se llevó el micro de la radio a la boca.

—No quiero meterte prisa, Michael, pero sea cual sea el problema, tienes que arreglarlo *ahora mismo*.

—¡Eso intento!

Algo se estaba cociendo en la horda; la recorría una especie de... onda. Una onda, pero también una compresión, algo parecido al efecto aglutinante de un muelle. Comenzando por el final, el movimiento se deslizaba hacia delante y cobraba velocidad al aproximarse a la zona en llamas del espigón. El camión yacía atravesado en la calzada. ¿Qué estaba pasando?

La cabeza de la columna se abalanzó contra el camión cisterna en llamas como un ariete. Retazos de humo y fuego salieron disparados al cielo. El camión se desplazó hacia delante, arañando la carretera. Virales ardiendo cayeron al agua mientras que otros eran empujados por detrás a su destrucción. Lore se asomó por la barandilla. Las cadenas que conectaban el barco al muelle habían sido retiradas y decenas de personas chapoteaban desesperadamente en el agua. Unas cien, como poco, incluidos algunos niños, permanecían en el muelle. Gritos de pánico hendían el aire. *¡Déjame pasar! ¡Llévese a mi hija! ¡Por favor, se lo suplico!*

—¡Hollis! —vociferó.

El hombre alzó la vista. Lore señaló hacia el istmo. Comprendió su error: otras personas atrapadas en el muelle se volvieron a mirar también. La masa de gente empujó hacia delante cuando todos los pasajeros intentaron acceder a la estrecha pasarela al mismo tiempo. Hubo golpes, cuerpos derribados; algunas personas fueron aplastadas. En el centro de la aglomeración se dejó oír la detonación de un disparo. Hollis corrió hacia delante, agitando los brazos como un nadador, abriéndose paso entre el caos. Más disparos. La multitud se dispersó, todos excepto un hombre aislado que empuñaba una pistola, y dos cuerpos derribados. Durante un segundo, el hombre permaneció en el sitio, como sorprendido por lo que acababa de hacer, pero enseguida dio media vuelta y corrió hacia la pasarela. Demasiado tarde: apenas había avanzado cinco pasos antes de que Hollis lo agarrara por detrás, tirara de él y, colocando la otra mano bajo las nalgas del hombre, lo izara a pulso (el hombre agitaba los brazos y las piernas como una tortuga boca arriba) y lo arrojara por encima de la barandilla.

Lore echó mano de la radio:

—¡Michael, la cosa está muy fea aquí arriba!

Apareció una espuma burbujeante. Rand le tendió a Michael una tubería de noventa centímetros de largo y una lata de aceite. Michael desprendió la vieja tubería, engrasó las roscas de la nueva y la colocó en su lugar. Rand había regresado al panel.

—¡Conéctalo! —gritó Michael.

Las luces parpadearon. Los carburadores empezaron a girar. El sistema recuperó la presión.

—¡Lo conseguimos! —exclamó Rand.

Michael serpenteó para salir de debajo del alimentador. Rand le lanzó la radio.

—Lore…

Todo se apagó nuevamente.

Había fracasado. Su ejército se había esfumado, reducido a polvo. Amy deseaba subir a ese barco, con todo su corazón, abandonar esas tierras para no volver. Pero no podía marcharse, ni en ese barco ni en ningún otro. Se quedaría en el muelle y lo vería zarpar.

Cuánto deseaba disfrutar de esa vida contigo, Peter —se lamentó para sus adentros—. *Lo siento, lo siento, lo siento.*

La camioneta se apresuraba hacia el este, Caleb al volante, Peter, Amy y Greer en la zona de carga. Allá delante los aguardaban las luces del muelle. Detrás, a una distancia cada vez más larga, el camión cisterna en llamas giraba sobre sí mismo. Los primeros virales cruzaron la brecha. Sus cuerpos ardían. Trastabillaban hacia delante, mechas ardientes del tamaño de hombres. El hueco se ensanchó hasta abrirse como una puerta.

Amy se giró hacia la ventanilla de la cabina.

—Caleb…

Éste observaba la escena por el espejo retrovisor.

—¡Ya los veo!

Caleb pisó gas a fondo. La camioneta salió disparada y Amy cayó hacia atrás. Se golpeó la cabeza contra el piso de metal, que resonó con fuerza. La invadió un dolor apabullante. Tendida de espaldas, mirando al cielo, Amy vio las estrellas. Cientos de estrellas, miles, y una caía hacia ella. Aumentó de tamaño, y entonces Amy comprendió que no era una estrella.

—Anthony.

Carter consiguió su objetivo. Mientras la camioneta se alejaba zumbando, aterrizó en el espigón a espaldas del vehículo, rodó y se puso de pie. Los virales se apresuraban hacia él. Carter se irguió.

Hermanos, hermanas.

Notó la confusión de los virales. ¿Quién era ese ser extraño que se interponía en su camino?

Soy Carter, el Duodécimo de los Doce. Matadme si podéis.

—¿Qué diablos pasa ahora?

—¡No lo sé!

La radio crepitó. Lore.

—Michael, tenemos que zarpar *ahora mismo.*

Rand comprobaba los indicadores como un loco.

—No es el alimentador… tiene que ser eléctrico.

Michael estaba plantado ante el panel con una expresión de absoluta desolación. Había perdido toda esperanza; estaba derrotado. Su barco, su *Bergensfjord*, había renegado de él. La parálisis mudó en ira, y la ira mudó en rabia. Atizó un puñetazo al metal.

—¡Maldita seas! —Retrocedió y volvió a golpear—. ¡Zorra insensible! ¿Cómo me haces esto? —Derramando lágrimas de frustración, echó mano de una llave inglesa y empezó a estamparla contra el metal, una y otra vez—. ¡A mí… que te lo he… dado… todo!

Un súbito rumor, como el rugido de una bestia enjaulada. Las luces se encendieron, las agujas de las esferas cobraron vida.

—Michael —dijo Rand—. ¿Qué diablos has hecho?

—¡Lo has conseguido! —exclamó Lore.

El rumor aumentó de intensidad. Ahora zumbaba a través del metal. Rand gritó por encima del estrépito:

—¡La presión se mantiene! ¡Dos mil revoluciones por minuto! ¡Cuatro! ¡Cinco! ¡Seis mil!

Michael recogió la radio del suelo.

—¡Poned en marcha las hélices!

Un gemido. Un estremecimiento en las entrañas del barco.

El *Bergensfjord* empezó a moverse.

Entraron derrapando en el muelle. Amy saltó de la parte trasera antes de que la camioneta dejara de moverse.

—¡Amy, para!

Pero la mujer ya se había marchado. Ahora corría hacia el espigón.

—Caleb, agarra a Lucius y sube a ese barco.

Plantado junto a la cama de carga, el hijo de Peter parecía anonadado.

—¡Hazlo! —le ordenó Peter—. ¡No me esperes!

Salió corriendo tras ella. Con cada paso que daba ganaba velocidad. Le ardía el pecho del esfuerzo, el suelo volaba bajo sus pies. La distancia entre los dos empezó a acortarse. Seis metros, cuatro, tres. Un último impulso y la atrapó por la cintura. Rodaron juntos por el suelo.

—¡Suéltame! —Amy estaba de rodillas, forcejeando para liberarse.

—Tenemos que marcharnos ahora mismo.

El llanto empapaba la voz de la mujer.

—¡Lo van a matar!

Carter se agachó. Dobló los dedos y sus garras centellearon. Flexionó los dedos de los pies y notó los tensos alambres de sus ligamentos. La luz blanca de la luna lo bañó igual que si lo bendijera.

Alargando una mano, Amy soltó un gemido de dolor.

—¡Anthony!

Él se abalanzó contra los virales.

Tenían que recorrer doscientos cincuenta metros.

En la popa del barco se arremolinaba una pared de espuma. El muelle estalló en gritos: *¡Se marchan sin nosotros!* Los últimos pasajeros corrieron hacia delante para abalanzarse a la rampa, que ahora arañaba el atracadero mientras el *Bergensfjord* se alejaba.

Plantada junto a la barandilla, Pim observaba en silencio la escena que se desplegaba a sus pies. El final de la pasarela apenas si rozaba el borde del muelle; pronto caería. ¿Dónde se había metido su marido? Entonces lo vio. Ayudando a Lucius a caminar, bajaba por el muelle a toda prisa. Desesperada, empezó a hablar por signos a cualquiera que la viese: *¡Es mi marido!* Y: *¡Paren el barco!* Pero nadie la entendía, claro que no.

La pasarela se encontraba atestada de gente. Apiñados entre las barandillas, los pasajeros llegaban a la cubierta del barco de uno en uno o por parejas, escupidos por la inquieta masa. Pim comenzó a lamentarse. Al principio, no fue consciente de que estaba gimiendo. El sonido surgió a su antojo, la expresión de un sentimiento tan violento que no podía ser contenido. Fue igual que veintiún años atrás, cuando, en los brazos de Sara, gimió con tal violencia que bien podrían haberla confundido con un animal agonizante. Conforme el volumen del grito aumentaba, iba adoptando una forma totalmente nueva en la vida de Pim Jaxon: estaba a punto de articular palabras.

—¡Caaa… leb! ¡Cooooorre!

El borde de la pasarela se detuvo. Estaba trabada contra una cornamusa del muelle. Sometida a la presión del barco que se alejaba, empezó a torcerse sobre su eje. Los remaches saltaban, el metal se doblaba. Unos pocos pasos separaban a Caleb y a Greer del borde de la pasarela. Pim les hacía gestos, gritaba palabras que no oía pero que sentía; sentía con cada átomo de su cuerpo.

La pasarela perdió apoyo.

Todavía prendida al barco, quedó suspendida junto al casco. La gente caía al agua, algunos sin palabras, aceptando su destino, otros entre lastimeros gritos. Al fondo de la rampa, Caleb había enlazado el brazo con la barandilla al mismo tiempo que sujetaba a Greer, cuyos pies se sostenían en equilibrio sobre el travesaño inferior. El *Bergensfjord* tomaba velocidad arrastrando tras de sí un violento remolino. Cuando pasó la popa del barco, los que estaban en el agua fueron arrastrados al fondo, a la espuma de las hélices. Un grito tal vez, un brazo tendido en vano, y se hundieron.

En las entrañas del *Bergensfjord*, Michael corría. Sus pies volaban, sus brazos hacían aspavientos, el corazón le latía en la boca a medida que ascendía cubierta a cubierta. Haciendo un último esfuerzo salió por fin al aire libre. La punta de la proa se deslizaba ahora junto a la compuerta del dique seco.

No pasarían. Ni en sueños.

Remontó las escaleras hacia el puente de mando, de tres en tres, y cruzó la puerta como un vendaval.

—Lore.

Ella tenía los ojos clavados en el parabrisas.

—¡Ya lo sé!

—¡Dale más timón!

—¿Y qué crees que hago?

El hueco entre la compuerta y el costado derecho del barco se estaba estrechando. Veinte metros. Diez. Cinco.

—Oh, mierda —musitó Lore.

Peter y Amy corrían por el muelle.

El barco estaba zarpando; ya surcaba las aguas. Se dejaron oír disparos procedentes del acceso de popa. Las balas zumbaron sobre sus cabezas. Los virales se habían abierto paso.

Un choque.

El costado del casco se había encallado con el extremo del dique seco. A continuación se oyó un prolongado chirrido, la fuerza imparable de la inercia del buque contra el peso inamovible de la compuerta. El casco tembló, sin llegar a reducir la marcha, al tiempo que empujaba con fuerza hacia delante.

La inmensa pared de acero pasaba con indiferencia ante ellos. Al cabo de pocos segundos, el *Bergensfjord* pondría rumbo a alta mar. No tenían manera humana de subir a bordo. Entonces, Peter vio algo colgando de un costado del barco: la pasarela caída, todavía prendida a la cubierta. Dos personas viajaban aferradas a ella.

Caleb. Greer.

Con un brazo enganchado a la barandilla de la pasarela, el hijo de Peter les gritaba algo al mismo tiempo que señalaba al final del muelle. La compuerta del dique seco ya se había despegado del barco. Ahora se erguía en un ángulo agudo con relación al casco en movimiento. Cuando la pasarela se acercase al extremo de la puerta, el hueco entre las dos se estrecharía a una distancia que podrían salvar de un salto.

Pero Amy ya no se encontraba a su lado; Peter estaba solo. Dio media vuelta y la vio, plantada de espaldas a treinta metros de él.

—¡Amy, vamos!

—¡Prepárate para saltar! —gritó Caleb.

Los virales ya estaban entrando en el muelle. Amy sacó su espada y le gritó a Peter por encima del hombro:

—¡Sube a ese barco!

—¿Qué haces? ¡Todavía podemos conseguirlo!

—¡No hagas preguntas! ¡Vete!

Súbitamente, Peter lo entendió: Amy no tenía intención de marcharse. Puede que nunca la hubiera tenido.

Y entonces vio a la niña.

Se acurrucaba lejos de su alcance, bajo un gigantesco carrete de cable. El cabello, de un rubio rojizo, atado con una cinta. Arañazos en la cara y un animal de peluche apretado contra el pecho. Los brazos delgados como ramillas.

Amy también la vio.

Envainó la espada y corrió hacia ella. Los virales se abalanzaban ahora muelle abajo. La niña estaba paralizada por el terror. Amy se la cargó a la cadera y echó a correr. Con la mano libre le indicó a Peter que se avanzara.

—¡No nos esperes! ¡Necesito que nos atrapes desde arriba!

Se apresuró hacia la compuerta del dique. El fondo de la pasarela estaba ahora a diez metros y acercándose deprisa. Caleb le gritó:

—¡Ahora!

Peter saltó.

Por un instante creyó que había saltado demasiado pronto; se iba a hundir en las turbulentas aguas. Pero al final sus manos atraparon la barandilla de la pasarela. Subió a pulso, apoyó los pies y se dio media vuelta. Amy, sin soltar a la niña, corría por la parte alta de la pared. La pasarela las estaba dejando atrás; no lo conseguiría. Peter alargó la mano al tiempo que Amy daba cinco zancadas, cada cual más larga que la anterior, y se lanzaba al abismo.

Peter no recordaba el instante en el que había agarrado la mano de Amy. Únicamente sabía que lo había conseguido.

Dejaron atrás el muelle. Michael salió del puente de mando como un vendaval y se asomó por la barandilla. Vio una profunda mella en el casco, de quince metros de largo como poco, aunque la herida quedaba muy por encima de la línea de flotación. Volvió la vista hacia la orilla. A cien metros de la popa, en el extremo del muelle, una masa de virales observaba el barco que se alejaba igual que dolientes en un funeral.

—¡Socorro! —la voz procedía de la popa.

—¡Alguien se ha tirado al agua!

Corrió hacia las voces. Una mujer, aferrada a un niño pequeño, señalaba por encima de la barandilla.

—¡No sabía que se proponía saltar!

—¿Quién? ¿Quién era?

—Estaba tendida en una camilla, apenas si podía caminar. Ha dicho que se llamaba Alicia.

Una cuerda enroscada descansaba sobre la cubierta. Michael pulsó el botón de la radio.

—¡Lore, detén el barco!

—¿Qué?

—¡Hazlo! ¡Del todo!

Michael ya se estaba atando la cuerda a la cintura, no sin antes plantar la radio en la mano de la mujer, que lo miró desconcertada.

—¿Adónde va? —preguntó ésta.

Él pasó por encima de la barandilla. Allá abajo, las aguas formaban un gran remolino. *Páralas*, suplicó mentalmente. *Por el amor de Dios, Lore, detén esas aspas ahora.*

Saltó.

Con los dedos de los pies estirados y los brazos extendidos, Michael penetró la superficie como una lanza. La corriente lo atrapó al instante para arrastrarlo hacia abajo. Impactó contra el mugriento fondo y empezó a rodar por él. Le escocían los ojos por efecto de la sal; no veía nada, ni siquiera sus manos.

Se estampó contra Alicia.

Una confusión de brazos y piernas: los dos daban vueltas de campana, trazaban espirales por el fondo. La agarró por el cinturón, atrajo el cuerpo de la mujer hacia el suyo y le rodeó la cintura con las manos.

La cuerda ya no daba más de sí.

Un fuerte tirón; Michael experimentó lo mismo que si lo partieran en dos. Sin soltar a Alicia, se dio impulso hacia arriba en un ángulo de cuarenta y cinco grados respecto al fondo. Michael ya llevaba treinta segundos en el agua y el cerebro le pedía oxígeno a gritos. Las hélices habían dejado de girar, pero eso ya daba igual. La inercia del barco los arrastraba. A menos que llegaran pronto a la superficie, se ahogarían.

Súbitamente, un gemido. Las hélices se estaban moviendo otra vez. *¡No!* Pero entonces Michael comprendió lo que estaba pasando. Lore estaba dando marcha atrás. La tensión de la cuerda empezó a aflojarse y al momento desapareció. Una nueva fuerza los arrastró. Ahora la corriente los absorbía hacia delante, hacia las hélices en movimiento.

Los iban a hacer papilla.

Michael alzó la vista. Allá arriba titilaba la superficie. ¿Qué originaba la misteriosa luz que parecía llamarlo por señas? El ruido de las hélices cesó de repente. Ahora comprendía las intenciones de Lore. Estaba creando suficiente distensión en la cuerda como para que pudieran subir. Michael pateó. *Alicia, no te rindas. Ayúdame. Si no lo haces, estamos muertos.* Pero no le sirvió de nada. Se hundían como piedras. La luz retrocedió, implacable.

La cuerda se tensó otra vez. Los estaban izando.

Cuando emergieron, Michael abrió la boca cuanto pudo para aspirar una enorme bocanada de aire. Se encontraban junto a la popa; una montaña de acero descollaba ante ellos. La luz que había visto era la luna. Brillaba justo encima, llena y oronda, derramando su resplandor por la superficie del agua.

—Tranquila, te tengo —dijo Michael. Alicia tosía y escupía en sus brazos. Un bote salvavidas descendía hacia ellos—. Te tengo, te tengo, te tengo.

77

Carter únicamente veía estrellas.

Yacía en el espigón, roto y ensangrentado. Tenía la sensación de haber perdido partes enteras de sí mismo, como si se le hubieran desprendido. No sentía dolor; su cuerpo había mudado en algo ajeno, que ya no obedecía a su control.

Hermanos, hermanas.

Formaban un corro a su alrededor. Tan sólo sentía amor por ellos. El barco había zarpado y ya navegaba lejos. Experimentó un inmenso amor por todo; habría envuelto el mundo con su corazón de haber podido. Al borde del espigón, la luz de la luna que resbalaba sobre el agua creaba un reluciente camino para que él lo cruzara.

Permitídmelo. Dejad que note cómo sale de mí. Dejad que vuelva a ser un hombre antes de morir.

Carter empezó a arrastrarse. Los virales se apartaron con el fin de cederle el paso. La conducta de las criaturas destilaba respeto, como si fueran discípulos o soldados que aceptan la espada de su enemigo. Carter avanzó a lo ancho de la calzada. Alargó la mano izquierda, la primera parte de su cuerpo en tocar el mar. El agua se le antojó fresca y acogedora, impregnada de tierra y sal. Mil millones de seres vivos la poblaban. Con ellos se reuniría.

Hermanos, hermanas, os doy las gracias.

Se hundió bajo la superficie del agua.

XI

LA CIUDAD DE LOS ESPEJOS

Arrastro la cadena que en vida me forjé (…)
Yo la creé, eslabón a eslabón.
Por propia voluntad me la ceñí
y por propia voluntad la llevo.

CHARLES DICKENS,
CUENTO DE NAVIDAD

78

Amanecer en el mar.

El *Bergensfjord* había echado el ancla. Sus grandes motores descansaban ahora. El cielo estaba más cerca que nunca, el agua lisa como una balsa. A lo lejos, una cortina de lluvia caía sobre el golfo. Casi todos los pasajeros dormían en la cubierta. Sus cuerpos yacían sin orden ni concierto, como si se hubieran apagado todos al mismo tiempo. Se encontraban a ciento sesenta kilómetros de la costa.

Amy estaba plantada en la popa, junto a Peter. Su mente vagaba, reacia a explorar cualquier pensamiento excepto uno. Anthony había muerto. Ella era la única que quedaba.

La niña se llamaba Rebecca. Su madre había muerto durante el ataque; su padre, años atrás. Todavía notaba en la piel la sensación de su presencia: el peso y el calor de su cuerpo, la fuerza desesperada con que se había aferrado a ella mientras surcaban el vacío. Amy no creía que esa impresión la abandonara nunca. Se había convertido en parte de ella, se le había prendido a los huesos. Había marcado su destino al tomar la decisión por ella. Allí, en el muelle, Amy no sólo había visto a Rebecca sino también a su propio yo de la infancia, a esa niña que estuviera en su día tan sola como ella, igual de abandonada por el gran motor del mundo y necesitada de salvación.

Durante un rato, diez minutos tal vez, ni ella ni Peter pronunciaron palabra. Peter, igual que Amy, tan sólo estaba presente a medias mientras contemplaba la inmensidad: el pálido firmamento del alba, el mar, infinitamente tranquilo.

Fue Amy la que rompió el silencio.

—Será mejor que vayas a hablar con ella.

Durante la madrugada habían tomado una decisión. Amy no podía acompañarlos, como tampoco Alicia. Si los supervivientes iban a dar comienzo a una nueva vida, cualquier rastro del viejo terror debía quedar atrás. Ahora lo que importaba era que los demás lo aceptaran.

—Ella no tiene la culpa de lo sucedido, Peter.

El hombre la miró fugazmente pero no dijo nada.

—Ni tú tampoco —añadió.

Otro silencio. Amy deseaba de todo corazón que la creyera, si bien sabía que sería imposible hacerle cambiar de idea.

—Tienes que hacer las paces con Alicia, Peter. Por ella y por ti.

Un sol apagado empezaba a asomar por detrás de las nubes. El cielo, carente de color, se fundía imperceptiblemente con el horizonte. La lluvia guardaba las distancias. Michael les había asegurado que el tiempo no representaría un problema; sabía prever las tormentas.

—Bueno —dijo Peter con un suspiro—. Será mejor que lo haga.

Separándose de Amy, bajó a los camarotes de la tripulación. En las cubiertas inferiores hacía más frío. El aire olía a metal mojado y a óxido. Casi todos los hombres de Michael roncaban en las literas. Habían optado por emplear el breve lapso en descansar y reponer fuerzas para el viaje que se avecinaba.

Alicia estaba tendida en una litera inferior, al final del pasillo. Peter acercó un taburete y carraspeó.

—Bueno.

Con los ojos clavados en la litera superior, Alicia seguía sin mirarlo.

—Suelta lo que estás pensando.

Peter no estaba del todo seguro de lo que se proponía decir. *¿Perdona por haber intentado estrangularte?* O: *¿En qué estabas pensando?* Quizá más bien algo como: *Vete al infierno.*

—He venido a ofrecerte una tregua.

—Una tregua —repitió Alicia—. Seguro que es idea de Amy.

—Trataste de suicidarte, Lish.

—Y lo habría conseguido si a Michael no le hubiera dado por hacerse el héroe. Ése y yo tenemos cuentas pendientes.

—¿Pensaste que el agua te devolvería a tu antiguo estado?

—¿Te sentirías mejor si te dijera que sí? —Resopló—. Me temo que no es una opción, en mi caso. Fanning me lo dejó muy claro. No, más bien me proponía ahogarme.

—No me lo puedo creer.

—Peter, ¿qué quieres? Si has venido a compadecerme, no me interesa.

—Soy muy consciente de ello.

—Lo que pretendes decir es que me necesitas.

Peter asintió.

—No andas desencaminada.

—Y que, dadas las circunstancias, será mejor que enterremos el hacha. Camaradas, compañeros de armas, nada de divisiones internas.

—Más o menos, sí.

Con dolorosa lentitud, Alicia se volvió a mirarlo.

—¿Quieres saber lo que pensaba? Cuando me apretabas la garganta, me refiero.

—Si me lo quieres decir…

—Pensaba: bueno, si me van a estrangular, me alegro de que lo haga mi viejo amigo Peter.

Pronunció las palabras sin acritud. Se limitaba a constatar un hecho.

—Me equivoqué —reconoció él—. No lo merecías. No sé lo que hay entre Fanning y tú. Dudo que jamás lo entienda, sinceramente. Pero te subestimé.

Ella meditó el comentario antes de encogerse de hombros.

—Vamos, que metiste la pata hasta el fondo. A falta de una disculpa directa, tendré que conformarme con eso.

—Supongo que sí.

Ella le lanzó una mirada de advertencia.

—Te dije que te podía llevar hasta él, y lo haré. Pero te estarás condenando a ti mismo.

—Yo creo que es al revés.

Alicia soltó un bufido que empezó como una risa pero desembocó en tos; profunda, seca. Cerró los ojos, presa del dolor. Peter aguardó a que el ataque cesara.

—Lish, ¿te encuentras bien?

Alicia tenía las mejillas arreboladas, saliva en los labios.

—¿Tengo aspecto de encontrarme bien?

—En general, te veo mejor.

Ella meneó la cabeza con indulgencia, igual que haría una madre con un niño imposible.

—Nunca cambiarás, Peter. Hace cincuenta años que te conozco y sigues siendo el mismo. Puede que sea por eso por lo que no puedo seguir enfadada contigo mucho tiempo.

—Pues me alegro. —El hombre se levantó—. ¿Necesitas algo antes de que nos marchemos?

—Otro cuerpo me vendría bien. Éste ya no da más de sí.

—Aparte de eso.

Alicia lo meditó un momento antes de sonreír.

—No sé… ¿Qué tal si me traes otro conejo?

Encontró a su hijo en la cubierta, sentado en un cajón de madera y observando los preparativos de Michael en el acceso de popa.

—¿Te importa? —le preguntó.

Caleb le dejó un sitio.

—¿Dónde está Pim?

—Durmiendo. —Su hijo se volvió y lo miró con severidad—. Ayúdame a entenderlo.

—No sé si podré.

—Y entonces, ¿por qué? ¿En qué cambiará las cosas?

—La gente regresará algún día. Si Fanning sigue vivo, volverá a empezar.

—Te marchas por ella.

Peter se quedó sin palabras.

—Oh, no me mires con esa cara —prosiguió Caleb—. Hace años que lo sé.

El otro no supo qué responder. Al final, tan sólo pudo reconocer la verdad.

—Bueno, pues tienes razón.

—Pues claro que tengo razón.

—Déjame terminar. Amy tiene algo que ver con esto, pero no es la única razón. —Ordenó sus pensamientos—. Intentaré explicarlo lo mejor que pueda. Se trata de una historia acerca de tu padre. En la Colonia, teníamos una tradición. Lo llamábamos «servir la Misericordia». Cuando alguien se infectaba, un pariente lo esperaba cada noche en la muralla de la ciudad. Dejábamos fuera un cordero enjaulado, como cebo. Durante siete noches aguardábamos a que volviera a casa y, si lo hacía, le correspondía al pariente matarlo. La responsabilidad solía recaer en el pariente varón más cercano, así que cuando tu padre desapareció, me tocó a mí servir la Misericordia.

Caleb observaba el rostro de Peter con atención.

—¿Cuántos años tenías?

—Veinte o veintiuno. Era un crío.

—Pero no volvió. Lo llevaron al Refugio.

—Sí, pero yo no lo sabía. Siete noches, Caleb. Es mucho tiempo para meditar la idea de matar a alguien, sobre todo si se trata de tu hermano. Al principio me preguntaba si tendría valor para hacerlo. Nuestros padres habían muerto y Theo era la única persona que me quedaba en el mundo. Pero a medida que pasaron las noches acabé por entender algo. Había una cosa todavía peor si cabe que matarlo: dejar que lo hiciera otra persona. De haber sido al revés, de haber sido yo el infectado, no habría querido que sucediera de otro modo. No deseaba acabar con su vida, te lo aseguro, pero se lo debía. La responsabilidad era mía y de nadie más. —Peter aguardó un momento para que sus palabras calaran hondo—. La situación es la misma. No sé por qué me ha tocado a mí. Ésa es una pregunta que no puedo responder. Pero da igual. Pim y los niños… ellos son responsabilidad tuya. Viniste a la Tierra para protegerlos hasta tu último aliento. Es tu trabajo. Y éste es el mío. Debes dejar que lo lleve a cabo.

A bordo del *Nautilus*, Michael daba instrucciones a la tripulación que le ayudaría a botarlo. Habían envuelto el casco con una gruesa red de cuerda. Usarían una botavara de acero y un sistema de poleas para alzarlo de su cama y arriarlo por un costado. Una vez en el agua, cortarían las cuerdas, levantarían el mástil y zarparían rumbo a Nueva York.

—Te matará —afirmó Caleb.

Peter no respondió.

—¿Y si lo consigues? Amy no puede marcharse. Tú mismo lo has dicho.

—No, no puede.

—Y entonces ¿qué?

—Entonces viviré mi vida. Igual que tú vivirás la tuya.

Peter aguardó a que su hijo dijera algo más; como no fue así, posó una mano en el hombro de Caleb.

—Debes aceptarlo, hijo.

—No es fácil.

—Ya lo sé.

Caleb levantó la cara hacia el cielo. Tragó saliva con dificultad y dijo:

—Cuando era niño, mis amigos siempre estaban hablando de ti. Algunas de las cosas que comentaban eran ciertas, pero en buena parte no eran más que chorradas. Lo curioso es que yo me sentía mal por ti. Reconozco que me gustaba que me hicieran tanto caso, pero también era consciente de que a ti te molestaba que se dijeran según qué cosas. A mí me costaba entenderlo. ¿Quién no querría ser considerado el no va más, una especie de héroe? Y un día lo entendí. Yo era la causa de que pensaras así. Habías optado por mí y lo demás ya no te importaba. Te habría encantado que el mundo se olvidara de ti.

—Es verdad. Fue exactamente así.

—Y yo me sentí tan increíblemente afortunado. Cuando empezaste a trabajar para Sánchez, pensé que las cosas cambiarían, pero no fue así. —Volvió a mirar a Peter—. Y ahora me pides que te deje marchar sin más. Bueno, pues no puedo. Quiero que te quedes. Pero lo entiendo.

Permanecieron un rato en silencio. El barco despertaba a su alrededor conforme los pasajeros se iban levantando y desperezando. *¿No ha sido un sueño?*, parecían pensar mientras miraban parpadeando la desconocida luz del océano. *¿De verdad estoy viajando en este barco? ¿Eso es el sol, eso es el mar?* Qué estupor debían de sentir, pensó Peter, ante la infinita paz que transpiraba el paisaje. Las voces iban aumentando de volumen, sobre todo las de los niños, cuya noche de terror había tomado súbitamente un rumbo del todo imprevisto, había abierto una puerta a una existencia radicalmente nueva. Se habían dormido en un mundo y habían despertado en otro tan distinto que bien podría tomarse, quizá, por una versión diferente de la realidad. Según pasaban los minutos, los pasajeros se acercaban a la barandilla como atraídos por un efecto magnético. Señalaban, susurraban, intercambiaban comentarios. Mientras los oía, lo invadieron los recuerdos así como una sensación de añoranza por todo aquello que no veía.

Michael se encaminó hacia ellos. Volvió los ojos brevemente hacia Caleb, como para sopesar la situación a toda prisa, y luego los devolvió a Peter. Hundiendo las manos en los bolsillos, anunció con dulzura, casi como si se estuviera disculpando:

—El material ya está a bordo. Creo que estamos a punto de zarpar.

Peter asintió:

—Vale.

Sin embargo, no hizo ademán de levantarse.

—¿Quieres que… vaya a decírselo a los demás?

—Estaría bien.

Michael se alejó. Peter se volvió a mirar a su hijo.

—Estoy bien. —Caleb se levantó del cajón con movimientos lentos, como un hombre que sufre una herida—. Iré a buscar a Pim y a los niños.

Todos se reunieron junto al *Nautilus*. Lore y Rand manejaban el cabestrante que trasladaba a Alicia, todavía atada a su camilla, a la bañera. Michael y Peter la llevaron al pequeño camarote del bote y luego bajaron la escala para reunirse con los demás: Caleb y su familia, Sara y Hollis; Greer, que se había recuperado lo suficiente del accidente como para unirse a ellos en la cubierta, aunque llevaba la cabeza vendada y a duras penas se sostenía, agarrado con un brazo al casco del *Nautilus*. El barco al completo los observaba; la voz se había corrido. Eran las 08:30.

La despedida final. Nadie sabía por dónde empezar. Fue Amy la que rompió el hielo. Abrazó a Lucius y ambos intercambiaron quedas palabras que nadie más pudo oír. A continuación le tocó el turno a Sara y luego a Hollis, quien, más que nadie, más incluso que Sara, parecía destrozado por la magnitud del adiós mientras abrazaba a Amy con fuerza contra su pecho.

Sara se estaba reprimiendo, claro. Su compostura no era sino un ardid. No se acercó a Michael; sencillamente, no podía soportarlo. Por fin, con los adioses desplegándose a su alrededor, fue él quien acudió a su hermana.

—Ay, maldito seas, Michael —protestó ella con tristeza—. ¿Por qué siempre me haces lo mismo?

—Se me da bien, supongo.

Ella lo rodeó con los brazos. Se le saltaban las lágrimas.

—Te mentí, Michael. Nunca te di por perdido. Ni un solo día.

Se separaron. Michael se volvió hacia Lore.

—Bueno, ha llegado el momento.

—Siempre supiste que no vendrías, ¿verdad?

Michael no respondió.

—Diablos —prosiguió Lore—. Supongo que yo también lo sabía.

—Cuida de mi barco —le pidió Michael—. Cuento contigo.

Lore le rodeó la cara con las manos y lo besó largo y tendido, con ternura.

—Cuídate mucho, Michael.

El hombre subió a bordo del *Nautilus*. En la base de la escalerilla, Peter estrechó la mano de Greer, luego la de Hollis. Abrazó a Sara con fuerza. Ya se había despedido de Pim y de los niños. Dejó a su hijo para el final. Caleb permanecía un poco retirado. Los ojos secos, aguantando las lágrimas; no lloraría. Peter se sintió, súbitamente, igual que si se encaminara a su ejecución. Al mismo tiempo lo embargó una intensa sensación de orgullo, distinta a cuanto había experimentado hasta entonces. Qué fuerte era el hombre que tenía delante. Caleb. Su hijo, su niño. Peter lo abrazó con fuerza. No demoró el gesto; si lo hacía, no sería capaz de soltarlo. Son los niños, pensó, los que dan sentido a la vida. Sin ellos no somos nada; nuestro paso por la Tierra dura apenas un parpadeo. Unos cuantos segundos recordando cuanto pudo y retrocedió.

—Te quiero, hijo. Estoy muy orgulloso de ti.

Remontó la escalerilla para reunirse con los demás en la cubierta del bote. Rand y Lore procedieron a accionar la manivela. El *Nautilus* se despegó de su cama y se meció sobre el costado del barco. Con una ligera salpicadura, el velero se posó en el agua.

—¡Vale, ya estamos! —gritó Michael.

Usaron los cuchillos para cortar la red, que pasó por debajo de la popa, medio flotando, y luego se hundió por su propio peso. Peter y Amy prendieron los cables mientras Michael fijaba los cabos que levantarían el mástil. La corriente ya los estaba alejando del *Bergensfjord*. Cuando todo estuvo listo, Michael comenzó a girar la manivela. El mástil se irguió; el hombre lo fijó y desprendió la vela de la botavara. Cincuenta metros los separaban ahora del *Bergensfjord*. Soplaba una brisa ligera y cálida. Los grandes motores de la nave habían cobrado vida. Un nuevo sonido llegó a sus oídos, el de las cadenas. Bajo la proa del *Bergensfjord*, el ancla emergió entre un revuelo de aguas. Las caras se alineaban en la barandilla del buque; la gente los observaba. Alguien los saludó desde arriba.

—Muy bien, estamos listos —anunció Michael.

Izaron la mayor. Ondeó sin tensión, pero cuando Michael giró la caña del timón, la proa viró levemente contra el viento. Con una sacudida, la lona se hinchó

—Izaremos el foque cuando nos hayamos alejado —dijo Michael.

El barco navegaba a una velocidad sorprendente, en opinión de Peter. Ligeramente afianzado hacia la zona de popa, proyectaba estabilidad a medida que el canto de la proa hendía las aguas con limpieza. El *Bergensfjord* retrocedía tras ellos. El cielo se les antojó de una profundidad infinita.

Sucedió poco a poco y luego de sopetón: estaban solos.

79

Diario de a bordo del *Nautilus*

4.º día: 27º95'N, 83º99'O. Viento SSE 10-15, rachas hasta 20. Cielo despejado, marejada.

Después de tres días sin apenas viento, navegamos por fin a una velocidad adecuada que oscila de seis a ocho nudos. Espero llegar a la costa oeste de Florida hacia el anochecer, justo al norte de Tampa. Por lo que parece, Peter empieza a vencer el mareo. Después de tres días vomitando por la borda, hoy ha anunciado que tenía hambre. Respecto a Lish, no hay mucho que decir. Duerme buena parte del tiempo y apenas si ha dicho nada. Todos estamos preocupados por ella.

6.º día: 26º15'N, 79º43'O. Viento SSE 5-10 cambiante. Parcialmente nuboso, marejadilla.

Hemos rodeado la península de Florida y virado al norte. Desde aquí dejaremos atrás la costa y navegaremos directamente a las Outer Banks de Carolina del Norte. Nubarrones por la noche, pero sin lluvia. Lish sigue muy débil. Amy la ha convencido por fin para que coma algo, y Peter y yo nos lo hemos jugado a la pajita más larga. Ha ganado él, aunque depende cómo lo mires, supongo. Las instrucciones de Sara me ponen un poco nervioso y me dan miedo las agujas, así que Amy se ha encargado. Unos doscientos mililitros. A ver si sirve de algo.

9.º día: 31º87'N, 75º25'O. Vientos SSE 15-20, rachas hasta 30. Cielos despejados, mar gruesa.

Una noche horrible. La tormenta se ha desatado en los momentos previos al alba: grandes olas, fuertes vientos, lluvias torrenciales. Hemos pasado la noche achicando agua. Nos hemos desviado un buen trecho del rumbo y el piloto automático se ha roto. Hemos acabado empapados pero parece que el casco ha resistido. Mayor arrizada, sin foque.

12.º día: 36º75'N, 74º33'O. Vientos NNE 5-10.
  Nubes medias, marejada.
Hemos decidido poner rumbo al oeste, hacia la costa. Todos estamos agotados y necesitamos descansar. Lo bueno es que Lish parece haber mejorado. El problema es su espalda. Todavía le duele mucho y apenas si la puede doblar. Me ha tocado a mí clavarme la aguja. Lish se lo ha tomado a broma: «Anímate, Circuitos —ha dicho—. A lo mejor me vuelvo más lista gracias a tu sangre».

13.º día: 36º56'N, 76º27'O. Vientos NNE 3-5. Marejadilla.
Hemos echado el ancla en la desembocadura del río James. Hay restos navales por todas partes: navíos militares, petroleros, incluso un submarino. El humor de Lish ha mejorado. Al anochecer nos ha pedido que la subiéramos a cubierta.
  Una preciosa noche estrellada.

15.º día: 38º03'N, 74º50'O. Vientos flojos y variables. Marejada.
En ruta otra vez con el viento a favor. Avanzamos a seis nudos. Todo el mundo lo nota en los huesos; nos estamos acercando.

17.º día: 39º63'N, 75º52'O. Vientos SSE 5-10. Fuerte marejada.
Mañana llegamos a Nueva York.

80

El día llegaba a su fin. Los cuatro descansaban en la bañera del barco. Habían echado el ancla por avante a babor, delante de una larga playa de arena. El perfil sur de Staten Island, antaño poblado por una densa humanidad, había mudado en un territorio yermo, barrido por el viento.

—Así pues, ¿estamos todos de acuerdo? —preguntó Peter al tiempo que escudriñaba al grupo—. ¿Michael?

Sentado junto a la caña del timón, el hombre jugueteaba con una navaja, cuya hoja abría y cerraba. Tenía la tez curtida por el salitre y el viento; a través de su barba de color arena destellaba la blanquísima dentadura.

—Ya te lo he dicho. Si tú dices que ése es el plan, que así sea.

Peter se volvió a mirar a Alicia.

—Última oportunidad para poner objeciones.

—Aunque las pusiera, no me haríais caso.

—Lo siento, pero con eso no me basta.

Ella lo miró con recelo.

—No se va a rendir, ya lo sabes. «Ay, lo siento, estaba equivocado.» No es su estilo.

—Por eso necesito que acompañes a Michael al túnel.

—Mi sitio está en la estación, contigo.

Peter le clavó la mirada.

—No puedes matarlo. Tú misma lo has dicho. Apenas si puedes caminar. Ya sé que estás enfadada y que no quieres oír esto. Pero debes dejar a un lado tus sentimientos y dejarnos esa parte a Amy y a mí. Nos entretendrías, y necesito que protejas a Michael. Los virales de Fanning no te atacarán. Tendrás que cubrirlo.

Peter notó que sus palabras habían dado en el blanco. Alicia desvió la vista antes de volver a mirarlo. Entornó los ojos con una expresión admonitoria.

—Supongo que eres consciente de que sabe dónde estamos. Dudo mucho que haya pasado por alto nuestra presencia. Entrar en la estación como si nada significa echarse a sus brazos.

—Ésa es la idea.

—¿Y si no funciona?

—Entonces morimos todos y Fanning gana. Si tienes una idea más brillante, adelante. Tú conoces a ese hombre mejor que nadie. Dime en qué me equivoco y te escucharé.

—Eso no es justo.

—Ya lo sé.

Se hizo un breve silencio. Alicia suspiró derrotada.

—Muy bien. No tengo nada que decir. Tú ganas.

Peter se volvió hacia Amy. Tras dos semanas en el mar, le había crecido un poco el pelo, lo que había suavizado sus rasgos pero también resaltado, en cierto modo; los tornaba más precisos y definidos.

—Yo opino que todo depende de lo que quiera Fanning —señaló ella.

—Lo que quiera de ti, te refieres.

—Puede que únicamente se proponga matarme y, de ser así, no podemos hacer gran cosa por detenerlo. Pero se ha tomado demasiadas molestias para traerme hasta aquí como para que sean ésas sus intenciones.

—¿Y tú qué crees que pretende?

Apenas si quedaba luz. En la orilla, el largo suspiro de las olas.

—No lo sé —reconoció Amy—. Pero estoy de acuerdo con Lish. El hombre pretende demostrar algo. Aparte de eso... —dejó la frase en suspenso, luego continuó—. Lo primordial es que nos aseguremos de que se encuentre en la estación cuando llegue el momento. Llevarle allí y hacer lo que sea para que no se marche. No deberíamos esperar a Michael. Tendremos que estar allí cuando entre el agua. Aprovechar ese momento.

—Entonces estás de acuerdo con el plan.

Asintió.

—Sí, es lo mejor que podemos hacer.

—Echemos un vistazo al plano.

Alicia había esbozado un mapa rudimentario: calles y edificios pero también pasajes subterráneos y puntos de acceso. Enriqueció el dibujo con descripciones verbales: el aspecto de cada cosa y las sensaciones que producía, ciertos puntos de referencia, zonas en las que el bosque o los escombros les dificultarían el paso, las partes en las que el mar invadía el muelle sur de la isla.

—Háblame de las calles que rodean la estación —pidió Peter—. ¿Hay tanta sombra como para que los virales se muevan de un lado a otro?

Alicia lo meditó un instante.

—Bueno, sí. A mediodía entra más sol, pero los edificios son altísimos. Hablo de sesenta o setenta pisos. No se parece a nada que hayas visto nunca, y la luz puede ser muy escasa a cualquier hora del día. —Devolvió la atención al esbozo—. Yo pienso que lo más inteligente sería entrar en la estación por la puerta del oeste.

—¿Por qué?

—A dos manzanas de allí hay una obra. Es un edificio de cincuenta y dos pisos, no muy alto para lo que se estila por allí, pero los últimos treinta pisos únicamente cuentan con las estructuras. El sol alcanza la base, incluso a última hora del día. Se ve desde la estación. Tiene un ascensor exterior y una grúa que asciende junto a la pared. Yo pasaba mucho tiempo allí.

—¿En la grúa?

Alicia se encogió de hombros.

—Sí, bueno. Cosas mías.

No se explicó y Peter decidió no presionarla. Señaló otro punto del mapa.

—¿Esto qué es?

—El edificio Chrysler. Es el más alto de por allí, de unos ochenta pisos. La punta es de un metal brillante, como una corona. Muy reflectante. Dependiendo de dónde esté el sol, proyecta un montón de luz.

El día había llegado a su fin. La temperatura había caído y la humedad se condensaba en el aire. A medida que el silencio se instalaba en el grupo, Peter comprendió que la conversación había terminado también. En poco menos de ocho horas desplegarían las velas, el *Nautilus* emprendería su trayecto final hacia Manhattan y lo que fuera que les deparase el destino acontecería. Era poco probable que todos sobrevivieran, e incluso que alguno lo hiciera.

—Montaré guardia —propuso Michael.

Peter lo miró.

—Yo creo que estamos a salvo aquí. ¿Es necesario?

—El fondo es muy arenoso. Lo último que necesitamos ahora mismo es que el ancla garre.

—Yo también me quedaré —se ofreció Lish.

Michael sonrió.

—Por mí, encantado. —A continuación, a Peter—: Tú tranquilo, lo he hecho un millón de veces. Id a dormir. El descanso os va a hacer falta.

La noche tendió sus manos sobre el mar.

La calma era absoluta. Únicamente el rumor del océano se dejaba oír, profundo y tranquilo, y el latido de las olas contra el casco. Peter y Amy se acurrucaron juntos en la única cama de la cabina, la cabeza de ella recostada contra el pecho del hombre. Hacía una noche cálida, pero allí debajo el aire era fresco, casi frío, a causa del agua que rodeaba el camarote.

—Háblame de la granja —pidió Amy.

Peter precisó un instante para ordenar sus ideas. Acunado por el vaivén del barco y la cercanía de la mujer, se había deslizado ya a la orilla del sueño.

—No sé muy bien cómo describirla. No eran sueños normales, sino mucho más vívidos. Tenía la sensación de que cada noche viajaba a otro lugar, a otra vida.

—Como… a otro mundo. También real, pero distinto.

Él asintió. Acto seguido, dijo:

—No siempre los recordaba, no al detalle. Principalmente, perduraba la sensación. Pero recuerdo algunas cosas. La casa, el río. La vida cotidiana. La música que tocabas. Unas piezas preciosas. Podría haberlas escuchado por siempre. Transmitían tanta vida… —Calló antes de preguntar—. ¿Tú tenías la misma sensación?

—Sí, me parece que sí.

—Pero no estás segura.

Amy titubeó.

—Sólo lo experimenté una vez, cuando estaba en el agua. Tocaba para ti. La música surgía de mis dedos con facilidad. Como si llevara las canciones dentro y las hubiera dejado salir.

—Y entonces, ¿qué pasó?

—No me acuerdo. Después de eso sólo recuerdo que desperté en el muelle y tú estabas allí.

—¿Y qué crees que significa?

Ella meditó un instante antes de responder.

—No lo sé. Sólo sé que, por primera vez en mi vida, me sentía realmente feliz.

Pasaron un rato escuchando el callado crujido del barco.

—Te quiero —declaró Peter—. Creo que siempre te he querido.

—Y yo te quiero a ti.

Se arrimó más a él y Peter hizo lo propio. El hombre le tomó la mano izquierda, le entrelazó los dedos, la llevó a su pecho y la dejó ahí.

—Michael tiene razón —señaló ella—. Deberíamos dormir.

—Muy bien.

Al poco, Amy notó cómo la respiración de Peter se apaciguaba. Adoptó un ritmo largo y profundo, como olas sobre la orilla. Amy cerró los ojos, aunque sabía que el gesto no serviría de nada. Permanecería despierta en la cama durante horas.

En la cubierta del *Nautilus*, Michael observaba las estrellas.

Porque uno nunca se cansaba de mirarlas. A lo largo de las infinitas noches que había pasado en el mar, se habían convertido en sus más leales compañeras. Las prefería a la luna, que se le antojaba demasiado directa, siempre empeñada en captar la atención. Los astros guardaban las distancias, dejando transpirar apenas el misterio que albergaban. Michael sabía lo que eran las estrellas —bolas de hidrógeno y helio— al igual que conocía muchos de sus nombres y las constelaciones que formaban en el cielo nocturno: la información resulta sumamente útil a un hombre que navega a solas en un pequeño velero. Pero también comprendía que esos cuerpos celestes encarnaban un orden superior del que las propias estrellas no tenían conocimiento.

Su vasto despliegue debería hacerle sentir minúsculo y solo, pero le producía el efecto contrario; era a la luz del sol cuando experimentaba un sentimiento de soledad más acuciante. Algunos días le estrujaba el alma, esa sensación de que se había alejado tanto del mundo cotidiano que ya nunca podría volver atrás. Pero entonces caía la noche y revelaba el tesoro oculto del cielo —las estrellas, al fin y al cabo, no desaparecían durante el día, tan sólo dejaban de verse— y su sentimiento de soledad remitía, reemplazado por la intuición de que el universo, pese a su inescrutable inmensidad, no era un espacio implacable e indiferente a la vida y a la muerte, y en el que todo sucedía por accidente, sino una red de hilos invisibles en la que todo se hallaba interconectado, incluido él. Y a lo largo de esos hilos latían las preguntas y las respuestas de la existencia igual que una corriente alterna, las penas y los remordimientos, pero también la alegría e incluso la dicha, y si bien desconocíamos el origen de la corriente y siempre sería así, cualquiera podía percibirla si se concedía la oportunidad; y si en algún momento Michael Fisher —Michael Circuitos, Primer Ingeniero de Electricidad y Energía, Jefe del Tráfico y constructor del *Bergensfjord*— la percibía con absoluta intensidad, era cuando miraba las estrellas.

Pensó en muchas cosas. En los días transcurridos en el Santuario, en el rostro ciego e inexpresivo de Elton y en las asfixiantes y atestadas dependencias del almacén de las baterías. En el vaporoso tufo de la refinería, donde había dejado atrás la infancia y había encontrado su camino en la vida. Pensó en Sara, a la que amaba, y en Lore, a la que amaba también, y en Kate y la última vez que la había visto, su palpable energía juvenil y el franco afecto que le había mostrado la noche que le contó la historia de la ballena. Cuánto tiempo había transcurrido, el pasado por siempre atrás para mudar en un cúmulo inmenso de días dentro de cada cual. Era probable que su tiempo en la Tierra estuviera a punto de llegar a su fin. Puede que hubiera algo después, más allá de la existencia física; los cielos se mostraban reservados al respecto. Greer sin duda lo creía.

Michael sabía que su amigo se estaba muriendo. Greer había intentado ocultarlo, y casi lo había conseguido, pero Michael se había dado cuenta. No lo había deducido por nada en particular; sencillamente lo notaba. El tiempo lo estaba dejando atrás igual que nos deja atrás a todos, antes o después.

Y también pensó en su barco, cómo no, el *Bergensfjord*. Ahora debía de estar muy lejos, en algún lugar de la costa de Brasil, surcando las aguas con rumbo al sur bajo ese mismo cielo estrellado.

—Qué bonito es esto —observó Alicia.

Estaba sentada delante de él, recostada a lo largo en el banco, con una manta sobre las piernas. Tenía la cabeza vuelta hacia el cielo, igual que Michael, los ojos empapados de luz de estrellas.

—Recuerdo la primera vez que las vi —prosiguió ella—. Fue la noche que el coronel me dejó al otro lado de la Muralla. Me asusté terriblemente al verlas. —Señaló en dirección al horizonte meridional—. ¿Por qué ésa es tan brillante?

Él siguió con la mirada el trayecto de su dedo.

—Bueno, no es una estrella, en realidad. Es el planeta Marte.

—¿Cómo lo sabes?

—Se deja ver en verano sobre todo. Si lo miras con atención, notarás que emite un matiz rojizo. Es poco más que una gran piedra oxidada.

—¿Y ésa? —Ahora Alicia señalaba directamente sobre sus cabezas.

—Arturo.

La oscuridad velaba la expresión de ella, aunque la imaginaba frunciendo el ceño con interés.

—¿Está muy lejos?

—No mucho, para ser una estrella. A unos treinta y siete años luz. Es el tiempo que tarda la luz en llegar. Cuando la luz que estás viendo partió de Arturo, nosotros éramos unos críos. Así que cuando miras al cielo, en realidad estás viendo el pasado. Pero no un único pasado. Cada estrella es diferente.

Ella se rio con suavidad.

—Cuando lo formulas así, me armo un lío. Recuerdo que cuando éramos niños me explicabas ese tipo de cosas. O lo intentabas.

—Era un listillo. Seguramente trataba de impresionarte.

—Enséñame más —pidió ella.

Michael lo hizo. Fue señalando al cielo. Polaris y la Osa Mayor. La brillante Antares y la azulada Vega y sus vecinas, el pequeño cúmulo conocido como Delphinus. La ancha cinta galáctica de la Vía Láctea, tendida de horizonte a horizonte, de norte a sur, dividiendo el cielo oriental como una nube de luz. Le contó todo lo que se le ocurrió sin que el interés de ella flaqueara y, cuando terminó, Alicia dijo:

—Tengo frío.

Alicia se desplazó hacia delante. Michael cambió de lado y se sentó detrás de ella, con las piernas a ambos lados de su cintura. Levantó la manta para que los cubriera a los dos y estrechó a Alicia contra sí, para ayudarla a entrar en calor.

—No hemos hablado de lo que pasó en el barco —señaló ella.

—No tenemos que hacerlo si no quieres.

—Tengo la sensación de que te debo una explicación.

—No me debes nada.

—¿Por qué te zambulliste para rescatarme, Michael?

—No me paré a pensarlo. Fue un acto reflejo.

—Eso no es una respuesta.

Michael se encogió de hombros antes de decir:

—Podría decirse que no me hace ninguna gracia que alguien a quien quiero intente quitarse la vida. Ya he pasado por eso. Me lo tomo como algo personal.

Las palabras de Michael la dejaron helada.

—Perdona. Debería haber pensado…

—Ni tenías por qué pensarlo, de verdad. Tú no vuelvas a hacerlo, ¿vale? No soy un gran nadador.

Se hizo un silencio. No un silencio incómodo, sino todo lo contrario. El mismo que surge de una historia en común, de aquellos que son capaces de comunicarse sin palabras. La noche albergaba pequeños sonidos que, paradójicamente, parecían magnificar la quietud: cada roce de agua en el casco, el tintineo de los cables contra el mástil, el crujido del cable del ancla en su cornamusa.

—¿Por qué lo llamaste *Nautilus*? —quiso saber Alicia. La parte trasera de su cabeza descansaba contra el pecho de Michael.

—Lo saqué de un libro que leí de niño. Me pareció que le quedaba bien.

—Pues sí, le queda bien. Es un nombre bonito. —A continuación, con voz más queda—. Lo que me dijiste en la celda…

—Que te quería. —No se sintió turbado, tan sólo experimentó la tranquilidad de la verdad—. Pensé que debías saberlo. Me pareció absurdo no hacerlo. Estoy harto de secretos. Tranquila; no espero que me digas nada al respecto.

—Pero quiero hacerlo.

—Bueno, pues dame las gracias.

—No es tan sencillo.

—En realidad, es así de sencillo.

Alicia entrelazó los dedos con los de Michael, pegó la palma a la suya.

—Gracias, Michael.

—De nada.

La humedad impregnaba el aire; gotitas de bruma se condensaban en todas las superficies. A una distancia indeterminada, las olas lamían la arena.

—Dios, menudo par —dijo ella—. Llevamos toda la vida peleándonos.

—Ya lo creo.

—Estoy tan… cansada de todo eso. —Se ciñó a la cintura los brazos de Michael—. Pensé mucho en ti, ¿sabes? Cuando estaba en Nueva York.

—¿Sí?

—Pensaba: ¿qué estará haciendo Michael hoy? ¿Qué estará haciendo para salvar el mundo?

Él soltó una risita queda.

—Es un honor.

—Eso espero. —Una pausa. Al cabo de un momento Alicia siguió hablando—. ¿Alguna vez piensas en ellos? En tus padres.

La pregunta, aunque inesperada, no estaba fuera de lugar.

—De vez en cuando. Pero sucedió hace mucho tiempo.

—Yo no recuerdo a los míos. Murieron cuando era muy pequeña. Algún que otro detalle, supongo. Mi madre tenía un cepillo de plata que le gustaba mucho. Era muy antiguo; creo que había pertenecido a mi abuela. Me visitaba en el Santuario y me cepillaba el pelo con él.

Michael lo meditó.

—Vaya, eso que cuentas me suena de algo. Me parece que recuerdo algo parecido.

—¿Ah, sí?

—Te sentaba en un taburete, en el dormitorio, junto a la ventana grande. Recuerdo que canturreaba; no una canción exactamente, más bien la melodía.

—Ah —dijo Alicia al cabo de un momento—. No sabía que hubiera nadie observándonos.

Guardaron silencio un ratito. Aun antes de que Alicia pronunciara las palabras, Michael presintió que estaba a punto de oír una confesión. No sabía lo que iba a decirle, tan sólo que se disponía a contarle algo.

—Algo… me sucedió en Iowa. Un hombre me violó, uno de los guardias. Me dejó embarazada.

Michael esperó.

—Era una niña. No sé si era igual que yo o si se trataba de otro tipo de criatura, pero no sobrevivió.

Cuando Alicia guardó silencio, Michael sugirió:

—Háblame de ella.

—Rose. Así la llamé. Tenía un precioso cabello rojo. Después de enterrarla, permanecí un tiempo a su lado. Dos años. Pensé que eso me haría sentir mejor, que el dolor se atenuaría. Pero no fue así.

Súbitamente, Michael se sintió más unido a ella que en toda su vida. Por dolorosa que fuera la historia, consideró la revelación una ofrenda. Alicia acababa de mostrarle su más profunda verdad sobre sí misma y cómo el amor había llegado a su vida.

—Espero que no te moleste que te lo haya contado.

—Me alegro mucho de que lo hayas hecho.

Otro silencio y luego:

—En realidad no te preocupa el ancla, ¿verdad?

—No, en realidad, no.

—Ha sido muy gentil por tu parte lo que has hecho por ellos. —Alicia volvió la cara hacia el cielo—. Hace una noche preciosa.

—Sí, es verdad.

—No, más que preciosa —añadió, y estrechó la mano de Michael al tiempo que se acurrucaba contra él—. Es perfecta.

81

Así pues, una historia por fin.

Una niña ha nacido al mundo. Está perdida, sola, ha sido amada y traicionada en poco tiempo. Transporta sobre sus hombros una carga especial, una vocación singular de la que nadie la puede relevar. Vaga por un yermo, azotada por el pesar y sus sueños atormentados. Carece de pasado; únicamente un futuro aún por escribir se extiende ante ella. Recuerda a un convicto que desconociera su sentencia y jamás recibiera visitas en su interminable encierro. Otra alma se habría hundido ante un destino semejante, pero la niña resiste; se atreve a imaginar que no está sola. Que cumple una misión, el papel que le ha sido asignado en el cruel sorteo de los cielos. Es el último reducto de la esperanza sobre la Tierra.

Y entonces, un milagro: una ciudad aparece ante ella, una resplandeciente urbe amurallada en lo alto de una colina. ¡Sus plegarias han sido atendidas! Luminosa como un faro en el mar, se le antoja una profecía cumplida. La llave gira en la cerradura; la puerta se abre. Oculta tras los muros descubre una maravillosa raza de hombres y mujeres que han resistido, igual que ella. Los hace suyos, en cierto modo. En los ojos de esta silenciosa niña, los más intuitivos de entre ellos perciben la respuesta a sus preguntas más acuciantes, pues igual que ellos han aliviado la soledad de la niña, también ella ha aliviado la suya.

Comienza un viaje. Las oscuras maquinaciones del mundo se manifiestan. La niña crece. Conduce a sus compañeros a una victoria gloriosa. Su mano vierte semillas de esperanza por doquier; las promesas manan de cada fuente y manantial. Y, sin embargo, la floración es un ensueño, ella lo sabe, el más leve de los respiros. Nadie está a salvo. Sus victorias son poco más que arañazos en la corteza. Debajo yace el negro núcleo, la gran bola de hierro que dormita bajo todas las cosas. Pesa lo indecible y es más antigua que el tiempo. Se trata de un vestigio de las tinieblas que anteceden a toda existencia, cuando un universo informe habitaba el caos previo a la creación, privado de toda consciencia, incluida la suya propia.

Ella vacila. Duda. Se torna indecisa, temerosa incluso. El suyo es el más fatal de los errores: se ha encariñado de la vida. Ha osado amar, como una necia. En su mente ruge una pugna que cuestiona el destino mismo.

¿No será ella la mera marioneta de un lunático? ¿Es la esclava del destino o su artífice? ¿Debe alejarse de todas las cosas y personas que ha aprendido a amar? ¿O acaso ese amor constituye un reflejo del gran orden superior, un vestigio de la creación divina? ¿Es la verdad o la negación de la verdad? Amor romántico, amor fraternal, el amor de un padre por su hijo y a la inversa, ¿reflejan el rostro de Dios o la más amarga hiel de un cosmos sin sentido?

En cuanto a mí: en cierta época de mi vida enterré todas las dudas y libé las flores de los cielos. ¡Cuán dulce era su néctar! ¡Hasta qué punto aliviaron mi sufrimiento, el sacro dolor del alma! El hecho de que mi Liz estuviera muriendo no mermaba mi alegría. Había acudido a mí como un mensajero, en las horas de máxima oscuridad, para revelarme mi propósito en la Tierra. Yo llevaba una eternidad estudiando hasta el último mecanismo de la vida. Emprendí la tarea sin interés, sin adivinar jamás qué había detrás de aquella empresa. Observé hasta el más mínimo gesto y forma de la naturaleza, buscando las huellas de la divinidad. Ahora la prueba se había manifestado no bajo la lente de un microscopio sino en el rostro de esa mujer delgada y moribunda, en el contacto de su mano sobre la mesa de un café. Mis largas y solitarias horas —igual que las tuyas, Amy— ya no se me antojaban un exilio o un encierro sino una prueba superada. ¡Alguien me amaba! ¡A mí, Timothy Fanning, de Mercy, Ohio! Una mujer, un dios; un dios excelso y paternal que, a pesar de mis errores, me juzgaba digno de su amor. ¡Mi existencia no había sido en vano! Y no me amaba únicamente, no. Yo era el elegido para escoltarla a los cielos. El azul Egeo, donde se creía moraban los antiguos dioses y héroes; la casa encalada que despunta al final de las escaleras; el humilde lecho y los muebles fabricados en casa; los sonidos cotidianos de la vida en el campo, y una terraza con vistas a un olivar que asoma contra la inmensidad del mar; la tenue luz blanca de mañanas eternas, cada vez más blancas, más y más blancas, y aún más. Lo veía en mi mente, lo veía todo. En mis brazos ella daría el paso de esta vida a la otra, que sin duda existía, al fin y al cabo, visto que el amor me había ofrecido su abrazo —nos lo había ofrecido a los dos— por fin.

Ni una hora pasaría, con su cuerpo enfriándose entre mis brazos, antes de que la siguiera al otro mundo. Eso, también, formaba parte de mi designio. Tomaría las últimas píldoras, las mismas que había reservado para mí, y me marcharía en silencio, y de ese modo estaríamos unidos eternamente el uno al otro y a un universo invencible. Mi decisión era irrevocable, mis pensamientos claros como hielo. No albergaba ni la más mínima sombra de duda. Así pues, a la hora sacra del encuentro, me aposté en el quiosco, aguardando la aparición de mi ángel. En la maleta, los instrumentos de nuestra liberación mortal reposaban como piedras. Qué poco imaginaba entonces que dichos objetos apenas si representaban un anticipo del desastre global. Qué poco sospechaban los apresurados pasajeros a medida que me dejaban atrás que el príncipe de la muerte se erguía entre ellos.

Tres veces he sido engendrado y tres veces traicionado. Me desquitaré.

Tú, Amy, te has atrevido a amar, tal como yo hice en su día. Tú eres la ingenua adalid de la esperanza, igual que yo su enemigo jurado. Yo soy la voz, la mano, el implacable emisario de la verdad, que no es sino la verdad de la nada. Fuimos, tú y yo por igual, creados por un loco, cuyo proyecto perdimos de vista como caminos en un bosque oscuro. Y siempre ha sido así, desde que los materiales de la vida se agruparon y salieron reptando del lodo.

Tu grupo se acerca. El momento se torna más dulce minuto a minuto. Sé que él está contigo, Amy. ¿Cómo iba a dejarte sola, el hombre que te hizo humana?

Ven, Amy. Ven, Peter.

Venid, venid, venid.

82

Surgió igual que una visión, la gran ciudad, flotando sobre el mar como un castillo o una enorme reliquia. Una ruina de asombrosas dimensiones. Nublaba los sentidos, la mente no podía abarcar su magnitud. El sol de la mañana, bajo, oblicuo, caía sobre las fachadas de las torres; los rayos rebotaban en el cristal como balas.

Peter se reunió con Amy en la proa. Ella exhibía una tranquilidad casi sobrenatural, al tiempo que una palpable intensidad irradiaba de su cuerpo igual que un horno irradia calor. Minuto a minuto, la ciudad ganaba altura.

—Dios mío, es enorme —observó Peter.

Amy asintió, si bien el comentario de Peter reflejaba únicamente parte de la verdad. La presencia de Fanning impregnaba la ciudad, igual que si un zumbido de fondo que llevara oyendo toda la vida, tan omnipresente que ya apenas si advertía su presencia, aumentase de volumen poco a poco. La invadió una sensación de pesadumbre. No podía definirlo de otro modo. Una pesadumbre horrible que le provocaba un cansancio infinito.

Habían decidido entrar por el oeste. Impulsados por un viento tibio, remontaron el Hudson en busca de un lugar donde amarrar. Dependían de la luz solar y tenían que darse prisa. Había una corriente intensa, que tiraba de ellos como una mano invisible.

—Michael...

Él trataba de ajustar los cabos y la caña del timón, buscando aprovechar el menor soplo de viento.

—Ya lo sé.

El río estaba oscuro como tinta; su fuerza era inmensa. La mañana mudó en tarde. Por momentos, tenían la sensación de estar parados.

—Esto es imposible —dijo Michael.

Para cuando encontraron un lugar donde amarrar, eran las cuatro en punto. Las nubes habían entrado por el sur. El ambiente era bochornoso, impregnado del tufo de la decadencia. Les quedaban cuatro, puede que cinco horas de luz. En el camarote, Michael recogió la mochila con los explosivos así como el gran rollo de cable y el detonador, una caja de madera con un émbolo. El conjunto ofrecía un aspecto muy rudimentario, pero ésa era la idea, explicó. Las cosas más sencillas son siempre las más fiables, y no tendrían una segunda oportunidad. En el camarote, se repartieron las armas y repasaron el plan una última vez.

—No cometáis ningún error —recomendó Alicia—. Esta isla es una trampa mortal. Si oscurece, estamos perdidos.

Desembarcaron. Estaban en la veintena de calles de la zona oeste. Los esqueletos de los coches obstruían la calle y ventanas sin cristales los miraban como bocas de cuevas. Había llegado la hora de dividirse, Michael y Lish hacia el sur, a Astor Place; Peter y Amy, por el centro de la ciudad, a Grand Central. Michael había fabricado una tosca muleta para Alicia con un remo.

—Sesenta minutos —dijo Peter—. Buena suerte.

Se separaron por las buenas, sin despedirse.

Peter y Amy pusieron rumbo al norte por la Quinta Avenida. Manzana a manzana, el vertical centro de la ciudad se elevaba creando estrechos fiordos entre los edificios. En algunas zonas, las raíces de los árboles levantaban el asfalto. En otras, el suelo se hundía en cráteres que abarcaban desde unos pocos metros hasta todo el ancho de la calle, lo que los obligaba a pasar por el borde con cuidado. Según remontaban la isla, Peter se iba fijando en los puntos de referencia: el Empire State, de una altura vertiginosa, como un dedo que apuntara al cielo con arrogancia; el edificio Chrysler, con su curvada corona de metal pulido; la biblioteca, envuelta en una frondosa capa de enredadera, con su escalinata custodiada por un par de leones plantados en sus pedestales. En la esquina de la calle Cuarenta y dos con la Quinta Avenida, descubrió la torre a medio construir que había descrito Alicia. Las vigas expuestas de los pisos superiores mostraban un tono rojizo; el efecto de décadas de lenta oxidación. Un ascensor exterior ascendía a lo largo de la estructura. Desde allí, la grúa se alzaba otros diez o quince pisos, el brazo en paralelo a la fachada oeste del edificio, muy por encima de la Quinta Avenida.

De momento no habían hallado el menor rastro de los virales de Fanning. Ningún resto orgánico ni pellejo de animal, ningún rumor o movimiento procedente de los rascacielos. Salvo por las palomas, la ciudad parecía muerta. Llevaban una escopeta semiautomática y una pistola cada uno; Amy también portaba la espada. Se la había ofrecido a Alicia, pero ella la había rechazado. «Peter tiene razón —había dicho—. No me serviría de nada. Hazme un favor y córtale la cabeza a ese cabrón.»

Se acercaron por el oeste, siguiendo la calle Cuarenta y tres hasta el albergue Vanderbilt. Entre los edificios apareció la estación Grand Central. Comparada con los alrededores, la estructura parecía de dimensiones modestas, encajada como un corazón en el seno de la ciudad. El sol alcanzaba las calles de alrededor, aunque una calzada elevada rodeaba el perímetro al nivel de un balcón, lo que creaba una zona oscura en la parte inferior.

Amy miró su reloj: tenían veinte minutos.

—Tenemos que entrar por esa puerta —dijo.

Era un riesgo, pero Peter asintió. Si avanzaban despacio y con tiento, manteniendo la vista fija hacia arriba, serían capaces de detectar a cualquier viral que se moviera bajo el paso elevado antes de que fuera demasiado tarde.

Y eso era precisamente, comprendió Peter más tarde, lo que Fanning pretendía que hicieran: mirar hacia arriba. Poco importó que Alicia les hubiera advertido que no subestimaran a su adversario. Ni que la calle se encontrara sospechosamente cubierta de hiedra y que con cada paso que daban el tufo húmedo y séptico de una cloaca abierta saturase el aire. Ni que oyeran un leve rumor metálico, que podía proceder de las ratas pero no era así. Bastó un momento de descuido. Avanzaron sigilosamente bajo la carretera elevada con toda su atención puesta en el techo vacío.

Peter y Amy no lo vieron venir.

Michael observaba cómo la numeración de las calles iba descendiendo. Algunas resultaban impracticables, atestadas de vegetación y desechos; otras estaban desiertas, como olvidadas por el tiempo. En el interior de algunos edificios crecían árboles. Bandadas de palomas salían volando a su paso, como remolinos de enormes y turbulentas nubes.

En la esquina de la calle Dieciocho con Broadway, se detuvieron a descansar. Alicia respiraba con dificultad y el sudor perlaba su rostro.

—¿Cuánto falta? —preguntó Michael.

Ella tosió y carraspeó.

—Once manzanas.

—Puedo hacerlo solo, ¿sabes?

—Ni hablar.

La muleta resultaba demasiado inestable. La abandonaron y siguieron avanzando, Alicia apoyada ahora en Michael. Llevaba la escopeta colgada al hombro. Caminaba con dificultad, más renqueando que andando. De vez en cuando, soltaba un pequeño jadeo que sin duda trataba de ocultar. Corrían los minutos. Llegaron a un pequeño refugio de hierro forjado decorado con filigranas que el guano de las palomas había pintado de blanco. El olor del mar se había intensificado.

—Ya estamos —anunció Alicia.

Michael sacó un farolillo de la mochila y encendió el pabilo. Al bajar las escaleras, notó movimiento en el suelo. Se detuvo y alzó el fanal. Las ratas correteaban por todas partes, largas filas marrones pegadas al borde de la pared.

—Puaj —exclamó.

Llegaron al fondo. Varias columnas dispuestas en forma de arco sostenían el techo por encima de las vías. En la pared de baldosas, un cartel con letras doradas rezaba: ASTOR PLACE.

—¿En qué dirección? —Michael notó que lo obligaban a dar media vuelta en la oscuridad.

—Por aquí. Hacia el sur.

El hombre saltó a las vías. Alicia le tendió el rifle y él la ayudó a bajar. Cuando se internaron en el túnel, el aire se tornó más frío. Caminaban sobre charcos. Michael contaba los pasos. Cuando llevaba un centenar, la luz del fanal captó un amago de movimiento: el rocío de agua que se colaba entre las junturas del mamparo. Dio un paso adelante y pegó la palma de la mano al grueso metal. Detrás se acumulaban toneladas de presión, la fuerza del mar, como un cañón a punto de ser disparado.

—¿Cuánto tiempo tenemos? —preguntó Alicia. Estaba apoyada contra la pared, vigilando el túnel con la escopeta.

Llevaban empleados cuarenta y cinco minutos. Michael se descolgó la mochila y extrajo los aparejos. Alicia hacía guardia al otro lado del túnel. Michael unió los alambres del fulminante y luego los prendió al extremo del cable enrollado. Mantenerlo todo seco iba a resultar un problema; tenía que impedir que el agua entrara en contacto con la espoleta. Devolvió la dinamita a la mochila y buscó algo donde colgarla. La superficie era completamente lisa.

—Allí —dijo Alicia.

Junto al mamparo, un tornillo largo y grueso sobresalía de la pared. Michael colgó la mochila del mismo, le tendió a Alicia el detonador y procedió a desenrollar el cable del carrete.

—Vamos.

Regresaron a la estación de Astor Place y subieron al andén. Sin dejar de desenrollar el cable, se encaminaron a las escaleras y subieron al primer rellano. Los rayos del sol, saturados de partículas, se filtraban desde la calle. Arrodillándose, Michael depositó el detonador en el suelo, cortó el cable con los dientes y ensartó un alambre en cada uno de los tornillos que había enroscado a la tapa de la caja. Alicia estaba sentada en un escalón, debajo de él, con las gafas en la frente y el rifle apuntado a la negrura.

Círculos de sudor le cercaban la zona del cuello y las axilas de la camiseta; tenía la mandíbula crispada de dolor. Mientras él apretaba las tuercas de mariposa, los ojos de ambos se encontraron.

—Con esto debería bastar —dijo Michael.

Diez minutos para la hora convenida.

Amy en la oscuridad: al principio notó el dolor, un desagradable latido en la zona trasera del cráneo. A continuación, la sensación de ser arrastrada. No conseguía pensar a derechas. ¿Dónde estaba? ¿Qué había pasado? ¿Qué fuerza tiraba de ella? Imágenes solitarias cruzaron su pensamiento, empujadas de acá para allá por sus vientos mentales: una pantalla de televisión que únicamente mostraba ruido blanco; gruesos copos de nieve que descendían de un cielo color tinta; el jardín de Carter, una alfombra de vivos colores; un mar de color azul oscuro que la arrastraba a la deriva. Veía el suelo, sucio, rayado. Notaba la lengua pastosa y pesada en la boca. Intentó decir algo, pero ningún sonido surgió de sus labios. El suelo discurría por debajo de ella como a borbotones, al ritmo de los tirones que notaba en las muñecas. La idea de resistirse se apoderó de ella, pero cuando intentó mover las extremidades descubrió que no podía; el cuerpo ya no la obedecía.

Notó y luego vio una luz, una especie de fulgor difuso, y al instante siguiente todo cambió: el roce del aire contra su piel, el comportamiento del sonido, la sensación intuitiva del espacio que la rodeaba. Los ruidos se expandían y luego rebotaban. El aire transportaba un olor distinto, menos cerrado e impregnado de un tufo biológico.

—Dejadla ahí, por favor.

La voz —indiferente, incluso una pizca aburrida— procedía de algún lugar situado por encima de su cabeza. La presión de sus muñecas cedió. Su rostro se estampó contra el suelo. Una bola caliente y brillante rebotó por el interior de su cráneo como una chispa de fuego.

—Con cuidado, por el amor de Dios.

Fue entonces cuando recuperó la consciencia, como una ola negra que retornara a la orilla para estrellarse contra su mente. Notó el sabor de la sangre en la boca; se había mordido la lengua. El suelo estaba frío contra su mejilla. La luz, ¿de dónde salía? ¿Y los ruidos? Un murmullo grave, no tanto de voces en sí mismas como de un gran volumen de cuerpos que respiran. Percibió la presencia de rostros. Rostros y también manos, agazapadas en la niebla. Su cerebro le dijo: *Mira bien, Amy. Concéntrate en los ojos y mira.*

Lo que vio no le gustó. No le gustó ni un pelo.

Estaba rodeada de virales. Los más cercanos se encontraban acuclillados a su alrededor, a una distancia de un par de metros: mandíbulas colgantes, cuellos que oscilaban con ademanes de anfibio, dedos en forma de garra que acariciaban el aire con movimientos breves y sincopados, como si tocaran las teclas de pianos invisibles. La imagen era horrible, pero había algo peor. Una población de centenares de inquietos virales atestaba la estancia. Cubrían las paredes. Se asomaban a los balcones como espectadores de un torneo. Ocupaban cada nicho y esquina, se encaramaban a cada repecho. El espacio bullía como un nido de serpientes.

—Qué bien ha salido todo —prosiguió la voz con guasa—. Estoy un poco sorprendido, la verdad. Me preocupaba que se dejaran llevar por el entusiasmo. A veces les pasa.

Amy todavía tenía dificultades para ajustar su cuerpo a su mente, para forjar la adecuada cadena de mando. Tenía la sensación de que las cosas discurrían con retraso y como fuera de sincronía. La voz parecía surgir de todas partes al mismo tiempo, como si el mismo aire hablara. Fluía hacia ella y entraba en su interior como pegajoso aceite, se alojaba en su garganta con una dulzura empalagosa.

—¿Está de más que te diga que tenía muchas ganas de conocerte? Pero así es. Desde el día que Jonas me habló de tu existencia, me he preguntado: ¿cuándo nos conoceremos? ¿Cuándo acudirá mi Amy?

«Mi Amy.» ¿Por qué la voz se refería a ella de ese modo? Avistó el cielo. No, no era el cielo; el techo, allá arriba, y dibujada en la superficie la imagen de las estrellas intercaladas por figuras doradas.

—Uf, deberías haberle oído. Qué culpable se sentía. Cuánto lo lamentaba. «Por Dios, Tim, deberías verla. Sólo es una niña. Ni siquiera tiene un apellido como Dios manda. Sólo es una chica cualquiera de ninguna parte.»

Las estrellas vistas en sentido inverso. Como si miraras el cielo por encima o lo vieras reflejado en un espejo. Notó que sus pensamientos se aferraban a esa idea y, al hacerlo, nuevas ideas empezaron a cobrar forma. Igual que si abandonara un sueño a trompicones, su mente comenzó a aprehender las circunstancias y los recuerdos emergieron a la superficie.

Una imagen acudió a su mente. Peter proyectado hacia el cielo, estrellándose contra el cristal de una ventana.

Una risilla amarga.

—No tiene gracia, supongo, cuando lo relacionas con unos cuantos miles de millones de cadáveres. Sin embargo, menuda actuación. Jonas se equivocó de profesión. Debería haber sido actor.

Fanning, pensó Amy.

Era la voz de Fanning.

Y todo lo sucedido se abatió sobre ella.

—Llevo esperando tanto tiempo, Amy... —Un profundo suspiro—. Siempre albergando la esperanza de que mi Liz llegara en el siguiente tren. ¿Sabes cómo te sientes? Pero cómo lo vas a saber. Cómo lo va a saber nadie.

Amy intentó plantarse a cuatro patas. Se encontraba en el extremo oriental del vestíbulo. A su derecha, las taquillas, con barrotes como celdas de una cárcel; a su izquierda, los sombríos huecos de los andenes. Amortajadas ventanas, detrás y a su derecha, latían con un brillo febril. Delante, a una distancia de unos treinta metros quizá, se erguía el quiosco, coronado por sus relojes iridiscentes. Había un hombre plantado allí. Un hombre normal y corriente, vestido con un traje oscuro. Estaba de perfil, con la espalda recta y la barbilla una pizca levantada, la mano izquierda hundida con naturalidad en el bolsillo del traje, la atención puesta en las oscuras fauces de los túneles.

—Qué sola debió de sentirse al final, qué asustada. Sin una sola palabra de consuelo. Ni el contacto de una mano que la acompañara.

Seguía sin mirarla. A su alrededor, los virales vibraban y acariciaban, se crispaban y chasqueaban. Amy tuvo la sensación de que la más ínfima de las barreras los contenía.

—«He conocido los crepúsculos, las tardes y las mañanas. Mi vida la he medido con cucharillas de café.» Es de T. S. Eliot, por si no lo sabías. Algo anticuado, pero muy bueno. Cuando se trata de describir el hastío existencial, el hombre es un as.

¿Dónde estaba Peter? ¿Lo habían matado los virales? ¿Y qué había sido de Michael y Alicia? Amy pensó: agua. Pensó: tiempo. ¿Cuánto rato había transcurrido? Sin embargo, la respuesta a esa pregunta era igual que abrir un cajón vacío en su cerebro. Desplazando únicamente los ojos, buscó algo que pudiera utilizar como arma. No había nada, sólo los virales y los cielos invertidos y su corazón latiéndole en la garganta.

—Ah, tenía mis libros, mis pensamientos. Tenía mis recuerdos. Pero todo eso no sirve de mucho. —Fanning calló un momento antes de decir, con más intención ahora—: Contempla este sitio. Imagina cómo fue en otro tiempo. La gente apresurándose de un lado a otro, corriendo por aquí y por allá. Las citas. Los encuentros. Las cenas con los amigos. Qué maravillosa animación. A lo largo de toda la vida, de lo único que siempre andamos escasos es de tiempo. Tiempo para trabajar. Tiempo para comer. Tiempo para dormir. Tiempo para amar y ser amados antes de que llegue la hora final. —Se encogió de hombros—. Pero estoy desvariando. Tú has venido a matarme, ¿verdad?

Se volvió a mirarla. Su mano derecha, ahora a la vista, empuñaba la espada.

—Sólo para que quede claro, deja que te diga que no te guardo el más mínimo rencor. *Au contraire, mon amie.* Es francés, por cierto. Liz siempre decía que el francés distinguía a las personas verdaderamente cultivadas. Nunca he tenido facilidad para las lenguas, pero con todo un siglo para matar, acabas probando cosas nuevas. ¿Alguna preferencia? ¿Italiano, ruso, alemán, holandés, griego? ¿Y qué te parece el latín? Podríamos mantener esta conversación en noruego, si quisieras.

Cierra la boca, se ordenó Amy mentalmente. *Usa el silencio, porque es lo único que tienes.*

La expresión de Fanning se agrió.

—Bueno, tú misma. Yo únicamente intentaba darte conversación, por educación. —Desdeñó el asunto con un gesto de la mano—. Deja que te mire.

Nuevas manos sobre su cuerpo: las de un hombre grande y delicado y las de una mujer más pequeña, que lucía una rala diadema de cabello blanco en un cráneo privado de facciones por lo demás. La agarraron por los brazos y la arrastraron por el suelo hasta que por fin la soltaron sin ningún cuidado.

—He dicho con delicadeza, maldita sea.

Fanning se cernía sobre ella como un nubarrón. Su aura de alegre seguridad había sido reemplazada por una rabia palpable.

—Tú —señaló a un varón grandullón con la espada—. Acércate.

Una sombra de duda cruzó los ojos del ser; ¿o se lo estaba imaginando Amy? El viral correteó hacia delante. Cayó de rodillas a los pies de Fanning e inclinó la cabeza con ademán de sumisión, como un perro obediente.

Fanning alzó la voz.

—¡Escuchadme, todos! ¿Estáis oyendo mis palabras, maldita sea? ¡Esta mujer es nuestra invitada! ¡No es una maleta para que la vayáis empujando de acá para allá como os parezca! ¡Os exijo que la tratéis con respeto!

Cuando enarboló la espada, Amy se protegió la cabeza. Un chasquido, seguido de una especie de chirrido y a continuación el golpe de algo pesado contra el suelo. Un líquido viscoso salpicó la cara de Amy, acompañado de un hedor nauseabundo, igual que si acabara de abrirse la puerta a una sala llena de cadáveres.

—Oh, por el amor de Dios.

El viral seguía de rodillas, con el torso decapitado inclinado hacia el suelo. Los borbotones rítmicos, oscuros, que manaban de su cuello cortado formaban un charco brillante a sus pies. Fanning se miraba los pantalones con expresión asqueada. Su traje, advirtió Amy, estaba podrido y deshilachado. Le colgaba del cuerpo con la holgura de un harapo.

—Mira lo que has hecho —gimió—. Nunca podré quitarlo. Qué sucios son, peores que las mascotas. Y qué peste. Es vomitiva.

La escena resultaba absurda. ¿Qué esperaba Amy? Eso no, desde luego. No esa marejada de emociones y pensamientos que cambiaban como el clima. El hombre que tenía delante: había algo patético en él.

—Muy bien —dijo Fanning, y sonrió sin venir a cuento—. Vamos a ponerte de pie, ¿te parece?

La ayudaron a levantarse. Fanning dio un paso adelante. Sacó un pañuelo del bolsillo, lo abrió con ademán teatral y le limpió la sangre de la cara con suavidad. Los ojos del hombre parecían estar cerca y lejos al mismo tiempo, ampliados de un modo extraño, como si Amy los observara a través de un telescopio. Una pelusa de barba blanquinosa le cubría barbilla y carrillos; tenía los dientes grises, como muertos. Canturreaba desafinadamente a medida que llevaba a cabo su tarea. Una vez concluida retrocedió un paso. Frunciendo los labios y arrugando la frente, examinó su trabajo con un leve asentimiento.

—Mucho mejor. —Le dedicó una mirada incómodamente larga y a continuación declaró—: Debo reconocer que hay algo sumamente atractivo en ti. Una especie de inocencia. Aunque supongo que no es oro todo lo que reluce.

—¿Dónde está Peter?

Fanning agrandó los ojos.

—Pero ¡si habla! Empezaba a dudarlo. —A continuación, con desdén—: No te preocupes por tu amigo. Estará en un atasco, supongo. En cuanto a mí, me alegro de que tengamos la oportunidad de charlar a solas. Espero que no te lo tomes a mal, pero me siento unido a ti, Amy. Nuestros respectivos viajes no son tan distintos, si te paras a pensarlo. Pero antes, ¿te importaría decirme dónde está mi amiga Alicia? Esta especie de tenedores gigantes dicen que anda por aquí cerca, en alguna parte.

Amy no respondió.

—¿Sin comentarios? Tú misma. ¿Sabes lo que eres, Amy? Lo he pensado largo y tendido.

Déjalo hablar, pensó ella. El tiempo jugaba a su favor. Deja que malgaste los minutos.

—Eres... una parodia.

Sin añadir nada más, se alejó hacia los túneles de los ferrocarriles, donde, recuperando su postura original, contempló la negrura con melancolía.

—Durante mucho tiempo quise matarte. Bueno, puede que *querer* sea una palabra demasiado fuerte. No eras más que un símbolo, una metáfora de aquello que más odiaba. —Hizo girar la espada que seguía empuñando a la par que estudiaba la hoja—. Imagínatelo, Amy. Imagina el alcance de la locura de aquel hombre. Estaba realmente convencido de que podía arreglarlo todo, de que podía expiar los crímenes que había cometido. Pero no podía. No después de lo que le hizo a Liz. De lo que nos hizo a ti y a mí. —Alzó la vista—. Ella no significaba nada para mí, la otra. Sólo era una mujer que casualmente estaba en un bar buscando un poco de diversión, un poco de compañía que la consolara de su solitaria vida. Me arrepiento de aquello con toda mi alma.

Amy esperó.

—Pensé que podría olvidarlo. Pero sucedió esa misma noche. Ahora lo comprendo. Esa noche, la verdadera faz del mundo se reveló ante mí. La mujer no fue la causa. No, fue la niña. La niñita de la cuna. ¿Sabes que todavía la huelo, Amy? Ese olorcillo dulce que exhalan los niños de pañal. Es un aroma prácticamente sagrado. Los deditos de sus manos y de sus pies, la suavidad de su piel. Sus ojos reflejaban la vida que tenía por delante. Todos somos así al comienzo, Amy. Tú, yo, todo el mundo. Rebosantes de amor, rebosantes de esperanza. Lo percibí: confiaba en mí. Su madre yacía muerta en el suelo de la cocina, pero allí estaba ese hombre que acudía a averiguar el motivo de su llanto. ¿Le daría el biberón? ¿Le cambiaría el pañal? Tal vez la tomara en brazos, la sentara en mi regazo y le leyera un cuento. No sospechaba ni por asomo lo que yo había hecho, lo que yo era. Me dio tanta pena. Pero ésa no fue la razón. La compadecí por haber nacido siquiera. Debería haberla matado allí mismo. Habría sido un acto de piedad.

Dejó un silencio, y lo mantuvo. A continuación:

—Advierto en tu expresión que te horrorizo. Yo también me horrorizo a mí mismo en ocasiones, créeme. Pero seamos realistas. Nadie cuida de nosotros. Ésa es la verdad pura y dura, el gran engaño. O, si hay alguien a nuestro cargo, es un bastardo despiadado por dejarnos creer que le importamos lo más mínimo. Yo no soy nada, comparado con él. ¿Qué clase de dios permitiría que la madre de esa niña sufriera una muerte tan lamentable? ¿Qué clase de dios permitiría que Liz estuviera sola al final, sin el contacto de una mano ni una sola palabra de ternura para ayudarla a partir? Te diré qué clase de dios, Amy. El mismo que me creó a mí. —Se volvió a mirarla nuevamente—. Tus amigos del barco volverán, ¿sabes? No te sorprendas; lo sé todo al respecto. Prácticamente los estaba espiando cuando zarparon del muelle. Oh, puede que tarden un tiempo. Pero acabarán por volver. La curiosidad será más fuerte que ellos. Tal es la naturaleza humana. Todo esto se habrá convertido en polvo para entonces, pero yo seguiré aquí, esperando.

Hazlo, Alicia, pidió Amy para sus adentros. *Hazlo, Michael. Hacedlo ahora.*

—¿Te preguntas qué pretendo, Amy? La respuesta es muy sencilla: me he propuesto salvarte. Aún más: quiero ser tu maestro. Mostrarte la verdad. —Su expresión se ensombreció—. Sujetadla con fuerza, por favor.

El reloj marcó la hora. Michael miró a Alicia de reojo.

—¿Lista?

Ella asintió.

—Será mejor que te tapes los oídos.

Empujó el detonador.

—¿Qué diablos, Circuitos?

Michael levantó la barra y volvió a intentarlo. Nada. Extrajo el cable positivo, lo posó con cuidado sobre el contacto y presionó el émbolo por tercera vez. Saltó una chispa.

Había corriente; el problema estaba al otro lado.

—Quédate aquí.

Desenroscó el segundo alambre, agarró la caja con el detonante y volvió a bajar las escaleras.

Amy experimentó un calambre cuando las manos de los virales aumentaron la presión. Se le saltaban las lágrimas del dolor. Sus ojos se llenaron de puntitos de luz.

—Traedlo, por favor.

Peter.

Dos virales lo sacaron de los túneles. El cuerpo del hombre colgaba inerte, boca abajo. Las puntas de sus botas arañaban el suelo.

—Tendrá que ser así, Amy. Ojalá hubiera otro modo, pero no lo hay.

Amy apenas si podía pensar. El más mínimo movimiento le provocaba aullidos de agonía. Tenía la sensación de que los huesos de sus brazos iban a estallar bajo la presión de los virales, a hacerse trizas.

—Ah, ya estamos aquí.

Sosteniendo a Peter por los hombros, los virales se detuvieron. Regueros de sangre le chorreaban por el cabello hasta las arrugas del rostro. Fanning avanzó un paso hacia él con la espada en ristre. Amy dejó de respirar. El Sujeto Cero colocó la espada plana bajo la barbilla de Peter y, con una parsimonia cruel, lo obligó a levantar el rostro.

—Quieres mucho a este hombre, ¿verdad?

Peter buscó a Amy con los ojos, pero parecía incapaz de enfocar la mirada. Movía los labios sin emitir sonido alguno, profiriendo lo que tal vez fuera un suspiro o un gemido.

—Responde a la pregunta.

—Sí —dijo ella.

—Hasta tal punto que harías cualquier cosa con tal de salvarlo, de hecho.

La visión de Amy se desenfocó. Que la hubieran derrotado tan fácilmente, eso era lo más cruel de todo.

—Dilo, Amy. Quiero oírte decir las palabras.

La respuesta se le atragantaba al pronunciarla.

—Sí, haría cualquier cosa para salvarlo. —Su cabeza cayó hacia delante con ademán de derrota. Estaba acabada—. Por favor, suéltalo.

Un golpe de muñeca y la garganta de Peter se rajaría como papel. Peter tenía los ojos cerrados, preparado para despedirse de la vida. O eso o se había sumido en una piadosa inconsciencia.

—Te voy a enseñar una cosa —anunció Fanning—. Es un truquito que he aprendido. Jonas alucinaría con esto.

Hizo algo muy raro: empezó a desnudarse. En primer lugar se despojó de la americana, que dobló por la mitad y dejó cuidadosamente en el suelo junto a la espada. A continuación la camisa, que desabrochó hasta revelar un despliegue de aterciopelado vello blanco en un torso flexible y musculoso.

—Reconozco que sienta bien librarse por fin de esta ropa. —Se había arrodillado para desatarse los zapatos—. Quitarse de encima toda esta parafernalia.

Zapatos, calcetines, pantalones. El aire que lo rodeaba estaba cambiando. Palpitaba como olas de calor sobre una carretera del desierto. Torció la cabeza para volverla hacia el techo; una capa de sudor grasiento le cubría la piel. Se humedeció los labios con parsimonia y procedió a desentumecer los hombros y el cuello con los ojos entrecerrados, sumido en la sensación.

—Dios, qué gusto —exclamó.

Con un crujido de huesos, Fanning arqueó la espalda y gimió de placer. Se le caía el pelo a puñados. Unas venas gruesas y palpitantes latían bajo la piel de su rostro y de su pecho como una red de encaje azulado. Moviendo la mandíbula, dejó que le asomaran los colmillos. Doblaba los dedos una y otra vez, de los que ahora asomaban unas uñas amarillentas.

—¿No te parece… maravilloso?

Michael llegó al túnel. Alicia gritaba su nombre a su espalda. Súbitamente, las ratas estaban por todas partes, una ola rizada de pequeños animalillos que fluía hacia el mamparo.

El tornillo se había desprendido; la mochila yacía en el agua. Las espoletas estaban empapadas. No servían para nada.

—¡Mierda!

Su mirada se posó en un pequeño panel eléctrico, al nivel de los ojos, justo a la derecha del mamparo. El suelo estaba atestado de ratas. Correteaban junto a sus tobillos y le rozaban las piernas con su cuerpo blando y nauseabundo. Con la punta del destornillador, forzó la tapa del panel y acercó el farol para ver el interior.

—¡Vuelve!

Alicia se encontraba a unos pasos de distancia. A unos diez metros había un viral, acuclillado en el suelo del túnel. Un segundo se aferraba al techo, balanceando la cabeza de lado a lado. De la boca le asomaba la cola rala y larga de una rata.

—¡Largaos! —Los virales se limitaron a mirarla—. ¡Fuera de aquí!

El interior del panel era una maraña de cables conectados a un cuadro de distribución. Dame una hora, pensó Michael, y me las apañaré con esto sin problemas.

—Estos tíos tienen hambre, Circuitos. Dime que ya lo has solucionado.

Dios, cuánto odiaba ese nombre. Estaba extrayendo cables, tratando de separarlos con el fin de hallarles algún sentido, de averiguar de dónde salían.

—¡Vienen más!

Michael miró por encima del hombro. Las paredes del túnel habían adquirido un fulgor verde. Se dejó oír un revoloteo, como hojas secas rodando por el asfalto.

—¡Pensaba que eran tus amigos!

Alicia disparó al viral del techo. Su pulso no era firme; saltaron chispas de la piedra. El viral correteó hacia atrás y aterrizó a cuatro patas de un brinco.

—¡No creo que sea yo la que les interesa!

Cortó un fragmento de cable, peló la punta y la enroscó al detonador. Sosteniendo el alambre, echó un último vistazo al panel. Tendría que jugar a las adivinanzas. ¿Éste? No, ése.

Una descarga de fuego a su espalda.

—¡Lo digo en serio, Michael, tenemos unos diez segundos!

Con cuatro giros rápidos, empalmó los dos extremos de los cables. Alicia retrocedía hacia él, disparando en ráfagas cortas. El sonido rebotaba en las paredes del túnel; cada detonación le machacaba los tímpanos. Señor, qué cansado estaba de esas situaciones. Cansado de adivinar y de trabajar en la oscuridad, cansado de válvulas que pierden, de circuitos defectuosos y de relés rotos. Cansado de que las cosas no funcionasen, de que se negaran a obedecer.

—¡Necesito ayuda! —gritó Alicia.

Agotada la munición, Alicia tiró la escopeta a un lado y desenvainó dos cuchillos, uno para cada puño. Michael la agarró por la cintura y la atrajo hacia sí.

El túnel bullía de actividad.

Cayeron hacia atrás cuando el primer viral se precipitó hacia ellos. Michael proyectó el antebrazo y disparó dos veces. El primero rozó el hombro del engendro, el segundo le acertó en el ojo. Un chorro de sangre y el viral cayó al suelo entre gritos. Ahora Michael y Alicia retrocedían hacia el mamparo, él disparando la pistola y clavando los talones en el suelo a la par que rodeaba la cintura de ella con el brazo para arrastrarla por las fétidas aguas. Le quedaban quince disparos en el arma, otros dos cartuchos guardados en el bolsillo, inútiles y fuera de su alcance.

La corredera se atascó.

—Oh, mierda, Michael.

Así pues, final del trayecto. Qué lento el avance y qué súbita la llegada. Nunca nos acabamos de creer que vaya a llegar el momento, pensó, y entonces, cuando menos lo esperamos, ahí está. Todo aquello que hemos hecho a lo largo de la vida, y lo que hemos dejado de hacer, extinguido en un instante. Soltó la pistola y estrechó a Alicia contra sí. Tenía la mano en el detonador.

—Cierra los ojos —dijo.

La transformación concluyó.

El rostro de Fanning todavía miraba al techo, los labios abiertos, los ojos cerrados. Un suspiro de satisfacción surgió de lo más profundo de su pecho. El ser que tenía delante no era nada que Amy hubiera visto jamás ni tan siquiera imaginado; seguía siendo reconocible pero no era del todo viral ni tampoco del todo humano. Una amalgama, mitad esto y mitad lo otro, como si una nueva versión de la especie acabara de nacer. Recordaba a un roedor, la nariz en forma de hocico, los orificios nasales a la vista, las orejas ahusadas y despegadas de la curva del cráneo. Había perdido el pelo, reemplazado ahora por una pelusa natal, rosada. Sus dientes no habían cambiado, pero la boca mostraba una especie de mueca que dejaba sus colmillos a la vista, empapados de baba en las puntas. Sus extremidades poseían la escuálida delicadeza del hueso. De los índices de ambas manos asomaba una garra curvada.

Amy pensó en un gigantesco murciélago sin alas.

Fanning avanzó hacia ella sin despegar los ojos de su rostro. Amy no se atrevía a desviar la mirada, por más que quisiera. El miedo la había paralizado. Notaba las extremidades inertes, como dormidas, tan flácidas como si fueran de agua. Fanning levantó la mano derecha mientras se acercaba. Una membrana translúcida unía sus dedos. El afilado dedo índice, articulado en el centro, se desplegó hacia la cara de ella. Amy cerró los ojos instintivamente. Una pequeña presión en la mejilla, no tan fuerte como para rasgar la piel; hasta la última molécula de su cuerpo se estremeció. Con lasciva parsimonia, la uña resbaló hacia abajo, siguiendo la curva del rostro de la mujer. Como si estuviera paladeando su carne a través del dedo.

—Qué bien sienta dejar que la verdad salga a la luz.

Su voz también había cambiado. Ahora transpiraba una nota aguda que recordaba a un chirrido. Exudaba un tufo animal. Olía igual que una madriguera.

—Abre los ojos, Amy.

Fanning se había detenido junto a Peter. Los virales lo mantenían en pie.

—Este hombre es tu cruz, igual que Liz era la mía. El amor nos esclaviza, Amy. Es la obra dentro de la obra, el escenario en el que se despliega la tragedia de la vida humana. Ésa era la lección que quería enseñarte.

Tras pronunciar esas palabras, Fanning abrió del todo la boca, inclinó el rostro de Peter hacia arriba con la yema de un dedo palmeado y —con ternura, como haría una madre con un hijo— hincó las fauces en su cuello.

El chispazo de corriente no bastó para abrir el mamparo completamente, pero sí para dar comienzo a la acción. A medida que los contrapesos caían, creando un hueco entre la puerta y el suelo del túnel, un chorro de agua acribilló a Michael y a Alicia. En menos de un segundo, el túnel se convirtió en un río bravo. Michael trató de incorporarse, pero la corriente era excesiva. Incapaces de oponer resistencia, los dos fueron arrastrados por las turbulentas aguas.

Raudos como un disparo, fueron a parar a la estación. La luz no llegaba a alcanzarla, tan sólo un fulgor difuso procedente de la escalera que apenas atisbaron mientras pasaban. El agua, de sabor nauseabundo —supuso que así debían de saber las ratas—, inundaba la boca y la nariz de Michael y amenazaba con ahogarlo. Ahora pasaban justo por debajo del andén. Aferrando a Alicia por la muñeca, Michael alargó la mano libre e hizo un esfuerzo desesperado por alcanzar el borde. Sus dedos lo rozaron sin que pudiera aferrarlo.

Dejaron atrás la estación. El nivel del agua subía deprisa. Pronto les cubriría la cabeza. La siguiente estación era la de la calle Catorce; demasiado alejada. Avistaron un leve resplandor a lo lejos. Al aproximarse, la luz se definió en un haz aislado; una apertura en el techo del túnel.

—¡Hay una escalerilla! —exclamó Alicia. Su cabeza se hundió.

—¿Qué?

El rostro de Alicia volvió a emerger. Bregaba por tomar aire. Señaló.

—¡Una escalerilla en la pared!

Se precipitaban directos hacia la escala. Alicia fue la primera en asirse. Michael esquivó su cuerpo de un salto. Acto seguido, alargó la mano izquierda, se agarró a un travesaño y enganchó el brazo. En lo alto de la escalerilla había una rejilla de metal que cedía el paso a la luz del sol.

—¿Puedes subir? —preguntó Michael.

La corriente los empujaba. Lish negó con la cabeza.

—¡Inténtalo, maldita sea!

Alicia había perdido las fuerzas. Estaba acabada.

—No puedo.

Michael tendría que izarla. Aferrándose al siguiente travesaño, se zafó del agua. La rejilla planteaba un problema de distinta índole: a menos que encontrara un modo de abrirla, se ahogarían de todos modos. En lo alto de la escalerilla, alzó la mano y empujó. Nada, ni el más mínimo temblor. Retrocedió y golpeó el enrejado con la parte baja de la palma. Aporreó la rejilla una y otra vez. Al cuarto golpe, se abrió.

Empujó la reja a un lado, salió y se desplomó sobre el asfalto. El creciente nivel del agua había llevado a Alicia hasta media escala. La luz creaba una especie de halo en torno a su cara.

Alargó la mano.

—Agárrate...

No pudo decir nada más. La frase quedó cortada cuando una muralla de agua arremetió contra ella —contra los dos— y, estallando como un géiser por la rejilla abierta, proyectó a Michael a varios metros de distancia.

La desintegración del mamparo al sur de la estación de Astor Place —una de las ocho presas de retención que protegían el metro de Manhattan del ávido Atlántico— fue el primero de una serie de acontecimientos que nadie, ni siquiera Michael, podía prever. Liberada de su prisión, el agua se precipitó por el túnel con la fuerza de cien locomotoras. Arrancó y desgajó. Partió en pedazos. Detonó, se estrelló y destruyó, segando a su paso los apoyos estructurales del bajo Manhattan como una guadaña en un campo de trigo. A ocho manzanas al norte de Astor Place, en la calle Catorce, el agua saltó las vías. Si bien el cuerpo principal prosiguió su avance hacia el norte por debajo de la avenida Lexington hacia Grand Central, el resto se desvió hacia el este por la línea de Broadway, rugiendo en dirección al mamparo de Times Square, que reventó a su vez y lo inundó todo por debajo de la calzada sur de la Cuarenta y dos, entre Broadway y la Octava Avenida, de tal modo que el West Side al completo quedó abierto al mar.

Y eso fue sólo el principio.

A su paso atronador, el agua dejaba una estela de destrucción. Las tapas de las alcantarillas salían disparadas. Las cloacas estallaban. Las calles se hundían y se desplomaban. Bajo tierra, una reacción en cadena había comenzado. Igual que el océano del que formaba parte, las rugientes aguas buscaban el modo de expandir sus dominios. El premio era la propia isla que, tras un siglo de húmedo abandono, estaba podrida hasta la médula.

En la esquina de la calle Diez con la Cuarta Avenida, Michael recuperó la consciencia con la inquietante sensación de que la fuerza de la gravedad había cambiado con respecto al mundo. Tenía la impresión de que todos y cada uno de los objetos se desplazaban en dirección opuesta a los demás, como en un estado de repulsión generalizado. Parpadeó pensando que dicha impresión se esfumaría, pero no fue así. Un inmenso chorro de agua brotaba de la rejilla, se elevaba en el aire y se disolvía en la cumbre entre una explosión de rocío que proyectaba un arcoíris sobre la calle inundada. Todavía ofuscado, Michael contempló el fenómeno con perplejidad, sin relacionarlo aún con nada más, a la par que advertía otras anomalías: golpes, trompazos, hechos que habrían merecido su atención si hubiera podido ordenar sus pensamientos. La calle se estaba hundiendo —o eso o los edificios crecían— y los materiales de construcción salían proyectados de las fachadas.

Un momento.

A la estructura que estaba mirando —un edificio de oficinas normal y corriente, de altura media, con los cristales tintados— le sucedía algo raro. Se diría que estaba… respirando. Una respiración profunda, forzada, como el primer aliento de un recién nacido. Era igual que si esa construcción anónima, una de las miles del mismo estilo que poblaban la ciudad, hubiera despertado después de décadas durmiendo a pierna suelta. Las grietas se extendían como una telaraña por su reflectante fachada. Michael se incorporó, apoyado sobre la palma de las manos. El suelo se estaba ondulando de un modo inquietante debajo de él.

El cristal estalló.

Michael se tendió boca abajo en el suelo y se tapó la cabeza mientras millones de fragmentos llovían del cielo. Paneles enteros estallaron contra la calzada. Michael gritaba a todo pulmón. Palabras sin sentido, violentas maldiciones, un vómito primigenio de terror. Estaba a punto de ser troceado. No quedaría de él ni lo suficiente para enterrarlo, aunque tampoco habría nadie para hacerlo. Corrieron los segundos mientras el cristal se precipitaba sobre él y Michael aguardaba, por segunda vez el mismo día, el instante de su muerte.

No murió.

Despegó la cabeza del asfalto. El sol había desaparecido, el aire estaba emborronado. Fragmentos minúsculos y titilantes le cubrían el cuerpo, prendidos a sus brazos y a sus manos, al cabello y a la tela de la ropa. Un viento arenoso se arremolinaba sobre él. Por lo que parecía, había empezado a nevar. No, no era nieve. Era papel. Una hoja aislada planeó parsimoniosamente hasta sus manos. «Memorándum», rezaba el título. Y debajo: «De: Departamento RH. A: Todos los empleados. Asunto: Plazo de inscripción a las prestaciones». Michael permaneció un instante hipnotizado por la incongruencia de las palabras. Parecían escritas en código. La misteriosa formulación albergaba una realidad totalmente distinta, un mundo de otra época.

Súbitamente, el papel desapareció. Una ráfaga de aire se lo había arrancado de las manos. La calle se oscurecía por momentos. Un tremendo estrépito rugía a su izquierda. Aumentaba segundo a segundo, acompañado de un fuerte viento. Volvió la cabeza para mirar hacia arriba, hacia el origen del ruido.

Un monstruo gris se precipitaba hacia él.

Se levantó a toda prisa. Le daba vueltas la cabeza y sus piernas parecían de arena.

Pese a todo, corrió como alma que lleva el diablo.

No fue ése el primer edificio que se desplomó. A esas alturas, el derrumbamiento del centro de Manhattan ya llevaba varios minutos produciéndose. Del margen sur de Central Park a Washington Square, edificios grandes y pequeños se hallaban en proceso de aguda licuefacción estructural. Caían y se desintegraban en el insaciable socavón en que se estaba convirtiendo el núcleo central de la ciudad. Algunos se derrumbaban de manera independiente, hundiéndose en vertical sobre sus propios cimientos como prisioneros abatidos por un pelotón. Otros lo hacían animados por sus vecinos, como fichas del dominó que se balancean y se precipitaba sobre la siguiente. Unos cuantos, como la gran torre de cristal situada al este de la manzana trapezoidal que formaban la Cincuenta y cinco y Broadway, parecían sucumbir víctimas del poder de sugestión: *Mis compañeros han pasado a mejor vida; ¿por qué no seguir sus pasos?* El proceso era comparable a una rápida metástasis. Se propagaba por los bulevares como si viajara de un órgano a otro. Discurría por las rutas de la sangre, rodeaba con sus dedos letales los huesos de acero. Nubes de polvo se proyectaban como una inmensa regurgitación carcinogénica hasta oscurecer los cielos. Una noche artificial cayó sobre Manhattan.

A la estación Grand Central, el agua llegó de dos direcciones distintas: en primer lugar, desde la línea de metro de la avenida Lexington, procedente de Astor Place, y luego, unos segundos más tarde, desde la línea lanzadera de la calle Cuarenta y dos, de Times Square. Las corrientes convergían; como un tsunami que se comprime conforme se acerca a la orilla, la fuerza del agua se multiplicó por mil cuando embistió las escaleras.

—¡Zorra desagradecida! —gritó Fanning—. ¿Qué has hecho?

No pudo decir nada más. El agua acababa de llegar, una ola brutal que los derribó a los dos. En un abrir y cerrar de ojos, la sala de espera principal quedó inundada. Amy fue arrastrada bajo el agua. Daba vueltas y más vueltas privada de todo sentido de la orientación. El agua alcanzaba ya una altura de dos metros y seguía creciendo. Los cristales reventaban, los objetos se volcaban, todo había mudado en un torbellino. Amy emergió a tiempo de ver cómo los ventanales del vestíbulo estallaban hacia dentro. La corriente la reclamó y volvió a enviarla al fondo. Agitaba los brazos con desesperación, buscando un punto de agarre. El cuerpo de un viral se trabó con el suyo. Era la hembra del cabello blanco. De entre la tempestuosa penumbra, Amy atisbó sus ojos, rebosantes de aterrada incomprensión. La hembra se hundió y desapareció.

Amy era arrastrada ahora hacia las escaleras del balcón. Se estrelló con fuerza, más pitidos en los oídos, más dolor, pero logró aferrarse a la barandilla con la mano derecha. Sus pulmones pedían aire a gritos, su boca proyectaba burbujas. No podría aguantar mucho más sin ceder a la necesidad de respirar. Lo único que podía hacer era dejar que la corriente la arrastrara, con la esperanza de que la llevara a un lugar seguro.

Soltó la barandilla.

Se estampó contra las escaleras de nuevo, pero al menos ahora avanzaba en la buena dirección. Si hubiera ido a parar a los túneles, se habría ahogado. Una segunda ola la empujó y la proyectó hacia arriba.

Aterrizó en el balcón, fuera del agua por fin. A gatas, tosió y vomitó el nauseabundo líquido.

Peter.

Empujado escaleras arriba por esa misma corriente, yacía detrás de ella, a un par de metros. ¿Dónde estaba Fanning? ¿Se había hundido con los otros virales, arrastrado al fondo por su propio peso? Mientras se formulaba la pregunta mentalmente, el suelo se zarandeó. Algo estalló. Alzando la vista, vio cómo un gran fragmento del techo se desprendía y se estrellaba contra el agua.

El edificio se venía abajo.

El pecho de Peter se movía con rapidez. La transformación aún no había comenzado. Amy lo sacudió por los hombros. Peter parpadeó y la miró bizqueando. Sus ojos no dieron muestras de haberla reconocido; tan sólo mostraban un vago desconcierto, como si no consiguiera ubicarla.

—Te voy a sacar de aquí.

Lo arrastró por los brazos y se lo cargó al hombro derecho. Se tambaleó, pero resistió el peso. El suelo se torcía y se mecía como la cubierta de un barco. Fragmentos de techo seguían desprendiéndose a medida que los puntales estructurales iban cediendo.

Amy miró a un lado y a otro. A su derecha, una puerta.

Corre, se ordenó. *Corre y sigue corriendo.*

Llegaron al exterior, aunque el panorama no había cambiado. El cielo estaba tan oscuro como si hubiera anochecido, el sol eclipsado por el polvo, la urbe del todo irreconocible. Una inmensa inmolación la envolvía. El estruendo le machacaba los oídos, brutales trompazos por doquier. Amy se encontraba ahora en la calzada elevada de la cara oeste de la estación. El paso se inclinaba en un ángulo precario, las grietas se multiplicaban, tramos enteros se desplomaban. Amy escogió un sentido. Cargada con el peso de Peter, no podía hacer nada más que avanzar a un trote ligero. Correr. Sobrevivir. Llevarse a Peter de allí.

La carretera mudó en pendiente que la llevó al nivel del suelo. No podía seguir avanzando; le fallaban las piernas. En la base de la rampa, dejó a Peter en el suelo. El hombre estaba temblando. Se estremecía con espasmos breves, bruscos, como los escalofríos que provoca la fiebre, pero éstos se tornaban más fuertes, más definidos por momentos. Amy era consciente de lo que él habría querido. Le habría gustado morir siendo un hombre. Los instrumentos letales se escampaban entre el desastre: segmentos de acero afilados como cuchillos, trozos de metal retorcidos, fragmentos de cristal. Súbitamente, Amy ató cabos: era eso lo que Fanning había pretendido desde el principio. Que lo hiciera ella: *El amor nos esclaviza, Amy.* Se sentía abatida; al final, todo había sido para nada. Se quedaría sola otra vez.

Al arrodillarse junto a Peter, un gran sollozo la atravesó: el dolor de su larguísima vida, contenido durante un siglo, surgía ahora desatado. Habría sido preferible, quizá, no haber vivido. Peter empezó a gemir. El virus se agitaba en su interior, trataba de apoderarse de él.

Amy eligió: una barra de acero de noventa centímetros de longitud con la punta triangular. ¿Cuál había sido su función? ¿Formaba parte de una señal? ¿Del marco de una ventana que en otro tiempo contemplara el ajetreo del mundo? ¿El soporte de una torre que apuntaba al cielo? Se arrodilló nuevamente junto a Peter. El hombre que su cuerpo albergaba empezaba a alejarse. Se inclinó y le acarició la mejilla. Tenía la tez húmeda, febril. El titileo había comenzado. Una titilación. Dos. Tres.

Una voz a su espalda:

—¡Maldita seas!

Salió proyectada hacia arriba.

Michael corría con toda su alma por la Cuarta Avenida mientras la nube de cascotes rugía tras él. Jamás podría dejarla atrás. Torció a la derecha hacia la calle Octava. A ambos extremos de la manzana, tanto delante como detrás de él, la nube pasaba de largo con la fuerza de un tornado. Al momento, como si súbitamente hubiera reparado en su presencia —*Ay, Michael, me había olvidado de ti*— dobló las esquinas y se abalanzó sobre él por ambos lados.

Cruzó la puerta que tenía más cerca y la cerró a su espalda. Parecía una boutique; abrigos, vestidos y camisas colgaban lánguidos de los expositores. Un amplio escaparate con maniquíes encaramados a una tarima le brindaba vistas a la calle.

La nube llegó a su altura. Cuando el escaparate estalló hacia dentro, Michael se protegió los ojos con las manos. El polvo inundó el local al tiempo que lo empujaba hacia atrás. Las punzadas se repartieron por todo su cuerpo —por los brazos y las manos, en la base del cuello, en las zonas del rostro que estaban expuestas— como si un enjambre de abejas lo hubiera atacado. Cuando trató de incorporarse descubrió que un gran fragmento de cristal se le había alojado en el muslo derecho. Le extrañó no sentir más dolor —debería estar aullando— pero cuando la sensación lo embistió, aniquiló todos sus pensamientos. Michael tosía, escupía, se ahogaba en el polvo. Se alejó a rastras del escaparate y se estrelló contra un expositor de ropa. Arrancó una camisa de la percha. Estaba confeccionada con un tejido parecido a gasa. Se la enrolló al puño y luego la usó para protegerse boca y nariz. Bocanada tras ávida bocanada de aire, el oxígeno volvió a fluir por sus pulmones.

Se ató la camisa a la parte inferior de la cara. Con los ojos enrojecidos, miró hacia la tenebrosa calle. La nube se había apoderado de ella. Reinaba un silencio absoluto salvo por un leve repiqueteo: el ruido que hacían las partículas transportadas por el aire al caer en el asfalto y en el techo de los coches abandonados. La sangre le resbalaba por manos y brazos. La pierna, allí donde la larga pieza de cristal se había alojado, protestaba al menor movimiento. Sacó su cuchillo y cortó, y luego arrancó, la pernera de los pantalones. El cristal, un fragmento alargado y estrecho, de bordes irregulares y levemente curvado, había entrado de lado. La herida se encontraba a medio camino entre la entrepierna y la rodilla, por la cara interna del muslo. *Dios mío*, pensó. *Unos centímetros más arriba y me habría cortado las pelotas.*

Alargó la mano para arrancar otra camisa del expositor y envolvió con ella el extremo expuesto del cristal. Imaginaba que arrancar el fragmento agrandaría la herida, pero ahora mismo el dolor resultaba insoportable. A menos que extrajera la pieza, no podría ir a ninguna parte. Hacerlo deprisa y corriendo: ésa era la clave.

Rodeó con el puño el cristal envuelto. Contó hasta tres. Tiró.

Por toda la manzana, figuras del tamaño de un hombre que avanzaban entre el polvo se detuvieron en seco y giraron la cara hacia el grito de Michael.

—¡Esto era un templo!

Fanning abofeteó a Amy. El golpe la proyectó hacia atrás.

—¿Cómo me haces esto a mí? ¡A mi ciudad!

Ella levantó las manos para protegerse el rostro. En lugar de golpearla, Fanning la agarró por el cuello del vestido, la levantó hasta que los pies se le despegaron del suelo y luego la soltó de un empujón.

—Me voy a desquitar contigo. Me vas a pedir que te mate. Me lo vas a suplicar.

La emprendió con ella otra vez. Empujones, bofetadas, patadas. Amy acabó tendida boca abajo. Tenía la sensación de estar contemplando la escena desde fuera. Sus pensamientos discurrían con parsimonia, como si flotasen. Parecían a punto de separarse de ella, como si, con el siguiente golpe, fueran a despegarse de su cuerpo para perderse en el cielo igual que un globo al que le cortan la cuerda.

Sin embargo, rendirse, aceptar la muerte: la mente se negaba. La mente exigía, contra toda lógica, que aguantase. Fanning estaba detrás de ella, en alguna parte. Amy notaba su presencia más como una fuerza abstracta que como un ente físico, como la gravedad, un pozo de negrura que la absorbía inexorablemente. Intentó alejarse a rastras. ¿Por qué Fanning no se limitaba a matarla? Aunque él mismo lo había dicho: quería que ella lo experimentara. Que notara cómo la vida se le escurría, gota a gota.

—¡Mírame!

Un golpe en el diafragma la levantó del suelo; Fanning le había propinado una patada. El aire abandonó súbitamente su pecho.

—¡He dicho que me mires!

Volvió a patearla, ahora encajando el pie debajo del esternón de Amy para darle la vuelta.

Sostenía la espada sobre su cabeza.

—¡Habíamos quedado en el quiosco!

¿Cómo?

—¡Dijiste que estarías allí! ¡Dijiste que nos marcharíamos juntos!

¿Qué estaba pasando? ¿Con quién la confundía? La transformación había ofuscado su mente.

—¡Nunca debí enamorarme de ti!

Amy se apartó a un lado cuando Fanning descargaba la espada. La hoja golpeó el piso con un fuerte tañido. Él aullaba como un animal herido.

—¡Quería morir contigo!

Amy estaba de espaldas. Fanning enarbolaba la espada por encima de su cabeza, listo para asestar el golpe. Ella levantó los brazos con gesto de rendición. Sólo tendría una oportunidad.

—Tim, no.

Fanning se quedó helado.

—Yo quería estar allí. Estar contigo. No deseaba nada más en el mundo.

Los brazos de Fanning se crisparon. En cualquier momento, la espada caería.

—¡Esperé toda la noche! ¿Cómo pudiste hacerme eso? ¿Por qué no apareciste? ¿Por qué?

—Porque… perdí la vida, Tim.

Durante un momento, todo quedó en suspenso. *Por favor*, pensó Amy.

—Perdiste… la vida.

—Sí, lo siento. No quería hacerlo.

Él hablaba con voz inexpresiva.

—En el tren.

Amy habló con tiento, en tono quedo.

—Sí. Venía hacia aquí. Me sacaron del tren. No pude impedirlo.

La mirada de Fanning se perdió en el infinito. Miró a su alrededor, desconcertado.

—Pero ahora estoy aquí, Tim. Eso es lo que importa. Siento haber tardado tanto.

¿Cómo iba a sostener la mentira mucho más tiempo? La espada era la clave. Si pudiera convencer a Fanning de que se la entregara...

—Aún podemos hacerlo —prosiguió Amy—. Hay un modo de que estemos juntos por siempre, tal como habíamos planeado.

El hombre se volvió a mirarla.

—Ven conmigo, Tim. Sé de un sitio al que podemos ir. Lo he visto.

Fanning no respondió. Amy notaba cómo sus palabras ganaban terreno en la mente del hombre.

—¿Adónde? —preguntó él.

—Es un sitio donde podremos volver a empezar. Esta vez lo haremos bien. Bastará con que me entregues esa espada. —Tendió la mano—. Ven conmigo, Tim.

Fanning le sostenía la mirada. Todo estaba en sus ojos, la historia al completo del hombre que fuera. El dolor. La soledad. Las interminables horas de su vida. Y entonces:

—Tú.

Lo estaba perdiendo.

—Dame la espada, Tim. Bastará con eso.

—Tú no eres ella.

Amy notó cómo todo se venía abajo.

—Tim, soy yo. Soy Liz.

—Eres... Amy.

A cincuenta metros, tendido boca arriba en el suelo, el hombre conocido como Peter Jaxon empezaba a desaparecer.

Su mente se debatía entre dos mundos. En el primero, de oscuridad y conmoción, Fanning lanzaba a Amy por los aires. Peter lo advertía vagamente; no recordaba por qué el hombre estaba enfadado. Tampoco podía intervenir. Había perdido la capacidad de actuar, incluso de moverse.

En el otro veía una ventana.

A través de la persiana echada se filtraba la luz del sol. La imagen le recordaba algo, como si ya hubiera vivido el instante. *La ventana*, pensó Peter. *Significa que debo de estar muriendo*. Al tratar de enfocar la mirada, de retornar a la realidad, la luz empezó a cambiar. Se estaba transformando en otra cosa. No se trataba de una ventana en su mente sino de algo físico. Una abertura hendía la oscuridad plagada de polvo, como un pasillo que ascendiese a un mundo superior, y a través de ese túnel apareció una silueta brillante. Le sonaba de algo, sabía lo que era. Lo sabría si lo viera mejor. La imagen se definió. Parecía una corona con varias capas, cada capa arqueada conforme se iban estrechando hasta la cumbre ahusada. El sol rebotaba en su reflectante cara, de tal modo que creaba un haz brillante en el pasillo, que no era sino un hueco entre el humo, hasta los ojos de Peter.

El edificio Chrysler.

El pasillo desapareció. La oscuridad se cerró sobre él nuevamente. Pero ahora lo sabía: la noche que los envolvía era falsa. El sol seguía ahí arriba. Brillaba sobre la nube de polvo, luminoso como un día de verano. Si pudiera llegar al sol, si de algún modo pudiera arrastrar a Fanning hacia esa luz…

Sin embargo, perdió el hilo de sus pensamientos cuando una fuerza tremenda lo arrastró, como un vórtice. Notó que lo absorbían, cada vez más abajo. Ignoraba lo que le aguardaba al fondo, únicamente sabía que cuando llegara estaría perdido por siempre. Como a lo lejos, su cuerpo se transformaba. Sufría convulsiones, azotaba el suelo de la ciudad rota. Los huesos se alargaban. Los colmillos asomaban de las encías. Se estaba hundiendo en un mar de infinita oscuridad en el que no quedaría ni rastro de sí mismo. *¡No! ¡Aún no!* Buscó algo, lo que fuera, a lo que aferrarse. El rostro de Amy se dibujó en su mente. No se trataba de una imagen inventada sino de una escena sacada de la vida real. Estaban sentados en la cama de Peter. Los rostros pegados, las manos entrelazadas. Las lágrimas pendían de las pestañas de ella como perlas de luz. *Se te permite conservar un solo recuerdo*, le dijo ella. *Yo quería conservarte a ti.*

A ti, pensó Peter.

A ti.

Cayó.

El dolor estalló en la pierna de Michael. El gesto de arrancar el cristal le había despegado la piel como una cáscara de naranja, al tiempo que dejaba a la vista el músculo fibroso, sutilmente pulsátil, que protegía. Otra búsqueda a tientas le proporcionó un largo pañuelo de seda. Lo enrolló sobre

sí mismo hasta crear una cuerda y se lo ató con fuerza a la herida. La tela
se empapó al momento. ¿Lo estaba haciendo bien? Ojalá Sara estuviera
allí. Sara sabría qué hacer. Hay que ver las cosas que te vienen a la cabeza
en momentos como ése: el cerebro no conoce la compasión, te recuerda
aquello de lo que careces o que no puedes hacer.

El ruido del exterior se había ido atenuando a medida que la destrucción avanzaba hacia el norte. El aire desprendía un tufo químico, amargo y
chamuscado. Por primera vez desde que había despertado en la calle pensó
en Alicia, en la expresión de su rostro cuando el agua se había estampado
contra ella y se la había llevado. Estaba muerta. Alicia estaba muerta.

En la calle, un crujido de cristal.

Michael se quedó helado. El crujido se repitió.

Pasos.

Apoyándose en los talones, Amy se arrastró hacia atrás.

—¡Tim, no! ¡Soy yo!

—¡No me llames así!

Lo había perdido; el hechizo se había roto. Sus ojos habían recuperado la expresión de furia ciega. Súbitamente, Fanning levantó la cabeza.
Una nueva emoción invadió su rostro, una de placer por anticipado.

—¿Y qué tenemos aquí?

Era Peter. La transformación había terminado. Su cuerpo, viscoso, poderoso, se había unido a la anónima horda.

—Buen chico. —Los labios de Fanning se curvaron en una sonrisa
que dejó a la vista sus colmillos—. ¿Por qué no te unes a nosotros?

Peter avanzó hacia ellos entre los escombros, las piernas dobladas, los
brazos despegados del cuerpo. Caminaba con andares vacilantes, la espalda
y los hombros se le rizaban con un movimiento ondulante, como un hombre
que se despereza tras una larga noche de sueño o que intenta acostumbrarse
a un traje nuevo.

—Permíteme, Amy, que te muestre una cosa.

Con un golpe de muñeca, Fanning lanzó la espada, con la empuñadura por delante, a Peter, que la atrapó en el aire como un robot.

—Veamos quién hay ahí, ¿te parece? —Fanning avanzó hacia él, le
obligó a erguir la espalda y se propinó unos golpecitos en el centro del
pecho—. Ahí mismo, creo.

Peter miraba la espada con atención, como si se preguntase para qué servía. ¿Qué era ese extraño objeto que tenía en la mano?

—Adelante. Te prometo que no voy a mover ni un dedo.

Peter adelantó otro paso. Se movía con gestos bruscos, descoordinados. Los músculos de sus brazos y hombros se tensaron cuando intentó blandir la espada.

—Pesa mucho, por lo que parece.

Otro paso y Peter se detuvo. Ahora tenía a Fanning al alcance del arma. El otro no hizo el menor esfuerzo por defenderse. Su cara de murciélago irradiaba confianza en sí mismo, casi sorna. La espada, en un ángulo de cuarenta y cinco grados respecto al suelo, se negaba a alzarse.

—Ven, deja que te ayude.

Con la desagradable uña de su dedo índice, Fanning acompañó la espada hasta una posición horizontal. Se desplazó una pizca para que la punta entrara en contacto con su pecho, justo por debajo del esternón.

—Con una buena estocada bastará.

El esfuerzo arrancó un gruñido a la garganta de Peter. Los segundos se alargaban a medida que él tensaba hasta la última fibra de su cuerpo. El aire abandonó sus pulmones con un suspiro explosivo. Cayó de rodillas y la espada repicó contra el suelo.

—¿Lo ves, Amy? Sencillamente no es posible. El hombre me pertenece ahora.

Igual que el viral de la sala de espera, Peter agachó la cabeza con ademán de abyecta sumisión. Fanning le posó una mano en el hombro. El mismo gesto que si acariciase a un perro particularmente obediente.

—Hazme un favor, ¿quieres? —le pidió Fanning.

Peter levantó la cabeza.

—¿Te importaría matarla?

Michael se apartó del escaparate ayudándose con las palmas de las manos y dejando un ancho reguero de sangre en el suelo. Había más de un viral ahí fuera, lo notaba. Eran como espectros que aparecían y desaparecían, sombrías figuras que flotaban y se desplazaban entre el polvo.

Buscando. Husmeando.

En el instante en que lo encontraran, Michael no podría dar ni dos pasos. Retrocedió al fondo de la habitación, donde había un gran mostrador y, detrás, una puerta medio escondida tras una cortina. Al ocultarse detrás del mostrador, el suelo empezó a temblar nuevamente. La sacudida aumentaba de intensidad como un motor revolucionado. Los expositores de prendas se volcaron. Los espejos se agrietaron y estallaron. Trozos de yeso se desprendieron del techo y se estrellaron contra el suelo. Acurrucado, con los brazos sobre la cabeza, Michael pensó: *Dios mío, quienquiera que seas, estoy harto de tus tonterías. No soy un juguete. Si vas a matarme, por favor deja de fastidiar y hazlo de una vez.*

El temblor prosiguió. Por toda la calle se dejaba oír el estrépito de las ventanas que escapaban de sus marcos y se estrellaban en el asfalto. Los virales seguían acechando ahí fuera, pero puede que la confusión los hubiera llevado a perder la pista. Puede que se hubieran refugiado en algún rincón oscuro, igual que Michael. Puede que estuvieran muertos.

Asomó la cabeza. Parecía como si una bola de demolición hubiera azotado la tienda. No quedaba nada en pie salvo un espejo de cuerpo entero con bastidor, que, por raro que fuera, se erguía en el centro de la habitación como el pasmado superviviente de una terrible catástrofe. Ligeramente inclinado hacia la parte delantera de la tienda, el espejo le proporcionó una vista parcial de la calle.

Un grupo de tres surgió de entre las sombras. Parecían vagar sin objeto y miraban a los lados como si se hubieran perdido. Michael se obligó a guardar una inmovilidad absoluta. Si no le oían, tal vez pasaran de largo. Alargaron varios segundos su confuso vagabundeo, hasta que uno de ellos se detuvo de repente. Plantado de perfil en la calle, el viral movía la cara de un lado a otro, igual que si intentara ubicar el origen de un sonido. Michael contuvo el aliento. La criatura aguardó e inclinó la barbilla hacia arriba. Mantuvo la posición durante varios segundos más antes de girar en redondo hacia el portal de la tienda. Olisqueaba como una rata.

Peter avanzó hacia ella. No tenía sentido tratar de apartarse; el resultado sería el mismo. El discurrir del tiempo había cambiado. Los acontecimientos se sucedían de un modo apresurado e indolente a la vez. Amy había perdido visión, por cuanto la ciudad que la rodeaba había mudado en una serie de sombras.

Estaba llorando, pero no por ella. No habría sabido decir por qué. Sus lágrimas poseían una naturaleza abstracta, aunque algo más también. El suplicio había terminado. En cierto sentido, se alegraba. Qué raro, soltar la vida como si fuera un fardo muy pesado que llevaba demasiado tiempo acarreando. Confiaba en que la granja la estuviera esperando al otro lado. Había sido tan feliz allí... Recordaba el piano, el fluir de la música, las manos de Peter apoyadas en sus hombros, la dicha que le proporcionaba el contacto. Qué felices habían sido, juntos.

—Está bien —murmuró. Su voz se le antojó distante, como si ya no le perteneciera. Brotaba de sus labios en suspiros rápidos, superficiales—. Está bien, está bien.

Peter le apuntó la base del cuello con la espada. El hueco se estrechó. La punta del acero se detuvo a pocos centímetros de su piel. El hombre ladeaba la cabeza; al cabo de un segundo, le propinaría la estocada fatal.

—¿Y bien? —dijo Fanning.

Las miradas de ambos se encontraron. Conocer y ser conocido; ése era el deseo final, la esencia del amor. Era lo único que Amy podía proporcionarle. Una enorme fuerza se estaba abriendo en el interior de la mujer, una especie de luz. De haber podido, habría dirigido el haz directamente al corazón de Peter.

—Eres Peter —susurró Amy, y siguió susurrando, para que él no dejara de oír las palabras—. Eres Peter, eres Peter, eres Peter...

La sangre, pensó Michael.

Huelen mi sangre.

No estaba seguro de poder levantarse y mucho menos de ser capaz de echar a correr. El reguero rojo que había dejado en el suelo conducía directamente hacia él. Pegó la espalda contra el mostrador y se abrazó las rodillas. Los virales ya habían entrado en la tienda. Michael oyó una especie de olisqueo, como si unos cerdos hocicaran el barro; estaban sorbiendo la sangre del suelo. Michael experimentó un extraño sentimiento de protección. *¡Eh, dejad mi sangre en paz!* El ávido lameteo se prolongaba más y más. Tan concentrados estaban los virales, que Michael empezó a pensar en la puerta encortinada. ¿Qué habría detrás? ¿Sería un callejón sin salida o llevaría, tal vez, a un pasillo que se internaba en el edificio o que daba a la calle, con suerte? El umbral quedaba parcialmente oculto por el mostrador. Durante un breve lapso, dependiendo de lo que tardara en cruzarlo, se encontraría expuesto.

Se asomó por una esquina y recurrió al espejo para echar un vistazo al local. Los virales se arrastraban con las bocas pegadas al suelo, pasando la lengua como si fuera una mopa. Michael se desplazó por detrás del mostrador para acercarse lo más posible a la puerta, situada a tres metros de él, a su espalda y a la derecha. Si pudiera atraer a los virales a la esquina opuesta del local, el mostrador lo ocultaría por completo.

Michael se desató el pañuelo de la pierna. La sangre empapaba la tela. Hizo una bola, ató los extremos para que mantuviera la forma y se arrodilló, con cuidado de mantener la cabeza por debajo del borde del mostrador. Proyectando el brazo hacia atrás, contó hasta tres. Y entonces lanzó el pañuelo a la otra punta de la estancia.

Se estampó contra la pared opuesta con un golpe pegajoso. Michael se pegó al suelo y empezó a reptar. Detrás de él, oyó un correteo seguido de una serie de chasquidos y gruñidos. Aún mejor de lo que esperaba; los virales se peleaban por el trapo. Se deslizó por debajo de la cortina y siguió avanzando. Ahora no veía nada en absoluto. Reptó algunos metros más, hasta haberse alejado un buen trecho de la puerta, e intentó ponerse de pie. Jamás iba a olvidar el instante en que el pie de la pierna herida tocó el suelo. Lo atenazó un dolor como jamás había experimentado. Hundió la mano en el bolsillo de la camisa para sacar una caja de cerillas. A tientas, consiguió extraer una sin tirar las demás y la prendió.

Se encontraba en un pasadizo de altas paredes de ladrillo que se internaba en el edificio. Barras de metal con perchas vacías flanqueaban los muros. El aire estaba más limpio allí, menos saturado de polvo. Se retiró la pañoleta de la boca. Una abertura a su izquierda daba a una pequeña habitación con cabinas encortinadas. Bajó la vista al suelo; las gotas de sangre lo seguían como un rastro de miguitas. Más sangre untada en la bota. La cerilla se estaba consumiendo. La apagó, encendió otra y siguió avanzando.

Ocho cerillas más tarde, Michael concluyó que no podría salir de allí. Los pasillos secundarios siempre acababan por desembocar en el corredor central. ¿Quién había proyectado un edificio tan raro? ¿Cuánto tiempo tenía antes de que el interés de los virales en el trapo se agotara y empezaran a seguir el rastro de sangre?

Llegó a una última sala. Por lo visto, se trataba de una cocina, incluidos los fogones, el fregadero y armarios a lo largo de las cuatro paredes. En el centro había una mesita cuadrada cubierta de latas abiertas y botellas de plástico. Dos esqueletos marrones yacían en un colchón desmenuzado, acurrucados entre sí. Eran los primeros restos humanos que veía en toda la ciudad de Nueva York. Se acuclilló a su lado. Uno era mucho más pequeño que el otro, que parecía una mujer adulta con una reseca maraña de pelo largo. ¿Una madre y su hijo? Seguramente se habían atrincherado juntos durante la crisis. Llevaban un siglo yaciendo allí, su último instante de amor capturado para siempre. Se sintió un intruso, como si hubiera profanado la santidad de una tumba.

Una ventana.

Estaba protegida por un enrejado, contraventanas de alambre entrecruzado sujetas con pernos a la pared. Un candado unía las dos hojas. La cerilla se consumió y le quemó la yema de los dedos. La soltó. A medida que sus ojos se acostumbraban a la oscuridad, advirtió que un leve fulgor entraba por la ventana, apenas lo suficiente para ver por dónde andaba. Miró a su alrededor buscando algo que pudiera usar como palanca. *Piensa, Michael.* En la mesa había un cuchillo de mantequilla. El suelo se agrietó una vez más con un único estallido, horizontal. Cayó una lluvia de yeso. Encajó el cuchillo en el hierro curvado del candado. Notaba las manos frías y algo entumecidas, al límite de su capacidad. La pérdida de sangre le estaba pasando factura. Tensó los brazos y los hombros e hizo palanca con la hoja, con todas sus fuerzas.

El cuchillo se partió.

Se acabó. Ya no podía más. Se desplomó en el suelo y apoyó la espalda contra la pared para ver venir a los virales.

Peter se encontraba en mitad de un prado. Las hierbas le llegaban por las rodillas. El color del paraje era extraño; poseía una intensidad antinatural, chirriante, que acentuaba hasta los más ínfimos detalles del paisaje. Soplaba la brisa. El terreno era totalmente llano, aunque a lo lejos las montañas se abrían paso en el horizonte. No era de día ni de noche sino algo intermedio; brillaba una luz tenue, sin sombras. ¿Qué insólita región era ésa? ¿Cómo había llegado allí? Rebuscó en su memoria. Y entonces se percató de que no sabía, de hecho, quién era. Lo invadió una desazón difusa. Estaba vivo, existía, y sin embargo no poseía una historia que fuera capaz de recordar.

Oyó una corriente de agua y se encaminó hacia ella. Lo hizo de forma automática, como si una inteligencia invisible gobernara su cuerpo. Al cabo de un rato, llegó a un río. El agua discurría con parsimonia, emitiendo su murmullo contra las desperdigadas rocas. Las hojas giraban con la corriente como manos boca arriba. Siguió el lecho del río hasta un meandro, donde el agua formaba una poza. Allí la superficie aparecía inmóvil, casi como si fuera sólida. Notó una turbación extraña. Tenía la sensación de que en las profundidades de la poza se ocultaba una respuesta, aunque no recordaba la pregunta. La tenía en la punta de la lengua pero, cuando se cansó de concentrarse, salió volando de su mente como un pájaro. Se arrodilló al borde del remanso y miró abajo. Vio una imagen: la cara de un hombre. Mirarlo lo perturbaba. Era su rostro y, sin embargo, podría haber pertenecido a un extraño. Alargó la mano para quebrar la superficie con el dedo índice. Ondas concéntricas se propagaron desde el punto del contacto; poco después, la imagen se recompuso. Y con ésta recuperó la capacidad, muy tenue al principio pero cada vez más intensa, de reconocerse. Sabía quién era. Si pudiera recordar. *Eres…* Se sintió igual que si intentara levantar un peñasco con la mente. *Eres… Eres…*

Peter.

Dio un respingo hacia atrás. Una presa había reventado en su mente. Imágenes, rostros, días, nombres entraban a borbotones, casi con dolor. La escena que tenía alrededor —el prado y el río, el color plano del cielo— empezó a desvanecerse. Se estaba borrando. Tras ésta aguardaba una realidad del todo distinta, de objetos, personas y tiempo ordenado. *Soy Peter Jaxon*, pensó. Y luego lo dijo:

—Soy Peter Jaxon.

Peter trastabilló hacia atrás. La espada cayó de su mano.

—¿Qué crees que estás haciendo? —ladró Fanning—. Te he dicho que la mates.

Peter volvió la cabeza de golpe. Miró el rostro de Fanning con los ojos entornados. Había sucedido, pensó Amy. Estaba recordando. Los músculos de sus piernas se comprimieron.

Peter saltó.

Embistió a Fanning con la cabeza por delante. El factor sorpresa actuó a su favor. Fanning salió disparado. Se estrelló de espaldas y dio vueltas de campana hasta estamparse contra un bloque de cemento. Se incorporó a cuatro patas, pero sus movimientos se habían tornado torpes. Sacudió la cabeza como un caballo y escupió en el suelo.

—Vaya, esto no me lo esperaba.

En ese momento Amy notó que la levantaban en volandas; Peter la había tomado en brazos. Juntos surcaron la calle Cuarenta y tres en colosales zancadas. ¿Adónde la llevaba? Súbitamente, lo comprendió: a la torre de oficinas a medio construir. Volvió la cara hacia el cielo, pero el polvo era aún demasiado denso como para atisbar si los pisos superiores del rascacielos asomaban de entre la nube. Peter se detuvo al pie del tubo del ascensor. Se cargó a Amy a la espalda, escaló tres metros por la estructura exterior, se la pasó por la cintura y la dejó caer entre las barras del techo del ascensor antes de seguirla. Ella no entendía el objeto de todas esas maniobras. Peter se la cargó de nuevo a la espalda y, usando los codos para pegar las rodillas de ella a su cuerpo, le indicó que se aferrara con todas sus fuerzas. Lo había ejecutado todo en cuestión de segundos. Los cables del ascensor, tres en total, estaban prendidos a una plancha de acero que iba conectada a un travesaño del techo del ascensor. Peter agarró los cables con un puño y abrió los pies. Amy, cogida a sus hombros y rodeándole la cintura con las piernas como una llave inglesa, notó una presión creciente en el cuerpo. Peter gruñía ahora entre dientes. Únicamente entonces comprendió ella sus intenciones. Cerró los ojos.

La plancha se desprendió. Amy y Peter salieron disparados hacia arriba, Peter aferrado a los cables, Amy encaramada a su espalda como la concha de una tortuga. Cinco pisos, diez, quince. El contrapeso del ascensor se hundía por el otro lado. ¿Qué pasaría cuando llegaran arriba? ¿Saldrían disparados al espacio?

Súbitamente, toda la jaula tembló. El contrapeso había llegado al fondo. La tensión del cable desapareció al instante. Proyectada hacia arriba, Amy se sorprendió a sí misma mirando la base del hueco. Estaba sola en el aire sin ninguna sujeción. Su cuerpo perdió velocidad conforme se acercaba al cénit de su ascenso y durante un segundo tuvo la sensación de estar planeando. *Voy a caer*, pensó. Qué lejos estaba el suelo. Se estrellaría a ciento cincuenta kilómetros por hora, puede que más. *Estoy cayendo*.

Una sacudida. Peter, sin soltar los cables, la había agarrado por la muñeca. Flexionó las piernas para desplazar el centro de gravedad con el fin de columpiar a Amy en arcos cada vez más largos. Amy atisbó su objetivo, una apertura en la pared del hueco del ascensor un poco por debajo de donde se encontraban.

La soltó.

Amy aterrizó en el suelo y rodó hasta detenerse. Seguían en el interior de la nube de polvo. La adrenalina del ascenso había aguzado sus pensamientos. Todo adquiría una nitidez exquisita, casi granulosa. Se arrastró hasta el borde y se asomó a un abismo vertiginoso.

Fanning escalaba la fachada del edificio.

Un trueno titánico hendió el aire. El edificio del otro lado de la calle Cuarenta y tres empezó a derrumbarse sobre sí mismo como un hombre que se desploma de rodillas. A los pies de Amy, el suelo empezó a temblar. La vibración se tornó más profunda. Los chasquidos del metal al romperse agitaban la estructura a medida que el suelo se inclinaba abruptamente hacia la calle. Materiales sueltos —herramientas oxidadas, caballetes, paneles de yeso hinchados por la humedad, una caja de clavos— resbalaron por su lado y cayeron al abismo. Amy estaba boca abajo, pegada al suelo. El ángulo se acentuó y ella empezó a resbalar, sus manos y sus pies ya no conseguían adherirse al piso, la gravedad le ganaba terreno.

—¡Peter, socorro!

La dulce presión de una mano en su brazo impidió que resbalara. Peter estaba tendido de bruces, las coronillas de ambas cabezas en contacto. El suelo dio otra sacudida pero él resistió, los dedos de los pies clavados en el cemento. Recurriendo a todas sus fuerzas, arrastró a Amy hacia adentro.

—Ah —dijo Fanning. Su rostro asomó por encima del borde del suelo—. Aquí estáis.

Michael oyó un tintineo procedente del pasillo: el sonido de las perchas que se desplazaban en las barras. Le sucedió un breve silencio. Al parecer, el rastro de sangre que se entrecruzaba por los pasillos y luego volvía atrás los tenía desconcertados. La espera resultaba insoportable. Si al menos se desmayara… En cambio, Michael se sentía más despierto que nunca.

Tal vez debería hacer ruido. Llamarlos, acabar de una vez. *¡Estoy aquí, idiotas! ¡Venid a por mí!*

Qué lugar tan estúpido, tan arbitrario para morir. Nunca pensó que moriría en su lecho; no era esa clase de mundo ni él esa clase de persona. Pero ¿en una maldita cocina?

Una cocina.

Levantarse quedaba descartado. Sin embargo, podía alcanzar los fogones. Una viscosa sensación de vértigo se extendió por su cerebro cuando se puso de rodillas. Alargando la mano, agarró la sartén. Escupió en el metal y frotó la superficie con el faldón de la camisa. Vio su propio reflejo, borroso e impreciso, más el boceto de un rostro humano que una persona en particular, pero era cuanto tenía.

Los ruidos se acercaban.

Remontaron las escaleras a la carrera. Dos tramos los llevaron al terrado. El polvo no se había despejado lo más mínimo, pero en la zona oriental del firmamento una región más pálida, débil pero discernible, mostraba la ubicación del sol.

Tenían que subir más. Tenían que rebasar la nube.

Amy alzó la vista. El brazo de la grúa oscilaba como el cuello de un pájaro que picotea del suelo. Un largo cable rematado por un gancho se columpiaba en la punta. En el interior de la torre, una escalerilla ascendía a lo más alto.

Empezaron a trepar. ¿Dónde estaba Fanning? Observándolos, seguro. Divirtiéndose. Esperando su momento.

Escalaron el resto del camino. La oscilación había empeorado. La estructura al completo emanaba inestabilidad, como si en cualquier momento la grúa se fuera a despegar del edificio. Seguían en el interior de la nube. El perfil del centro de Manhattan había mudado en una ruina humeante, pues la destrucción se extendía desde su epicentro. Un trueno, una nube y otro edificio se derrumbó. Grandes huecos se extendían allí donde antes hubiera enormes bloques.

—¡Eh, hola!

Fanning los saludó desde la mitad del mástil. Aferrado a un travesaño con una mano, proyectó el cuerpo hacia fuera y les hizo gestos con alegre seguridad.

—¡No os preocupéis! ¡Llegaré enseguida!

Una estrecha pasarela llevaba al extremo del brazo. Amy la recorrió a rastras, Peter la siguió. El brazo se balanceaba arriba y abajo. Ella mantuvo los ojos fijos al frente; no se atrevía a mirar al vacío. El más mínimo atisbo la habría paralizado.

Llegaron al final. Ya no podían seguir avanzando.

—Maldita sea, me encantan las vistas.

Fanning había alcanzado el punto más alto de la torre y ahora se encontraba a quince metros. Con la espalda arqueada, sacando pecho, pasó la vista por la ciudad en ruinas.

—Menudo lío habéis armado, ¿eh? Como neoyorquino que soy, tengo que decir que esto me trae a la memoria recuerdos sumamente desagradables.

Un calor súbito rozó la mejilla de Amy. Miró a su izquierda, al otro lado de la Quinta Avenida. El cristal del edificio de enfrente emitió un leve destello anaranjado. No tenía lógica. El rascacielos daba al este, apartado del sol. La luz, comprendió, era un reflejo.

Fanning resopló.

—Bueno, me parece que hemos llegado al final del trayecto. Te pediría que te apartaras, Peter, pero no creo que me hagas caso.

La violencia del movimiento de la grúa se intensificó. Allá abajo, el gancho oscilaba como un péndulo. El fulgor del cristal aumentaba por momentos. ¿De dónde procedía la luz?

—¿Qué me dices? A lo mejor preferís cogeros de la mano y saltar. No me importa esperar.

Se produjo un destello. Un rayo de intensa luz solar, perpendicular a la corona del edificio Chrysler, había atravesado el polvo.

Golpeó a Fanning directamente en la cara.

Súbitamente, la grúa se despegó de la fachada del edificio. Los pernos que sujetaban la torre a las vigas exteriores de la estructura se estaban soltando. Con un gemido, el brazo empezó a girar sobre la Quinta Avenida, despacio al principio y luego a toda velocidad. La torre se estaba desprendiendo de la base. Se desplazaban hacia fuera y hacia abajo mientras el brazo caía como un martillo contra el rascacielos de cristal del otro lado. Arponearía el edificio en perpendicular, como un disparo.

Por favor, pensó Amy. Se había abrazado a ambos lados de la pasarela. *Que se detenga.*

El cristal estalló a su alrededor.

Más que entrar, los virales irrumpieron en la cocina. El primero, el alfa, saltó directamente a la mesa y aterrizó delante de Michael. El hombre le plantó la sartén delante de la cara.

El viral se detuvo en seco.

Los otros dos parecían aturdidos, incapaces de decidir qué hacer. Había sucedido tal como Michael esperaba; había roto su cadena de mando. Desplazó la sartén a un lado. La mirada del viral la siguió al milímetro. El descubrimiento habría fascinado a Michael de no haber estado tan aterrorizado. Sin atreverse apenas a respirar, acercó la sartén hacia sí, despacio. El viral la siguió obediente; parecía hipnotizado. Centímetro a centímetro, el espacio que los separaba desapareció. Michael desplazó la sartén a la izquierda para obligar al viral a girar la cara.

Un cuchillo de mantequilla roto, pensó. *Será mejor que afine la puntería.*

Se lo clavó.

El extremo del brazo de la grúa se clavó en la torre de cristal de la esquina noroeste de la Cuarenta y tres con la Quinta, en el piso treinta y dos. La fuerza del impacto fue tal que siguió bajando durante dos pisos más al tiempo que se insertaba más profundamente en la estructura. Allí descansó en precario equilibrio, la torre y el brazo como los segmentos superiores de un triángulo isósceles suspendido a noventa metros de la calle.

Amy recuperó la consciencia recordando sólo en parte lo sucedido: la sensación de descender a toda velocidad, un caos final tan absoluto que su mente no atinaba a aislar los distintos elementos del suceso. Estaba tendida en el suelo, con el cuerpo retorcido y las rodillas levantadas, el brazo izquierdo extendido por encima de la cabeza. Ante ella se abría una zona de luz, aire y polvo turbulento que, al cabo de un momento, se reveló como un hueco en la fachada. A su izquierda, el final del brazo oscilaba de lado a lado con un soporífero crujido, todavía hundido en el suelo. Por lo demás, reinaba un silencio extraño. Notó algo áspero y rugoso debajo de ella: la cadena. Seguía prendida al extremo del brazo. Haber sobrevivido, el mero hecho de estar viva, la llenaba de perplejidad. Ésa era la única emoción que la embargaba, de momento. Cuando rodó para tenderse boca abajo, fue presa de las náuseas a medida que su centro de gravedad, distorsionado por la caída en picado, se desplazaba. Pese a todo, consiguió plantarse a gatas y se arrastró hacia el final del brazo de la grúa.

Peter yacía en la pasarela, boca abajo. Al principio Amy pensó que estaba muerto. Había sangre por todas partes y tenía el cuello doblado en un ángulo antinatural. Un brazo le colgaba del borde. Sin embargo, a medida que se fue acercando centímetro a centímetro, sin dejar de pronunciar su nombre, advirtió que el pecho de Peter ascendía muy levemente y que su mano expuesta se crispaba apenas. Ya voy, lloró Amy. Ya voy a buscarte. Tú espera.

No tenía mucho tiempo. El precario equilibro de la grúa no se mantendría. En cualquier momento la enorme estructura perdería su apoyo y se estrellaría contra el suelo. Arrodillada en la pasarela, Amy tomó a Peter por los hombros. Su respiración había mudado en resuello; el sudor le chorreaba hasta la boca y los ojos. A tirones, lo arrancó del extremo del brazo y lo dejó caer en el suelo.

Lo tendió de espaldas. El cuerpo de Peter parecía inerte pero tenía los ojos abiertos. Amy le tomó la barbilla para obligarlo a mirarla. El hombre desplazó la lengua detrás de los dientes pero sólo emitió una especie de gorgoteo.

—Estás herido —le dijo ella—. No intentes hablar.

El rostro de Peter se crispó. Abría los ojos como platos. Amy comprendió entonces que no la miraba a ella, sino más allá.

Una sola palabra, la última de su vida, brotó de los labios de Peter.

—Fanning.

El extremo roto del cuchillo se hundió en el ojo del ser entre un burbujeo de fluido claro. Michael intentó seguir apretando, pero el metal se le resbaló de los dedos al mismo tiempo que el viral profería un chillido y trastabillaba hacia atrás, todavía con la hoja clavada en la órbita. Ahora Michael no tenía ninguna arma a excepción de la sartén. Cuando uno de los virales restantes arremetió contra él, se la estampó con todas sus fuerzas en el cráneo, por la zona de la sien. Michael cayó de costado, todavía pegado a la pared. Se tapó el rostro con la sartén.

El viral se la apartó de un manotazo.

Michael se acurrucó contra el suelo y se tapó la cabeza con los brazos.

Rugiendo de rabia, Fanning se abalanzó contra ella. Un segundo de confusión y Amy acabó de espaldas, con Fanning sentado a horcajadas sobre ella y las garras alrededor de su cuello. El hombre tenía la piel del rostro ennegrecida y chamuscada, la carne separada en largas tiras arrugadas que dejaban los músculos a la vista. Sus labios habían desaparecido, su boca había mudado en una sonrisa de esqueleto con los dientes desnudos. Fibras húmedas y correosas le colgaban de la cuenca de los ojos; los globos se le habían quemado. Amy intentó respirar, pero el aire no traspasaba el nudo de su garganta. Chorros de babas caían de la boca de Fanning hasta sus ojos. Ella le golpeaba los brazos y la cara, pero sus golpes eran flojos e inútiles. El suelo empezó a temblar; la grúa se estaba hundiendo. El campo de visión de Amy empezó a reducirse por los lados como un túnel que se estrecha. Dejó de agitar los brazos y pasó las manos por el suelo. *Está ciego*, se recordó. *No ve lo que estás haciendo*. El temblor se tornó más intenso. Con un chirrido de metal torcido, el brazo saltó hacia arriba.

Ahí estaba, en su mano. La cadena.

Cuando rodeó el cuello de Fanning con ella, el hombre dio un respingo. Amy notó que la presión en su tráquea cedía momentáneamente. El brazo de la grúa había empezado a retroceder hacia el costado del edificio. A toda prisa, Amy dio otra vuelta a la cadena y se la pasó una segunda vez a Fanning por la cabeza.

Él soltó a la mujer para incorporarse. Se llevó una mano al cuello, pero la cadena ya se estaba tensando.

—Ve a reunirte con ella —le escupió Amy.

No gritó. Fanning abandonó este mundo en un abrir y cerrar de ojos. Estaba ahí y, el instante siguiente, había desaparecido, engullido por el turbulento polvo, su cuerpo fundido con las cenizas de la ciudad en ruinas.

Y, de repente, todo terminó.

Michael pasó largo rato esperando. El silencio se le antojaba un engaño. Sin embargo, según pasaban los segundos y nada sucedía, comprendió que algo había cambiado. Notaba una profunda quietud a su alrededor, como si estuviera solo en la cocina.

Se destapó los ojos y miró.

Los virales habían muerto. El que le había arrebatado la sartén de un manotazo yacía a sus pies, acurrucado en posición fetal. Los otros dos se encontraban en el otro extremo de la estancia, en posturas parecidas, incluido el que llevaba el cuchillo clavado en el ojo, del que todavía brotaba un chorrito de fluido sanguinolento. El gesto inspiraba cierta ternura, como si los virales se hubieran acostado en el suelo vencidos por un súbito cansancio y se hubieran dormido.

Se ayudó de la cocina para incorporarse y salió cojeando al pasillo, seguido de un rastro de su propia sangre. Tomó un pañuelo de un estante, se vendó nuevamente la pierna y se aventuró al exterior. Un sol bajo, vespertino, se abría paso entre el polvo tiñendo así las nubes de color. Se encaminó al este hasta Lafayette y luego torció al norte. Sólo cuando hubo recorrido una manzana más supo con certeza lo que había pasado.

Los virales yacían por todas partes. En las aceras. En las calles. En los techos de antiguos coches. Todos en idéntica postura fetal, acurrucados como niños en sus camas agotados tras un largo día. Más una estampa de reposo colectivo que de muerte. Los cuerpos, como la ciudad de la que tanto tiempo habían formado parte, se estaban desintegrando. Era una escena asombrosa. Indeciblemente asombrosa, triste y alegre al mismo tiempo, demasiado impactante como para soportarla. Michael avanzaba trastabillando. En la zona norte el derrumbamiento persistía. Durante meses, años, siglos incluso, la inmolación proseguiría en un proceso que entregaría la gran metrópolis al mar. Pero ahora, mientras Michael caminaba entre los cuerpos, una quietud infinita prevalecía, el mundo detenido de puro asombro, la historia alojada en el hueco de una mano.

Y Michael Fisher hizo lo único que podía hacer. Cayó de rodillas y rompió en llanto.

Peter estaba muriendo.

Amy notó cómo el espíritu del hombre se evaporaba. Fanning lo había liberado. Tenía los ojos abiertos, pero la luz de éstos se estaba atenuando. No tardaría en apagarse.

No me dejes. Le tomó la mano y se la llevó a la mejilla; la piel de Peter se estaba enfriando. Los músculos de su rostro se abandonaban a la muerte. *Por favor*, dijo ella, y un sollozo atravesó su cuerpo, *no me dejes sola.*

Había llegado el momento de dejarlo marchar, de decir adiós, pero la perspectiva se le antojaba insoportable. No podía aceptarlo. Había un modo, quizá. Era el acto más terrible que pudiera cometer, una traición, incluso. Por un instante tuvo la sensación de haber abandonado su cuerpo, de verse a sí misma desde fuera, al tomar un fragmento de cristal del suelo y hacerse un corte en la palma con él. La sangre manó de la herida y pronto formó un charquito escarlata y untuoso en su mano. Tomó la de Peter para proceder de igual modo. Un último titubeo antes de unir las dos palmas y entrelazarle los dedos. Notó una minúscula sacudida cuando, con una presión creciente, Peter plegó los dedos sobre el dorso de su mano.

Amy cerró los ojos.

XII

LA DESOLACIÓN
DEL OTRO LADO

Aunque mi alma se ponga en tinieblas
se alzará en total claridad.
He amado demasiado a las estrellas
para temer a la noche.

SARAH WILLIAMS,
«EL VIEJO ASTRÓNOMO A SU ALUMNO»

83

En la parte alta de Central Park, lejos de la destrucción, Amy y Michael levantaron su campamento. Habían tardado casi una semana en encontrarse; una montaña de cascotes había tornado el centro de la isla impracticable. La mañana del sexto día Amy oyó que Michael la llamaba. El hombre surgió de entre los escombros, una figura fantasmal cubierta de ceniza. Para entonces, Amy ya sabía que Alicia había muerto. Su presencia, su espíritu ya no se encontraban en este mundo. Pese a todo, cuando Michael le contó lo sucedido, la certeza la destrozó. Se sentó en el suelo y lloró.

—¿Y Peter? —preguntó Michael con inseguridad.

Sin alzar el rostro, Amy sacudió la cabeza. No.

Permanecieron allí tres semanas para descansar y reunir suministros. Michael recuperó las fuerzas despacio. Construyeron entre los dos un sencillo horno para ahumar y tendieron trampas para cazar venados pequeños. En el parque abundaban las plantas comestibles e incluso encontraron unos cuantos manzanos rebosantes de frutas brillantes. A Michael le preocupaba que el agua del mar hubiera contaminado el embalse, pero no fue así. Rescataron el filtro de agua del *Nautilus* para limpiarla de restos. De vez en cuando oían el rumor de algún otro edificio que se desplomaba, seguido de un silencio que se tornaba aún más intenso si cabe en los instantes posteriores al derrumbamiento. Al principio los ponía nerviosos, pero al final se acostumbraron al ruido y ni siquiera lo mencionaban.

Los días eran largos, el sol ardiente. Una mañana, temprano, los despertó el fragor de un trueno. Una tormenta tras otra azotaba la ciudad. Cuando el sol volvió a salir por fin, el ambiente había cambiado. Un nítido frescor se había adueñado del parque ahora que la lluvia se había llevado el polvo de las hojas de los árboles.

Michael esperó a la última noche para sacar la botella de whisky. La había encontrado en un edificio de apartamentos mientras recolectaba herramientas y ropa. Tenía el tapón sellado, el cristal rodeado de una costra de polvo tan gruesa que parecía una capa de tierra. Sentado junto al fuego, Michael fue el primero en probarlo.

—Por los amigos ausentes —dijo a la vez que alzaba la botella, y tomó un largo trago. Mientras su garganta deglutía empezó a toser, si bien exhibía al mismo tiempo una expresión de victoria.

—Uf, esto te va gustar —resopló, y le pasó la botella a Amy.

Amy tomó un pequeño trago, para probar. A continuación, igual que había hecho Michael, echó la cabeza hacia atrás y dejó que el whisky llenara su boca. Un sabor fuerte, ahumado, estalló en su lengua e inundó sus fosas nasales de un calorcillo punzante.

Michael la miró con expresión inquisitiva y las cejas enarcadas.

—Será mejor que te lo tomes con calma —le advirtió—. Estás bebiendo un viejo escocés de ciento veinte años de antigüedad.

Ella tomó un segundo trago, ahora paladeando a fondo el sabor.

—Sabe... a pasado —sentenció.

Por la mañana, levantaron el campamento y se encaminaron al sur, primero por el parque y luego por la Octava Avenida. En la orilla del agua, cargaron las últimas provisiones de Michael en el *Nautilus*. El hombre pondría rumbo a Florida en primer lugar, donde se prepararía para navegar el largo trecho hacia la costa de Brasil, pegado a la tierra hasta llegar al estrecho de Magallanes. Una vez que lo cruzara, una última parada para descansar y repostar de nuevo antes de zarpar hacia el Pacífico Sur.

—¿Estás seguro de que podrás encontrarlos? —le preguntó Amy.

Michael se encogió de hombros con ademán indolente, aunque ambos comprendían el peligro al que se iba a enfrentar.

—Después de todo lo que hemos pasado, no será para tanto. —Calló, la miró y dijo con cierto tono de cautela—: Ya sé que piensas que no debes acompañarme...

—No puedo, Michael.

Él escogió las palabras con cuidado.

—Es que... ¿cómo te las arreglarás? Tú sola.

Amy no podía responder o, cuando menos, no podía formular una respuesta que tuviera lógica para él.

—Me las apañaré. —La expresión de Michael delataba tristeza—. Estaré bien, Michael.

Habían acordado que sería mejor prescindir de las despedidas. No obstante, cuando llegó el momento de la separación, no sólo les pareció absurdo sino imposible. Se abrazaron con fuerza un buen rato.

—Te quería, ¿sabes? —le dijo Amy.

Él lloraba calladamente. Ambos lo hacían. Michael sacudió la cabeza.

—No, que yo sepa.

—Quizá no del modo que a ti te habría gustado. Pero era su manera de amar. —Amy retrocedió un paso para posarle la mano en la mejilla—. Aférrate a eso, Michael.

Se separaron. Michael saltó a la bañera; Amy soltó las amarras. La vela chasqueó y el barco se alejó flotando. Michael la saludó una última vez por encima del mamparo de popa. Amy hizo lo propio. *Dios te bendiga y te proteja, Michael Fisher.* Observó cómo la barca se perdía en la inmensidad.

Se echó la mochila a la espalda y puso rumbo al norte. Para cuando llegó al puente, había caído la tarde. Un fuerte sol de verano encendía la superficie del agua a lo lejos. Lo cruzó y, al otro lado, se detuvo a beber y a descansar, se cargó la mochila otra vez y prosiguió su viaje.

Utah se encontraba a cuatro meses de distancia.

Desde el observatorio del Empire State Building, uno de los pocos rascacielos que seguían intactos entre Grand Central y el mar, Alicia observaba cómo el *Nautilus* se alejaba por la bahía.

Había tardado dos días casi enteros en llegar arriba. Doscientos cuatro tramos de escaleras, buena parte de ellos en completa oscuridad, un tortuoso ascenso sobre su improvisada muleta y, cuando el dolor le resultaba demasiado intenso, a gatas. Había pasado horas tendida en los diversos rellanos, transpirando y respirando con dificultad, preguntándose si podría continuar. Tenía el cuerpo destrozado; apenas si servía para nada. En aquellas partes en las que no sentía dolor únicamente experimentaba un insidioso entumecimiento. Una a una, las luces de la vida se apagaban en su interior.

Su mente, sin embargo, sus pensamientos; éstos le pertenecían. Fanning no estaba ya, ni Amy. No recordaba cómo había escapado del túnel subterráneo. De algún modo había sido proyectada a tierra firme. El resto sólo eran retazos sueltos, fogonazos. Recordaba el rostro de Michael enmarcado por la luz del sol, su mano tendida; el azote del agua contra su cuerpo, de un poder inconmensurable, como el impacto de un planeta; sentirse privada de toda voluntad, su cuerpo arrastrado y vapuleado; el primer trago involuntario, que la hizo toser, y cómo aspiró por instinto un segundo aliento que arrastró el agua aún más profundamente al interior de sus pulmones; dolor, y luego la piadosa remisión del dolor; una sensación de dispersión mientras su cuerpo y sus pensamientos perdían nitidez, igual que una señal de radio fuera de alcance; y después nada en absoluto.

Despertó en un escenario inaudito. Estaba sentada en un banco. A su alrededor, un pequeño parque de frondosos árboles y columpios infantiles hundidos en altas gramíneas. Despacio, su consciencia se expandió. Peñascos de escombros rodeaban el perímetro, pero el parque permanecía milagrosamente intacto. Brillaba el sol. Los pájaros cantaban en los árboles, un sonido tranquilizador. Estaba empapada y notaba un regusto salobre en la boca. Presintió un salto en el tiempo entre los acontecimientos que recordaba y su situación actual, cuya paz se le antojaba del todo anacrónica, distinta a cuanto había experimentado anteriormente. Se preguntó, atontada, si no estaría muerta, si no sería, de hecho, un fantasma. Sin embargo, cuando intentó levantarse y el dolor rebotó por su cuerpo, supo que no era así. Sin duda la muerte implicaba una ausencia de sensaciones corpóreas.

Entonces lo comprendió. El virus la había abandonado.

No había mutado en algo distinto, como en el caso de Fanning y Amy, que habían recuperado su apariencia humana sin perder el resto de atributos. Ya no lo llevaba dentro. De algún modo, el agua había acabado con él y luego le había devuelto la vida.

¿En qué cabeza cabía? ¿Acaso Fanning le había mentido? No obstante, cuando Alicia buscó en su memoria comprendió que él jamás llegó a decirle, con esas palabras, que el agua la mataría, a ella, que no era del todo viral ni del todo humana sino algo a caballo entre ambos estados. Puede que Fanning hubiera presentido la verdad. Tal vez, sencillamente, no lo sabía. Qué ironía. Se había lanzado por la popa del *Bergensfjord* con la intención de morir y al final el agua había sido su salvación.

Estar viva. Oler, oír y saborear el mundo en su justa medida. Habitar a solas la propia mente, por fin. Aspiró la sensación como quien aspira un aire purísimo. Qué prodigioso, qué maravilloso e inesperado. Volver a ser una persona, sin más.

Fanning había muerto. La destrucción de la ciudad se lo insinuó al principio y luego los cuerpos se lo corroboraron, acurrucados y reducidos a cenizas. Buscó refugio en un sótano en ruinas. Puede que los demás la estuvieran buscando o puede que no, que la creyeran muerta. La mañana del segundo día oyó que alguien la llamaba. Era Michael.

—¡Hola! —La voz del hombre resonaba en las calles tranquilas—. Hola, ¿hay alguien ahí?

¡Michael!, respondió ella. *¡Ven a buscarme! ¡Estoy aquí!* Pero entonces comprendió que no había pronunciado las palabras en voz alta.

Qué extraño. ¿Por qué no lo llamaba? ¿A qué venía ese impulso de guardar silencio? ¿Por qué no podía decirle dónde estaba? Los gritos se fueron apagando hasta perderse a lo lejos.

Alicia decidió aguardar a que el sentido de su silencio se revelase por sí mismo. Pasaron los días. Cuando llovía, alineaba cazuelas en el exterior de la tienda para recoger las gotas. Usaba esa agua para apagar su sed, aunque no tenía comida ni manera de hacerse con ella, carencia que le provocaba una extraña indiferencia; no tenía hambre. Dormía mucho: noches enteras, numerosos días también. Estados de inconsciencia largos y profundos en los que soñaba con una claridad sensorial y emocional fascinante. A veces era una niña, sentada en el exterior de la muralla de la Colonia. En otras ocasiones, una joven que montaba guardia con su ballesta y sus cuchillos. Soñó con Peter. Soñó con Amy. Soñó con Michael. Soñó con Sara, con Hollis y con Greer y, a menudo, con su magnífico Soldado. Días enteros, episodios completos de su vida desfilaron ante sus ojos.

Sin embargo, el más importante de todos esos sueños fue el protagonizado por Rose.

Empezó en un bosque; brumoso, oscuro, como el escenario de un cuento infantil. Con pasos cautos, casi etéreos, Alicia avanzaba bajo las frondosas copas con el arco tenso, a punto para ser disparado. Los ruidos y los movimientos producidos por los animales se prodigaban a su alrededor, pero sus presas no se dejaban ver. Tan pronto como identificaba la procedencia de un rumor en particular —una ramilla que cruje, el susurro de las hojas secas—, el autor correteaba a su espalda o se desplazaba a un lado, como si los habitantes del bosque estuvieran jugando con ella.

Fue a parar a una zona de ondulados prados cubiertos de pasto. El sol ya se había ocultado pero la noche todavía no había caído del todo. En su camino las hierbas se tornaron más altas. Le llegaban a la cintura, luego al pecho. La luz —difusa, una pizca luminiscente— permanecía inalterada y no parecía proceder de ninguna parte en concreto. Oyó algo allá delante. Una risa. Una carcajada alegre, efervescente, de niña pequeña.

—¡*Rose!* —gritó Alicia, pues supo instintivamente que se trataba de su hija—. *Rose, ¿dónde estás?* —Siguió avanzando. La hierba le azotaba la cara y los ojos. La desesperación se adueñó de su corazón—. *¡Rose, no te veo! ¡Ayúdame a encontrarte!*

—¡Estoy aquí, mamá!

—¿Dónde?

Alicia captó un amago de movimiento, delante y a la derecha. Una pincelada de cabello rojo.

—¡Por aquí! —la enredaba la niña. Reía, estaba jugando—. ¿No me ves? ¡Estoy aquí mismo!

Alicia se abrió paso hacia ella pero, igual que los animales del bosque, su hija parecía estar en todas partes y en ninguna. Sus gritos le llegaban de todas las direcciones al mismo tiempo.

—¡Estoy aquí! —canturreó Rose—. ¡A ver si me encuentras!

—¡Espérame!

—¡Ven a buscarme, mamá!

De súbito, la hierba desapareció. Alicia se descubrió plantada en una polvorienta carretera que ascendía hacia la cima de una pequeña colina.

—¡Rose!

Nadie respondió.

—¡Rose!

La carretera la invitaba a recorrerla. Mientras andaba, empezó a entender dónde estaba o, cuando menos, la clase de lugar que era aquél. Se trataba de una región situada más allá del mundo que conocía pero que también formaba parte de éste, una realidad oculta que uno puede atisbar en esta vida pero nunca explorar a fondo. Con cada paso, su inquietud cedía. Tenía la sensación de que un poder invisible, pura bondad, la guiaba. Al remontar la colina, oyó una vez más la luminosa y lejana risa.

—Ven conmigo, mamá —canturreaba la niña—. Ven conmigo.

Alicia llegó a lo alto de la colina.

Y entonces despertó. Tendría que esperar a descubrir lo que le aguardaba en el valle, al otro lado del monte, aunque creía saber lo que era, y comprendió también el sentido de los otros sueños, los protagonizados por Peter y Amy, por Michael y todos aquellos a los que había amado y que la habían amado a su vez.

Se estaba despidiendo.

Cierta noche, Alicia dejó de soñar. Despertó con una sensación de paz. Había concluido todo aquello que se había propuesto hacer en esta vida. La obra de su existencia estaba completa.

Ayudándose con la muleta que había fabricado con un trozo de madera, avanzó entre los escombros, tres manzanas al norte y una al este. Aun esta breve distancia le arrancó jadeos de dolor. La mañana estaba adelantada cuando empezó a subir. Hacia el ocaso, había llegado al piso cincuenta y siete. Apenas le quedaba agua. Durmió en el suelo de un despacho acristalado, para que el sol la despertara. Al alba, reanudó el ascenso.

¿Fue una coincidencia que Michael zarpara esa misma mañana? Alicia quería creer que no. Que la imagen del *Nautilus* empujado por el viento era una señal dirigida a ella. ¿Notaba Michael su presencia? ¿Acaso, de alguna manera, presentía que lo estaba observando allá en lo alto? Imposible y, sin embargo, a Alicia le gustaba pensarlo, imaginar que tal vez hubiera levantado la cabeza, sobresaltado, al notar el beso de una súbita brisa. El *Nautilus* dejaba atrás la bahía y se internaba ahora en mar abierto. Los rayos del sol titilaban sobre el agua. Aferrada a la barandilla, Alicia observó cómo la minúscula forma del barco se hacía más y más pequeña hasta perderse en la nada. *Tú, precisamente, Michael*, pensó. Y no obstante había sido él. De entre todas las personas, él la había salvado.

Una verja, ondulada por la parte superior y sujeta al borde de la barandilla, creaba una barricada alrededor de la azotea. Perduraban varias secciones, pero no todas. Alicia había reservado un poco de agua. La bebió. Qué dulce era, esa agua robada a la lluvia. La invadió una sensación de profunda interconexión con el resto del mundo, la eterna respiración de la vida. El agua, procedente del mar, había ascendido, se había condensado en el cielo y había vuelto a descender en forma de lluvia para caer en las ollas que Alicia alineaba. Y ahora formaba parte de ella.

Alicia se sentó en la barandilla. Debajo, en la parte exterior, había una pequeña cornisa. Giró el cuerpo y usó las manos para ayudar a sus desobedientes piernas a pasar por encima de la balaustrada. Mirando hacia fuera, se desplazó unos centímetros sobre el asfalto hasta alcanzar la cornisa. ¿Cómo hacer algo así? ¿Cómo despedirse del mundo? Inspiró profundamente y soltó el aire despacio. Se percató de que estaba llorando. No de tristeza —no, de eso no— aunque sus lágrimas destilaban un regusto triste. Eran lágrimas de tristeza y felicidad en un solo gesto, todo hecho y terminado.

Cariño mío, mi Rose.

Ayudándose con las palmas de las manos, se irguió. El espacio se abría ante ella. Volvió los ojos al cielo.

Rose, ya voy. Pronto estaré contigo.

Algunos dirían que cayó. Otros, que voló. Todos tendrían razón. Alicia Donadio —Alicia Cuchillos, el Nuevo Ser, Capitana de la Vigilancia y Soldado de los Expedicionarios— moriría como había vivido.

Surcando el aire, siempre.

Cayó la noche. Amy se encontraba en alguna parte de Nueva Jersey. Había dejado atrás las vías principales para internarse en los campos. Un cansancio profundo, casi placentero, le atenazaba los brazos y las piernas. Cuando oscureció, acampó en un prado de titilantes luciérnagas, cenó algo sencillo y se tumbó bajo las estrellas.

Ven, pensó.

A su alrededor y encima de ella bailaban las lucecitas del cielo. Las sombras se afilaron cuando una clara luna llena asomó sobre los árboles.

Te estoy esperando. Siempre te esperaré. Ven.

Silencio absoluto. No corría ni una gota de aire. El tiempo cedía su lánguido curso. Y entonces, como el roce de una pluma en su interior:

Amy.

Al otro lado del prado, en las copas de los árboles, Amy vio y oyó un revuelo. Peter saltó al suelo. Acababa de comer, una ardilla o un ratón quizá, o algún pájaro pequeño. Notó su complacencia, la suculenta satisfacción que le había proporcionado el acto, como olas calientes que bañaran su propio cuerpo. Amy se levantó a medida que Peter echaba a andar hacia ella, pasando entre las luciérnagas. Había tantas que parecía como si Peter, como si los dos nadaran por un mar de estrellas. *Amy.* La voz de él como un suave soplo de puro anhelo, como si respirara su nombre. *Amy, Amy, Amy.*

Ella levantó la mano; Peter la imitó. El hueco entre los dos se cerró. Los dedos se entrelazaron, la suave presión de la palma de Peter contra la suya.

¿Soy…?

Amy asintió.

—Sí.

Y… ¿soy tuyo? ¿Te pertenezco?

Ella notó el desconcierto del hombre. El trauma era reciente, seguía desorientado. Tensó los dedos para aferrarle la mano con fuerza y le sostuvo la mirada.

—Tú eres mío y yo soy tuya. Nos pertenecemos el uno al otro, tú y yo.

Un silencio. A continuación: *Nos pertenecemos el uno al otro. Tú eres mía y yo soy tuyo.*

—Sí, Peter.

Peter. Él retuvo la idea un instante. *Soy Peter.*

Amy le posó una mano en la mejilla.

—Sí.

Soy Peter Jaxon.

Los ojos de Amy se anegaron de lágrimas. La quietud de aquella noche de luna era espectacular, el mundo en suspenso, Peter y Amy como actores en un escenario de oscuros bastidores iluminados por el haz de un solo foco que caía sobre ellos.

—Sí, ése eres tú. Eres mi Peter.

Y tú eres mi Amy.

Ella se encaminó al oeste. Y durante muchos años después él acudiría cada noche de la misma manera. La conversación se repetiría incontables veces, como un cántico o una oración. Cada visita como si fuera la primera. Al principio él no retenía ningún recuerdo, ni de las noches anteriores ni de los acontecimientos que las habían precedido, como si fuera siempre una criatura nueva, igual que si acabara de nacer en cada ocasión. Pero despacio, conforme los años mudaron en décadas, el hombre dentro del cuerpo —su esencia— se reafirmó. Jamás volvería a hablar, aunque hablaran de muchas cosas con palabras que fluían del contacto de sus manos, los dos a solas entre las estrellas.

Pero eso vendría más tarde. Ahora, plantado en el campo de luciérnagas, bajo la luna de verano, Peter le preguntó:

¿Adónde vamos?

—A casa —respondió Amy—. Mi Peter, mi amor. Vamos a casa.

Michael había dejado atrás la bahía. Por encima del mamparo de popa, la imagen de la ciudad se desdibujó. Era la hora de la verdad. ¿Al sur, como le había dicho a Amy, o tomaba un rumbo nuevo?

No tenía ni que considerarlo.

Cambió de bordada para poner rumbo al nordeste. El viento soplaba a favor, la mar brillaba con un suave color turquesa. Por la tarde bordeó la punta de Long Island y salió a mar abierto. Tres días después de dejar Nueva York, recaló en Nantucket. La isla era sobrecogedoramente hermosa, con largas playas de blanquísima arena y altas olas. Por lo que parecía, no había edificios allí, o no que él alcanzara a ver; la mano del océano había borrado todo rastro de civilización. Anclado en una gruta, hizo los últimos cálculos y, al alba, zarpó de nuevo.

Pronto el océano cambió. Se oscureció, mostró un rostro enfurruñado. Acababa de entrar en una mar inhóspita, lejos de tierra firme. No sintió miedo sino emoción y, muy en el fondo, una electrizante sensación de que estaba haciendo bien. Su barco, el *Nautilus*, era sólido; tenía el viento, el mar y las estrellas para guiarlo. Esperaba arribar a la costa inglesa al cabo de veintitrés días, aunque puede que se equivocase. Había muchas variables en juego. Puede que tardase un mes, o más tiempo; tal vez acabase en Francia o incluso en España. A saber.

Michael Fisher estaba decidido a averiguar qué había ahí fuera.

84

Fanning tomó conciencia de su entorno despacio y por partes. Al principio únicamente notó la arena fría bajo los pies. A continuación oyó el rumor de las olas, que barrían con languidez una orilla tranquila. Tras un lapso de tiempo indefinido, se perfilaron nuevos detalles. Era de noche. Infinidad de estrellas tachonaban un cielo aterciopelado, infinitamente profundo. El aire era fresco pero apacible, como después de un día de lluvia. Detrás de Fanning, algo elevadas, en lo alto de un escarpado risco sembrado de zosteras y ciruelos, había casas. Sus caras blancas brillaban débilmente al reflejo de la luna, que ascendía desde el mar.

Echó a andar. Tenía mojada la orilla del pantalón y, por lo que parecía, había perdido los zapatos, o tal vez hubiera llegado ya sin ellos. No sabía adónde iba, tan sólo lo impulsaba la sensación de que la situación requería que se pusiera en marcha. Ni el inopinado entorno ni la sensación de hallarse en una realidad flexible le provocaban desazón. Más bien al contrario: la situación se le antojaba irremediable de un modo tranquilizador. Cuando intentaba recordar algo de lo sucedido antes de su llegada a ese lugar, nada acudía a su mente. Sabía quién era y, sin embargo, su historia personal parecía carecer de coherencia narrativa. Una vez, lo sabía, fue un niño. No obstante, aquel período de su vida, como todos los demás, únicamente le evocaba una serie de sensaciones y emociones de índole metafórica. Su madre y su padre, por ejemplo, no residían en su memoria como perdonas dotadas de individualidad sino como la misma sensación de calor y seguridad que te proporcionaría un baño en la infancia. El pueblo en el que se crio, cuyo nombre había olvidado, no adquiría la forma de un conjunto de casas y calles diferenciado sino la imagen de la lluvia que cae al otro lado del cristal sobre las hojas de verano. Todo resultaba sumamente extraño, no inquietante pero inesperado, en particular el hecho de que ignorase cualquier detalle relativo a su vida adulta. Sabía que había sido feliz, también desgraciado. Y que durante largo tiempo se había sentido infinitamente solo. No obstante, cuando trataba de reconstruir las circunstancias, tan sólo recordaba un reloj.

Durante un buen rato, sumido en aquel imprevisto y, en general, agradable estado de desmemoria, caminó por la ancha franja de arena que discurría junto al borde del agua. La luna, dejando atrás el horizonte, había interrumpido su arqueado ascenso. La marea estaba alta, con descaro, el cielo inmenso. Por fin una figura se perfiló a lo lejos. Al principio su paseo no redujo las distancias. Luego, con un gesto que se le antojó telescópico, la brecha empezó a acortarse.

Liz estaba sentada en la arena abrazándose las rodillas, mirando el agua. Llevaba un vestido blanco de alguna tela vaporosa, ligera como un camisón. Igual que Fanning, iba descalza. Él recordó vagamente que le había sucedido algo, una desgracia, aunque no habría podido especificar de qué se trataba. Se había marchado, nada más, y ahora había regresado. Al verla lo embargó la felicidad, una dicha inmensa, y si bien ella no pareció percatarse de su presencia, Fanning tuvo la sensación de que lo estaba esperando.

—Liz, hola.

La mujer alzó la vista. Sus ojos titilaron a la luz de las estrellas.

—Vaya, estás aquí —respondió ella, sonriendo—. Me preguntaba cuándo llegarías. ¿Me has traído algo?

De hecho, sí. Llevaba las gafas de Liz en la mano. Qué curioso.

—¿Me las das, por favor?

Liz aceptó las gafas, volvió la cara una vez más hacia la playa y se las puso.

—Uf —observó con un cabeceo de satisfacción—, mucho mejor. No veo ni torta sin ellas. Si quieres que te diga la verdad, no era consciente de estar en un sitio tan bonito. Qué desperdicio. Pero ahora lo veo todo de maravilla.

—¿Dónde estamos? —quiso saber él.

—¿Por qué no te sientas?

Fanning tomó asiento en la arena, junto a ella.

—Muy buena pregunta —dijo Liz—. En la playa, te diría. Estamos en la playa.

—¿Cuánto tiempo llevas aquí?

Ella se llevó un dedo a los labios.

—Pues mira, es muy raro. Si me lo hubieras preguntado hace un rato, te habría dicho que mucho tiempo. Pero ahora que estás aquí no me parece tanto.

—¿Estamos solos?

—¿Solos? Sí, creo que sí. —Liz se interrumpió. Una expresión traviesa asomó a su rostro—. No reconoces nada de esto, ¿verdad? No pasa nada; tardas un poco en acostumbrarte. Te aseguro que cuando yo llegué, no entendía nada de nada.

Él miró a su alrededor. Era verdad; ya había estado allí.

—Siempre me he preguntado —prosiguió Liz— qué habría pasado si aquella noche nos hubiéramos besado. ¿Qué rumbo habrían tomado entonces nuestras vidas? Ya sé que lo habrías hecho si yo no hubiera estado tan borracha, claro. Qué llorica soy. Tuve la culpa de todo desde el principio.

De golpe y porrazo, Fanning recordó. La casa de la playa que los padres de Liz tenían en Cape Cod; allí estaban. Aquel lugar en el que, hacía mucho tiempo, dejaron pasar la vida de largo al no expresar lo que sus corazones habían comprendido ya.

—¿Cómo hemos llegado… aquí?

—Ah, me parece que el cómo no es la cuestión.

—¿Y cuál es la cuestión?

—La cuestión, Tim, es «por qué».

Lo miraba con suma atención, con una mirada que pretendía consolarlo, como si estuviera enfermo. Liz le había tomado la mano sin que él se diera demasiada cuenta. Estaba caliente como una taza de té.

—No pasa nada —dijo ella con voz queda—. Desahógate. Ahora puedes hacerlo.

Súbitamente, la mente de Tim pareció desplomarse. Lo recordó todo. El pasado se encabritó en su interior, de principio a fin. Vio rostros; revivió días; vivió la hora de su nacimiento y cada una de las siguientes. Se estaba ahogando, no podía respirar.

—Es lo único que tienes que hacer, tienes que dejarlo salir.

Lo había rodeado con los brazos. Él estaba temblando, llorando, derramando lágrimas como no había derramado jamás en su vida. Sus penas, el dolor, las atrocidades que había cometido.

—Todo está perdonado, querido mío, mi amor. Todo está perdonado, nada está perdido. Las cosas que amaste volverán a ti. A eso has venido aquí.

Él gemía y se estremecía. Elevó su llanto a los cielos. Las olas iban y venían con su ritmo antiguo. Las estrellas vertían su luz primordial sobre él.

Estoy aquí, Liz, su Liz, decía. *Ya está, todo irá bien. Amor mío, estoy aquí.*

Hizo falta algún tiempo. Tuvieron que pasar días, semanas, años. Pero eso no importaba. No sería más que un parpadeo, menos que eso. Todo quedó relegado al pasado excepto algo, y ese algo era el amor.

XIII

LA MONTAÑA
Y LAS ESTRELLAS

Y por allí salimos, a contemplar de nuevo las estrellas.

DANTE ALIGHIERI, *INFIERNO*

85

—Apágalo —ordenó Lore.

Rand la miró, impávido. Estaban en la sala de motores; un calor sofocante, el aire latiendo al ritmo de los estrepitosos motores. El pecho de Rand, ancho y desnudo, brillaba de sudor.

—¿Estás segura?

Las reservas de combustible se reducían a cuatro mil quinientos kilos de fueloil.

—Por favor —pidió Lore—, no discutas conmigo. No tenemos elección.

Rand se acercó la radio a la boca.

—Se acabó, caballeros. Apagamos. Weir, conecta el generador a la red auxiliar: sólo bombas de sentina, luces y desalinizadoras.

Un chasquido y la voz de Weir se dejó oír.

—¿Lo ha dicho Lore?

—Sí, lo ha dicho ella. Ahora mismo la tengo delante.

Transcurrió un instante. El estruendo cesó, reemplazado por un zumbido eléctrico. En lo alto, las enjauladas bombillas parpadearon, se apagaron y a continuación, como de mala gana, volvieron a encenderse.

—Entonces, ¿se acabó? —preguntó Rand—. ¿Vamos a morir en el agua?

Lore no supo qué responder.

—Lo siento, no debería haberlo formulado así.

Ella desdeñó el asunto con un gesto de la mano.

—Olvídalo.

—Sé que has hecho lo posible. Todos lo hemos hecho.

Lore no tenía nada que decir. Estaban a la deriva en un monstruo de veinte mil toneladas de acero.

—A lo mejor aún se nos ocurre qué hacer —propuso Rand.

Lore ascendió a la cubierta del barco y de ahí subió las escaleras que llevaban al puente de mando. Corría la mañana del trigésimo noveno día en el mar y el sol ecuatorial ardía ya como un horno. No soplaba ni una gota de viento; reinaba la calma chicha. Muchos de los pasajeros estaban tirados por la cubierta, acurrucados a la sombra de las lonas. En la mesa de cartas náuticas descansaban las hojas de papel grueso y fibroso en el que Lore había llevado a cabo los cálculos finales. Después de rodear el cabo de Hornos, las corrientes los habían detenido casi en seco. Con el motor a toda potencia, apenas si lograban avanzar entre las enormes olas que se estrellaban contra el casco mientras todo el mundo vomitaba sin cesar. Al final lo habían conseguido pero, a medida que Lore veía descender los indicadores del combustible, el coste de su victoria se iba tornando más palpable por momentos. Habían tirado por la borda todo aquello de lo que podían prescindir: trozos de mamparo, puertas, la grúa de carga. Cualquier cosa con tal de reducir el peso, de conseguir una milla más con el fueloil que tenían. No fue suficiente. Se habían quedado cortos por quinientas millas.

Caleb entró en la timonera. Igual que Rand, se había despojado de la camisa. El sol le había pelado la piel de los hombros y las mejillas.

—¿Qué pasa? ¿Por qué nos hemos detenido?

Desde el timón, Lore negó con la cabeza.

—Dios mío. —Durante un segundo pareció perplejo. A continuación alzó la vista—. ¿Cuánto nos queda?

—Podemos mantener las desalinizadoras en marcha durante una semana más o menos.

—¿Y entonces?

—No lo sé, Caleb.

A juzgar por su expresión, Caleb necesitaba sentarse. Se dejó caer en el banco de la mesa.

—La gente se va a dar cuenta, Lore. No podemos apagar los motores sin decirles nada.

—¿Y qué quieres que les diga?

—Podríamos decirles una mentira.

—No es mala idea. ¿Por qué no piensas algo?

La sensación de fracaso abrumaba a Lore. Había hablado con excesiva brusquedad.

—Perdona, no quería hablarte así.

Caleb inspiró profundamente.

—No pasa nada, lo entiendo.

—Dile a la gente que se trata de una avería sin importancia, que no hay de qué preocuparse —propuso Lore—. Así ganaremos un par de días.

Caleb se levantó y le plantó una mano en el hombro.

—Tú no tienes la culpa.

—¿Y quién si no?

—Lo digo en serio, Lore. Hemos tenido mala suerte. —Aumentó la presión en su hombro con un gesto de consuelo que no la consoló en absoluto—. Saldré a decirlo.

Tras la partida de Caleb, Lore se quedó sentada a solas durante un buen rato. Estaba agotada, sucia, abatida. Sin los motores, el barco carecía de alma, era un peso muerto.

Perdóname, Michael, pensó. *He hecho todo lo posible, pero no ha sido suficiente.*

Enterró la cara entre las manos.

El día estaba avanzado cuando descendió a las cubiertas inferiores. Se topó con Sara al tiempo que la mujer cerraba la puerta del camarote de Greer.

—¿Cómo está?

Sara negó con la cabeza. Mal.

—No creo que dure mucho más. —Se interrumpió un instante y añadió—: Caleb me ha contado lo de los motores.

Lore asintió con tristeza.

—Bueno, si puedo ayudar en algo, dímelo. A lo mejor no tenía que ser.

—No eres la primera que dice eso.

Al ver que Lore no seguía hablando, Sara suspiró.

—A ver si lo puedes convencer de que coma algo. Le he dejado una bandeja junto al catre.

Lore observó cómo Sara se alejaba por el pasillo. Luego, sin hacer ruido, giró la manija y entró. Un tufo a sudor, orina y mal aliento impregnaba el aire, además de un olor distinto, como a fruta fermentada. Greer yacía boca arriba en la litera, tapado con una sábana hasta la barbilla, los brazos tendidos a ambos lados del cuerpo. Al principio Lore pensó que estaba dormido —ahora lo hacía buena parte del tiempo— pero al oírla entrar volvió la cabeza hacia ella.

—Me preguntaba cuándo vendrías.

Lore arrimó un taburete a la cama. El hombre era una sombra de sí mismo, un saco de huesos. Su carne, de un tono amarillento, poseía una textura húmeda y translúcida, como las capas internas de una cebolla.

—Supongo que te has dado cuenta —dijo ella.

—Es difícil no notarlo.

—No intentes animarme, ¿vale? Mucha gente lo está haciendo y ya me estoy hartando. Y a ver, ¿qué es eso de que no quieres comer?

—Para qué tomarme la molestia.

—Tonterías. Venga, levanta.

Estaba demasiado débil como para incorporarse por sí mismo. Lore lo ayudó a sentarse y le encajó una almohada entre la espalda y el mamparo.

—¿Bien?

Él esbozó una sonrisa valerosa.

—Nunca he estado mejor.

En la bandeja había un vaso de agua y un tazón de gachas, además de una cuchara y una servilleta. Ella le tendió la servilleta sobre el pecho y procedió a darle las gachas a cucharadas. Greer movía los labios y la lengua con tiento, como si un acto tan simple como comer le requiriese un enorme esfuerzo de concentración. Pese a todo, consiguió tomar una buena cantidad antes de indicar con un gesto que tenía bastante. Ella le enjugó la barbilla y le acercó el vaso de agua a los labios. Greer tomó un pequeño trago. Lore sabía que lo hacía para complacerla. Mientras le daba de comer, había visto una palangana manchada de sangre a los pies de la cama.

—¿Ya estás contenta? —preguntó él, y Lore dejó el vaso sobre la bandeja.

Por poco se echa a reír.

—Qué pregunta.

—Si Michael te escogió, fue por algo. Sigues siendo la misma que hace treinta y nueve días.

Súbitamente las lágrimas acudieron a los ojos de la mujer.

—Maldita sea, Lucius. ¿Qué le voy a decir a la gente?

—Aún no les vas a decir nada.

—Pero se van a dar cuenta. Seguro que muchos ya lo han deducido.

Greer señaló la mesilla de noche con un gesto.

—Abre el cajón —pidió—. El superior.

En el interior encontró una sola hoja de papel grueso, doblado en tres partes y lacrado. Durante varios segundos Lore se limitó a mirarlo, estupefacta.

—Es de Michael —aclaró Greer.

Lore lo sostuvo en la mano. Apenas si pesaba nada —era papel, nada más—, pero parecía mucho más. Se le antojaba una carta enviada desde el más allá. Se secó las lágrimas con el dorso de la mano.

—¿Qué dice?

—Sólo él lo sabe. Únicamente me dijo que no lo abrieras hasta que hubiéramos llegado a la isla. Son sus órdenes.

—¿Y por qué me lo das ahora?

—Porque me parece que lo necesitas. Él creía en ti. Creía en el *Bergensfjord*. La situación es la que es; no voy a decir lo contrario. Pero es posible que encuentres una solución.

Ella titubeó antes de decir:

—Me contó cómo habían muerto los pasajeros. Cómo se habían suicidado, sellando el barco y redirigiendo adentro los humos del motor.

—No adelantes acontecimientos, Lore.

—Yo sólo digo que él sabía que existía la posibilidad. Quería que estuviera lista.

—Aún no estamos tan desesperados. Muchas cosas pueden pasar antes de que lleguemos a eso.

—Ojalá tuviera tu fe.

—Pues apóyate en la mía. O en la de Michael. Bien sabe Dios que tuve que recurrir a la suya montones de veces. Todos lo hicimos. De no haber sido así, ninguno de nosotros estaría aquí.

Transcurrió un breve silencio.

—¿Cansado? —preguntó Lore.

A Greer se le cerraban los ojos.

—Un poco, sí.

Ella le posó la mano en el brazo.

—Tú descansa, ¿de acuerdo? Vendré a verte más tarde.

Lore se levantó y se encaminó a la puerta.

—¿Lore?

La mujer se volvió a mirarlo desde el umbral. Greer tenía los ojos clavados en el techo.

—Un milenio —dijo—. Ése es el tiempo.

Lore aguardó a que él añadiera algo más, pero no lo hizo. Por fin, objetó:

—No te entiendo.

Greer tragó saliva.

—En caso de que Amy y los demás fracasen. Habrá que dejar pasar mil años antes de que nadie pueda volver. —Inspiró profundamente y soltó el aire despacio a la vez que cerraba los ojos—. Te lo digo únicamente porque puede que más tarde ya no esté aquí para decírtelo.

Ella salió al pasillo y regresó a la timonera, donde se sentó a la mesa de cartas. Al otro lado del parabrisas, el anochecer empezaba a apoderarse del cielo. Un banco de nubes, del mismo grosor y textura que las fibras de algodón sin peinar, se desplazaba procedente del sur. A lo mejor tenían suerte y llovía un poco. Observó cómo el sol se hundía en el horizonte con un destello final. Un súbito cansancio se abatió sobre ella. Pobre Lucius, pensó. Pobres de nosotros. El mundo podría seguir girando un rato sin ella, decidió, y apoyó la cabeza en la mesa, recostada sobre los brazos. Al poco se quedó dormida.

Soñó muchas cosas. En uno de los sueños volvía a ser una niña y estaba perdida en un bosque; en otro, se encontraba encerrada en un armario; en un tercero llevaba un pesado objeto en las manos cuya función desconocía pero no podía soltarlo. Los sueños no eran agradables pero tampoco llegaban a ser pesadillas. Cada uno se fundía con el siguiente privándolo así de su poder —no alcanzaban un clímax, no contenían un momento de terror mortal— y, como sucede a veces, Lore era consciente de que soñaba, de que se hallaba en una región simbólica e inocua.

El último sueño de la trigésimo novena noche que Lore pasó en el mar apenas si lo fue. Se hallaba en un prado. Reinaba el silencio, pero ella era consciente de que se avecinaba peligro. El color del aire empezó a mudar, al principio a amarillo y luego a verde. Se le erizó el vello de los brazos y la nuca, como por efecto de la electricidad estática. Al mismo tiempo, una fuerte ventolera se desató a su alrededor. Volvió la cara al cielo. Nubes negras y plateadas se arremolinaban allá en lo alto. Con un intenso chasquido y un fuerte olor a ozono, un rayo cayó a la tierra, delante de ella, y la cegó por completo.

Lore echó a correr. Una lluvia torrencial empezó a caer al mismo tiempo que, en el cielo, las tumultuosas nubes se condensaban en un tornado.

La tierra temblaba, el trueno estallaba; los árboles estaban ardiendo. La tormenta la perseguía. Iba a acabar con ella. Cuando el tornado tocó tierra a su espalda, un rugido ensordecedor, animal, desgarró el aire. La izó como si fuera un puño y súbitamente el suelo desapareció bajo sus pies. Una voz la llamaba desde muy lejos. Lore ascendía, más y más arriba, giraba lejos de la superficie de la Tierra...

—¡Lore, despierta!

Levantó la cabeza de golpe. Rand la estaba mirando. ¿Por qué estaba empapado? ¿Y por qué todo se movía?

—¿Qué demonios estás haciendo? —ladró Rand. La lluvia y las olas se estrellaban contra el parabrisas—. Tenemos problemas serios.

Mientras Lore intentaba levantarse del banco, la cubierta se inclinó. La puerta se abrió de golpe y ráfagas de viento y lluvia estallaron en el puente de mando. Otro gemido procedente de las profundidades del barco y la cubierta procedió a declinar en sentido contrario. Lore patinó y se estampó contra el mamparo. Por un instante pareció que el barco se iba a quedar así, pero entonces el movimiento se revirtió. Agarrada al borde de la mesa para no perder el equilibrio, Lore hizo esfuerzos por mantenerse de pie.

—¿Cuándo diablos ha empezado esto?

Rand estaba aferrado al borde del sillón del piloto.

—Hace unos treinta minutos. Ha comenzado de golpe y porrazo.

Ahora navegaban de costado. Los rayos estallaban, los cielos se estremecían. Enormes olas rebasaban la barandilla.

—Baja y enciende los motores —ordenó Lore.

—Agotaremos el poco fueloil que nos queda.

—No tenemos más remedio. —La mujer se ató al sillón del piloto; el agua corría por el suelo—. Si no podemos controlar el timón, esto se va a partir en pedazos. Sólo espero que tengamos bastante combustible para cruzar la tormenta. Habrá que arrancar la máxima potencia a los motores.

Mientras Rand salía, entró Caleb trayendo la tormenta consigo. Estaba más pálido que un fantasma; si era de miedo o de náuseas, Lore no lo sabía.

—¿Está todo el mundo a cubierto? —preguntó.

—¿Tú qué crees? Eso de ahí abajo parece un concurso de gritos.

Lore se ató las correas del sillón con fuerza.

—Esto va a ser duro, Caleb. Hay que cerrar todas las escotillas. Diles a todos que se amarren como puedan.

Él asintió con gravedad y se dio media vuelta para marcharse.

—¡Y cierra la maldita puerta!

El barco se posó en la siguiente depresión y se torció en un ángulo peligroso antes de cabalgar otra ola. Con el combustible casi agotado, carecían de lastre; no haría falta demasiado para volcarlos. Lore miró el reloj. Eran las 05:30. Pronto rompería el alba.

—Maldita sea, Rand —murmuró—. Venga, venga.

Los indicadores de la presión cobraron vida; la electricidad fluyó por todo el panel. Lore estabilizó el timón y abrió al máximo el regulador. La brújula giraba como una peonza. Con tortuosa lentitud, la proa se encaró con el viento.

—¡Venga, chica!

Surcando el agua y resistiendo, la proa se hundió en la siguiente depresión como si bajara una montaña. La espuma inundó la cubierta. Durante un segundo, la parte anterior del barco se sumergió por completo. A continuación ascendió, con el casco encabritado como un animal rampante.

—¡Muy bien! —gritó Lore—. ¡Hazlo por mamá!

Y se sumió en la rugiente oscuridad.

La tormenta siguió aullando durante doce horas seguidas. Más de una vez, conforme las olas gigantes se estrellaban contra la proa, Lore temió que hubiera llegado el final. En cada ocasión, la cubierta se hundía por avante en el abismo. En cada ocasión, volvía a asomar.

Más que amainar, la tormenta cesó. Ahora aullaba el viento y la lluvia azotaba; y al minuto siguiente, todo había terminado. Fue igual que si hubieran salido de un mundo para entrar en otro: violento el uno, sumamente apacible el otro. Con calambres en las manos, Lore se desató las correas. No tenía ni idea de cómo iban las cosas abajo ni tampoco le preocupaba demasiado ahora mismo. Estaba cansada y sedienta, y necesitaba hacer pis. Se agachó sobre el orinal que guardaba en la timonera y salió para tirar el contenido por la borda.

Las nubes empezaban a escampar. Permaneció un momento ante la barandilla para mirar el cielo del anochecer. No sabía dónde estaban; desde que la tormenta se había desatado, no había podido mirar la brújula. Habían sobrevivido, pero ¿a qué precio? Apenas si les quedaba fueloil. Bajo la popa del *Bergensfjord*, las hélices giraban con suavidad, impulsando el barco por el mar en calma.

Rand asomó de la escotilla principal y subió las escaleras. Se unió a Lore en la barandilla.

—Debo reconocer que el mar está precioso —observó—. Nadie diría que acabamos de cruzar una tormenta.

—¿Cómo van las cosas por ahí abajo?

Rand se encogió sobre sí mismo. Oscuras ojeras de fatiga le rodeaban los ojos y tenía un pegote en la barba, quizá de vómito.

—Las bombas de sentina están en marcha. Pronto habremos vaciado toda el agua. Hay que reconocérselo a Michael. Ese hombre sabía construir un barco.

—¿Algún herido?

Rand se encogió de hombros de nuevo.

—Algún que otro hueso fracturado, he oído. Cortes, arañazos. Sara se está ocupando de todo. Lo bueno es que nadie va a querer comer nada hasta dentro de una semana. Así ahorraremos comida. Huele fatal ahí abajo. —Miró a Lore un momento y luego añadió, con cautela—: ¿Quieres que apague los motores? Cuando tú digas.

Ella lo meditó.

—Enseguida —dijo.

Permanecieron un rato en silencio, observando cómo el sol se ponía por estribor. Las últimas nubes escampaban, iluminadas por una luz morada. En la zona de avante, un banco de peces nadaba cerca de la superficie. Lore los estaba observando cuando un ave de alas negras y cabeza anaranjada planeó cerca de la superficie, hundió el pico —un picotazo rápido y seco—, sacó un pez y se lo echó a la garganta antes de salir volando.

—Rand. Eso es un pájaro.

—Ya sé que es un pájaro. He visto pájaros otras veces.

—No, en mitad del océano no has visto ninguno.

Lore salió disparada en dirección al puente de mando y regresó con unos prismáticos. Tenía el corazón desbocado, el pulso en la garganta. Se llevó las lentes a los ojos y oteó el horizonte.

—¿Ves algo?

Ella levantó una mano para hacerlo callar.

—Espera.

Desplazó la vista despacio a través de los prismáticos. Al llegar al sur, se detuvo en seco.

—Lore, ¿qué ves?

Ella retuvo la imagen durante unos segundos para asegurarse. Ay, la madre, pensó. Se despegó los prismáticos de los ojos.

—Haz que suban a Greer —pidió.

Para cuando consiguieron llevar a Greer a la cubierta, caía la noche. No parecía que Lucius estuviera sufriendo; el dolor ya había cesado. Tenía los ojos cerrados. Tal vez no sabía ya dónde se encontraba ni qué estaba pasando. Bajo la supervisión de Sara, Caleb y Hollis lo transportaron en una camilla. Otros se habían congregado en cubierta; la buena nueva había corrido como la pólvora. Pim estaba allí, con Theo y las niñas, y también Jenny y Hannah, y Jock y Grace con su recién nacido, y la tripulación al completo, agotada tras la batalla con la tormenta. Todos se apartaron para cederle el paso a la camilla.

Cuando llegaron a proa, dejaron la camilla en el suelo. Lore se acuclilló a su lado y le rodeó la mano con los dedos. Lucius tenía la piel fría y seca, colgante.

—Lucius, soy Lore.

Un gemido quedo surgió del fondo de su garganta.

—Tengo algo que enseñarte. Algo maravilloso.

Le deslizó la mano izquierda por debajo del cuello y, con cuidado, le inclinó la cara hacia delante.

—Abre los ojos —le pidió.

El hombre despegó los párpados, apenas una rendija y luego un poco más. Se diría que empleaba sus últimas fuerzas para ejecutar esa minúscula acción. Todos guardaban silencio, esperando. La isla se oteaba ahora a simple vista, justo avante: una montaña aislada y frondosa asomaba del mar. Sobre la misma, una cruz de cinco brillantes estrellas perforaban el ocaso.

—¿Lo ves? —susurró.

Apenas si le quedaba aliento. La muerte afloraba ya en el rostro del hombre. Transcurrieron unos instantes mientras Lucius trataba de enfocar la mirada. Por fin, la más leve de las sonrisas se dibujó en sus labios.

—Es… hermosa —dijo Greer.

86

Lucius Greer vivió tres días más, lo que le valió el privilegio de ser el primer colono de esa isla, todavía sin bautizar, que falleció en sus tierras. No volvió a hablar; podría decirse incluso que no volvió a recuperar la consciencia. Sin embargo, de tanto en tanto, cuando Sara o alguno de los demás lo atendían, la sonrisa reaparecía, como si despertara de un sueño maravilloso.

Lo enterraron en un claro rodeado de palmeras con vistas al mar. Aparte de los hombres que habían trabajado en la construcción del barco, pocos viajeros conocían al hombre o sabían quién era siquiera y menos aún los niños, que tan sólo habían oído vagos rumores de un moribundo en un camarote del barco y cuyas alegres voces se dejaron oír durante la ceremonia. A nadie le importó; a todos les pareció apropiado. Lore fue la primera en hablar, seguida de Rand y Sara. Habían decidido de antemano que cada uno contaría una historia. Lore habló de la amistad de Greer con Michael; Rand, de los relatos que le había narrado sobre su vida como Expedicionario; Sara, del día que Greer y ella se conocieron, tantos años atrás, en Colorado y de todo lo que allí aconteció. Cuando terminaron, se pusieron en fila para que cada uno colocara una piedra sobre la tumba, marcada con un sencillo recordatorio que Lore había fabricado con trozos de madera:

LUCIUS GREER,
PROFETA, SOLDADO, AMIGO

Al día siguiente, un pequeño grupo usó dos de las lanchas neumáticas para regresar al *Bergensfjord*, anclado a cosa de un kilómetro de la costa. Habían discutido mucho al respecto —el barco contenía toda clase de materiales aprovechables— pero Lore no dio su brazo a torcer y, como capitana que era, tenía la última palabra. Le daremos descanso, dijo. Michael lo quiso así.

De hecho, había aguardado al segundo día de estancia en la isla para abrir el sobre de Michael y, para entonces, ya sospechaba lo que rezaba la nota. No sabía a ciencia cierta de dónde procedía su intuición; tal vez porque conocía bien al hombre. Así pues, sin excesiva sorpresa, más bien con la agradable sensación de estar oyendo su voz, leyó las tres simples frases que contenía la carta.

Mira en el cofre 16 de la bodega de popa.
Hunde el barco.
Volved a empezar.
Con amor, M

El cofre de la bodega contenía un cajón de explosivos, así como rollos de cable y un radio detonador. Michael le había dejado instrucciones para efectuar la explosión. Caleb y Hollis tendieron los cables por los pasillos mientras que Lore y Rand se encargaron de distribuir los explosivos por el casco. En los depósitos de fueloil, ahora casi vacíos, había gases diésel, altamente inflamables, para dar y tomar. Lore conectó los mezcladores, abrió las válvulas y colocó la carga final.

No hubo que comentar qué hacer a continuación; era trabajo de Lore. Los hombres regresaron a las lanchas. Lore paseó una última vez por el barco, recorriendo camarotes vacíos y pasillos desiertos. Pensó en Michael, pues ambos, Michael y el *Bergensfjord*, eran uno y el mismo en su mente. Estaba triste pero también rebosante de gratitud por todo aquello que le habían concedido.

Ascendió a la cubierta y se encaminó hacia la popa del barco. El detonador era una pequeña caja de metal que se accionaba mediante una llave. Sacó la llave, que llevaba colgada de una cadena al cuello, y la insertó en la ranura con cuidado. Rand y los demás la esperaban abajo, en los botes.

—Adiós, Michael.

Giró la llave y corrió hacia la popa del barco. Debajo, las explosiones se sucedían en dirección a los depósitos de combustible. Llegó al acceso como una exhalación, dio tres zancadas y saltó.

Lore DeVeer, capitana del *Bergensfjord*, surcó el aire.

Se zambulló limpiamente, casi sin salpicar. La rodeó un hermoso mundo azul. Se dio la vuelta y miró a lo alto. Transcurrieron unos cuantos segundos; entonces, un fogonazo iluminó la superficie del agua. El mar se estremeció con una explosión ahogada.

Emergió a pocos metros de los botes. A su espalda, el *Bergensfjord* ardía, proyectando al cielo un penacho de humo negro. Caleb la ayudó a subir.

—Buen salto —aplaudió.

Lore se sentó en el banco del bote. El *Bergensfjord* se hundía por la popa. Cuando la proa del barco se despegaba del agua para mostrar su morro enorme y bulboso, los gritos estallaron en la playa. Los niños, emocionados ante aquella fantástica exhibición, aplaudían y vitoreaban. Cuando el casco alcanzó un ángulo de cuarenta y cinco grados con respecto al agua, el barco comenzó a hundirse a una velocidad sorprendente. Lore cerró los ojos; no quería presenciar el instante final. Cuando los abrió nuevamente, el *Bergensfjord* había desaparecido.

Remaron de vuelta a la costa. En cuanto pisaron la playa, Sara acudió corriendo por la arena.

—Caleb, será mejor que vengas —anunció.

Pim había roto aguas. Caleb la encontró refugiada bajo una lona tendida entre dos árboles, acostada sobre uno de los finos colchones que habían arrancado del *Bergensfjord*. Su rostro reflejaba tranquilidad, aunque transpiraba al calor de la humedad tropical. A lo largo de las últimas semanas la melena se le había espesado de un modo sorprendente y el tono de su cabello había mudado a un castaño vivo que destellaba rojizo al sol.

—*Eh* —la saludó Caleb.

—*Eh a ti también.* —A continuación, con una sonrisa—. *Vaya cara más seria. No te preocupes. Será un momento.*

Caleb miró a Sara y preguntó:

—¿Está bien?

Al mismo tiempo, traducía las palabras al lenguaje de signos. Nada de secretos; ahora, no.

—Diría que todo va bien. El parto se ha adelantado unos días, nada más. Y tiene razón. Las cosas van más deprisa la segunda vez.

El parto de Theo había durado una eternidad, casi veinte horas desde la primera contracción hasta la última. Caleb casi se muere de preocupación, aunque menos de un minuto después de que Theo asomara la cabeza, Pim ya era toda sonrisas y pedía tomarlo en brazos.

—Quédate por aquí —le pidió Sara a Caleb—. Hollis cuidará de Theo y de las niñas.

Caleb notó que la mujer se estaba callando algo. Se la llevó aparte.

—Suéltalo —le pidió.

—Bueno. El caso es que… oigo dos corazones.

—Dos —repitió él.

—Gemelos, Caleb.

Él se limitó a mirarla con atención.

—¿Y no lo has sabido hasta ahora?

—A veces pasa. —Sara lo asió por el brazo—. Pim es fuerte; no es su primer parto.

—Sí de gemelos.

—Viene a ser lo mismo, hasta el momento final.

—Por Dios. ¿Cómo voy a distinguirlos?

Una inquietud absurda, y sin embargo fue el primer pensamiento que le vino a la mente.

—Lo harás. Además, puede que no sean idénticos.

—¿De verdad? ¿Cómo funciona eso?

A Sara se le escapó la risa.

—No tienes ni idea, ¿verdad?

Caleb tenía las tripas revueltas de la ansiedad.

—Supongo que no.

—Tú quédate con ella. Las contracciones llegan aún muy espaciadas. De momento no puedo hacer gran cosa. Hollis entretendrá a los niños. —Le lanzó una mirada maternal—. ¿Vale?

Caleb asintió. Todo aquello lo sobrepasaba.

—Bien hecho —lo animó ella.

Siguió con la mirada el regreso de Sara a la playa antes de volver al refugio. Pim garabateaba en su cuaderno. Era nuevo, muy bonito, encuadernado en piel. Junto a ella, sobre la arena, descansaba un frasco de tinta así como un montón de libros de la colección de Hollis. Pim alzó la vista y cerró el diario de golpe mientras Caleb se sentaba a su lado.

—*Te lo ha dicho.*

—*Sí.*

Pim le sonreía también con una expresión que bordeaba la risa. Caleb se sintió como si se hubiera equivocado de fiesta y acabara de entrar en un sitio donde todos se conocían menos él.

—*Tranquilo* —le dijo ella por signos—. *No es para tanto.*

—*¿Cómo lo sabes?*

—*Porque las mujeres notamos esas cosas.*

Tomó aire de repente y su rostro se contrajo de dolor. Caleb lo vio en sus ojos: su actitud desenfadada era un ardid. Su mujer hacía de tripas corazón para lo que estaba por venir. Con el transcurso de las horas se alejaría de él para internarse en esa región de la que extraía sus inmensas fuerzas.

—*¿Pim? ¿Estás bien?*

Pasaron unos segundos; el rostro de ella se relajó al mismo tiempo que exhalaba un largo soplo de aliento. Volvió la cabeza hacia el montón de libros.

—*¿Me lees?*

Caleb tomó el primer volumen de la pila. Nunca había sido demasiado aficionado a la lectura; los libros le parecían aburridos, por más que su suegro hubiera intentado convencerlo de lo contrario. El título, al menos, prometía: *Guerra y paz*. Puede que fuera interesante, en contra de sus expectativas. Era un libraco enorme; debía de pesar cinco kilos. Abrió la portada y giró la primera página, que estaba repleta de una letra desalentadoramente minúscula, como un manchurrón de tinta.

Temeroso, aunque deseoso de complacerla, Caleb se sentó en la arena, depositó el libro sobre su regazo y empezó a leer por signos:

—*... Bien. Desde ahora Genoa y Lucca no son más que haciendas, dominios de la familia Bonaparte. No. Le garantizo a usted que si no me dice que estamos en guerra, si quiere atenuar aún todas las infamias, todas las atrocidades de este Anticristo (de buena fe, creo que lo es), no querré saber nada de usted, no lo consideraré amigo mío ni será nunca más el esclavo fiel que usted dice.*

El libro proseguía de esa guisa. Caleb estaba perplejo. No pasaba nada al margen de incomprensibles conversaciones que no iban a ninguna parte, repletas de referencias a lugares y personajes que no le decían lo más mínimo. La traducción le resultaba laboriosa; abundaban palabras que no conocía y que le tocaba deletrear. Pese a todo, Pim se estaba divirtiendo. Lanzaba pequeños suspiros de satisfacción sin venir a cuento o agrandaba los ojos previendo lo que se avecinaba o sonreía ante lo que, suponía Caleb, debía de ser el equivalente a una broma en el libro. Al poco se le cansaron las manos. Las contracciones de Pim proseguían, los lapsos entre una y otra se acortaban mientras que su duración se incrementaba. Cuando eso sucedía, Caleb dejaba de leer y esperaba a que el dolor cesara. Pim no parecía aburrida, así que reanudaba la lectura.

Pasaron las horas. Sara los visitaba de tanto en tanto. Tomaba el pulso de Pim, le tocaba el vientre por aquí y por allá, informaba de que todo iba bien, de que las cosas discurrían con normalidad. Acerca de *Guerra y paz*, se limitó a comentar con las cejas enarcadas:

—Buena suerte.

Otros se acercaron también: Lore y Rand, Jenny y Hannah, así como varias personas con las que Pim había trabado amistad en el barco. A mediodía, Hollis llevó a Theo y a las niñas. El chico iba a lo suyo, sentado junto a su madre e intentando llenarse la boca de arena, pero las niñas aguardaban con emoción el nacimiento de su primo —no uno sino dos, como por arte de magia— como si fuera un regalo que dentro de nada les dejarían desenvolver. A lo largo de las semanas que habían pasado en el barco sin apenas nada que hacer, los conocimientos del lenguaje de signos de Elle habían mejorado mucho. Su discurso ya no se limitaba a las frases más elementales. Ahora charlaba por los codos con su tía, ajena a la incomodidad que ésta experimentaba, aunque a Pim no le importaba o, si lo hacía, procuró disimularlo.

—Muy bien —dijo Hollis por fin, dando una palmada—. Vuestra tía necesita descansar. Vamos a buscar conchas a la playa, ¿os parece?

Las niñas protestaron, pero los cuatro se marcharon por fin, Theo encaramado a la cadera de su abuelo. Pim los siguió con los ojos.

—*Cómo se parece a Kate* —observó por signos.

—*¿Cuál?*

Dejó una pausa.

—*Las dos.*

La tarde llegó a su fin. Caleb notaba ahora que en la tienda convergía cierta energía procedente de todas partes. Había corrido la voz: iba a nacer un niño. Por fin, Pim le pidió que dejara de leer.

—*Dejemos el resto para más tarde* —pidió, lo que significaba: a partir de ahora, nada tiene importancia salvo el nacimiento de estos niños. Las contracciones se alargaron y aumentaron de intensidad. Caleb llamó a Sara. Un rápido reconocimiento y la mujer le lanzó una mirada elocuente.

—Ve a lavarte las manos. Trae también un par de toallas limpias.

Jenny había calentado una cazuela de agua. Caleb llevó a cabo lo que le pedían y regresó a la tienda. Pim había empezado a quejarse. Sus gritos y sus jadeos no se parecían a los de otras mujeres. Eran más desarticulados, más parecidos a los de un animal, quizá. Sara levantó la falda de Pim y extendió una toalla bajo su pelvis.

—*¿Preparada para empujar?*

Pim asintió.

—Caleb, siéntate a su lado. Necesito que le traduzcas lo que le diga.

Llegó la siguiente contracción. Pim cerró los ojos con fuerza, levantó las rodillas y clavó la barbilla en el pecho.

—Muy bien —la animó Sara—. Sigue así.

Al cabo de pocos segundos, tortuosos para Caleb, Pim se relajó. Respirando profundamente, recostó la cabeza en la arena otra vez. Caleb se dispuso a descansar un momento, pero casi al instante el proceso se repitió. La larga y lánguida tarde había mudado en una batalla. Caleb tomó las manos de su esposa y le escribió en la palma: *Te quiero. Tú puedes.*

—Allá vamos —dijo Sara.

Pim se retorció y presionó. Sara colocó las manos debajo de su pelvis con las palmas abiertas, como para atrapar una pelota. Un casquete de pelo oscuro apareció y volvió a esconderse; al momento asomó de nuevo. Pim resoplaba rápidamente con los labios fruncidos.

—Una vez más —pidió Sara.

Caleb tradujo las palabras, pero Pim no le prestaba atención. Su cuerpo estaba al mando ahora; se limitaba a seguir sus órdenes. Aferró el brazo de Caleb para mantener el equilibrio, se incorporó y clavó los dedos en su carne y apretó con todo el cuerpo a la vez.

La cabeza reapareció, a continuación los hombros. El bebé se liberó con un murmullo pegajoso cuando Sara lo recogía. Una niña. Sara se la tendió a Jenny, que estaba arrodillada a su lado. La mujer cortó el cordón a toda prisa y, sosteniendo a la recién nacida con un brazo, boca abajo y con la cabeza en la palma, procedió a frotarle la azulada piel de la espalda con un tierno movimiento circular. Un tufillo ahumado flotaba ahora en el refugio, junto con algo dulce, casi floral.

La niña emitió un ruidito húmedo, como un estornudo.

—Coser y cantar —sonrió Jenny.

—Aún no hemos terminado, Caleb —dijo Sara—. Tú te encargas del siguiente.

—No lo dices en serio.

—Aquí todos tenemos que ganarnos las habichuelas. Haz lo mismo que ha hecho Jenny.

Pim se echó hacia delante otra vez. El último empujón no precisó tanta fuerza; el camino ya estaba despejado. Un esfuerzo sostenido y llegó el segundo niño.

Un chico.

Sara se lo tendió a Caleb. El cordón, una brillante cuerda venosa, seguía prendido de su ombligo. El niño emitía calor al tacto y mostraba un color apagado, casi gris. Le sorprendió su maravillosa ingravidez. Qué asombroso que una persona hecha y derecha pudiera crecer a partir de algo tan pequeño. Y no sólo las personas sino todas las criaturas sobre la faz de la Tierra comienzan el viaje del mismo modo. Caleb tuvo la sensación de estar viviendo un milagro. Algo blando y mojado le llenó la palma de la mano. El pecho del bebé se expandió con su primer aliento.

Una vida los había abandonado. Otras dos acababan de llegar. Pim, con los ojos llorosos de alivio, ya sostenía a su hijita. Sara cortó el cordón, lavó al niño con un paño húmedo, lo envolvió en una manta y se lo tendió a Caleb. Una imprevista añoranza se apoderó de él; cuánto le habría gustado que su padre estuviera allí. Durante semanas había mantenido a raya sus sentimientos. Ahora, con sus hijos en brazos, ya no podía contenerlos más.

Las lágrimas corrían por sus mejillas.

87

Llamaron a la niña «Kate»; al chico le pusieron «Peter».

Dos meses habían pasado. Muy pronto la dicha de la llegada mudó en preocupación por hacer de la isla un hogar. Organizaron partidas de caza, reunieron comida, tendieron redes en la playa, cortaron ramas y talaron árboles para construir refugios. La isla parecía ansiosa por colmar sus necesidades. Había muchas cosas nuevas. Plátanos. Cocos. Enormes jabalíes, malos como demonios y muy peligrosos pero deliciosos al gusto una vez cocinados. En la selva, a menos de cien metros de la playa, un manantial de montaña que fluía en forma de cascada llenaba una rocosa gruta de un agua tan fría y tan pura que quitaba la respiración.

Fue Hollis quien sugirió que la primera estructura civil debía ser una escuela. A todos les pareció sensato; sin nada que organizara las horas, los niños se tornarían salvajes como ratones. Escogió el emplazamiento, organizó un grupo y empezó a trabajar. Cuando a Caleb se le ocurrió mencionar que tenían muy pocos libros, el hombre se rio con ganas.

—Parece ser que habrá que volver a empezar en muchos sentidos —observó—. Tendremos que escribir unos cuantos.

No pasó mucho tiempo antes de que los recuerdos de la antigua vida pasaran a un segundo plano. Eso fue, quizá, lo más sorprendente. Todo era nuevo: la comida, el aire, el rumor del viento en las frondosas palmeras, el ritmo de las jornadas. Se diría que había caído una espada sobre sus días para separar el antes del después. Los fantasmas siempre los acompañaban, las personas que habían perdido. A pesar de ello, por todas partes, en la playa y en la selva, se dejaban oír las voces de los niños.

El liderazgo había recaído de manera natural en Lore. Ella se había resistido al principio: *¿Qué sé yo de gobernar un pueblo?* No obstante, el precedente ya estaba sentado: a la gente le costaba obviar que había sido la capitana del barco, y tenía el respeto no sólo de la tripulación a su cargo sino también de las personas a las que había llevado a buen puerto. Lo sometieron a voto y fue elegida por aclamación popular, por encima de sus protestas, que fueron perdiendo intensidad. A continuación se discutió qué cargo debía ejercer. Lore optó por el de «alcaldesa». Organizó una especie de consejo: Sara estaría a cargo de los asuntos médicos; Jenny y Hollis se ocuparían de la escuela; Rand y Caleb supervisarían la construcción de las viviendas; Jock, que resultó ser un as con el arco, organizaría las partidas de caza; y así sucesivamente.

Aún les quedaba por explorar buena parte de la isla, que era mucho más grande de lo que pensaron de buen comienzo. Decidieron organizar dos partidas de expedición, que rodearían la montaña en sentidos opuestos. Rand fue nombrado capitán de un grupo; Caleb, del otro. Regresaron una semana más tarde para informar de que la isla, más que erguirse en solitario, constituía el extremo sur de lo que parecía ser un archipiélago. Dos más se veían desde los acantilados de la vertiente norte y una tercera, tal vez, despuntaba a lo lejos. No habían encontrado rastros de antiguos pobladores, lo que no significaba que no estuvieran ahí. Puede que algún día descubrieran pruebas de que alguien había habitado la isla anteriormente. De momento, sin embargo, la virginidad de las tierras, su estado salvaje y opulencia sugerían soledad.

Eran tiempos de esperanza. No carentes de preocupaciones; había mucho que hacer. Pero estaban en ello.

Pim llevaba varias semanas meditando qué hacer con su cuaderno. La obra estaba terminada, la redacción revisada. Obviamente, la historia que contaba no terminaba, por cuanto desconocía el final. Pero había hecho lo posible.

Poco a poco y con cierta sorpresa por su parte tomó la decisión de enterrarlo o de esconderlo de algún modo similar. Siempre había dado por supuesto que al final mostraría el contenido a los demás. Sin embargo, con el paso de los días, empezó a considerar que los textos no iban dirigidos a personas vivas sino que estaban destinados a algo más importante. Atribuyó aquella intuición al mismo misterioso influjo que la llevó a redactarlos de buen comienzo, y a escribirlos del modo que lo había hecho. Una mañana, poco después de que Caleb regresara de su expedición, despertó con una profunda sensación de calma. Caleb y los niños seguían durmiendo. Pim se levantó en silencio, recogió el diario y los zapatos y salió.

Las primeras luces del alba asomaban por el horizonte. Pronto el asentamiento despertaría pero, de momento, Pim tenía la playa para ella sola. Si le dejabas, el mundo se las arreglaba para conversar contigo; el secreto radicaba en aprender a escuchar. Pim aguardó un momento, paladeando el silencio, escuchando lo que el mundo tenía que decirle esa mañana.

Se alejó del agua para internarse en la selva.

No tenía un destino en mente. Dejaría que los pies la llevaran a donde quisieran. Acabó caminando bajo una densa vegetación en paralelo a la playa, quizás a doscientos metros tierra adentro. Ya habían explorado aquel terreno, por supuesto. Gotas de rocío caían de los árboles y el sol naciente bañaba la cúpula de la selva de una cálida luz verde. El terreno se tornó escabroso, sembrado de rocosos desniveles. Por momentos se veía obligada a ayudarse con las manos para seguir avanzando. Al llegar a una cresta vio una suave depresión al fondo rodeada de tres paredes de roca de las que colgaban largas lianas. Cuentas de agua brillantes como joyas goteaban por el muro del fondo para caer al estanque que se había formado en la base. Descendió con sumo cuidado. Por alguna razón, el paraje se le antojaba nuevo e inexplorado; emanaba la energía de un santuario.

Acuclillada junto al estanque, se llenó las manos de agua y bebió. El agua era cristalina y sabía a piedra.

Se levantó y observó los alrededores. Había algo allí; lo notaba. Algo que ella estaba destinada a encontrar.

Escudriñando el rocoso perímetro, se fijó en una zona en sombras integrada en la densa vegetación. Se encaminó hacia allí. Era una cueva, cuya entrada quedaba tapada por una cortina de lianas. Las apartó. Se trataba de un enclave apropiado —ideal, en realidad— para esconder su diario. Hundió la mano en el bolsillo de su vestido. Sí, una caja de cerillas, una de las últimas. Encendió una y la proyectó hacia la entrada de la cueva. El espacio del interior no era demasiado amplio; más bien parecía la habitación de una casa. La cerilla ardió hasta las yemas de sus dedos. La apagó sacudiendo la mano y encendió una segunda. A la luz de la pequeña llama, entró.

Pim comprendió al instante que no acababa de penetrar en un mero accidente natural sino en un hogar. El espacio contaba con una mesa, una gran cama y dos sillas, todo fabricado a base de troncos toscamente tallados y atados con lianas. Otros objetos igualmente primitivos sembraban el suelo: sencillos taburetes de piedra, cestas tejidas con palmas secas, platos y vasos de barro sin cocer. Encendió otra cerilla y se acercó a la cama. Las sombras se retiraron a su paso, revelando tras de sí una forma humana tendida bajo una manta fina como papel. La retiró. El cuerpo, lo que quedaba de él (huesos secos de color madera, un remolino de pelo), yacía acurrucado de lado, los brazos doblados contra el pecho con un gesto de autoprotección. Si era hombre o mujer, Pim no supo distinguirlo. Junto a la cama, talladas en la pared, había una serie de marcas, pequeñas muescas grabadas en la piedra. Pim contó treinta y dos. ¿Representaban días? ¿Meses? ¿Años? La cama era demasiado grande para una sola persona; había dos sillas, no una. En alguna parte, seguramente cerca de allí, debía de encontrarse la tumba del segundo habitante de la cueva.

Pim salió. No albergaba ninguna duda de que acababa de dar con el escondrijo de su diario. La cueva constituía una consigna del pasado. Sin embargo, ansiaba saber más. ¿Quiénes eran esas personas? ¿De dónde venían? ¿Cómo habían muerto? Parada al borde del estanque, notaba la presencia de esas vidas silenciadas. Recorrió el borde de las paredes. Poco a poco, como si le cayera un velo de los ojos, otras piezas se dejaron ver. Fragmentos de cerámica. Una cuchara de madera. Un círculo de piedras que algún día albergara una hoguera. Al otro lado del estanque llegó a un matorral de hojas gruesas y vellosas. Algo asomaba detrás; una forma ondulada que sobresalía del suelo.

Era una barca o, más exactamente, un bote salvavidas. El casco de fibra de vidrio, de unos seis metros de eslora, se hundía profundamente en el suelo. Estaba cubierto de enredadera, que lo ocultaba casi por completo, y un grueso poso de materia orgánica cubría el fondo, del que surgían pequeñas plantas. ¿Cuánto tiempo llevaba allí, hundiéndose despacio en la selva? Años, décadas, puede que más. Pim rodeó el casco en busca de pistas. No encontró nada hasta llegar a la popa. Prendida al mamparo, medio oculta por la vegetación, había una placa de madera; desvaída, agujereada, podrida. Llevaba unas letras espectrales grabadas en la superficie. Pim se agachó y apartó las ramas.

Permaneció un rato inmóvil, tan inmenso era su asombro. ¿Cómo era posible? No obstante, según pasaban los minutos, un nuevo sentimiento se afianzó en su interior. Recordó la tormenta, el viento que aullaba a favor y que los había arrastrado a la costa cuando todo parecía perdido. *Destino* se le antojaba una palabra demasiado pobre; una fuerza estaba actuando en niveles infinitamente más profundos, un hilo intercalado en el tejido de la vida. El instante se prolongó antes de que se levantara para regresar al claro. No albergaba ninguna intención. Actuaba por instinto. Al borde del estanque se arrodilló una vez más. Allí, en la plácida superficie del agua, contempló su rostro: una cara joven, tersa y firme, aunque eso, lo sabía, cambiaría algún día. Su hijos crecerían; ella y todas las personas que amaba envejecerían, se tornarían recuerdos, y luego recuerdos de recuerdos, y por fin nada en absoluto. La idea la entristecía, pero también la hacía feliz de un modo que nunca antes había experimentado. La isla que los había acogido estaba destinada a ser suya. Les había estado esperando todo el tiempo, para que la historia volviera a empezar. Eso reflejaban las palabras de la placa.

Tal vez llegara el día en que considerase oportuno compartirlo con los demás. Ese día, los llevaría al bote y les mostraría lo que había descubierto. Pero aún no. De momento —igual que sus diarios y la historia que contaban— guardaría en secreto ese mensaje del pasado grabado en el mamparo de proa de un destrozado bote salvavidas.

BERGENSFJORD

OSLO, NORUEGA

88

Carter contuvo el aliento tanto como pudo. Las burbujas ascendían junto a su rostro. Sus pulmones pedían aire a gritos. El mundo de allá arriba se le antojaba a kilómetros de distancia. Tomó impulso y subió como una flecha a la superficie antes de salir disparado al radiante verano.

—¡Hazlo otra vez, Anthony!

Llevaba a Haley aferrada a la espalda. La niña lucía un bikini rosa y unas gafas de natación de color azul cobalto que le daban el aspecto de un enorme insecto.

—Muy bien —respondió él entre risas—. Pero espera un momento. Además, ahora le toca a Riley.

La hermana de Haley estaba sentada en el borde de la piscina, con los pies en el agua. Llevaba un bañador de una pieza, verde, con faldita y una margarita de plástico prendida a un tirante, los pies enfundados en unas aletas de color naranja. Carter podía pasarse horas tirándola al agua y ella nunca se cansaba.

—¡Otra vez! ¡Otra vez! —pidió Haley.

Rachel caminó hacia ellos procedente del jardín. Vestía pantalón corto y una camiseta blanca manchada de tierra; en la cabeza, una pamela de paja. En una mano enguantada sostenía unas tijeras de podar, en la otra una cesta de flores recién cortadas, de varios tipos y colores.

—Chicas, dejad que Anthony recupere el aliento.

—No me importa —aseguró Carter, que se había aferrado al borde—. No es molestia.

—¿Lo ves? —dijo Haley—. Dice que no pasa nada.

—Lo dice por educación. —Rachel se despojó de los guantes y los dejó en la cesta. Le brillaba la cara del sol y del sudor—. ¿A quién le apetece comer?

—¿Qué hay? —quiso saber Haley.

—A ver, déjame pensar… —Su madre frunció el ceño con ademán teatral—. ¿Perritos calientes?

—¡Yupi! ¡Perritos calientes!

Rachel sonrió de oreja a oreja.

—Pues no hay más que hablar. Que sean perritos calientes. ¿Te apetece uno, Anthony?

Él asintió.

—Nunca digo que no a un perrito caliente.

Rachel regresó a la casa. Carter salió de la piscina y recogió su toalla y
las de las niñas.

—¿Podemos volver al agua? —preguntó Haley mientras se secaba el
pelo. Era rubia, con reflejos cobrizos. Riley tenía el cabello castaño claro,
muy largo. Para bañarse se lo recogía en dos coletas.

—Lo que diga vuestra madre. A lo mejor después de comer.

Ella agrandó los ojos. Era una de esas niñas que siempre se las inge-
nian para conseguir lo que quieren. A Carter le hacía muchísima gracia.

—Si tú dices que sí, ella tendrá que decir que sí.

—No funciona así, y lo sabes. Ya veremos.

Carter le escurrió los últimos restos de agua del pelo, las mandó a las
dos a jugar y se sentó a la mesa de hierro forjado para recuperar el aliento
y vigilarlas. Había juguetes por todo el jardín: Barbies, animales de peluche, una casita de plástico con tobogán para la que Haley ya era demasiado mayor pero que todavía le gustaba y que las dos usaban para jugar a
otras cosas, como a las tiendas. Haley había salido corriendo en una dirección, su hermana en la otra.

—¡Mirad! —gritó Riley—. ¡He encontrado un sapo!

Estaba acuclillada en el suelo, junto a la puerta del jardín.

—¿Ah, sí? —preguntó Carter—. Tráelo enseguida para que le eche un
vistazo.

Ella se encaminó al patio con las manos unidas ante sí. Su hermana
mayor la seguía.

—Vaya, es una preciosidad de sapo —declaró Carter. El animal, de un
moteado tono pardo, respiraba a toda prisa agitando la piel suelta de los
costados.

—Es asqueroso —opinó Haley haciendo una mueca.

—¿Me lo puedo quedar? —preguntó Riley—. Quiero que se llame
Pedro.

—Pedro —repitió Carter a la par que asentía despacio—. Me parece
un nombre excelente. Ahora bien —prosiguió—, es posible que ya tenga
nombre. Deberíamos tenerlo en cuenta. Un nombre por el que lo conocen
los otros sapos.

La pequeña frunció el ceño.

—Pero los sapos no tienen nombre.

—¿Ah, no? ¿Y tú cómo lo sabes? ¿Hablas «sapés»?

—Eso es una tontería —afirmó la hermana mayor. Se estaba ajustando la goma de la braguita—. No le hagas caso, Riley.

Carter se inclinó hacia delante en la silla y levantó un dedo para que lo miraran a la cara.

—Os voy a decir una cosa que es la pura verdad, a las dos —empezó—. Y es la siguiente: todo tiene nombre. Todo tiene un modo de darse a conocer. Es una lección importante.

La niña pequeña le clavó los ojos.

—¿Los árboles?

—Claro —respondió él.

—¿Las flores?

—Los árboles, las flores, los animales. Todo lo que está vivo.

Haley lo miró de reojo.

—Te lo estás inventando.

Carter sonrió.

—Ni mucho menos. Los mayores saben muchas cosas, ya lo descubrirás.

—Pero me lo quiero quedar —insistió Riley.

—No es mala idea. Y estoy seguro de que el señor sapo estaría encantado. Pero un sapo debe estar en la hierba, con sus amigos sapos. Además, a tu mamá le daría un ataque si te dejara quedártelo.

—Te lo he pedido a ti —protestó Haley.

Carter se arrellanó en la silla.

—Venga, llevadlo al jardín. Podéis jugar con él un rato si queréis, pero luego dejadlo.

Se marcharon corriendo. Carter se levantó para enfundarse la camisa y volvió a sentarse. Un sol suave le acariciaba el rostro entre la sombra jaspeada de una encina. A lo lejos se dejaba oír el rumor apagado del tráfico. Transcurrieron unos minutos antes de que Rachel saliera por la puerta trasera, cargada con una bandeja en la que llevaba las prometidas salchichas. La de Riley con kétchup y queso; la de Haley con mostaza. A la de Carter le había añadido las tres cosas. Para ella, Rachel se había preparado una ensalada. Regresó a la cocina y volvió a salir con platos de papel y una bolsa de patatas fritas. En el último viaje trajo las bebidas: leche para las niñas, una jarra de té para los adultos.

—Riley ha encontrado un sapo —comentó Carter—. Se lo quería quedar como mascota.

Rachel trasladó los perritos calientes a los platos y distribuyó servilletas.

—No me extraña. Supongo que te habrás negado. —Levantó la vista y alzó la voz—. ¡Chicas, a comer!

Se zamparon los perritos calientes y bebieron la leche y el té. De postre, las niñas tomaron polos de cereza. Para cuando terminaron, las pequeñas se caían de sueño. Riley solía echarse una siesta después de comer. Haley protestaría, pero no era demasiado mayor para tumbarse un rato, sobre todo después de haber pasado horas y horas jugando en la piscina al sol. Tras prometerles que por la tarde podrían darse un baño, las acompañaron al interior de la casa, Carter cargado con Riley, que ya estaba medio dormida. En el dormitorio que las pequeñas compartían, le cedió la niña a Rachel, que le quitó a su hija el bañador mojado para reemplazarlo por una camiseta y unas braguitas. La metió en la cama. Haley ya se había acostado.

—Ahora, a dormir —les ordenó Rachel desde la entrada—. Nada de hacer el tonto. —Cerró la puerta con un suave chasquido—. Bien pensado —consideró—, no me importaría echarme una siesta yo también.

Carter asintió.

—Estaba pensando lo mismo. Las niñas me han dejado agotado.

En el dormitorio, se cambió el bañador por unos viejos pantalones cortos que le gustaban, suaves de los muchos lavados, y se tendió sobre el edredón. Rachel se acostó a su lado. Carter la rodeó con el brazo y la atrajo hacia sí. Del cabello de la mujer emanaba ese aroma dulce y limpio que le encantaba. Era el olor más agradable del mundo.

—¿Sabes? —dijo ella con voz queda—. Estaba pensando una cosa.

—¿Y qué pensabas?

Rachel se acurrucó contra el pecho de él.

—Que hemos pasado una mañana maravillosa. El jardín está precioso.

Carter la estrechó con más fuerza, como sugiriendo que estaba de acuerdo.

—Podría pasarme así toda la eternidad.

La eternidad era lo que tenían por delante. Pronto la respiración de Rachel se tornó larga y suave, como olas sobre una plácida orilla. El ritmo lo arrastró a una suave corriente que se lo llevó con ella.

—Cuánta felicidad —pensó Carter, y cerró los ojos—. Cuánta felicidad por fin.

XIV

EL JARDÍN JUNTO AL MAR

343 d. V.

*Este brote de amor, madurado al aliento del verano,
tal vez haya mudado en hermosa flor cuando volvamos
a encontrarnos.*

SHAKESPEARE, ROMEO Y JULIETA

89

Escogió un terreno con vistas al mar. La tierra era más blanda en aquella zona, pero no fue ésa la única razón. Rompía el alba sobre la sierra cuando Amy empezó a excavar. El río llevaba poca agua, como siempre sucedía en verano. Una bruma parecida a humo flotaba sobre la superficie. Al principio excavó entre los trinos de los pájaros; luego, a medida que el calor apretaba, cavó envuelta en el silencio que se iba adueñando de la tierra.

Parando de vez en cuando para descansar, concluyó su obra a mediodía. En la orilla del río se refrescó la cara y bebió del cuenco de sus manos. Sudaba profusamente. Se quedó un rato sentada en una piedra con el fin de recuperar las fuerzas, la pala tendida en el suelo. Atisbó bajo las aguas someras las siluetas de las truchas que se refugiaban entre las rocas. Paradas al resguardo de la corriente, sacudían las colas a la espera de los insectos que viajaban río abajo directos a sus bocas.

Una sábana envolvía el cuerpo. Amy empleó unas andas de madera y cuerdas, amarradas a una rama gruesa, para depositarlo en el fondo. Estaba lúcida y tranquila; había tenido años para prepararse. Pese a todo, cuando los primeros granos de tierra cayeron sobre el sudario, experimentó una descarga de emociones, una marea de sentimientos para la que no tenía nombre. Abarcaba muchas cosas al mismo tiempo y no procedía de su mente sino de alguna región más profunda, casi física. Las lágrimas se mezclaron con el sudor que le corría por el rostro. Palada a palada, el cuerpo desapareció para fundirse con la tierra.

Aplanó la superficie y se arrodilló junto a la tumba. No pensaba marcarla. Le rendiría al hombre el homenaje adecuado en su momento. Transcurrió una hora tal vez; había perdido el sentido del tiempo y tampoco lo necesitaba. Notaba el corazón pesado y lleno. Cuando el sol besó el perfil de las montañas, posó una mano sobre la tierra fresca.

—Adiós, amor mío —dijo.

Peter murió, tal como ella siempre había imaginado, una tarde de verano. Cuatro noches atrás no había regresado. Había sucedido otras veces, cuando su deambular lo llevaba demasiado lejos como para regresar antes de las primeras luces. Sin embargo, al ver que la noche siguiente tampoco aparecía, Amy salió en su busca. Lo encontró acurrucado debajo de un saliente en la vertiente oriental del altiplano, el cuerpo bien encajado contra las rocas. Se encontraba parcialmente consciente, nada más. Su respiración era rápida y superficial. Estaba pálido, tenía las manos secas y frías. Lo envolvió con una manta y lo levantó en brazos. La liviandad del cuerpo la sorprendió. Lo llevó a la casa y lo subió al dormitorio. Ya había cerrado las contraventanas. Lo tendió en la cama y se acostó a su lado, y al día siguiente notó algo, una presencia. La muerte había entrado en la casa. No parecía experimentar dolor. Fue más bien como si se evaporara. Él no llegó a saber dónde estaba o, si lo supo, Amy no lo notó. Pasaron las horas. Amy no pensaba separarse de él, no por de pronto. A mediodía, la respiración de él se suavizó hasta tornarse casi imperceptible. Amy esperó. En cierto momento comprendió que se había marchado.

Ahora, completada su tarea, regresó a la casa y se preparó una comida sencilla. Limpió la cocina y guardó los platos. El silencio de la eternidad se había instalado en las habitaciones. Cayó la noche. Las estrellas titilaban sobre la tierra callada. Tenía preparativos que hacer, pero podían esperar al día siguiente. No quería descansar arriba; esos días habían pasado a la historia. Se acostó en el sofá, se acurrucó bajo una manta y pronto se quedó dormida.

El suave fulgor del alba la despertó. Plantada en el porche, escudriñó el día y pronto volvió a entrar en casa para preparar el equipaje. Había fabricado una mochila sencilla con un soporte de madera que podría cargarse a la espalda. En el interior llevaba los utensilios necesarios para su viaje: una manta, algunas herramientas sencillas, algo de ropa, comida para un par de días, un plato y un vaso, una lona, un rollo de cuerda, un cuchillo afilado, botellas de agua. Lo que faltase o no hubiera previsto lo encontraría por el camino. Se lavó y se vistió en el piso de arriba. Vio su rostro en el espejo de delante de la jofaina. Ella también había envejecido. Podría pasar por una mujer de unos cuarenta o cuarenta y cinco años. Cintas grises, casi blancas, surcaban su larga melena. Una red de arruguitas se desplegaba en la zona exterior de sus ojos y sus labios se habían tornado más finos y pálidos, casi exangües. ¿Cuánto tiempo pasaría antes de que otro ser humano viera esa cara, su cara? ¿Llegaría a verla alguien o se tornaría invisible para el mundo?

En el salón, Amy se sentó al piano. Nunca supo de dónde había salido. Cuando Peter y ella llegaron a la granja, el piano los estaba esperando, un regalo del más allá. Cada noche, Amy tocaba. La música era la fuerza que atraía a Peter a casa. Ahora, posando los dedos sobre las teclas, aguardó a que la música acudiera. Empezó con un acorde quedo, dejando que las manos la llevaran. Notas brillantes llenaron la casa. Las frases de la canción albergaban todos sus sentimientos. La recorrían en olas que subían y bajaban, que giraban y regresaban, un lenguaje de pura emoción. *Nunca me canso de oírlo*, le decía siempre Peter. Se plantaba detrás de ella y le posaba las manos en los hombros con suavidad infinita para sentir la música a través de su cuerpo, como si fuera una energía que le manaba a Amy de dentro. *Podría pasar toda la eternidad escuchándote, Amy.*

Toda canción es una canción de amor, pensó. Toda canción es para ti.

Concluyó la pieza. Sus manos se detuvieron sobre las teclas mientras las últimas notas perduraban, se atenuaban y desaparecían por fin. Así pues, el momento de la partida. Amy tenía un nudo en la garganta. Pasó la vista una última vez por la habitación. Sólo era una sala, igual a cualquier otra —un mobiliario sencillo, un hogar ennegrecido por el uso, velas sobre las mesas, libros— pero significaba mucho más. Lo significaba todo. Allí habían vivido.

Se levantó, se cargó la mochila a la espalda y cruzó la puerta sin mirar atrás.

Llegó a California en otoño. Al principio los desiertos, abrasados por el sol, y luego las montañas emergieron de entre la calima, sus grandes espaldas azules recortadas sobre el árido valle. Dos días más y empezó a subir. La temperatura descendió; bosques verdes y fríos la esperaban en la cima. Debajo, los valles y las montañas del alto Mojave se ondulaban con el calor. Un viento seco y feroz le azotaba el rostro.

A lo lejos se perfiló la muralla de la Colonia. Seguía en pie en algunos tramos, otros estaban en ruinas pobladas de vegetación que crecía entre los cascotes. Amy sorteó los escombros y se encaminó al centro de la ciudad. Grandes árboles se erguían donde antes no creciera nada. Casi todos los edificios habían desaparecido, desplomados sobre sus cimientos. Sin embargo, algunos de los más grandes aún perduraban. Se acercó a la estructura que conocieran como el Santuario. El tejado se había hundido; el edificio había mudado en un cascarón vacío. Remontó las escaleras para mirar por una ventana que seguía milagrosamente intacta. La cubría una gruesa capa de mugre. Usó un paño húmedo para crear una mirilla y acercó los ojos al cristal. Abierto al cielo, el interior se había convertido en un bosque.

Tardó un tiempo en ubicarse, pero al final encontró la piedra. De algún modo, se había alojado en la tierra. Muchos de los nombres grabados habían quedado reducidos a meros surcos, apenas legibles. Pese a todo distinguió algunos apellidos. Fisher. Wilson. Donadio. Jaxon.

La tarde estaba al caer. Descargó la mochila y extrajo las herramientas: cinceles y gubias de varios tamaños, palillos y dos martillos, uno grande y uno pequeño. Pasó un rato sentada en el suelo, observando la piedra. Sus ojos recorrieron la estoica superficie mientras planeaba el ataque. Podría haber aguardado a la mañana siguiente, pero el momento se le antojaba adecuado. Escogió una zona, tomó el cincel y el martillo y comenzó.

Terminó la mañana del tercer día. Tenía las manos desolladas y ensangrentadas. El sol brillaba en lo alto cuando se levantó para examinar su obra. La inscripción delataba una mano inexperta pero, en conjunto, le había quedado mejor de lo que esperaba. Durmió todo el día y la noche siguiente. Por la mañana, ya descansada, levantó el campamento y bajó la montaña. Se encaminó al oeste, primero de espaldas al sol y luego en su misma dirección. La tierra era yerma, carente de historia, privada de vida. Los días transcurrieron en un silencio desolado hasta que, una mañana, Amy oyó el rumor del mar. El aire transportaba la fragancia de las flores. El sonido, un murmullo grave, aumentó de intensidad. Súbitamente el Pacífico apareció ante ella. El azul que se extendía allí delante parecía infinito, como si albergara la Tierra entera. Olas ribeteadas de blanco se estrellaban contra la orilla. Amy avanzó entre macizos de rosas silvestres y zosteras marinas hasta la despejada playa. Estaba nerviosa pero también la embargaba una súbita sensación de urgencia. Dejó la mochila en el suelo y se despojó de ropa y sandalias. La primera ola se estrelló contra su cuerpo con tanta fuerza que estuvo a punto de derribarla. Una segunda la embistió pero ella, en lugar de resistirse, se zambulló en el agua. Ya no tocaba el fondo; así, tan deprisa. No tenía miedo, tan sólo sentía una alegría salvaje, nerviosa. Tenía la sensación de haber redescubierto una condición natural que la unía a las fuerzas de la creación. El agua estaba maravillosamente fría y salada. Se mantenía a flote con los más ínfimos movimientos de brazos y piernas. Se dio el lujo de cabecear en libertad con los rizos del agua, luego se zambulló otra vez. Bajo la superficie, abrió los ojos, pero apenas si vio nada, únicamente formas vagas. Torció el cuerpo para mirar hacia arriba. La luz del sol rebotaba en la cara del agua y, al hacerlo, creaba una especie de halo. Contemplando esa luz celestial, contuvo el aliento tanto como pudo, escondida en el mundo invisible de debajo de las olas.

Decidió quedarse un tiempo. Cada mañana nadaba, un poco más lejos en cada ocasión. No estaba poniendo a prueba su decisión; más bien, aguardaba a que se manifestara un nuevo impulso. Notaba el cuerpo limpio y fuerte, la mente libre de preocupaciones. Acababa de entrar en una nueva fase de la vida. Se pasaba el día sentada al sol mirando las olas o dando largos paseos por la arena. Sus necesidades eran escasas y muy sencillas. Encontró un naranjal y, muy cerca, grandes zarzales de moras; eso era lo que comía. Añoraba a Peter, pero no como si lo hubiera perdido. Peter se había marchado pero siempre formaría parte de ella.

Por satisfecha que estuviera, con el paso de los meses comprendió que su viaje no había terminado. La playa era una estación de paso, un lugar donde prepararse para el tramo final. Cuando llegó la primavera, levantó el campamento y puso rumbo al norte. No sabía adónde iba; dejaría que la tierra le hablara. El terreno se fue tornando más y más escabroso: promontorios rocosos, la sobrecogedora belleza de la costa de California, árboles inmensos acribillados por los vientos salitres que se asomaban a los barrancos adoptando formas extrañas. Dedicaba los días a andar, con el sol encaramado a los hombros y el océano por compañero, con sus crestas y sus declives. Por la noche se acostaba bajo las estrellas o, si llovía, bajo una lona tendida sobre una cuerda entre las ramas de un árbol. Vio toda clase de animales: pequeños como ardillas, conejos y marmotas, pero también más grandes, criaturas tan majestuosas como los antílopes, los linces e incluso los osos, enormes formas oscuras que se bamboleaban entre la maleza. Estaba sola en un continente que el hombre conquistara un día para abandonar después. Pronto desaparecería todo rastro de sus ocupantes; todo volvería a ser nuevo.

La primavera dio paso al verano, el verano al otoño. Los días eran secos y fríos, y por la noche Amy encendía una hoguera para entrar en calor. Estaba al norte de San Francisco, no sabía dónde exactamente. Una mañana despertó bajo la lona y comprendió al instante que algo había cambiado. Salió a un mundo de suave luz blanca y quietud. Gruesos copos de nieve caían flotando del cielo, en silencio. Volvió la cara hacia ellos para que le bañaran la piel. Los copos se le adherían a las pestañas y al pelo; abrió la boca para probarlos con la lengua. Una marea de emociones la engulló. Se sintió de nuevo una niña. Se tendió de espaldas y, extendiendo los brazos y las piernas, los movió arriba y abajo para dibujar una forma en la nieve: un ángel.

Comprendió entonces la naturaleza de la energía que la arrastraba al norte. No llegó allí hasta la primavera y aun entonces la revelación la pilló por sorpresa. Sucedió a primera hora de la mañana, cuando la niebla todavía planeaba sobre el bosque. El mar, allá abajo, al fondo de un alto acantilado, se veía oscuro y concentrado. Estaba alcanzando una cresta entre la densa sombra de los árboles cuando una súbita sensación de plenitud la embargó, tan abrumadora que se detuvo en seco. Ascendió el resto del camino y salió a un claro con vistas al océano, y una vez allí creyó que se le pararía el corazón.

El campo estaba cubierto de las flores silvestres más brillantes que había contemplado jamás. Cientos, miles, millones de flores. Irises morados. Lirios blancos. Margaritas rosadas. Ranúnculos amarillos, aguileñas rojas y muchas otras cuyos nombres desconocía. Se había levantado brisa y el sol asomaba ahora entre las nubes. Se despojó de la mochila y avanzó despacio. Era igual que chapotear por un mar de puro color. Rozaba con las yemas de los dedos los pétalos de las flores al pasar. Éstas parecían inclinar la cabeza ante ella, como si le dieran la bienvenida. Hipnotizada ante tanta belleza, Amy caminaba entre ellas. Rayos de luz infinita caían sobre los campos. A lo lejos, al otro lado del mar, una nueva era había comenzado.

Allí plantaría su jardín. Plantaría su jardín y esperaría.

Epílogo

EL MILENARISTA

REPÚBLICA INDOAUSTRALIANA

POBL.: 186 MILLONES

1003 d. v.

El pasado nunca se deja atrás. Ni siquiera es pasado.

WILLIAM FAULKNER,
RÉQUIEM POR UNA MUJER

90

III Conferencia Global sobre el Período de Cuarentena en Norteamérica
Centro para el Estudio de las Culturas y Conflictos Humanos
Universidad de Nueva Gales del Sur, República Indoaustraliana
16-21 de abril de 1003 d. V.
Transcripción: Primera sesión plenaria

Discurso de bienvenida del doctor Logan Miles
Profesor y catedrático de Estudios Milenarios de la Universidad de Nueva
   Gales del Sur y director de la comisión especial del Ministerio de
   Investigación y Reasentamiento en América del Norte

Buenos días y bienvenidos, señoras y señores. Me alegro mucho de ver las
caras de tantos estimados colegas y apreciados amigos entre los asistentes.
Tenemos una agenda apretada y soy consciente de que todos estamos im-
pacientes por escuchar las ponencias, así que procuraré ser breve.

Este congreso, el tercero que celebramos, reúne a investigadores procedentes de cada uno de los territorios colonizados y pertenecientes a
prácticamente todos los ámbitos de estudio. Contamos entre nosotros con
especialistas en campos tan diversos como antropología humana, teoría de
sistemas, bioestadística, ingeniería ambiental, epidemiología, matemáticas, economía, folclores, estudios religiosos, filosofía… y muchos más.
Somos un grupo diverso que abarca un amplio espectro de metodologías
e intereses. Pero nos une un objetivo común, uno que sobrepasa cualquier
campo de estudio específico. Albergo la esperanza de que esta conferencia
no sirva únicamente para impulsar una colaboración creativa entre investigadores sino que constituya también un marco de reflexión y devenga
una ocasión para que todos nosotros, individual y colectivamente, consi-
deremos las cuestiones de índole humanística que plantea la Cuarentena
de América del Norte y su historia. Esta reflexión es más importante que
nunca en estos momentos, cuando, recién superado el hito del milenio, el

reasentamiento en América, bajo la autoridad del Consejo Trans-Pacífico y el Acuerdo Brisbane, entra en su segunda fase.

Mil años atrás, la historia de la humanidad estuvo a punto de ser cercenada. La pandemia viral que conocemos como la «Gran Catástrofe» acabó con más de siete mil millones de vidas y colocó a la humanidad al borde de la extinción. Algunos afirmarán que la tragedia fue arbitraria; sacamos la pajita corta en la rifa de la naturaleza. Toda especie, por más que prospere, acaba por enfrentarse a una fuerza mayor que ella misma y sencillamente nos tocó a nosotros. Otros han defendido que la herida fue autoinfligida, la consecuencia de un ataque rapaz por parte de la humanidad a los mismos sistemas biológicos que sustentan nuestra existencia. Le declaramos la guerra al planeta y el planeta se defendió.

Sin embargo, numerosos estudiosos, entre los que yo me cuento, no ven en la historia de la Gran Catástrofe un mero relato de sufrimiento y pérdida, de arrogancia y muerte, sino también de esperanza y renacimiento. La ciencia aún tiene pendiente la misión de desentrañar cómo y dónde se originó el virus. ¿De dónde procedía? ¿Por qué se esfumó de la faz de la Tierra? ¿Sigue ahí fuera, esperando? Tal vez nunca conozcamos las respuestas y, en este último caso, rezo para que no sea así. Lo que sí sé es que nuestra especie, contra todo pronóstico, salió adelante. En una isla del Pacífico Sur, un pequeño remanente de seres humanos sobrevivió y acabó por esparcir las semillas de la renacida civilización por el hemisferio sur hasta reinstaurar la segunda era de la humanidad. El camino ha sido arduo, no exento de peligro, y nos queda mucho por hacer. La historia nos enseña que nada está garantizado y que pagaríamos un precio muy caro si ignorásemos las lecciones de la Gran Catástrofe. Pero el ejemplo de nuestros antecesores resulta no menos instructivo. Nuestro instinto de supervivencia es inquebrantable; somos una especie invencible en términos de voluntad y resiliencia. Y si llegara el día en que las fuerzas de la naturaleza se alzaran nuevamente contra nosotros, no nos marcharíamos en silencio.

Hasta hace muy poco tiempo, apenas si poseíamos documentación relativa a nuestros ancestros. Los textos nos informan de que navegaron al Pacífico Sur desde Norteamérica y que trajeron consigo una advertencia. El continente norteamericano, se dijo, estaba plagado de monstruos; regresar implicaría someter de nuevo al mundo a la muerte y a la destrucción. En un plazo de mil años, ningún hombre ni mujer debía pisarlo. El mandato ha constituido un dogma capital de nuestra civilización y está implícito en prácticamente todas las instituciones civiles y religiosas fundadas desde que la República fue instaurada. En consecuencia, no existían pruebas científicas que sustentasen la advertencia, ni siquiera su fuente. Hicimos un acto de fe, por decirlo de algún modo. Pero la creencia se encuentra inscrita en el núcleo de nuestra identidad como pueblo.

Muchas cosas han cambiado en los últimos años. El descubrimiento de las antiguas escrituras conocidas como «El Libro de los Doce» ha arrojado nueva luz sobre el pasado. Oculto en el interior de una cueva del extremo sur de las Islas Sagradas, el texto, de autoría desconocida, ha prestado por primera vez credibilidad histórica a nuestro saber tradicional, si bien al mismo tiempo ha acentuado el misterio de nuestros orígenes. Fechado el siglo II d. V., «El Libro de los Doce» relata una lucha épica acaecida en el continente norteamericano entre un pequeño grupo de supervivientes y una raza de seres conocida como «los virales». La joven Amy, la Chica de Ninguna Parte, se alza en el centro de la batalla. En posesión de singulares poderes físicos y espirituales, ella capitanea a sus compañeros —Peter, el Hombre de los Días, Alicia Cuchillos, Michael el Listo, Sara la Sanadora, Lucius el Fiel y otros— en su lucha por salvar a la humanidad. Todos ustedes están familiarizados con el relato y su elenco de personajes, por supuesto. Ningún documento en toda nuestra historia ha sido objeto de tanto estudio, especulación y, a menudo, franco escepticismo como este manuscrito. Ciertos elementos de la narrativa resultan inverosímiles, por cuanto se enmarcan más en el ámbito de la religión que en el de la ciencia. Sin embargo, desde el instante de su descubrimiento, prácticamente todos hemos admitido que se trata de un documento de extraordinaria importancia. El hecho de que fuera hallado en las Islas Sagradas, la cuna de nuestra civilización, forja el primer eslabón tangible entre América del Norte y la tradición que nos ha guiado y definido durante casi un milenio.

Soy historiador. Me baso en hechos, en pruebas. Mi credo profesional dicta que sólo a través del prisma de la duda y la investigación paciente es posible desvelar la verdad del pasado. No obstante, si algo he aprendido en mis numerosos viajes en el pasado es que detrás de toda leyenda yace una semilla de verdad.

¿Podemos ver la primera diapositiva, por favor?

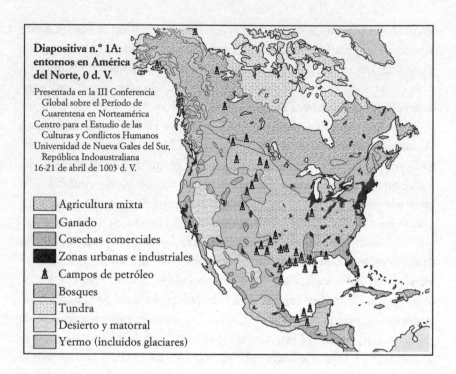

Diapositiva n.º 1A: entornos en América del Norte, 0 d. V.

Presentada en la III Conferencia
    Global sobre el Período de
    Cuarentena en Norteamérica
Centro para el Estudio de las
    Culturas y Conflictos Humanos
Universidad de Nueva Gales del Sur,
    República Indoaustraliana
16-21 de abril de 1003 d. V.

Agricultura mixta
Ganado
Cosechas comerciales
Zonas urbanas e industriales
Campos de petróleo
Bosques
Tundra
Desierto y matorral
Yermo (incluidos glaciares)

Desde que regresamos a América del Norte, hace treinta y seis meses, mucho hemos aprendido sobre el estado del continente antes y durante el período de Cuarentena. Estos dos mapas nos muestran dos panoramas muy distintos. El contraste no podría ser más claro. Arriba vemos una reconstrucción del continente tal como era durante los últimos años del período imperial americano. Ciudades de millones de habitantes dominaban ambas costas. Prácticas agrícolas insostenibles habían diezmado casi la totalidad de las llanuras interiores. La industria pesada, alimentada por combustibles fósiles, había dejado grandes extensiones de tierra prácticamente inhabitables a causa de los metales pesados y los residuos tóxicos que envenenaban tanto la tierra como el agua. Aunque quedaban zonas salvajes, sobre todo en las regiones alpinas de los Apalaches, la costa norte del Pacífico y la zona intermontana occidental, pocos pondrán en duda que la imagen representa un continente, y una cultura, que se consumen a sí mismos.

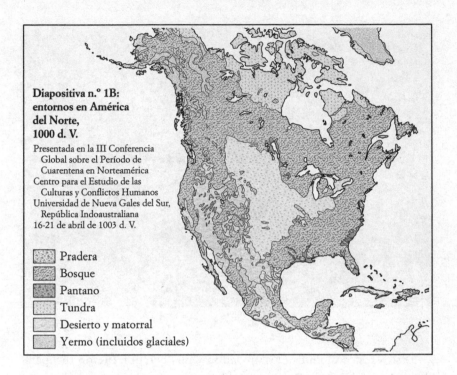

Diapositiva n.º 1B: entornos en América del Norte, 1000 d. V.

Presentada en la III Conferencia
  Global sobre el Período de
  Cuarentena en Norteamérica
Centro para el Estudio de las
  Culturas y Conflictos Humanos
Universidad de Nueva Gales del Sur,
  República Indoaustraliana
16-21 de abril de 1003 d. V.

- Pradera
- Bosque
- Pantano
- Tundra
- Desierto y matorral
- Yermo (incluidos glaciales)

En esta diapositiva vemos el continente tal como es ahora. Los dirigibles de reconocimiento, enviados desde plataformas flotantes situadas a más de trescientos kilómetros de la línea de cuarentena, han revelado una naturaleza prístina de asombrosa diversidad orgánica. Bosques vírgenes crecen allí donde en el pasado se erguían enormes ciudades y venenosos complejos industriales. Los sembrados de las llanuras interiores han desaparecido, reemplazados por praderas de incomparable riqueza orgánica. Más significativo aún: el aumento del nivel del mar ha sepultado bajo las aguas la mayoría de las grandes metrópolis costeras, incluidas Nueva York, Filadelfia, Boston, Baltimore, Washington D. C. Miami, Nueva Orleans y Houston. La naturaleza, como tiene por costumbre, ha reclamado la tierra, llevándose consigo los restos del poder imperialista que un día irradiara desde las costas.

Son imágenes poderosas, qué duda cabe, pero en absoluto inesperadas. Ha sido a ras de suelo donde se han producido los hallazgos más sorprendentes.

¿Siguiente diapositiva?

Estos restos momificados, un varón y una hembra, fueron recuperados veintitrés meses atrás en una árida cuenca sita al pie de las montañas de San Jacinto, en California del Sur. Su monstruosa apariencia salta a la vista. Fíjense en la elongación de los huesos, sobre todo de las manos y los pies, que han adquirido aspecto de garras; en el ablandamiento de la estructura facial, que deriva en un tono muscular casi fetal, privado de personalidad; en las enormes mandíbulas y la dentición radicalmente alterada. Y sin embargo, por sorprendente que parezca, las pruebas genéticas indican que tenemos delante, de hecho, a dos seres humanos, aunque dotados de los mismos atributos fisiológicos que los más temibles depredadores de la naturaleza. Hallados a tan sólo un par de metros de profundidad, estos restos yacían entre muchos otros, lo que sugiere algún tipo de muerte masiva, con toda probabilidad acaecida hacia el final del siglo I d. V.; el mismo período en el que las pruebas de carbono-14 enmarcan la escritura de «El Libro de los Doce».

¿Estamos contemplando a los «virales» contra los que nos prevenían nuestros antepasados? Y si lo son, ¿cómo se explican esos cambios tan dramáticos? Para esta pregunta creemos haber hallado una respuesta.

¿Siguiente diapositiva?

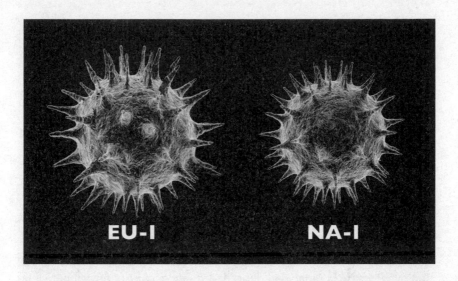

EU-I   NA-I

A la izquierda vemos la cepa EU-1 del virus GC, extraída del cuerpo del que hemos venido a denominar «el hombre congelado», un explorador polar que contrajo la infección hace un milenio. El virus, creemos, fue el agente biológico primario de la Gran Catástrofe, un microorganismo de tal resistencia y letalidad que era capaz de matar a su anfitrión humano en el transcurso de unas pocas horas y que prácticamente acabó con la población mundial en menos de dieciocho meses.

Ahora quiero que presten atención al virus de la derecha, que fue extraído de la glándula timo de uno de los dos cadáveres hallados en la cuenca de Los Ángeles. Creemos ahora que éste fue el precursor de la cepa EU-1. Mientras que el virus de la izquierda contiene una cantidad considerable de material genético procedente de una fuente aviar —más específicamente, *Corvus corax*, conocido como cuervo común— el de la derecha, no. En cambio hemos hallado material genético relacionado con una especie del todo distinta. Si bien nuestros equipos siguen trabajando para identificar al autor genético de este organismo, guarda cierto parecido con el *Rhinolophus philippinensis* o murciélago de herradura grande. A este virus lo llamamos NA-1 o Norteamérica-1.

En otras palabras, la Gran Catástrofe no fue provocada por un único virus sino por dos: el de América del Norte y un segundo, una cepa sucesora que apareció posteriormente en alguna otra parte del mundo. A partir de este dato, los investigadores han confeccionado una cronología provisional de la epidemia. El virus apareció en América del Norte en primer lugar, infiltrado entre la población humana por un vector desconocido, aunque con toda probabilidad se tratara de una especie del murciélago. Con posterioridad, el virus NA-1 mutó, adquiriendo así ADN aviar. Esta segunda cepa, mucho más agresiva y letal, viajó posteriormente de América del Norte al resto del mundo. En cuanto a por qué la cepa EU-1 no provocaba los cambios físicos que causaba la NA-1, sólo podemos especular al respecto. Puede que en algunos casos lo hiciera. Pero en líneas generales, las opiniones coinciden en que sencillamente mataba a sus víctimas con demasiada celeridad.

¿Qué implica la información? En pocas palabras, que los «virales» de «El Libro de los Doce» no son personajes de ficción. No estamos hablando, como algunos han afirmado, de un mero recurso literario, de una metáfora de la rapacidad depredadora de la cultura norteamericana en el período a. V. Existieron. Fueron reales. «El Libro de los Doce» describe a esos seres como la manifestación del disgusto que una deidad todopoderosa experimenta con la humanidad. Ésa es una cuestión que cada cual tendrá que meditar en la intimidad de su propia conciencia. Así como la historia del hombre llamado Cero y los doce criminales que actuaron como vectores de la infección. En mi caso, el jurado aún está deliberando. Pero mientras tanto, sabemos quiénes y qué eran los virales: hombres y mujeres normales y corrientes infectados por una enfermedad.

Pero ¿qué hay de la humanidad? ¿Qué hay de la historia de Amy y sus seguidores? Pasaré a hablar ahora de la cuestión de los supervivientes.

¿Siguiente diapositiva?

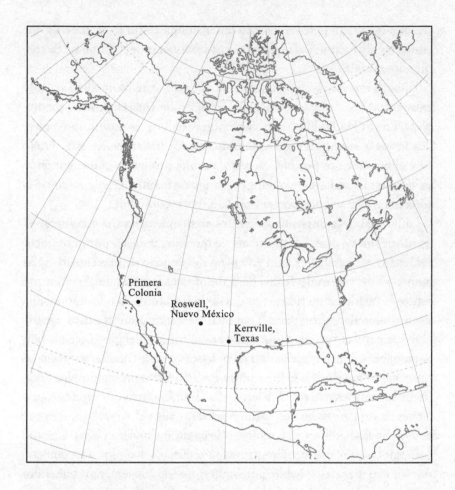

Como todos los presentes sin duda saben, ha sido un año emocionante en este aspecto; muy emocionante, ya lo creo. Las excavaciones en varios asentamientos humanos recién descubiertos en el oeste de América del Norte, que se remontan al primer siglo del Período de Cuarentena, están empezando a dar fruto. Buena parte de este trabajo sigue en pañales. Sin embargo, no creo exagerar si digo que lo hallado en los últimos doce meses, por sí mismo, nos lleva a replantearnos por completo el período.

Durante mucho tiempo dimos por supuesto que, en los primeros tiempos del Período de Cuarentena, no quedaban habitantes humanos entre el istmo ecuatorial y la línea fronteriza del Hudson más allá del año cero. Se creía que la perturbación de las infraestructuras biológicas y sociales del continente había sido tan absoluta como para impedir que las tierras albergaran vida humana, y mucho menos algún tipo de estructura organizada.

Ahora sabemos —y, lo repito una vez más, este último año ha sido extraordinario— que esa visión del Período de Cuarentena era incompleta. En realidad sí hubo supervivientes. Cuántos, es posible que nunca lleguemos a saberlo. Pero basándonos en los hallazgos de este último año, ahora creemos posible, en realidad muy probable, que se contaran en decenas de millares, alojados en varias comunidades a lo largo de la zona intermontana occidental y las llanuras meridionales.

El tamaño y la disposición de estos asentamientos varía considerablemente de unos a otros; de una aldea de montaña poblada por unos pocos centenares de habitantes a un complejo del tamaño de una ciudad en las montañas del centro de Texas. Pero todos demuestran que el continente estuvo habitado en un tiempo en que lo habíamos dado por despoblado. Estas comunidades compartían también ciertos rasgos distintivos, siendo el más significativo una cultura que era al mismo tiempo survivalista y, paradójicamente, muy apegada a las prácticas sociales que caracterizan las relaciones humanas. En el interior de estos enclaves protegidos, los hombres y las mujeres que sobrevivieron a la Gran Catástrofe, y varias generaciones de sus descendientes, sacaron adelante sus vidas igual que siempre han hecho los hombres y las mujeres. Se casaron y tuvieron hijos. Crearon gobiernos y comerciaron. Construyeron escuelas y templos. Documentaron sus experiencias —hablo, por supuesto, de los documentos que todos los presentes y sin duda los habitantes de aquellas colonias conocen como «El Libro de Sara» y «El Libro de la Tía»— e incluso puede que buscaran el contacto con otras personas parecidas a ellos más allá de aquellas recluidas islas de humanidad.

Empleando «El Libro de los Doce» como mapa de carretera, los equipos de investigación sobre el terreno han encontrado tres de estos asentamientos, los tres nombrados en los citados escritos. Incluyen Kerrville, en Texas; Roswell, en Nuevo México, un emplazamiento que fuera conocido como «la matanza de Roswell»; y la comunidad que conocemos como Primera Colonia, en las montañas de San Jacinto en el sur de California.

¿Podemos pasar a la siguiente diapositiva, por favor?

La fotografía que aquí vemos ofrece una vista aérea de la estructura de la Primera Colonia, que bien podría ser, a nuestro modo de ver, un asentamiento humano «típico» del Período de la Cuarentena. Situado en una árida meseta que se yergue a una altura de dos mil metros por encima de la costa de Los Ángeles y protegido al oeste por una sierra de granito que se alzaba otros ciento cincuenta metros, el asentamiento se parece mucho a las antiguas ciudades valladas medievales: unos cinco kilómetros cuadrados de superficie, forma irregular y dotada de altas murallas que definen el perímetro exterior. Estas fortificaciones de acero y cemento, que despuntaban a veinte metros de alto, parecían haber sido erigidas justo en la época de la Gran Catástrofe. Ello según «El Libro de los Doce», que afirma que la Primera Colonia se construyó para albergar a los niños evacuados de la ciudad de Filadelfia, sita en la costa este del continente. Más allá de esas fortificaciones el terreno constituye hoy una mezcla de bosque de hoja perenne y chaparral del alto desierto, pero las muestras de tierra tomadas intra y extramuros confirman que un incendio diezmó la montaña hace tan sólo cincuenta años y que, durante el primer siglo del Período de Cuarentena, el terreno debía de estar casi completamente pelado.

El asentamiento al completo parece haber estado rodeado de lámparas de vapor de sodio a alta presión instaladas en paneles. Creemos que estaban alimentadas por membranas de intercambio de protones conectadas, a través de un cable enterrado, a una serie de turbinas impulsadas por el viento, pertenecientes al período pre-C y ubicadas a cuarenta y dos kilómetros al norte, en el paso de San Gorgonio. La actividad sísmica ha alterado sustancialmente la vertiente norte de la montaña y todavía tenemos que ubicar el medio de transporte que conectaba la Primera Colonia con su fuente de energía principal. Pero tenemos la esperanza de que lo lograremos a su debido tiempo.

En el interior de las murallas, vemos varias zonas diferenciadas de actividad humana, dispuestas en forma concéntrica en torno a un núcleo central. El anillo exterior, el más excavado hasta el momento, parece haber hecho las funciones de plataforma de defensa. De estas zonas hemos recuperado una serie de piezas, incluidas, en los niveles más bajos, diversas armas de fuego convencionales, pertenecientes al período pre-C, que en los niveles superiores se transforman en un tipo de armamento más tosco, como cuchillos, arcos y ballestas. Aunque más primitivas, estas armas poseían un diseño y una manufactura sorprendentemente sofisticado: puntas de flecha afiladas a tan sólo cincuenta micras, suficiente, creemos, para penetrar el peto de silicato cristalino de un humano infectado.

Conforme nos vamos internando, encontramos zonas diferenciadas destinadas a instalaciones sanitarias, agricultura, ganado, comercio y vivienda. Las estructuras interiores de los cuadrantes este y norte parecen haber estado destinadas también a los domicilios, quizá para parejas casadas o familias. Los cimientos al descubierto que vemos cerca del centro debieron de albergar algún tipo de escuela perteneciente al período pre-C, pero convertido por los ciudadanos de la Primera Colonia en la sede de diversos organismos civiles. Creemos que este edificio, la estructura más sólida del yacimiento, podría haber sido empleado como último refugio en caso de que las defensas de los anillos exteriores hubieran fallado. Sin embargo, en el día a día, debieron de usarlo como enfermería u hospital.

Todos estos hallazgos resultan extraordinarios en sí mismos. Pero hay más. «El Libro de los Doce» habla de la Primera Colonia como el lugar al que llegaron Amy y sus compañeros de su viaje del este y donde trabaron contacto con otros supervivientes, incluidas unas fuerzas armadas de Texas conocidas como los Expedicionarios. ¿Existe algún documento arqueológico que apoye esta idea?

Les ruego que se fijen en la explanada del centro, en particular en el objeto ubicado en el rincón noroeste.

¿Siguiente imagen, por favor?

Este objeto, al que llamaremos el monolito de la Primera Colonia, se yergue junto a lo que debió de ser espacio público central. El propio bloque no es sino un peñasco normal de los que abundan en el levantamiento topográfico de San Jacinto, de tres metros de alto, con un radio basal de unos cuatro metros. Grabados en la superficie encontramos tres tipos de inscripciones. El primer grupo, con mucho el más extenso, empieza con una fecha, 77 d. V., seguida de una lista de lo que parecen ser 206 nombres en cuatro columnas. Como vemos, están dispuestos por familias e incluyen diecisiete apellidos distintos. Aunque se ha producido cierto debate en torno a este punto, la disposición sugiere que esos individuos fallecieron en un único episodio, quizás asociado con el tremendo terremoto que azotó California en aquella época.

Debajo de éstos encontramos un segundo grupo de nombres, también legibles: Ida Jaxon, Elton West y alguien a quien llaman «el Coronel», sin duda un jefe militar de cierta estatura. Debajo de estas marcas vemos una frase: «No os olvidamos». Suponemos que dichos individuos fallecieron en algún tipo de batalla, que selló quizás el destino de la Colonia.

El tercer grupo, sin embargo, es el más interesante. Como vemos, la talla es mucho más tosca y la exposición a los elementos ha tornado los nombres ilegibles a simple vista. El análisis de las marcas indica que se remontan al año 350 d. V., aproximadamente, mucho después de que el asentamiento fuera abandonado. De nuevo existe disparidad de opiniones al respecto, pero la más generalizada sostiene que estas marcas, como las demás, constituyen algún tipo de remembranza póstuma. La reconstrucción digital revela unos nombres de sobra conocidos por todos.

¿Podemos ver la última diapositiva?

A Amy, la Chica de Ninguna Parte, no se la menciona. Puede que nunca sepamos quién era, ni siquiera si existió realmente.

Todavía hay muchas cosas que no entendemos. No sabemos quiénes eran esas personas. No sabemos qué papel tuvieron, si acaso tuvieron alguno, en la extinción de la raza de paramutantes conocidos como los «virales». Y tampoco sabemos qué fue de ellos, cómo murieron. Espero que esta reunión nos ayude a enfocar algunos de los misterios que los rodean. Pero, por encima de todo, deseo que todos nosotros, cuando nos separemos, hayamos alcanzado una perspectiva más profunda de las cuestiones fundamentales que nos definen. La Historia es más que un conjunto de datos, más que unos hechos, más que ciencia e investigación. Dichos aspectos no son sino instrumentos para la consecución de un fin más trascendente. La Historia es un relato: nuestra propia historia. ¿De dónde venimos? ¿Cómo hemos sobrevivido? ¿Cómo podemos evitar los errores del pasado? ¿Somos piezas fundamentales de este planeta? Y, de ser así, ¿qué lugar debemos ocupar en la Tierra?

Formularé estas preguntas de otra manera: ¿quiénes somos?

En un sentido muy real y acuciante, el estudio del Período de Cuarentena de Norteamérica es mucho más que una investigación académica del pasado. Es —y creo que todos los presentes estarán de acuerdo— un paso crucial en dirección a salvaguardar la salud y la supervivencia a largo plazo de nuestra especie. Y es más acuciante que nunca, ahora que empezamos a atisbar el ansiado regreso de la humanidad a ese continente temido y desierto.

91

Para Logan Miles, de cincuenta y seis años, profesor de estudios milenarios y director de la comisión especial del Ministerio de Investigación y Reasentamiento en América del Norte, la mañana ha ido viento en popa. Ha sido un éxito.

El congreso ha arrancado a toda mecha. Participan cientos de académicos; la prensa muestra un enorme interés. A medida que avanza hacia la puerta de la sala de actos, un enjambre de periodistas rodea a Logan. ¿Qué significan, quieren saber, esos nombres en la piedra? ¿Existieron realmente los discípulos de Amy? ¿Qué consecuencias tendrán los nuevos descubrimientos para la reconquista de América del Norte? ¿Se van a retrasar los primeros asentamientos?

—Paciencia, por favor —pide Logan. Los flashes lo deslumbran—. Saben lo mismo que yo, ni más ni menos.

Cuando se libra de la multitud, abandona el edificio por la puerta de las cocinas. Hace una agradable mañana de otoño, seca y despejada, con una brisa del este que sopla desde el puerto. Un par de dirigibles surcan el cielo con parsimonia, acompañados de la vibración de sus enormes hélices. La imagen siempre le recuerda a su hijo. Race, piloto del servicio de aire, acaba de ser ascendido a capitán de su propia nave; un mérito inmenso, sobre todo para un hombre tan joven. Logan se detiene para recuperar el aliento antes de rodear la esquina del edificio con el fin de encaminarse a la zona central del campus. Los manifestantes de costumbre ocupan las escaleras, cuarenta o cincuenta, mostrando sus pancartas: AMÉRICA DEL NORTE = MUERTE, LA ES-CRITURA ES LA LEY, LA CUARENTENA DEBE PROSEGUIR. Casi todos son perso-nas mayores: gentes del campo apegados a las viejas costumbres. Entre ellos se cuentan una decena de pastores ammalitas, así como un puñado de discí-pulos, mujeres enfundadas en hábitos grises con un sencillo cordón enrolla-do a la cintura, las cabezas afeitadas al modo de la Salvadora. Llevan meses allí. Aparecen siempre a las ocho de la mañana, como si ficharan en su lugar de trabajo. Al principio Logan los encontraba molestos, incluso una pizca inquietantes, pero con el paso del tiempo su presencia ha adquirido un aire de apático fracaso que no le cuesta pasar por alto.

El trayecto a su despacho le lleva diez minutos y se siente tan contento como sorprendido de encontrar el edificio prácticamente desierto. Inclu-so la secretaria del departamento ha puesto pies en polvorosa. Llega a su despacho, situado en el segundo piso. A lo largo de los últimos tres años apenas si lo ha visitado. Casi todo su trabajo se desarrolla ahora en el Ca-pitolio y en ocasiones pasa varias semanas seguidas sin pisar el campus; todo ello sin contar sus visitas a América del Norte, que le ocupan meses enteros. Con sus paredes forradas de libros, su enorme escritorio de teca —un despilfarro para celebrar hace quince años su ascenso a jefe de de-partamento— y un ambiente general de reclusión docente, la sala siempre le recuerda lo lejos que ha llegado y el inesperado papel que le han asigna-do. Ha alcanzado una especie de cumbre. Pese a todo, es verdad que año-ra su vieja vida, la quietud y la rutina.

Está echando un vistazo a los papeles que tiene pendientes —el infor-me del comité para la asignación de una plaza de profesor titular, títulos de graduación que requieren su firma, la factura de un cáterin— cuando alguien llama a la puerta con los nudillos. Alzando la vista, ve a una mujer de pie en el umbral. Treinta, quizá treinta y cinco años, despampanante, con el cabello castaño, rostro inteligente y ojos marrones y enérgicos. Lle-va un traje formal de color azul marino, zapatos de salón y un usado bolso de cuero en bandolera. A Logan le suena su cara.

—¿Profesor Miles?

No aguarda a que le den permiso para entrar, sino que cruza la puerta.

—Perdone, señorita…

—Nessa Tripp, del *Noticias y Crónicas Territoriales*. —Al acercase a la mesa, la mujer tiende la mano—. Tenía la esperanza de que me concediera un minuto.

Una periodista, claro. Logan la recuerda de la rueda de prensa. Su choque de mano es firme; no llega a ser masculino pero transmite un mensaje de seriedad profesional. Logan aprecia la nota de salida de su perfume, sutilmente floral.

—Lamento decepcionarla. Hoy estoy muy ocupado. Ya he dicho cuanto podía decir. Podría llamar a mi secretaria para pedirle una cita.

Ella hace caso omiso de la sugerencia, consciente de que intenta quitársela de encima; nadie le dará una cita. Esboza una sonrisa coqueta, que busca cautivarlo.

—Le prometo que no le robaré mucho tiempo. Sólo serán unas pocas preguntas.

A Logan no le apetece. Le desagrada atender a la prensa, aun en situaciones programadas. Más de una vez, al abrir el periódico de la mañana, ha leído sus propias declaraciones tergiversadas o totalmente sacadas de contexto. Sin embargo, intuye que no se podrá zafar de esa mujer fácilmente. Será preferible dar la cara y quitársela de encima cuanto antes.

—Bueno, supongo que...

Ella sonríe de oreja a oreja.

—Maravilloso.

Ocupa la silla de enfrente y saca una libreta del bolso, seguida de una pequeña grabadora que planta sobre el escritorio.

—Para empezar, me gustaría pedirle un poco de información personal, para contar con un mínimo contexto. Apenas si he encontrado información sobre usted y el departamento de prensa de la universidad no ha sido de gran ayuda.

—Eso tiene explicación. Soy una persona muy discreta.

—Y lo respeto. Pero la gente quiere saber quién es el hombre que ha llevado a cabo el descubrimiento. El mundo está pendiente de usted, profesor.

—La verdad es que no soy demasiado interesante, señorita Tripp. Me temo que me va a encontrar sumamente aburrido.

—Lo dudo mucho. Es usted modesto, nada más. —Hojea deprisa su libreta de periodista—. A ver, por lo que he podido averiguar, nació usted en... ¿Headly?

Una pregunta intrascendente, para calentar motores.

—Sí, mis padres criaban caballos.

—Y fue usted hijo único.

—Así es.

—Lo dice como si no le gustara hablar de ello.

El tono de Miles, obviamente, lo ha traicionado.

—Fue una infancia como cualquier otra. Con sus cosas buenas y sus cosas malas.

—¿Demasiado aislado?

Logan se encoge de hombros.

—Cuando uno tiene mi edad, esa clase de sentimientos se suavizan un tanto, aunque es posible que en aquel entonces me sintiera así. Visto en retrospectiva, ésa no era vida para mí. Pero no tengo nada más que contar, de verdad.

—Sin embargo, Headly es un lugar muy tradicional. Algunos dirían incluso que retrógrado.

—No creo que sus habitantes lo vean así.

Una sonrisa rápida.

—Puede que me haya expresado mal. Quiero decir que el camino de un rancho de Headly a la dirección de la comisión especial del Ministerio de Reasentamiento es muy largo. ¿Le parece mejor así?

—Supongo. Pero siempre tuve muy claro que iría a la universidad. Mis padres eran granjeros, pero me dejaron escoger mi propio rumbo.

Ella lo mira con ternura.

—Ya, un ratón de biblioteca, pues.

—Si quiere expresarlo así…

La respuesta viene precedida de una rápida consulta de la periodista a sus notas.

—Bueno —prosigue ella—. Si mis informaciones son ciertas, está usted casado.

—Me temo que sus informaciones están un poco desfasadas. Estoy divorciado.

—¡Vaya! ¿Y desde cuándo?

La expresión de la mujer lo incomoda. Pese a todo, la cuestión es del dominio público. No hay razón para no responder.

—Hace seis años. Todo muy amistoso. Seguimos siendo buenos amigos.

—Y su exesposa es jueza, ¿verdad?

—Lo era, del Tribunal de Familia número seis. Pero ya no.

—Y tiene usted un hijo, Race. ¿A qué se dedica?

—Es piloto del servicio aéreo.

El rostro de la periodista se ilumina.

—Qué maravilla.

Logan asiente. Ella ya lo sabía, claro que sí.

—¿Y qué opina él de sus descubrimientos?

—No hemos hablado de ello, no últimamente.

—Pero debe de estar orgulloso de usted —insiste ella—. Su propio padre a cargo de todo un continente.

—Está usted exagerando un poco, ¿no cree?

—Lo formularé de otro modo. Volver a América del Norte… Reconocerá que se trata de un tema polémico.

Ah, piensa Logan. *Ya estamos.*

—No para la mayoría. No, según las encuestas.

—Pero para algunos, sí. Para la Iglesia, por ejemplo. ¿Qué opina de la postura eclesiástica, profesor?

—No opino nada.

—Pero sin duda habrá pensado algo al respecto.

—No me corresponde a mí defender una u otra opinión. América del Norte, no únicamente el lugar sino el concepto, sostiene la identidad de la humanidad desde hace un milenio. La historia de Amy, sea cual sea la verdad, nos pertenece a todos, no sólo a los políticos o a la Iglesia. Mi trabajo se limita a llevar a la gente de vuelta.

—¿Y cuál es la verdad, según usted?

—Lo que yo piense da igual. La gente tendrá que remitirse a las pruebas.

—Se expresa usted de un modo muy… desapasionado. Distante, incluso.

—No, no lo veo así. Estoy sumamente implicado, señorita Tripp. Pero no corro a sacar conclusiones. Los nombres del monolito, por ejemplo. ¿Quiénes eran? Yo únicamente le puedo decir que vivieron y murieron hace mucho tiempo, y que alguien los tenía en tanta estima como para erigirles un monumento póstumo. Eso dicen las pruebas. Puede que averigüemos más, puede que no. La gente puede interpretarlas como quiera, pero eso entra en el campo de la fe, no de la ciencia.

Por un momento, ella parece perpleja; el sujeto no coopera. A continuación, consultando sus notas una vez más:

—Me gustaría volver al tema de su infancia. ¿Diría que procede usted de una familia religiosa, profesor?

—No especialmente.

—Pero un poco sí. —Ella lo afirma en un tono autoritario.

—Íbamos a misa —reconoce Logan—, si me pregunta por eso. Es lo más frecuente en esa parte del mundo. Mi madre era ammalita. Mi padre no tenía creencias concretas.

—Entonces, creía en Amy —dice Nessa a la par que asiente con la cabeza—. Su madre.

—Porque fue criada en ese ambiente. Las creencias no son lo mismo que las costumbres. En el caso de mi madre, hablaría de costumbre, más bien.

—¿Y qué me dice de usted? ¿Es religioso, profesor?

He aquí la cuestión central de la entrevista. Logan va con pies de plomo.

—Soy historiador. Con eso me basta y me sobra.

—Pero la historia se podría considerar una especie de fe. Es imposible conocer el pasado, al fin y al cabo.

—Yo no lo veo así.

—¿No?

Él se arrellana para ordenar sus pensamientos. A continuación plantea:

—Le voy a preguntar una cosa. ¿Qué ha desayunado usted hoy, señorita Tripp?

—¿Disculpe?

—Es una pregunta muy clara. ¿Huevos? ¿Un zumo? ¿Tostadas? ¿Un yogur, quizá?

Ella se encoge de hombros, optando por seguirle la corriente.

—He tomado gachas de avena.

—¿Está usted segura? No alberga la menor duda.

—No.

—¿Y qué me dice del martes? ¿Desayunó gachas u otra cosa?

—¿Y por qué tanta curiosidad en relación con mi desayuno?

—Enseguida lo sabrá. El martes pasado. No hace tanto tiempo, seguro que desayunó algo.

—No tengo ni la menor idea.

—¿Por qué no?

—Porque no es importante.

—Porque no merece la pena recordarlo, en otras palabras.

Ella se encoge de hombros nuevamente.

—Supongo que no.

—Bueno, ¿y qué me dice de esa cicatriz que tiene en la mano? —Logan señala con un gesto la mano con la que ella sostiene el bolígrafo. La marca, una serie de hendiduras dispuestas en forma semicircular, discurre de la base del dedo índice a la muñeca—. ¿Cómo se hizo la herida? Parece muy antigua.

—Es usted muy observador.

—No pretendo ser impertinente. Tan sólo exponer un argumento.

Ella se revuelve en la silla, incómoda.

—Si tanto le interesa, me mordió un perro cuando tenía ocho años.

—Ah, de modo que de eso sí se acuerda. No recuerda lo que comió la semana pasada, pero sí algo que sucedió hace mucho tiempo.

—Sí, claro. Me llevé un susto de muerte.

—Estoy seguro de que sí. ¿Y le mordió su perro o el del vecino? ¿Un chucho vagabundo, tal vez?

Ahora ella parece irritada. No irritada: pillada en falta. Mientras él la está mirando, la periodista se tapa la cicatriz con la otra mano. El gesto es automático; no es consciente de hacerlo, o no del todo.

—Profesor, no veo adónde quiere ir a parar.

—Entonces fue su perro.

Ella se sobresalta.

—Perdóneme, señorita Tripp, pero de no ser así no se habría puesto usted a la defensiva. ¿Y esa manera suya de taparse la mano hace un instante? Me lleva a deducir algo más.

Ella aparta la mano de la cicatriz, deliberadamente.

—¿Y qué ha deducido?

—Dos cosas. La primera: usted piensa que tuvo la culpa. Puede que estuviera jugando a lo bruto. O tal vez usted provocó al perro, sin querer o no del todo. Sea como sea, usted fue responsable en parte. Hizo algo y el perro reaccionó propinándole un mordisco.

Ella no muestra ninguna reacción.

—¿Y la segunda?

—Que nunca le contó la verdad a nadie.

De la expresión de la mujer, Logan deduce que ha dado en el clavo. Hay una tercera cuestión implícita: el perro fue sacrificado, quizá de manera injusta. Pese a todo, ella sonríe al cabo de un momento. *Yo también sé jugar a este juego.*

—Buen truco, profesor. Estoy convencida de que a sus alumnos les encanta.

Ahora le toca a él sonreír.

—*Touché.* Pero no es un truco, señorita Tripp, no del todo. Pretendo demostrarle algo. La historia no es lo que usted ha tomado para desayunar. Ese dato es insignificante, se olvida sin más. La historia es la cicatriz de su mano. Cuando un relato deja huella, el pasado se niega a seguir siendo pasado.

Ella titubea.

—Como… Amy.

—Exacto. Como Amy.

Las miradas de ambos se encuentran. En el transcurso de la entrevista se ha producido un cambio sutil. Cuando menos lo esperaban ha caído la barrera que se erigía entre los dos, o eso parece. Logan repara de nuevo en el atractivo de la mujer —la palabra que le viene a la mente, un tanto anticuada, es *encantadora*— y se da cuenta de que no lleva anillo. Logan lleva un tiempo solo. Desde que se divorció, ha salido con pocas mujeres y nunca durante mucho tiempo. No sigue enamorado de su ex y puede que ése sea el problema. El matrimonio, comprendió hace un tiempo, fue en realidad una especie de estrecha amistad. No está del todo seguro de qué hace mal, aunque empieza a sospechar que es una de esas personas destinadas a vivir en soledad, entregadas a su trabajo, a su deber y poco más. El coqueteo de su interlocutora, ¿es una estrategia nada más o esconde algo? Logan posee un atractivo pasable para su edad, lo sabe. Nada cincuenta largos cada mañana, conserva aún todo el pelo y procura llevar trajes caros, bien cortados, y corbatas más bien llamativas. Se fija en las mujeres y las trata con una mínima cortesía: les cede el paso, les ofrece el paraguas, se levanta cuando una colega abandona la mesa. Pero la edad es la edad. Nessa lo llama «profesor», como requiere el protocolo, pero la palabra le recuerda también que le lleva veinte años a la periodista: podría ser su padre.

—Bueno —suspira él a la par que se levanta de la silla—. Si me disculpa, señorita Tripp, tendremos que dejarlo aquí, me temo. He quedado para comer y ya llego tarde.

El anuncio la desconcierta, como si estuviera enfrascada en algún pensamiento complejo del que acaba de arrancarla ese detalle trivial del mundo cotidiano.

—Sí, claro, perdone por haberle entretenido.

—¿La acompaño a la salida?

Recorren en silencio el desierto edificio.

—Me gustaría charlar un poco más con usted —sugiere ella cuando llegan a la entrada principal—. ¿Cuando el congreso haya terminado, quizá?

Nessa extrae una tarjeta de su bolso y se la ofrece. Logan le echa un vistazo rápido —«Nessa Tripp, periodista, *Noticias y Crónicas Territoriales*», seguido del teléfono de su casa y del despacho— y se la guarda en el bolsillo de la chaqueta. Otro silencio; para llenarlo, él le tiende la mano. Los alumnos pasan por su lado, en parejas y en solitario. Los que van en bici sortean la corriente como olas en el muelle. Un coro de alegres voces puebla el aire. Nessa retiene un segundo la mano de Logan, o puede que sea a la inversa.

—Bueno, gracias por su tiempo, profesor.

Baja las escaleras bajo la atenta mirada de él. Al llegar abajo, se da media vuelta.

—Una cosa más. Para que lo sepa, el perro no era mío.

—¿No?

—No. Era de mi hermano. Se llamaba Thunder.

—Ya veo. —Como ella no sigue hablando, incide—. Una pregunta, por curiosidad, ¿qué fue de él?

—Ah, ya sabe. —Nessa lo dice en tono indiferente, incluso cruel. Dibuja unas comillas con dos dedos—. Mi padre lo llevó a «una granja».

—Lo lamento.

Ella se ríe con ganas.

—¿Lo dice en serio? Era el hijo de perra más desagradable que haya existido jamás. Tuve suerte de que no me arrancara la mano. —Se ajusta la tira del bolso en el hombro—. Llámeme cuando pueda, ¿vale?

Sonríe al decirlo.

Logan toma un tranvía en dirección al puerto. Para cuando llega al restaurante, son casi la una y la camarera le señala la mesa en la que espera su hijo. Alto y espigado, de cabello rubio dorado, se parece a su madre. Luce el uniforme de los pilotos: pantalón negro, una camisa blanca, almidonada, con charreteras en los hombros y abrochada hasta arriba. A sus pies descansa la maletita que lleva siempre cuando vuela, engalanada con la insignia del servicio aéreo. Cuando ve a Logan, el hijo deja el menú sobre la mesa y sonríe.

—Perdona por llegar tarde —se disculpa Logan.

Se abrazan —un abrazo rápido, masculino— y se acomodan. Llevan años acudiendo a ese mismo restaurante. Las vistas desde la mesa abarcan el ajetreado puerto. Veleros de placer y barcos comerciales, más grandes, atestan el agua, que titila a la brillante luz del otoño. Mar adentro, turbinas de viento se yerguen en escalón; las hélices giran con la brisa marina.

Race pide un bocadillo de pollo y té, Logan ensalada y agua con gas. Se disculpa otra vez por el retraso y el poco tiempo que podrán compartir. Llevaban meses sin verse. Charlan de todo un poco: de los gemelos de su hijo; de sus viajes; del congreso, que lleva a Logan de cabeza; y del próximo viaje de éste a América del Norte, previsto para finales de verano. La situación resulta cómoda y familiar, y Logan se relaja. Lleva fuera demasiado tiempo, privado de la compañía de su hijo. Sin duda alberga algún que otro remordimiento en relación con la infancia del muchacho. Pasaba mucho tiempo ausente, su trabajo lo distraía y dejó en manos de la madre buena parte de la tarea. Ese hombre tan guapo y capaz, vestido de uniforme; ¿qué ha hecho Logan para merecer semejante premio?

Cuando la camarera se lleva los platos, Race carraspea y dice:

—Llevo un tiempo queriendo contarte algo.

Logan detecta un dejo de nerviosismo en la voz de su hijo. Su primer impulso, fruto de su propia experiencia, es pensar que el chico atraviesa problemas matrimoniales.

—Por supuesto. Te escucho.

Su hijo enlaza los dedos sobre la mesa. Ahora Logan está seguro: algo va mal.

—La cuestión es, papá, que he decidido dejar el servicio aéreo.

Logan se queda sin habla de la impresión.

—No te lo esperabas —constata Race.

Logan busca frenéticamente una respuesta.

—Pero si te encanta… Cuando eras niño, soñabas con volar.

—Y todavía es así.

—Entonces, ¿por qué?

—Kaye y yo lo hemos hablado. Tanto viaje nos está pasando factura, y a los chicos. Nunca estoy en casa. Me estoy perdiendo demasiadas cosas.

—Pero si te acaban de ascender. Eres capitán. Piensa en lo que eso significa.

—Ya lo he pensado. No ha sido fácil, te lo aseguro.

—¿Es idea de Kaye?

Logan es consciente de que ha pronunciado las palabras en un tono de reproche. Le tiene cariño a la esposa de su hijo, que es maestra de plástica en un colegio, pero siempre la ha considerado demasiado fantasiosa; una consecuencia lógica, supone, de pasar demasiado tiempo entre niños.

—Al principio, sí —reconoce Race—. Pero cuanto más lo hablábamos, más sentido tenía para mí. Llevamos una vida demasiado caótica. Tenemos que simplificarla.

—Las cosas se normalizarán. La vida siempre es dura cuando tienes hijos pequeños. Estás cansado, nada más.

—Ya he tomado la decisión, papá. Nada de lo que digas me hará cambiar de idea.

—Y entonces, ¿qué harás?

Race titubea. Logan comprende que la noticia bomba está por llegar.

—Estaba pensando en el rancho. A Kaye y a mí nos gustaría comprártelo.

Habla de la granja de los padres de Logan. Tras la muerte de su padre, Logan vendió una parte para pagar los impuestos. Por razones que no quiere comentar, se quedó con el resto, aunque lleva años sin visitarla. La última vez que la vio, la casa y los edificios adyacentes se caían a pedazos. Estaban casi en ruinas y los ratones campaban a sus anchas. Las malas hierbas crecían en los canalones del tejado.

—Hemos ahorrado —prosigue Race—. Te pagaremos bien.

—Por lo que a mí respecta, te la puedes quedar por un dólar. El problema no es ése. —Observa a su hijo un momento, estupefacto. No entiende el porqué de la oferta—. ¿De verdad? ¿Es eso lo que queréis?

—No es cosa nuestra únicamente. A los chicos les encanta la idea.

—Race, tienen cuatro años.

—No me refiero a eso. Pasan la mitad del día en el parvulario. Los veo dos semanas de cada cuatro, con mucha suerte. A esa edad los niños necesitan aire fresco, sitio para correr.

—Hijo, créeme, la vida rural es mucho más atractiva en abstracto.

—A ti no te fue del todo mal. Tómatelo como un cumplido.

Logan se está impacientando.

—Pero ¿qué vais a hacer allí? No sabes nada de caballos. Menos aun que yo.

—Ya lo hemos pensado. Plantaremos viñedos.

Es un castillo en el aire se mire como se mire. Lleva escrito el nombre de Kaye de principio a fin.

—Hemos echado un vistazo a las tierras —continúa Race— y nos han parecido prácticamente ideales; veranos secos, inviernos húmedos, el suelo perfecto. Ya tengo unos cuantos inversores. Al principio no nos dará para vivir, pero Kaye puede dar clases en el colegio del pueblo mientras tanto. Ya tiene una oferta. Si llevamos cuidado con el dinero, su sueldo nos dará para ir tirando hasta que el negocio empiece a funcionar.

El chico obvia constatar, por supuesto, la crítica implícita: Race quiere pasar tiempo con sus hijos, implicarse a fondo en sus vidas, algo que Logan nunca hizo.

—¿Estáis completamente seguros?

—Sí, papá.

Se hace un breve silencio mientras Logan discurre un argumento que pueda disuadir a su hijo de ese absurdo plan. Pero Race es un hombre adulto, la tierra está ahí y el chico ha expresado el deseo de hacer algo importante por su familia. ¿Qué puede hacer Logan salvo acceder?

—Llamaré a mi abogado para arreglar los papeles —asiente.

Su hijo parece sorprendido. Por primera vez, Logan comprende que su hijo consideraba la posibilidad de recibir un no por respuesta.

—¿De verdad?

—Has expuesto tu argumento. Es tu vida. No puedo rebatir algo así.

Race lo mira con gravedad.

—Lo he dicho en serio. Quiero pagarte un precio justo.

Logan se pregunta: ¿y qué vale un sitio como ése? Nada. Todo.

—No te preocupes por el dinero —insiste—. Ya pensaremos en eso cuando llegue el momento.

Aparece la camarera con la cuenta, que Race, más contento que unas pascuas, insiste en pagar. En el exterior le aguarda un coche para llevarlo al aeródromo. Race le da las gracias a su padre una vez y más y luego dice:

—¿Te veo el domingo en casa de mamá?

Logan se queda a cuadros. No sabe de qué está hablando su hijo. Race lo nota.

—¿La fiesta? ¿De los niños?

Ahora el padre se acuerda: una fiesta para los gemelos, que van a cumplir cinco años.

—Claro —responde, avergonzado del lapsus.

Race desdeña el asunto con un gesto de la mano.

—No pasa nada, papá. No te preocupes.

El chófer aguarda junto a la puerta.

—Capitán Miles, tendríamos que ponernos en marcha.

Logan y su hijo intercambian un choque de manos.

—Tú no llegues tarde, ¿vale? —le advierte Race—. Los chicos tienen muchas ganas de verte.

Al día siguiente, a su regreso de su hora de natación matutina, Logan lee el artículo de Nessa en el periódico. Primera página, parte inferior. Es inofensivo, dentro de lo que cabe. El congreso y el discurso inaugural, una mención a los manifestantes y a la «polémica que rodea el asunto», retazos de la conversación mantenida en el despacho. Curiosamente, se siente decepcionado. Sus palabras parecen acartonadas, como ensayadas. El artículo carece de alma. Nessa lo describe como «docto» y «reservado», lo que es verdad pero también le parece una descripción algo pobre. ¿Acaso no hay nada más? ¿En eso se ha convertido?

Durante dos días, el congreso lo absorbe por completo. Hay reuniones, comités, comidas y, por las noches, reuniones informales y cenas. Es su momento de gloria y, sin embargo, está cada vez más deprimido. En parte tiene que ver con la noticia que le ha dado Race; a Logan no le hace gracia que su hijo renuncie a sus logros para malvivir en el quinto pino. Headly ni siquiera es un pueblo de verdad. Cuenta con una tienda, una oficina de correos, un hotel, un almacén de productos agrícolas. El colegio, de una línea, se aloja en un edificio de hormigón, muy feo, y no tiene ni jardines ni biblioteca. Se imagina a Race con un gran sombrero de paja en la cabeza, un pañuelo sudado alrededor del cuello y una nube de insectos en torno a su rostro, clavando una pala en la implacable tierra mientras su mujer y sus hijos, aburridos hasta la saciedad, dan vueltas por la casa sin saber qué hacer. Escenas de la vida de provincias. Logan debería haber vendido la granja hace años. Ha cometido un terrible error que ya no puede subsanar.

El jueves por la noche, concluido el congreso, regresa al apartamento en el que ha vivido desde que se divorció. En teoría, como muchos otros aspectos de su vida, el alojamiento tenía que ser temporal, pero ya han pasado seis años y sigue aquí. Se trata de un espacio ordenado, bien aprovechado, un tanto anodino; compró casi todos los muebles a toda prisa durante los días de confusión que siguieron a la separación. Se prepara una cena sencilla a base de pasta y verduras, se sienta a comer delante de la televisión y lo primero que ve es su propia cara. Las escenas han sido grabadas inmediatamente después de la ceremonia de clausura. Allí está, con los micros planeando a su alrededor, su rostro dotado de una blancura cadavérica a causa de los potentes focos de los equipos de televisión. ASOMBROSA REVELACIÓN reza el rótulo de la parte inferior de la pantalla. Apaga el televisor.

Decide llamar a Olla, su exesposa. Puede que ella arroje alguna luz sobre los desconcertantes planes de su hijo. Olla vive a las afueras de la ciudad en una casita, una pequeña granja en realidad, que comparte con su compañera, Bettina, una horticultora. Olla insistió en que la relación no se solapó con el matrimonio, aunque Logan sospecha que no es verdad. No cambia nada; en cierto sentido, se alegra. El hecho de que Olla se uniera a una mujer —siempre supo que era bisexual— le ha facilitado las cosas. Le habría resultado más duro aceptar que se hubiera casado con un hombre, que compartiera la cama con un varón.

Bettina responde al teléfono. Mantienen una relación distante pero cordial, y lo deja esperando mientras acude en busca de Olla. De fondo, Logan oye los trinos y los graznidos de los pájaros enjaulados de Bettina, una colección enorme: pinzones, loros, periquitos.

—Acabo de verte en la tele —anuncia Olla.

—¿De verdad? ¿Y qué pinta tenía?

—Deslumbrante, la verdad. Inspirabas confianza. Un hombre que sabe lo que se hace. ¿No crees, Bette? Está asintiendo.

—Me alegra oírlo.

La charla ligera, fácil. Casi nada ha cambiado, en cierto sentido. Siempre ha encontrado en ella una amiga con la que conversar.

—¿Y qué se siente? —pregunta Olla.

—¿Respecto a qué?

—Logan, no seas modesto. Estás en la cresta de la ola. Eres famoso.

Él cambia de tema.

—¿Por casualidad has hablando con Race últimamente?

—Ah, eso —suspira Olla—. No me sorprendió, la verdad. Ya lo había insinuado varias veces. Me extraña que no lo vieras venir.

Una cosa más que Logan ha pasado por alto.

—¿Y tú qué opinas? —dice, y luego añade, adelantándose—: A mí me parece un gran error.

—Puede. Pero él sabrá. Y Kaye. Es lo que quieren. ¿Se la vas a vender?

—No tengo elección.

—Siempre hay elección, Logan. Pero si quieres saber lo que pienso, haces lo correcto. La casa lleva abandonada demasiado tiempo. Siempre me he preguntado por qué no te deshacías de ella. Puede que ésta fuera la razón.

—¿Para que mi hijo envíe a paseo su profesión?

—Venga, no te pongas cínico. Vas a hacer una buena obra. ¿Por qué no lo miras desde esa perspectiva?

Olla habla en un tono pausado, cauto. Sus palabras, si bien no parecen exactamente ensayadas, sí suenan a algo previsto de antemano. A Logan le embarga la inquietante sensación, una vez más, de que va un paso por detrás de todo el mundo, lo justo para ser manejado por aquellos que poseen más información.

—Ya sé que la idea te provoca sentimientos encontrados —prosigue Olla—, pero ha pasado mucho tiempo. En cierto sentido, Race no es el único que volverá a empezar. Tú también.

—No era consciente de necesitar un nuevo comienzo.

Un silencio al otro lado de la línea. A continuación, Olla aclara:

—Perdona. No pretendía decir eso. Quería decir que me preocupo por ti.

—¿Y por qué ibas a preocuparte por mí?

—Te conozco, Logan. No pasas página fácilmente.

—Sencillamente, me da miedo que nuestro hijo cometa el peor error de su vida. Que esto no sea más que un capricho.

En el silencio subsiguiente, Logan imagina a Olla de pie en la cocina, con el auricular pegado a la oreja. Se trata de una estancia agradable, de techo bajo. Cazuelas de cobre y hierbas aromáticas secas, atadas en manojos, cuelgan de las vigas. Estará enrollándose el cable del teléfono al dedo índice, una manía que la ha acompañado toda la vida. Otras imágenes, otros recuerdos: el gesto de subirse las gafas para leer la letra pequeña; esa mancha rojiza de su frente, que se enciende cuando se enfada; su costumbre de echar sal a la comida antes de probarla. Divorciados, pero aún custodios de una historia compartida, del inventario de la vida del otro.

—¿Te puedo preguntar una cosa? —dice Olla.

—Adelante.

—Las noticias hablan de ti. Has trabajado toda tu vida para llegar a este momento. Tal como yo lo veo, has conseguido más de lo que podías pedir. ¿Lo estás disfrutando? Porque no lo parece.

La pregunta le extraña. ¿Disfrutando? ¿Es eso lo que Logan debería estar haciendo?

—No me lo había planteado así.

—Pues ya es hora de que te lo plantees. Deja a un lado las grandes preguntas por una vez y limítate a vivir.

—Pensaba que ya lo estaba haciendo.

—Todo el mundo lo hace, de un modo u otro. Te echo de menos, Logan, y me gustaba estar casada contigo. Ya sé que no me crees, pero es verdad. Formamos una familia maravillosa y estoy muy orgullosa de todo lo que has conseguido. Pero Bettina me hace feliz. Esta vida me hace feliz. No es tan complicado, al fin y al cabo. Quiero que tú tengas lo mismo que yo.

Logan no sabe qué decir; Olla tiene toda la razón. ¿Se siente herido? ¿Y por qué iba a sentirse así? Se ha limitado a constatar la verdad. Súbitamente se da cuenta de que Race le está pidiendo eso mismo. Su hijo quiere ser feliz.

—Bueno, ¿te veremos el domingo? —pregunta Olla, llevando la conversación a un terreno más seguro—. A las cuatro. No llegues tarde.

—Race me dijo lo mismo.

—Porque te conoce tan bien como yo. No te preocupes; ya estamos acostumbrados. —Se interrumpe—. Ahora que lo pienso, ¿por qué no te traes a alguien?

Logan no está seguro de cómo tomarse esa curiosa sugerencia.

—No es un comentario propio de una ex.

—Lo digo en serio, Logan. Por algún sitio tienes que empezar. Eres una celebridad. Seguro que puedes invitar a alguien.

—Pues no. En realidad, no.

—¿Y qué me dices de cómo-se-llame, la bioquímica?

—Olla, hace dos años de eso.

Ella suspira; un suspiro de esposa, un suspiro matrimonial.

—Únicamente intento ayudar. No me gusta verte así. Es tu momento estelar. No deberías estar solo. Tú piénsalo, ¿vale?

Concluida la llamada, Logan barrunta. El sol se ha escondido ya, oscureciendo la habitación. ¿No le gusta verlo «así»? ¿A qué se refiere? Y eso de que es una «celebridad». Qué palabra tan extraña. Él no es ninguna celebridad. Sólo es un hombre que trabaja y vive solo, en un apartamento que recuerda a una habitación de hotel.

Se sirve una copa de vino y se encamina al dormitorio. En el armario encuentra la americana y, en un bolsillo exterior, la tarjeta de Nessa. La mujer responde al tercer timbrazo, una pizca sofocada.

—Señorita Tripp, soy Logan Miles. ¿La pillo en mal momento?

Ella parece sorprendida por la llamada.

—Había salido a correr. Espere un momento, ¿quiere? Necesito un vaso de agua.

Nessa deja el teléfono. Logan oye sus pasos y un grifo abierto. ¿Oye algo —a alguien— más? No lo parece. Pasan treinta segundos y la mujer regresa.

—Me alegro de que haya llamado, profesor. ¿Leyó el artículo? Supongo que sí.

—Me pareció muy bueno.

Ella suelta una risa.

—Está mintiendo, pero da igual. No me dio mucho material con el que trabajar. Es usted un hombre muy reservado. Ojalá pudiéramos haber hablado más rato.

—Sí, bueno, por eso la he llamado. Estaba pensando, señorita Tripp...

—Por favor —lo interrumpe ella—, llámame Nessa.

De repente, Logan se siente azorado.

—Nessa, claro. —Traga saliva y se tira a la piscina—. Ya sé que es algo precipitado, pero estaba pensando si, a lo mejor, querrías acompañarme a una fiesta este domingo a las cuatro.

—Vaya, profesor. —Nessa adopta un tono jocosamente coqueto—. ¿Me estás pidiendo que salgamos juntos?

Logan lo comprende al instante: se está burlando de él. Ni siquiera sabe si la chica tiene pareja. La invitación es ridícula.

—Debo advertirte —añade él, dando marcha atrás— que es una fiesta de cumpleaños para un par de niños de cinco. Mis nietos, en realidad. —Qué delicado por tu parte, piensa, aclararle que eres abuelo. Tiene la sensación de que, cuanto más habla, más profundamente cava su propia tumba—. Gemelos —añade sin venir a cuento.

—¿Habrá un mago?

—¿Perdona?

—Porque me encantan los magos.

¿Se está burlando de él? Qué mala idea ha tenido.

—Por supuesto, entiendo perfectamente que no te venga bien. Puede que en otra ocasión…

—Me encantaría —lo interrumpe ella.

Llega el domingo, soleado y luminoso. Logan pasa la mañana comprando regalos para los niños —un saltador para Noa; para su hermano, Cam, el más cerebral, un juego de construcción—, hace unos largos en la piscina para tranquilizarse y espera a que llegue la hora. A las tres saca el coche del garaje (lleva varias semanas sin conducir y descubre horrorizado que está muy sucio) y se encamina a la dirección que Nessa le ha facilitado. Aparece delante de un complejo de apartamentos, grande y moderno, que se encuentra a tres manzanas del puerto. Nessa lo está esperando en la entrada. Luce un pantalón de vestir blanco, una camiseta color melocotón y unas sandalias de tacón bajo. Lleva el pelo suelto, recién lavado. Sostiene un gran paquete envuelto en papel plateado. Logan se apea para abrirle la puerta.

—Es todo un detalle —comenta él al ver el paquete—, pero no hacía falta que trajeras nada.

—Es un *turnball*, ese juego que lleva una pelota atada a un poste —explica, contenta. Deposita el paquete en el portamaletas con los demás—. ¿Crees que son demasiado pequeños? Mis sobrinos siempre están jugando con el suyo.

Es la primera vez que menciona a su familia, que es, descubre Logan, muy extensa. Criada en una urbanización del norte, donde sus padres viven todavía —su padre es director general del servicio postal—, es la cuarta de seis hijos. Tres de ellos, sus hermanas mayores y un hermano pequeño, están casados y tienen familias propias. Así pues, piensa Logan, está soltera pero familiarizada con el estilo de vida que él ha llevado, esa vorágine de hijos, obligaciones y la falta constante de tiempo. Logan ya le ha explicado que la fiesta se celebrará en casa de su exmujer, un hecho que Nessa no comenta. Logan se pregunta si su silencio se deberá a su profesión, a la costumbre de guardarse lo que piensa para que los demás revelen más acerca de sí mismos, y luego se regaña por su desconfianza; es posible que para alguien de su generación, criada en un mundo de ética más laxa, en el que el cambio de pareja está a la orden del día, la presencia de una ex no tenga más importancia.

El trayecto a casa de Olla dura treinta minutos. La charla fluye con facilidad. Apenas si mencionan el congreso. Él le pregunta por su trabajo, si le gusta, y ella responde que sí. Le encanta viajar, conocer gente, aprender más acerca del mundo y tratar de construir relatos a partir de esa información.

—Siempre me ha gustado, incluso de niña —explica—. Me sentaba en mi habitación a escribir durante horas. Tonterías de elfos, castillos y dragones pero, a medida que me hice mayor, la realidad empezó a interesarme más y más.

—¿Todavía escribes ficción?

—Bueno, de vez en cuando, por diversión. Todos los periodistas que conozco guardan una novela sin terminar en algún cajón, muy mala por lo general. Es una especie de enfermedad que padecemos todos, este deseo de traspasar la superficie, de encontrar un sentido global.

—¿Crees que es posible?

Ella medita la pregunta, mirando al frente.

—Creo que sí. La vida significa algo. No consiste únicamente en acudir al trabajo, preparar la cena y llevar el coche al taller. ¿Qué crees tú?

Ahora circulan por un barrio de las afueras: coquetas casas que se yerguen a buena distancia de la carretera, buzones en la acera, perros que ladran a su paso.

—Creo que mucha gente estaría de acuerdo contigo —responde Logan—. Eso espero, al menos. Pero a veces el sentido se nos resiste.

Ella parece satisfecha con la respuesta.

—Bueno, tú tienes tu manera de buscarlo y yo tengo la mía. Algunas personas van a misa. Yo escribo artículos. Tú estudias historia. No son cosas tan distintas, en realidad. —Le lanza una mirada fugaz y devuelve la vista al mundo que discurre ante ellos—. Tengo un amigo que es novelista. Bastante famoso; puede que hayas oído hablar de él. Es un desastre total, bebe un montón y ni siquiera se molesta en cambiarse de ropa. Es la viva imagen del artista torturado. Una vez le pregunté: ¿por qué lo haces si lo pasas tan mal? Porque, en serio, si sigue así dudo que llegue a los cuarenta. Y sus libros son deprimentes a más no poder.

—¿Qué te dijo?

—Porque no soporto la idea de no saber.

Llegan a su destino. La puerta abierta les da la bienvenida. Delante de la casa, la calle se encuentra atestada de coches. Padres e hijos de edades diversas suben por el camino, los más jóvenes corriendo con impaciencia, cargados con paquetes que ansían ver abiertos para que revelen su mágico contenido. Logan no tenía ni idea de que sería una fiesta tan multitudinaria. ¿De dónde sale toda esa gente? Compañeros de clase de los niños, vecinos, colegas de trabajo de Race y Kaye acompañados de sus familias, las hermanas de Olla y sus maridos, viejos amigos que Logan reconoce pero que, en algunos casos, lleva años sin ver.

Olla los recibe en la entrada. Lleva un vestido vaporoso, un collar largo, una pizca engorroso, ni zapatos ni maquillaje. El cabello, gris desde que cumplió los cuarenta, le cae salvaje por los hombros. La abogada de traje y zapatos de tacón ha desaparecido para siempre, reemplazada por una mujer de hábitos más relajados y gustos sencillos. Le planta a Logan un par de besos en las mejillas y se vuelve hacia Nessa para estrecharle la mano. Apenas si puede ocultar la sorpresa. Ni por un momento imaginó que su desafío sería aceptado. Nessa se acerca a la cocina en busca de algo para beber mientras Logan y Olla llevan los regalos a la habitación de invitados, donde hay un montón de paquetes esperando.

—¿Quién es, Logan? —pregunta Olla con entusiasmo—. Es encantadora.

—Quieres decir «joven».

—Eso es problema tuyo. ¿De qué la conoces?

Él le habla de la entrevista.

—Fue un disparo a ciegas —reconoce—. Me sorprendió que aceptara salir con un carcamal como yo.

Olla sonríe.

—Bueno, me alegro de que se lo pidieras. Y salta a la vista que le gustas.

En el salón, Logan se desplaza entre los adultos, saludando a los que conoce y presentándose a los que no. No ve a Nessa por ninguna parte. Logan cruza las puertas traseras para salir a un despejado patio en pendiente flanqueado por artísticos macizos de flores, obra de Bettina. Los niños corren de acá para allá enfrascados en un juego cuyas reglas únicamente ellos conocen. Atisba a Nessa sentada con Kaye a un lado del patio, absortas en animada conversación, pero antes de que pueda acercarse Race lo agarra del brazo.

—Papá, deberías habérmelo dicho —comenta en tono travieso—. Vaya, vaya.

—Échale la culpa a tu madre. Fue idea suya que viniera con alguien.

—Bueno, pues bien por ella. Bien por ti. ¡Niños —grita—, venid a saludar al abuelo!

Los chicos abandonan el juego y corren hacia él. Logan se arrodilla para envolver los cálidos cuerpecitos en un abrazo.

—¿Nos has traído regalos? —pregunta Cam, sonriente.

—Pues claro que sí.

—Ven a jugar con nosotros —suplica Noa, tirándole de la mano.

Race pone los ojos en blanco.

—Chicos, dadle un respiro al abuelo.

Logan mira más allá de Race y descubre que Nessa ya está jugando con los niños.

—¿Qué pasa, me crees demasiado viejo? —Sonríe a los chicos. Recuerdos de otras fiestas acuden en tropel a su mente, las mismas que celebraban cuando Race era un niño—. ¿A qué estáis jugando?

—Si te tocan, te quedas plantado —explica Noa con los ojos como platos. Igual que si estuviera explicando un descubrimiento que cambiará la historia de la humanidad—. Gana el que los deja plantados a todos.

—Tú primero —dice Logan.

La fiesta cabalga a lomos de la energía infantil, que parece inagotable, un motor que funciona siempre a toda mecha. Logan se deja plantar lo antes posible, pero Nessa, no. Ella corre y esquiva hasta que la pillan entre gritos. Llegan un par de ponis en un camión, sucios y ajados, como prendas de ropa apolilladas. Son tan dóciles que parecen anestesiados y el hombre que los maneja tiene aspecto de vagabundo. Da igual: los niños dan saltos de alegría. Cam y Noa son los primeros en montar mientras los demás aguardan su turno en fila.

—¿Lo estás pasando bien? —pregunta Logan, que se acerca a Nessa para tenderle una copa de vino. El sudor perla la frente de la mujer. Los padres se dedican a sacar fotos y suben a sus hijos a lomos de los sarnosos ponis.

—Mucho —responde ella con una sonrisa.

—Disfrutan con nada. Los niños, quiero decir.

Nessa toma un sorbo de vino.

—Tu nuera es adorable. Me ha contado su proyecto.

—¿Y te parece bien?

—¿Si me parece bien? Me parece maravilloso. Deberías estar encantado.

¿Será el ambiente de la tarde? De repente, ésa es la sensación que lo embarga. No encantado, quizás, pero sí más cómodo con la idea. Sí, por qué no, piensa. Un viñedo en el campo. Espacios abiertos, aire fresco, amaneceres húmedos, un firmamento nocturno tachonado de estrellas. ¿Quién no querría llevar esa vida?

—Y la tierra se quedará en la familia —continúa Nessa. Levanta la copa para brindar—. Un pedazo de historia, ¿no? El plan te va que ni pintado.

Llega el gran momento: la apertura de los regalos. Los niños apenas si reparan en el contenido de un obsequio antes de rasgar el envoltorio del siguiente. Hamburguesas y perritos calientes, patatas fritas, fresas y rodajas de melón, pastel. Los ojos de los más jóvenes empiezan a cerrarse, estallan pequeñas disputas, algunos se duermen. Según avanza la noche, empiezan las despedidas, pero unos cuantos adultos se quedan un rato bebiendo en el patio. Todo el mundo parece dar por supuesto que Nessa va a formar parte de sus vidas a partir de ahora, sobre todo Bettina, que a la luz del ocaso le ofrece una visita turística por el jardín.

Para cuando se marchan, apenas si quedan coches en la calle. Nessa, agotada y puede que un poco borracha, se arrellana en el asiento cuando el coche arranca.

—Tienes una familia maravillosa —dice adormilada.

Es verdad, piensa Logan; es maravillosa. Incluida su exmujer, que, a pesar de sus diferencias, ha emergido en esta etapa tardía de su vida para abogar por su felicidad. Inmerso en el ambiente del día, Logan nota cómo cierta presión interna que arrastra desde hace tiempo empieza a ceder. Mientras viajan, su mente se desplaza al rancho. Ya ha hablado con su abogado para que prepare los papeles. Pronto su hijo y su familia estarán allí, infundiéndole nueva vida, nuevos recuerdos.

—Estaba pensando —empieza Logan— que quizá debería acercarme a la casa a echar un vistazo. Llevo años sin visitarla.

Nessa asiente medio dormida.

—Me parece buena idea.

—¿Te gustaría acompañarme? Sólo serían un par de días. El fin de semana que viene, pongamos.

Nessa tiene los ojos cerrados. Otro error: se ha precipitado. Ella está borracha; Logan ha intentado sacar provecho a ese instante de lánguida calidez. Puede que Nessa se haya quedado dormida.

—A lo mejor podrías hacer algo allí —sugiere él a toda prisa—. Escribir otro artículo, tal vez.

—Otro artículo —repite Nessa en tono inexpresivo. Nuevamente se hace un silencio—. Bueno, para dejar las cosas claras, me estás pidiendo que pase contigo el fin de semana para escribir otro artículo.

—Sí, supongo. Si tú quieres.

—Para.

—¿Te encuentras mal?

Lo peor ha sucedido. Logan acaba de estropear la noche.

—Por favor, hazlo.

Él detiene el coche a un lado de la carretera. Está convencido de que ella abrirá la puerta y lo dejará plantado, pero en vez de eso Nessa se vuelve hacia él.

—Nessa, ¿estás bien?

Ella parece al borde de la risa. Antes de que Logan tenga tiempo de añadir nada más, le envuelve la cara con las manos y le estampa la boca contra los labios.

El martes cenan juntos, van al cine al día siguiente y el sábado se ponen en camino a primera hora de la mañana. La ciudad se pierde a lo lejos según ellos se internan en el corazón de la campiña. Hace fresco y orondas nubes blancas empañan el día, pero la temperatura empieza a subir a medida que avanzan hacia el oeste, en dirección contraria al mar.

Llegan a Headly a mediodía. El pueblo ha mejorado una pizca. Nuevas tiendas se alinean en la polvorienta calle mayor y el colegio ha crecido. Un nuevo ayuntamiento se yergue en la plaza. Pasan por la fonda del pueblo —Logan ha reservado habitaciones separadas, reticente a dar demasiado por supuesto— y, pertrechados con un almuerzo campestre, se encaminan al rancho.

La estampa resulta desalentadora. Las malas hierbas crecen a sus anchas en una tierra desatendida durante años. El granero se ha desmoronado, al igual que muchos de los edificios auxiliares. La casa apenas si tiene mejor aspecto: la pintura desconchada, el porche torcido, los canalones colgando de los aleros. Logan guarda silencio un momento mientras contempla el panorama. La casa nunca fue grande, pero igual que sucede con todos los lugares que revisitamos después de mucho tiempo, parece una versión menor de la que albergaba en el recuerdo. Su estado de deterioro lo perturba. Al mismo tiempo, experimenta una emoción creciente que lleva años sin sentir: la sensación de estar en casa.

—¿Logan? ¿Va todo bien?

Se vuelve a mirar a Nessa, que permanece algo retirada.

—Es raro estar de vuelta —dice, y se encoge de hombros como avergonzado, aunque la palabra *raro* apenas si hace justicia a la sensación.

—No está tan mal, en realidad. Seguro que lo podrán arreglar.

Logan no quiere entrar en la casa todavía. Extienden la manta en el suelo y sacan el almuerzo: pan y queso, fruta, carne ahumada, limonada. Han elegido un enclave con vistas a las resecas colinas. El sol calienta con fuerza pero las nubes que se desplazan raudas en el cielo crean breves intervalos de sombra. Mientras comen, Logan señala las distintas zonas al tiempo que relata su historia: los graneros, los potreros, los prados en los que pastaban los caballos en sus tiempos, las espesuras en las que pasaba las horas de ocio siendo un niño, perdido en mundos imaginarios. Empieza a relajarse; la tensión entre lo que recordaba y lo que ahora tiene delante se suaviza. El pasado fluye, pide ser relatado; aunque hay más en esa historia, desde luego.

Llega un momento en que no puede seguir postergando la visita a la casa. Logan extrae la llave de su bolsillo —llevaba años en un cajón de su escritorio, intacta— y abre la puerta, que cede el paso a la galería frontal. Los recibe un olor a cerrado. Quedan algunos muebles: un par de sillones, estantes, el escritorio en el que su padre llevaba las cuentas. Una gruesa capa de polvo cubre hasta la última superficie. Se internan en la casa. Los armarios de la cocina están abiertos, como si unos fantasmas hambrientos los hubieran explorado. A pesar del tufo del aire estancado, lo asaltan olores teñidos de pasado.

Avanzan hacia una habitación trasera. Logan se siente atraído hacia ella como por una fuerza magnética. Allí, cubierto con una lona, asoma el inconfundible contorno del piano. Retira la tela y levanta la tapa para dejar a la vista las teclas, que están amarillentas como dientes viejos.

—¿Tocas? —pregunta Nessa.

Son las primeras palabras que alguno de los dos ha pronunciado desde que han entrado. Logan pulsa una tecla que emite una nota rancia.

—¿Yo? No. —El sonido perdura en el aire y luego desaparece—. Me temo que no he sido del todo sincero contigo —dice, a la vez que alza la vista—. Me preguntaste si procedía de una familia religiosa. Mi madre era lo que se conocía como una «soñadora de Amy». ¿Te suena el término?

Nessa frunce el ceño.

—¿No se trata de un mito?

—¿Te refieres a si la ciencia moderna ha reformulado el fenómeno? En términos más convencionales, se podría decir que estaba loca. Esquizofrenia con delirios de grandeza. Fue más o menos lo que nos dijeron los médicos.

—Pero tú no lo crees.

Logan se encoge de hombros.

—No es una cuestión de sí o no. A veces sí, a veces no. Al menos estaba en su derecho. Su nombre de soltera era Jaxon.

Nessa lo mira boquiabierta.

—¿Perteneces a una de las Primeras Familias?

Logan asiente.

—No me gusta comentarlo. La gente saca conclusiones.

—No creo que a día de hoy nadie le dé mucha importancia.

—Oh, te sorprenderías. Hay mucha gente por ahí que todavía necesita creer.

Nessa lo medita. A continuación, pregunta:

—¿Y tu padre?

—Mi padre era un hombre sencillo. *Honesto* sería la palabra. Si acaso creía en algo, era en los caballos. En eso y en mi madre. La quería muchísimo, incluso cuando las cosas se torcieron. Cuando se casaron, según él, era una mujer como cualquier otra. Quizás un poco más devota que la mayoría, pero eso abundaba por aquí. Pasó un tiempo hasta que empezó a sufrir delirios. Visiones, episodios, sueños, como quieras llamarlo.

—¿El piano era suyo?

Nessa ha dado en el blanco.

—Mi madre era una chica del campo, pero procedía de una familia de músicos. Tocaba muy bien, desde pequeña. Algunos decían de ella que era una niña prodigio. Podría haberse dedicado a ello, pero conoció a mi padre y lo dejó. Eran muy tradicionales en ese aspecto. Siguió tocando de vez en cuando, aunque creo que la música le provocaba sentimientos encontrados.

Logan respira para serenarse antes de proseguir.

—Una noche desperté y la oí tocando el piano. Yo era muy pequeño; tendría seis años, puede que siete. La música no se parecía a nada que hubiera escuchado anteriormente. Era increíblemente hermosa, casi hipnótica. Ni siquiera soy capaz de describirla. Me quedé traspuesto. Al cabo de un rato, bajé. Mi madre seguía tocando, pero no estaba sola. Mi padre se encontraba allí también. Estaba sentado con la cara enterrada entre las manos. Mi madre tenía los ojos abiertos pero no miraba las teclas ni ninguna otra cosa. Su rostro carecía totalmente de expresión, igual que si una entidad externa se hubiera apoderado de su cuerpo. Es difícil de explicar, puede que no lo esté contando bien, pero supe al instante que la persona al piano no era mi madre. Se había convertido en otra. «Penny, para», le decía mi padre, le suplicaba. «No es real, no es real.»

—Debió de ser aterrador.

—Lo fue. Allí estaba él, aquel hombre orgulloso, fuerte como un toro, deshecho en lágrimas. Me quedé horrorizado. Quería largarme por piernas y fingir que nada de eso había pasado, pero entonces mi madre dejó de tocar. —Logan hizo chasquear los dedos para remarcar el efecto—. Así, sin más, en mitad de una frase, como si la hubieran desconectado. Se levantó del piano y pasó por mi lado como si yo no estuviera. «¿Qué pasa?», le pregunté a mi padre. «¿Por qué hace eso?». Pero él no me respondió. La seguimos al exterior. Yo no sabía qué hora era, aunque era tarde, en plena noche. Se detuvo al borde del porche y miró hacia los campos. Se quedó así un ratito, sin hacer nada, con la misma expresión impávida. Y entonces empezó a murmurar. Al principio no entendí lo que estaba diciendo. Repetía la misma frase una y otra vez. «Ven conmigo», decía. «Ven conmigo, ven, ven, ven.» Nunca lo olvidaré.

Nessa observa el rostro de él con atención.

—¿Y con quién crees que hablaba?

Logan se encoge de hombros.

—A saber. No recuerdo lo que pasó después. Supongo que me metí en la cama. Unos días más tarde, sucedió lo mismo otra vez. Con el tiempo se convirtió en una especie de ritual nocturno. Uf, mamá está tocando el piano otra vez a las cuatro de la mañana. Durante el día estaba bien, pero eso también cambió. Se volvió obsesiva, siempre preocupada, o eso o deambulaba por la casa como aturdida. Y entonces empezó a pintar.

—¿A pintar? —repite Nessa—. Quieres decir ¿cuadros?

—Ven, te los enseñaré.

La lleva al piso de arriba, tres minúsculos dormitorios. En el techo del pasillo hay una trampilla con un cordón. Logan lo estira y se despliega la desvencijada escalera que lleva a la buhardilla.

Van a parar a un exiguo espacio de techo bajo. Apoyadas contra la pared, en grupos de doce, las pinturas de la madre de Logan abarcan casi un lado entero de la habitación. Logan se arrodilla y retira el paño protector.

Es igual que abrir una puerta a un jardín. Los cuadros, de tamaños diversos, representan un paisaje repleto de flores silvestres, cuyos colores vibran con una intensidad casi sobrenatural. En algunos se ven montañas al fondo; en otros, el mar.

—Logan, son preciosos.

Lo son. Pese al doloroso contexto, constituyen creaciones de sobrecogedora belleza. Logan toma la primera pintura y se la ofrece a Nessa, que la sostiene ante sí.

—Es… —empieza a decir, pero se interrumpe—. Ni siquiera sé cómo expresarlo.

—¿Sobrenatural?

—Iba a decir hipnótico. —Alza la vista—. ¿Y son todas iguales?

—Distintos puntos de vista, y su estilo fue mejorando con el paso del tiempo. Pero el motivo es idéntico. El prado, la flores, el mar al fondo.

—Hay cientos.

—Trescientas setenta y dos.

—¿Y qué sitio es ése? ¿Algún paisaje que vio?

—Si lo es, yo no lo conozco. Ni tampoco mi padre. No, creo que la imagen procedía de su propia mente, igual que la música.

Nessa lo medita.

—Una visión.

—Se podría expresar así.

Ella vuelve a contemplar el cuadro. Se hace un largo silencio.

—¿Qué fue de ella, Logan?

Él respira profundamente con el fin de serenarse.

—Al final se tornó insoportable. El estupor, la locura. Yo tenía dieciséis años cuando mi padre la ingresó. Él la visitaba cada semana, a veces con más frecuencia, pero no me dejaba verla; supongo que estaba muy mal. El primer año que pasé en la universidad se suicidó.

Por un instante, Nessa no dice nada. Y, la verdad, ¿qué se puede decir ante algo así? Logan nunca lo ha sabido. Estaba aquí y un minuto después ya no estaba. Sucedió en un pasado lejano, casi cuarenta años atrás.

—Lo siento, Logan. Debió de ser horrible.

—Dejó una nota —añade él—. No era muy larga.

—¿Qué decía?

La cuerda, la silla, el edificio sumido en silencio, todos dormidos excepto ella. La imagen de Logan termina ahí. Jamás se ha permitido llegar más lejos, imaginar el instante mortal.

—«Dejadla descansar en paz.»

Regresan a la fonda. Allí, por primera vez, en la habitación de Nessa, hacen el amor. El acto transcurre sin prisas; sin palabras también. El cuerpo de ella, firme y suave, se le antoja extraordinario, el regalo más maravilloso que le han hecho jamás. Cuando terminan, se duermen.

La noche está cayendo cuando el rumor del agua que corre despierta a Logan. La ducha se cierra con un gemido y Nessa sale del cuarto de baño envuelta en un albornoz suave y con una toalla alrededor del cabello. Se sienta al borde de la cama.

—¿Tienes hambre? —le pregunta sonriendo.

—No hay mucho donde elegir. Había pensado que cenáramos en el restaurante de abajo.

Ella lo besa en los labios. Un beso rápido, pero su rostro se demora un instante.

—Vístete.

Regresa al baño para terminar de arreglarse. Qué deprisa puede cambiar la vida, piensa Logan. No había nadie, ahora sí; de repente ya no está solo. Fue su intención desde el principio contarle la historia de su madre, comprende Logan; no conoce otro modo de explicarle quién es él. Es lo que dos personas deben ofrecerse: la historia de sí mismos. ¿Cómo, si no, podemos aspirar a ser reconocidos?

Se enfunda los pantalones y la camisa antes de encaminarse a la habitación contigua para cambiarse de ropa, pero en cuanto sale al pasillo oye una voz que lo llama.

—¡Doctor Miles! ¡Doctor Miles!

La voz pertenece al propietario del hotel, un hombre menudo, muy bronceado, de cabello negro y unas maneras formales una pizca aturulladas, que sube por las escaleras.

—Le llaman por teléfono —anuncia nervioso. Hace una pausa para recuperar el aliento a la vez que se abanica con la mano—. Alguien lleva todo el día intentando contactar con usted.

—¿De verdad? ¿Quién?

Que Logan sepa, nadie conoce su paradero.

El propietario lanza una mirada fugaz a la puerta de Nessa y luego hacia la escalera.

—Sí, bueno —dice, y carraspea con timidez—. Están al teléfono. Dicen que es urgente. Venga, lo acompañaré.

Logan lo sigue a la primera planta. Cruzando el vestíbulo, acceden a un cuartito que hay detrás del mostrador, donde un gran teléfono negro descansa sobre una mesa vacía por lo demás.

—Lo dejaré a solas —concede el propietario con una pequeña reverencia.

Cuando el hombre se marcha, Logan toma el auricular.

—Al habla el profesor Miles.

Una voz femenina, de alguien que no conoce, le pide:

—Doctor Miles, no se retire, por favor, le paso con el doctor Wilcox.

Melville Wilcox es el supervisor in situ de la Primera Colonia. No es frecuente que lo llame y, si lo hace, la comunicación requiere una cuidadosa planificación previa; la línea sólo se consigue mediante una cadena de dirigibles a lo largo del Pacífico, un sistema frágil y costoso. Sea lo que sea lo que Wilcox tiene que decirle ha de ser importante. Durante un minuto la línea chasquea y crepita. Logan empieza a pensar que la comunicación se ha cortado cuando Wilcox habla desde el otro lado.

—Logan, ¿me oyes bien?

—Sí, te oigo.

—Bien. Llevo días intentando organizar la llamada. ¿Estás sentado? Porque te vas a caer de espaldas.

—Mel, suéltalo ya. —Está cada vez más nervioso.

—Hace seis días, un dirigible de reconocimiento que sobrevolaba la costa del Pacífico sacó una foto. Una foto sumamente interesante. ¿Tienes un visor a mano?

Logan echa un vistazo al cuartito. Para su sorpresa, hay uno.

—Dame el número —le indica Wilcox—. Le pediré a Lucinda que te lo envíe.

Logan va a buscar al propietario, que le ofrece la información con entusiasmo y se brinda a manejar la máquina.

—Vale, lo están enviando —informa Wilcox.

El visor emite un chirrido.

—Creo que ha entrado —declara el propietario.

—¿Por qué no me dices qué es? —le pregunta Logan a Wilcox.

—Es mejor que lo veas por ti mismo, créeme.

Una serie de chasquidos mecánicos y la máquina empuja una hoja de papel. Según la cabeza de la impresora se mueve arriba y abajo, Logan se percata de la presencia de otro sonido: una especie de golpeteo rítmico que viene de fuera. Acaba de deducir el origen del ruido cuando Nessa entra en el cuarto vestida para la cena. Parece animada, un poco sobresaltada incluso.

—Logan, hay un elevador ahí fuera. Parece a punto de aterrizar en el jardín.

—Ya está —anuncia el propietario.

Con una sonrisa triunfal, deposita la imagen en la superficie del escritorio. Es la fotografía de una casa vista desde el cielo. No se trata de una ruina sino de una casa de verdad, rodeada de una valla. En el interior del perímetro hay una segunda estructura, más pequeña, una letrina tal vez, y un huerto plantado en filas ordenadas.

—¿Qué? —dice Wilcox—. ¿Ya lo has visto?

Eso no es todo. En el campo adyacente a la casa se han dispuesto piedras en el suelo para formar letras, lo suficientemente grandes para ser leídas desde el aire.

—¿Qué es eso, Logan? —pregunta Nessa.

Logan alza la vista; Nessa lo está mirando con atención. El mundo, Logan es consciente de ello, está a punto de cambiar. No únicamente para él. Para todos. En el exterior de la fonda, el estrépito alcanza su punto álgido cuando el elevador toca tierra.

—Es un mensaje —dice, y le muestra a Nessa el papel.

Dos palabras: VENID CONMIGO.

92

Han transcurrido seis días. Logan y Nessa, sentados en la sala de observación, guardan silencio.

A bordo del dirigible, el tiempo transcurre de manera distinta. Los nervios del viaje se han esfumado deprisa, reemplazados por algo parecido a un estado de hibernación mental y física. Los días carecen de estructura, la propia nave apenas si se desplaza por el cielo. Logan y Nessa, los únicos pasajeros, son objeto de una atención obscena por parte de una tripulación que los triplica en número, pasan el tiempo durmiendo, leyendo, jugando a cartas. Por la noche, después de cenar a solas en un comedor demasiado grande para ellos dos, escogen una película de la colección del dirigible, que miran a solas o con algún miembro de la tripulación.

Pero ahora que ya atisban su destino, el tiempo recupera su ritmo habitual. La nave se dirige al norte, siguiendo la costa de Carolina del Norte, a una altitud de seiscientos metros. Impresionantes precipicios envueltos en la bruma matutina, imponentes bosques de árboles centenarios, la indómita inmensidad del mar donde se estrella con la costa: el corazón de Logan vibra, como hace siempre, ante la visión de esas tierras vírgenes.

—¿Es como te lo esperabas? —le pregunta a Nessa.

Ella mira extasiada por la ventana. Apenas si ha pronunciado palabra desde el desayuno.

—No estoy segura de lo que esperaba. —Vuelve el rostro hacia él, los labios apretados y los ojos entrecerrados, como alguien que trata de resolver un problema—. Es hermoso, pero hay algo más. Una sensación distinta.

Poco después, atisban la plataforma. Plantada a cien metros sobre la superficie del océano, posee la apariencia de una estructura rígida aunque, en realidad, flota amarrada de un ancla. El dirigible se posa con elegancia y prende el morro a la torre de atraque. Se arrían cuerdas y cadenas. Despacio, la nave es atraída hacia el muelle. Según Logan y Nessa desembarcan, Wilcox camina hacia ellos con andares inseguros. Es un hombre fornido que luce una enmarañada barba salpicada de gris, el rostro y los brazos curtidos por el sol y el viento.

—Bienvenido —saluda Wilcox a Logan mientras los dos hombres se estrechan la mano—. Y tú —dice volviéndose hacia ella— debes de ser Nessa.

Wilcox es consciente del papel de Nessa, aunque, Logan lo sabe, no se siente del todo cómodo con la idea. Piensa que es demasiado pronto para implicar a la prensa. Sin embargo, la presencia de Nessa forma parte del plan de Logan. La seguridad nunca es tan férrea como debería; correrá la voz y, una vez que lo haga, perderán el control del relato. Prefiere adelantarse a la situación cediéndole la exclusiva a una sola persona, alguien de su confianza.

—¿Necesitáis comer algo, asearos? —pregunta Wilcox—. El elevador está listo para zarpar.

—¿Cuánto tardaremos en llegar al emplazamiento? —pregunta Logan.

—Unos noventa minutos.

Logan mira a Nessa, que asiente.

—No veo razón para esperar —declara él.

El elevador aguarda en una segunda plataforma, un pizca más elevada, con las hélices apuntando hacia arriba. Mientras montan en el vehículo, Wilcox pone a Logan al día. Siguiendo las instrucciones de éste, nadie se ha acercado a la casa, aunque el habitante del edificio, una mujer, ha sido avistada en varias ocasiones trabajando en el jardín. El equipo de Wilcox ha trasladado al campamento el equipo necesario para sellar la casa, en caso de ser necesario.

—¿Sabe que la estamos vigilando? —pregunta Logan.

—Tiene que saberlo, con todos esos aparatos sobrevolando la casa, pero no se ha dado por aludida.

Se sientan en el elevador. Del portafolios que lleva debajo del brazo, Wilcox extrae una fotografía y se la tiende a Logan. La imagen, tomada a larga distancia, es plana y granulosa. Muestra a una mujer con un halo de cabello blanco encorvada ante un parterre de hortalizas. Lleva lo que parece ser un hábito toscamente tejido; su rostro, inclinado hacia abajo, aparece oscurecido.

—¿Quién es? —pregunta Wilcox.

Logan se limita a mirarlo.

—Ya sé lo que estás pensando —dice Wilcox, que adelanta una mano con ademán de advertencia— y perdona, pero ni de coña.

—Es el único ser humano en un continente que lleva novecientos años despoblado. Formula otra teoría y te escucharé.

—Puede que haya regresado gente sin que lo supiéramos.

—Es posible. Pero ¿por qué únicamente ella? ¿Por qué no hemos encontrado a nadie más en treinta y seis meses?

—A lo mejor no quieren que los encuentren.

—A ella no parece que le importe. «Venid conmigo» me parece una invitación muy explícita.

El rugido del motor ahoga la conversación. Una sacudida y están volando otra vez, ascendiendo en vertical. Cuando alcanzan suficiente altitud, el morro se desplaza hacia arriba y las hélices se colocan en posición horizontal. El aparato acelera, volando cerca del agua y luego de la costa. El océano desaparece. Ahora únicamente hay árboles a sus pies, un manto verde. El ruido es tan tremendo que cada cual queda encerrado en una burbuja hecha de sus propios pensamientos. No volverán a intercambiar palabra hasta después del aterrizaje.

Logan está a punto de dormirse cuando nota que el helicóptero reduce la marcha. Se incorpora y mira por la ventanilla.

Color.

Es lo primero que ve. Rojo, azul, naranja, verde, violeta. Se extiende desde la boscosa falda de la montaña hasta el mar, flores que pintan la tierra en un despliegue de tonos tan vivos como si la propia luz se hubiera hecho añicos. Las hélices se inclinan; el vehículo empieza a descender. Logan despega la vista de la ventanilla y descubre que Nessa lo está mirando. Sus ojos reflejan un asombro mudo que constituye un calco, Logan lo sabe, del suyo.

—Dios mío —articula ella.

El campamento está situado en una estrecha depresión separada del prado de flores por un bosquecillo. En la tienda principal, Wilcox les presenta a su equipo, una docena de investigadores. Logan conoce a unos cuantos de viajes anteriores. Presenta a Nessa a todo el grupo, explicando que únicamente los acompaña en calidad de «asesora especial». La habitante de la casa, le informan, lleva trabajando en el jardín desde la mañana.

Logan reparte instrucciones. Todos deben esperar allí, indica; bajo ninguna circunstancia deben acercarse a la casa a menos que Nessa y él les den permiso. En la tienda de Wilcox se despojan de la ropa y se enfundan los trajes de aislamiento. Hace una tarde radiante y cálida; se van a morir de calor. Wilcox les sella las uniones de los guantes y comprueba los suministros de aire.

—Buena suerte —les desea.

Avanzan entre los árboles en dirección al prado. La casa se yergue a cosa de unos doscientos metros de distancia.

—Logan… —dice Nessa.

—Ya lo sé.

Todo es idéntico al detalle. Las flores. Las montañas. El mar. Las ondulaciones del viento, los rayos de sol. Logan mantiene la mirada fija al frente por miedo a que las poderosas emociones que se arremolinan en su interior lo consuman. Despacio, enfundados en los engorrosos trajes, Nessa y él recorren la pradera. La casa, de un piso, se ve limpia y hogareña: un porche sencillo, tejado a dos aguas cubierto de hierba.

Tal como les habían informado, la mujer está trabajando en el jardín delantero, en el que crecen rosales de varios colores. Logan y Nessa se detienen al otro lado de la valla. Arrodillada en la tierra, la mujer no advierte su presencia o, si lo hace, finge que no. Es viejísima. Con sus retorcidas manos —los dedos doblados y rígidos, la piel poco más que un pellejo, nudillos gruesos como nueces— arranca malas hierbas y las deposita en un cubo.

—Hola —saluda Logan.

Ella no responde. Se limita a seguir trabajando con movimientos pacientes y concentrados. Puede que no le haya oído. Es posible que se esté quedando sorda.

Logan vuelve a intentarlo:

—Buenas tardes, señora.

Ella se detiene igual que lo haría alguien alertado por un sonido lejano. Despacio, levanta el rostro. Sus ojos están legañosos, llorosos y levemente amarillentos. Lo observa a través de unos párpados entrecerrados durante diez segundos tal vez, como si le costara enfocar la vista. Ha perdido algunos dientes, una ausencia que ofrece a su boca la apariencia de un mohín.

—Bueno, así que habéis decidido venir por fin. —Su voz es un ronco graznido—. Me preguntaba cuándo llegaríais.

—Me llamo Logan Miles. Ésta es mi amiga Nessa Tripp. Me gustaría mucho charlar con usted. ¿Le parece bien?

La mujer ha reanudado el trabajo. También ha empezado a musitar para sí, apenas. El hombre echa un vistazo a Nessa, cuyo rostro gotea sudor debajo de la máscara, igual que el de Logan.

—¿La ayudo? —pregunta Nessa a la mujer.

La pregunta parece desconcertarla. La mujer se desplaza hacia atrás hasta quedarse en cuclillas.

—¿Ayudarme?

—Sí. Con las malas hierbas.

Frunce los labios.

—¿La conozco, jovencita?

—No creo —responde Nessa—. Acabamos de llegar.

—¿De dónde?

—De muy lejos —dice ella—. Muy, muy lejos. Hemos recorrido una gran distancia para conocerla. —Señala las piedras—. Recibimos su mensaje.

Los amarillentos ojos de la mujer siguen la trayectoria del gesto.

—Ah, eso —exclama al cabo de un momento—. Las coloqué hace mucho tiempo. No recuerdo por qué. Pero dice que quiere ayudarme con las hierbas. Me parece bien. Entre.

Pasan al jardín. Nessa, adelantándose, se arrodilla ante los rosales y empieza a trabajar, apartando la tierra con sus gruesos guantes. Logan la imita. Es mejor, piensa, que la mujer se acostumbre a su presencia antes de hacer más preguntas.

—Las rosas son preciosas —comenta Nessa—. ¿De qué clase son?

La mujer no responde. Está rascando la tierra con un rastrillo de metal. No muestra interés en ellos.

—¿Y cuánto tiempo lleva aquí? —pregunta Logan.

Las manos de la mujer se detienen. A continuación, un instante más tarde, reanudan el trabajo.

—He empezado a trabajar a primera hora de la mañana. Los jardines no descansan.

—No, me refiero en esta casa. ¿Cuánto tiempo lleva viviendo aquí?

—Ah, mucho. —Arranca otra hierba y, sin venir a cuento, se coloca la verde punta entre los dientes y la mordisquea moviendo la mandíbula como un conejo. Con un sonido de disgusto, sacude la cabeza y la arroja al cubo.

—Esos trajes que llevan —comenta—, creo que ya los he visto.

Logan se inquieta. ¿Ha pasado por allí alguien más?

—¿Y cuándo cree que fue eso?

—No me acuerdo. —Frunce los labios—. Dudo que sean demasiado cómodos. Pero pueden ponerse ustedes lo que quieran. No es asunto mío.

Transcurre más tiempo. El cubo está casi lleno.

—Vaya, me parece que no nos ha dicho su nombre —observa Logan.

—¿Mi nombre?

—Sí. ¿Cómo se llama?

Ella se comporta igual que si le hubieran preguntado algo absurdo. Levanta la cabeza y dirige la vista al mar. Entorna los ojos para protegerlos del reflejo oceánico.

—Nadie me llama nada por aquí.

Logan mira a Nessa, que asiente con expresión cauta.

—Pero seguro que tiene un nombre —la presiona él.

La anciana no responde. El bisbiseo se reanuda. No, no es un bisbiseo, comprende Logan: un canturreo. Notas misteriosas, casi inarmónicas pero no del todo.

—¿Les envía Anthony? —pregunta.

Una vez más, Logan mira a Nessa. La expresión de ésta sugiere que ella también ha reparado en la conexión: Anthony Carter, el tercer nombre de la piedra.

—Me parece que no conozco a Anthony —admite Logan—. ¿Está por aquí?

La mujer frunce el ceño ante la ridiculez de la pregunta, o eso parece.

—Se marchó a casa hace mucho tiempo.

—¿Es un amigo suyo?

Logan aguarda, pero la anciana no dice nada. Toma una rosa entre el pulgar y el índice. Los pétalos se están cayendo, mustios y amarronados. Del bolsillo de su bata saca una pequeña cuchilla, corta el tallo por la primera yema y tira la rosa mustia al cubo.

—Amy —dice Logan.

Ella se detiene.

—¿Es usted? ¿Es usted… Amy?

Con una lentitud mecánica, casi dolorosa, la mujer vuelve la cara. Lo mira durante un instante, sin mudar de expresión, y a continuación frunce el ceño con ademán de extrañeza.

—Sigue usted ahí.

¿Y adónde quiere que vayan?

—Sí —dice Nessa—. Hemos venido a verla.

Logan siente una presencia más densa en su mirada. El pensamiento de la anciana se está despejando.

—¿Son ustedes… reales?

La pregunta lo pilla desprevenido. Pero enseguida comprende que se trata de la duda más natural del mundo, viniendo de una mujer que lleva tanto tiempo sola. ¿Sois reales?

—Tan reales como tú, Amy.

—Amy —repite ella, como si paladeara la palabra—. Me parece que me llamaba Amy.

Transcurre más tiempo. Logan y Nessa aguardan.

—Esos trajes —observa ella—. Son por mí, ¿verdad?

Logan se sorprende a sí mismo al hacer lo que hace a continuación. Sin embargo, no vacila lo más mínimo. Siente que actúa al dictado. Se despoja de los guantes y desabrocha el cierre del casco.

—Logan —le advierte Nessa.

Éste se desprende del casco y lo deja en el suelo. El sabor del aire fresco inunda sus sentidos. Respira profundamente, llenándose los pulmones de la fragancia de las flores y el mar.

—Mucho mejor, ¿verdad? —pregunta.

En los ojos de la mujer se agolpan las lágrimas. Una mirada de asombro los inunda.

—De verdad estáis aquí.

Logan asiente.

—Habéis vuelto.

Logan le toma la mano. Apenas si pesa nada y está alarmantemente fría.

—Siento que hayamos tardado tanto. Siento que hayas tenido que estar sola.

Una lágrima corre por la arrugada mejilla.

—Habéis vuelto después de todo este tiempo.

Se está muriendo. Logan se pregunta cómo se ha dado cuenta, pero súbitamente lo entiende: la nota de su madre. «Dejadla descansar en paz.» Siempre había dado por supuesto que la nota se refería a sí misma. Pero ahora entiende que el mensaje iba dirigido a él, a ese día.

—Nessa —dice, sin despegar la mirada de Amy—, vuelve al campamento y dile a Wilcox que reúna a su equipo y llame a un segundo elevador.

—¿Por qué?

Se vuelve a mirarla.

—Necesito que se marchen. Con todos los trastos, todo menos una radio. Dales el mensaje y vuelve. Te agradecería mucho que hicieras eso por mí, por favor.

Ella aguarda un instante, luego asiente.

—Gracias, Nessa.

Logan sigue su partida con los ojos. La ve avanzar entre las flores, internarse entre los árboles y perderse de vista. Cuánto color, piensa. Cuánta vida por todas partes. Lo invade una felicidad inmensa. Un gran peso acaba de abandonar su vida.

—Mi madre soñó contigo, ¿sabes?

Amy tiene la cabeza agachada. Las lágrimas corren por sus mejillas en ríos brillantes. ¿Es feliz? ¿Está triste? Existe una dicha tan poderosa que se asemeja a la tristeza, Logan lo sabe, igual que a la inversa.

—Muchas personas lo hicieron. Soñaban con este lugar, Amy. Con las flores, con el mar. Mi madre lo pintó, cientos de veces. Me pedía que viniera a buscarte. —Guarda silencio un momento. Luego continúa—: Fuiste tú la que escribió esos nombres en la piedra, ¿verdad?

Ella asiente con un gesto mínimo. El dolor fluye, brota del pasado.

—Brad. Lacey. Anthony. Alicia. Michael. Sara. Lucius. Todos ellos, tu familia. Tus doce.

Amy responde con un susurro.

—Sí.

—Y Peter. Peter por encima de todo. Peter Jaxon, amado esposo.

—Sí.

Logan le toma la barbilla y, con suma delicadeza, la obliga a levantar la cara.

—Nos has legado un mundo maravilloso, Amy. ¿Lo ves? Somos tus hijos. Tus hijos han vuelto a casa.

Transcurre un instante de silencio; un instante sagrado, piensa Logan, pues de él extrae una emoción que le resulta del todo nueva. Se trata de la sensación de un mundo, de una realidad, que se expande más allá de los límites visibles hacia un inconmensurable misterio; e igualmente comprende que él —que todo el mundo, los vivos y los muertos y aquellos que han de nacer— pertenecen a esta realidad más vasta, a ese tiempo que se despliega. Por eso ha llegado hasta allí: para transmitir ese conocimiento.

—¿Harías algo por mí? —le pregunta.

Ella asiente. No podrán compartir mucho tiempo; Logan lo sabe. Un día, una noche, poco más.

—Cuéntame la historia, Amy.

Dramatis personae

(En orden cronológico)

A. V. OHIO, CAMBRIDGE Y NUEVA YORK

Timothy Fanning, estudiante
Harold y Lorraine Fanning, sus padres
Jonas Lear, estudiante
Frank Lucessi, estudiante
Arianna Lucessi, su hermana
Elizabeth Macomb, estudiante
Alcott Spence, holgazán
Stepahie Healey, estudiante
Oscar y Patty Macomb, padres de Elizabeth Macomb
Nicole Forood, editora
Reynaldo y Phelps, inspectores de policía

D. V. REPÚBLICA DE TEXAS

Alicia Donadio, soldado
Peter Jaxon, trabajador
Amy Bellafonte Harper, la Chica de Ninguna Parte
Lore DeVeer, engrasadora
Caleb Jaxon, hijo adoptivo de Peter Jaxon
Sara Wilson, médica
Hollis Wilson, su marido, bibliotecario
Kate Wilson, su hija
Lucius Greer, místico
Michael Fisher, explorador
Jenny Apgar, enfermera

Carlos y Sally Jiménez, futuros padres

Grace Jiménez, su hija

Anthony Carter, jardinero

Pim, niña abandonada

Victoria Sánchez, presidenta de la República de Texas

Gunnar Apgar, general del Ejército

Ford Chase, jefe del gabinete del presidente

El Maestro, anticuario

Foto, trabajador

Jock Alvado, trabajador

Theo Jaxon, hijo de Caleb y Pim Jaxon

Bill Speer, jugador

Elle y Merry («Trasto») Speer, hijas de Kate Wilson Speer y Bill Speer

Meredith, compañera de Victoria Sánchez

Rand Horgan, mecánico

Byron «Parche» Szumanski, mecánico

Weir, mecánico

Fastau, mecánico

Dunk Withers, criminal

Phil y Dorien Tatum, granjeros

Brian Elacqua, médico

George Pettibrew, tendero

Gordon Eustace, representante de la ley

Fry Robinson, su ayudante

Rudy, natural de Iowa

La mujer del Hombre Zarigüeya, natural de Iowa

Rachel Wood, suicida

Haley y Riley Wood, sus hijas

Alexander Henneman, oficial

Hannah, adolescente, hija de Jenny Apgar

D. V. REPÚBLICA INDOAUSTRALIANA

Logan Miles, profesor

Nessa Tripp, periodista

Race Miles, piloto, hijo de Logan y Olla Miles

Kaye Miles, maestra, esposa de Race Miles
Olla Miles, exmujer de Logan Miles
Bettina, horticultora, pareja de Olla Miles
Noa y Cam Miles, hijos gemelos de Race y Kaye Miles
Melville Wilcox, arqueólogo

Agradecimientos

Muchas gracias y más ponis para los sospechosos habituales: Mark Tavani, Libby McGuire, Gina Centrello, Bill Massey y los espectaculares equipos de edición, marketing, producción, ventas y publicidad de Ballantine, Orion y mis muchos editores de todo el mundo. Vais a necesitar un establo más grande.

A Ellen Levine, mi agente y amiga desde hace veinte años: eres un auténtico tesoro.

Para redactar la trilogía de «El pasaje» he tenido que recurrir a los conocimientos de muchas personas acerca de temas que van de la epidemiología a la estrategia militar. Mi gratitud para todos ellos. Un hurra especial para la doctora Annette O'Connor, de la Universidad La Salle, que me asesoró sobre las cuestiones científicas desde el comienzo.

Aunque tengo por norma ajustarme lo más posible a la realidad en cuestiones de geografía y paisaje, no siempre puedo hacerlo. Respetuosas disculpas a los ciudadanos de Kerrville, Texas, por las libertades que me he tomado en relación con la topografía de la zona. Ajustes similares se han llevado a cabo en el canal de Houston y alrededores.

A Leslie, lo repito: sin ti, nada.

Por fin, un agradecimiento muy especial a mi hija, Iris, que hace diez años me desafió a escribir una historia sobre «una chica que salva el mundo».

Cariño, aquí la tienes.